D0283983

FOLIO POLICIER

Antoine Chainas

Versus

Gallimard

Né en 1971, Antoine Chainas a longtemps fréquenté les plateaux de cinéma, les stations de radio, les salles de rédaction, les morgues, les scènes de concert, les commissariats de quartier, les maisons de repos et les centres d'essais militaires. Il travaille aujourd'hui de nuit dans une grande administration française et est l'auteur très remarqué de trois romans parus à la Série Noire.

I would almost rather lie
But my tongue muscle moves involuntarily
To tell of the danger in me.

MIGUEL ALGARIN,
Language.

INCISION

Juin 1988

« Enfoiré ! Espèce de tapette à la con ! Sale fiotte de merde ! Pedzouille ! Putain de bouffeur de terre jaune ! Enfileur de bagouses ! Tu crois que je vais me laisser faire, tata Yoyo ? Tu crois que j'ai peur de toi ? Peur de ce que tu pourrais faire ? Mais je t'emmerde ! Je t'emmerde bien profond. On va aller au bout, et que ça te plaise ou non, tu vas me suivre. T'entends ça, pédé ? Tu vas me suivre ! »

L'inspecteur Nazutti se frotta les yeux avec les pognes. Il se lissa les cheveux en arrière en se mirant dans le rétro. Beau mec, Nazutti, beau mec. Visage plein, carré. Maxillaires puissants, front large. Coupe en brosse et regard franc. Encore la trique.

Il ouvrit la portière de la Renault de fonction estampillée aux couleurs de la République.

Il regarda autour de lui. Il n'y avait pas âme qui vive sur le petit terre-plein qui faisait office d'entrée en face du garage souterrain désaffecté. À midi, par cette chaleur, tous les rats, les cancrelats de cette cité de merde s'étaient carapatés chez les dabes et les maters pour béqueter puis faire la sieste jusqu'à la nuit, jusqu'à l'ombre, garanties d'impunité. Putain de quartier. Banlieue Est.

Du béton, de la poussière et de la pourriture à perte de vue. Et des êtres vivants, terrés, là, quelque part.

La seule trace de civilisation évoluée qu'on pouvait apercevoir se situait en surplomb, au-dessus de la plate-forme. Sommets de HLM finissant de pourrir sur pied. Édifices en plan libre inspirés de l'ensemble Karl-Marx-Hof : dans les années soixante, les disciples de Le Corbusier avaient fait des ravages jusqu'ici. Barres de grès cérame revêtues de granito ocre, orientées à quarante-cinq degrés. Surface standard : dix-huit mètres carrés pour une chambre et une cuisine. Cinquante-quatre pour quatre chambres. Nivelés. Empilés. Alignés. Non négociable. Qu'est-ce que tu pouvais négocier dans cet endroit, de toute manière ?

Il cligna des yeux. Putain de quartier ! Putain de soleil !

Nazutti se demanda un instant quel effet ça aurait eu si un quidam ou une vieille étaient passés par là et l'avaient vu, au volant d'un véhicule à l'arrêt, en train de postillonner, la face grimaçante, seul face au pare-brise. Rien à foutre. Il y avait un moment que ce genre de détail ne l'inquiétait plus. Parce qu'il était flic. Flic, merde. Et si ça voulait encore dire quelque chose dans ce bon Dieu de monde qui tournait à l'envers, eh bien… Eh bien, à la moindre réflexion, au moindre regard de traviole, il était en droit de sortir sa brême, de plaquer l'indélicat face au mur, et de lui faire faire un tour au lazaro : vide-tes-poches-fouille-rectale.

Sous l'éclat aveuglant du zénith, le corps voûté, la démarche pesante, il dirigea son imposante carcasse vers l'entrée du parking : un grand trou noir.

Un piège à cons.

Tout devint progressivement sombre. Si sombre que, bientôt, il ne put même plus distinguer ses patu-rons et dut allumer la lampe torche pour éviter de se viander. Il aurait bien amené la tire jusqu'ici, mais les autres avaient déjà failli faire une crise cardiaque quand il leur avait dit de rester sur place. Alors, ris-quer de détériorer d'autres indices en les brevetant Michelin, fallait quand même pas trop pousser. Le faisceau éclaira d'abord ses chaussures. Des baskets élimées, tordues et trouées. Même un clodo en aurait pas voulu. Mais pour lui, pour Paul Nazutti, inspec-teur rattaché à la brigade des mineurs depuis main-tenant dix ans, tant qu'il pouvait mettre un pied devant l'autre, c'était clair : quel que soit l'état de ses pompes, il était encore vivant. C'est-à-dire encore capable d'en mettre un hors circuit.

Juste un.

La lumière fureta le long du mur qu'il longeait. Des tas de détritus. Les restes d'une substance d'origine inconnue carbonisée, de la merde... humaine, la merde. Et puis du dégueulis, peut-être. Plus loin, en-core des sacs d'ordures éventrés par on ne sait quel prédateur nocturne. Des portes de box éventrées. Des pièces détachées figées dans la crasse. Des débris de verre. Des foyers éteints. La nuit venue, des gens vivaient ici. Une autre vision de l'enfer.

On y voyait que dalle et Nazutti jura intérieurement. Il marchait avec précaution, et il écoutait. Aucun bruit, aucune lueur. Et c'était comme si, d'un coup, la température avait chuté de plusieurs dizaines de degrés. Il referma le col de sa chemise qui, quelques minutes auparavant, dehors, lui avait paru trop serré. À mesure qu'il s'enfonçait au fort des ténèbres, une odeur vint supplanter les autres. Un délicat mélange de méthane — autrement appelé gaz des marais —, de dioxyde de soufre ou gaz acide, de dioxyde de carbone et d'azote, ainsi qu'une touche d'hélium… « Gaz des marais », « gaz acide », il se souvenait parfaitement des cours d'anatomopathologie dispensés par l'IML[1] dans le cadre des modules obligatoires de l'ENP[2].

Cette odeur vorace, exclusive, prit rapidement toute son ampleur. Une odeur qu'il savait inévitable de retrouver mais qui n'éveillait en lui aucun empressement. Lui et elle, ils se connaissaient depuis longtemps, maintenant. Et il avait appris à la traiter comme une amante fidèle. Plus rien n'urgeait.

Lui, Nazutti et l'odeur puissante — la plus puissante de toutes — de la mort.

Enfin, il vit au loin les lueurs des autres torches qui dansaient au cœur de la géhenne. À intervalles réguliers, lorsqu'ils parlaient, ces dernières éclairaient l'intérieur des bouches en contre-plongée et donnaient l'impression singulière qu'on y avait imposé des pièces de monnaie. Les âmes des derniers

1. Institut médico-légal.
2. École nationale de police.

pécheurs attendant Charon, leurs oboles sur les lèvres, pour traverser le Styx. Oubliant simplement qu'ils avaient déjà passé le gué.

Il y avait trois halos : celui qui tremblait le moins appartenait à son collègue, Gyzmo. Son vrai nom était Gérard Gyzmotin mais un jour, Gyzmo était apparu sans qu'on sache ni d'où ni de qui émanait cette trouvaille, et le diminutif était resté. Cela faisait trois ans que Gyzmo bossait à la brigade des mineurs. C'est-à-dire rien, d'autant plus qu'on l'avait cantonné, jusque-là, à la paperasserie et à l'accueil, ce genre de conneries tout juste bonnes pour les floumes. Gyzmo, dont l'appartenance au Rainbow Lover – l'association des policiers gays et lesbiens – était notoire, n'était pas un homme de terrain, était-il d'ailleurs un homme tout court ? se demandait souvent Nazutti. On avait refilé à Gyzmo un travail de gonzesse ? Ceci expliquait sûrement cela, du moins aux yeux de l'inspecteur. Gyzmo jouissait d'un embonpoint moelleux, il possédait un visage trop doux, un regard dénué de caractère et des mains trop fines. Et il était bien entendu pédé comme un phoque. Autant de détails que Nazutti jugeait rédhibitoires. Nazutti pensait aussi que c'était un drôle de monde que celui où l'on autorisait les pédés à intégrer le corps judiciaire. Bien sûr, l'inspecteur savait que, des pédés, il y en avait toujours eu, partout. Mais au moins, avant, ils prenaient la peine de se cacher. Ils taisaient cette tare et se comportaient – ou à défaut essayaient – en hommes. Mais les pédés d'aujourd'hui… Jésus, c'était à croire qu'ils étaient fiers d'être comme ça. Ils le revendiquaient. Ils faisaient partie de groupes de soutien, de lobbies, ils construisaient des chars pour la Gay Pride, ils chantaient dans les chorales... Quelle merde ! Le genre de types que Nazutti et d'autres comme lui chassaient ne s'attrapaient pas en construisant des chars de carnaval et en chantant *Happy Day*. Nazutti pensait que Gyzmo était définitivement un de ces pédés d'aujourd'hui, fiers et corporatistes, se cooptant et s'enfilant, il ne savait pas dans quel ordre, par l'intermédiaire du Rainbow Lover. Il imaginait avec effroi la confrérie gay comme une sorte de gigantesque farandole où l'on se faisait enculer et où l'on enculait à qui mieux mieux. Pas loin de la terrible catégorie des pédés, mais tout aussi apparentés, il y avait les efféminés : ceux qui avaient des voix trop aiguës, des manières trop polies, des traits trop mous, des mains trop petites... Sans faire partie de la branche dite dure du mouvement, ils constituaient eux aussi un danger sinon équivalent, du moins plus pernicieux encore pour la société telle que Nazutti la concevait. Les soixante-huitards, les intellectuels, les travailleurs non manuels, les présentateurs télé et les chanteurs de variétés, les artistes peintres, les coiffeurs et les vendeurs de vêtements, les jeunes en général et les étudiants en particulier, les gauchistes, les humanistes... Il avait l'impression, parfois, d'une véritable pandémie... C'était une infection généralisée, une septicémie nosocomiale. Il se sentait cerné, menacé... Le pire, c'est qu'ils étaient « heureux » d'être comme ça. La société les avait d'abord tolérés, puis encouragés. Il avait le sentiment d'être un spécimen en voie de disparition, un des derniers êtres normaux. Et il savait, il était convaincu qu'il lui faudrait mener une lutte âpre et sans merci pour survivre dans cette espèce de grand foutoir. Il y avait aussi une autre catégorie : celle constituée par les hétéros blancs d'héritage catholique : médecins, journalistes, syndicalistes, animaux politiques… Les hommes de pouvoir qui ne vivaient que par et pour ça. Et cette caste ne valait guère mieux que celle des tantouzes : aveuglée par sa propre science, rongée par le corporatisme, prête à tout pour préserver ses privilèges et sensible à la corruption, elle était incapable, à long terme, de discerner la validité de ses buts. L'intégrité sciée à la base par ses boursouflures ontologiques. De même, il existait une autre classe : mystérieuse, incompréhensible et imprévisible — extrêmement dangereuse de ce fait : les femmes. Il ne s'agissait pas d'un danger palpable, concret, mais plutôt d'une sorte de pressentiment diffus qui s'était mué, avec l'âge et l'expérience, en répulsion quasi viscérale. Et puis il y avait les Arabes, les Noirs, les Chinois. Les transfuges du bloc de l'Est. Les sectes et les groupuscules paramilitaires. Il y avait les manipulateurs. Les crétins de naissance et les abrutis finis. Il y avait les tueurs, les pervers, les pédophiles. Les mafieux. Les violeurs et les alcoolos. Les menteurs, les lâches, les peureux, les désabusés, les fous et les grandes gueules. Il y avait… toutes ces minorités disparates et déviantes, assoiffées de reconnaissance, qui luttaient désespérément et parviendraient un jour, si personne ne faisait rien, à faire partie de l'acceptable.

D'habitude, le lieutenant Alfonzo, avec le pragmatisme qui le caractérisait, évitait de mettre Nazutti et Gyzmo ensemble. Simplement parce qu'il savait que Nazutti ne bossait pas avec des pédés. Mais aujourd'hui c'était différent. Aujourd'hui, c'était le grand jour de la manifestation des principaux syndicats devant la préfecture. Et Nazutti, qui pensait que les syndicalistes étaient des rouges, des gauchos, des cocos un peu efféminés, à ranger pas loin de la catégorie des pédés, s'était porté volontaire pour rester de permanence. Il pensait connaître les syndicats. Il savait comment ça fonctionnait. Après un ou deux coups d'éclat, et sous la pression des leaders, le mouvement s'essoufflerait. Comme par hasard, un mois ou deux après, lesdits leaders obtiendraient des postes pour siéger dans un CE[1], pour être attachés de police dans une ambassade de leur choix ou affectés dans une section du Conseil économique et social à vingt mille balles pour cinq ou six jours par mois de présence. C'était comme ça que le gouvernement cassait les mouvements et c'était comme ça qu'il tenait les syndicalistes : en rapprochant les têtes d'affiche du grisant pouvoir politique. Dans quelques années, après quelques signatures d'accords hasardeux, la grogne resurgirait, les élections désigneraient de nouvelles valeurs montantes, jugées plus intègres... Et puis il y aurait de nouveaux coups d'éclat, de nouvelles frictions avec un tas de fonctionnaires lobotomisés prêts à suivre et, ensuite, de nouvelles attributions de postes, de nouvelles nominations, et cetera, et cetera...

Gyzmo avait fait pareil que Nazutti. Non pas parce qu'il honnissait les syndicats, mais parce qu'il était pédé et trouillard. C'est ce que pensait Nazutti. Et c'est comme ça qu'ils s'étaient retrouvés comme des abrutis tous les deux au bureau d'accueil, à assurer

1. Comité d'entreprise.

le service minimum. Enfin, il y avait aussi Jeannine, la secrétaire, mais est-ce que les femmes comptaient vraiment ?

Ça n'était pas encore les temps de la rationalisation des coûts et du redéploiement d'effectifs. À cette époque, le Ministère, soucieux de proximité, installait des antennes un peu partout dans les banlieues qui commençaient à remuer. Il y parachutait une dizaine de types, parfois une ou deux mousmées, débutants pour la plupart, et démerde-toi, papillon. Juste pour dire, il y avait même pas de quoi attriquer un commissaire. C'était le lieutenant qui faisait office de gradé, dans la taule. C'était en partie à cause de ce genre de pratiques que les collègues s'étaient — sous la pression de ces sales rouquins de syndicalistes — décidés à aller manifester.

Chacun dans son coin, avait précisé Nazutti. Puis il s'était enfermé à double tour dans son burlingue, on savait jamais, pour écluser peinard une bonne bouteille de J&B. Gyzmo était resté à l'accueil avec Jeannine. Qui se ressemble s'assemble. Nazutti pensa à ça arrivé à la moitié de la première bouteille. Il ricana comme un demeuré. Il pouvait les entendre papoter comme deux petites commères de l'autre côté de la cloison et il sentait qu'il lui faudrait accélérer la cadence question déglutition s'il voulait réprimer les frissons de dégoût que lui inspiraient les rires étouffés qu'il percevait de temps à autre. Parce qu'en plus d'être pédé et femelle, ces deux engeances avaient l'air d'être contentes d'elles, de bien s'entendre, de… sympathiser. Nazutti, lui, ne s'était jamais abaissé à sympathiser… Ni avec les pédés, ni avec les femelles, ni avec les syndicalistes, ni d'ailleurs avec une quantité certaine et bien déterminée d'autres minorités. Non, lui, il était resté intègre. C'était ça : intègre. Ne jamais se rendre ni se compromettre. Parce que des gens, un tas de gens normaux comptaient sur lui pour sauvegarder encore les dernières choses tangibles qui restaient dans cette foutue société. C'était pour ça qu'il était flic. Et c'était pour ça qu'il était dans cette brigade précise.

À ce point de sa réflexion et de sa bouteille, les îlotiers avaient eu l'idée fantaisiste de ralléger. Gyzmo, paniqué par cet événement impromptu, était venu tambouriner à sa porte. Pas moyen d'être un peu tranquille. Quand Nazutti avait débridé sa lourde, légèrement vacillant et avec la tronche avenante du bouledogue dérangé en pleine sieste, Gyzmo avait reculé. Peut-être qu'il avait eu peur de s'en prendre une. Cela avait fait plaisir à Nazutti. L'inspecteur adorait terroriser Gyzmo et les pédés en général. Leur faire sentir sa force, sa dangerosité. Leur montrer qu'il existait encore des gardiens dignes de ce nom en ce bas monde. Il se préparait à gueuler, histoire d'en rajouter une couche, quand il avait vu la trombine des deux patrouilleurs derrière le pédé. Pâles, bredouillants, bavant, se répandant au sol, se liquéfiant littéralement. Un mec du quartier qu'ils connaissaient bien et qui avait pris l'étrange habitude d'aller faire licebroquer son clébard en ce lieu franchement inhospitalier qu'était le parking souterrain de la plate-forme leur avait signalé l'épouvantable odeur. Après avoir été jeter un coup d'œil, morts de peur, ils avaient rien trouvé de mieux que de venir les voir eux, simplement parce que leur bureau était juste à côté et qu'ils ne savaient pas quoi faire, vraiment pas, dans une situation pareille. Putain, ils avaient même pas de storno[1] pour signaler leur position à la TN[2].

Gyzmo et Nazutti avaient laissé Jeannine s'occuper du standard et de la réception — une chose qu'une femelle pouvait très bien faire — et ils avaient pris la voiture, au cas où.

Maintenant, dans les ténèbres du parking souterrain qui se situait à pas cinq cents mètres du bureau, Nazutti voyait mieux les torches. Celles des îlotiers tremblaient si fort qu'on était en droit de se demander ce qu'ils pouvaient bien éclairer.

C'est à ce moment que Nazutti, le flair aiguisé par la force de l'habitude, fut assez près pour distinguer une autre odeur. Plus subtile, plus sournoise. En onomatologie, on prétendait pouvoir la conserver sur une bande de tissu stérile pendant dix ans. Et tout cela avait bien une odeur, oui.

Celle de la peur.

*

Rose émergea de la lecture du dernier communiqué de presse de la NASA : un procédé révolutionnaire de système d'oxygénation. Elle sut tout de suite que quelque chose n'allait pas. Les cris des gosses, les discussions bienveillantes des parents — même les bruits de la circulation dans la rue qui passait derrière le jardin d'enfants avaient changé. Quelque chose s'était altéré mais elle n'aurait su dire quoi. Elle avait

1. Talkie-Walkie.
2. Radio du Central.

été tellement absorbée par sa lecture qu'elle ne s'était rendu compte de rien. Elle devait faire un compte rendu de quatre feuillets pour le soir même. Avant le bouclage, à dix-huit heures. Et pour couronner le tout, c'était le jour que Romain, son ex, avait choisi pour avoir un empêchement professionnel de dernière minute.

— Je suis désolé, avait-il prétendu avec une pointe de satisfaction.

Parce qu'il savait que ce serait très difficile pour Rose de garder la petite au débotté, et parce qu'il savait aussi qu'elle ne pourrait pas dire non. Pas avec la manière dont se déroulait leur divorce. Romain n'hésiterait pas à se servir de la moindre de ses failles devant le juge. Alors, malgré les délais pratiquement impossibles à respecter dans le quotidien régional où elle officiait, malgré les recommandations bienveillantes du chef de service qui lui faisait miroiter une promotion « à condition de mettre un coup de collier », malgré cet article urgent — *que peut-il y avoir d'urgent là-dedans ?* — concernant l'OGS : Oxygen Generation System, elle avait dit oui.

Oui à Romain, elle pouvait garder Samantha, pas de problème.

Oui, elle était disponible.

Oui, elle était à l'écoute.

Oui, elle était aimante. Elle était une bonne mère.

Oui, ya, à son chef de service, elle était réactive, souple et motivée.

Oui, ya, consciencieuse.

Oui, ya, bonne employée.

… la NASA a dévoilé aujourd'hui son tout nouveau système d'oxygénation : l'OGS. Présenté comme révolutionnaire, ce système n'est en fait qu'un avatar de l'Elektron russe, lui-même dérivé des bonnes vieilles distilleries d'antan. Comme ces dernières, l'OGS utilise l'électrolyse.
Mais tandis que l'Elektron transformait l'eau en hydrogène et en oxygène, l'OGS, pour obtenir de l'air respirable, se servira… de l'urine des cosmonautes et spationautes.
[Interligne]

UN PROCÉDÉ SIMPLE

[Interligne]
Le STC-107, piloté par VCD (Vapor Compression Distillation) devrait permettre, après collecte, d'introduire l'urine dans un caisson où l'on réduira la pression et l'on augmentera la température. Le liquide ainsi évaporé sera éjecté du cylindre maître pour être refroidi et retourner à l'état H2O. Des senseurs électriques mesureront alors la pureté de l'eau puis cette dernière sera alors soumise au procédé d'électrolyse déjà connu…

Oui, ya, à la vulgarisation.

Oui à tout, parce qu'elle n'avait pas le choix. Journaliste scientifique à vingt-quatre ans et mère de famille. Il fallait qu'elle mange, qu'elle ait un toit. Il fallait aussi qu'elle obtienne la garde de Samantha. Sans elle, sans sa fille, tout le reste s'écroulerait.

Elle avait commencé à travailler à la maison, mais, devant l'insistance de sa progéniture, elles étaient allées au jardin. Si elle laissait sa gamine toute la journée devant la télé et que cela venait aux oreilles de Romain… Alors, peu importe, elle pouvait travailler en plein air. Elle pouvait assumer. Tout assumer.

Oui, ya. C'était la condition des mères célibataires aujourd'hui, peu importe que l'on approuve ou non.

Elle ôta ses lunettes et chercha Samantha. Elle n'était plus au pied du toboggan. Rose reporta son regard vers les chevaux de bois. Mais là encore, rien. Elle parcourut une nouvelle fois des yeux l'ensemble de la structure et, dans un même mouvement, elle se leva. L'impression que son corps avait compris avant elle ce qui se passait. Posant ses feuillets sur son carnet de notes, près de son sac à main et près du doudou de Samantha — *un lapin borgne d'un jaune délavé* —, elle se dirigea d'un pas vif vers l'autre extrémité du jardin. Peut-être Samantha était-elle allée, malgré l'interdiction formelle, jouer derrière la barrière où subsistaient quelques buissons épars ? Rien. Elle se décida à appeler. Fort. Une fois, deux fois…

Dirigeant sa voix aux points cardinaux. Son appel lui donna l'impression d'être faible. Incroyablement faible.

Elle revint sur ses pas. Regarda de nouveau à droite, à gauche. Rappela. Un groupe de mamans en train de discuter à proximité du toboggan la regardait en biais. Gourmandes ? Jalouses ? Intriguées ? Compatissantes ? Elle s'approcha et leur demanda si elles n'avaient pas vu la petite fille, mais si, la petite blonde avec les cheveux mi-longs, celle avec la robe rouge à fleurs jaunes qui jouait avec leurs enfants à elles quelques instants plus tôt. *Quelques instants, vraiment ?* Les réponses furent unanimes et négatives. Mais instinctivement, avec leurs réflexes de mères, avec leur cœur, avec leur ventre, avec ce creux qui habitait en elle et qui appelait à la vie, elles se mirent elles aussi, presque par atavisme, à chercher des yeux la petite fille.

Des chuchotements d'abord.

Un murmure, qui enflait lentement.

Une des mamans alla à la rencontre d'un autre groupe de parents. Elle montra Rose du doigt. Elle expliqua quelque chose. Instantanément, l'incrédulité. Il n'y avait pas encore de panique. Mais la rumeur était là, tel un souffle embryonnaire, insistante, qui couvait.

*

Éclairé par la loupiote que Nazutti, avec un sadisme non feint, s'escrimait à lui braquer dans les mirettes, Gyzmo clignait désespérément des yeux. On aurait dit un putain de lapin bouffeur de carottes pris dans la lumière des phares. Un lapin bouffeur de carottes ! Nazutti se retint de rire parce que c'était vraiment pas le moment.

– Alors, tu les as appelés, hein ? Qu'est-ce qu'ils ont dit ? balbutia le mammifère.

– Ouais, j'les ai appelés. Ils rallègent dès qu'ils peuvent.

Bien entendu, Nazutti mentait. Mais à quoi bon paniquer encore plus cette joyeuse troupe, composée d'un pédé qui chiait dans son froc et de deux adjoints de sécurité qui avaient jamais frisé un macchab de leur vie ? Les jeunes… Pas un pour rattraper l'autre. Quand ils sortaient pas de l'ENSP[1] la tronche farcie de conneries, ils étaient limite tapet-

1. École nationale supérieure de police.

tes, prêts à tourner de l'œil à la vue de la première bidoche froide ou à se foutre en ITT[1] au plus petit parpaing, à la moindre friction.

D'accord, c'était vrai, c'était le protocole, le putain de protocole : dans un cas pareil, il était impératif d'aviser un juge, ou au pire, le commissaire principal. Le divisionnaire, c'était même pas la peine d'y penser, fallait pas abuser. D'autant plus qu'un truc pareil, ça regardait la Crim', pas la brigade des mineurs. Eux, ils s'étaient trouvés là, comme qui dirait, par la force des choses. Il fallait passer le relais. Mais passer le relais, ça voulait dire attendre l'arrivée des branques de la PJ[2]. Puis poireauter jusqu'à ce qu'eux appellent un juge et que le juge donne son accord pour appeler les mecs de l'IJ[3] qui, c'est bien connu, sont jamais pressés de ramener leur fraise. Après, il faudrait qu'ils fassent venir les TSC si leur matos est pas suffisant. Techniciens de Scène de Crime, on disait ça, maintenant. Chez les gendarmes, on les surnommait les TIC[4], mais c'était le même bordel. En cinq sec, on allait se retrouver avec une véritable armée de mongoliens technocratiques sur les lieux, bonjour la discrétion. Il faudrait ensuite que le procédurier note tout dans le moindre détail, histoire d'éviter les retours de bâton impromptus lors d'un éventuel procès — si jamais il y en avait un. Et enfin, s'ils arrivaient à avoir l'IML avant la pause repas, il faudrait que l'assistant légiste se pointe, que

1. Interruption temporaire de travail (ou ATT : Arrêt temporaire de travail).
2. Police judiciaire.
3. Identité judiciaire.
4. Technicien en identification criminelle.

les pompiers se pointent — et tout ça dans les formes — siouplaît. Le protocole... le protocole... Il y avait des lustres que Nazutti savait qu'on éradiquait pas la chienlit avec le protocole. Mais ça, Gyzmo était trop pédé et les îlotiers trop inexpérimentés pour le savoir. Nazutti fulminait. Il frima les fleurs de printemps. Le premier était pâle comme un mort vivant, le second virait vert fluo. Leurs uniformes avaient subitement pris deux tailles en plus : ils s'étaient faits tout petits, dedans, tout petits.

— Vous voulez partir ? aboya Nazutti.

Le moins mal en point des deux hocha vigoureusement la tête.

Gyzmo ouvrit la bouche, comme s'il voulait ajouter quelque chose, mais il s'abstint.

La puanteur était épouvantable.

Nazutti trouvait ça bon, rassurant. Quelque chose sur quoi on pouvait toujours compter.

— Cassez-vous, alors.

Immédiatement, les adjoints se mirent en tête de chier du poivre. Nazutti les rappela in extremis :

— Hé, les bleus !

Ils stoppèrent net.

— Vous avisez pas d'aller baver sitôt sortis de là.

Comme ils semblaient ne pas entraver, Nazutti précisa :

— Je pense pas que le SRPJ appréciera d'avoir la moitié du commissariat de quartier qui rapplique pendant qu'ils ratissent le secteur. Alors, je sais que c'est dur, mais gardez ça pour vous au moins quelques heures, d'accord ?

— D'accord, murmura un des îlotiers par-delà sa lampe torche.

Et puis il y eut un bruit de cavalcade.

L'éclat des lampes devint lueur.

Puis plus rien.

Plus rien que Nazutti, son collègue Gyzmo et le cadavre boursouflé d'une fillette de onze, douze ans à leurs pieds.

*

Rose avait la tête qui tournait. Des parents avaient parlé à d'autres parents, qui avaient parlé à des grands-parents, ou des amis, ou des passants… Elle avait l'impression que toutes ces personnes s'étaient massées autour d'elle. Empressées, inquiètes, intéressées. On la submergeait de questions, on lui demandait des précisions, des informations… Elle étouffait. Le vertige. Et cette boule, cette boule au milieu de l'estomac… Ne pas céder à la panique. Ne pas…

Elle fit volte-face et écarta l'attroupement pour se diriger vers la rue… La rue : si Samantha était partie pour une raison ou pour une autre, elle était automatiquement passée par la rue. Un bus qui part. Une voiture qui tourne au coin. Une deuxième voiture la suit. Rose tourna la tête. Dans le sens opposé, c'était une file de véhicules qui patientaient à un feu. Les voitures… les voitures… Retenir. Rester lucide. Retenir des détails, n'importe quel détail.

[Italique] Le cerveau émet une onde de type AHA quand il décode une information pertinente.

Des voitures. Quelle voiture ? Les trottoirs. Une dame âgée, là-bas, qui porte son sac à provisions péniblement. Deux hommes, de l'autre côté, qui discutent. Le premier offre du feu au second. Ils rient.

[Italique] Les capacités cognitives de mémorisation à moyen terme n'excèdent pas, pour une personne normale, sept éléments en moyenne.

Rose est rejointe par un, deux, trois parents… peut-être plus. Elle n'y prête pas attention. Elle essaye de se focaliser sur les détails. Une piste. Les restes d'une piste. L'ombre de l'indice du reste d'une piste, n'importe quoi qui pourrait la relier, même de manière ténue, à sa fille… Peu importe, si elle avait quelque chose, elle remonterait… elle remonterait. Dans le tumulte, elle ne s'aperçoit pas tout de suite qu'on lui tape sur l'épaule. Elle se retourne. Son regard scrute encore la rue.

C'est une des mamans qu'elle avait accostées. Elle a rencontré quelqu'un qui aurait peut-être un renseignement. Une dame du même âge, fine, les cheveux teints en brun, portant des lunettes trop grosses pour elle, vient au-devant de Rose… Oui, il lui semble bien avoir aperçu une petite fille, correspondant à la description, quitter l'aire de jeux. Elle était accompagnée d'une femme d'une vingtaine d'années. Brune. Allure distinguée. Calme. La petite fille ne disait rien. Rose ne sait pas. Elle fait répéter la femme une seconde fois, demande des précisions… Cela lui fait peut-être perdre de précieuses secondes, mais c'est sa seule piste, son fil d'Ariane, et il faut qu'elle le suive… Quelle le suive maintenant. Elle réfléchit. Son esprit lui joue des tours, lui fait perdre encore du temps : une femme ? D'une vingtaine d'années ? Avec Samantha ? Les idées les plus saugrenues lui passent par la tête.

Rose pense à sa sœur. Est-ce que sa sœur aurait pu… ? Mais sa sœur habite à Arcachon, à huit cents kilomètres de là. Absurde.

Elle pense à la voisine. Peut-être… Mais la voisine ne correspond pas à la description. La voisine est certes serviable, mais elle n'est ni calme ni distinguée.

Elle pense ensuite à une amie qui correspondrait un tant soit peu à la description… Coralie ? Isabelle ? Pourquoi ? Non. Ou une amie de Romain ? Ce dernier aurait oublié de la prévenir ?

Tant de choses… Tant d'options… La pire n'étant – par une sorte de mécanisme de survie imparable – pas encore évoquée.

*

Gyzmo ne tenait plus en place. Nazutti sentait que, s'il avait été moins pétochard, il en serait volontiers venu aux mains. Ou, s'il l'avait été plus, il aurait pris ses jambes à son cou et se serait barré sans demander son reste. Mais Gyzmo était un faible, un tiède… toujours entre deux possibilités, immobile, paralysé. Dans un accès de rébellion pourtant peu coutumier de l'individu, il s'autorisa tout de même une saillie :

– Tu… Tu peux me dire à quoi tu joues, Nazutti ?

– À rien, Gyzmo. Au jeu du chat et de la souris, si tu veux. Les chats, c'est nous. Deux bons gros matous affamés. Et la souris, c'est l'ordure qui a laissé ses clefs sur la fille.

– T'es devenu fou ?

— Nan. J'ai jamais été aussi lucide. On va mettre la main sur ce connard. Toi et moi, mon vieux Gyzmo.

— Remets ces clefs où tu les as trouvées, salopard ! Tu... Tu vas nous faire virer, c'est tout ce que tu vas faire. Cette affaire regarde le SRPJ. On est pas habilités... Mon Dieu ! C'est un meurtre. C'est un putain de meurtre !

— Tu te trompes, Gyzmo. Ça n'est pas un meurtre. Ça n'est a fortiori pas un délit. Celui qui a fait ça s'est soulagé comme toi quand tu vas aux gogues, c'est tout. Cette fille ne signifie rien, pour lui. Elle n'était même pas un être vivant. Juste un objet. Cet abruti va revenir.

— Ah ouais ? Tu t'es recyclé Psychologue Analyste Criminel depuis quand ?

Gyzmo hurlait. L'écho de sa voix devait résonner jusqu'à l'entrée du parking.

— Baisse le ton, tu veux ?

— Je baisse rien du tout. Tu crois... Tu crois que tu peux déplacer des indices comme ça... Qu'est-ce qu'ils vont penser, les mecs du SRPJ, quand ils vont savoir...

— Ils sauront que dalle, pas vrai ?

Nazutti exhiba, dans le rayon lumineux de sa lampe, le trousseau de clefs qu'il avait récupéré quelques minutes plus tôt dans le vagin de la fille.

Déjà, quand il s'était penché pour examiner de visu l'entrejambe du cadavre, Gyzmo avait failli piquer une crise de nerfs. Dans la lumière de la lampe, Nazutti avait vu quelque chose briller dans la fente à peine pubère de la fille. Abdomen gonflé. En milieu confiné, les gaz de décomposition accéléraient la putréfaction. Encore un coup dur pour la couche d'ozone.

Il avait retiré, avec moult précautions, les clefs coincées entre les grandes lèvres de la fille, et Gyzmo avait frôlé l'AVC[1].

— Qu'est-ce que tu fous ? Laisse ça, putain ! Touche à rien !

Nazutti s'était relevé, et il avait souri. Avec l'éclairage en contre-plongée, ça lui avait fait une tête de macchabée qui avait fait dresser les cheveux sur la tête de Gyzmo. Il avait couiné :

— Oh, mon Dieu... Oh, mon Dieu...

— Ferme ta gueule, avait crié Nazutti.

Ce rappel à l'ordre sec avait calmé Gyzmo.

— Ce mec est définitivement un connard.

Il y eut un moment de flottement avant que Gyzmo ne se rende compte qu'il ne parlait pas de lui mais faisait bien référence à celui qui avait laissé les clefs.

— Pourquoi tu dis ça ? avait demandé le subalterne après s'être repris.

— Parce que celui qui a fait ça a prévu de revenir chercher sa camelote.

Il en était resté stupéfait. Nazutti ne pouvait pas le voir, mais il l'avait deviné au rythme de sa respiration. Il avait continué :

— Il s'est juste servi de l'intimité de la fille comme d'un tiroir.

— Qu'est-ce qui te fait penser ça ?

— Parce que le genre de personnes capables d'un pareil travail, c'est pas Hannibal Lecter ou je ne sais quel serial killer surdoué que tu ligotes dans les baveux ou mates à la téloche... Non, ces mecs-là,

1. Accident vasculaire cérébral.

comme quatre-vingt-dix pour cent des prédateurs de ce type, sont cons comme des manches à balai, à la limite de la débilité mentale…

— Arrête tes conneries, s'était égosillé Gyzmo.

— Ils se font pas attraper tant qu'ils ont du pot… La période faste s'arrête aujourd'hui pour celui-là, avait ajouté Nazutti sans prêter attention à son collègue.

Nazutti avait laissé planer un instant de silence. Son compagnon d'infortune respirait péniblement dans l'espace confiné et nauséabond du box. Gyzmo, après tout, n'était qu'un pédé. Mais il commençait à comprendre où Nazutti voulait en venir. Où allait les mener cette discussion absurde.

— Arrête tes conneries, répéta Gyzmo en haussant le ton.

— Du calme. Je t'ai dit de parler doucement ! assena l'inspecteur.

— Remets les clefs ou je… ou je…

Nazutti s'approcha, menaçant.

— Oui ? Ou tu quoi ?

— Laisse-moi, enfoiré. Laisse-moi. J'aurais jamais dû te suivre. Oh, non…

Nazutti l'agrippa par le colback.

— Écoute-moi bien, tête de nœud. Je t'apprécie pas, tu m'apprécies pas, c'est un fait. Mais on est ensemble sur ce coup-là, toi et moi, que ça nous plaise ou pas. Et si quelqu'un rapplique maintenant, et que, pour une raison ou pour une autre, il est effrayé par les cris de putois que tu pousses, je te pète toutes les dents de devant, tu comprends ?

— Tu… me menaces ?

Nazutti accentua sa pression et le phoque commença à avoir du mal à respirer.

— Dis-moi que tu comprends ?

— Ou… oui.

— Bien, approuva Nazutti en relâchant Gyzmo.

Puis il se pencha et remit délicatement les clefs à leur place. Technique éprouvée : après avoir fait prendre un coup de chaleur à son partenaire, il allait maintenant souffler le froid. Tant que le gros serait persuadé que la situation n'était que temporaire, ça suffirait.

— Excuse-moi, Gyzmo, je me suis un peu emporté. Mais, regarde, je repose les clefs où elles étaient. Un mouchoir. Pas d'empreintes, ni vu ni connu. C'est comme s'il s'était rien passé. Écoute-moi, tu sais ce qu'on va faire ?

— Je t'en supplie, gémit le pinnipède.

Nazutti indiqua un point vers les box opposés.

— On va aller là-bas, il y a une carcasse de voiture, je l'ai vue en revenant, on va éteindre nos loupiotes, et on va tous les deux profiter du silence et de l'intimité de la place en attendant.

— Pitié.

— Quoi ? T'es pas content de passer un petit moment en tête à tête avec ton grand copain Nazutti ?

— Je… Je suis pas là pour ça… bon Dieu, mon boulot à moi, c'est les formulaires et l'accueil.

— Ben, te plains pas, aujourd'hui, tu vas changer. Considère ça comme une promotion, tu vas apprendre des choses, tête de lard.

— Je veux rien apprendre.

Nazutti chopa son comparse par la nuque. Il devait se retenir pour ne pas presser trop fort, pour ne pas lui foutre la tête dans la merde qui les entourait, pour ne pas lui coller sa sale tronche de sculpteur de terre glaise sur le visage tuméfié, quasiment défiguré de ce qui avait été une fillette souriante aimant jouer à la poupée, se retenir pour éviter de lui hurler : « Et ça ? Et ça, connard ? Tu vas laisser passer ça ? Tu vas rester sur ton gros cul bouffeur de bites à attendre que d'autres s'en chargent et salopent tout ? Tu vas laisser celui qui a fait ça avoir une chance de s'en tirer ? » Au lieu de cela, il approcha sa bouche près de l'oreille de Gyzmo, tout près, et il lui chuchota, tout doucement, pareil qu'à un bébé à qui on chante une berceuse :

– Il s'agit juste… d'attendre les mecs de l'identité. Si l'ordure se pointe entre-temps, tant pis, on sera aux premières loges. On peut… Bon Dieu, on pourra leur fournir de précieux indices, un témoignage de première main. Dans le cas contraire, les autres feront leur boulot et on rentrera au bureau. Tout reprendra comme avant, d'accord, qu'est-ce que t'en dis, hein ?

– On observe, alors ? C'est tout ? Juste un témoignage ? On interviendra pas ?

– C'est ça, sourit Nazutti.

Si, dans l'obscurité, Gyzmo avait pu voir le sourire de son compagnon, il se serait douté de l'embrouille.

Mais il faisait si sombre.

Et ils étaient seuls.

*

Soudain, elle l'aperçut.

Mon bébé, oh, mon bébé, j'ai eu si peur… Tellement peur…

Au bout de la rue, de dos, avec sa robe à fleurs et

sa tignasse blonde. Elle se mit à crier son nom. Elle courait.

— Samantha ! Samantha !

Les gens la suivaient du regard, guettant l'heureux dénouement ou pensant à quel point elle avait été stupide d'affoler tout le monde pour rien.

Encore quelques enjambées et elle pourrait serrer la petite dans ses bras.

Elle allait… Elle allait moins travailler. Elle allait la gâter, la pourrir. Elle allait l'embrasser et savourer ses baisers, son odeur, le souffle délicat de sa petite bouche comme jamais auparavant. Elle allait dire : *Mon bébé, oh, mon bébé, j'ai eu si peur… Tellement peur… Mon bébé, mon bébé, mon bébé…*

Elle se jurait désormais d'en profiter pour toujours à sa juste mesure.

Encore quelques pas.

Elle allait entendre sa voix, elle allait retrouver l'éclat malicieux de ses petits yeux verts.

Mon bébé, mon amour.

Si peur.

Elle posa sa main sur l'épaule de la fillette.

— Hé, ça vous prend souvent ? regimba une accompagnatrice qu'elle n'avait pas vue au premier abord.

Rose l'observa. Elle ne comprit pas tout de suite. Son regard se reporta sur sa fille qu'elle se préparait à prendre dans ses bras.

Elle lui rendait son regard, la fillette, incrédule, la bouche remplie à ras bord de bonbons. Elle tenait le sac multicolore tout contre elle comme si, dans un réflexe absurde, elle avait cru que l'inconnue en voulait à ses friandises.

Elle avait le visage plus allongé.

Ses yeux n'étaient pas verts mais marron.

Et elle était plus grande que sa fille, bien plus grande. Comment avait-elle pu se méprendre à ce point ?

Tourner. Tourner encore sur soi-même pour embrasser la rue d'une vision panoramique et essayer. Essayer encore une fois. Les protestations du cerbère en jupons qui accompagnait la fillette, elle ne les entendait déjà plus.

Il devait y avoir une solution ! C'était obligatoire ! Une solution…

Des parents l'avaient rejointe.

La plupart s'étaient égaillés alentour, demandant çà et là des précisions, des renseignements. Appelant aux quatre coins de la rue :

– Samantha ! Samantha !

On commençait à évoquer la possibilité d'appeler le 17.

Non, pas encore. Pas tout de suite. Il devait y avoir une explication rationnelle, toute simple. Une chose à laquelle elle n'avait pas pensé mais qui s'imposerait avec une évidence rassurante sitôt que son esprit aurait fait la jonction. Et puis Rose ne pouvait, dans cette éventualité, se résoudre à la solution ultime. Si… Si elle s'affolait pour rien et que Romain apprenait ça… Elle passerait pour une instable. Pour une irresponsable. Rose déplia son portable et commença, en tremblant, à composer les numéros de son répertoire. Tous les numéros.

*

— Nazutti ?

— Ta gueule.

— J'ai… Je crois que je suis malade. Faut que je rentre.

— Ta gueule, je t'ai dit. On est pas bien là ?

— Je suis malade.

— Si tu continues, t'auras de vraies raisons d'être indisposé, crois-moi.

— Arrête… Faut qu'on arrête, Nazutti. Je le sens pas, mais alors, pas du tout. Il est encore temps de…

— T'as peur, Gyzmo, c'est tout. Une grosse trouille qui te file la chiasse. Il n'y a aucun mal à ça. Mais si tu fais tout foirer avec tes jérémiades, souviens-toi de ce que je t'ai promis.

— Mon Dieu… On… On voit rien. À quoi tu veux qu'on serve ? Même si le mec se pointe, tu veux qu'on témoigne de quoi ? Une ombre noire dans l'obscurité…

— Il aura besoin de s'éclairer. Comme nous, Gyzmo, exactement comme nous.

— T'es givré. Complètement givré. C'est la dernière fois que je fais équipe avec toi…

— On est bien d'accord là-dessus. Mais pour l'instant, ferme-la. Tu vas nous faire repérer.

— …

— Ferme-la, j'ai dit.

— Mais je me tais.

— Tu gémis, tu halètes, et tu pètes, ça suffit.

— J'y peux rien.

— Tu pries pour que personne se pointe, pas vrai ? Tu pries pour que les dècs rallègent avant ? Espèce de salopard.

— Je t'en supplie, Nazutti, s'il te plaît.
— Chut, j'entends quelque chose.
— Ooooh.
Nazutti plaqua la main sur la bouche de son collègue.

Ça faisait un quart d'heure qu'ils étaient dans la caisse bouffée par la rouille. Les ressorts des sièges défoncés leur rentraient dans le cul. Nazutti avait pensé avec amusement que c'était bien le genre de choses qui devait plaire à Gyzmo, mais il avait arrêté tout de suite, parce que c'était pas le moment de déconner. Ça sentait pas meilleur ici que là-bas. Pour couronner le tout, Gyzmo était atteint d'une crise de flatulences intempestives. Il avait pas cessé de se plaindre, de gémir, à la limite du sanglot. À croire qu'il se doutait de quelque chose. Que, d'une manière ou d'une autre, la part féminine qui était en lui, cette espèce de putain d'intuition dont se vantaient les gonzesses, suggérait que Nazutti n'avait pas contacté le Central. Ou que, s'il l'avait fait, il avait minoré l'urgence de la situation. Cette tantouze devait avoir la conviction grandissante qu'ils allaient inexorablement se retrouver dans la merde. Contraints d'agir, ce qui était synonyme. Pauvre con ! Sale pédé !

Il avait chuchoté des suppliques sans discontinuer et Nazutti avait dû se mordre les pognes pour ne pas lui flanquer la raclée à laquelle il avait droit depuis trop longtemps.

Et, soudain, ils avaient entendu un bruit. Une tôle qui glisse et s'écroule avec fracas sur le sol.

La main calée sur la bouche de Gyzmo, moite de sueur, Nazutti avait retenu son souffle. Sa rage se reporta instantanément sur sa nouvelle cible. Ordure ! Enfoiré ! C'est aujourd'hui que ta période de gluck s'achève.

Ça pouvait aussi bien être un rat, ou l'équilibre précaire d'une pièce qui, par un tour facétieux du destin, avait choisi ce moment délicat pour basculer. Mais Nazutti savait au fond de lui, tout au fond, qu'il n'en était rien.

*

« Romain ? C'est Rose. J'appelle… Oui, je sais, excuse-moi de te déranger, je suis désolée, mais il n'y avait vraiment plus que toi… Je… J'ai déjà appelé tout le monde. Est-ce que Samantha est avec toi ? *Dis oui, je t'en supplie, dis oui… tu es ma dernière chance. Je suis faible, si faible. Je suis… désemparée…* Non ? Pourquoi devrait-elle être avec toi ? Je… Je… *Impuissante…* Elle était avec moi au jardin et… *Mauvaise mère…* je ne sais pas… elle a disparu. Oh, mon Dieu, je… *Mauvaise épouse, mauvaise employée…* Oui, je les ai déjà appelés… *Impotente…* Ça aussi, j'ai vérifié… *La peur… la peur, immense…* Oui, qu'est-ce que tu crois, j'ai regardé, bien sûr, une fois, deux fois. *Ne pas craquer, ne pas craquer maintenant. Respirer. Bien à fond…* Non, ça n'est pas une plaisanterie… *Tu jouis, hein, tu jouis, sale mec de merde…* Aide-moi, Romain, je ne sais plus quoi faire… Merci… Oh, merci… Tu es là vite, hein, tu te dépêches hein, Romain… *Je pleure ? Me voilà en train de pleurnicher comme une petite fille en train de demander son père… Quelle merde, quelle merde ! Incapable… Incompétente…* Je les appelle ? Tout de suite ? *Oui, papa, oui…* Je leur donne toutes les précisions… *Tu vas me sauver, hein, papa ? Tu vas me protéger encore des monstres sous le lit ?* Tu les appelles toi aussi de ton côté ? *Merci, papa, oh, merci… Mec de merde !* Non, je ne bouge pas… Je vais… Je vais continuer à chercher… »

Rose raccrocha. Elle leva le visage sur l'assemblée en effervescence. Il lui semblait que les gens qui avaient écouté sa conversation téléphonique approuvaient la décision de son ex. Enfin quelqu'un qui savait quoi faire. Un être qui prenait des décisions, qui ne se laissait pas déstabiliser… *Tellement… dépendante… Un homme, un vrai. Salaud ! Salaud ! Oh, Samantha.*

Une dernière fois, essayer une dernière fois par elle-même avant de les contacter. *Tu perds du temps, connasse !* Ça ne pouvait pas être ça. Ça ne pouvait pas !

Elle se mit sur la pointe des pieds pour que sa voix porte, et, dans un hurlement déchirant et désespéré, elle appela une nouvelle fois sa fille.

*

Il y eut une lueur frémissante, craintive, méfiante.

Loin.

La lumière d'une lampe torche.

Qui se rapprochait.

L'air de savoir exactement où aller.

Nazutti sentit sa queue se durcir, comme chaque fois qu'il était sur le point d'en alpaguer un. Gyzmo devait penser que c'était les autres qui rallégeaient, mais l'inspecteur savait qu'il n'en était rien. Le mastard accentua la pression sur la bouche du gros. Une puanteur immonde envahit l'habitacle. Il ne pouvait y croire : Gyzmo venait de faire dans son froc. Lui aussi savait maintenant que ce n'était pas un flic qui arrivait.

Nazutti se pencha au-dessus de la carlingue, à travers le pare-brise défoncé.

L'homme — si c'était un homme — s'était arrêté devant le box où gisait la fille. La lumière hésita.

Nazutti priait : « Entre… Entre là-dedans, bon Dieu… »

L'inconnu, semblant obéir à l'injonction muette de l'inspecteur, s'introduisit dans le box.

— Qu'est-ce qu'il fabrique ? chuchota Gyzmo, la voix tremblante.

Nazutti aurait voulu assommer son coéquipier de fortune là, tout de suite, mais il était trop tard pour cela.

— Sais pas. Mais il est dans le box. Regarde-moi cette saloperie d'enflure : il y est.

— Qu'est-ce qu'on fait… Oh, mon Dieu, qu'est-ce qu'on va faire ?

— On va attendre. Attendre encore un peu. Bouge pas. Respire pas. Pète pas.

La lueur de la lampe torche furetait çà et là. Sur le cadavre et à côté. Elle semblait repérer les lieux, explorer, renifler.

— C'est lui, le fils de pute, c'est bien lui…, murmura l'inspecteur.

— On bouge pas, hein ? C'est ça que t'as dit. On… On attend… Les collègues vont venir. C'est sûr, ils vont arriver d'une seconde à l'autre.

— Il se baisse vers la fille. Enculé, va.

Nazutti aurait voulu arrêter tout maintenant. Il savait qu'il attendait trop… Un peu trop.

Il aurait voulu ne pas être là, ne pas regarder ce qu'il était en train de regarder.

Il aurait voulu pouvoir ôter les yeux du spectacle macabre qu'ils ne faisaient que deviner, à quelques dizaines de mètres d'eux.

Il aurait voulu ne pas entendre la respiration haletante de l'ordure.

Il aurait voulu ne pas éprouver ce qu'il était en train d'éprouver : une sorte d'excitation. Un plaisir de voyeur. Quelque chose qui se prolonge au-delà de la simple constatation.

Mais il savait qu'il n'y pouvait rien et qu'il ne servait à rien de lutter. Cette excitation, ce prolongement, cette… proximité lui servirait le moment venu. Elle l'aiderait à faire ce qu'il devait. Alors, il ouvrit grandes les châsses, et laissa venir.

L'inconnu, penché sur le corps inerte, semblait en explorer la physionomie avec une lenteur insupportable. Il fit un geste vers le cadavre et Nazutti entendit distinctement le tintement des clefs.

Soudain, le faisceau de la lampe torche sursauta.

— Qu'est-ce qu'il fait ? demanda Gyzmo, blotti derrière le siège.

La torche balaya d'un coup sec le parking.

Nazutti se planqua de justesse à côté de la tantouze. Cette brusque promiscuité lui fit comme une décharge électrique. Il se força à l'ignorer.

Ils entendirent un bruit. Un frottement. Puis des pas.

Nazutti risqua un œil à l'extérieur.

— Qu'est-ce qu'il fait ? répéta le gros.

— Il se barre ! Cette salope est en train de se carapater !

Avant que Gyzmo ait pu faire ou dire quoi que ce soit pour retenir Nazutti, ce dernier jaillit de sa cachette comme un diable de sa boîte.

— Police ! Restez où vous êtes…

La lampe torche était déjà à l'autre bout du tunnel. Le mec était en train de taper un sprint à la Carl Lewis.

— Avec moi, Gyzmo, bouge ton cul ! hurla Nazutti en se précipitant à la poursuite du suspect.

Galvanisé par la peur, Gyzmo s'éjecta du véhicule. Instinctivement, il se mit lui aussi à crier avec une voix de fausset, comme il avait vu dans les films.

— Police ! Police ! On se fixe !

L'inconnu avait déjà tourné le coin de la travée principale, Nazutti sur ses talons.

*

Lorsque Romain arriva, elle éclata en sanglots.

Un moment déjà que les deux flics étaient arrivés. Deux gendarmes. Ils avaient pris sa déposition, celle des autres parents ou badauds présents. Ils avaient calmé, tenté de clarifier, classer, hiérarchiser… Ils avaient fait un tas de choses, mais ils ne l'avaient pas aidée. À aucun moment. Et puis Rose se disait qu'ils n'étaient que deux. Il aurait fallu vingt, trente flics pour ratisser le quartier, mener une enquête de voisinage, contrôler les points stratégiques… elle ne savait pas. Lorsqu'elle leur avait donné les premiers renseignements, ils l'avaient regardée avec une espèce de perplexité. Comme si elle n'était qu'une mère de plus parmi toutes les mères indignes qu'ils croisaient à longueur d'année. Comme si elle était responsable, peut-être coupable avant d'être victime. Elle n'avait pas le droit de les déranger pour ce qu'ils considéraient comme une vétille, ou une méprise.

Elle était juste trop paniquée, effrayée pour tenter de remédier à cette situation. Mais cela n'avait fait que l'accabler encore plus.

Ils étaient en train de contacter leur hiérarchie lorsque Romain arriva. *Il va prendre les choses en main, oui, il va… Les gendarmes ne se permettront pas de le regarder, lui, comme s'il était demeuré…* Convulsivement — *rester digne, utile, indépendante* —, elle se mit à pleurer et se jeta dans ses bras. *Oh, comme il doit apprécier ça, ce salaud…* Il l'avait consolée, il lui avait passé la main dans le dos — *un peu trop… mec de merde* — et le pire, c'est que ça lui avait fait un bien fou. Et puis il l'avait prise par les épaules et l'avait regardée franchement.

— Qu'est-ce qu'il s'est passé, Rose ?

Elle recommença à sangloter. Il la secoua fermement. *Oui, morigène-moi, gronde-moi, papa. J'ai été… méchante. Punis-moi, frappe…*

— Reprends-toi ! J'ai besoin de toi là, maintenant. Ne me lâche pas, tu entends ? *Oui, oui, papa…*

— Excuse-moi, c'est… je ne savais plus quoi faire…

— Je veux que tu me racontes exactement ce qui s'est passé. Essaye de te souvenir de tout. Même les plus petits détails. Après, j'irai les voir.

Il désigna les deux flics dans leur estafette. Celui qui était à la radio, pensant que personne ne faisait attention à lui, rigolait. Probablement à une bonne blague de la standardiste. *Envie de vomir… Non, se reprendre, respirer, Romain est là.*

Alors, Rose lui raconta tout, tout ce dont elle se souvenait, tous les renseignements en sa possession. C'était empressé, confus, mais la première déposition qu'elle avait faite aux gendarmes l'aida à remettre un peu d'ordre dans ses idées.

Patiemment, Romain l'écouta. À une ou deux reprises, il lui demanda de préciser une chose ou une autre.

Il aurait pu l'enfoncer, l'agonir d'insultes, l'humilier publiquement, elle n'y aurait pas trouvé à redire. Mais il était assez sage — *si sage* — pour savoir que cela ne servirait pas ce qui était brusquement devenu leur cause commune. La priorité, pour l'instant présent, était de retrouver Samantha, et aucun conflit ne les aiderait, lui comme elle le savaient.

Il posait sur elle un regard empli de considération. Il lui parlait comme à un être humain. Comme à quelqu'un sain d'esprit et responsable, non comme à une mythomane en puissance ou à une personne fantasque en proie à quelque délire psychotrope. Être écoutée, abordée ainsi la détendit un peu. On aurait dit qu'enfin, en compagnie de son ex, elle retrouvait une part d'elle-même. Bien entendu, elle n'ignorait pas que ce n'était qu'illusoire. C'était un moment de crise, et dans les moments de crise on se serre les coudes. Elle n'ignorait pas que, dès que ce serait terminé — *oh, oui, mon Dieu, faites que ça se termine, faites que ça se termine vite !* — les dissensions réapparaîtraient. Pour elle comme pour lui. *Parce que c'était un mec. Un sale mec avec sa queue…*

Les reproches, la guerre larvée à laquelle de si nombreux couples en rupture s'adonnaient, reprendraient. Mais là, sur l'instant, c'était agréable, si agréable. Elle s'en voulut immédiatement de trouver du réconfort, un certain plaisir alors que Samantha avait disparu. Ceci aurait dû être la seule chose présente à son esprit.

Romain se dirigea d'un pas énergique vers les deux flics.

*

À l'air libre, Nazutti tituba, désorienté, ébloui. Il s'était accoutumé aux ténèbres, à la douleur et à l'incertitude qui les avaient cernés dans le garage souterrain. Ici, dehors, tout lui semblait trop clair, trop franc. Il avait oublié l'éclat du soleil. Ce putain de soleil.

Il suffoqua sous l'effet conjugué de la chaleur et du cent mètres qu'il venait de taper.

Derrière, Gyzmo devait suivre. Du moins le supposait-il. Cet abruti avait cru bon d'endosser l'uniforme, comme il l'avait fait chaque jour des trois années qui s'étaient écoulées à la brigade. Est-ce que vous avez déjà essayé de courir avec tout le barda imposé par la tenue officielle ? Le galure qui se barrait et qu'il fallait maintenir d'une main. Le BDS[1] qui, si on ne prenait pas la précaution de le passer au deuxième arceau — et il n'y avait aucun doute que Gyzmo avait passé outre cette petite astuce — vous brisait les couilles à chaque enjambée. Et c'était sans

1. Bâton de sécurité.

compter l'embonpoint de l'adipeux qui ne devait pas, à la décarrade, jouer en sa faveur. Nazutti l'imaginait là, grimaçant comme un pantin, à bout de souffle, quelque part derrière.

Sans attendre, il s'élança à nouveau. Parce que l'autre, question souffle, il en manquait pas. Faut dire qu'avoir un dèc au cul vous dégageait les bronches en moins de deux.

Le connard était déjà au bout de la plate-forme et enquillait vers les immeubles qui circonscrivaient la structure. Nazutti connaissaient bien ces HLM : de vraies passoires, pire qu'un gruyère moisi. Chaque entrée possédait au moins deux sorties et c'était pas la peine de compter sur les interphones ou autres systèmes de sécurité pour stopper le bonhomme. Les portes étaient toutes grandes ouvertes, et quand bien même elles auraient été fermées, il y avait longtemps que la plupart des vitres étaient parties à dache. Ça, ajouté à la possibilité de se barrer par les étages ou les caves, il fallait vraiment que le type soit un demeuré complet pour pas profiter de l'embellie. Nazutti comptait dessus.

Il accéléra la foulée. Déjà, l'homme, petite silhouette ondulante sous la canicule, s'engouffrait dans une entrée.

Nazutti suivit presque immédiatement. Mais *presque immédiatement*, c'est parfois suffisant pour paumer une anguille.

Il sauta par-dessus les sacs-poubelle qui cernaient l'immeuble. Les porcs qui vivaient là ne se respectaient même plus eux-mêmes, pourquoi auraient-ils respecté leur cadre de vie ? Pourquoi se faire chier à descendre les déchets ou à utiliser les vide-ordures, bouchés une fois sur deux, quand on pouvait jeter les sacs directement par les fenêtres ? C'était tellement plus simple et moins fatigant.

Afin de gagner du temps, quelques fractions de secondes qui pouvaient faire la différence, il se baissa et se jeta tout de go à travers la vitre inférieure. Une chance sur deux. Pas de bris. Nazutti pouvait remercier sa bonne étoile. Il fit une roulade et, dans un même élan, se rétablit et dégaina son arme. Comme au cinoche. Bien joué, Nazutti. Bien sûr, dans la vraie vie, si on tombait sur des méchants enfouraillés, ce genre de facéties pouvait vous coûter une poivrade dans les règles de l'art, comme au stand, mais Nazutti savait que sa proie n'était pas réellement dangereuse. Tout juste bonne à s'attaquer aux gamines prépubères, comme l'étaient d'ailleurs tous ceux de son espèce.

À l'affût, immobile, aussi silencieux qu'un félin, il écoutait le moindre bruit qui, répercuté par la cage d'escalier, lui donnerait une indication. Il avait eu de la chance, en passant à travers la fenêtre. Il connaissait un sous-brigadier qui, à la poursuite de dealers, était carrément passé à travers la baie vitrée fraîchement réparée selon ce calendrier et cet ordre de priorités fantaisistes dont seul l'Office avait le secret. Il s'en était sorti avec une belle balafre qui lui donnerait, pour le restant de ses jours, ce petit supplément d'âme que possèdent tous les aventuriers.

Nazutti essaya de réguler son souffle, stabiliser les battements de son cœur qui pourraient, le cas échéant, l'empêcher de percevoir le petit glissement, le minuscule frottement qui le mettrait sur la piste.

Une porte qui claque, là, dans les caves.

Nazutti se précipita.

Avec de la chance, beaucoup de chance, la porte du local à poubelles donnant sur l'arrière de l'immeuble serait fermée. Sinon, ça n'était pas grave. Il continuerait à courir.

*

Romain revint vers elle. Paumes dressées, épaules affaissées. Il semblait plus vieux. Subitement fatigué.

— Ils disent qu'ils vont quadriller le quartier et filtrer les axes locaux, mais…

— Mais… Mais quoi, hein ?

Elle était à la limite de l'hystérie.

Romain l'attrapa par les épaules et la secoua.

— On ne sait pas. On ne sait pas ! Les témoignages sont trop… J'ai téléphoné à Gilbert, tu sais — *oh oui, je sais* —, mon frère, celui qui travaille au ministère. *Ton foutu frère qui travaille au ministère, si tu ne m'as pas rebattu les oreilles avec cette histoire mille fois*… Il m'a tout expliqué et tu dois être au courant puisque tu as écrit là-dessus — *il y a quoi, dans cette intonation, Romain ? Du mépris ? De la moquerie ? Qu'est-ce que tu sous-entends ? Puisqu'elle est si fortiche, Rose, puisqu'elle sait autant de choses, pourquoi elle se démerde pas toute seule, hein ? Non, pas le temps, plus assez d'énergie pour penser à des choses pareilles. Se concentrer, focaliser sur l'essentiel* —, les faits doivent répondre à des critères précis : un enlèvement confirmé, des indices descriptifs suffisants… Et là, ils n'ont rien. Rien de valable, Rose. Tu comprends ? Il n'y a pas de preuve flagrante…

Les informations sont contradictoires... Merde, ils ont trente-six mille signalements par an.

[Italique] trente-six mille enlèvements par an...

Et je crois... Je crois qu'ils n'écartent pas l'hypothèse que tu... Ce sont les chiffres que Gilbert m'a donnés et ce que tu connais probablement, Rose. Juste des chiffres : cinquante-cinq pour cent des enlèvements sont d'origine familiale.

[Italique] Cinquante-cinq pour cent...

– Un enlèvement... Je crois que je vais vomir. Moi ? Moi ?

Il la secoua de nouveau. Plus fort.

– Personne n'a dit ça. Personne ! Il faut que tu te ressaisisses, bon sang. Il faut que tu te souviennes. De tout ce qui est possible.

– Je ne peux pas... Je n'arrive... Il y a tellement de choses. Ils vont la retrouver, n'est-ce pas ? Ils... vont la retrouver.

Romain ne répondit pas.

Il la regardait. Droit dans les yeux.

– Ils t'ont dit combien il y avait de chances que... que... *Oui, je sais ce que tu penses : si tu as tant potassé le sujet, tu dois en être avertie, pas vrai ?*

Elle ne put terminer sa phrase.

[Italique] Soixante-quatorze pour cent des enfants qui sont tués le sont dans les trois heures qui suivent leur enlèvement. Au-delà...

Il secoua la tête en signe de négation. Il continuait à la fixer.

Elle lut dans ses yeux de la colère, des reproches

qu'il ne formulerait qu'a posteriori mais qui, pour l'instant, restaient cadenassés à l'intérieur.

Elle y lut des remords, des regrets. Sur ce qu'il aurait pu faire différemment, sur la manière dont elle aurait dû gérer les choses.

Elle y lut aussi de la lassitude, une profonde lassitude devant ce gâchis. Cette chose absurde qu'était devenue sa… leur vie et qui les avait conduits là.

Elle aperçut enfin un éclat, sombre et mystérieux. Une sorte d'espoir fou. La seule possibilité qui le faisait encore tenir debout en face d'elle. Ils allaient s'en sortir. Oui, ils allaient s'en sortir tous les trois.

Elle vit tout ça, dans ses yeux.

Mais d'amour point.

Il était là pour Samantha, pas pour elle. Et jamais, quoi qu'il arrive, jamais plus il ne pourrait l'aimer ni lui pardonner.

Elle tendit la main vers lui et il l'accepta.

*

L'infâme se retourna, acculé. Il était d'une laideur et d'une saleté repoussantes, c'est du moins ainsi que Nazutti le perçut. Individu de petite taille, chauve, mal rasé. Sa peau, le pourtour de sa bouche étaient constellés d'herpès. Il tremblait. Il avait peur. Dégueulasse. Nazutti n'eut pas à se forcer pour éviter de le considérer comme un être humain.

Il se tenait entre lui et la sortie du local, MR 357 en pogne.

– Qu'est… qu'est-ce que vous voulez ?

Nazutti rigola. Son sourire était aimable, mais ses yeux disaient tout autre chose et le contrevenant ne se trompa pas sur la signification de ce regard. Il n'était plus qu'un prédateur qui venait de rencontrer un autre prédateur plus puissant que lui.

— Hé, c'est pas moi. J'étais là, mais c'est pas moi. J'ai juste... J'ai découvert le... le truc par hasard. Vous comprenez que j'aie eu peur.

Nazutti lui fit un clin d'œil.

— Mais qu'est-ce que vous voulez, putain ? Vous êtes flic ? balbutia la proie.

Le policier désigna du canon les clefs que ce con avait cru bon de garder à la main.

— Ça ? Les clefs ? Oh, elles sont pas à moi, chef, je vous jure. Vérifiez si vous voulez... Vous pourrez jamais le prouver...

Sans cesser de sourire, Nazutti secoua la tête. Il ne voulait pas parler avec cette ordure. Lui adresser la parole aurait été le considérer comme quelqu'un qui appartenait au genre humain, tout comme lui. La loque, prenant peut-être ce silence pour une forme de doute, assura :

— Je les ai trouvées... Sur le cadavre, je veux dire. Je... Je sais pas pourquoi je les ai ramassées. J'ai fait ça sans réfléchir. C'est pas un crime, non ?

Nazutti se baissa et prit, soigneusement fixé sur son mollet droit, le petit outil qu'il avait embarqué dans le tiroir fermé à double tour de son bureau.

Le pervers réalisa soudain que le silence auquel il se heurtait de la part du représentant de la loi n'était pas de l'hésitation ni aucune forme de compassion. Il commença à geindre.

— Hé, qu'est-ce que vous faites ? Vous avez pas le droit. Je veux... Je veux que vous m'emmeniez au poste... Je veux un avocat.

Nazutti rit à nouveau. Mais cette fois son rire avait pris une teinte franchement sinistre.

Il sentait, dans son pantalon, son sexe durcir.

L'autre, voyant la bosse naître au niveau de son entrejambe, se méprit à nouveau.

— Ah, c'est ça ? Vous... Vous voulez que je vous suce, c'est ça ? Je peux, vous savez, chef... Ça sera gratuit pour vous... Ou autre chose, peut-être, vous voulez m'enfiler ? C'est possible. Tout est possible.

Toujours sans dire un mot, Nazutti brida la lourde du local derrière lui.

Alors, il se mit à parler.

Ça n'était pas que l'autre montât soudainement dans son estime, mais il avait envie qu'il comprenne, qu'il comprenne bien ce qui allait lui arriver.

Il fit jouer la pointe métallique au creux de sa main.

— Tu sais ce que c'est ça, ordure ? Nan, pas vrai ? C'est un Kubotan spiral. Une petite arme très prisée des loulous du quartier qui ont peur ou qui se sentent pas vraiment protégés par notre belle police nationale. Très pratique : pas plus gros qu'un porte-clefs. Tient dans la poche, fond pas dans la main, comme dirait l'autre. Il s'agit d'un dérivé de l'ancien yawaka japonais, mais il a été modernisé et adapté à nos besoins occidentaux par un charmant petit homme appelé maître Kubota, d'où le nom...

Le meurtrier ne répondait pas. Il était pétrifié. D'une voix plate, Nazutti précisa :

— Bien entendu, c'est une arme de sixième catégorie dont le port est strictement prohibé. Article 32, alinéa 2 du décret de loi du 18 avril 1939.

C'est trois ans de taule et cinquante mille francs d'amende. Tu crois qu'on pourra ajouter ça à ton palmarès ? C'est pas que, dans la balance, ça fasse une grande différence en sus de meurtre avec préméditation, actes de barbarie et viol sur mineure de moins de quinze ans… Parce qu'elle avait moins de quinze ans, pas vrai ?

— Hé… Mais ça va pas… Où vous allez, là, chef ? Je… Je vous ai dit que…

— Bien utilisé, le Kubotan peut faire de sérieux dégâts, le coupa Nazutti sans lui prêter attention. Tu peux t'en servir sur les différentes parties du corps. Tiens, l'épaule, par exemple…

Et l'inspecteur planta d'un coup sec la lame à travers sa propre chemise, droit dans le gras de l'épaule, sur le deltoïde.

Le criminel présumé tomba à genoux.

— Oh, bordel de merde, gémit-il.

Il comprenait soudain à qui il avait affaire.

Sans sourciller, froidement, Nazutti retira la lame pleine de sang et la jeta aux pieds de l'individu.

— Oui, tu pourrais faire ça : me frapper à l'épaule. Cependant, je te le conseille pas. C'est pas très efficace et ça pourrait décupler ma colère. Enfin, peut-être que je vais me payer une petite ATT à tes frais, finalement.

— Oh, nononon, chef. Je vais pas prendre ça, chevrota le suspect, lorgnant avec des yeux exorbités du côté de la lame ensanglantée.

— Moi, je te conseillerais plutôt d'essayer de viser ce qu'on appelle les parties molles : œil, oreille, carotide, aine, plexus… et, bien sûr, les couilles. Normalement, c'est pas autorisé en technique de combat, mais je veux bien te faire une fleur.

— Vous… Oh, sainte mère de Dieu ayez pitié ! Vous êtes cintré. Je veux pas toucher à ça, moi. Pas question.

— Tu vas prendre cette arme. D'une manière ou d'une autre. Sur tes deux pieds en bonne santé ou avec un bras cassé. Même peut-être en étant tout simplement mort, mais je te certifie que tu vas prendre cette arme.

— Vous… Vous êtes pas flic, c'est pas possible.

— Oh, si, c'est possible. Tout est possible, comme tu disais. Et non seulement je suis flic, mais tu vas avoir droit à un voyage au commissariat. Tu vas avoir droit à un avocat. Et peut-être même à un procès très équitable avec une couverture médiatique assortie, pour ce que j'en ai à foutre. Mais avant, je veux que tu prennes cette arme.

— Mais… Pourquoi ? J'ai rien fait, bon Dieu, je vous jure… Pourquoi ?

— Parce que ça va me soulager, articula Nazutti.

Le sang se répandait sur sa poitrine et sur son bras. Aucune importance. Impressionnant mais pas mortel. C'était l'essentiel.

— Vous êtes fou, hein ? Bon, ok… D'accord, c'est moi, c'est moi… Je… Merde, j'ai pas fait exprès, vous me croyez ? Elle voulait crier, cette petite pute… Je voulais juste… Si vous l'aviez vue tortiller du cul, vous comprendriez… Elle demandait que ça, meeerde. Vous… Vous êtes un homme, comme moi, vous pouvez comprendre ce genre de choses. Allez, quoi… Vous allez quand même pas me tuer pour un truc pareil ? Voilà, je l'ai dit… Mais je veux que vous m'emmeniez voir vos collègues, maintenant... S'il vous plaît...

— Je vais t'expliquer quelque chose : je me moque de ce que tu as fait ou pas. Je me moque que tu sois innocent ou coupable. Je me moque de savoir si tu fais partie des douze pour cent d'individus qui ont eux-mêmes été victimes dans leur enfance. Je me moque du fait que tu correspondes aux critères du Cycle d'Abus de Lanning. Je me moque de savoir si tu fais partie des cinq pour cent qui enlèvent leur voisine, des vingt et un pour cent qui connaissent la famille ou des quarante-cinq pour cent qui sont de complets étrangers. Je me moque de savoir si tu as participé à une thérapie ou si tu y participeras. Je me moque de savoir si ces putains de clefs t'appartiennent. Je me contrefous même de l'issue d'un procès, si tu arrives jusque-là. Tout ça, ça me regarde plus. Ce qui me regarde, c'est moi, dans ce local qui pue la couche pour bébés et la nourriture avariée, et puis il y a toi et cette arme de sixième catégorie, avec laquelle tu menaces un représentant des forces de l'ordre. Ne me menace pas, t'entends ? Ne me menace pas avec cette arme !

Le regard du captif se fit implorant. Il se mit à sangloter.

— Mais... Pitié... Je demande la pitié... J'y ai même pas touché, à votre arme...

— Il te reste trois secondes pour ça.

Nazutti arma le chien de son arme.

Maintenant, l'ordure comprenait. Elle comprenait bien. Et si ce n'était pas le cas, les suppositions étaient pires.

Il tenta de se relever. Retomba à genoux. Sans faire un geste vers le Kubotan.

Une sorte de hoquet fiévreux agita son corps et un filet de bile coula le long de son menton.

Peut-être allait-il se mettre à hurler ? Hurler, dans ce quartier pourri où les coups de fusil et les règlements de comptes servaient d'horloge parlante. Pisse dans un violon, t'auras l'air moins con. Nazutti savait que, de toute manière, s'il ne criait pas maintenant, il le ferait tout à l'heure.

Lui, il préférait maintenant.

Il ne se donna pas la peine de compter jusqu'à trois.

*

Ils restèrent longtemps ainsi enlacés sur le trottoir qui longeait le square. Petit à petit, les gens étaient partis, rentrés chez eux.

La nuit était tombée.

Rentrés chez eux…

Mettre leurs pantoufles.

Allumer la télé.

Donner le bain à leurs gamins.

Prendre leur repas en famille.

Raconter une histoire pas trop longue.

Mettre en route le lave-vaisselle.

Regarder encore la télé.

Éteindre les lumières.

Régler le réveil pour demain.

Éviter les disputes, faire l'amour, et éventuellement avaler quelques jolis cachets multicolores pour pouvoir dormir.

En paix.

Dans le calme et la sérénité.

Peut-être parleraient-ils un peu, entre la poire et le fromage, de ce à quoi ils avaient assisté aujourd'hui.

Peut-être émettraient-ils des réserves sur le caractère responsable et la maturité de cette mère qui n'avait rien vu, qui n'avait pas su être assez vigilante.

Peut-être aussi, dans leur lit, bien au chaud, en attendant un sommeil qui tardait à venir, prieraient-ils secrètement pour que ça ne leur arrive jamais à eux.

Oui, il faisait nuit maintenant et avec l'obscurité s'étaient installés le doute, la peur et une certaine forme de folie à venir.

Rose n'avait pas senti la fraîcheur se profiler. Elle était bien, là, dans les bras de Romain, et elle se haïssait pour ça.

À un moment, quelqu'un vint lui taper sur l'épaule. C'était un des deux gendarmes. L'enquête de quartier n'avait pour l'instant rien donné, pas plus que les barrages. Il fallait qu'ils rentrent chez eux, c'était la meilleure solution. Il ne fallait pas rester là. Ils les contacteraient sitôt qu'ils auraient du nouveau.

À regret, Rose se détacha de l'étreinte de Romain. Lui aussi, il fallait qu'il y aille — *il est, bien entendu, hors de question que tu me proposes de venir dormir chez toi, quelle horreur…* —, il lui téléphonerait demain à la première heure.

Le gendarme proposa de les raccompagner mais ils déclinèrent son offre.

Son acolyte vint les prévenir que les parents de Rose venaient d'arriver.

Elle pourrait passer la nuit chez eux, se défaussa son ordure d'ex-mari. Rose se dirigea alors vers la Simca de son père qui ouvrit la portière et se précipita à sa rencontre. Sa mère resta à l'intérieur du véhicule.

Rose s'engouffra sur le siège arrière, et ils se mirent en route. Ils roulèrent en silence.

Elle restait les yeux dans le vague, sonnée. Elle s'ébroua : bon sang, elle avait oublié ses notes sur le banc du jardin… Elle avait même oublié de dire au revoir à Romain, de lui présenter ses excuses, de… À quoi bon ?

Ses parents non plus ne parlaient pas. Avaient-ils peur de brusquer les choses, d'avoir une parole maladroite ? À moins que, simplement, ils ne sachent quoi dire. Quoi dire, d'ailleurs ?

Elle remonta le col de sa veste. Séparée de Romain, elle ressentait à présent cruellement, malgré l'impression de confort que dégageait la voiture parentale, la morsure du froid.

Glacée, elle avait le pressentiment irraisonné que cet inconfort ne faisait que commencer.

Qu'à partir de maintenant, il ferait froid.

De plus en plus froid.

*

Trois jours plus tard, à l'heure où le cagnard tapait comme un sourd sur les parkings de banlieue, l'inspecteur Nazutti sortit de l'immeuble où il était entré un quart d'heure plus tôt. Avec une moue de dégoût, il essuya sur le mur le sang qui lui poissait les mains.

Il monta au-dessus des tas d'immondices qui jonchaient le bas de l'immeuble et mit sa main en visière pour observer la plate-forme. Il ne se faisait pas de soucis pour le type qui était resté dans le local à poubelles. Il ne bougerait pas et attendrait bien sagement.

L'inspecteur plissa ses yeux trop clairs. Pas âme qui vive. Personne. Au-dessus, dans les carrées mangées par le salpêtre, véritables étouffoirs aux volets clos, peut-être, mais pas ici, dehors. Excepté une petite silhouette que Nazutti connaissait bien. Qui d'autre que Gyzmo, de toute façon, aurait été assez con pour aller se planter au beau milieu de la plate-forme en uniforme de flic ? La pauvre pedzouille avait l'air complètement paumée. Nazutti siffla entre ses doigts.

Il attendit patiemment que le gros accoure avant de rentrer dans l'immeuble. Le kébour le suivit en soufflant.

— Putain, où t'étais passé ? Ça fait une heure que je te cherche…

Nazutti ne répondit pas et prit la direction du local à poubelles.

Gyzmo trottina derrière lui.

— Qu'est-ce que t'as, t'es blessé ? Oh, mon Dieu, t'es blessé, dis ? bredouilla Gyzmo en reluquant son épaule.

— Pas grave, marmonna Nazutti. Tu devrais voir l'autre.

Il ouvrit la porte du local.

Gyzmo poussa une exclamation et faillit une nouvelle fois entrer en fibrillation.

— Merde, qu'est-ce que c'est que ça ?

— Un mec. Le mec qui a essayé de nous filer entre les salsifis.

— Oh, bon Dieu, mais qu'est-ce que t'as fait ? Tu l'as tué ?

— Nan, il est encore vivant. Et j'espère qu'il le restera longtemps.

Nazutti s'approcha de ce qui restait du type :

— T'entends ça, enculé ? Oh, oui, je suis sûr que t'entends. Avec le costard qu'on va te tailler, quand tu vas sauter directement sur les cases hosto et prison sans passer ton tour, tu prieras pour être mort… Les tueurs d'enfants ont la cote ni chez les types du SAMU, ni chez les praticiens du bloc opératoire, ni chez les tatoués de Centrale. Du sur mesure, qu'on va te bichonner.

Il cracha sur la carcasse agonisante à ses pieds.

— Mais regarde dans quel état il est ! s'égosilla Gyzmo. T'es complètement louf, c'est toi qui as fait ce carnage ?

— Il pourra toujours poser au musée d'anatomie Testut Latarjet. Tu veux savoir ce que je lui ai fait, hein ? C'est ça que tu veux savoir ? rétorqua Nazutti en se penchant dangereusement vers le gros.

Gyzmo resta muet.

— Il a voulu s'enfuir, il est tombé. Probable que c'est là qu'il s'est déboîté la tête de l'humérus. La compression du nerf supra-scapulaire de l'épaule a dû entraîner une paralysie du deltoïde avec perte de l'abduction. Très douloureux, probable qu'il pouvait plus se servir de son bras droit. Mais quand je suis arrivé et que j'ai voulu le maîtriser, ce connard a sorti son petit joujou pour essayer de me découper en rondelles. Une mauvaise initiative de sa part. J'ai fait un ago-tsuki qui lui a sûrement pété le processus condylaire avec rupture du ligament stylo-mandibulaire. En d'autres termes, sa mâchoire s'est déboîtée… C'est pour ça qu'il risque d'être incapable de jacter pendant un moment. Il a encore voulu me frapper. J'ai pas eu d'autre choix que d'opérer un gaeshi au niveau du carré pronateur, juste au-dessus du poignet. L'effet le plus immédiat est de rompre les tendons fléchisseurs profonds. Dans le feu de l'action, j'y suis peut-être allé un peu fort et il est possible qu'une ou deux articulations métacarpiennes aient un peu souffert. Cet abruti continuait de résister, tu le crois, ça ? Empi-uchi au niveau de la poitrine, pour bloquer la respiration. Perforation possible et néanmoins involontaire de l'intercostal externe, membrane et ligaments ventraux inclus. Je pense que ni l'aorte thoracique ni le poumon ne sont touchés, mais il est possible que je m'avance un peu. Ushiro-geri au niveau du temporo-pariétal, pour tenter de mettre fin à cette mascarade. Paralysie du nerf facial et traumatisme de la suture sagittale. Normalement, il aurait dû tomber dans le coaltar, mais, va savoir pourquoi, il a continué à s'agiter. J'ai été contraint d'utiliser une technique d'étranglement eridori au niveau du pharynx. Atteinte probable du nerf laryngé inférieur et paralysie — temporaire, je précise — des cordes vocales. Il risquera pas de nous emmerder avec ses gémissements de vierge effarouchée jusqu'à ce qu'on le prenne en charge. Ah, j'oubliais : peut-être aussi qu'à un moment donné une ou deux rotules ont été touchées avec fracture des condyles ainsi que du tibia. Je sais pas quand exactement, j'ai pas fait attention. Mais ce qui est sûr, c'est qu'il marchera pas avant un bout de temps. Et avec des béquilles, encore. Bon, ça te suffira ou tu veux d'autres précisions ?

Gyzmo ouvrit la bouche pour dire quelque chose, mais Nazutti continua.

— En résumé : il a voulu s'enfuir. Il est tombé. Je l'ai rattrapé. Il était armé, point barre, conclut la brute.

Il désigna, à proximité d'un bras disloqué émergeant de l'amas de chair sanguinolente et difficilement identifiable, l'arme blanche sur laquelle on trouverait sans nul doute un tas d'empreintes bien nettes.

— Et ce connard m'a planté ! Il m'a découpé comme un morceau de bidoche…, ajouta Nazutti pour faire bonne mesure.

Gyzmo essaya de regarder l'inspecteur de traviole, histoire de lui signifier sa légitime perplexité, mais il arrêta son petit manège dès que celui-ci se rapprocha à portée de paluche.

— C'est comme ça que ça s'est passé et c'est ça que je mettrai dans mon foutu rapport. Une objection ?

Gyzmo secoua frénétiquement la tête, faisant onduler son double menton en cadence.

— Bien. Garde-moi cet étron au frais, encore que je pense pas qu'il puisse aller bien loin, je vais voir si les mecs du Central arrivent et si c'est pas le cas, je les recontacte pour leur dire que c'est plus la peine qu'ils se magnent.

Nazutti fit quelques pas vers la sortie.

— Et l'ambulance, nasilla l'efféminé en regardant avec inquiétude l'incroyable enchevêtrement de muscles, d'os, de tendons et de ligaments qui gisait à ses pieds, oublie pas le SAMU…

— Pour l'ambulance non plus, c'est pas la peine qu'ils se magnent…

— Heu, je voulais dire pour toi, l'ambulance, se rattrapa le surchargé pondéral.

Nazutti s'abstint de répondre. Sans se retourner, il sortit du local, prit la direction du sous-sol de la plateforme et, avec une lenteur toute calculée, marcha jusqu'au véhicule garé derrière les bosquets.

Il s'installa dans la voiture, posa la tête contre le volant et ferma les yeux. Il pouvait sentir le sang battre à l'intérieur de son bras gauche.

Pendant un long moment, il savoura cette sensation.

Finalement, il rouvrit les châsses et, calmement, fit ce qu'il aurait dû faire une heure plus tôt : il appela le Central pour leur signaler qu'on avait retrouvé un macchab de fillette dans les parkings souterrains des quartiers Est et qu'un suspect avait été, sage litote, appréhendé.

KONTAMINATION

Juillet 2008.
Premier jour. 10 heures 41.

« Il y avait un temps
Où nous étions seuls
Démunis
Effrayés
Et honteux
Réjouissez-vous
Et redressez-vous
Ce temps-là
Est révolu »

— Qu'est-ce que c'est que cette connerie ?

— Sais pas. Une sorte de poème à la con. On dirait que notre lascar a des velléités littéraires.

— Mouais. T'en penses quoi, toi ?

— Va savoir ce qui se passe dans la tête des barjos… Parce qu'il faut être barjo pour faire un truc pareil, t'es pas d'accord ?

— Ne sous-estime pas ces types-là. Ne les sous-estime jamais.

— Allez, tu le dis toi-même, ils sont pour la plupart marginaux, isolés… Et ils ont souvent déjà un casier long comme le bras. On les retrouve… On les retrouve toujours.

— Ce morceau de papelard me dit rien qui vaille.

L'inspecteur premier échelon Andreotti Sicero regarda le major Nazutti avec un mélange de crainte et de respect. Ce mec-là, tout exemplaire qu'il fût, avec ses états de service à faire pâlir Vidocq, il aurait pas aimé être dans sa tronche. Qu'est-ce qu'il pouvait avoir dans la tronche, d'ailleurs, Nazutti ? Il avait même pas eu à faire le tour des popotes pour qu'on le briefe d'autor sur le spécimen. On le disait misogyne, homophobe, anti-jeunes, misanthrope, raciste… à croire que le bonhomme cristallisait à lui tout seul les peurs et les haines de ses camarades. Comment il avait arrêté autant de malfaiteurs ? Ça tenait du mystère. Certains lui prêtaient une pratique des réseaux et des techniques d'infiltration sans égale. D'autres le trouvaient proche… trop proche des gens qu'il pourchassait. Andreotti n'eut pas à attendre pour comprendre que les on-dit étaient encore en dessous de la vérité.

Déjà, à l'aller, il avait failli se friter avec un Arabe traversant en dehors des passages cloutés. Ils étaient tranquillement en train de rouler et Nazutti avait entamé un refrain dont Andreotti le supposait coutumier.

— Regarde-moi tous ces connards, avec leur bronzage indice 8, leur sourire Émail Diamant et leurs ventres déjà fatigués. Regarde-les bien, avec leurs Testarossa customisées ou leurs Smart Sport. Nous, on se balade en Clio. En Clio, je te demande un peu. La seule 406 du parc, c'est même pas la peine de l'attendre, elle est réservée au commissaire. Et je suis obligé de me battre avec le Macdo[1] pour avoir un gyro et une radio qui marche. Et la clim, je veux même pas émettre l'hypothèse qu'on l'aura un jour. Mais regarde ça, regarde les plaques : Allemagne, Danemark, Suisse... Monaco, Angleterre... Tu vois un Français, là-dedans ? Dis-moi, est-ce que tu vois un seul bon Français comme toi et moi dans tout ce tas de baltringues ? Nan, bien entendu. Parce que les bons Français, eux, ils bossent. Ils bossent avec du matos pourri. Ils bossent avec des horaires pas possibles huit heures par jour. Ils bossent sous ce putain de cagnard, par quarante degrés à l'ombre. Et tout ça pour quoi ? Pour que ces enfoirés puissent bouffer, rire, se baquer, chier, baiser en paix. Pour qu'ils soient... heureux. Pourquoi ils vont pas faire ça chez eux, tu le sais, toi ? Parce qu'on est pas compétitif, dans cette région de merde. En venant ici, t'es devenu un esclave, rien d'autre. Regarde-les se pavaner en tongs, le nombril à l'air, ouais, regarde-les bien parce que c'est ça que tu vas être obligé de sauvegarder... de protéger...

La voiture roulait au pas sur le bord de mer. Et on aurait dit que Nazutti prenait du plaisir à contempler ce spectacle des touristes en vacances, même si ça le débectait.

— ... On est pas des flics, Andreotti, c'est ça qu'il faut que tu comprennes. On est des éboueurs. Des putains d'éboueurs chargés de ramasser la merde pour que les touristes continuent de venir. On est là pour qu'ils gardent leurs sacs à main bourrés de devises étrangères bien au chaud, on est là pour qu'ils se

1. Garage de district.

fassent pas braquer au moindre feu rouge, on est là pour qu'ils puissent aller danser en boîte de nuit et rentrer chez eux peinards, en Lamborghini, se faisant flasher par tous les radars de la nationale sans qu'ils aient à payer un seul cent des prunes qu'on leur adressera de toute façon pas. On est là pour dire oui, s'il vous plaît, monsieur… On est là pour indiquer la direction du prochain marchand de glaces… Tu crois qu'il y en a un qui ferait l'effort d'apprendre un mot de français ? Tiens, fume ! Ces connards des RH veulent même nous envoyer en stage pour apprendre les bases de l'engliche, tu crois ça ? On est là pour qu'ils puissent pioncer peinards pendant que nous, nuit après nuit après nuit, on veille… Et tout ça pour quoi, tu veux me le dire ? Pour un salaire mensuel qui dépasse pas ce qu'ils touchent en une semaine grâce aux fonds de pension qu'ils se sucrent sur notre dos…

— Est-ce que tu savais que…

— Hein ? aboya Nazutti, interrompu dans sa diatribe.

Andreotti reprit d'une voix douce.

— Est-ce que tu savais que ce bord de mer a été construit par des touristes, justement ? Des touristes anglais, plus précisément.

— Putain, mais de quoi tu parles ?

— Au départ, ici, c'était des marécages, des roseaux et des algues. Il y avait rien d'autre. Je te cause du siècle dernier, là. Les touristes britanniques dans les quartiers de la Croix-Gardée, plus en arrière, avaient l'habitude de se retrouver là. Parmi eux se trouvaient deux frères issus d'une famille fortunée : les frères Lay. Émus par la misère qui sévissait en ville, ils ont décidé de faire construire par les mendiants pullulant dans les rues un chemin pour se rendre de l'embouchure du fleuve à leurs quartiers. Ils ont fait bâtir à leurs frais un sentier de deux mètres de large. Un sentier qui passerait rapidement, sous l'impulsion de la municipalité alléchée, à une largeur de vingt-cinq mètres, avec d'un côté une promenade de douze mètres ornée de deux rangées d'ormeaux et de l'autre une chaussée de dix mètres avec un large trottoir pour longer les premiers immeubles. C'était au début du XIXe et c'est devenu aujourd'hui ce qu'on a sous les yeux.

— Et comment tu sais des trucs pareils, toi ?

— J'ai bien connu… quelqu'un de très calé sur le sujet.

— Quelqu'un de très calé… Mouais… Des… touristes anglais ?

— Exactement.

— Merde, on s'en fout. C'était il y a deux cents ans. C'est plus la même chose aujourd'hui. Prends l'oseille et tire-toi, c'est ça qui prévaut maintenant. Et on devrait remercier ces cons, en plus ?

Andreotti marqua une pause. Nazutti venait de lui dire, à peu de chose près, ce que « Prof » avait rétorqué deux ans plus tôt. Prof… C'était lui qui lui avait raconté cette histoire des Anglais, et il avait terminé son exposé par : « Il y avait de la grandeur, là-dedans. Une vision. Un idéal qui dépassait largement le cadre de l'existence humaine. Aujourd'hui, l'Histoire s'écrit à la vitesse des câbles numériques. En quelques minutes. Même plus à l'échelle d'une vie. Oui, c'était une autre époque, vraiment. »

C'était ça, qu'il avait dit, Prof.

Et beaucoup d'autres choses...

*

Lorsqu'il était arrivé sous le pont des Fantassins, il boitait. Ses dents, sa bouche n'étaient plus qu'un trou noir, nauséabond. Il portait de vieilles frusques des surplus : une veste à même la peau et un pantalon avec tellement de crasse dessus qu'il aurait pu tenir debout tout seul.

Son regard était éteint, vide. Il n'était plus qu'une ombre. Une ombre comme tant d'autres qui marchait et marchait encore. Sans autre but que d'avancer vers nulle part.

Il s'était arrêté là, sous ce pont, et avait posé sa carcasse à même le bitume, juste à côté des anciennes tentes brûlées.

S'il était venu un an avant, il aurait trouvé foule.

Il aurait trouvé une multitude de tentes. Toutes de la même couleur. Des tentes fournies l'hiver dernier par une ONG et destinées aux récalcitrants. Ceux qui, pour rien au monde, ne quitteraient plus la rue, et surtout pas pour aller dans des foyers grouillants de morbacs, surveillés comme en prison par des bigotes ménopausées.

Il aurait trouvé un tas d'autres mecs parqués comme lui dans un ghetto.

Il aurait trouvé de la vinasse, de la pisse, de la merde et des asticots.

Des invectives et des rires qu'on jugerait dégueulasses.

Il les aurait trouvés tous réunis sous ce pont. Là où on les tolérait. Là où plus personne viendrait les emmerder.

Les tentes étaient supposées être provisoires, mais le provisoire avait duré. Pire, d'autres types, d'autres bandes s'étaient agglomérés à ces abris de fortune. C'était devenu un véritable bidonville dans la ville, sous la ville, sous ce pont.

Mais aujourd'hui, il n'y avait plus personne. Rien d'autre que les restes calcinés des dernières tentes. Bien entendu, elles étaient réputées ignifuges, ces tentes. Et ils étaient nombreux, parmi les passants de cette bonne cité, ceux qui flânaient au-dessus de leurs têtes infestées de poux, ceux qui étaient bien propres, bien habillés, respectables et pour l'heure épargnés, à trouver ça un peu singulier. Mais avec les SDF, va savoir. Les accidents sont si vite arrivés et ils sont tellement étourdis. Avec ce qu'on lisait dans la presse… Certains avaient même parlé sans rire de combustions spontanées.

En fait, personne ne s'en était réellement occupé. Ou alors on y pensait et puis la vie reprenait ses droits, ses devoirs : les obligations professionnelles, le loyer à payer, le crédit de la voiture à rembourser, le petit dernier à inscrire à la crèche…

On y pensait et on oubliait, comme chantait un certain électricien en herbe.

On avait des choses plus importantes, beaucoup plus importantes à faire.

On oubliait.

Tout le monde oubliait.

Merde, c'était juste des SDF.

Lui, il n'était pas censé être au courant de tout ça. Il venait… d'ailleurs. Comme tous les autres avant d'être d'ici. Il n'aurait pas dû être au fait de l'histoire locale, ces histoires de tentes et les autres histoires qui avaient conduit à la désertification du lieu. Il avait juste été ravi de l'aubaine. Un pont comme ça, pour lui tout seul. Bien évidemment, il avait été un peu étonné de voir toutes ces traces de brûlé, mais il avait dû penser à de vieux foyers éteints. C'était là qu'il avait choisi d'échouer pour ce soir. Après, il verrait.

Il n'avait pas fermé les yeux depuis deux minutes qu'une voix se fit entendre, pas loin :

— Hé, faut pas rester là !

Il avait ouvert les yeux. Un vieil homme, une loque, tout comme lui, s'approchait à petits pas. Il était grand, cachectique, et portait une longue barbe poivre et sel qui lui descendait jusqu'à la poitrine.

— Faut pas rester là, répéta-t-il une fois arrivé à sa hauteur, essoufflé.

— Pourquoi ?

— C'est dangereux.

— Comment ça ? Tu viens souvent ici ?

— Avant, oui. Plus maintenant. Et toi, tu arrives d'où ?

— Quelque part ?

— Ach, approuva le vieux en se grattant la barbe. Bonne réponse. On vient tous de quelque part, c'est sûr. Le problème est de savoir si on s'en souvient ou pas.

Il tendit la main vers l'inconnu.

— Je m'appelle Prof et toi ?

— Tu peux m'appeler Marcel.

— T'as quelque chose à boire, Marcel ?

— Ouais. Un litron, là, sous ma veste. Je l'ai piqué au LIDL, t'es prévenu.

— Pas de problème. Donne.

L'inconnu lui avait tendu la bouteille et Prof avait tété goulûment. Il lui avait ensuite rendu son bien en s'essuyant du plat de la main.

— T'es jeune.

— Ouais. Ça se voit tant que ça ?

— Tu marches depuis quand ?

— Je me rappelle plus.

Prof resta silencieux un moment. Il plissa les yeux, comme pour étudier plus précisément le profil de son interlocuteur.

— T'as l'air… On s'est pas déjà vus ?

— Je sais pas. Possible. J'ai pas mal voyagé.

— Non. Par ici, je veux dire.

— Ça m'étonnerait. Je viens d'arriver. Je passe.

— Comme nous tous. Jusqu'à temps qu'on reste. Tu me dis quelque chose, pourtant.

— Peut-être parce que je ressemble à une vedette de cinéma ?

— Hi, hi, tu me plais, petit. Une vedette de cinéma… Non, c'est pas ça. Je vais plus au cinéma depuis Buster Keaton, c'est te dire.

— Une vedette du muet, alors ?

— T'as le sens de l'humour, c'est bien. Ça t'aidera. Ça t'aidera à pas tomber trop vite. Faut garder le sens de l'humour, c'est important. Surtout pour les gens comme nous.

Le vieux marqua un nouveau temps de pause.

— Viens avec moi.

— Où ça ?

— Dans un lieu plus sûr. Un endroit où on pourra être tranquilles. Tu m'as l'air d'avoir des ressources et de la repartie… Et puis t'as l'air de savoir écouter, ça me plaît. C'est pas tous les jours qu'on rigole, crois-moi.

— Je te crois.

Ils étaient partis en direction du vieux port. Lui en boitant, Prof en parlant. Il ne devait plus jamais s'arrêter de parler. Pendant la semaine qu'ils passèrent ensemble, il discourut sans interruption.

Prof... On le surnommait ainsi parce qu'il avait été agrégé d'histoire. Dans une autre vie. Une vie fictive ou réelle, ça n'avait pas vraiment d'importance. Ce qui comptait, c'était qu'il était sur le trottoir, ici et maintenant. C'était tout ce qui importait dans la rue. Ce que tu avais fait avant, les gens que tu avais côtoyés, les choses belles ou moches que tu avais pu faire, rien de tout cela ne signifiait quelque chose une fois rendu sur le bitume.

Ils étaient nombreux, dans la rue, à s'inventer des vies, des jobs, des familles, des amours. Que ce soit vrai ou pas ne changeait rien. C'était du rêve gratuit. La dernière chose qu'on était en mesure de s'offrir.

Écouter, parler, rêver. Pour supporter le froid, pour supporter la pluie.

Pour supporter la canicule et la solitude.

Pour supporter l'indifférence et les insultes.

Pour supporter le poids de son propre corps encore un peu.

Pour supporter la maladie et la douleur.

La faim, la soif, le manque.

Pour supporter la folie qui guette, lorsque la nuit tombe.

Ils avaient marché.

Beaucoup.

Prof avait parlé.
Beaucoup.
Et l'autre avait écouté.

Ils avaient mendié à côté du DAB installé au 6 de la rue Concordat.

– Une des plus anciennes voies de la cité, avait précisé Prof. Le trésor des Templiers aurait transité par là, au XIVe. Aujourd'hui, on a un Distributeur Automatique de Billets, hi, hi. Tout à l'heure, on ira voir : un peu plus haut, au numéro trois, il y a un écusson d'or et d'azur avec couronne comtale. Ce sont les armes de la célèbre famille Guetta : les inventeurs du cuirassé...

Ils avaient bu sur le trottoir de la place d'Acour. L'autre lui avait acheté une bouteille de gros rouge. Avec quel argent, on ne savait pas trop : il n'avait pratiquement rien ramassé à côté du DAB. À moins qu'il l'ait tout simplement subtilisée au spiritueux du coin. Prof n'en avait cure. Sans desserrer les mains du goulot, il avait montré à son nouvel ami l'inscription encore visible sur le linteau d'un atelier de serrurerie : *Interina Melonia.*

– Ici, avant, tu avais la maison close du quartier, avait-il expliqué. Et encore avant, tu avais la loge du maréchal-ferrant. Autrefois, on vénérait presque cet être qui possédait le « pouvoir du feu ». Certains lui attribuaient même le don de provoquer les retours d'affection... Retours d'affection, maison close, serrurerie, tu vois, tout se rejoint, tout est lié, hi, hi...

Si on pouvait parfois s'interroger sur la santé mentale de Prof, jamais son érudition ne fut prise en défaut.

Ils avaient somnolé sur le parvis de l'église de Sainte-Croix.

– Toutes ces églises sont bâties sur le même modèle, marmonna Prof dans un demi-sommeil.

Même au seuil de la torpeur, il ne pouvait s'empêcher de parler.

– Pour faire simple, l'autel représente le crâne du Christ mort. Ses bras étendus sont les deux allées du transept, les mains percées sont les portes, les jambes sont la nef et les pieds troués les porches. L'abside entourant le chœur est la couronne d'épines. La croix, elle, représente l'âme prisonnière de la matière…

Avant de sombrer dans les songes, Prof avait encore répété, avec un air lugubre, le front barré par une ride d'intense souffrance :

– L'âme prisonnière de la matière…

Il avait écouté.

Que cachait cette logorrhée intarissable ? Quels abîmes étaient dissimulés sous cet amoncellement de dates, de lieux, d'anecdotes ? La réponse resterait probablement enfermée encore longtemps dans le cœur de Prof. C'est la réflexion qu'il se fit avant de s'endormir lui aussi, bercé par les murmures des passants, leurs pas pressés, le bruit de leurs talons frottant et heurtant le pavé, le ronflement des voitures au feu rouge à la sortie du parking en contrebas, troublé de temps à autre par un coup de klaxon ou un claquement de portière.

Pour une nuit, ils s'étaient laissé embarquer par le SAMU social dans le seul foyer ouvert en été : le foyer du mont Baricutin, situé sur les hauteurs, en pleine campagne, à quinze kilomètres de la ville. Et il fallait que le lendemain tu te cognes à pied, sous le cagnard, le chemin retour.

Prof avait parlé pendant tout le trajet :

—Baricutin était le nom d'un moine du XIIIe siècle. On raconte qu'il était haut comme trois hommes et maniait l'épée aussi bien que les meilleurs Templiers de Jérusalem. Lorsque les Sarrasins ont attaqué la ville, c'est lui qui a organisé un groupe de défense grâce aux liens étroits qu'il entretenait avec les canailles de la vieille ville. Une nuit, avec une dizaine d'hommes, il avait monté une grande cloche au sommet du mont et l'avait cachée sous d'épais feuillages. Lorsque les Sarrasins s'étaient engagés sur le chemin menant aux contreforts, le moine avait donné l'alerte et fait résonner l'immense cloche à travers toute la vallée. Furieux, les Sarrasins avaient entrepris de gravir le mont pour le punir. Mais il avait anticipé leur réaction, il l'avait même provoquée, si tu vois ce que je veux dire, et quand les impies arrivèrent au sommet, essoufflés, épuisés, brisés par leur longue marche, c'était les meilleures lames de la cité et tous les coupe-jarrets et autres brigands du comté qui les attendaient. Le combat ne dura que quelques minutes et il fut sans pitié. Schlac, schlac. Les corps des Sarrasins furent pendus une semaine durant aux basses branches des pins, face à la baie. C'est de là que vient le nom de mont Baricutin. Tu vois ? Ce qu'ils ont fait subir aux barbares en leur temps, cette longue marche épuisante, et le piège, à la fin, qui se referme sans merci, ils nous le font subir aujourd'hui. Nous sommes les Sarrasins de l'époque moderne. Leurs biens, leur bonne conscience, leur tranquillité ne sont plus menacés par les barbares, mais par les gens comme nous. C'est pour ça qu'ils nous emmènent précisément ici. Alors, tu sais ce qu'on va faire ?

– Non, hoqueta l'autre.

Il se sentait à bout de souffle. Vanné. Brisé. Au moins, le discours de Prof rendait le trajet moins pénible sous la chaleur qui commençait à monter.

– On va continuer à marcher. Jusqu'au bout, jusqu'à l'endroit où ils nous attendent, hi, hi...

Et puis Prof avait encore parlé.

Il avait écouté, toujours et encore.

Ils étaient allés à l'hôpital Sainte-Geneviève, avec les autres CMU, se faire examiner gratuitement les pieds et les dents.

– C'est ici que, pendant des années, les morts des quartiers inondables de la ville basse furent inhumés, hi, hi...

Il écoutait, patiemment.

Quand l'interne avait vu son pied, il l'avait regardé bizarrement. Absolument pas dupe. Lui, il l'avait toisé d'une manière qui découragea immédiatement tout commentaire et intima la discrétion. L'interne secoua la tête et s'affaira sur la blessure.

Le matin du septième jour, tandis que le soleil était déjà haut, ils étaient repassés devant le pont des Fantassins. Était-ce une idée de Prof ou bien une suggestion habilement glissée par son compagnon ? Avec le recul, il aurait été bien difficile de le préciser.

Prof semblait plus nerveux, soudain. Ce flegme,

le calme avec lequel il dispensait de coutume son enseignement s'était évanoui. Son débit s'accéléra.

— Ce pont a été construit au début du XIXe, après la chute de Napoléon, pour que les riches touristes hivernant puissent accéder de leur quartier résidentiel aux édifices administratifs, culturels et récréatifs. Les touristes, l'argent, tu vois ? Ce sont eux qui ont façonné la ville. Et ils continuent aujourd'hui, même s'ils doivent pour cela la faire crever. Est-ce que tu sais qu'une grande partie d'entre nous a un travail ? Je veux dire un vrai travail, avec des horaires, des fiches de paye, et qu'ils dorment dans la rue simplement parce qu'ils n'ont plus les moyens de louer une chambre ?

L'autre savait tout ceci, mais il s'était contenté de se taire. Il avait écouté.

— Les touristes, les fonds d'investissements, les entreprises étrangères spéculent sur tous les espaces disponibles à prix d'or. Il ne restera bientôt plus rien. Déjà, les autochtones mendient tandis que la plupart des appartements sont occupés trois mois par an…

Se taire, oui. Le laisser parler.

— J'aurais pu… J'aurais pu, quand elle est morte et que sa famille a repris l'appartement, louer un studio modeste. Mais même ça, c'était trop. Alors, je suis descendu… Je suis descendu ici… Elle était morte, tu m'entends ?

Sa voix tremblait. Il faisait brusquement appel non pas à ses connaissances, son éducation, sa culture, mais à des éléments précis de sa vie, des émotions passées, des souvenirs trop longtemps enfouis. Son regard brillait, sous la couche de crasse épaisse comme le doigt. Il reprenait vie, soudain. Et ça devait être douloureux. Foutrement douloureux.

– Oui, je t'entends, Prof. Il faut vraiment que je me repose, dit calmement l'autre.

– Pas ici.

– Juste quelques instants, d'accord ?

Sans attendre de réponse, il escalada la grille fraîchement installée et descendit en contrebas, là où le fleuve était asséché depuis longtemps. Là d'où tout était parti. Là où tout revenait.

– Attends-moi, attends-moi, gémissait Prof dans son dos.

Une brèche s'était ouverte en lui et, tout à coup, il semblait perdu, à l'instar d'un petit enfant au seuil de l'abandon.

Il le suivait.

Il ne pouvait plus faire que cela désormais, et l'autre le savait.

Il savait aussi que Prof continuerait à parler.

Il s'assit par terre. Le pavé était frais là-dessous. Doux. C'était délicieux. Plus délicieux qu'un repas dans un quatre-étoiles, plus délicieux qu'une croisière de luxe, plus délicieux que toutes ces choses qu'il ne connaîtrait jamais.

Les vestiges des tentes étaient toujours là et il semblait que personne n'était venu ici depuis la dernière fois.

– Il faut partir, Marcel ! Il faut…

– Pourquoi, merde ! On est bien, ici. Et puis il y a personne, on est peinards.

– Non. On est pas peinards.

– Vas-y, toi. Moi, je reste.

— Tu ne peux pas faire ça... Je... Je vais pas te laisser.

— Pourquoi ? Donne-moi une bonne raison de pas rester.

— Je... Je...

Se taire. Encore.

— Il s'est passé des choses, ici.

— Bah... Des on-dit. Des bobards inventés par les journaux et la municipalité pour effrayer les âmes sensibles... J'y crois pas, moi.

— Ben, tu devrais.

— Allez, ne me dis pas que toi aussi tu tombes dans le panneau...

— Je... J'étais là, Marcel.

— T'étais là ? Ça veut dire quoi, ça ?

— J'ai tout vu. Tu dois me croire.

— Arrête ! Qu'est-ce que tu as vu ?

— C'est un secret... Un grand secret dangereux. Et si je te le dis, toi aussi tu seras en danger.

L'autre avait fait silence. Il avait fait silence jusqu'à ce que Prof craque.

— Si je te le dis, tu me jures qu'on partira, là, maintenant ?

— Tu racontes n'importe quoi.

— Tu me le jures ?

— D'accord, je te le jure. Si je mens, je vais en enfer.

Oui, s'il mentait, il irait en enfer.

— D'abord... D'abord, ils sont venus. Par groupes de deux. Et ils nous ont visités. Un par un. Ils ont ouvert les tentes. Ils ont interrompu les conversations. Ils ont réveillé ceux qui dormaient. Et puis, ils ont parlé. Ils ont expliqué qu'il ne fallait pas rester là. Que l'endroit était dangereux. Qu'il y avait des risques. Ils ont dit qu'il valait mieux aller dans les foyers, plus sûr, ou alors partir ailleurs, loin si possible. À ceux qui demandaient pourquoi, ils n'offraient pas de réponse. Ils ne souriaient pas et leurs mains se portaient ostensiblement vers les bâtons de sécurité qu'ils portaient à la ceinture. Ils arboraient des uniformes. Des uniformes aux couleurs de la ville. Ils sont venus une fois, deux fois... Plus nombreux à chaque visite. Plus pressants. Plus insistants. Avec leurs bâtons de sécurité, toujours plus proches de leurs mains, avec leur haleine presque palpable, leurs visages tendus, leurs dents cariées et leurs yeux trop fixes. Menaçants, sans jamais toutefois rien entreprendre de flagrant. Mais la pression était là, tu peux me croire...

— Oui.

— Alors, certains ont préféré partir. Comme ça, sans un bruit, comme s'ils n'avaient jamais été là. Et d'autres sont restés. Les flics ne sont plus revenus. Mais, un mois après, les premières tentes ont commencé à brûler.

— Oui.

— Alors, d'autres encore ont quitté les lieux. Et puis il y a eu les ordures jetées du haut du pont. Les rats brusquement plus nombreux et plus gros. Les chats crevés crucifiés devant les tentes. De nouvelles tentes brûlées.

— Oui, je t'écoute.

— À la fin, il ne subsistait plus que moi, mon pote Rufus, les tentes brûlées, les chats crevés et les rats repus tout autour. Mais on s'accrochait. On s'accrochait parce qu'on pensait que... Qu'il était impossible d'aller plus loin… En tout cas dans notre beau monde civilisé. Rufus était un anarchiste convaincu, mais il lui arrivait de céder à un certain idéalisme, comme moi, cependant dans un genre différent. On s'entendait bien. Et un soir…

Merde, Prof… Vas-y, bon Dieu. Accouche, je t'écoute. Parle-moi !

– Je me préparais à aller dormir, précisément où tu te tiens à présent, et Rufus n'était pas encore revenu… Je crois qu'il était allé faire la manche sous le tunnel de la gare. Il était tard. Et puis j'ai entendu, là, au-dessus de ma tête, sur le pont, des éclats de voix. Parmi eux, celle de Rufus. Il disait « non… non… », juste ça. Les autres, je ne distinguais pas vraiment leurs propos. Mais il y avait des rires, j'en suis sûr.

– …

– J'ai voulu me lever pour aller voir et c'est à ce moment-là que le corps s'est écrasé devant moi, sur les galets. Pile devant moi. Une sacrée chute. Je suis resté paralysé. J'avais tout de suite reconnu Rufus. J'ai voulu crier son nom. J'ai voulu l'appeler pour savoir s'il était encore vivant, mais aucun son n'est sorti de ma bouche. Alors, j'ai entendu à nouveau les voix au-dessus. Ils étaient deux. Ça disait :

– Oh, putain… Oh, putain de dégringolade…

Ça disait :

– Ferme ta gueule. Il a glissé. Il s'est débattu. Au pire, c'est comme ça que ça s'est passé.

Ça disait :

– On… on voulait juste lui faire peur, hein, pas vrai ? C'est…

Ça répondait :

— Oui, c'est ça.

Ça demandait :

— Tu crois que…

Ça suggérait :

— Je ne sais pas. Il faut descendre voir.

Ça bredouillait :

— On ferait peut-être mieux de partir. Personne nous a vus et…

Et ça disait encore :

— Je t'ai dit de fermer ta gueule. T'as envie qu'il se réveille ? T'as envie qu'il raconte ce qui lui est arrivé aux ambulanciers, aux toubibs, et à qui d'autre encore, hein, à qui d'autre ? Je vais pas mettre mon poste en jeu pour un putain de clodo, t'entends ? Moi, je suis quelqu'un, toi aussi. Lui, c'était personne, t'entends ? Personne !

Personne, c'était ça que ça disait. Ils ont encore parlé un moment :

— Oui… C'est sûr. Mais s'il est encore vivant, qu'est-ce qu'on fait, hein ?

— Je sais pas. Mais pour avoir la réponse, il n'y a pas d'autre moyen que de descendre voir.

— On va quand même pas…

— Je ne sais pas ! Maintenant, ferme-la et suis-moi.

Alors, je me suis caché, là, derrière les blocs de terrassement. Je me suis caché comme une petite souris et j'ai arrêté de respirer.

Deux hommes sont descendus. Le premier avait une lampe torche. Quand il a fait un panoramique sous le pont, j'ai baissé la tête. Je ne voulais pas… Je ne voulais pas mourir, tu comprends ?

— Je comprends.

Ensuite ils se sont baissés. Je crois qu'ils ont examiné le corps de Rufus. J'ai entendu :

— C'est bon. Il dira plus rien.

— C'est bon ? Tu te moques… Merde, il est mort, t'entends Béber ? Il est mort !

— C'est exactement ce que je viens de dire. Je crois qu'Il va être content.

— Il va être content ? Mais tu dérailles compl…

— C'est Lui qui voulait que l'endroit soit propre, non ? C'est Lui qui nous a dit de faire ce qu'il fallait avant la précampagne ? C'est Lui qui nous a dit : « Par n'importe quels moyens. »

— Et tu crois qu'Il va cautionner ça ?

— Il a dit : « Par n'importe quels moyens : je ne veux pas savoir lesquels. »

— Quel merdier, putain !

— Hé !

— Bon Dieu…

— Tu vas pas craquer maintenant, hein, Pierrot ? C'était un accident ! Je te parie que ce con a au moins 1,7 dans le sang. Il a glissé tout seul… Je suis sûr que c'est ce que l'enquête dira. Et puis n'oublie pas : on est protégés.

— Tu crois ?

— Oui, mon pote. On est protégés parce que la police, c'est nous. Et que si la Nationale s'en mêle, c'est encore nous… N'oublie pas qui Il a et à quel poste, sur sa liste.

Voilà ce qu'ils ont dit. Je l'ai parfaitement entendu et je pense que tu peux me faire confiance question mémoire.

— Mais…

— Pour le cas où il te faudrait un dessin, Marcel,

juste avant d'éteindre la torche, la lumière s'est dirigée vers lui et son camarade. Et c'était bien des flics de la PM[1]. Des flics de la ville, tu comprends ?

— Putain, tu les as bien vus, tu es sûr ?

— Comme je te vois. Et leur sale tête est bien imprimée là, dans mon cortex cérébral.

— Mais… D'autres policiers sont venus, non ? Des mecs de la PN[2] ? Il y a eu une enquête…

— Le jeune brigadier qui a interrogé tout le monde ? Me fais pas rire.

— Des questions…

— Tu te souviens de la dernière phrase que je t'ai rapportée ? « On est protégés parce que la police, c'est nous. Et que si la Nationale s'en mêle, c'est encore nous… N'oublie pas qui Il a et à quel poste, sur sa liste. » Je crois que tu es assez intelligent, Marcel, pour que je n'aie pas besoin de te préciser qui est « Il » ni qui peut bien figurer sur une liste de pré-campagne électorale.

— Tu veux dire quoi ?

— Un maire ? Un commissaire principal ? Une ville propre ? Tu comprends pourquoi personne dans la rue a parlé et pourquoi personne parlera jamais. Tu comprends pourquoi maintenant, toi aussi, tu es en danger ? Souviens-toi, tu as juré.

Et s'il mentait, il irait en enfer…

Alors, seulement, il s'adossa au pilier du pont des Fantassins. Il ferma les yeux, comme en proie à un grand soulagement, et un sourire, un minuscule sourire éclaira son visage. Un sourire de satisfaction, peut-être.

1. Police municipale.
2. Police nationale.

Sans ouvrir les yeux, et pour la première fois depuis une semaine, il n'écouta plus.

– Oui, j'ai juré. Toi et moi, on va partir, Prof. Si c'est ce que tu veux.

Silence.

Les mots. Les mots, l'usage de sa propre voix, les intonations familières lui revenaient petit à petit. Ainsi que son autorité naturelle et cette assurance acquise dans le cadre de sa profession. Ils avaient des stages, pour ça. De très bons stages.

– Tu te souviens, sur le mont Baricutin, tu voulais marcher jusqu'au bout ?

– Ach.

– Eh bien, c'est ce qu'on va faire, toi et moi.

Prof le regardait. Il le regardait avec force. Tout à coup, il avait une autre personne en face de lui.

– Tu regardes mon visage ?

– Ouais.

– Alors, je crois que tu commences à réaliser.

– Ça n'est pas possible.

– Oui, Prof. Tu m'avais bien vu quelque part. Par ici. Je ne suis pas de passage et je ne marche que depuis une semaine. Avec toi.

– Non.

– J'ai passé mes dents au cirage. Je me suis aspergé d'huile de vidange usagée et me suis roulé dans la poussière. J'ai gratté ma peau avec mes ongles noirs et laissé les pustules s'infecter.

– Non, pitié…

– J'ai enfoncé une aiguille sale dans mon pied et j'ai rouvert la plaie, jour après jour, avec une lime.

– Non.

– J'ai mis les vêtements les plus sales et les plus usés que j'aie pu trouver.

— Ça n’est pas…

— J’ai éteint mon regard. Mon corps s’est voûté, comme par automatisme. Ma poitrine creusée, ma jambe droite déformée. J’ai quitté ma femme, mon foyer. J’ai pris deux semaines de vacances. J’ai tout laissé, tout renié pour un temps.

— Non, Marcel, s’il te plaît.

— Tu te doutes que Marcel n’est pas mon vrai nom. Tout comme « Prof » n’est pas le tien, d’ailleurs. Tu l’as dit toi-même, ça n’a aucune importance, ici. Et maintenant, tu te souviens de ce jeune brigadier qui posait des questions partout sans obtenir la moindre réponse. Tu te souviens de cet homme trop jeune à qui l’on avait confié cette enquête en sachant très bien qu’il ne pourrait pas la mener à son terme, tu te souviens de tout ça.

— Comment… Tu… Tu vas me tuer ?

— Non, Prof. Tu n’y es pas du tout. Tu ne vas pas mourir et je ferai tout pour ne pas te laisser tomber. Toi non plus, d’ailleurs. Comme tu l’as précisé, on est tous les deux en danger, maintenant. Alors, comme promis, on va rester ensemble, Prof. Et on va marcher jusqu’au bout.

— …

— Oui, j’ai menti…

Et si je mens…

— … Mais je ne suis pas un traître, Prof.

— …

— Je suis flic.

*

— … en Corse, tu sais ce qu’ils font ? Ils attrapent

les touristes, ils les ligotent, direction le bois d'à côté, et ils plastiquent leur putain de baraque. Boum. Descendez, Milord, on vous demande ! C'est peut-être ce qu'on devrait faire chez nous, si on avait plus de couilles…

Nazutti avait continué à parler et Andreotti, perdu dans ses souvenirs, avait eu du mal à raccrocher les wagons. Oui, c'est vrai, ils étaient là, sur le bord de mer, à suer dans leur voiture, et Nazutti tempêtait. Il vitupérait. Le major ne se préoccupait d'ailleurs pas de savoir si son partenaire l'écoutait ou pas.

— Mais penses-tu, continua-t-il. Ici, s'ils pouvaient construire une baraque supplémentaire sur trois mètres carrés de terrain pour ces connards, ils s'en priveraient pas. Et ils seraient contents, encore… Chaque année, les municipalités revoient le POS[1] à la baisse…

— Hé, Nazutti…, intervint Andreotti avec la voix la plus douce, la plus conciliante qu'il ait pu trouver.

— Quoi ? aboya le major.

Pour une première sortie en duo, la matinée s'annonçait chaude bouillante.

— C'est… C'est juste des touristes.

La brute se préparait à arguer quelque chose de son cru quand l'Arabe traversa juste devant la Clio.

Il pila. La première chose qu'il dit fut :

— Putain de melon !

Avant qu'Andreotti ait pu faire un geste, Nazutti avait déjà déhotté et chopé le mec par le colback pour l'entraîner sans ménagement vers une des ruelles de la vieille ville qui bordait la baie.

1. Plan d'Occupation des Sols.

Andreotti soupira. Il se glissa d'un geste souple à la place conducteur et, ignorant superbement la volée de coups de klaxon qui accueillit son déboîtement express, alla garer le véhicule sur le trottoir opposé.

Nazutti, à l'abri des regards indiscrets, était déjà en train de méchamment secouer l'infortuné jeune homme.

– Tu connais pas la signalisation, espèce de tronche de pruneau ? Ça fait peut-être pas assez longtemps que t'es ici, à toucher nos allocs ? Ou peut-être simplement que t'es manœuvre, tu bosses au black, c'est ça ?

L'Arabe pouvait pas en placer une. Déchaîné, il était, Nazutti, et, en venant vers eux, Andreotti pria pour que ce ne soit pas tous les jours comme ça. Mais est-ce qu'il avait le choix ?

– J'vais te coller au gnouf, moi, espèce de danger public. Si encore t'étais blanc cacahuète, je dirais pas, on te verrait de loin. Mais là, t'es tout gris. Et quand on est couleur asphalte, on s'abstient de traverser n'importe où. Tu vas aller faire un tour dans la cage à lapins, ça t'apprendra à regarder où tu fous les pieds...

L'autre devait sentir que l'inspecteur le provoquait sciemment.

Tremblant, à raison terrorisé, il avait pas l'air décidé à se lancer dans un concours de grande gueule.

Andreotti s'était planté à côté. Ostensiblement. Il sentait que seule sa présence dissuadait Nazutti de filer une avoinée au contrevenant.

En d'autres circonstances, Andreotti l'aurait volontiers informé de ses droits, mais là, pour son premier jour depuis que... peu importe : il se sentait pas de rentrer en guerre ouverte avec le major Nazutti, la teigne du sixième district.

— Je vous prie de m'excuser, monsieur. Je n'ai pas fait attention, j'étais préoccupé. Mais je vous assure que cela ne se reproduira plus, bredouilla finalement le type.

Peut-être désarçonné par ce langage légèrement châtié, le policier sembla brusquement se calmer.

Il recula d'un pas.

— D'où tu sors, toi, connard ?

— Je suis étudiant étranger.

— Étudiant ?

— Je participe à un programme d'échange entre les universités algériennes et les universités françaises.

— Les universités ? Un programme de… d'échange ?

— Oui. En sciences politiques.

Nazutti répétait tout comme s'il avait du mal à croire ce qu'il était en train d'entendre.

Finalement, il leva les yeux au ciel.

— Un étudiant ! Manquait plus que ça.

Il se retourna vers Andreotti et, sans plus un mot d'excuse ni un regard pour sa malheureuse victime, regagna la voiture.

Andreotti se sentit toutefois obligé de s'excuser pour la méprise en leurs noms respectifs et il ajouta que son collègue était sur les nerfs, qu'il fallait lui pardonner. Puis il suivit Nazutti à petites foulées.

Juste avant de regagner le véhicule, il entendit distinctement l'inspecteur marmonner :

— Un programme d'échange… Les fellouzes nous ont tirés comme des lapins pour avoir leur indépendance, et maintenant leurs petits-fils viennent faire des programmes d'échange… Mais où on va, là ? Où on va…

Andreotti se tortilla sur son siège. Est-ce qu'il devait mettre les choses au clair ou s'écraser ? Il risqua timidement :

— Le type a juste traversé en dehors des clous, allez, quoi… Et je vois pas le rapport avec…

Nazutti se détroncha vivement, les yeux incendiés, deux braises au centre de ses pupilles noir charbon :

— Il a traversé en dehors des clous ? Il a arnaqué la CAF ? Il a revendu de la résine coupée au bicarbonate à de petites têtes blondes à la sortie de l'école ? Il a piqué une tire ? Il a fait venir en loucedé ses petits copains pour crécher à huit dans une taule de huit mètres carrés ? Il a volé la putain d'orange du putain de marchand ? Ou alors il a jamais rien fait de tout ça ? Il est étudiant à Sciences-Po ? Son père est dentiste ou avocat ? Il appelle sa mère tous les dimanches ? Qu'est-ce que j'en ai à foutre ? Pour moi, ça fait aucune différence, tu comprends ? Il a pas la bonne couleur au bon endroit, c'est la seule chose qui compte.

— Merde, Nazutti, tu trouves pas que…

— Quoi ? Qu'est-ce qu'il y a ? T'as l'intention de me faire la morale ? Tu fais partie de ces putains de gauchos qui manifestent pour le Biafra et revendiquent l'égalité pour tous ? Et si tu crois que je fais partie de ces connards du Front qui vont te ressortir la Révolution et la « qualité de Français », si tu crois que je vais te faire un exposé sur Lavoisier et son système comptable des « manants », ou un cours sur Louis XIV et l'« identité nationale », les hussards noirs de la IIIe République et l'instauration de la conscience nationale, la récupération du folklore et des légendes, de Vercingétorix à Jeanne d'Arc, en passant par Waterloo et Verdun, tu te goures. Tout ça, c'est de la merde. Je connais l'histoire de la cité ouvrière de Roubaix, qui, il y a pas si longtemps, comptait plus d'étrangers que de Français, je connais celle des juifs et des Levantins qu'on accusait de communautarisme, celle des anars ritals, des bolchos, des ouvriers chinois qui bossaient dans les poudreries du Rhône. Les Africains dans les champs de métropole, les réfugiés serbes à Marseille, les mineurs polonais du Pas-de-Calais qui mettaient trois ou quatre générations à s'intégrer, je suis parfaitement au courant, merci. Je connais mon petit bréviaire de l'immigration sur le bout des doigts. Les ouvriers italiens qui débarquaient par milliers dans le département de la Seine au cœur des années vingt et qu'on traitait de tous les noms, qu'on accusait de toutes les saloperies possibles et imaginables… Mon grand-père en était… Je m'appelle pas Nazutti pour rien. Hier c'était nous, aujourd'hui c'est eux, demain ce sera les Serbes, les Ukrainiens et les Yougos… Et tu crois que ça change quelque chose ? Nenni, mon pote. Et ceux qui prétendent le contraire se foutent le doigt dans le cul ou dans l'œil, je sais plus… Ils ont jamais tourné à une heure du mat' sur les parkings de banlieue, ils ont jamais fait de descente dans les casbahs des quartiers arabes, ils ont jamais comptabilisé les noms des mecs en garde à vue…

C'est sans réelle surprise qu'Andreotti constata que, si des événements qu'il ignorait et d'ailleurs ne désirait pas vraiment connaître avaient altéré son discernement, Nazutti le rustre, Nazutti la bête, n'était pas le crétin attendu ou espéré. Et Andreotti en savait quelque chose : l'intelligence – ou du moins une certaine forme de connaissance – n'était pas réellement un avantage. Pas dans leur corporation. Pas dans le milieu dans lequel ils évoluaient. Sans espoir avéré, il essaya une nouvelle fois de nuancer le discours du sanguin :

– Allez, Nazutti, tu sais très bien que c'est pas un problème de couleur ou de race, c'est un problème économique… Un problème de misère so…

– Arrête ces conneries ! Tu vas faire quoi, maintenant ? Me briefer sur les Maghrébins de Saint-Lazare ? M'exposer les conditions de vie effroyables des parents et des grands-parents de toute cette racaille dans les bidonvilles de Nanterre ? Tu vas en faire des victimes ? Comme le jobard qui flingue sa femme et ses gosses parce qu'il ne voulait pas les faire souffrir, comme la bonne femme qui enterre son gosse dans le jardin parce qu'elle fait un déni de grossesse, comme l'instit si gentil qui a été abusé quand il était petit, comme l'impuissant qui trucide tout ce qui porte une jupe et des bas nylon, comme le gosse de quatorze ans qui filme avec son portable dernier cri ses petits camarades en train de violer une fille de son âge dans les chiottes du collège parce qu'il manque de repères, comme celui qui n'a jamais connu ni famille, ni amour, ni racine et qui décide, au hasard, d'exercer sa vengeance divine… Si c'est comme ça que tu comptes t'y prendre, bon courage, je te donne pas deux ans… Non, il faut rendre coup pour coup, sans pitié. Ne jamais baisser les bras, ne jamais tourner le dos. Parce que si tu donnes dans la compassion, si tu tentes l'empathie ne serait-ce qu'une seule fois, si tu baisses la garde juste une seconde, c'est la fin.

– Mélange pas tout, je...

– La fin, mon pote.

Sur le terrain vague qui longeait la départementale 201, Nazutti l'observait fixement : son regard, d'un bleu délavé, presque transparent, le troubla. Il le regardait avec insistance, comme s'il cherchait mentalement dans quelle catégorie infamante classer ce nouveau venu qui lui avait été affecté après le départ de Moulinot, son dernier binôme en date, qui s'était empressé, après ses quatre ans de service réglementaire au même grade, de passer et d'obtenir le concours de lieutenant. Avant ça, il y avait eu Jipé, le premier équipier de Nazutti : trois ans de partenariat avec la brute pour finir à l'hosto, une balle dans l'épaule lors d'un banal contrôle. Celui qui avait tiré avait treize ans et vingt grammes de hash sur lui. C'est du moins ce qui avait été noté dans le rapport. Et puis il y avait eu les jeunes : Gérard Gyzmotin, dit Gyzmo, le brave petit pédé, comme le surnommait affectueusement Nazutti. Curieusement, Gyzmo était celui qui avait tenu le plus longtemps aux côtés de Nazutti : cinq ans. Un jour, comme ça, sans raisons apparentes, il avait décidé de démissionner et on l'avait jamais plus revu. Il y avait eu ensuite Jacques Les Fouilles, un an, dépression. Alfred De Bondy, deux ans, suicide par arme à feu. Zizou, deux ans et demi, muté sur demande. Mimi Yeux Bleus, six mois, déplacé pour « comportement inacceptable ». Il avait été un des rares à tenter d'en venir aux mains avec Nazutti. Personne n'avait jamais su pourquoi. Mais il avait eu le tort de faire ça en pleine salle de détente, devant une demi-douzaine de témoins qui, même s'ils ne portaient pas Nazutti dans leur cœur, pouvaient décemment pas se défiler en cas de conseil de discipline. Laloi, deux ans et demi. Laloi s'était mangé un platane à cent vingt un jour de beau temps sur une nationale droite comme une trique de bourrin. Éthylotest négatif, analyse toxico négative. État du véhicule : zéro défaut. Pas de témoins. Accident ? Suicide ? Certains planchaient encore sur la question. Et enfin, il y avait eu Moulinot. Quatre ans. Aujourd'hui, d'après ce qu'on en savait, il était en train de poireauter dans un placard à balais en attendant que les suites d'ILS[1] dont on le soupçonnait se tassent. Et de l'avis de tous, ceux qui avaient tenu plus de deux ans avec Nazutti — quatre en tout, si l'on excepte Laloi, enroulé autour d'un arbre sur le bord de la route — l'avaient quitté avec cette étrange lueur dans le regard : un mélange indéfinissable de haine et de révérence. À croire que, passé un certain délai, Nazutti exerçait une sorte de fascination obscure sur les victimes et partenaires. Un truc que personne n'avait jamais compris. Mais il n'y avait aucun doute que, tout au long de ses collaborations mouvementées, Nazutti avait trouvé une catégorie disgracieuse dans laquelle classer chacun. Et il était certain qu'aujourd'hui il en trouverait sans peine une ou plusieurs pour Andreotti.

Ils avaient d'abord rencontré un expert : un petit homme replet à l'alopécie galopante dont le nez, les yeux et la bouche étaient ramassés sur une partie si

1. Infraction à la Législation des Stupéfiants.

infime de son visage – tout en bas, un peu au-dessus du triple menton –, qu'on croyait voir un seul et unique organe. En ce moment, il scrutait à travers des lunettes à double foyer ce qui semblait être une pièce à conviction soigneusement enfermée dans un sachet plastique stérile.

– Z'êtes qui ? demanda abruptement Nazutti.

– Et vous ? répliqua aussi sec le petit homme, manifestement pas habitué à s'en laisser conter.

– Major Nazutti et brigadier Andreotti. Brigade des mineurs. On a été contactés par les services de la Criminelle.

– Ah, le sac, c'est pour vous, alors ?

– Le sac ?

– Oui. Le gosse. Il est dans un sac plastique. On a pas pu encore le déplacer. Pas plus que le mec trouvé à côté de lui.

– Qu'est-ce que vous foutez là ?

– Professeur Monzo, anatomopathologiste et expert en balistique terminale, fit l'érudit sans tendre la main, serrant contre lui le sachet plastique avec inscrit dessus : Exhibit 673-87.

– Un expert ? C'est ces abrutis de la Crim' qui vous ont demandé de venir ?

– Ah, ah, je vois que vous avez votre franc-parler, major Nazutti. Oui, vous avez raison, ce sont des abrutis et ce sont eux qui m'ont demandé de venir.

– Pour un code Delta Charlie Delta ?

– Oh, je ne suis qu'un simple consultant et j'ignore les détails de l'enquête, mais je doute qu'on ait affaire à un « simple code DCD », comme vous dites. Ils m'ont appelé parce que, visiblement, ils ont découvert quelque chose de pas banal. Pour une raison inconnue, ça semblait urger. Cela dit, je ne regrette pas d'être venu. Non, pas du tout.

— C'est quoi que vous avez à la main ? C'est une douille ?

— Un étui, major. Il s'agit d'un étui. Les douilles, c'est au-dessous de quatorze millimètres et ça concerne uniquement les canons lisses. Belle bête, n'est-ce pas ? Une Magtech modifiée. Je dirais avec une amorce CCI 300 scellée à dix millimètres en retraite par rapport au début des rayures, mais il faudra que je compare avec mes bases de données. J'en ai vu qu'une fois dans ma vie, quand je travaillais pour la police montée canadienne : un chasseur d'ours qui avait tiré sur un garde-chasse. Je sais aussi qu'on utilise ce genre de petit bijou pour les tigres en Indonésie, mais ici, en France, je ne vois pas bien. C'est carrément à la limite entre les catégories 1, 4, 5 et 8…

— Je connais la classification.

— Celui qui s'est amusé à opérer cette peu coutumière combinaison devait pas avoir froid aux yeux.

— Ou alors, il s'y connaît suffisamment. Je peux vous demander ce que vous allez faire avec cette vilaine bestiole ?

— Eh bien, je vais la rendre aux enquêteurs. Là, c'est juste pour le plaisir des yeux. Une fois qu'ils auront demandé au magistrat une mission à mon laboratoire, qui l'enregistrera administrativement, je donnerai mon accord et lui ferai parvenir un devis. Quand le magistrat aura accepté le devis, alors seulement je commencerai à travailler : prises de vue, transfert des scellés, examens…

— Putain, mais il y en a pour des siècles !

— Oui. Rien à voir avec le Canada, c'est sûr. Mais que voulez-vous, on est en France, ici. Est-ce que vous savez que là-bas, pour les tests de tirs, ils possèdent les pendules balistiques dernier cri qui permettent à la masse du projectile d'atteindre son amplitude maximale après impact sans compression ? Oui, vous avez bien entendu : sans aucune compression. Quand je pense qu'ici on en est encore à tirer dans les annuaires pour pas esquinter les rayures. C'est tout de même scandaleux. Vous devriez faire quelque chose.

— J'en parlerai au ministre. Pourquoi vous êtes pas resté au Canada ?

— Ah, ah... Ça, c'est ce que j'appelle une petite indiscrétion. Mais je ne vous en veux pas, c'est sûrement la déformation professionnelle. En fait, si vous voulez tout savoir, j'avais un problème avec le climat.

— Avec le climat.

— Oui. La neige, la pluie, le froid. Manque de vitamines D. Photosynthèse déficiente. C'est pour ça que je vais pas trop me plaindre. Au moins, ici, on a le soleil. Sacrée chaleur, vous trouvez pas ?

— Vrai. La balle, à votre avis, c'est quoi ?

— Je l'ignore. Il faudra attendre la levée des corps pour essayer de la retrouver derrière la boîte crânienne ou dans la terre quelque part. Et vu le spécimen que je tiens, les types risquent de creuser longtemps. Le plus probable est qu'il s'agisse d'un projectile de type Casull. Le .454 JHP me semble une option possible, étant donné l'impact d'entrée. Tête creuse. Avant, on les entaillait en croix, mais les résultats étaient aléatoires. Ici, c'est du travail propre et net. Un bel orifice de pénétration juste entre les deux yeux. Un truc de pro. J'ai déjà vu ce genre de turbin chez les gars du mitan ou dans certains règlements de comptes, parfois. Le crâne présente en outre sur la peau du front une forte abrasion ovoïde.

— Merde. Un tir à bout touchant ?

— Ouais. Ça vous suce le cerveau comme une paille dans un verre… Ou comme on goberait un œuf à la coque. La brûlure, très étendue, me fait penser à de la Ba 10 Varget… Mais attention, en quantité largement supérieure à la normale.

— Ce qui veut dire ?

— Ce qui veut dire que le tireur charge lui-même ses projectiles. Et en ce qui concerne la force d'impact, je pencherais pour du cinq cent soixante-dix mètres par seconde, c'est-à-dire deux fois plus puissant qu'un .44 Magnum.

— Deux fois plus puissant… Il tire avec quoi ? Un bazooka ?

— Ah, ah. Pas loin. Je pencherais plutôt pour un Taurus de type Raging Bull.

— Je vois. Un monstre pareil chargé de cette manière avec du .454 C., ça restreint tout de suite le champ des possibilités.

— Pas tant que ça, en fait. À quinze euros la boîte de cinquante, ils sont de plus en plus à s'amuser au petit artificier. Une doseuse volumétrique, un recalibreur-positionneur et un four électrique : le tour est joué. Bien sûr, il ne faut pas avoir peur de perdre quelques doigts dans l'affaire. Mais, là, je dirais que le dosage était parfait. Un maximum de puissance pour un minimum de risques. Notre compagnon sait manifestement ce qu'il fait. Oui. Ba 10 Varget en quantité maximale, je vois pas autre chose pour faire de tels dégâts.

– Bon, c'est où ? abrégea Nazutti qui jugeait probablement en avoir appris assez de ce côté-là.

Sans se formaliser, l'expert indiqua du pouce un petit attroupement dans le champ derrière lui puis retourna à son intense contemplation sans plus accorder d'attention à ses interlocuteurs.

L'assistant légiste se releva en époussetant la terre de son futal. Un de ces trucs en velours qu'on faisait plus depuis une éternité.

Nazutti réprima une grimace : déjà qu'il pouvait pas blairer les toubibs et les légistes en particulier, jamais en retard d'une bourde ou d'un taf bâclé, mais Pampeline, l'assistant, décrochait le pompon, avec son falzar de la Seconde Guerre et son air de vieux garçon.

Nazutti n'aurait pas été surpris qu'il soit du genre à se masturber devant les films gore ou à collectionner les manuels de tératologie.

L'assistant les regarda en souriant :

– Il s'est pas défendu et il était pas entravé. En tout cas, a priori, je vois pas de marques défensives ni de lésion.

– Il s'est pas défendu ? demanda Andreotti. Avec le six pouces et demi d'un Taurus en contact au milieu du front ?

– Il a probablement été tué ici, au centre de cette tombe improvisée. Les lividités ont pas l'air d'avoir bougé, continua le légiste en s'adressant à Nazutti, comme si Andreotti était quantité négligeable.

– Tu veux dire qu'il est d'abord rentré dans la tombe, avant de sagement se faire aligner ?

— Hé, je suis juste assistant. Chacun son job, les mecs. Moi, je rentre dans des considérations strictement factuelles.

Brusquement, on sentait Nazutti à nouveau remonté. Peut-être était-ce là le résultat des premières informations décevantes dont ils disposaient, ou bien un délicat bouleversement dans les taux d'hormones combinées, à moins que ce ne fût tout simplement la personnalité du médecin qui, depuis un bail apparemment, ne convenait pas au major. Sa manière un peu désinvolte de répondre aux questions sans doute.

— Nous aussi, Pampeline, nous aussi, murmura Nazutti.

— Je préférerais autant que tu m'appelles par mon prénom, si ça te fait rien, se rebiffa l'assistant qui, s'il savait être surnommé ainsi, détestait qu'on le fasse devant lui. Est-ce que moi je t'appelle Hitler ?

Nazutti s'avança :

— Pardon, j'ai pas entendu ?

Pampeline, les pieds dans la tombe, avait son visage qui arrivait au niveau des genoux du major. Il jugea préférable de calmer le jeu.

— Hé, c'était juste un exemple… pour te dire.

— Ouais, ben la prochaine fois, tes exemples, tu te les carres dans le fion, compris, Pampeline ?

L'assistant, trop sûr de lui, se prépara à répondre, mais Andreotti, sentant venir la méchante algarade, et donnant d'ailleurs pas cher de la peau du petit assistant en cas d'avarie, s'interposa.

— Bon, restons calmes et réfléchissons…

Les deux inspecteurs de la Crim' qui les avaient contactés disaient rien. La fine équipe était composée d'un malabar avec un cou de taureau et des tempes grisonnantes qui devait pas être loin de la retraite, et d'un autre mec, plus jeune, même gabarit en plus sec, qui mâchait sans discontinuer un chewing-gum avec lequel il s'autorisait, de temps à autre, une bulle d'un rose délavé. Ils observaient le spectacle, de l'autre côté de la tombe, goguenards.

Sous le regard meurtrier de Nazutti, Andreotti détourna judicieusement la conversation.

– Et... Et le contenu du sac... C'est pour ça qu'on est là, nous. Qu'est-ce que vous pouvez nous dire là-dessus, Pampe... Heu, c'est quoi votre nom, exactement ?

– Pouvez m'appeler Michel, grigna l'assistant légiste.

– Oui, Michel. Alors, nous disions donc : ce sac ?

– C'est un cadavre.

– Ça, on sait, s'écria Nazutti, prêt illico à remettre la viande sur le gril.

– De gosse.

– Putain, on sait aussi. Mais est-ce qu'il correspond à notre Spéciale[1], c'est ça le topo. Théo Martois. Neuf ans. Un mètre vingt-cinq. Brun. A une tache de naissance sur l'épaule droite. Incisive supérieure gauche manquante. Portait un blouson couleur bleue le jour des faits. Disparu le 29 avril de cette année en rentrant de l'école située à trois cents mètres de chez lui.

– Mouais... Ça pourrait correspondre. Mais comme je suis ni odonto, ni anthropo, ni devin...

– Dis donc, t'as décidé de jouer au plus con avec nous ou tu vas accoucher ? Si on était déjà au courant

1. Signalement de disparition d'un mineur de moins de treize ans.

de ce qu'il y a exactement dans ce sac, on serait pas là. Alors, dépêche…

Nazutti se retint de prononcer le surnom maudit de l'assistant ou tout autre quolibet qui aurait pu ressembler à une insulte explicite, mais on voyait que ça le démangeait. Le deux cent vingt était déjà rebranché, entre eux. La diversion d'Andreotti avait été de courte durée. Et ce dernier sentait que Pampeline, malgré la haine que Nazutti lui inspirait, considérait le major comme le seul interlocuteur valable.

Pampeline se gratta la joue.

– Je te le dis, Nazutti. Le corps du petit était nu. Donc, pas moyen de confirmer la tenue. Pour la taille, le poids et l'âge, ça a l'air de correspondre, mais je peux rien confirmer pour l'instant. La dent… Oui, il y a une dent qui manque, mais faudra les radios pour être sûr. Quant à la tache de naissance, je peux pas me prononcer avec certitude, le corps étant couvert de poussière. Et tu sais comme moi que je suis pas habilité à nettoyer pour aller regarder en dessous. Mais ça se pourrait bien qu'il ait effectivement une tache de naissance de la même forme que la description… Si c'est pas une tache de saleté.

L'officier fit la moue.

– Putain, on est bien avancés, merci.

Andreotti s'éclaircit la voix.

– Hum… En tout cas, si c'est lui, on peut faire une croix sur la fugue. Et ce papelard, qu'on a découvert sur le mec enterré avec lui… Ça pourrait être quoi, à ton avis ? Un règlement de comptes ? Une vengeance ? Un mariole qui s'amuse à jouer les vigilantes ? Un différend qui tourne mal ? À moins que ce soit juste le hasard ? demanda-t-il.

Ils ne pourraient rien apprendre de plus du côté de la légale aujourd'hui, c'était un fait.

Tandis que Nazutti se préparait à répondre, un des deux balèzes de la Crim' se manifesta. Jusqu'à présent, ils avaient fermé leur gueule.

— La bafouille et le mec, c'est pour nous, ça vous regarde pas. Vous, vous vous occupez du gosse. C'est pour ça qu'on vous a contactés. Encore heureux qu'on soit surchargés et conciliants. On était pas obligés de faire ça, précisa le plus vieux des inspecteurs.

Nazutti sursauta, piqué au vif. Les types de la Crim', comme ceux de la DPJ[1] en général, il pouvait pas les blairer non plus. Il les considérait comme des branques, plus portés à sacrifier à la culture du chiffre et à provoquer les flags qu'à assurer la sécurité de leurs concitoyens.

— Pardon ? Je dois comprendre que vous vous asseyez sur la collaboration interservices qui — soit dit en passant — a fait l'objet d'une circulaire et reste une des priorités de notre beau ministère ? C'est dommage, vous étiez pourtant bien partis, railla-t-il.

Le second cow-boy, le tortionnaire de chewing-gum, s'avança un peu. Encore heureux qu'ils étaient séparés par un trou d'un mètre vingt de profondeur.

— Dis donc, Nazutti, je te conseille pas d'entamer ton petit manège avec nous, on est pas preneurs.

— Quel manège ? s'offusqua l'enquêteur des mineurs.

— C'est pas le sarcasme ni l'intimidation qui vont sauver ton cul, Nazutti. Ça marche peut-être avec les crouilles que tu pourchasses ou les mères éplorées

1. Division de police judiciaire

qui viennent gémir dans ton burlingue, mais pas avec nous.

– Merde, et moi qui croyais qu'on allait pouvoir faire preuve d'émulation… Allez, viens, Andreotti, on se casse.

Nazutti tourna les talons et prit le chemin de la bagnole.

Andreotti, qui mit quelques secondes à réagir, vit l'autre inspecteur, le plus vieux, celui qui avait parlé en premier, regarder son collègue avec une lueur d'inquiétude dans les yeux. Fallait croire que la réputation de Nazutti avait largement dépassé le cadre de la brigade. Fallait croire que le sarcasme et l'intimidation, au final, ça portait peut-être plus qu'on croyait. Fallait croire aussi, Andreotti s'en rendait compte maintenant, que les cow-boys devaient vraiment manquer de biscuits sur ce coup-là. S'ils avaient appelé le malabar, c'était ni par philanthropie, ni pour participer au bel effort de coopération prôné par le préfet, mais parce qu'ils devaient vraiment être dans la panade. Ne rien avoir, pas une piste, nib. Ils avaient dû être tout contents, les lascars, de trouver un lien possible entre leur affaire et la disparition dont la brigade des mineurs se chargeait. Brancher Nazutti sur un coup, c'était prendre l'assurance de pas rentrer les mains vides. Encore fallait-il ne pas se le mettre à dos, chose extrêmement délicate s'il en était.

– Hé, Nazutti, cria l'inspecteur de la Crim', si t'as quelque chose, on compte sur toi, t'entends ? Oublie pas que c'est nous qui t'avons branché là-dessus.

Pour toute réponse, sans ralentir la cadence, Nazutti leur offrit un doigt bien dressé par-dessus son épaule.

Les deux inspecteurs se regardèrent, incrédules.
— Il rappellera, je le connais bien, dit le plus vieux.
— Tu parles d'une option. Merde, c'est un connard. On peut faire sans lui, rétorqua le jeune.

Andreotti resta un moment devant eux, les yeux fixés sur le trou de la tombe, les yeux fixés sur le trou dans le front du grand type allongé au fond, les yeux fixés sur le trou du sac à peine ouvert. On entrevoyait un morceau de chair qui aurait aussi bien pu être de la terre... De la terre, des trous, des tas de trous, de quoi tomber plusieurs fois... Il se tint immobile, pensif, indécis.

Les deux inspecteurs les avaient appelés, oui, mais il était probable qu'ils n'avaient pas tout dit, ne désirant pas, sûrement, passer pour des mendiants.

Ils observèrent du coin de l'œil Andreotti en train d'hésiter, sans prendre la peine de se cacher.

— Ça fait longtemps que tu bosses avec lui ? demanda le jeune.

Andreotti avoua à regret :

— C'est mon premier jour.

— Putain ! s'esclaffa le ruminant. T'es pas sorti de l'auberge. T'étais où, avant ?

— À la sixième DPJ.

Le jeune resta perplexe.

— À la six ? Comment ça se fait que tu te retrouves là ? T'as flingué une petite vieille ou quoi ? se marra-t-il.

Son aîné, visiblement alerté par la détresse qui devait se lire sur le visage d'Andreotti, fit un discret signe de la main à son collègue pour lui signifier de faire du lège.

— J'étais… En longue maladie. Et quand j'ai voulu reprendre, l'opportunité s'est présentée de venir bosser ici.

Andreotti en avait des sueurs froides. Ou ces abrutis lisaient pas les journaux, ou ils le remettaient pas. De toute façon, c'était vraiment pas lui qui allait se mettre à leur faire une synthèse. Déjà que l'accueil, ce matin, avec le commissaire principal avait été plutôt frisquet…

— Bosser ici ? Avec… Nazutti ? interrogea le vieux.

— À ce que je sais, c'est lui qui a insisté pour faire équipe avec moi.

Les deux glands rigolèrent à nouveau. Quoi, il avait un nez rouge au milieu de la tronche ?

— Fais attention à Nazutti, mec. Il en a bouffé des coriaces, crois-moi, précisa le jeune avec un regard malicieux. Huit partenaires en vingt ans qui ont tous fini au cimetière, à l'hosto ou avec de graves problèmes à la tête. Pardon, tu parles d'un pedigree ! Nazutti, celui qui use les binômes avant qu'on s'en serve…

Mal à l'aise, Andreotti saisit l'occasion pour changer de sujet.

— Vous le connaissez bien, Nazutti ?

Le jeune était toujours hilare.

— Il demande si on le connaît bien, t'entends ça, Chaplin ?

— Ouais, s'exclama le vieux.

— Nazutti, c'est le loup blanc, par ici, bouh, le grand méchant loup blanc.

— Qu'est-ce que vous voulez dire ?

— Simplement que pour Nazutti tout le monde est à peu près dans le même sac. Il n'y a ni Blanc ni

Noir, pour lui. Tu crois peut-être que tu te situes du côté des Blancs parce que t'es flic, mais pour cet enfoiré, tout le monde est gris. Et certains, dans la hiérarchie ou à la brigade, s'en sont mordu les pognes de pas s'en être gaffés. Ceux qui l'ont approché de trop près, qu'ont cru pouvoir l'apprivoiser, l'amadouer ou même juste sympathiser et qui en sont sortis indemnes, il y en a pas lourd. Et si tu crois que tu tiendras le coup, rassure-toi, d'autres y ont cru avant toi. Nazutti, c'est le rouleau compresseur. Une bonbonne de nitro ambulante. Pas de distinction. La finesse, à d'autres. À la préfecture, où il est persona non grata depuis vingt piges, on l'appelle l'Attila des courbettes et de la diplomatie. Entre nous, on l'appelle plutôt Hitler, c'est plus convivial. Quand il a un nouveau partenaire, Nazutti, les collègues pratiquants allument des cierges, c'est te dire. Et quand il se décide à bouger, quand il part en guerre, et il part souvent en guerre, s'il en a un dans le collimateur, t'es bien content que ça soit pas toi. Y a même des mauvaises langues qui prétendent qu'il se fera buter un jour, à force de faire le con. Alors – c'est juste un conseil, hein, mais dès que tu peux, prends l'air. Y a des fréquentations, comme ça, qui sont pas vraiment bonnes pour la santé.

Le vieux eut un geste apaisant pour couper la diatribe de son partenaire.

– Arrête tes facéties, Joyeux, tu vas nous effrayer la viande fraîche. Tout ça, c'est des bruits de couloir, des rumeurs de machines à café... Tu sais comment sont les lourdingues, dans les services, non ? Dès qu'il s'agit de s'exciter parce que quelqu'un rentre pas dans le rang, ils sont pas les derniers. Il y a eu plus d'une réputation qui a été usurpée comme ça. Alors, écoute pas le petit, mec. Il adore plaisanter.

— Je vois ça, grinça Andreotti.

Ils se regardèrent un instant, semblant communiquer par télépathie, puis le vieux se tourna vers lui.

— Viens voir là.

Andreotti contourna soigneusement le caveau improvisé.

— Écoute, dit le vieux avec des faux airs de conspirateur, on devrait peut-être pas te le dire, mais, comme Joyeux et moi on te trouve sympa…

« Naïf, mais sympa », sous-titra mentalement Andreotti.

— … Alors, on va te mettre au parfum.

Andreotti se retint de lever les yeux au ciel. Quelle comédie ! C'était pas au cours Florent qu'ils pourraient se recycler, ces deux-là.

— Cette bafouille, que vous avez eue entre les pognes tout à l'heure, c'est pas la première.

Ainsi, c'était donc ça. Charlot et Joyeux devaient être vraiment dans la merde, et s'ils avaient pu trouver un prétexte encore plus fumeux que la disparition du petit Théo Martois pour les y mettre aussi, ils se seraient pas gênés.

— C'est-à-dire ?

— On en a trouvé une autre du même acabit la semaine dernière.

— Ouais, précisa Joyeux en mâchant frénétiquement son bubble-gum. Un genre de poème à la con qui parle de flinguer les gosses qui sourient dans les squares et les supermarchés… Enfin, tu vois le genre.

— Et… Hum… Il y avait un autre gosse dans la tombe, ajouta le doyen.

— Vous nous avez pas prévenus ?

— On pensait pas, plaida le jeune, que ça vous intéresserait. Il y avait pas de signalement correspondant. Mais, pour le petit Martois, on a tout de suite fait le rapprochement, ouais.

Suce mon majeur, c'est un Carambar, pensa Andreotti. Ils le prenaient pour une truffe, c'était pas possible autrement. Peut-être, après tout, qu'ils l'avaient reconnu, qu'ils étaient au courant du papelard qu'il se trimbalait et avaient chiqué aux ignorants, histoire de l'amadouer. Il se faisait l'effet, soudain, d'être le point faible dans la cuirasse de Nazutti. Il n'y avait pas besoin d'être bien marle pour deviner que la première affaire, ils avaient d'abord pensé la griffer en solo. Mais avec cette vilaine péripétie qui leur tombait sur la frite, ils avaient dû se rendre compte qu'ils s'étaient embarqués un peu vite sans munitions et avaient fait une bourde monumentale en évitant de signaler le premier cas. Ils s'en rendaient compte, mais un peu tard, et essayaient de rattraper le coup.

Quel panier de crabes. Pathétique !

— Et il y a autre chose..., ajouta le vieux.

Andreotti ne répondait rien. Il attendait.

— ... un point commun entre les deux barbaques format adulte...

Malgré l'intérêt qui grandissait en lui, Andreotti attendait toujours. Il était hors de question qu'il leur facilite la tâche.

Les deux marlous se regardèrent à nouveau, juste un coup d'œil, histoire de se mettre tacitement d'accord sur ce qu'ils allaient dire et ne pas dire.

— ... Le premier type, Gilles Sevran, et celui

d'aujourd'hui, identifié grâce aux papiers qu'on a trouvés sur lui, sous le nom de Carlo Vitali, ont tous les deux un dossier aux Mœurs.

– Un joli sapement de pointeurs : attentats à la pudeur, tentatives de viol et… actes de pédophilie, précisa Elastic Man.

– C'est un début, pourquoi vous exploitez pas ça ? s'étonna Andreotti.

Le vieux se tortillait inconfortablement.

– On a pensé… Ce genre de milieu, Nazutti est mieux placé que personne pour en connaître les arcanes…

Tiens, tiens… Nous y voilà.

– … Il faudrait… Enfin quoi, merde, ça serait bien s'il pouvait nous éclairer un peu sur le parcours, disons…, officieux de ces deux énergumènes.

– Le problème, c'est que Nazutti est une tête de nœud, précisa le jeune.

– Je dirais pas ça, tempéra son aîné, mais… T'as dû t'en apercevoir, il a son caractère et…

– Et vous comptez sur moi pour remédier à ce petit vice.

– Pas vraiment. Mais s'il se décide à se rencarder, rapport aux gosses qu'on a trouvés, ça serait bien qu'on collabore…

– Autrement dit, vous voulez que, s'il apprend quelque chose, il vous refile des infos.

– On fera pareil, je t'assure.

– J'en doute pas. Cependant, je pense pas être la personne la mieux placée pour raisonner Nazutti. Je le connais pas depuis assez longtemps pour…

– Nous, oui. T'auras même pas besoin de le raisonner. Nazutti, les petits jeunes dans ton genre, il aime bien… Il les forme à sa pogne. En tout cas au début. Si tu lui donnes les biscuits qu'on vient de te déballer, et s'il y a des gosses en jeu, il bougera de lui-même. Il pourra pas s'en empêcher…

– Ouais, quand il y a des gosses en jeu, Nazutti, il fonce, rigola le bouffeur de gommes à mâcher.

– … Le souci, c'est qu'il doit pas bosser tout seul. Il faudra qu'il accepte de nous refiler ce qu'il a…

– Et vous comptez sur moi pour vous dire comment il progresse, vous refiler des tuyaux… Une sorte de taupe, c'est ça que je serais ?

– Non. Pas du tout, s'offusqua le vieux, la main sur le cœur, comme si Andreotti avait proféré une obscénité.

Le premier échelon continua :

– Quand bien même j'aurais la possibilité de m'immiscer dans les petits papiers de Nazutti, qu'aurait-il à y gagner, lui ?

– La résolution d'un beau crâne. La mise hors circuit d'un dangereux individu. Son nom… vos noms à côté des nôtres sur le papier à en-tête du rapport final.

– Je suis pas persuadé que ça suffira.

– La question n'est pas ce qu'il aura à gagner, mais ce que tu auras à gagner…, intervint le jeune, qui, visiblement, était plus trop disposé à finasser.

Andreotti tremblait légèrement. Il regarda une fois encore la tombe. Ça n'était pas une tombe, c'était un gouffre, un piège en train de se refermer sur lui, il le devinait. Des trous dans la terre et dans les corps, des silences, trop de trous, trop de silences, trop de chutes possibles. S'il s'agissait réellement d'un piège, il sentait qu'il n'aurait pas la volonté suffisante pour y échapper. Pas avec son passé. Pas pour son premier jour de reprise. Tu parles d'une reprise !

Le jeune insista. Parce qu'il devait sentir le poisson ferré. Parce que ce genre de petit numéro, entre le vieux diplomate et le chien fou qui tranche dans le vif, ça devait pas être la première fois qu'ils s'y adonnaient. Le spectacle était bien rodé. D'abord, ils le montaient contre Nazutti. Ils instillaient en lui le doute, la méfiance. Ensuite, une fois l'hameçon fermement planté dans la gueule, en loucedé, l'air de rien, ils évoquaient l'alternative. Ils le mettaient à leurs pognes.

– Y a rien de tel que la résolution d'une grosse affaire pour se redonner une virginité, tu comprends ?

Andreotti comprit brusquement que, dès le début, sûrement avant même qu'il se pointe en compagnie de Nazutti, ces abrutis connaissaient ses antécédents. Ils savaient exactement pourquoi il était là, ce qu'il avait fait avant, et ce qu'il ferait à partir de maintenant.

– Je crois que je comprends, murmura Andreotti.

– Alors, à toi de t'y mettre, petit. On compte sur toi, susurra le vieux d'une voix rassurante.

Il lui passa une main dans le dos et de l'autre, discrètement, lui glissa un papelard avec son numéro dessus. Andreotti l'empalma. Sensation désagréable de sceller un pacte avec le diable.

Joyeux fit une nouvelle bulle.

– C'est pas que ce type qui a visiblement décidé de dessouder tout ce qui ressemble de près ou de loin à un amateur de petites culottes et cartables nous dérange particulièrement. Nous, les chiens qui se bouffent entre eux, on serait plutôt pour. Mais le chiffre n'attend pas et, cette affaire, le vieux et moi y sommes embarqués…

— On dirait bien qu'on y est embarqués aussi ou je me trompe ? questionna Andreotti sans se faire d'illusions.

Le vieux rigola franchement. Un rire d'hyène à la curée.

— Pour le meilleur, petit. Seulement pour le meilleur.

Joyeux et Chaplin, les pieds solidement plantés au bord de l'excavation — santiags pour Joyeux et pompes en daim pour son supérieur —, se tenaient quasiment figés au milieu de l'armada de techniciens, d'APJ, et autres adjoints en train de ranger leur matériel. Un vent chaud s'était levé et faisait tournoyer de grands nuages de poussière. Ils regardèrent pensivement Andreotti s'éloigner pour regagner le véhicule garé en bord de route. Là où attendait Nazutti.

— T'en penses quoi ? demanda Joyeux en se fourrant un nouveau Malabar dans la margoulette.

Chaplin attendit un moment avant de répondre, les yeux dans le vague, comme saisi d'une intense mélancolie.

— Si ce petit con se décide à les agiter, ça peut donner quelque chose. Je pense pas qu'il ait beaucoup le choix, d'ailleurs.

*

Une porte vitrée à la peinture écaillée.

Autrefois blanche.

On entrait. À droite, un portemanteau inutile et bancal. En face, un petit bureau en agglo, un téléphone aux touches cernées de crasse. Des papiers autour. Pliés. Jaunis. Des numéros. Toujours les mêmes. Commissariat. Pompiers. Mairie. Adjoints. Amicales. Services. Sections. Associations. Relais.

Au fond, une pièce aveugle où l'on tenait à peine debout. Noire et étouffante. Poussière, feuilles, classeurs. Les archives.

On gravissait un escalier en colimaçon. Métal oxydé. Bruit des pas qui frappaient la tôle. On savait qui montait et qui descendait.

Au premier, la salle de rédaction. Trois PC antédiluviens. Intranet et Prolexis. Le strict nécessaire. Des notes, encore. Éparses. Un paquet de chewing-gums menthol abandonné. Des cendriers pleins. Tabac et transpiration froids. Parfums d'oubli.

Dehors, des bruits de circulation, des éclats de voix. La vie.

Dehors, pas ici.

Rien d'autre.

La Locale.

Le premier message lui était parvenu, à l'agence où elle s'était fait muter un peu après… peu après. Elle n'y avait tout d'abord pas prêté attention.

Tout ça était loin. Si loin. Et pourtant c'était toujours là. Malgré le temps.

Tout ce temps.

Du temps pour la colère et le remords.

Du temps pour la haine : celle de soi et celle des autres.

Du temps pour ressasser et pleurer parfois.

Du temps pour gémir, trépigner.

Du temps pour hurler, ses propres cris étouffés, la tête enfoncée dans l'oreiller.

Du temps pour hoqueter, souffler entre ses lèvres entrouvertes, souffler parce que ses cordes vocales étaient trop bousillées pour autre chose, souffler dans un râle, souffler comme au creux de son oreille, si elle avait été encore là. *Mon bébé, mon bébé, mon bébé…*

Du temps pour crever. Crever le matin, crever le soir. Crever quand elle mangeait, quand elle pissait, quand elle regardait la télévision… Crever en baisant. Crever les yeux ouverts, grands ouverts. Crever en dormant, en se réveillant. Crever debout, assise, couchée. Crever la gueule ouverte. Crever recroquevillée dans son grand lit vide, recroquevillée dans des draps imbibés de sueur, recroquevillée sur son propre ventre, rempli de pus et d'intestins. La merde à l'intérieur. Tellement que même les menstruations avaient disparu depuis une éternité.

Du temps pour se tordre tellement ça faisait mal et ne rien serrer dans ses bras. Plus rien d'autre dans ses bras qu'elle, elle et encore elle. *Mon bébé…* Plus rien, jamais. Combien de nuits passées comme ça ? Combien ?

Du temps pour vomir de douleur, chaque soir, quand elle rentrait dans son studio. Désert, froid. Insensé.

Du temps pour se retourner et sentir la peur, cette vieille peur, lui cisailler les entrailles.

Du temps pour se regarder longuement dans la glace et dire : « Alors, comment ça fait, salope ? Comment ça fait ? Tu sens ça ? Tu le sens là, au creux de ton ventre, dans ton utérus pourri, au fond de ta chatte refermée… Tu le sens bien ? Et t'as encore rien vu, petite pute ! »

Du temps pour l'horreur et les cauchemars. Et puis du temps pour se réveiller, et se rendre compte que les cauchemars n'existaient pas ailleurs que dans la réalité.

Du temps pour sentir encore son parfum, même des années après. Du temps pour entendre sa voix, parfois, quand il n'y avait personne. Du temps pour voir son sourire dans le visage de quelqu'un d'autre. Du temps pour ses cheveux — *mon bébé* —, sa peau — *mon bébé* —, ses yeux — *mon bébé* —, sa bouche — *mon bébé* —, ses petites mains — *oh, mon bébé* —, ses petits pieds — *mon amour, mon bébé* —, lorsqu'elles jouaient sous la couette le dimanche matin, du temps pour son rire, ses bouderies éphémères, son adoration inconditionnelle, sa confiance, son innocence, du temps pour imaginer jusque dans les moindres détails ce qui lui était arrivé. *Mon bébé...*

Du temps à perte de vue.

Et puis un jour, sans réellement savoir pourquoi, peut-être parce qu'elle était si fatiguée, peut-être parce qu'elle ne voulait... ne pouvait plus souffrir, peut-être simplement parce qu'elle voulait survivre, juste survivre et que cet appel était plus fort que tout ce temps, elle avait pris un papier, un stylo, et elle avait commencé à écrire. Elle lui avait envoyé une première lettre.

Pénitentiaire de Girarland. Numéro d'écrou 2664.

Alors avait commencé pour elle un autre chemin, tout aussi pénible mais à l'issue sensiblement différente. Une autre croix à porter. Sans doute encore plus lourde que la précédente.

Elle avait déclenché autour d'elle l'incompréhension, le refus. Elle avait appelé la fureur, elle avait appelé la haine, la haine à nouveau pour elle. Fait surgir la stupeur sur les visages. Elle avait fait sourdre à nouveau la terreur…

Chez Romain, d'abord, puis chez son papa et sa maman. Elle avait fait fuir ses collègues, ses amis, les rares qui lui restaient. Elle devenait soudain la complice de quelque chose d'abominable, d'indicible. On l'avait traitée de pute, de salope, d'étron, de monstre, de résidu de bidet, de déchet, d'inconséquente, de folle… On lui avait envoyé des lettres d'insultes – anonymes, bien sûr –, on l'avait menacée, on l'avait traînée dans la boue. Plus bas que terre. *Bouffe. Bouffe, connasse !*

Elle avait tout accepté.

Mais elle avait continué sa route. Parce que c'était la seule issue possible pour elle. Et elle avait survécu.

Envers et contre tout, elle avait survécu et c'était peut-être la seule chose qui comptait au final.

Elle avait même réussi à se réconcilier un tant soit peu avec la gent masculine. Les hommes restaient certes pour elle un objet de méfiance mais elle ne les considérait plus comme des bourreaux narcissiques ou des prédateurs monstrueux. Ç'avait été un long chemin, tortueux, vil et retors.

Son chemin.

Sa foutue croix.

La tempête, la glace et les cendres avaient été toujours là, étouffées, latentes, elle s'en rendait compte maintenant, à la lecture de la seconde missive : une sorte de poème. Le premier ne l'avait pas inquiétée outre mesure. « Il y avait un temps / Où nous étions / Seuls / Démunis / Effrayés... » Même si les choses s'étaient calmées, avec le temps, toujours le temps, il se trouvait encore des cinglés, de temps à autre, pour lui écrire.

La seconde en revanche lui avait fait l'effet d'un coup de poing à l'estomac. Quelque chose de profondément malsain s'en dégageait.

Quelque chose de trop proche d'elle.

C'était arrivé le matin même dans la boîte de l'agence. L'enveloppe anonyme lui était adressée. Prenant nonchalamment son service, en se dirigeant vers son desk, elle avait décacheté. Elle s'était assise. Elle avait lu.

« Tuez les enfants
Qui sourient dans les squares
Tuez les enfants
Aux dents sucrées
Tuez les enfants
Sur la route ou
Au supermarché
Tuez les enfants
Qui marchent seuls au coin des rues.
Robe rouge
Fleurs jaunes
Redressez-vous
Et soyez fiers
Tuez-en
Autant que vous pouvez. »

La nausée l'avait saisie. Violente. Impérieuse. Radicale.

« Robe rouge... », « Fleurs jaunes... » : la tenue que portait Samantha le jour où...

« Tuez les enfants qui sourient dans les squares... » Non, ça n'était pas possible. Il s'agissait d'une coïncidence.

« Tuez-en autant que vous pouvez... » Pas possible.

Sous le regard incrédule de son chef d'agence — *sale mec, sale mec de merde... Non, ne pas céder. Ne pas retourner... là-bas* —, elle était allée vomir directement dans les toilettes qui jouxtaient la salle des archives.

*

Andreotti prit place dans la voiture. Il ne l'avait pas remarqué à première vue, mais Nazutti portait une cigarette coincée derrière l'oreille droite. Les yeux fixés sur la route, la brute se contenta de dire :

— Alors ?

— Alors quoi ?

Andreotti était sous le choc. Il en revenait pas, en si peu de temps, de s'être fait mettre comme ça et il n'était pas encore sûr de la marche à suivre. Nazutti se tourna vers lui. Ses yeux avaient pris une teinte étonnamment sombre.

— Je me doute bien que t'es pas resté un quart d'heure avec ces deux vicelards pour taper le carton. Alors ? Quel genre de conneries ils t'ont sorti ?

— Ils m'ont affranchi de quelques détails supplémentaires. Faut croire que tu les as intimidés. Ils ont trouvé que moi pour toute oreille compatissante, dit d'une seule traite Andreotti, essayant de retrouver son assurance.

Nazutti se posa sur l'appuie-tête. Il grimaça.

– Qu'est-ce que t'as ? T'as mal ?

– C'est rien, c'est l'épaule qui me lance.

L'épaule, la jambe, le poignet, les côtes… Toutes ces blessures se rappelaient fréquemment au souvenir de Nazutti. La jambe, il se l'était bousillée en prenant un méchant gadin dans une cage d'escalier. Un malfaisant qui avait eu la mauvaise idée de le pousser. Le poignet, c'était un coup de bâton qu'il avait essuyé lors d'une interpellation. Les côtes, du côté droit, c'était dans un accident de voiture avec un mec qui lui était rentré dedans pleine face tandis qu'il était à l'arrêt. À l'arrêt, oui, monsieur. Le mec décarrait à la James Dean. Coïncidence, son coffre contenait une pleine cargaison de cassettes pornos pédophiles qu'il vendait en itinérant, sur les parkings, après rendez-vous téléphoniques.

Il ne savait pas ce qui était le plus désagréable : le fait que ces douleurs reviennent à intervalles réguliers ou le fait que, avec le temps, il se soit persuadé que les accidents s'étaient réellement passés ainsi. Il manquerait plus qu'on insinue qu'il s'était fait ça tout seul, dans le seul but d'incriminer les contrevenants, comme parfois, certains interpellés avaient eu la tentation imprudente de le signaler.

– Vas-y, soupira-t-il, dis-moi tout.

*

Le chef d'agence la regardait avec un air navré. Plein de sollicitude.

— Ça va mieux, Rose ?

Elle baissa nerveusement les yeux et fit semblant de farfouiller dans ses dossiers, à la recherche d'une improbable info.

— Oui, ça va, je te remercie, Pierre. Un simple malaise. J'ai dû manger quelque chose qui n'est pas passé hier soir, j'ai été malade toute la nuit. Ne t'en fais pas.

Elle continuait à fouiller et son chef ne voulait pas partir. Il se tenait debout à côté d'elle, comme un matamore. *Salaud, salaud… Tu aimerais bien planter ton dard dans mon con, hein ? C'est la seule chose qui t'intéresse…*

Il plissait le front avec une réelle expression d'inquiétude.

— Non, ça n'a pas l'air d'aller. Tu veux prendre ta journée ? Je peux rappeler Caroline, si tu veux, il n'y a pas de…

Rose se redressa sur son siège, puis, d'un geste las, désigna la feuille de papier retournée sur son bureau.

Personne — et surtout pas le chef d'agence — n'ignorait par quoi elle était passée et, pour tous, elle avait encore la réputation d'être fragile, instable. S'ils semblaient tous empreints d'une réelle volonté de l'aider, Rose ne doutait pas que les mecs, ces sales mecs avec qui elle travaillait, n'avaient qu'une chose en tête, la mettre dans leur lit, où ils pourraient glisser leurs doigts calleux dans la vulve, frotter leur sexe à moitié dur contre sa jambe.

Et puis s'y enfoncer, s'y enfoncer ainsi qu'on poignarde quelqu'un.

Pour enfin jouir en bavant dans son cou, éjaculer

leur trop-plein de pulsions malades, expulser en elle d'un grognement sourd toutes les abjections qui menaçaient à tout moment de leur exploser à la figure.

Ensuite, ensuite seulement, ils pourraient redevenir normaux, posés, sensés.

Ils pourraient jouer au protecteur avec elle comme on joue avec une poupée cassée.

Ils pourraient lui faire sentir leur présence rassurante, leur puissance immanente.

Ils pourraient se faire passer pour indispensables et lui faire sentir, à elle, son manque de courage, son incapacité... Une petite fille. Une toute petite fille.

Une poupée cassée.

Elle leva un regard suppliant vers Pierre.

Ce dernier avait fini la lecture des lettres. Il semblait vraiment soucieux. Il serrait les mâchoires d'une fureur contenue.

— Tu as une idée de la personne qui peut écrire ce genre d'horreurs ?

Rose secoua la tête.

— Tu as reçu d'autres lettres ?

— Non. Pas depuis... Pas depuis très longtemps, en tout cas. Et ces deux-là sont... différentes.

— Mouais. Je vois ce que tu veux dire.

Qu'est-ce qu'il voit, ce mâle en rut... avec sa queue qui bat entre ses jambes ?

— Je connais bien Djibré, le commissaire de quartier. Je crois qu'il faudrait l'appeler, voir ce qu'il en pense, dit-il après un instant de réflexion. Qu'il y ait des givrés pareils qui se baladent dans la nature, ça me dépasse.

— Non, pas la police.

Toute petite voix, Rose. *Il t'en faut pas beaucoup pour replonger, pas vrai ?*

— Je comprends. Mais une lettre, c'est une lettre. Deux lettres, c'est du harcèlement. Pour ne pas parler de torture mentale. Je crois qu'il faut agir sans tarder. Ne pas laisser...

— Non, s'il te plaît... *Papa.*

Rose avait effectivement l'impression que Pierre la regardait avec la sévérité bienveillante d'un père qui essaye de faire comprendre à son enfant des enjeux qui le dépassent.

Il ne faut pas... Samant... Rose, parler à des inconnus...

— Si tu ne le fais pas, je le ferai moi.

*

Quand Andreotti eut fini de parler, Nazutti ouvrit les yeux, ses grands yeux qui avaient repris une teinte glaciale, et se cala sur son dossier.

Le jeune brigadier lui avait parlé du premier cas. Puis des casiers des deux morts. Il avait bien entendu fait l'impasse sur le subtil chantage dont il avait été victime.

Néanmoins, il ne pouvait se départir, en relayant les branques de la Crim', d'une certaine mauvaise conscience. Il avait l'impression de livrer Nazutti aux lions, en faisant ça. De l'enfoncer. Il essaya la demi-mesure : que Nazutti renonce, sans que lui soit réellement impliqué.

— Ça sent l'attrape-couillons, non ?

Le molosse rigola.

— Bien sûr que c'est un attrape-couillons, pourquoi

tu crois qu'ils nous auraient appelés, sinon ? Quand un type d'une autre brigade te met sur un coup, c'est soit que ses tuyaux sont troués et qu'ils valent que dalle, soit qu'il est dans la merde et a besoin de compagnie.

— Mais on va quand même pas plonger…

— Bien entendu que si, on va plonger, fleur de cactus, et tête baissée encore !

— Mais c'est un coup foireux ! s'exclama Andreotti qui voyait avec horreur les prédictions du duo infernal se réaliser.

Il allait se retrouver en moins de deux pieds et poings liés, pris entre deux feux.

— Je vais les aider. Je vais faire exactement ce à quoi ils s'attendent, et tu sais pourquoi ?

— Non.

— Parce que, malgré la sale mentalité qu'ils se trimbalent, ces deux crétins me seront redevables. C'est un truc avec lequel personne — même le plus enfoiré des enfoirés — s'amuse chez nous. Et des mecs comme ça, qu'ont cru bon d'essayer de baiser ce bon vieux Nazutti, il y en a dans tous les services. C'est une palanquée de gus qui me doivent quelque chose, que ça leur plaise ou non. Et Nazutti, il vient toujours réclamer la douloureuse. Tôt ou tard. Certains ont déjà payé, d'autres pas encore. Ces deux trisomiques feront que s'ajouter à la liste…

Andreotti était perplexe. Que le duo de sournois puisse se sentir redevable de la moindre faveur tenait de la prospective hasardeuse. Mais il s'abstint de contredire son supérieur.

— … il est pas impossible que je leur demande un jour ou l'autre de me laisser les coudées franches sur un crâne. À moins que je leur demande d'aller voir quelqu'un pour moi, voire de le buter…

Andreotti, bouche bée.

Nazutti se marra.

– Je plaisante, grand con. Nan, je vais te dire pourquoi on va se pencher là-dessus. Premièrement : ils t'ont sûrement pas tout dit et j'aimerais bien savoir ce qu'ils ont encore dans leurs valises. Deuxièmement : les pervers, j'ai jamais pu sacquer ça, tu dois t'en douter, mais ça veut pas dire qu'un type qui les dessoude peut le faire en toute impunité. Alors, on va le coincer, ce salopard. On va le coincer et je pense que les plus emmerdés seront pas ceux qu'on croit.

Andreotti déglutit. S'il en doutait encore, il venait d'avoir la confirmation qu'il allait devoir jouer serré pour se sortir du nid de guêpes dans lequel il venait de se fourrer en moins d'une demi-journée.

Nazutti enclencha la première et démarra sur les chapeaux de roue.

– Te berlure pas, Andreotti. Ces charognards qui en ont après les gosses, je suis pas mécontent quand quelqu'un se décide à faire un peu de ménage, cria Nazutti par-dessus les hurlements du moteur mis à la torture. Mais je préfère qu'ils restent vivants. Pour qu'ils aient le temps de comprendre, de bien comprendre ce qu'ils ont fait. C'est ça, ma touche finale à moi. On pourrait me considérer, à la limite, comme un de ces putains de psys ou de travailleurs sociaux. Je me contente pas de les coffrer, ces ordures. Je m'assure qu'ils fassent bien la différence, à l'avenir, entre le bien et le mal.

Cette déclaration sonna, aux oreilles d'Andreotti,

comme une sentence sinistre. Il en avait de bonnes, le bouledogue. La différence entre le bien et le mal ? Qui était en mesure de la faire ? Spécialement ici, parmi eux. Il se contenta de s'accrocher désespérément à sa ceinture.

En quelques secondes, ils étaient montés à cent trente sur la départementale et Nazutti avait l'air de prendre un malin plaisir à couper tous les tournants. Qu'un touriste vienne baguenauder dans le sens opposé, et t'avais le bonjour !

– Au fait, les deux glandus…

– Ouais ?

– Est-ce que t'as une idée de la raison pour laquelle ils t'ont fait confiance en te balançant tout ça ?

Nazutti observait son partenaire avec un sourire malicieux. Il voulait pas regarder la route, ce con ?

– Non, balbutia Andreotti qui sentait monter le long de son échine une sueur glacée. Peut-être qu'ils avaient que moi sous la main, étant donné l'érection digitale dont tu les as gratifiés.

Nazutti éclata de rire. Ce rire de siphonné ajouté à la conduite style Senna rassurait pas Andreotti. Au moins Nazutti avait-il reporté son regard sur la route.

– Je vais te dire, mon pote, je crois que je t'aime bien.

L'inspecteur premier échelon savait pas s'il fallait s'esclaffer ou pleurer.

– Tu fais quelque chose, ce soir ?

– Heu, j'avais prévu de rentrer chez moi. Ma femme…

– Oublie ça. Les gonzesses, t'en seras revenu avant longtemps ! s'exclama Fangio sans se soucier de heurter la sensibilité de son camarade.

— Ce soir, toi et moi, on est de sortie.

— Où on va ? demanda Andreotti dans un filet de voix.

Minuscule, le filet. Quasiment inaudible.

À cause de deux choses : il pouvait pas dire non dès le premier jour, Nazutti devait le savoir.

Et un feu tricolore approchait à vive allure.

Rouge, le feu.

— À la chasse, rugit la brute.

Et il accéléra.

*

Le commissaire de quartier Mohamed Djibré se pinçait la lèvre supérieure entre deux doigts. Il semblait songeur. À moins que ce ne fût qu'une posture.

— Et vous dites que ça n'est que la seconde lettre que vous recevez ?

Rose acquiesça.

Elle trouvait qu'il y avait quelque chose de pas net chez l'officier.

Était-ce la sueur qu'elle croyait voir, cette mauvaise coulée qui lui nimbait le visage d'un voile infect ?

Était-ce l'odeur qu'elle croyait sentir : un mélange de fragrance animale mal dissimulée par un parfum d'eau de Cologne dont il semblait s'être aspergé sans retenue ? Comme pour cacher un vice inavouable.

Était-ce la voix qu'elle croyait entendre, grave et sinueuse, qui évoquait le grondement menaçant d'un fauve devant sa proie ?

Était-ce cette manière bizarre de se tenir, toujours en léger déséquilibre ? Un porte-à-faux qui ne devait pas tromper. Le fonctionnaire connaissait son affaire.

Était-ce son regard ? Une attitude qu'elle connaissait bien. Inquisitrice sans en parler. Dubitative en diable. Prudente jusqu'à l'excès. Une attitude de flic.

Était-ce plus probablement juste parce que c'était un homme ? À nouveau un homme qui avait, sans forcer, tout pouvoir sur elle. La détruire ou la protéger.

— Vous voulez porter plainte ?

— Non. Je veux juste... *Quoi ? Un conseil ? Une protection ? Sucer ta queue, ta grosse queue pleine de sève ?* C'était une idée de Pierre, pas de moi.

Le chef d'agence hocha gravement la tête pour confirmer.

Qu'est-ce qu'ils veulent, ces deux-là ? Mais qu'est-ce que vous me voulez, à la fin ? Satisfaire votre lubricité animale ? Me prendre à deux, en sandwich ? Ou un dans la bouche, un dans le cul ? Oui... Oui... Punissez-moi, je l'ai mérité, cent fois mérité...

Rose s'ébroua pour chasser ces pensées. Ces mauvaises pensées qui ne l'avaient plus hantée depuis plusieurs années et qu'elle croyait avoir reléguées au fond d'elle, tout au fond. Ces sales idées qui revenaient depuis qu'elle avait lu la seconde lettre. Intactes.

Elle avait cru devenir folle. Et voilà que ça recommençait. *Ne pas perdre pied maintenant. Ressaisis-toi, ma pauvre fille !*

— Vous vous sentez bien ?

— Oui, oui. Je suis désolée. C'est... Juste des souvenirs.

Bien qu'elle supposât que le commissaire avait été briefé par Pierre, elle avait dû raconter son histoire.

Pareillement. Ça n'avait jamais de fin. Une histoire vieille de vingt ans et qu'aujourd'hui de nouveau on l'obligeait à ressasser. Ils étaient de ce bois, les flics… et les journalistes, et les amis et les curieux. Ils vous obligeaient encore et encore à raconter les mêmes choses, espérant faire sortir de ce cercle vicieux quelque vérité imparable. Elle avait eu beau répéter et répéter sans cesse, tourner et tourner la pointe de la lame dans l'entaille, aucune vérité n'était sortie de sa bouche. Uniquement la souffrance, à chaque fois, les tripes qui se contractent en un spasme déchirant et ce goût, dans sa bouche, cette envie de vomir.

De vérité, il n'en sortirait pas plus maintenant qu'il y a vingt ans, c'est ça qu'elle aurait voulu dire au commissaire. Mais elle ne pouvait pas. Sa seule solution fut de se soumettre. *Se soumettre. À quatre pattes. La tête dans l'édredon, c'est ça que vous voulez, hein ? C'est la seule manière que vous avez de vivre…*

– Je comprends, mentit finalement l'OPJ.

Il se pinça de nouveau la lèvre. L'air pensif. Presque rêveur.

– Je vais peut-être pouvoir vous aider. Je connais quelqu'un que ça pourrait intéresser.

*

Premier sous-sol du commissariat principal, c'était là que la nouvelle brigade de protection des mineurs venait d'emménager. Les temps n'étaient plus aux services de proximité, à la prévention et au relais du travail social. Non, on vivait désormais les temps froids de la rationalisation des coûts, du redéploiement d'effectifs et de la répression pure. Une ère glaciaire pour des dinosaures tels que Nazutti. C'était la nouvelle politique du ministère, et elle serait appliquée dans tous les commissariats centraux. Les unités dispersées seraient désormais regroupées — avec de substantielles réductions d'effectifs — et sévèrement contrôlées.

— On a fait à peu près ce qu'on voulait pendant vingt ans. C'est terminé, maintenant, avait précisé Nazutti à Andreotti en se fendant d'un rictus tandis qu'ils descendaient les marches menant à leur nouveau lieu d'affectation.

— Ils veulent nous avoir à l'œil, contrôler le budget et les actes. Ils veulent désormais que tout soit fait dans les règles. Ça n'est pas une question d'éthique, ni d'efficacité, c'est un problème comptable, simplement.

Nouveaux locaux, nouveaux supérieurs, nouvelles têtes, comme par exemple Andreotti.

Il aurait pu soutenir une thèse là-dessus. Prof lui avait suffisamment rebattu les oreilles avec ça.

Le commissariat central était un ouvrage relativement récent sis dans les vieux quartiers de la ville. Planté au numéro 16 de la rue du Sénat, entre deux immeubles bas du XIXe siècle datant de l'époque où le plan régulateur du Consiglio d'Ornato stipulait que la hauteur des maisons devait être égale à leur côté le moins long, le monstrueux bâtiment monobloc de forme compacte à quatre étages jurait ostensiblement. Édifié au début des années cinquante, il exhibait fièrement, au beau milieu de la vieille ville demi-morte, son style néoclassique hérité d'Auguste

Perret : ossature dalle-poteau en béton nu, mur-rideau de verre remplacé dans les années soixante-dix, suite à des défaillances répétées du système de climatisation, par des baies ouvrantes placées derrière un jeu de brise-soleil polychromes psychédéliques, façades revêtues par des cassettes de cuivre prépatinées couleur verte.

– Ach, verte, je te demande un peu, avait martelé Prof.

Revêtement en pierre de Comblanchien et béton bouchardé.

– Une horreur, mais c'est subjectif, bien entendu, avait-il commenté.

Présenté à l'époque comme la première usine administrative de la ville, c'était à croire que les architectes avaient tout fait pour décourager les usagers de pénétrer dans le commissariat central, ne seraitce même que de tourner la tête vers lui. L'intérieur n'était guère mieux. Hormis le hall de réception, récemment rénové, c'était la désolation : des bureaux en enfilade simplement séparés par des bow-windows en contreplaqué montés sur tubes d'acier. Neuf mètres carrés : la même surface que pour les cellules de pénitentiaire. C'était d'ailleurs comme ça qu'on les appelait : on ne disait pas bureau, on disait « cellule ».

Les cellules les plus convoitées étaient celles pudiquement dénommées « cellules E1 mono-orientées » du dernier étage, car elles étaient tournées vers l'extérieur. Elles laissaient entrer l'air frais en été et le soleil en hiver. Ces bureaux étaient monopolisés par les échelons les plus élevés, les services les plus prestigieux, les plus exposés médiatiquement, ou les plus lucratifs : commissaire principal, divisionnaire, officiers de conception et de direction, BAC, brigades mobiles et unités d'interventions, brigade criminelle, polyvalents des brigades financières… Ensuite, on descendait. Les autres cellules, cloisonnées et sans éclairage extérieur, étaient occupées par les services de moins en moins cotés. L'agencement se résumait alors en une suite de cercles concentriques verticaux et imbriqués qui aboutissaient au centre du bâtiment, là où il y avait le moins d'air et de lumière. On passait ainsi des corps d'encadrement aux groupes de coordination antiterroristes, des unités de recherche anti-mafia aux stups rattachés au MILAD, des mœurs aux services techniques de l'IJ, pour aller ensuite aux groupes de terrain et d'infiltration, puis, en passant par les vestiaires, la salle de repos et le hall d'appel, arriver au gros des troupes en uniforme : brigadiers, sous-brigadiers, patrouilleurs, gardiens de la paix stagiaires et titulaires, ADS, et cetera. Dès qu'un bureau mieux exposé se libérait, c'était la foire d'empoigne. Mais il y avait pire. Il y avait le sous-sol, jadis dévolu aux archives et depuis quelques années, avec l'arrivée des fichiers informatisés, déserté. C'était là qu'ils les avaient mis, Nazutti et le reste de l'équipe.

— Il va en falloir des gosses mutilés et des salopes enchristées pour remonter à la surface, s'était exclamé un collègue — type empâté à la chevelure hirsute et au visage couperosé — quand, effarés, ils avaient découvert où on les avait exilés.

Le parking souterrain adjacent avait un accès limité à deux mètres cinquante et ils avaient dû se passer du Master pour déménager leurs babioles. Il avait fallu au moins cinquante voyages en Twingo... Oui, en Twingo, pour tout ramener. Et nul ne les avait aidés.

Chaque début de saison, le matin, on retrouvait des pigeons morts par centaines. Le bec ouvert sur les trottoirs. Gazés. La municipalité s'évertuait à prétendre qu'ils s'écrasaient par goût. Ça dérangeait pas grand monde jusqu'au moment où les étrangers débarquaient. En plein été, le niveau orange d'alerte était quasiment activé au quotidien. Au-delà de six heures trente, la circulation était interdite aux transporteurs de marchandises. Le distinguo était subtil : étaient considérées comme marchandises tout ce qui était emballé dans des cartons. Pour pouvoir tout emporter, ils avaient dû faire des piles et tout transférer pièce à pièce. Nazutti avait sauté sur l'occasion : si les restrictions touchaient uniquement les contenants, c'était pour que les touristes, ces putains de touristes puissent continuer à rouler et à polluer en toute quiétude pendant la journée. C'était parce que ces cons de touristes, hormis leur propre viande avariée, ne transportaient pas de marchandises. Aux autres, aux bons travailleurs, aux braves soldats de la classe laborieuse, à l'infanterie de se démerder.

Mis à part Andreotti, pas grand monde ne l'avait écouté : les autres devaient avoir l'habitude, depuis le temps.

Tout s'était passé comme si personne ne les attendait ni ne voulait d'eux. Comme s'ils avaient embarqué en clandestins dans une croisière au rabais où, pourtant, leurs noms étaient inscrits sur la liste des passagers. Seul un adjoint de sécurité avait daigné passer la tête par la porte pour leur dire que le commissaire viendrait les voir... bientôt.

— Putain, avait soufflé le couperosé une fois l'adjoint parti aussi vite qu'il était apparu, c'est pourtant pas nous qui avons demandé à venir.

Juste à côté de leurs nouveaux bureaux, donc, il y avait le parking. Une porte faisait la jonction entre les deux. Ils s'étaient rapidement aperçus que, s'ils la laissaient trop longtemps ouverte, l'odeur et le bruit des véhicules en va-et-vient incessants devenaient insoutenables. Couperose s'était empressé d'aller coller un panneau « Interdit d'ouvrire » (*sic*) sur la porte. Il avait une nouvelle fois maugréé :

— Bon Dieu, si c'est pas le fantôme de Frédérico qui a notre peau, ça sera la dépression ou le dioxyde de carbone...

Il avait ri mollement. Personne ne l'avait suivi.

Depuis ce matin, ils étaient cinq à déballer leurs valises. Cinq, c'était tout ce qui restait de l'ancienne brigade des mineurs. Cinq visages mornes. Recouverts de poussière. Déprimés. Dégoûtés. Déracinés, pour ainsi dire. Nazutti semblait être le seul à avoir trouvé quelque chose à faire. Il était sorti pointer le nez dehors.

Quand il était revenu, Couperose, après une longue, très longue inspection du mur totalement nu en face de lui, s'était gratté la tête, puis la barbe naissante. Il avait désigné la construction du menton :

— Il y a même pas de vasistas. C'est pas réglementaire. Rien est réglementaire, dans cette histoire. Tu comptes faire quoi ?

— Pour l'instant rien, avait répondu le mastard étrangement rasséréné. Et puis tu sais comme moi que c'est pas qu'une histoire de vasistas.

— Putain, maintenant que le lieutenant est parti, c'est toi le plus gradé ici. C'est à toi de faire quelque chose, major de mes deux. Tu comptes faire quoi, hein ?

— Je viens de te répondre : rien. De toute manière, ils vont pas tarder à nous foutre quelqu'un de l'encadrement, c'est couru.

— C'est pas vrai ! Je suis sûr que toi, t'es content, hein ? T'es même ravi. Le moins il y a de monde qui vient te voir, le moins il y a de personnes pour venir fourrer son nez dans tes petites affaires, le mieux tu te portes. S'ils avaient pu t'enterrer encore plus profond, je suis sûr que t'aurais rien trouvé à redire. Mais figure-toi que tout le monde est pas dans ton cas. Il y en a qui ont besoin d'air, de lumière, de contact humain… Le contact humain, meeerde, tu sais ce que c'est, au moins ? Il y en a qui ont soif d'ouverture au monde et de convivialité, pas vrai les gars ?

Personne ne répondit. Andreotti ne savait pas si ce silence était guidé par une certaine peur ou simplement par la résignation et la fatigue.

— Merci ! Merci de votre soutien, les gars ! s'énerva Couperose.

— Si t'as besoin d'ouvertures sur le monde, t'as qu'à t'inscrire à un club de bridge en plein air, dit calmement Nazutti.

— Au moins, ici, on est relativement au frais, chuchota un des autres brigadiers sans lever les yeux du carton qu'il tenait ouvert devant lui.

— Très bien, explosa Couperose, si c'est comme ça, si personne veut bouger, personne veut gueuler, si y en a pas un pour réagir, moi, je contacte le syndicat, merde !

— Pas de soucis, murmura Nazutti.

Couperose partit en claquant la porte.

Andreotti se pencha vers la brute :

— Le fantôme de Frédérico, de quoi il a parlé ?

Nazutti le regarda en coin.

— T'as jamais entendu parler de Frédérico Mendez ?

— Non.

— Ce sous-sol, cette espèce de trou du cul du monde où ils ont cru bon de nous recaser, a une histoire. Pourquoi tu crois qu'ils ont jamais fait aucun aménagement ? Pourquoi tu crois que personne est descendu nous voir ?

— Une histoire ?

— Ouais. Une histoire. Ce que tu dois savoir, c'est que ce putain de commissariat central est construit en plein milieu de ce qui fut, au XVe siècle, un ghetto juif. Louis Ier promulgua un édit qui intimait aux syndics de créer dans cette ville un Judaysium : un quartier sûr et clos où tous les juifs seraient tenus de respecter un couvre-feu et ceci dans le but d'éviter que les Israélites puissent avoir des relations charnelles avec les bons chrétiens. Tu te demandes comment je sais tout ça ? Merde ! On pourrait écrire un bouquin avec ce que je sais et que tu ignores, mais passons.

Il semblait à Andreotti que Prof lui avait aussi parlé de cette anecdote. Il n'en était pas sûr. Prof avait raconté tellement de choses. Il préféra laisser Nazutti exposer sa version.

— Dès le soleil couché, donc, le ghetto était fermé par des grilles en fer et les juifs étaient censés ne plus quitter le quartier. Ils utilisèrent, consolidèrent et prolongèrent les réseaux souterrains formés par les anciennes caves, créant alors, au fil des siècles, une véritable ville sous la ville, une sorte de fromage de gruyère reliant, petit à petit, ville basse et ville haute, vieille ville et quartiers résidentiels. Des galeries, des salles voûtées, des couloirs, des boyaux obscurs, profonds, menant d'une demeure à une autre, permettant de circuler pendant le couvre-feu. À partir de 1739, le roi autorisa les familles juives les plus fortunées et les plus illustres à habiter hors du ghetto. Ce droit s'est ensuite étendu aux autres familles, jusqu'à ce que le ghetto disparaisse et que les souterrains, obsolètes, soient oubliés. Tu te demandes quel est le rapport avec ce foutu sous-sol où on vient d'être installés ? Attends, tu vas voir. Au début des années quatre-vingt, l'apparition des fichiers automatisés et informatiques a jeté tout un pan de la mémoire criminelle de ce pays aux oubliettes. Une longue succession. Le FNAEG pour les empreintes génétiques, le JUDEX, puis le VICLAS, pour la centralisation des homicides, l'IBIS, pour l'identification balistique, le STIC pour les infractions constatées, le FPR pour les personnes recherchées, je t'apprends rien. Et à chaque création de fichier et de logiciel : un peu moins de monde à la salle des archives. Le FAED des empreintes digitales, le logiciel de stockage CODIS, le MARINA pour les images non autorisées, l'ANACRIM, pour les recoupements d'emplois du temps… Les archives ont finalement été délaissées. La salle qui leur était dévolue se situait précisément ici, dans notre nouveau local. Et on attribua la gestion de ces stocks de papiers que plus personne ne venait consulter à Frédérico Mendez.

Frédérico Mendez était un bon flic. Jusqu'à ce qu'une balle de .357, tirée lors d'une fusillade, lui déchiquette une partie du visage, lui arrachant un bon morceau du front et du maxillaire, emportant un œil au passage. Coup de chance — ou de malchance, on sait pas — son cerveau était resté à peu près intact et son autre œil avait toujours dix sur dix. Mais lorsque, après des mois d'intense rééducation, Frédérico put entamer son mi-temps thérapeutique, on s'aperçut que sa vision stéréoscopique avait totalement disparu. Lors des exercices de tir, il te faisait systématiquement sauter la tête de la gamine, tandis que le malfrat qui la tenait en joue continuait à sourire benoîtement sur le carton-pâte. Pas un plot ne réchappait de son parcours lors des tests de conduite. Alors les huiles, toujours emplies de mansuétude, décidèrent de le mettre là où il ne pourrait faire de mal à personne : ici, aux archives papier du commissariat principal. Merde. Frédérico était toujours flic, après tout. Il resta enfermé ici pendant deux ans. Deux longues années durant lesquelles les visites se faisaient de plus en plus rares. Bien sûr, au début, les collègues venaient. Même s'ils n'avaient pas réellement besoin de ses services, ils descendaient quand même, lui demander confirmation ou faire appel à ses talents de fouine. Mais c'était une torture de fixer en plein sa grande orbite vide, sa mâchoire tordue et son front incurvé. Ça faisait mal de le voir systématiquement poser le dossier demandé — quand c'était le bon — à côté du comptoir et le laisser choir à terre parce qu'il avait mal visé. On se sentait gêné de le voir, sur son échelle, tâtonner dans le vide à la recherche d'une étagère qui, pourtant, se trouvait en face de lui. Alors, petit à petit, les collègues ont cessé de descendre. Et puis, lentement on l'a oublié. Ce qu'il s'est passé durant ce laps de temps, personne ne l'a jamais vraiment su. Ce qu'il faut piger, c'est que dans ces années-là, l'appel existait pas vraiment et les OPJ avaient pris la mauvaise habitude d'émarger les uns pour les autres sur les feuilles de présence. Et l'ancien coéquipier de Frédérico, sans doute par habitude, avait continué à signer pour lui. Semaine après semaine. Mois après mois. L'oubli, mon pote, l'oubli. Une chose terrible. Toujours est-il qu'on ignore ce que Frédérico a bien pu devenir durant l'année qui suivit. Plus personne ne l'a plus vu ni entrer ni sortir du bureau et personne y a d'ailleurs prêté attention. Je crois qu'on avait même oublié qu'il y avait des archives au sous-sol. Tu te demandes comment c'est possible, un truc pareil ? Ben te demande pas : c'est possible, je t'assure. Et puis les provisions des distributeurs automatiques ont commencé à se volatiliser. Bien entendu, ils s'en sont pas aperçus tout de suite. D'abord, la boîte de sous-traitance a fermé sa gueule, ravie de l'aubaine et de la montée vertigineuse des ventes. Mais certains flics ont commencé à se plaindre de la disparition des pièces de un et deux francs qui traînaient dans les tiroirs ou les vestiaires. Et puis ils ont commencé à râler parce que tous les matins, systématiquement, les distributeurs étaient vides. Plus de barres chocolatées, plus de sandwichs, plus d'en-cas. Chaque fois que le mec de la maintenance venait remplir la machine, le lendemain matin, c'était le même cirque : plus de pièces, plus de collations. Et puis des Tupperware, avec la bonne tortore de bobonne à l'intérieur, ont commencé à s'éclipser des frigos communs. Certains ont alors essayé de mener leur petite enquête, se suspectant les uns les autres, mais tu te doutes, futés comme ils sont, ils ont jamais rien trouvé ni prouvé. Le seul effet notable de leurs lamentables initiatives fut de raviver les tensions interpersonnelles sans cesse promptes à resurgir. Et toujours, en bas, ces archives que plus personne ne songeait même à aller consulter. En 1983, l'EDF, suivant son plan quinquennal de réhabilitation des vieux quartiers, débarqua pour faire des travaux de réfection de lignes. Deux OPJ conduisirent les techniciens au sous-sol. Imagine la conversation :

« Un sous-sol ? Tiens, oui, c'est vrai, c'est là qu'il y avait les archives, tu te souviens ?

— Mouais... Vaguement.

— Il y avait un mec qui s'occupait de ça, non ? Tu sais, celui avec l'œil niqué, comment il s'appelait, déjà ? Merde, peu importe... Il est à la retraite ou quoi ?

— Non, il est mort, je crois, il y a deux ans...

— Il est pas mort, qu'est-ce que tu racontes ? De qui tu parles, toi ?

— L'autre, là, celui avec la moustache...

— Nan, ça c'est Gros Charlie et c'était une prothèse digitale qu'il avait.

— Ah bon ? De qui tu parles, toi, alors ?

— Du mec des archives.

— Ben, c'est lui.

— Non, toi, tu parles de Gros Charlie qui avait une prothèse.

— Celui avec la moustache ?

— Non, avec l'œil de verre.

— L'œil de verre ? Mais Gros Charlie avait pas d'œil de verre.

— C'est ce que je te dis, putain.

— Mais non, tu me parles de Gros Charlie.

— C'est pas moi qui... Oh, bon, laisse tomber. Voilà, messieurs, c'est ici.

— Bon sang, il y a combien de temps que plus personne n'est venu ici ? »

Enfin, tu vois le truc. Donc, les techniciens suivent leur plan, ils contournent les étagères remplies de poussière et de toiles d'araignée, ils déplacent les cartons bouffés par l'humidité et le moisi pour trouver où ils doivent creuser, mais ils ont pas besoin de creuser. Parce que derrière les cartons, il y a déjà un trou. Un trou qui ouvre sur une galerie...

Andreotti éprouvait de légers étourdissements. Le débit de Nazutti, c'était possible. Ou autre chose... Des trous... Infatigable, le major poursuivait :

— Le premier technicien passe la tête et il n'a que le temps de voir que la voûte de la galerie a l'air très ancienne. De facture romaine, probablement. Plusieurs siècles. Il avait entendu parler de ces sous-sols mais il en avait encore jamais vu. Cependant, il est contraint de retirer la tête. Dans le souterrain, ça refoule. Là, ils disent quelque chose genre :

« Oh, putain, il doit y avoir des rats crevés là-dedans, ou je sais pas quoi !

— C'est quoi, ce trou ? C'est pas sur le plan.

— Je sais pas. On dirait une ancienne cave ou quelque chose comme ça. Mais qu'est-ce que ça pue.

— Bon, qu'est-ce qu'on fait ?

— Ben, à mon avis, on ferait mieux d'aller chercher quelqu'un là-haut... »

C'est comme ça qu'ils ont découvert le cadavre de Frédérico. Dans un vieux passage qui remontait à l'époque du ghetto juif… passage qu'il avait dû découvrir fortuitement. Il était mort depuis moins d'une semaine, ce qui signifie qu'il avait dû passer pas loin de trois ans… trois ans enfermé dans cette putain de cave. Et tout autour de lui, il y avait le plus fantastique amoncellement de nourriture avariée que tu puisses imaginer. Des jambon-beurre, des pans-bagnats, des thon-tomate, des paquets de chips, des barres énergétiques… Certains ouverts, d'autres pas. Emballages éventrés, jetés à même le sol, sachets gonflés par les gaz de décomposition, champignons gros comme le poing…

Des trous dans les murs, dans le sol… Des tombes, des mausolées. Des gens autour qui regardent. Qui se recueillent comme à une veillée. Des litanies, des discours incessants, des prosopopées. Des oraisons. Nazutti continuait :

— Ainsi, Frédérico mort fut ramené au souvenir de tous bien plus durablement qu'il ne l'avait été de son vivant. Une fois la place nettoyée et la dépouille de Frédérico emmenée au labo de médecine légale, une fois les travaux effectués en un temps record par les techniciens, les services de la voirie se sont empressés de murer le tout et de condamner l'endroit. Les archives furent vidées et la salle est restée désaffectée… jusqu'à notre arrivée. Qui d'autre ils auraient pu mettre ici, de toute façon ? Les analyses et l'autopsie ont rien donné de probant. À l'heure qu'il est, on sait toujours pas de quoi est exactement mort Frédérico Mendez.

— Putain, c'est pour ça qu'il regardait le mur, Couperose ?

— Ouais, c'est là très précisément que se situait le passage. Il y est toujours, d'ailleurs. Derrière. Va savoir ce qu'il cache encore.

Des trous dans les murs, des trous dans le sol…

Des grands trous noirs avec des corps au fond. Mutilés, suppliciés…

Des pièges…

Andreotti sortit brusquement de sa rêverie.

Nazutti claqua dans ses mains, manière de dire que la petite récréation était terminée.

— Bon, allez, ça va pas se déballer tout seul, ça. Au boulot, les gars. Moi, j'ai un petit truc à faire, je reviens.

— Moi aussi, répondit aussitôt un des collègues — celui qui trouvait qu'ils étaient au frais.

Les deux autres embrayèrent dans le même registre avec une promptitude qui laissait supposer des réflexes longuement acquis.

— Faut que j'aille vérifier quelque chose à la compta, dit le premier.

— Je vais aux toilettes, je reviens, fit le second.

Il fallait croire que, parmi ce qui restait de cette joyeuse bande, personne n'était réellement pressé de s'installer dans les murs. Nazutti s'était tourné vers Andreotti.

— Toi aussi, t'as quelque chose d'urgent à faire ?

— D'urgent, non. Mais j'ai promis à ma femme de téléphoner et…

— Bon, allez, vas-y. Tu vas pas t'y mettre tout seul, de toute façon. Y a rien qui presse. Moi, je monte.

Une fois au premier étage, Andreotti ressentit comme une grande bouffée d'air frais. Il n'y avait pas de quoi, pourtant, mais toute cette vie, cette effervescence, pour crasseuse et vulgaire qu'elle fût, contrastait favorablement avec la désolation du sous-sol. Il s'éclipsa pour téléphoner et Nazutti se dirigea vers le Comptoir pour tailler le bout de gras avec le brigadier major responsable des affectations du jour et standardiste occasionnel.

Le responsable de quart tira une tronche de trois kilomètres de long en voyant rappliquer l'australopithèque. Ce mec-là devait être son cauchemar. On voyait qu'il devait maîtriser ses nerfs, pourtant pas réputés fragiles, chaque fois qu'il apercevait sa tronche de voyou dans les parages. Nazutti lui fit son plus beau sourire.

— Alors, Nono, quoi de neuf ? C'est bon de te revoir, je suis certain qu'on va faire du superboulot ensemble. L'hosto a appelé ? Fais-moi plaisir.

La tronche de Nono, déjà format six voies, s'allongea de quelques miles supplémentaires. Tout le monde était au courant de la situation personnelle de Nazutti. Avoir son daron en service de réanimation, jouant à pile ou face avec la camarde, beaucoup, même si Nazutti leur filait des crises d'eczéma, l'auraient pas souhaité à leur ennemi. D'entendre le flic parler comme ça de son dabe, Nono en était indisposé au-delà du raisonnable. Il secoua la tête en serrant les poings.

— Non, mais il y a eu un autre coup de fil pour toi, marmonna le sous-off. Un certain... Mohamed Djibré, commissaire de quartier au dixième district, qui voudrait que tu le rappelles.

— Djibré ? Ah, merde. C'était pas vraiment ce que j'attendais. Tu déconnes, Nono, franchement. Djibré... Y a longtemps que je l'ai pas entendu, celui-là. Encore un de ces types tellement fiers de leurs origines qu'ils se croient tout permis sitôt qu'ils décrochent un concours.

Même si Nono était un des plus fervents adhérents du Front, d'entendre Nazutti jacter si fort le mettait toujours mal à l'aise. Le FN, les syndicats quasi paramilitaires, les blagues racistes et tout le toutim, c'était des trucs répandus, que tout le monde savait, mais il fallait quand même un minimum de discrétion, enfin quoi, merde ! Et puis, Nazutti était pas à proprement parler de leur clan. Il était de notoriété publique que, malgré ses propos, il conchiait autant le FN, les skins et les givrés d'Honneur de la Police que les Arabes, les Asiatiques et tout ce qui ressemblait de près ou de loin à un étranger, situation régulière ou pas.

— Nazutti, est-ce que je peux vous voir dans mon bureau ?

L'ordre claqua, impératif. Il ne souffrait aucune contestation ni dérobade.

Nazutti fit la grimace. De drôles de pensées dans la tronche. C'était le commissaire... La commissaire principale, c'était ce qu'on disait maintenant qu'on acceptait les femmes... des femmes ! Pour ce genre de boulot. Il fallait déjà se taper les gardiennes de la paix, les assistantes de l'ASE[1] et les connasses de la brigade qui s'occupaient des auditions et des fouilles de leurs congénères. Si ça continuait sur cette voie, les commissariats allaient pas tarder à devenir des annexes du Mouvement de Libération de la Femme et de Ni Putes Ni Soumises.

Il se retourna et, une nouvelle fois, se força à sourire.

— Tout de suite ?

— Tout de suite.

Nono, lui, se faisait petit, tout petit. Minuscule, à

1. Aide sociale à l'enfance.

vrai dire. Que la galonnée ait pu esgourder les réflexions de Nazutti à propos du commissaire de quartier, réflexions proférées en sa présence, le disposait pas franchement à l'exaltation.

Nazutti, lui, semblait s'en polir la rondelle comme il faut.

Il embarqua le papier avec le numéro de Djibré, et suivit, sans se presser, la femme dans son burlingue.

Incroyable mais vrai, pour pénétrer dans le bureau de la commissaire, il fallait soit posséder le code d'ouverture, soit appuyer sur un bouton d'interphone et attendre que la secrétaire débride. Bientôt, songea Nazutti, les huiles allaient faire installer des sas triple blindage au seuil de leur carrée et sortir l'artillerie lourde chaque fois qu'un brigadier voulait une entrevue. Quelle chierie !

La commissaire – nouvellement nommée après l'agrandissement et le déménagement de la brigade : priorité conjoncturelle oblige – était une belle femme, on pouvait pas le lui enlever. Le port athlétique, les jambes gainées aux attaches fines qui pointaient sous une jupe taillée façon Dior, un visage régulier, maquillé avec juste ce qu'il faut de discrétion, et une bouche, bon Dieu, une bouche large et charnue qui semblait vouloir vous aspirer tout entier chaque fois qu'elle l'ouvrait. Nazutti se bidonna intérieurement : peut-être que son concours, elle l'avait eu à l'oral. Il aurait pas été étonné. Aucun doute qu'elle devait en faire bander des mâles, avec ses airs de vamp, son uniforme à la con tiré à quatre épingles et sa fleur de lys sur l'épaulette. Nazutti, lui, il l'avait tellement mauvaise de devoir rendre des comptes à une femelle qu'il jugeait, par sa condition, à la limite de l'incompétence, que la bagatelle fantasmatique lui passait loin au-dessus du sinoquet.

Le concours, elle l'aura eu à l'oral, sûr.

— Quelque chose vous amuse ? le doucha la gradée sitôt qu'il fut assis.

Nazutti reprit son sérieux.

— Non, commissaire. Je pensais juste à une blague entre Nono et moi.

— La blague sur les types fiers de leurs origines ? demanda la perfide, glaciale.

Nazutti se tortillait sur son siège. Il lui aurait bien allongé une mandale, à cette morveuse qui avait dû émarger à Saint-Cyr pour se la jouer pète-sec comme ça. Les relations étaient bien plus simples du temps où ils étaient que dix, paumés dans une banlieue tellement lointaine que personne avait le courage de venir regarder de trop près la gestion des stocks... Du temps où c'était le lieutenant Alfonzo, bonne poire paternaliste sur les bords, qui chapeautait le tout. Il se faisait l'effet d'un rescapé du crétacé, Nazutti. Un putain de reptile trop gros, trop lourd, égaré dans une jungle inconnue dont il entravait plus les règles élémentaires de survie. Laisse les gonzesses débarquer et prendre les choses en main, et c'est le bordel en moins de deux. Parce que la brute se faisait pas d'illusions : les femmes, dans le genre enculerie en loucedé et dents qui rayent le parquet, elles étaient parfois bien pires que les hommes. Une anecdote lui revint en mémoire : quand il était plus jeune, à l'université, il avait fait partie de l'équipe de handball. Un jour, devant le relatif succès de la tribu de poilus qu'il dirigeait, l'entraîneur, un brave gonze un peu baba, s'était mis en tête de monter une équipe féminine. Trois mois après, il jetait l'éponge. Plus vieux de dix ans, et amer. Diriger et assurer la cohésion d'une équipe de dix femmes, il avait pas vécu un truc pareil depuis qu'il avait été éducateur spécialisé pour délinquants multirécidivistes. C'était pas une team sportive, qu'il avait essayé de mettre sur pied, mais un véritable bataillon de furies qu'il était impossible de rassembler plus d'une dizaine de minutes sans que ça dégénère en pugilat. Aux yeux de Nazutti, cette péripétie était révélatrice des effets désastreux qu'allait entraîner la politique de mixité.

— Pour votre père… Vous avez des nouvelles ?

Son père ? Qu'est-ce qu'elle en avait à foutre, de son pater, cette conne ? Nazutti se doutait que c'était pas vraiment pour avoir des nouvelles de l'agonisant qu'elle l'avait fait venir dans son bureau.

— Il est toujours en réanimation… je pense. L'hosto a pas appelé.

— Si vous avez besoin d'un jour ou deux, même plus, on pourrait…

— Non merci, se braqua le dèc. Je préfère continuer à travailler, si ça vous dérange pas.

Au son de sa voix, à cette vicieuse, Nazutti aurait juré qu'elle souhaitait qu'une chose : qu'il décarre du bureau, de la brigade, de tout ce qui se rapportait de près ou de loin au corps judiciaire, et si possible longtemps. Mais pas question qu'elle le mette sur la touche, cette fourbe. Nazutti, il était là, il avait commencé quelque chose et il allait le finir, quoi qu'en pensent les bonnes âmes — nombreuses — de la division. Dans la cafetière de Nazutti, ça montait comme un cappuccino qui prend impec.

Peut-être était-ce ce qu'on appelle l'instinct féminin ou une connerie de ce genre, mais la commissaire se carra dans son fauteuil cuir noir luisant et changea immédiatement de sujet.

— Comment ça se passe avec Andreotti ?

— Bien, marmonna Nazutti.

Répondre par monosyllabes à cette bonne femme qu'on disait être sa supérieure, c'était déjà la limite du tolérable, pour lui.

— Vous n'êtes pas sans savoir que, depuis que j'ai pris mon poste, j'ai décidé de pallier certains dysfonctionnements au sein de la brigade…

On y arrive, pensa Nazutti.

— … vous voyez ce que je veux dire ?

— Non.

Calmement — comment pouvait-elle rester si calme ? —, elle embraya :

— Pendant longtemps, cette brigade a joui d'une indépendance relative, à la limite du laxisme, que d'aucuns, en haut lieu, trouvent désormais excessive. Je suis là pour remédier à cet état de fait.

Remédier à cet état de… Cette conne avait vraiment fait Saint-Cyr !

— J'ai consulté votre dossier et j'ai constaté… disons, certaines singularités… ou plutôt des coïncidences troublantes, devrais-je dire. Des zones d'ombre que j'aimerais éclaircir avec vous dès à présent.

— Des zones d'ombre ?

Nazutti voyait tout à fait à quoi la connasse faisait allusion, mais il se garda bien de lui faciliter la tâche.

— Parfaitement. En… 88, vous avez eu affaire à l'IGPN[1], je me trompe ?

1. Inspection générale de la police nationale.

— Non. Mais c'était il y a vingt ans. Et il y a eu un non-lieu.

Nazutti se souvenait bien de cette histoire. Ce petit mec, cette espèce de raclure qu'ils avaient appréhendé lui et Gyzmo… Un truc qui lui avait coûté un mois d'ATT. Le mec qui l'avait charcuté – oui, il l'avait planté à l'épaule – avait voulu porter plainte… Porter plainte contre lui ! Ça avait déclenché un binz pas possible et les sidéens de l'IGPN avaient débarqué, avec leurs gros sabots, leurs costards trois-pièces et leurs tronches de merlans pas frais. Il y avait eu une enquête, un PV contradictoire, mais les choses étaient pas allées beaucoup plus loin. Parce que les mecs de l'inspection avaient autre chose à faire que d'aligner un brigadier au fin fond d'une banlieue dont personne veut entendre parler. Parce qu'il y avait pas encore la puissance des médias ni les portables dont aujourd'hui le moindre prévenu se sert pour filmer à tout bout de champ. À cette époque bénie, les GAV[1] se passaient encore entre quatre murs, avec juste eux, leurs poings et leurs pieds, un annuaire à l'occasion, et le suspect. Faire revenir l'ordure sur sa décision avait pas été du tout cuit. Mais, à force de persuasion et d'une diplomatie toute personnelle, ils étaient arrivés à lui faire entendre raison. Parce que aussi, pour une raison inexplicable, Gyzmo s'était rangé de son côté. Il avait corroboré sa version. Après l'enquête interne, Nazutti, avec le consentement bienveillant d'Alfonzo, avait pris le petit pédé sous son aile. Cinq ans, ça avait duré. Et c'est depuis ce temps-là que Nazutti

1. Gardes à vue.

avait pris l'habitude de faire équipe avec des petits jeunes. Des promus encore vierges d'idées préconçues, malléables et surtout, surtout débordant d'énergie et de dévouement. Parce que, simplement, c'était un autre âge.

La commissaire avait chaussé ses lunettes. Des petites lunettes à monture dorée du plus bel effet qui devaient faire grimper le rythme cardiaque de ses interlocuteurs d'encore un ou deux crans. Nazutti trouvait ça très con. Pourquoi elle portait pas juste des lentilles ?

— Je continue, dit-elle sans lever les yeux de son dossier. J'ai ici la liste de vos équipiers. 1987, Jean-Paul Ravier, déclaré inapte après avoir été pris dans une fusillade dont les motifs restent flous. Gérard Gyzmotin, 1993 — un endurant, celui-là — démission. Bon. Même année : Jacques Loignon, dépression. 1995, Alfred Tarkowsky, suicide. 1997, Michel Ricard, surnommé Zizou, mutation sur demande...

— J'ai encore une bonne mémoire, commissaire.

— Bien. Alors, je ne vais pas y aller par quatre chemins, Nazutti. Vos états de service sont bons. Vous avez traité et résolu de grosses affaires, vos notes ont toujours été bonnes. Vous n'avez jamais pensé à passer le concours de lieutenant ?

C'était quoi, cette question à la con ? Nazutti s'en gaffa : immédiatement après avoir passé le papier de verre, cette salope revenait avec la pommade avant les opérations sérieuses.

— Je préfère le terrain, éluda l'affreux le plus aimablement possible.

— C'est tout à votre honneur. Mais deux choses me chagrinent.

– Je vous écoute, dit Nazutti, se contenant à grand-peine.

– Certaines affaires que vous avez traitées ont été résolues de manière parfois... disons, peu orthodoxe. Et vous semblez user vos partenaires de manière... prématurée. Je note au passage qu'ils étaient tous très jeunes et que mon prédécesseur, le lieutenant Alfonzo, vous a toujours laissé entière latitude pour les choisir.

– Je ne vois pas où vous voulez en venir.

– Il faut que cela change, voilà où je veux en venir ! Je désire dorénavant que vous respectiez le code de déontologie et le code pénal... Tous les codes. À la lettre, suis-je claire ?

– Oui.

– Si je constate le moindre manquement, c'est le conseil de discipline assuré. Et l'IGPN est bien moins tendre qu'il y a une vingtaine d'années. N'oubliez pas aussi que, de nos jours, le Comité national de Déontologie de la Sécurité est saisi par les particuliers à la moindre anicroche. Vous n'ignorez pas combien ils sont pointilleux à propos des protocoles et des articles de lois. Ils travaillent en étroite collaboration avec la Commission consultative des Droits de l'Homme...

La LDH[1], Nazutti avait jamais pu supporter leurs manières de tafioles précieuses ni les leçons de morale qu'ils prétendaient dispenser. Il garda sa réflexion pour lui.

– ... le Comité européen pour la prévention de la Torture et des Peines ou Traitements inhumains ou dégradants...

1. Ligue des Droits de l'Homme.

Nazutti fulminait. Le Comité pour… Tout un programme… Ils auraient dû choisir un nom encore plus long, histoire de se donner une légitimité supplémentaire. Mais merde ! La légitimité, c'était lui.

— … ainsi que la Commission européenne contre le racisme et l'intolérance…

Contre le racisme et l'intolérance. Est-ce que le racisme et l'intolérance empêchaient de bien faire son boulot ? Non. C'était les deux mamelles du monde, mais pour comprendre ça, il fallait mettre les pieds dans la rue, marcher dans les ghettos, regarder un tueur d'enfants dans les yeux et plonger ses mains dans la merde jour après jour, un tas de choses que ce ramassis d'intellos pincés du cul avaient jamais faites. Putain ! Qu'on puisse dépenser cinquante mille euros par an pour des branques pareils, Nazutti, ça le dépassait.

— Et la dernière chose dont j'ai envie, c'est d'avoir un de mes hommes convoqué chez eux. Ce serait une publicité dont je me passerais sans peine.

— On est d'accord là-dessus, approuva avec véhémence Nazutti, dont la colère avait été brièvement détournée à l'évocation des organismes européens…

Lancer Nazutti sur l'Europe, c'était comme lancer un TGV sur une voie de tortillard avec personne à bord. « Pourquoi ils viennent nous faire chier, ces connards d'Européens ? Ils peuvent pas rester chez eux ? » s'interrogeait le policier.

— Bien. J'en viens alors au but final de cet entretien. Andreotti…

— Quoi, Andreotti ?

— Vous avez demandé à travailler avec lui et, étant donné vos états de service, je veux bien accéder à votre demande…

Et on devrait dire merci, en plus ?

— … mais je veux que vous le surveilliez.

— Je ne suis pas sûr de bien vous suivre, gronda Nazutti, soudain méfiant.

— Je vais être plus claire, alors : Andreotti, c'est un cas qui est encore chaud. Vous connaissez son dossier aussi bien que moi et je pense… Non, je ne veux pas savoir si c'est pour ça ou autre chose que vous tenez à travailler avec lui. Son passage à la Commission d'Enquête et le relais des médias ont laissé un souvenir cuisant à certaines personnes haut placées. Qu'il reprenne du service est une bonne chose. Les médias comme l'opinion publique ont la mémoire courte, c'est un fait, mais je ne veux pas d'éclaboussures, c'est compris, Nazutti ?

— Pas vraiment.

La commissaire soupira en levant les yeux au ciel. Nazutti prenait un malin plaisir à lui faire mettre les points sur les « i ». S'il avait pu lui demander de coucher ça par écrit, il se serait d'ailleurs pas gêné, elle devait en être consciente.

— En d'autres termes, vous allez le prendre avec des pincettes. Vous allez le bichonner, l'inspecteur premier échelon Andreotti. Vous allez faire en sorte qu'il n'ait pas, jamais, de motif d'inconfort.

— Je suis pas une nounou.

— Dites donc, Nazutti, je vous conseille de baisser d'un ton. De deux choses l'une : ou vous portez malheur aux personnes qui vous côtoient de trop près, ou vous êtes victime de circonstances pour le moins défavorables. Mais les rumeurs qui courent à ce sujet ne jouent pas en votre faveur, est-il utile de le préciser ?

— Non, se renfrogna le major en évitant d'arguer que ces rumeurs, elles provenaient sans doute des jaloux, des métèques, des pédés ou des bonnes femmes, toujours enclins à faire de la lèche pour prendre un peu de galon.

Il avait le pressentiment que sa défense ne porterait pas vraiment.

— Je ne tiens pas à ce que d'ici six mois, un an, vous me rendiez Andreotti en miettes, à l'état de loque larmoyante… Les médias et le Comité seraient trop ravis de l'aubaine. Je ne veux pas d'une affaire « Pont des Fantassins » bis.

L'affaire du pont des Fantassins. C'était donc ça qui effrayait la commissaire. Elle mouillait son tailleur, la gradée. Nazutti la classa dès lors dans la catégorie peu reluisante des trouillardes qui comptent monter en évitant de faire des vagues et surtout en ne faisant rien qui pourrait fâcher la hiérarchie. Quitte au passage, à faire tomber une ou deux têtes dans le corps d'application. Une immobile, une tiède, c'était, la grognasse. Prête à tout pour rendre un état 4001 — l'outil statistique préféré du ministère — impeccable. Que surtout le Système de Traitement des Infractions constatées vienne pas lui faire faux bond, que la Zone franche urbaine dont elle avait la charge soit pas soulignée en rouge parmi les six cent cinquante-six autres et qu'elle puisse conserver la partie des primes de frais d'enquêtes notoirement attribuée à son prédécesseur. Un numéro, celui-là aussi. D'après ce qu'en savait Nazutti, il n'avait pas vraiment juré avec le tableau. Les collègues l'avaient affublé de l'évocateur surnom « Yaca yaca », et la dernière fois qu'il avait voulu se mêler d'une enquête — un beau crâne sur un violeur en série officiant dans le XIIIe qui avait pris la fâcheuse habitude de voler le portable de ses victimes —, il s'était mélangé les pinceaux dans le logiciel de localisation, et, croyant contacter l'opérateur téléphonique, avait appelé le suspect en se présentant. Mais il sortait du Mont-d'Or et était passé TK[1] sans problème. Celle-là aussi sortait de la célèbre école de commissaires et Nazutti voyait bien le topo. Elle appartenait à la catégorie des bâtonneuses. La pire de toutes. Alors, un *bis repetita* de la part de la nouvelle recrue, ça ferait désordre.

L'affaire du pont des Fantassins. C'était un truc qui avait fait baver pas mal de pisse-copies. Un clodo retrouvé mort au pied dudit pont. L'ouvrage, d'ailleurs, servait plus à nib étant donné l'assèchement de la rivière en contrebas, conséquence malheureuse d'une concession illimitée accordée par la municipalité à une compagnie de dragage. Le flic qui s'était chargé de l'enquête était un jeune policier tout juste promu à la sixième DPJ. Bien entendu, ceux qui avaient refilé ce bâton merdeux au flicaillon étaient les mêmes qui pensaient qu'il allait complètement foirer l'investigation. La mort d'un clodo à trois heures du matin sous un pont, qui ça intéressait, de toute façon ? Manque de pot, le petit fonctionnaire était doué et, de surcroît, idéaliste. En deux temps trois mouvements, un couple de flics municipaux s'était retrouvé sur la sellette. Après deux semaines d'infiltration des milieux de la cloche, à ses frais et sur son temps libre, le flic consciencieux

1. Commandant.

avait gagné la confiance des épaves tournant dans le secteur. Et il trouva un témoin que même Sherlock aurait pas pensé à aller dénicher. Un autre clodo qui dormait pas loin la nuit des faits. L'improbable duo de la PM avait, d'après le SDF, purement et simplement balancé le clochard – vivant – par-dessus la balustrade. Pour bien comprendre, il faut se remettre dans le contexte : la campagne électorale qui battait son plein. Mot d'ordre du maire sortant : « Plus de clodos en ville. Ça fait fuir les touristes et ça flingue le commerce local… » Les touristes. Tout pour ces putains de touristes. Seulement, à partir de là, rien ne s'était déroulé comme prévu pour le jeunot qui comptait probablement être félicité pour cette enquête rondement menée. Ce qu'il avait oublié, le policier, c'est que le commissaire de la sixième DPJ, son supérieur, se piquait de politique. Une ambitieuse, l'huile. Coup de vice, coup du sort, le loup était inscrit sur la liste électorale du maire sortant, celui qui aimait les touristes et supportait pas la misère. On avait d'abord gentiment tenté de faire entendre raison au policier : doué comme il était, ça aurait bien été le diable s'il arrivait pas à dénicher un autre coupable, genre un autre clodo, ou un de ces nombreux marlous que la DPJ avait dans le collimateur. Le flic, têtu comme pas deux, avait choisi de faire la sourde oreille. Il avait porté, cet abruti, l'affaire à l'inspection et au proc. Mais en cas de tempête lourde, pour les bouger, ceux-là, il faut au moins deux mois, le temps qu'ils voient s'il y aurait pas une accalmie entre-temps. On avait expliqué alors un peu plus clairement au fonctionnaire où était son intérêt. Menaces. Intimidations. Ni une ni deux, il fait un signalement à la commission de déontologie et porte l'affaire devant les médias. Méchant zef sur la côte. Branle-bas de combat dans les rédactions. Un bordel ! Ce qu'il était trop con pour savoir, le flic, c'est qu'il avait pas les reins assez solides pour affronter pleine face des requins de ce gabarit. Un maire et un commissaire principal, pardon ! Et puis, avoir sa tronche en première page des canards, monopoliser l'attention, cristalliser l'ire et la passion, faut être taillé pour. Les épaules et les couilles. Idéaliste, aujourd'hui, ça se douille au prix fort. Le petit flic avait ni la carrure ni le larfeuille adéquat. Campagne de désinformation. Diffamation. Intox. Témoin discrédité. Tout y passe et les huiles ont des moyens que le pauvre échelon Un imagine même pas. L'affaire se termine en eau de boudin. À défaut d'être condamnés, par manque de preuves, les deux municipaux sont mis à pied. Le maire est pas inquiété : les deux sbires ont rien balancé. Inutile de préciser que six mois après on retrouva leurs noms sur les listings des services techniques de la ville, à la voirie, avec une augmentation substantielle de salaire. Quelques pigistes avaient bien essayé d'attirer l'attention du public et de leur rédac' chef sur cette anomalie de la comptabilité, mais six mois, pour les médias et les lecteurs, ça compte pour dix ans. Pire que des girouettes. Plus personne en avait rien à foutre de cette affaire. Le maire avait été réélu. Tout était redevenu beau, les touristes étaient revenus en masse et on était déjà passé à autre chose. Le pauvre flic, lui, fut mis sur la touche. Tricard. Pour casser un flic, pas besoin de le faire flinguer à la Serpico, pas besoin de le faire chanter ou de dévisser les pneus de sa bagnole. Il te suffit de le mettre sur un plan Anjou : chaque jour, selon un itinéraire et un minutage soigneusement établis, il faut effectuer la tournée au pas des ambassades et autres lieux sensibles de la cité. Une ronde toutes les dix minutes. Huit heures par jour. Et il ne se passe rien. Rien. Le roulement habituel, pour un plan Anjou, est d'une semaine maximum, parce qu'au bout de six jours ceux qui patrouillent en peuvent plus. Ils sont à la limite de virer neurasthéniques.

Le petit flic tint quatre mois à ce régime. Puis, doucement, comme une bougie qui s'éteint par manque de suif, comme un babillard qui s'endort après la jaffe, dans l'indifférence totale, il s'était mis en longue maladie.

C'était il y a deux ans, et le flic s'appelait Andreotti.

Le même Andreotti qui, aujourd'hui, cassé, humilié, amer, reprenait du collier. Personne, d'ailleurs, s'était bousculé pour l'accueillir dans son service. Andreotti, c'était encore la patate chaude. Nazutti en était convaincu : seule la commissaire, cette ambitieuse perfide, avait accepté de le réintégrer, pensant probablement, par là, gagner quelques points en s'acquittant d'une mission embarrassante dont personne ne voulait. Maintenant, le flicard revenait par la petite porte. Discrétos. Une petite porte nommée Nazutti.

– Je ferai ce que je pourrai, précisa ce dernier.

– Non, Nazutti. Vous ferez ce que vous devez.

« Nathalie… C'est moi. Oui, je sais, j'aurais dû appeler avant. Tu t'es inquiétée ? Il fallait pas. Qu'est-ce que tu veux qu'il m'arrive ? De toute façon, ça peut pas être pire que… Rien peut être pire. Pardon ? Comment ça ? Non, je t'assure. Je… Mais arrête, avec ça. Tu vas pas commencer, je viens à peine de reprendre le… Dis tout de suite que j'ai pas la mentale, que je suis plus assez solide… J'ai… Je… Oui, c'est vrai, ça a été dur, et ça l'est encore, mais ça va aller mieux. À partir de maintenant, je te jure que ça va aller mieux. Je me sens… Je me sens bien. Je fais équipe avec un mec qui s'appelle Nazutti, un type formidable. Non, j'ai pas une drôle de voix. Je te jure que tout va b… Arrête, je t'ai dit. À croire que… que cette situation te plaisait… Ça te plaisait, comme c'était ? Ben à moi non plus, ça me convenait pas, figure-toi. Mais maintenant, c'est fini. Je suis de retour, t'entends, Nat', je suis de retour, ça y est, et je me sens… comme il y a trois ans… C'est ça qui t'inquiète ? Je vois. Ça te faisait plaisir, hein, d'avoir ton homme à la maison ? Docile, une soubrette, un chien, oui, mon toutou… Non, je débloque pas. Entravé… Oui, entravé, le mot est pas trop fort. J'étais pas un mec, Nat'. J'étais plus un mec, j'étais plus rien d'autre qu'un esclave… un putain d'esclave castré… Je sais que c'est pas ce que tu penses. Jésus, on en a discuté déjà mille fois. Mais je te parle de ce que je ressentais moi, pas de la manière dont tu voyais les choses. Bon, d'accord, je me calme, c'est pas le moment. Oui, je suis désolé, j'ai pas eu le temps, mais je te promets… Laisse-moi parler, bon sang : je te promets que ça sera plus comme avant. Je te promets de faire attention à moi, à toi, à nous. T'as déjà entendu ça ? Mais cette fois, c'est vrai.

Tiens, regarde : à peine le premier jour — tu te rends compte ? — et je suis déjà sur le terrain... Non, c'est pas trop rapide. Prématuré non plus. C'est exactement ce dont j'ai besoin... Tu crains que... quoi ? Il n'y a aucun danger, Nat'. Je ne suis plus comme avant. J'ai changé. J'ai appris. Je suis plus fort et plus malin. Cette fois, je... Ce soir ? Heu... Ce soir, je dois sortir avec Nazutti, rapport à l'affaire sur laquelle... Non, ce soir je ne peux pas, mais je te promets que... Bon, d'accord, t'as déjà entendu ça aussi. Alors, je te promets rien pour demain non plus, comme ça ce sera plus simple. Mais tu dois me croire, je me laisserai plus bouffer. Cette fois, je sais où je... Oh, pitié, pas ça. Ne pleure pas, je t'en prie. Je sais que... Ça n'est pas tout à fait fini. Il nous faudra du temps, encore un peu de temps pour surmonter cette... comment dire... épreuve qui nous a affectés plus que... Oui, d'accord. Tu as été... on a été abîmés tous les deux, je te ferais dire. Tu penses qu'il y a que toi qui... Mais faut aller de l'avant, Nat'. C'est la seule solution. Je sais que tu as peur que ça recommence, mais... ne pleure pas, bébé, c'est pas ça qui va arranger les choses. Arrête de pleurer, je te dis ! Arrête ou je raccroche. Parfaitement, j'en suis capable. Je perds les pédales ? Non, Nathalie, tu te trompes. Je me suis jamais senti aussi bien, aussi... vivant, que ça te plaise ou non. Oui, excuse-moi... d'accord, j'arrête de crier. Je voulais pas dire tout ça. Je suis désolé. Dé-so-lé, ça va ? Non, je recommence pas. Je t'en supplie, bébé, vois le bon côté des choses. Il ne faut pas avoir peur. C'est la peur qui nous tue. Plus de peur, plus de doutes. Fini, tout ça... Heu, Nat' ? Il va falloir que je raccroche.

Oui, je te rappelle en début de soirée, c'est prom... Puisque je te dis que je le ferai, merde. Tu veux quoi ? Une attestation écrite ? Allez, tu vas voir, ça va aller mieux. Oui, je sais... Moi aussi, je t'aime, bébé. Je t'aime... »

Andreotti raccrocha, énervé. À la fois contre lui-même mais surtout contre elle. C'était plus commode contre elle. Les derniers mots qu'il avait prononcés ne l'avaient pas apaisé, loin de là. Parce qu'ils résonnaient comme un simulacre, comme l'évocation de quelque chose qui n'existait déjà plus. Il n'y avait plus de confiance.

Cette confiance, Andreotti le savait, il l'avait perdue dès le premier jour, quand il avait été dépêché pour prendre en charge le macchabée découvert sous le pont des Fantassins. Une pauvre loque en charpie. Le crâne défoncé, un bras replié sous la nuque. Et du sang séché sur les galets poussiéreux de la rive. Dès le début, il avait su. Cet homme, ce tas de chiffons et de chair informe avait été inexistant avant de mourir, et il ne le serait pas moins maintenant. Il savait que nul ne se soucierait de ce qui avait pu advenir, et que, pire, on s'accommoderait bien d'une affaire classée sans suite. C'était pour ça qu'il avait été dépêché et ce qu'il devait faire n'était pas bien compliqué. Le premier crétin venu en aurait été capable. Alors pourquoi il ne l'avait pas fait ? Aujourd'hui encore la réponse lui paraissait lointaine, enfouie dans un endroit de lui-même qu'il se refusait à défricher. Merde, des tas de gens faisaient des psychanalyses pour moins que ça.

Il s'était lancé dans cette enquête à corps perdu. Il

avait interrogé les habitants du quartier, les commerçants, les travailleurs sociaux, les autres clodos. Seul. Le commissaire n'avait même pas voulu lui adjoindre un partenaire sur ce coup-là, arguant que les priorités étaient autres et qu'il était simplement affecté à ce crâne en attendant un meilleur poste.

Il n'avait rien trouvé. Non pas que personne ne sache rien. Il y avait forcément quelqu'un qui était au courant de quelque chose, quelque part, mais nul ne lui parlerait. Soit que ce qu'il y avait à dire n'était pas à dire à n'importe qui, soit simplement qu'on ne parlait pas aux flics et surtout pas à un débutant comme lui qui avait toutes les apparences du chiot trop chouchouté lâché dans une nature hostile. Que voulait-il prouver ? Qu'il était plus rusé, plus intègre, plus consciencieux que les autres ? Il n'était même pas évident qu'il s'agisse de cela. Mais il y était allé. Avec ardeur. Avec obstination. Inflexible. Bien sûr, il y avait les tentes brûlées. Bien sûr, il y avait le mécontentement des riverains et le réaménagement de la rive droite. Néanmoins, rien de tangible. Il avait commencé à traîner dans le quartier, jour après jour, chaque soir un peu plus tard, retardant l'heure de rentrer chez lui et repoussant sans cesse l'échéance de la remise d'un rapport qui dirait : « Classé pour faute de preuves. »

Insensiblement, le regard de Nathalie s'était fait plus perplexe. Insistant. Elle avait questionné. Doucement, d'abord. Tolérant le mutisme bougon qu'il lui opposait, comprenant confusément que son mari lui-même ne possédait pas les éléments pour lui fournir une réponse cohérente, satisfaisante… Et puis, au bout de la première semaine, ç'avait été le commissaire principal qui lui avait demandé ce qu'il fabriquait exactement : il attendait toujours son rapport. Lui, avait menti. Il avait des pistes. Encore des pistes à explorer. Autant de pistes qu'il en faudrait. Son supérieur ne l'avait pas cru. Mais brusquement, chez lui aussi, le regard s'était fait plus aiguisé. Oui, la confiance disparaissait. Ça n'était pas une révélation monstrueuse, un clash ou un coming-out fracassant. Ça n'était pas comme un édifice qui s'écroule soudainement en bloc, il ne s'agissait pas d'une certitude balayée du revers de la main, non. C'était plutôt quelque chose de très lent, d'insidieux. Une chute au ralenti. Centimètre après centimètre. Son mur à lui, il s'était affaissé tout doucement, pierre après pierre, fissure après fissure, bouffé petit à petit par un lichen pernicieux. Quelque chose de programmé et d'inéluctable.

— Si vous n'avez rien, Andreotti, vous n'avez rien. Rendez votre rapport et passons à autre chose. Les affaires ne sont pas ce qui manque. J'ai d'ailleurs pensé à vous affecter dans un groupe très solide. Ils ont d'excellents résultats et je suis persuadé que vous serez à bonne école.

— Merci, monsieur le commissaire, mais je préfère continuer à travailler sur cette affaire. Je n'ai pas encore exploré toutes les…

— Andreotti !

— Oui ?

— Il ne s'agit que d'un sans-domicile-fixe. N'en faites pas trop quand même. Je sais que vous tenez probablement à donner le meilleur… Tout cela part d'une bonne intention, bien évidemment, mais il ne s'agit que de votre première affaire. Gardez-en un peu sous le pied.

— Je sais tout cela, monsieur le commissaire. Laissez-moi encore un peu de temps.

— Cette affectation que je vous ai trouvée, Andreotti, c'est une opportunité.

— Oui, je comprends.

— Une opportunité à saisir maintenant. Sinon, je trouverai quelqu'un d'autre. Il y a de nombreux candidats, vous savez. C'est un groupe très prisé.

— J'en suis persuadé, monsieur le commissaire. Mais, une fois encore, je préfère continuer à travailler sur cette affaire.

— Vous êtes un obstiné, vous, hein ?

— Je ne pense pas, monsieur le commissaire. Je veux juste que les choses soient menées à leur terme.

Le commissaire avait souri. Un sourire crispé. Andreotti avait cru deviner, dans l'attitude du brave homme, une extrême difficulté à se contenir. Mais il n'avait pas réellement perçu la menace, le danger. Il avait mal jaugé leur importance.

— Très bien, avait conclu le gradé. Si vous préférez vous acharner sur ce cas désespéré plutôt que de saisir votre chance, à votre guise. Je vous donne deux jours.

— Merci, monsieur le commissaire. Vous n'aurez pas à le regretter.

Il savait que quarante-huit heures seraient insuffisantes.

Il savait que c'était perdu d'avance.

Le lendemain, il obtenait quinze jours d'arrêt maladie.

Et la confiance, cette belle confiance commença à s'estomper.

Alors, il s'était excusé auprès de Nathalie. Excusé par avance, peut-être sous le coup d'un pressentiment.

Il avait quitté son foyer. Il n'en aurait pas pour longtemps. Le travail. Il reviendrait. Une semaine. Deux semaines. Deux ans.

Il s'était installé dans un hôtel borgne, œil crevé.

Il avait cessé de se laver.

Il avait cessé de se raser et de se brosser les dents.

Il avait cessé de manger.

Son corps s'était voûté, sa poitrine creusée.

Il s'était meurtri les mains en les frottant contre un mur.

Avec une lime rouillée, il avait foré, au niveau du second métatarsien, une plaie qu'il avait infectée avec ses propres excréments et s'était mis à boiter.

Avec une facilité étonnante, il avait fait abstraction de son corps.

La transformation avait été stupéfiante de rapidité et de vérité.

Et ça n'était pas dans cet hôtel qu'on y accorderait la moindre importance.

Il était décidé à l'appeler tous les soirs, pour la rassurer.

Nathalie au bout du fil, pendue.

Elle avait cru d'abord qu'il était malade. Lui avait demandé ce qui n'allait pas… Il avait été évasif.

Nathalie au bout du fil, pendue.

Elle lui avait ensuite suggéré d'aller voir un docteur, il avait vraiment pas l'air dans son assiette. Il avait répondu oui, il irait, quand il pourrait. Il lui avait précisé une fois encore qu'il ne fallait pas qu'elle s'inquiète… Elle avait balbutié, peinant à reconnaître son homme :

– Mais si, je m'inquiète, justement. Tu… Si tu pouvais t'entendre, au téléphone. Ta voix est devenue sourde, tu n'articules presque plus. C'est à peine si… On dirait…

Il lui avait encore conseillé de ne pas s'en faire. Tout cela était normal, sous contrôle, calculé dans les moindres détails et d'ici quinze jours tout redeviendrait comme avant. Peut-être savait-il déjà, à ce moment-là, que rien n'était normal, ni contrôlé, et que rien ne serait plus jamais comme avant.

Seulement, sur le moment, il lui avait semblé que les intérêts supérieurs étaient autres. En fait, il n'y en avait qu'un, d'intérêt : le corps retrouvé sous le pont des Fantassins.

Nathalie au bout du fil.

Sa voix à lui, presque inaudible. Une voix d'étranger.

Il fit une ultime tentative pour la tranquilliser. Il ne pourrait pas la rappeler avant la semaine prochaine. Il allait être très occupé. Le travail, toujours. Il ne pouvait pas en dire plus mais il ne risquait rien. Elle était forte. Il fallait qu'elle soit courageuse, pour l'aider.

Nathalie avait essayé de le prendre à la légère. Petit sourire timide qu'on devinait de l'autre côté.

– Fais… Tu fais attention à toi, hein ?

Pendue.

Les vibrations métalliques contre le microrécepteur étaient déjà loin. Tellement loin.

Dans le combiné, il n'avait pas répondu, le regard éteint, prématurément habité par l'absence, la négation. Et là encore, la confiance s'était érodée un peu plus.

Qu'est-ce qu'il aurait dû lui dire ? Qu'il était en arrêt maladie ? Qu'il se donnait quinze jours pour infiltrer le milieu de la rue et nouer des contacts avec les SDF ? Quinze jours pour trouver quelqu'un, quelque chose, quelque part, qui ait un rapport avec cette affaire sur laquelle il n'était même pas censé bosser ? Quinze jours pour foncer dans le mur ? Quinze jours pour piétiner ce qu'il avait mis vingt ans à construire ?

Qu'est-ce qu'elle aurait répondu ? Qu'il était fou, probablement. Elle ne pouvait pas comprendre. Le commissaire ne pouvait pas comprendre. Personne ne pouvait comprendre. Il était le seul à être convaincu que tout cela le mènerait quelque part, il ne pouvait pas en être autrement. Désormais, il était le seul.

Au matin du troisième jour, après avoir endossé les plus vieilles et les plus cradingues hardes qu'il ait pu se confectionner, il avait posé ses guêtres sous le pont des Fantassins…

Nazutti ressortit du bureau. Un char Leclerc à l'assaut. Il était prêt à rentrer dans le premier venu. Quand il se mettait dans cet état, plus rien n'avait d'importance. Heureusement, mus par un instinct de conservation quasi atavique, ses collègues, dans ces moments-là, l'évitaient soigneusement.

En le voyant revenir, Nono s'agita derrière son bureau. On aurait dit un putain de pantin. Une marionnette pathétique dont on a coupé les fils, cet enflé en train de gesticuler derrière sa saloperie de comptoir. Nono, connard de nazi, tu tombes bien, viens ici…

– Nazutti ! s'égosilla l'extrémiste, histoire probablement que tout le monde esgourde bien. L'hosto au téléphone !

*

Rose regagna ses pénates un peu plus tôt, ce soir-là. Elle ouvrit la porte de son studio et, sitôt entrée, examina les lieux.

La morsure de la solitude. Elle la ressentait. Puissante. Glacée.

Ces lettres… Ces lettres, dans son sac.

Malgré les réticences du flic, elle les avait gardées. Elle l'avait exigé, se surprenant elle-même. *Je te tiens tête, hein, ordure de mec. Ça t'étonne, ça. Ne le prends pas mal : ça m'étonne aussi…* Mais était-elle encore réellement elle-même depuis que… depuis que ces mots, ce qu'ils évoquaient, avaient trouvé leur chemin dans son esprit tortueux.

Elle s'assit sur son lit et Féline, la petite chatte tigrée qu'elle avait adoptée quelques années plus tôt, enthousiasmée par la perspective du repas qui se profilait, vint se frotter à sa jambe en ronronnant. Sans lui prêter attention, Rose fouilla dans son sac et sortit les deux missives. Elle lut et relut. Féline, impatiente, se mit à miauler. Les mots. Les mots montaient en elle à mesure qu'elle les lisait, comme une sève gâtée, un poison létal.

La greffière commençait à donner des signes évidents de mécontentement.

« Tuez les enfants… Tuez-en / Autant que vous pouvez… »

La méchanceté sans bornes des gens. Les hommes. Les hommes et leurs vices.

La bestialité, le venin, la folie et la mort. La haine. À nouveau. Une brûlure intense sur des plaies qu'on croyait cautérisées. La haine. Une vague. Un raz de marée. Ne pas céder… Ne pas retomber dans le piège… Cette fois, elle n'y survivrait pas.

Regarde ta vie, connasse. Regarde-la bien. Quatre murs et un chat qui réclame la becquée. Rien d'autre. Rien d'autre ! Tu n'as plus rien. Tout est brûlé, calciné, ravagé. Horizon de cendres. Mais il te reste la haine.

Oui, les autres avaient raison. À la fin, quand tout se terminait, quand il ne restait plus rien à quoi se raccrocher, il y avait toujours la haine.

Rose donna un violent coup de pied dans le ventre de Féline. La chatte valdingua jusqu'à l'autre bout de la pièce, suffoquée par cette grande première, et ripa aussi loin que possible, dans la cuisine, sous l'évier.

Pourquoi ? Pourquoi ?

Seule ! Seule ! Toujours seule !

Elle aurait voulu appeler ses parents. Elle aurait voulu appeler Romain. Elle aurait voulu appeler son amie Sophie. Elle aurait voulu quelqu'un, juste une voix, une lumière, un souffle… Elle aurait voulu… Des pensées qui faisaient mal.

C'est moi. C'est Rose. Je suis de retour. Vous m'aviez perdue, mais je suis là à nouveau, avec ma haine, ma douleur à crever, la merde au fond de mon cul qui vous attend. Intactes…

Rose jeta les papiers à terre. Elle prit son visage entre ses mains et se mit à pleurer.

*

Hôpital de Varnes. Service de réanimation. Chambre 101. Les types de la morgue étaient pas encore venus chercher le corps.

Il avait l'air calme, ainsi, le pater. Presque heureux. Soulagé, en quelque sorte. Il en avait pas toujours été ainsi.

Nazutti s'assit sur une chaise au bord du lit. Il scruta le visage du vieux avec attention. Longuement.

Andreotti avait insisté pour l'accompagner. Nazutti avait bien tenté de le faire rentrer chez lui, arguant que l'attente allait probablement être interminable, mais Andreotti avait persisté. Comme s'il ne voulait pas... Comme s'il avait peur de rentrer chez lui retrouver sa femme. Il avait insisté encore une fois : Nazutti lui avait promis une chasse pour cette nuit, et, si rien n'était annulé, il préférait l'accompagner et faire le pied de grue plutôt que de le laisser opérer en solo. Nazutti avait vu, dans son regard, un feu qu'il connaissait bien. Une lumière sombre. Un truc qui vous possède, tôt ou tard.

Il ne s'était pas trompé sur le compte du jeune inspecteur. Mais s'il fut surpris par la rapidité – souvent, il fallait des mois, des années pour arriver à ce résultat – avec laquelle cette flamme avait pris dans les yeux du cadet, il n'y prêta pas une attention excessive. Nazutti ne voulait pas connaître ses raisons. Pas tout de suite. Seuls les résultats, les actes trancheraient.

Pour l'instant, il devait aller à l'hosto signer leurs putains de papelards. Le plus vite possible, avait dit la femme au téléphone, suggérant par là que, plus tôt la viande froide aurait évacué les lieux, mieux ce serait. Varnes : une usine parmi d'autres. Les trois-huit trois cent soixante-cinq jours par an. Ça rentrait sur ses deux pieds et ça sortait... on savait pas comment, mais ça sortait, parce que d'autres macchabs en instance poireautaient derrière. Une queue pire qu'au supermarché une veille de week-end. Une usine, ouais.

L'odeur blanche, aseptique, qui partout vous suffoquait, rendait Nazutti malade. Il s'y était jamais fait.

Les toubibs constituaient, dans son esprit, une caste à part dans le grand concours de connerie lancé par les CSP ++. Une sorte d'aristocratie de la bêtise faite homme. Les toubibs, les infirmières et l'ensemble du corps médical, il les vomissait, Nazutti. Imbus d'eux-mêmes, camouflant leur incompétence, leur impuissance flagrante derrière un jargon, une sorte de sabir parfaitement incompréhensible qu'ils se faisaient un plaisir de vous débiter le plus vite possible, histoire que vous puissiez pas vous rendre compte du nombre de crétineries qu'ils pouvaient sortir à la seconde. Son père était malade, c'était une chose sûre. Bien qu'avant de rentrer à l'hosto il eût été tout à fait vivant.

Il avait été admis pour une douleur récurrente à la cheville. Par un cheminement mystérieux dont seules les blouses blanches avaient le secret, ils avaient trouvé du liquide dans les poumons. À partir de là, tout y était passé. La dégringolade intégrale. La valdingue fatale. Examens, contre-examens, avis éclairés, avis complémentaires, experts, spécialistes dont beaucoup se terminaient en « -ogue », analyses, bilans... de quoi assurer l'entretien de leurs piscines privées pendant au moins un an. Nazutti avait l'impression que tout le monde s'était goinfré, sur ce coup-là. Ils s'étaient refilé le bébé jusqu'à ce que la carcasse exsangue, pressurée, vidée, leur soit plus utile à rien. Alors seulement, ils l'avaient foutu là en attendant qu'il crève. Et encore, maintenant que c'était arrivé, fallait-il trisser au plus vite. Les médecins, pour Nazutti, c'était la seule profession où quand il y avait rien, ils trouvaient quelque chose et quand il y avait quelque chose, ils trouvaient rien. Tout ça en gardant les mains propres, la conscience soigneusement planquée derrière Hippocrate et une somme de termes techniques apte à dérouter le plus assidu du *Magazine de la Santé*. Et en plus, il fallait casquer la peau de ses os pour cette mascarade.

La dernière fois qu'il s'était entretenu avec le toubib chargé de son père — un petit homme sans âge, peau grise et profil sémite —, ce dernier, barricadé derrière son bureau, avait tenté de lui expliquer d'un air las de quelle manière les tumeurs créaient leurs propres réseaux sanguins pour s'alimenter. Cette façon si particulière et belle de son point de vue, qu'elles avaient de dévoyer les phénomènes normaux d'entretien du corps à leur propre usage en se gavant des nutriments corporels. Il lui avait ensuite expliqué pourquoi les cellules se nécrosaient, comment, à partir d'une certaine taille, les nutriments ne parvenaient plus aux cellules centrales. Il lui avait décrit la manie qu'elles avaient, avant de mourir, de libérer les substances d'activation déclenchant le processus angiogène. Démontré pourquoi le réseau d'alimentation, qui offrait dès lors une voie royale à la dispersion des cellules infectées via le système sanguin, permettait la naissance des métastases. Il mentionna en outre certaines recherches prometteuses tentant d'appliquer la théorie des jeux utilisée en micro-économie dans les années quarante au traitement des cancers généralisés... Tout ça pour éviter de lui dire que son dabe allait crever. D'abord, Nazutti s'était poliment enquis de savoir s'il était réellement payé pour tenir ce genre de discours abracadabrant ou si ça lui venait tout seul. Le médecin était resté bouche bée, avec une étrange expression peinte sur ses traits judéens. Une expression indignée. Ses doigts avaient joué compulsivement avec une chevalière passée à l'auriculaire gauche. Une chevalière avec un compas en son centre et quatre points formant un carré complet autour. Il avait demandé à Nazutti s'il avait entendu parler de la dernière étude du docteur Pieral. Non ?

— Cette étude, menée d'après la base des registres officiels des décès, révèle, sur l'ensemble de la population des médecins en activité de trente-cinq à soixante-cinq ans, un taux de suicide de quatorze pour cent — quatorze pour cent, oui, monsieur —, aux premiers rangs desquels arrivent les ophtalmologues et les cancérologues, les cancérologues, oui, monsieur...

Nazutti n'avait rien répondu. Le docteur avait alors eu un petit rire nerveux.

— Luc 4 : 23. « Et le Seigneur conseilla : Médecin, guéris-toi toi-même ! »

Nazutti l'avait toisé, prenant soin de laisser passer dans son regard toute la haine, tout le mépris qu'il éprouvait pour l'homme et la fonction.

— Quoi ? avait finalement questionné le médecin, désespérément retranché derrière son putain de bureau, sa putain de blouse, ses putains de lunettes, son putain de langage à deux vitesses, et ses putains de certitudes.

– Je me demandais… si vos petites interventions se passent bien.

– Qu'entendez-vous par là ?

– Vous savez ce que j'entends par là. Le Lounge, docteur. Le Lounge et ses exigences pratiques.

– Pardon ?

D'un geste du menton, Nazutti avait désigné la chevalière. Le médecin avait retiré sa main aussi vivement que si elle avait été brûlée au chalumeau oxyacétylénique.

– J'ai eu la même… Il y a longtemps, « docteur », précisa Nazutti. Et cette citation de Luc n'est pas faite pour arranger vos affaires. Vous devriez être plus discret quant à vos… convictions.

Le praticien soupira et s'adossa à son siège. Son regard ne cillait pas. Peut-être espérait-il déceler chez lui une once de compassion.

– C'est une menace ? avait-il finalement lâché devant l'impassibilité du flic.

– Non.

– Que… que voulez-vous, à la fin ? Un miracle ?

– Non, pas de miracle, docteur. Juste la vérité et pas ce tissu de conneries sur la micro-économie et les statistiques que vous devez servir à chacun de vos clients pour faire passer la pilule.

– Mais quelle vérité ? Moi-même, je ne sais pas…

– Ma vérité. Il n'y a que celle-là qui compte.

Le médecin laissa passer un nouvel instant de silence, cherchant sans doute à deviner ce que Nazutti avait réellement en tête.

— Il va mourir. Bientôt. Très bientôt. C'est ça que vous voulez entendre ? C'est ça que vous me demandez ?

Nazutti n'ajouta rien.

Pesamment, il se leva et sortit de la pièce.

Il n'arrivait pas à croire que des individus de cet acabit puissent avoir un pouvoir de vie ou de mort sur leurs concitoyens… Ou plutôt si : il ne le concevait que trop bien, ce qui revenait au même.

Maintenant, il était en train de mariner pour pouvoir rentrer dans la chambre. Andreotti l'observait du coin de l'œil. Nazutti, visiblement remonté, avait attriqué un mensuel dans la salle d'attente, véritable purgatoire pour les malchanceux qui avaient eu la triste idée de se pointer là en vie. *Médecine et Voitures*, ça s'appelait. Si a priori on voyait pas bien le rapport entre l'exercice de la thérapie et les bagnoles, comme Andreotti en avait fait la réflexion en lisant par-dessus l'épaule de son aîné, Nazutti, lui, comprenait très bien le lien et il s'était chargé de le faire savoir haut et clair, déclenchant les regards courroucés des patients et du personnel médical qui passait à proximité. Pour le rustre, il suffisait de voir, entre deux comptes rendus du Médec, l'étalage obscène de BM, Maserati et autres 4x4 surpuissants, pour comprendre. Andreotti avait bien remarqué, du coin de l'œil, que certains spectateurs assistant à la démonstration auraient bien tempéré la fougue du policier, mais il fallait croire que sa carrure et son allure incitaient pas vraiment à la polémique ouverte. Quand on l'appela, la colère de Nazutti était encore montée d'un cran.

Il était là, Nazutti, au pied du lit. Il détaillait le visage du bonhomme, humait l'odeur de la pourriture à venir… Il cherchait quelque chose. Une justification ? Une confirmation ? Qu'est-ce qui fait de quelqu'un un bourreau, un monstre ? Est-ce que, quand la bête crève, elle devient soudain humaine ? Il ne trouva rien.

Mais de le voir comme ça, le vieux, allongé, paisible, comme s'il pouvait plus faire de mal à personne, désormais, Nazutti, ça le troubla. Combien de fois il avait pensé qu'un jour ça serait lui qui lui ferait la peau, à son père ? Un million, un milliard de fois. Il avait toujours remis au lendemain. C'est comme ça : on croit toujours qu'on va avoir le temps, on croit toujours qu'on va pouvoir régler les choses, remettre les pendules à l'heure, dire, enfin, ce qu'il fallait dire, faire ce qui devait être fait… Et puis, elle arrive par surprise, la faucheuse, en sournoise, et elle prive de tout avant qu'on ait pu esquisser un geste. On reste là, planté comme un con, les bras ballants et la tronche vide. L'autre se casse en tirant un bras d'honneur.

Il tendit la main vers le visage de son père. La peau était encore souple. Ils lui avaient fermé les yeux. Nazutti, même en sachant que c'était vain, essaya de les lui rouvrir. Il voulait voir. Il voulait voir si, dans les yeux du vieux, au dernier moment de sa vie, il y avait eu de la peur, de la souffrance et du remords. Il espérait que oui. Il espérait que son vieux avait souffert. Il espérait qu'il avait prié maintes et maintes fois pour mourir avant que ça n'arrive. Il espérait qu'il avait probablement chié et pissé sous lui, qu'il avait chialé comme un bébé en appelant sa mère avant d'être délivré. Il espérait que ça avait été long, incroyablement long.

Aucune de ces réflexions ne le réconforta.

— Je t'aime, papa, murmura-t-il, perdu dans ses pensées.

Il rabattit doucement le drap sur la face pétrifiée du vioque et, avec une moue de dégoût, quitta la carrée.

Il se doutait que les pompes funèbres, grandes copines de la médecine et toujours portées à faire grimper les prix, urgence oblige, allaient essayer de lui soutirer un max. Elles connaissaient pas encore Nazutti. Qu'elles s'amusent à déconner avec lui, et il aurait tôt fait de leur coller un contrôle des polyvalents dans les reins. Des enfoirés de première, ceux-là aussi.

— Allez, on se casse, gronda le major en déboulant dans le couloir.

Andreotti posa *Médecine et Voitures*, lecture fort instructive dans laquelle il s'était plongé avec une passion suspecte, tentant de mettre à l'épreuve l'argumentation de son supérieur.

— Ben quoi ? demanda-t-il en suivant Nazutti. T'attends pas les toubibs ?

— Les toubibs ? Mais je leur crache à la gueule, aux toubibs ! Ils m'ont assez fait jouer les girouettes. Qu'ils se démerdent !

*

Elle porta le verre à ses lèvres. Scotch vodka coupé à l'eau plate. Une spécialité de ce genre d'établissement. Pas mauvais, néanmoins. L'homme qui était assis en face d'elle fit de même. Il ne semblait pas apprécier outre mesure le nectar et agissait comme s'il s'était mis en tête de finir les consommations le plus vite possible. Il éclata d'un petit rire staccato.

— … Et alors, le cow-boy dit, en titubant : « Bon, j'ai baisé l'ours, ousk'elle est, la femme du chef, maintenant ? » Ah, ah, ah, elle est bonne, pas vrai ?

Rose esquissa un sourire poli. L'homme paraissait nerveux. Au moins autant qu'elle. Il tentait, à sa manière, maladroitement, de détendre l'atmosphère.

Un filet de salive dégoulinait de la commissure de ses lèvres. Il était gros, luisant. Calvitie et coupures de rasoir sur tout le côté du visage. Il devait pas encore croire à sa chance, cette ordure. Rose avait du mal à masquer son aversion. Mais elle savait qu'elle irait jusqu'au bout. Parce que ce soir, elle ne pouvait pas rester seule. Elle ne pouvait plus. Elle n'avait pas ressenti une telle volonté d'oubli, d'anéantissement depuis… depuis une vingtaine d'années. Et ces pulsions, qui avaient failli, jadis, l'envoyer définitivement en maison de repos ou à la morgue, étaient revenues avec une vigueur toute neuve. Comme si, durant tout ce temps, elles avaient été en veille, attendant patiemment la chose, le petit grain de sable — *des lettres, pourquoi pas ?* — qui leur permettraient de rejaillir.

Elle avait donné la pâtée à Féline, toujours cachée sous l'évier, et, presque par automatisme, avait pris son sac et son blouson pour retourner là d'où elle venait, là d'où elle n'aurait jamais dû partir : un de ces bars à célibataires où, il y a vingt ans, elle s'était perdue.

Là où elle s'était fait défoncer, encore et encore, jusqu'à plus soif, jusqu'au trépas, peut-être, si elle avait eu plus de chance.

Elle s'était fait prendre partout — *partout, mon Dieu, partout…* —, dans tous les endroits, dans toutes les positions — *dans tous les endroits, dans toutes les positions…* —, avec une rage, une obstination intarissables.

Elle avait sucé, pompé, mangé, léché, gémi, haleté, hurlé, supplié, tout pris, tout rendu…

Des queues, des kilomètres de queues, jusqu'au fond de la gorge.

Des queues qui tapent au fond du rectum, des queues qui entrent et déchirent…

Des queues voraces.

Elle s'était pliée, contorsionnée, et elle avait demandé : encore… encore !

Suffocante de douleur. Une chienne. Une salope. La dernière des putes : celle qu'on fourre sans avoir besoin de payer.

Elle avait donné, bradé, jeté son corps, sa vie, son existence ainsi qu'on se débarrasse d'un mobilier encombrant.

Et elle avait pris du plaisir. Oui, elle y avait pris du plaisir.

Elle avait voulu crever, aussi. Dans ces moments-là, tant de fois, elle avait voulu crever. Mais ça n'était pas arrivé.

Elle avait vomi, oui, tous les matins, en se levant, dans des chambres d'hôtel sordides, ignorant où elle se trouvait, ne se souvenant même plus, souvent, ce qu'elle y avait fait.

Certaines fois, il y avait un homme dans le lit. Ou

plusieurs. Assoupis. Repus. Avec leur suffisance tranquille, avec leur conscience du devoir accompli, de la performance, avec leurs sexes flasques et humides qui pendaient lamentablement, collés par le sperme séché sur leur ventre distendu, sur leurs jambes poilues.

D'autres fois, il n'y avait personne, mais les douleurs dans son vagin et son anus, le sang s'engouffrant dans la bonde de la douche, le goût, ce goût trop salé dans sa bouche lui confirmaient que ça n'avait pas été le cas toute la nuit.

Et aujourd'hui elle était là. Retour à la case départ.

Elle s'épongea les lèvres et regarda l'homme droit dans les yeux. *Je te plante, connard. Je te plante et tu vas te défendre…*

— Je veux te baiser. Je veux te baiser jusqu'à ce que tu demandes grâce.

Un instant désarçonné, son interlocuteur cilla, puis il sourit. Dents jaunes. Croûtes tartreuses.

Croyant peut-être se mettre au diapason, il se dévoila enfin, lui montra sa véritable nature de mâle abject.

— T'es une cochonne, toi, hein ?

*

À la lumière des néons, les restes des pipes à crack brillaient tels des cierges sur le trottoir mouillé. On pouvait entendre, par la vitre ouverte, les pas des fantômes crisser dessus comme s'ils marchaient dans la neige. Périphérie du quartier rouge, quartier brûlant. Des flammes et puis l'obscurité. Appel d'air. Un trou. Un de plus. On entre.

Salopes à ventres offerts, chattes ouvertes et pupilles en tête d'épingle. Rien de neuf dans la nuit. Et pourtant…

— Des putes, des macs. Des travestis, des folles en chaleur. La cadence uligineuse du chaland qui passe et voudrait tout posséder sans rien donner. Des sidéens, des syphilitiques. Des bras ballants, sans veines, constellés de traces de piquouse, des tronches farcies de médocs pires que l'arrière-salle d'une officine pharmaceutique. Du maquillage. Des sourires enjôleurs. Des bouches, des anus, des chattes. Des invites, dans le noir, derrière, à côté des poubelles. Des préservatifs dépliés, des taches de sang et de foutre, partout, là et là…

La logorrhée de Nazutti semblait sans fin, tandis que, dans la voiture perso du major, une R16 à bout de souffle, ils parcouraient au pas les rues du quartier chaud de la ville. Elle avait quelque chose d'hypnotique, sa mélopée. Andreotti faisait ce qu'il savait faire. Andreotti écoutait.

— … Te trompe pas, c'est une industrie, tout ça. Un truc efficace, éprouvé. Un rouleau compresseur. De l'argent, plus d'argent que tu ne pourras jamais imaginer qui change de mains, chaque nuit, embourbé à la sauvette, l'air de rien. Des néons, de toutes les couleurs, un arc-en-ciel qui se reflète sur le pavé luisant. De la sueur, de la salive… des sécrétions. Lubrifiants, poppers d'amylnitrite, amphé… Le tout-venant de l'extase à moindres frais. Des godes, des braquemarts, des doigts tendus vers des orifices béants. Des vitrines d'exposition où la viande morte attend d'être prise. Des étalages, des poils humides en gros plan. Du charcutage, de l'enculage à sec, en série, multiplié, divisé à l'infini…

Ils roulaient. Lentement.

— Tu trouveras ici des animaux, toutes sortes d'animaux : python gavé de calmants, chien bien dressé, rats, vers de terre. Ouais, mon pote, des rats et des vers de terre, t'entends bien. Des insectes aussi. Et puis des naines, des mutilées, des brûlées, des amputées… Celles qui sont spécialisées dans l'acrotomophilie…

Ronronnement du moteur. Vitres ouvertes.

— Des psychiatres ont mis en avant l'émergence de ce type de pratiques en temps de crise ou de guerre, tu piges ? Les adeptes seraient à la fois motivés par l'envie de secourir et la peur de faire partie du lot. C'est pas pour rien que celles qui sont trop vieilles ou trop fatiguées choisissent d'émarger à l'URSAFF et se recyclent dans les services d'accompagnement sexuel aux handicapés en hôpitaux ou dans les institutions spécialisées…

Andreotti écoutait encore. Il voulait voir jusqu'à quel point il serait capable d'écouter, d'ingurgiter, de prendre sans recracher… Voix monocorde de Nazutti.

— Des gosses. Tu trouves aussi des gosses, bien sûr. Si tu sais à qui t'adresser et si t'as du répondant côté carbure. Tout ça, c'est la nuit telle qu'elle est ici. C'est l'envers de ce que les touristes viennent chercher. L'autre industrie locale. Et tu crois que ça dérange quelqu'un ? Tu crois que les édiles en ont quelque chose à foutre ? Non, mon pote, rien à branler. Eux, ils veulent que tout reste comme ça. Et ils rechignent pas, parfois, à venir faire leurs emplettes par là, dans ce grand bordel qui ressemble de plus en plus à un putain de supermarché…

L'inspecteur restait muet. Il observait. Il apprenait. Il ne pouvait pas se départir, cependant, de la désagréable impression que Nazutti n'était pas dans son état normal. Il semblait, dans ce quartier interlope, brusquement durcir ses positions, ses choix. Et en même temps éprouver une sorte de fascination. Nazutti immobilisa le véhicule au bord du trottoir.

— Tu vois, là-bas ?

Il indiqua une rue perpendiculaire, un peu excentrée. Une allée qui payait pas de mine, avec ses lampadaires jaune pisseux et ses façades de chantier de l'autre côté. On apercevait, de temps à autre, un véhicule s'arrêter, puis repartir. Et des silhouettes, de vagues silhouettes s'agiter avec souplesse et discrétion dans le fond, où les lumières ne portaient pas.

— C'est des Bulgares. Tu cueilles là-bas des enfants de dix ans qui te tailleront une pipe pour trente euros et que tu pourras enculer pour cinquante. Tout ça sous l'œil bienveillant de leurs parents. Tu les vois pas, là, mais ils sont jamais loin, des fois qu'un des gosses se fasse la malle. Ils guettent. Ils attendent. Au besoin, ils vont négocier les tarifs avec le client. Derrière le chantier, tu as le bois. C'est là qu'ont lieu certaines transactions PAP, mais elles sont plus difficiles à quantifier et encore plus à être topées en flag.

— PAP ?

— De particulier à particulier, si tu préfères. C'est là que des bons pères de famille, avec de bons boulots, une belle voiture, des collègues sympas et de gentilles petites femmes modèles à la maison viennent faire du troc.

— Putain.

— Ouais. C'est à cet endroit qu'ils viennent échanger leurs marchandises. Je te prête mon gosse, tu me prêtes le tien. Il est déjà initié, il sait faire ci ou ça, et le tien ? Ça marche comme ça. Ils se rencontrent par le Net.

Nazutti remit en marche la voiture et continua sa tournée.

— Tu crois que je te livre une exclu en te montrant où ça se passe ? Mais tout le monde est au courant, mon pote. Ils savent tous où, quand, comment. De la préfecture jusqu'au plus petit planton, en passant par les clilles qui se refilent allégrement le tuyau sur les serveurs idoines. T'as mal au cœur, tu te sens un peu barbouillé, t'as envie de vomir ? Te gêne pas mais préviens-moi avant, que je m'arrête. J'ai pas envie que tu me salopes ma bagnole.

Andreotti n'avait pas envie de vomir. Il était juste un peu sonné, légèrement étourdi par la somme d'infos que Nazutti lui présentait comme un dépliant touristique.

— Mais... on s'en va ? On fait rien ? s'étonna le jeune inspecteur.

— Pas aujourd'hui, déclara Nazutti en serrant les mâchoires.

Les mains sur le volant, phalanges blanchies, prêtes à tordre la barre, si elles le pouvaient.

— Tu dois... Si tu veux survivre, tu dois être plus malin, plus sauvage, plus féroce. Sinon, le système te brisera. Je crois que tu sais de quoi je parle...

Andreotti ne riposta pas, mais l'allusion à l'affaire du pont des Fantassins était évidente.

– Le système, la hiérarchie, les ordres, les priorités, tu dois les contourner. Le système a ses failles. À toi de les déceler et de les exploiter.

– Je suis pas sûr de bien te suivre.

– La machine est belle, bien rodée. Elle prône un tas de normes et d'interdits tout en acceptant en son sein la déviance… Tu dois la retourner contre elle-même, te couler en elle, en faire partie. Aller vers l'ennemi, ne pas lutter. Dévier, c'est encore faire partie du jeu. Mais pour ça, il faut en connaître les règles.

Andreotti se préparait à rétorquer, pas certain de bien saisir les sous-entendus de Nazutti, lorsque, soudain, ce dernier lui fit signe de se taire.

– Attends-moi là, j'en ai pour deux minutes.

Avant qu'il ait pu faire un geste, le monstre avait déjà arrêté la tire et était sorti, chopant au passage un petit mec qui marchait en clopinant, légèrement courbé sur le trottoir, au milieu des enseignes racoleuses, des touristes à la peau luisante et des junkies au regard vide à leurs pieds.

Ils discutèrent un moment. Puis Nazutti lui glissa une enveloppe que le type enfourna dans sa poche intérieure avant de s'en aller en claudiquant.

Nazutti regagna le véhicule.

– C'était qui ? interrogea Andreotti.

– Un gardien-chef. À la prison de Girarland. Je savais que je le trouverais là. C'est en partie pour ça qu'on est venus… Mais pas seulement.

– Un gardien-chef ?

– Ouais. Je lui ai donné un nom et une enveloppe, afin qu'il satisfasse ses petites lubies encore un moment.

— Mais...

— Ce gardien-chef fait partie de la communauté très fermée des minimalistes organiques. Déjà entendu parler ?

— Non, je crois pas.

— Le minimalisme organique est une des branches les plus extrêmes de la chirurgie sauvage.

— La chirur... Minimalisme organique ? C'est quoi, ces trucs ?

— Un mouvement qui prône la réduction des viscères au minimum vital.

— Hein ?

— La pratique reste assez libre : on abandonne un œil, un rein, un testicule, un sein... Chacun selon ses goûts et ses possibilités. Ils organisent ça un peu sur le mode de la démocratie participative, si tu vois le topo. Ils se considèrent comme un bastion au sein des pratiques marginales, un phalanstère, en quelque sorte. En Inde, pour cinq cents livres, on peut se procurer un organe d'enfant, en Roumanie, les vaches portent des prothèses car les vraies jambes ont été exportées pour payer la dette extérieure. Ici, dans nos sociétés d'opulence, ça devient un loisir presque comme un autre. On débourse pour ça. Et beaucoup. Le gardien-chef, lui, s'adonne exclusivement à la prostatectomie périnéale : l'ablation partielle ou totale de la prostate.

— Bon Dieu !

— Tu l'as dit. Pour pratiquer, il se paye des patches de Fentanyl, un anesthésique local qui lui permet de bien sentir et voir ce qu'il est en train de subir. Ensuite, il se fait introduire par l'urètre un résecteur muni d'une hausse électrique. Et puis on lui coupe des petits copeaux d'organe. Morceau par morceau, il peut participer à plusieurs dizaines de séances avant qu'il ne reste plus rien. Les candidats prétendent que la jouissance procurée est incomparable. Voilà, c'est ça, son hobby. C'est pour ça qu'il marchait de cette manière : il venait juste de sortir d'une… intervention. Il pissera du sang pendant une semaine, et ensuite, dans un mois, deux mois, il y retournera. Ils y retournent tous. Mais c'est un passe-temps onéreux en matériel et qui demande certains contacts dans le milieu médico-légal. Je suis là pour lui faciliter la tâche.

– C'est… dingue.

– Tu te doutes que tout ça rentre dans le cadre de l'exercice illégal de la médecine : certains toubibs font ça au black en plus de leurs activités à l'hôpital. Pour l'argent ou par conviction. Mais la plupart des gars qui officient sont tous déjà rayés de l'Ordre ou formés sur le tas. Il y a des risques pour les amateurs, même si les règles d'hygiène sont à peu près respectées. Le gardien-chef me rend service. Je lui rends service. Basta.

– Je…

– Te berlure pas. Ça durera pas éternellement. Un jour, il deviendra plus gourmand… Il en voudra plus. Ils en veulent toujours plus, à un moment donné. Et il oubliera ce qu'il me doit. À moins que j'aie plus besoin de lui. Ce jour-là, il tombera. Ou il crèvera sur un billot transformé en table d'opération dans une cave humide, avec un camé au protoxyde d'azote en guise de chirurgien, parce qu'il n'aura nulle autre part où aller.

— Le… Le nom que tu lui as donné avec l'enveloppe, c'était quoi ?

— Un pointeur va être transféré du dépôt à la pénitentiaire. Je veux qu'il fasse passer l'information. Qu'il raconte ce que le mec a fait. Qu'il le dise partout. Dans les QHS, aux ateliers, dans les cours… Le prévenu a pas un dossier très solide et il est probable qu'il s'en tire avec une peine allégée. Je veux que les six mois qu'il va tirer en provisoire en comptent vingt. Je veux que les mastards de là-bas, les plus dangereux, les plus vicieux, les plus sanguinaires s'occupent de lui. Pointeur, c'est un truc à purger sa peine la tête sur la cuvette des chiottes, une balle de tennis dans la bouche. C'est comme ça que je veux qu'il fasse son temps.

Il soupira.

— Le système, Andreotti. Il y a toujours moyen de baiser le système.

Le cadet ouvrait la bouche. Il la refermait. Aucun son ne sortait. Dans quoi il s'embarquait, là ? Est-ce que Nazutti plaisantait, ou quoi ? Il voulait le tester ? Si c'était pas le cas, il fallait croire que les mauvaises langues qui prétendaient que question parano, infiltration et tendances extrémistes, l'inspecteur battait des records, étaient en dessous de la vérité. Largement en dessous.

*

Il se masturbait frénétiquement en dessous d'elle.

— Je veux que tu me pisses dessus. Ouais, je veux que tu le fasses. Vas-y, vas-y…

Rose se tenait accroupie au-dessus de lui.

Jambes ouvertes, fente ouverte, lèvres ouvertes. Son ventre, ébrasé. Rien dedans.

Elle l'avait sucé. Elle lui avait enfoncé un doigt, deux doigts, le poing entier dans le cul, elle avait léché goulûment la merde sur ses jointures, au bout de ses ongles…

Et maintenant il voulait qu'elle urine sur son torse, dans sa bouche.

Elle s'exécuta.

Les lettres… Ne pas penser aux lettres.

Quand ce fut fini et qu'il eut longuement éjaculé sur ses reins, elle attendit. Ce dégueulasse s'était déjà endormi. Elle patienta en silence jusqu'à ce que ça monte.

Puis elle se précipita et, comme au bon vieux temps, alla vomir aux toilettes.

*

— Désape-toi, ordonna Nazutti.

— Ici ? Maintenant ?

— Non, demain à Tombouctou, connard. T'imagines quand même pas qu'on va se pointer là avec nos futals élimés, nos calbutes douteux et nos chemises mal repassées en pleine partie de pousse-toi-de-là-que-je-m'y-mette ? On est ici en touristes, sur notre temps libre, en visite de courtoisie, comme qui dirait. Pas question qu'on débarque comme des truffes en exhibant nos brêmes et qu'on fasse s'évaporer la joyeuse confrérie qui constitue la clientèle de la taule. La grosse Sarah, la proprio du lieu, me le pardonnerait pas.

– Mais…

– Allez, à poil, merde. On a pas toute la nuit. T'inquiète pas, des outils, j'en ai déjà vu. De toutes les tailles, de toutes les formes, et de toutes les couleurs. Aucune chance que le tien me fasse rosir le teint.

Andreotti hésita. C'était pas vraiment ce qu'il avait prévu pour leur petite expédition.

– Je te rappelle que c'est toi qui as insisté pour venir, s'impatienta la bête. Moi, je voulais que tu rentres chez toi retrouver ta daronne. Alors, faut pas jouer les pâquerettes maintenant, c'est plus le moment.

Andreotti obtempéra. Il leva les yeux au ciel. De se retrouver comme ça, en tenue d'Adam devant son supérieur dans une bâtisse du quartier pas franchement spécialisée dans la vente de petits-fours, dès le premier jour, ça frisait le ridicule, l'absurde, le cauchemar toutes étiquettes ouvertes.

Le bâtiment se situait dans une cour intérieure un peu en contrebas de l'artère principale. Une cour sombre derrière un gros portail métallique sans inscription et muni d'un digicode. Le genre de lieu où l'on ne rentrait pas par hasard. Une fois dans la place, il se dressait là, devant vous, grosse masse sombre dans la nuit, imposante, monolithique : le Lounge. Quatre étages. Vitres teintées. Insonorisation parfaite.

Silence total, au-dehors. Pesant et aveugle.

Ils avaient passé un deuxième sas et puis étaient entrés, sans voir personne, dans une grande salle qui ressemblait à des vestiaires de complexe sportif. Blanc. Propre. Impeccablement rangé. Les casiers, tous identiques, semblaient s'étendre à perte de vue. Personne.

Andreotti savait qu'il était évident sinon obligatoire qu'ils fussent observés d'une manière ou d'une autre, scrutés, sûrement même reconnu, en ce qui concernait Nazutti. Seulement, tout était fait pour que cela ne se remarque pas. On aurait dit que le coin venait tout juste d'être évacué suite à une alerte au feu. Déserté à leur intention privilégiée.

Sur une petite table à côté des casiers, il y avait un grand bol rempli de dragées ou de bonbons. Andreotti s'était approché. Une étiquette collée sur le récipient indiquait : « Servez-vous ».

Il avait fait mine de tendre la main, mais Nazutti était intervenu :

– Si j'étais toi, j'éviterais.

L'inspecteur, qui avait suspendu son geste, interrogea le mastard du regard.

– C'est un cadeau des Semeuses. La plupart d'entre elles travaillent à l'étage, aux services BDSM, uro ou scato…

– Et ?

– Ces petites friandises sont des boulettes de pain. Au petit matin, après leur nuit de travail, les Semeuses se dispersent en silence dans les rues vides de la cité comme un essaim d'abeilles, aussi discrètes et organisées qu'un commando de guérilla urbaine. Chacune d'elles sait exactement où se rendre, quelles sont les heures d'ouverture, les heures de fermeture, à quels moments les établissements sont désemplis, quand ils sont bondés, elles connaissent par cœur les pics de fréquentation et les périodes de travaux. Aéroports, stations de bus, terminaux ferroviaires, restaus routiers, aires de repos, chiottes Decaux, fastfoods… Tous les urinoirs publics alentour sont pris d'assaut, sans tapage, furtivement. Compartiment « hommes ». Tu en as sûrement déjà croisé quelques-unes, mais sans les voir. Les Semeuses savent se rendre transparentes, invisibles et anonymes. Elles savent comment se fondre dans le décor, entrer et ressortir sans que personne ne les remarque. Et, dans leurs petits sacs à main, il y a les boulettes de mie de pain. Des tas de petites boulettes confectionnées avec méthode et selon une recette éprouvée — ni trop écrasées, ni trop étirées — afin d'optimiser la capacité d'absorption. Elles les disséminent sur le sol, aux endroits stratégiques, puis rentrent chez elles. Le soir, avant de venir travailler, elles font la tournée des pissotières et récoltent leurs moissons gorgées d'urée. C'est pour ça qu'on les appelle les Semeuses.

La main d'Andreotti restait en suspens à mi-chemin au-dessus du bocal.

Nazutti avait continué, comme s'il avait discouru de la pluie et du beau temps.

— C'est ici qu'elles mettent à la disposition des clients une partie du fruit de leur labeur. Gratuitement. Présent de la maison. L'autre partie, elles la réservent pour leur usage personnel. Je pense que je n'ai pas besoin de te faire un dessin pour t'expliquer de quelle manière elles agrémentent leurs plats du jour.

— Je...

— En ce qui concerne ce bocal-là, beaucoup d'habitués apprécient ce service. Il paraît qu'en sus des vertus antiseptiques de ce très artisanal produit le goût est assez particulier. Tu veux toujours tester ?

Sans un mot, Andreotti avait retiré sa main. S'il avait eu une poche, il l'aurait fourrée dedans, mais là, sa tenue ne lui permettait que de la planquer dans son dos tel un gosse pris en faute.

Nazutti avait eu un petit rire. Ni moqueur ni méchant. L'apparence d'une routine. Et puis il avait immédiatement repris son sérieux.

— Allez, amène-toi.

Au sortir du vestiaire, passant un autre sas — double porte, une personne à la fois — ils s'enquillèrent dans une très large allée circulaire simplement éclairée par des lampes de sodium placées contre le mur tous les cinq mètres environ. Dans les zones d'ombre, menaçantes, glauques, Andreotti distinguait vaguement des silhouettes s'agiter, mais il refusait d'y porter son regard, ne voulait même pas savoir ce qui pouvait s'y passer. Des tunnels, des trous, sombres… Et quoi dedans ?

À la faveur d'un coude, le passage se rétrécit et Andreotti ne put faire autrement que de voir. Sous ses lampes, dépassant du mur par des orifices soigneusement étudiés, des jambes écartées, des chattes offertes… rien que des guiboles et, au milieu, des moules, mises à disposition. À cet endroit, et à d'autres, plus loin, il y avait foule. Des mecs, une quantité incroyable de mecs : des petits, des râblés, des secs, des baraqués, des échalas, blonds, bruns, roux, chauves… Certains à poil, d'autres en T-shirts ou en bras de chemise… En apercevant des quidams habillés de pied en cap, qui louvoyaient de la même manière sinueuse et reptilienne que leurs congénères décarpillés, Andreotti s'insurgea. Il se pencha à l'oreille de Nazutti :

— Il y en a qui sont habillés… Pourquoi tu m'as fait mettre à poil ?

Nazutti sourit :

— Considère ça comme une mise en condition. Un baptême des couilles à l'air, si tu veux... Rassure-toi, tu seras pas obligé de bander, on est pas là pour ça.

Le malabar continua de tracer, avec, pour tout vêtement, une petite cigarette fichée derrière l'oreille. Ses fesses, larges et musculeuses, jouaient sous la lumière carnassière. Dorsaux à la découpe solide, trapèzes gonflés, cou de taureau. Ce type avait sûrement été un sacré balèze en son temps. Il l'était encore, mais ce qui avait dû être de la puissance s'était mué en une sorte de pesanteur, de lourdeur volontaire.

Andreotti supposait que la demi-plaisanterie dont il l'avait gratifié constituait une forme de réponse. Il suivit.

Il régnait dans le coin une atmosphère étouffante, moite. Odeurs de foutre, de vaseline et de transpirations mélangées qu'on devinait à peine, masquées par les diffuseurs de parfums au plaftard qui devaient marcher à plein régime. Et puis une autre odeur. Entêtante, familière et pourtant extrêmement gênante en ce lieu singulier. Andreotti avait beau faire marcher ses méninges, il n'arrivait pas à resituer cette fragrance.

— Tu sens cette odeur de peau de bébé ? demanda Nazutti après avoir ralenti le pas, comme s'il avait lu dans les pensées de son partenaire.

Une odeur de peau de bébé, c'était exactement ça. Andreotti sentit son estomac se contracter. Qu'est-ce qu'il allait encore lui sortir, le major ?

— Si tu veux, je peux te dire de quoi elle est constituée.

— Non, je ne crois pas.

— Treize pour cent de formaldéhyde en solution saturée à trente-sept pour cent, commença Nazutti, faisant semblant de ne pas avoir entendu ce que venait de dire son subordonné.

Ça y est, c'était reparti.

— Treize pour cent de phénol, trente-deux pour cent d'éthanol, quarante-deux pour cent de propylène de glycol, sans oublier le petit un pour cent de thymol qui fait toute la différence. Mais ça n'est pas cela que tu sens. Ce que tu sens, c'est le glycérol utilisé pour couvrir tout ça.

— Le glycérol ?

— Un gel conservateur. Dans l'Égypte ancienne, on utilisait plutôt du liquide goudronné mélangé à de la poix ou de la myrrhe. On lavait ensuite les corps dans de l'huile de palmier avant de les faire tremper pendant soixante-dix jours dans du carbonate de sodium...

— Un gel conservateur ? L'Égypte ancienne ? Des bains de carbonate de... ? Quel rapport ?

Andreotti posait toutes ces questions malgré lui parce qu'il n'avait aucun désir de le connaître, le rapport.

— Pour embaumer un cadavre et lui faire garder sa belle apparence, pour pérenniser la fermeté de ses muscles et l'élasticité de sa peau, les méthodes se sont beaucoup modernisées, aujourd'hui...

Dans les ténèbres, les gonzes exécutaient, muets, une chorégraphie connue d'eux seuls.

— D'abord, il faut mettre le corps dans la posture appropriée. Ici, d'après ce que je sais, ils utilisent des tables gynécologiques...

Un morceau de Richard Clayderman passait en sourdine, contrastant à peine avec les bruits feutrés.

– Si l'abdomen est gonflé, on introduit une seringue de type 14-Ga pour évacuer les gaz. On pratique ensuite deux incisions d'un centimètre chacune : une dans la veine jugulaire externe et une dans la carotide. On y introduit alors une canule et on injecte avec une pompe péristaltique une solution de Permaflow diluée à l'eau tiède. Le débit fixé à trois cents millilitres par minute est idéal…

Ces ombres sans corps, ces corps sans âmes, ces âmes sans foyer louvoyaient, s'arrêtaient, repartaient, sans prêter attention les uns aux autres.

– Tandis que le liquide d'embaumement est injecté, la jugulaire externe est ponctionnée jusqu'à ce que le sang prenne une teinte noir clair, brun. On clampe alors la veine et le liquide remplit les muscles un à un…

À certains endroits, une file d'attente s'étirait sur plusieurs mètres.

– Pour un corps de quatre-vingt-dix kilos, il faut une centaine de litres. Plus cent cinquante millilitres pour les cavités thoraciques et abdominales.

Certaines vulves, pour une raison obscure, attisaient les convoitises alors que leurs voisines restaient là, varaignes asséchées, attendant un chibre hypothétique. Un peu comme au supermarché, se dit Andreotti, avec ces produits tête de gondole pour lesquels les clients étaient pratiquement prêts à se battre tandis que leurs homologues, en tout point semblables mais ne bénéficiant pas, fallait croire, de l'exposition idoine, restaient sagement alignés dans les rayons.

Il s'arrêta et marqua une pause :

– Pourquoi tu me racontes tout ça ?
– Je t'explique pourquoi il y a des chattes qui ont plus de succès que d'autres.
– Hein ?
– Ces filles, là… Il arrive, pendant que côté Sud leur con se fait défoncer, que côté Nord leurs mains tiennent un livre ou un magazine, leurs doigts s'activent à manucurer, leurs oreilles écoutent de la musique sur I-pod en sourdine, ou leurs yeux se ferment. Parfois même, elles s'endorment. Il arrive également qu'elles soient tout simplement mortes.
– Comment ça ?
– Tu comprends toujours pas, hein ? Ou plutôt, tu fais celui qui veut pas comprendre. Certaines des jambes, des vulves que tu vois appartiennent à des cadavres. Des cadavres embaumés selon les toutes dernières techniques de plastination.
– Tu déconnes.
– De savantes études ont montré que ce sont elles qui ont le plus de succès. Ça aurait justement un rapport avec l'odeur, cette odeur si particulière que leur viande dégage. L'autre avantage, c'est qu'elles ne prennent jamais de pauses.
– Tu déconnes plein tube.
Nazutti sourit. Ses dents brillaient dans la pénombre, identiques à celles de la ganache d'un charognard.
– Tu crois ?
Alors, Andreotti regarda d'un autre œil ces types qui se branlaient en patientant dans les files d'attente. Lentement ou avec une frénésie brutale qui laissait présager un départ prématuré.
Il regarda les bandaisons molles, nombreuses.

Il observa une autre catégorie, plus dans le genre voyeur, qui se contentait de picorer çà et là d'émoustillantes suggestions sans toucher le moins du monde à leur outil qu'ils laissaient pendre avec désinvolture entre leurs jambes torses.

Et puis il avait encore répété, machinalement :

– Tu déconnes plein tube.

Il ignorait si ce que Nazutti lui racontait était vrai ou pas. Mais il supposait, au fond de lui, que d'une certaine manière, en l'abreuvant de détails scabreux, d'anecdotes toutes plus horribles les unes que les autres, en le saoulant avec une accumulation de détails techniques, en énumérant froidement et cliniquement tous ces faits, il espérait le décourager. Le but n'était ni de l'exciter, ni même de lui dévoiler quoi que ce soit, mais de le dégoûter, pour qu'il fasse marche arrière, qu'il renonce. Et ça, il n'en était question à aucun prix. Il ne rentrerait pas dans son jeu.

– On continue, affirma-t-il avec résolution.

– Mécanisation, déshumanisation, décomposition… Le retour ou l'adaptation d'une industrie fordiste à l'époque moderne…, avait ajouté le major. L'avenir. Une foire… Jour de solde trois cent soixante-cinq nuits par an sur des lèvres béantes, ouvertes sur nulle part, estampillées pigeons.

D'un accord tacite, ils reprirent leur marche. Ça n'était pas une progression. C'était une chute. Lente. Inexorable.

Des trous, des tunnels, des tombes…

Et des corps.

Une dégringolade sans fin.

Le sol était gluant. Sperme et préservatifs le jonchaient, et Andreotti fut soudainement étonné de voir débouler, au détour d'un croisement, une femme de ménage sillonnant l'incroyable banc d'affolés du chibre au volant d'une machine à balayer, dans l'indifférence la plus totale.

Nazutti précisa à son collègue :

— Le plus dangereux, ici, c'est l'aspect glissant du sol. Pire qu'une patinoire. Sperme, lubrifiant et latex, rien de pire. C'est pour ça que les chaussures sont déconseillées. Les arpions, tu te les laves à la sortie, comme le reste du corps d'ailleurs. Une expérience singulière. Un peu comme une renaissance. Le grand décrassage avant de retourner à la lumière, dans la sauvagerie éclatante du monde civilisé.

Marcher. Sans tomber, marcher dans ces trous, marcher dans ces tunnels, marcher dans ces tombes, marcher vers ces corps…

— On raconte que venir ici, c'est un peu comme passer dans une unité de psychiatrie d'urgence. Cet endroit fonctionne selon le même modèle que celui de l'armée US pendant la guerre de Corée, le but étant d'évaluer les capacités mentales des combattants en état de choc à retourner en milieu hostile.

Marcher encore, tant qu'on pouvait.

— Bien sûr, il y a toujours des fétichistes, des phobiques, des maniaco-compulsifs et des quérulents qui refusent de donner là-dedans. Ils sont prêts à fourrer leur queue dans un con anonyme et aussi chauffé qu'un ruban d'asphalte pendant une journée rouge de Bison Futé, mais ils veulent pas, à aucun prix, glisser sur un préservatif usagé. Pour ceux-là, c'est la valdingue assurée, s'ils font pas gaffe. Une jambe cassée si près de l'extase, ça la fout mal. Sans compter qu'en plus de troubler la tranquillité du lieu tu prends toujours le risque d'un procès malintentionné. De nos jours — et même si les clilles prêts à traîner en justice un glory-hole sont pas légion —, tu sais jamais à qui tu as affaire. C'est pour ça qu'elle est là, la femme de ménage. Pour éviter les accidents. Regarde-la, juchée sur sa Moduloflex : visage fermé, concentrée sur son taf, avec cette absence de vie dans le regard… Une technique qui lui permet de survivre, de durer un minimum. Elle garde même la tenue de la boîte de sous-traitance. Et les clilles… Ils l'évitent comme un obstacle inamovible, une pièce de mobilier. Ouais, c'est ça : une pièce de mobilier, mais en aucun cas un être humain. La femme ressemblerait à Claudia Schiffer que personne, ici, aurait l'idée de lui sauter dessus. Deux mondes qui s'ignorent. Ça te rappelle rien ? Mais si, tu le vois tous les jours, quand les touristes rappliquent au restaurant, quand ils vont faire leurs courses, quand ils passent à la caisse, quand ils jettent leurs ordures, quand ils passent devant toi… Toi et tous ceux qui les servent, les cajolent, nettoient leur merde.

Nazutti continuait implacablement son travail de sape.

Andreotti ne voyait vraiment plus sur quel terrain le mastard était en train de l'emmener. Il était venu ici, l'avait obligé à se foutre à poil, il lui avait dévoilé… Il s'énerva :

— Dis donc, qu'est-ce qu'on glande, là ?

— Ne parle pas si fort ! le doucha Nazutti. Si la parole est tolérée, elle est tout de même déconseillée. Alors si t'es pas capable d'être discret, ferme-la ! Tiens, on arrive.

Ils s'arrêtèrent devant une porte encavée de l'autre côté de l'allée. Une lourde sans aucune inscription qui ressemblait à une de ces nombreuses issues de secours qu'on voit dans les tunnels, toujours les tunnels.

Automatiquement, la porte s'ouvrit. Andreotti eut un mouvement de recul. Surpris.

— Dis bonjour à la caméra, susurra l'officier en pointant un petit miroir sans tain à mi-hauteur.

— Merde ! On... On est filmés ?

— Depuis le début, mon pote. Qu'est-ce que tu crois ? Mais ici, c'est seulement ta queue qui est sur les écrans : respect de l'anonymat oblige. Seulement ta queue, comme toutes les queues qui passent dans l'établissement. La patronne tient à éviter les dérapages. Même s'ils sont rares, ils arrivent quelquefois. Simple précaution. Il y a un service d'ordre. Invisible, mais toujours présent et terriblement efficace. L'ensemble des caméras à l'intérieur du Lounge se situe au niveau du sexe. Le sexe est tout ce qui importe. Les visages restent hors champ. Déontologie, c'est le mot. T'es pas dans un peep-show ou un bar à putes. Et Sarah n'est pas une gérante, une vendeuse de sexe à la sauvette, c'est une entrepreneuse. L'ambition alliée à un certain goût de l'innovation. « Réactivité, anticipation, compétitivité », c'est ce qu'elle répète toujours à qui veut l'entendre.

Nazutti désigna discrètement tous les orifices, pleins ou vides, alignés avec une rectitude parfaite de l'autre côté. Effectivement, au-dessus de chaque paire de jambes, légèrement incliné, se trouvait un petit miroir identique.

— Les libidineux, lorsqu'ils fourrent, voient leur

queue entrer et sortir. Une étude commandée par Sarah auprès d'un cabinet d'audit, payé rubis sur l'ongle, a montré que l'excitation des clients en est accrue. Ils ne se contentent plus de décharger et de repartir. Ils se voient à l'œuvre, ils éprouvent de visu leur illusoire puissance, ils se mettent en scène. Depuis que Sarah a installé cet ingénieux dispositif, la fréquentation a augmenté de vingt pour cent. Elle n'a reçu que des félicitations pour cette chaleureuse initiative. Bien entendu, la plupart des clients ne savent pas qu'il y a une caméra derrière le miroir. Toutefois, les rares qui sont au courant ne sont pas rebutés, au contraire. En plus de se mettre en scène, ils sont… regardés au travers d'écrans vidéo installés derrière. Et uniquement par des femmes. C'est le lagnape, le petit plus de l'établissement.

Le jeune inspecteur hésitait à passer le seuil, pas encore sûr de ce qu'il venait d'entendre. La Quatrième Dimension revue et corrigée par Marc Dorcel. Il désigna la porte entrebâillée.

– Mais comment…

Nazutti rigola.

– Comment les personnes qui sont derrière la lourde savent que c'est moi ? Sarah et les filles qu'elle emploie sont capables de reconnaître n'importe qui grâce à sa queue. De véritables physionomistes de l'entrejambe, triées sur le volet. Pour elles, une queue est plus parlante qu'une fiche anthropométrique. Sarah m'a reconnu, c'est tout.

Sans plus attendre, Nazutti entra, suivi d'Andreotti.

Dès qu'ils eurent refermé la porte derrière eux, une bonne femme toute ronde, petite et l'air jovial, qu'on aurait plus imaginée dans un restau convivial, derrière les fourneaux en tablier, cuillère à la main, vint saluer le major.

– Paul ! Ça fait plaisir de te voir. Ça fait… tellement longtemps. Mais tu vois, je t'ai pas oublié. J'oublie jamais une verge, c'est ce qui fait mon charme. Qu'est-ce qui me vaut le plaisir ?

Ils se donnèrent l'accolade. Nazutti n'avait pas l'air d'être le moins du monde gêné, le trèfle au vent. Après avoir longuement serré dans ses bras celle qui devait être la proprio, il s'écarta et soupira :

– Le travail, Sarah. Encore le travail. J'aimerais bien venir un de ces quatre pour autre chose, mais…

– Ça n'a pas toujours été comme ça, rigola la boulotte, il faudra que d'ici peu tu reviennes en tant que…

Nazutti la coupa, légèrement tendu. La réflexion de la patronne était une plaisanterie. Mais pas uniquement, Andreotti l'avait senti.

– C'est fini, tout ça, Sarah. C'était… Une autre époque. Tiens, je te présente Andreotti, c'est… un nouveau.

– Je me disais bien, aussi, devant l'écran, que je reconnaissais pas ce prépuce-là… Enchantée, s'exclama-t-elle tout sourire, nature, en tendant la louche au jeune inspecteur.

Andreotti savait plus où se mettre.

Il était là, à oilpé. Avec cette bonne femme – et d'autres personnes probablement – qui avait examiné son chibre sur grand écran comme on frime une tronche d'acteur en audition. Avec Nazutti, qui semblait être ici comme chez lui et qui, manifestement, avait pas toujours été là en service commandé.

À la perspective de ce qui pouvait de surcroît l'attendre, Andreotti serra les fesses et, par la même occasion, la main de Sarah.

Le phénomène se pencha par-dessus l'épaule de Sarah :

— Salut Julie, salut Andréa… Toujours fidèles au poste.

Deux femmes d'un certain âge, l'air aussi respectable que deux vieilles mamies en train de bigner *Les Feux de l'amour*, attablées devant un véritable mur d'écrans, se retournèrent et lui rendirent poliment son salut avant de reprendre, consciencieuses, leurs activités. Activités qui consistaient apparemment à scruter jusqu'à la moindre frame des queues, des chattes, fragmentées en gros plans, qui allaient et venaient, sans arrêt. C'était pas de la baise, c'était une chaîne d'assemblage dont on regarderait les pistons agir sans discontinuer. Un film muet, dans la grande tradition des productions russes prolétariennes d'avant guerre. Un remake monstrueux d'Eisenstein sous dexédrine. Et du foutre, parfois, qui giclait comme on passe de l'huile sur les rouages.

Elles faisaient ça huit heures par nuit ? Andreotti se sentait pas dans son assiette du tout.

— Dis-moi tout, Paul.

— Pas ici.

— Dans mon bureau, alors ?

Le trio improbable : les deux inspecteurs culs nus et l'imposante ménagère-de-moins-de-cinquante-ans s'évacuèrent dans une petite pièce sur le côté.

Pas tapageur, le mobilier. Une table. Un écran d'ordinateur dix-sept pouces LCD, quelques dossiers qu'Andreotti imaginait pas vraiment officiels, un bureau en chêne massif, et une étagère dans le fond. Rien que du fonctionnel. Elle bossait pas à l'esbroufe, la mère Sarah. Elle en avait d'ailleurs probablement pas besoin, comme tous les gens compétents dans leur partie. Tout était au cordeau.

Elle regarda Nazutti en plissant les paupières. Vifs, les yeux. Mobiles. Intelligents. Un regard de connivence, estima le jeune inspecteur. Ces deux oiseaux-là, ce qu'ils maquillaient et depuis combien de temps, il voulait pas l'imaginer.

– Qu'est-ce que je peux faire pour vous ?

– C'est, tu t'en doutes, un truc qui sort un peu de l'ordinaire, que je vais te demander. Je te réclame pas de réponse tout de suite. Je te balance le morceau, et tu y réfléchis. Si tu trouves quelque chose, n'importe quoi, tu sais où me joindre.

– Tu es donc venu pour demander, pas pour prendre ?

Nazutti jeta un coup de sabord à Andreotti. Le jeune flic se tortillait sur sa chaise. La peau nue de son cul, sur le cuir de vache, le démangeait terriblement, et il aurait souhaité, c'était manifeste, ne plus être là. Ne pas avoir vu ce qu'il avait vu et surtout ne pas entendre ce qu'il allait entendre. Les insinuations intimes de Nazutti et de la grosse Sarah, d'en deviner à peine l'esquisse de la teneur le mettait au supplice.

– Pas aujourd'hui, Sarah. Plus maintenant. Ça fait trop longtemps. J'ai changé, tu le sais, je te l'ai dit.

– On y revient tous, tôt ou tard. Une fois qu'on y a goûté… Et même si on parvient à oublier, le corps, lui, se souvient. Toujours. Tu verras, les techniques se sont de nouveau améliorées. C'est encore mieux, plus…

— Je verrai rien.

— Tu n'es pas le premier à tenir ce genre de discours, Paul.

— Et pas le dernier, je m'en doute.

Sarah s'adossa, semblant réfléchir pendant un moment, puis, émergeant, gazouilla :

— Nous surfons en ce moment sur une vague prometteuse, c'est la dernière mode : Kontamination, avec un K pour les initiés. Le *barebacking*, c'est déjà de l'histoire ancienne, même si nous possédons encore quelques *backrooms* spécialisées. Non, aujourd'hui, ce sont les dérivés protéinés des particules qui sont prisés. Bactériophage T2, cinquante pour cent de protéines. EMC, soixante-dix pour cent. Poliomyélite, soixante-quatorze pour cent. Cow-pox, attention, on atteint des sommets, là : quatre-vingt-neuf pour cent. West Nile…

— Des virus… Ce sont des noms de virus, tout ça ? se sentit obligé d'intervenir Andreotti, abasourdi.

— Tout juste, jeune homme. Aujourd'hui, les gens veulent jouer. Ils veulent éprouver leur capital chance pour se sentir en vie. Les Russes et les Asiatiques ont la roulette, les indigènes de Papouasie ont leurs tourelles de bois, les Indiens d'Amazonie ont le datura, les Gabonais ont l'iboga, nos sociétés occidentales surmédicalisées ont les virus. C'est le must, en ce moment. Une sorte de rite primaire revisité. Certains optent pour les transmissions sexuelles, d'autres pour les transmissions sanguines ou salivaires. Et nous leur offrons la garantie d'un protocole exemplaire. Un échantillon ou individu infecté pour trente. Le même taux que pour l'industrie pharmaceutique ou les pelotons d'exécution, au choix.

Andreotti et Nazutti restaient cois. Sans doute pour des raisons différentes.

— Nous avons nos propres laboratoires, enchaîna Sarah. Nous avons nos cultures : syphilis, gonorrhée, herpès simplex type 2, chlamydia, trichomonas, gardnerella... Faites votre choix. Nous avons des médecins, des infirmiers. Nous avons même des blocs opératoires.

— Ici ?

— Non, bien entendu. Nous sous-traitons. Mais notre cahier des charges est draconien, vous pouvez en être convaincu.

— Arrête de taquiner mon collègue, Sarah, intervint Nazutti d'une voix placide, l'air de pas y croire lui-même.

— Oh, non, je ne le taquine pas. Ce que je dis l'intéresse. N'est-ce pas que ça vous intéresse, monsieur Andreotti ?

— Je ne sais pas.

— À quoi désireriez-vous être confronté ? Un conseil, évitez le VIH. 0,32 de probabilité, c'est démodé. Et puis les trithérapies ont un peu terni le sel de l'expérience. Non, moi, je vous conseille plutôt le VHC[1] : quatre pour cent, ou mieux, le VHB[1] avec dix puissance six particules virales par millilitre de sang. Et si vous en réchappez, je vous garantis que vous vous sentirez plus en vie que vous ne vous êtes jamais senti. Vous verrez alors des choses, vous éprouverez des sensations que vous n'auriez jamais crues possi-

1. Virus hépatiques.

bles, sauf peut-être dans votre plus tendre enfance. Bien sûr, s'il y a inoculation, les conséquences risquent d'être fâcheuses. Mais c'est justement là que réside l'intérêt.

– Non merci.

– Nous avons même une petite frange de clients arthropophiles.

– Arthro…

– Les moustiques, jeune homme, les moustiques. Prenez un essaim, infectez un spécimen sur trente, baissez la lumière, montez la température et le degré d'hygrométrie et laissez le volontaire enfermé dans un caisson d'isolation pendant deux heures en compagnie de nos petits camarades. Sensations fortes garanties.

– Quelles sensations ? demanda Andreotti.

Sa tête tournait. Nauséeux.

– Le caisson d'isolation est un instrument singulier. Tout à la fois outil de torture ou instrument de relaxation, tels les vieux modèles immersifs. En fait, ça dépend du temps que l'on y passe. Vous voyez, une fois encore, douleur et plaisir ne sont jamais bien éloignés. Le client, ou la cliente, allongé dans une solution d'eau saline à trente-sept degrés est coupé de tout stimuli exogène. Plus de lumière, plus de température, aucun bruit, plus de contact, sensation d'apesanteur… La première heure, c'est une délicieuse impression de bien-être et de détente qui vous submerge. Mais que l'on prolonge l'expérience au-delà, et c'est un sentiment de panique qui vous assaille rapidement. On cherche alors à reproduire n'importe quel type d'expérience sensorielle pour se raccrocher à la réalité. On bat des bras dans l'eau, on se concentre sur les propres contacts que l'on peut entretenir avec son propre corps, on murmure... Et si l'on arrive à résister à la tentation urgente de quitter le caisson, au bout de deux heures et demie apparaissent les premières hallucinations. C'est là que nos diptères interviennent...

Silence. Dans le fond, hachures stroboscopiques des queues en gros plan sur les tubes cathodiques.

— Ah, le sifflement produit par les petites ailes, la sensation de ces petites pattes courant sur votre peau, la trompe qui s'enfonce sous l'épiderme... Tout ça après presque trois heures de privation complète... C'est...

— De la folie...

— Savez-vous qui sont nos clients privilégiés ? Les femmes. Les femmes menstruées plus exactement. Simplement parce que les moustiques de type *Aedes*, ceux avec lesquels nous travaillons, raffolent du sang ferrugineux des règles. Ce sont les moustiques femelles et seulement femelles qui se nourrissent d'hémoglobine et sont à même de transmettre les virus. Les femmes s'allongent dans le caisson — un caisson spécialement aménagé avec des étriers pour qu'elles puissent écarter les jambes — et...

— Je crois que j'ai compris.

— Avez-vous entendu parler du chikungunya ou plus simplement CHIC, monsieur Andreotti ?

— Bien entendu.

— « La maladie de l'homme courbé », principalement transmise par un moustique affectueusement appelé *Aedes albopictus*. Contrairement à ce que l'on pense, c'est un moustique que l'on trouve communément dans nos régions. Il est très aisé d'en faire la culture. Discrètement. Vous avez d'ailleurs une loi pour combattre ça, je me trompe ?

— Loi numéro 64-1426 du 16 décembre 64 relative à la lutte contre les moustiques, précisa Nazutti.

Ton monocorde. Et Sarah, qui reprend.

— Savez-vous, monsieur Andreotti, d'où est partie l'épidémie qui a dévasté l'île de la Réunion en 2005 ? Les vingt-deux mille personnes infectées en dix mois ?

Silence. Des trous, des chattes, en gros plan…

— En septembre 2004, un comité d'entreprise a souscrit un forfait « toutes options » pour nos prestations, au nom du « Syndicat des Services postaux réunionnais »…

Andreotti se sentait submergé, enivré.

— Imaginez une trentaine de postières délurées, arrivées ici directement en bus depuis l'aéroport, suggéra Sarah. De belles femmes. Aussi noires que la nuit. Lumineuses comme les étoiles qui y brillent, ah ah.

Des trous…

— Elles connaissaient déjà les classiques et ont donc décidé, après s'être initiées aux joies du sploshing et de l'origami génital, de jeter leur dévolu sur l'arthropophilie.

Dans la peau, dans les corps…

— Enchantées de leur expérience, certaines d'entre elles ont voulu emporter quelques spécimens au pays pour en faire profiter leurs compatriotes. Nous ne sommes pas sectaires. Notre politique est plutôt la libre circulation des biens et le partage des idées. Nous leur avons donc confié une petite cinquantaine d'*Aedes albopictus*. Elles pensaient que le moustique ne survivrait pas très longtemps là-bas. Elles avaient tort.

— Vous êtes en train de me dire que le virus viendrait de… d'ici ? souffla Andreotti. Vous vous rendez compte de…

— Vous êtes avec Paul. Si vous êtes venu en sa compagnie, c'est que l'on peut vous parler franchement, que vous êtes fiable. J'ai entière confiance…

— Fiable ? Une pandémie… Vous plaisantez ?

Sa voix tremblait malgré lui.

Brusquement, le visage de Sarah se détendit. Elle arbora un large sourire qui plissa sa figure en une sorte de ruban de Möbius.

— Bien évidemment. Vous n'avez pas cru un seul instant à tout ce que je vous ai raconté, n'est-ce pas ? Tout cela est formellement illégal. Et nous ne ferions rien qui sorte du cadre de la loi, pas vrai, Paul ?

— Vrai.

— Il s'agissait juste… d'une petite initiation. Un test sans grande méchanceté. Vous ne m'en voulez pas, j'espère ?

— Non, intervint Nazutti. Il t'en veut pas. Hein, Andreotti ? Te bile pas, c'est sa manière à elle de te dire qu'elle t'aime bien. Moi aussi, je t'aime bien.

Ils partirent d'un grand rire. Sarah, l'air de rien, l'avait sondé. Pour son propre compte ou pour celui de Nazutti. Vu jusqu'où ils pourraient aller. Ce qu'ils pourraient dire ou taire devant lui. Ce numéro, peut-être l'avaient-ils préparé longtemps avant sa venue. Mais Andreotti ne pouvait se départir de la désagréable impression que Sarah n'avait pas menti. Pas totalement.

La grosse croisa les mains sur la table, s'humecta les babines et prit un air plus sérieux.

— Bon, trêve de plaisanterie, Paul. Dis-moi ce que tu veux.

— Voilà le topo : un type s'amuse à dessouder des enculeurs de mioches, embraya sans ambages Nazutti.

Après s'être amusés, il n'était plus besoin de tergiverser, semblait-il.

— Depuis quand ce genre de pratique te dérange ? s'étonna la joufflue.

— Ça ne me dérange pas, mais je rends... Nous rendons service à quelqu'un, c'est tout. Tu es au courant de tout ce qui se fait ou ne se fait pas dans ce type de milieu. Tu connais les nouvelles têtes, les nouvelles tendances. Les informations, dans le cercle très fermé qui est le tien, circulent vite, n'est-ce pas ? J'aurais voulu savoir si ce genre d'article t'évoque quelque chose.

Sans réfléchir, la grosse répondit :

— Tu sais que les types capables de toutes les fantaisies imaginables se comptent par dizaines. L'air du temps arrange rien. Alors il me faut plus de précisions.

— On cherche quelqu'un qui sait se servir d'une arme à feu. Un mec qui connaît la manière de faire. Quelqu'un de calme, réfléchi. Dans le genre cérébral. Pas un type qui s'excite et perd les pédales dès qu'il voit un gazier en imper devant une cour d'école. On cherche quelqu'un qui connaît bien les habitués, ceux qui ont déjà un casier. Quelqu'un qui sait où les trouver et comment les approcher.

— Quelqu'un de chez vous, tu veux dire ?

— Possible.

— Non, pas en ce moment. Ça me dit rien.

— Ailleurs, alors. Chez les juges, les procureurs, les assistants sociaux, les psys… Tous ceux qui ont accès aux petits secrets de l'administration.

— Ça fait une longue liste.

— Mais je sais que tu as tout ça en magasin.

— Certes. Mais…

— Écoute, Sarah : il faut juste que je sache si on a affaire à un professionnel engagé par je ne sais quel revanchard ou simplement à un bon père de famille qui a décidé de faire la razzia façon Travis Bickle. D'après le modus operandi, je pencherais pour la première solution, mais c'est à toi de me dire s'il y a quelque chose de chaud en ce moment. Dans le cas contraire, on cherchera ailleurs et on se focalisera sur la seconde catégorie.

— J'ai peut-être quelqu'un pour toi. Pas du genre à être responsable d'exécutions en rafales, mais quelqu'un qui sera susceptible de t'aiguiller plus finement que moi.

— Dis toujours.

— Le problème, c'est qu'il me semble peu probable qu'il accepte de parler à un flic. Quelles que soient les pressions et je sais que sur la question tu es intarissable. Seulement, je connais mes clients, et je sais qu'il en est que personne, même toi, ne parviendrait à amadouer. Je connais tes méthodes, et, excuse-moi si je te parais cavalière, mais dans ce cas de figure je pense qu'elles seront totalement inopérantes.

— Qu'est-ce que tu suggères ?

Sarah sourit, manifestement satisfaite d'elle-même. Elle ressemblait au pêcheur d'Islande qui venait d'amener le poiscaille juste devant l'appât.

— Il fait partie du programme.

Nazutti se raidit brusquement.

Andreotti se demanda de quoi pouvait encore bien parler la grosse. Mais il devina que ça n'était pas le moment d'intervenir et n'en avait d'ailleurs aucune envie.

— Ma réponse est non, affirma l'inspecteur.

— Je ne t'ai encore rien demandé, susurra la taulière.

— C'est non. Oublie ça.

— Je suis sûre que devant un employé il n'y aurait aucune difficulté, pour peu que la séance soit menée avec doigté, à lui faire évoquer ce qui t'intéresse. C'est un bavard. Et je pense que tu te souviens parfaitement…

— Laisse tomber, Sarah. C'est pas grave. On cherchera ailleurs.

— À ta guise. Mais laisse-moi te poser une question, Paul. Pourquoi reviens-tu ici, après tout ce temps ? Vingt ans, c'est long. Tu n'es pas reparu depuis… Depuis l'époque de… Comment il s'appelait, ton collègue, déjà ?

Nazutti tressaillit. Tension. Feinte.

— Je te l'ai dit : on est là parce que…

— Non, Paul. Pourquoi es-tu vraiment là ? C'est ça, ma question.

— Je suis là pour faire découvrir à Andreotti les subtilités du travail en souterrain.

— Ça tombe bien. On a une séance ce soir.

Nazutti jeta un coup d'œil inquiet à Andreotti. Le cadet n'avait jamais vu le major dans cet état.

— Non. Il est trop tôt. Il n'est pas prêt.

— Des excuses, tout ça. Des prétextes. Je te l'ai déjà précisé, nos méthodes se sont sensiblement améliorées. Les petits désagréments d'antan ne sont plus que de mauvais souvenirs. Et les automatismes reviennent plus vite que tu ne le crois...

— Hé, si je peux...

— Non, tu peux pas, Andreotti ! Ferme ta gueule.

L'ordre était net. Andreotti choisit d'obéir, bien décidé, dès qu'ils seraient dehors et que Nazutti aurait retrouvé son sang-froid, à demander quelques éclaircissements.

— Écoute, Sarah, pardonne-nous le dérangement. On va se rencarder ailleurs.

Avec une espèce de sourire en coin, la gérante tendit la main. Une main molle.

— À bientôt, alors.

Nazutti évita de répondre.

Sarah leur serra successivement la louche et ils prirent le chemin du retour.

— Paul ?

Sarah les rappelait au seuil du bureau.

— Le type dont je t'ai parlé a une séance à la fin de la semaine. Ça te laisse le temps...

Nazutti sortit de la pièce sans écouter la suite, Andreotti sur ses talons.

Le chemin du retour se fit à toute vibrure. L'officier traçait, furieux. Les clients s'écartaient de son passage comme une fange molle, sans avoir l'air de se formaliser.

Ils se rhabillèrent en silence. Tellement vite — Andreotti essayait de suivre — qu'ils en oublièrent la douche promise.

Soudain, ils étaient dans la rue.

Ça lui faisait tout drôle, à Andreotti, de retrouver tout à coup la solidité rassurante du goudron, l'air frais sur sa tronche, les lumières de la sorgue… Un retour à la normalité.

Sans ralentir, Nazutti marcha jusqu'à la voiture.

— Et si tu m'expliquais un peu, tempêta Andreotti, pas partant pour se faire trimbaler comme un ballot pour le restant de leur collaboration.

— Y a rien à expliquer ! Je me suis gouré ! Oublie ! répondit le bulldozer en montant dans la tire.

Andreotti prit place à côté.

— Il est quatre heures du mat'. Souviens-toi que demain la prise de service c'est huit heures. Sois pas en retard. Je te ramène chez toi.

Le jeune flic l'appréhendait de plus en plus mal, cette affaire. Il reprenait à peine et c'était déjà la nuit quasi blanche qu'il s'appuyait. Mais, curieusement, il se sentait bien. Mieux que depuis… Une étrange exaltation l'avait envahi. Le goût de la chasse, qui lui revenait plein pot en travers du sinoquet. Un truc qu'il croyait avoir effacé de sa mémoire. La chasse… Il était rentré dans la police pour ça, après tout. Nat', qui l'attendait à la maison… Nat' ! Merde, avec toutes ces histoires, il avait oublié de la rappeler. Elle allait être furax.

Il se cramponna à sa ceinture.

En dix minutes, ils étaient en bas de chez lui. Frein à main et dérapage contrôlé.

— Bon, rigola nerveusement Andreotti qui, décidément, parvenait pas à s'habituer à la conduite de son camarade. Je te propose pas de venir boire un dernier coup à la maison. Je crois que je vais pas être accueilli avec un bouquet de fleurs et une bise.

— À demain, murmura Fangio.

— Hé, Nazutti ?

— Quoi ?

— Pour cette histoire de programme et de séance, là… Attends, laisse-moi finir avant de t'énerver. Je…

— Ouais ?

— Je veux en être. Je veux participer à… Merde, Nazutti. Elle semble être au courant de quelque chose. On va pas laisser passer ça, quand même ? Alors, ce truc, là, dont elle a parlé… S'il faut que je participe pour que des langues se délient, je suis pour.

L'autre resta silencieux, les yeux rivés sur la route. Le moteur de la voiture à l'arrêt ronronnait paisiblement.

— Même si tu penses que je suis pas prêt. Même si ça n'a pas l'air d'être le genre de programme inscrit aux cours de catéchisme, je veux en être… Je… Je me suis jamais senti aussi bien. J'ai retrouvé… Me fais pas le coup de laisser tomber. Moi, je suis pour à cent pour cent.

Nazutti se détroncha. Il regarda son binôme longuement, pensif. Puis, lentement, sur sa face de grosse brute, naquit un sourire. Un truc qui lui illumina la tronche de manière un peu effrayante.

— Je t'aime bien, mon pote. T'es parfois un peu pâquerette, mais je savais que je m'étais pas planté en demandant à travailler avec toi.

Andreotti ouvrit la porte de chez lui le plus doucement possible. Il s'attendait, comme dans les vieux illustrés, à retrouver Nat' dans le vestibule, armée d'une poêle à frire et prête, la rancunière, à lui fendre le crâne en deux sitôt qu'il poserait un pied dans l'appartement.

Mais il ne se passa rien de tel.

Les lumières étaient éteintes et il entendait distinctement les ronflements paisibles qui s'échappaient de la chambre à coucher. Elle ne l'avait pas attendu. Demain, ça serait une autre affaire.

Dans le noir, il se déshabilla et, furtivement, tel un vilain insecte qui profite de l'obscurité pour aller explorer des endroits inédits, il se rendit dans la salle de bains.

Effacer les traces de ce qu'il venait de vivre, il se doutait que c'était pas d'un coup d'éponge qu'il allait y arriver. Non, pour ça, il aurait fallu qu'il se récure le fond du crâne.

L'eau chaude coulait. C'était bon. Les yeux clos, il se laissa aller contre la cloison.

En une journée, en une journée seulement, Nazutti avait réussi à réveiller en lui ce que Nat' avait étouffé pendant trois ans. Il se sentait un homme à nouveau. Mieux qu'un homme : un chasseur. Il avait cru ne jamais sortir de ces trois années de purgatoire interminable. Il s'était tout imaginé, durant cette période sombre. Finir guichetier dans un bureau quelconque. Être obligé d'aller quémander le RMI ou une allocation pour pouvoir boucler le marcotin. Dans les plus mauvais jours, il se voyait même terminant sous les ponts, en compagnie de ceux qu'il avait jadis côtoyés, vieille outre de vinasse abandonnée, ressassant cet avenir prometteur que, pour quelques principes à la con, il avait irrémédiablement bousillé.

Nat', elle, bossait. Elle ramenait du carbure à la maison, elle faisait tourner la machine. Elle prenait ses responsabilités. Les principes, l'honneur, l'amour-propre, elle s'asseyait dessus. La preuve, elle travaillait.

Il s'était mis, imperceptiblement, sans même s'en apercevoir réellement, à la haïr. Pas pour ce qu'elle était, non, mais pour ce qu'elle représentait. Elle représentait l'intelligence, la douceur et la stabilité alors que lui foirait tout, s'accrochait à des idéaux d'un autre âge et n'était même pas capable de…

Ils avaient cessé, peu à peu, de faire l'amour. Il se sentait rabaissé, moins que rien. Il n'était plus un homme. Bien entendu, elle n'y avait jamais fait aucune allusion, mais il savait qu'au fond d'elle, tout au fond, sans même qu'elle se l'avoue, elle prenait plaisir à cette situation. Elle avait le pouvoir. Elle avait l'indépendance. Elle avait la puissance. C'était elle, le mec.

Il avait conscience qu'il était injuste. Que Nat' n'était pour rien dans sa déchéance. Elle avait essayé, à sa manière, de l'aider. Mais vivre avec un type qui tournait en rond toute la journée, qui se gavait de médocs pour pas avoir le courage d'ouvrir le gaz et qui, pire que tout, pouvait pas s'empêcher de rejeter la faute sur quiconque se trouvait à proximité, avait pas dû être facile. Il s'en voulut de penser à Nat' de cette façon et surtout de craindre, maintenant qu'il retrouvait le goût, qu'elle ne veuille pas qu'il s'en sorte. Qu'elle puisse penser que la voie qui allait le sauver était précisément celle qui allait le faire replonger. Parce que c'était ça qu'il ressentait dans sa voix quand elle lui parlait. Depuis qu'il savait qu'il allait reprendre, il avait bien perçu ce changement, cette inquiétude soudaine. Elle ne s'en faisait pas vraiment pour lui, elle s'en faisait pour elle, c'était ça.

Il s'ébroua pour chasser ces idées, sortit de la douche, se sécha et retourna dans la chambre.

Elle ronflait. Il voyait sa silhouette alanguie sous le drap. Confortable. Si confortable.

Il avait pensé, d'abord, que cette résurrection lui redonnerait le goût du sexe, que tout redeviendrait comme avant et qu'ils pourraient retomber amoureux, mais, curieusement, la vision de cette forme allongée à ses côtés n'éveilla rien. Elle dormait. Pourquoi la déranger ? Elle aussi devrait se lever, demain, pour aller au chagrin. Être un homme à nouveau ne le changeait pas. Peut-être était-il trop tôt ? Peut-être cela demandait-il plus de temps, d'aimer encore ?

Les images, ces images de sexes turgescents et tuméfiés en gros plan, s'engouffrant dans des vulves béantes, mortes ou vivantes, éjaculant en vain sur les écrans, s'incrustaient dans ses rétines, ne voulaient pas quitter son esprit. Il y avait aussi ce mec, plié en deux, avec la prostate en morceaux. Les blocs opératoires clandestins. Les Semeuses. Les virus. Des légendes, tout ça ? Des contes pour effrayer les gosses ? Ces silhouettes, entr'aperçues au loin, qui échangeaient ou vendaient leurs progénitures au vu et au su de tous. Des rires. Des regards brillant de manière étrange dans la nuit. Des êtres allumés, fiévreux, qui erraient et erraient sans fin, avec pour seul but de différer l'échéance inéluctable de leur propre fin. Des chuchotements et du silence. Des odeurs. Transpiration. Foutre. Latex. Lubrifiants. Mort. Germes. Bactéries. Kontamination, avec un K pour les intimes.

Et cette histoire de programme, d'autant plus terrifiante et alléchante qu'après toutes les horreurs qu'ils lui avaient balancées ils avaient refusé de rentrer dans les détails.

Il y avait Nazutti, aussi, avec son regard et son sourire de fou… Nazutti qui disait : « … je savais que je m'étais pas planté en demandant à travailler avec toi… » Nazutti qui croyait en lui. Il y avait tellement longtemps que personne n'avait cru en lui. Et surtout pas Nat'…

Une nouvelle fois, il tenta de s'autocensurer, de ne pas penser ce qu'il était en train de penser. Il se coucha et se concentra sur les visions mortifères et pathétiques de tous les mecs en train de se branler en attendant leur tour pour combler un trou sans fond. Un trou sans fond au seuil duquel la personne qui se tenait aurait pu être lui… Non.

Reportant une nouvelle fois au lendemain le geste affectueux qu'il se promettait sans cesse d'accorder à Nathalie, il s'endormit.

Nazutti ne rentra pas chez lui. Il y avait longtemps d'ailleurs que, chez lui, plus rien ne nécessitait sa présence. Un désert. C'était ça qu'il avait créé en quarante ans d'existence.

Une femme, une fille, des parents, des collègues, parfois des amis, si tant est qu'il en ait jamais eu, calanchés, virés *borderline*, éparpillés aux quatre coins de la France comme des feuilles sous le vent. La phrase du commissaire, cette petite pute qui, sous ses airs de sainte nitouche, était rien d'autre qu'une arriviste, lui revenait : « Vous portez malheur, Nazutti... Vous portez malheur... » Il se demanda un instant si cette crevure avait pas raison.

Il se remit à tourner dans le quartier qu'il venait juste de quitter en compagnie d'Andreotti.

Rouler, au pas.

Arpenter encore les allées sombres, les rues luisantes des déchets de la nuit.

Scruter les dernières épaves, les extrémistes ou les chanceux qui voulaient encore s'accrocher un peu à l'illusion.

Des mecs lessivés, cassés, au bout du rouleau, qui s'écroulaient dans le caniveau.

D'autres, vaguement honteux, qui décarraient à toute blinde pour fuir ce lieu où ils avaient eu l'infortune, exceptionnelle bien sûr, d'aller se perdre.

Des putes, femmes, hommes ou gosses, le corps en miettes et la tronche en vrac, qui attendaient le dernier client, l'ultime comptée de l'aube.

Des noctambules, le cul plein de foutre, qui se traînaient lamentablement vers les afters avec pour seule compagnie l'espoir vain que ça ne finisse jamais.

Il y avait pratiquement un million d'habitants dans cette ville et il avait l'impression que c'était précisément là, dans ce quartier circonscrit à quelques pâtés de maisons et à un parc, qu'ils venaient décharger leur semence stérile, vomir leurs frustrations, exhiber leurs pires penchants l'espace de quelques heures, quelques minutes, la petite mort, une vie.

Décompresser, ne pas craquer, rester lucide ou se vautrer irrémédiablement.

Et lui, il était où au milieu de tout ça ?

Il tourna le volant et obliqua vers une artère qui coupait le « Pré », la bordure est du parc où officiait une frange bien spéciale de la faune habituelle. Une frange qu'il haïssait tout spécialement.

Est-ce qu'il faisait aussi partie d'eux ? Est-ce que, de contempler trop longtemps les abîmes, la déchéance, le faisait pas descendre aussi bas que ceux qu'il contrôlait ? Est-ce que, à force, il faisait pas lui aussi partie du spectacle ?

Non, définitivement non. C'était ce qu'il se répétait chaque fois.

Et chaque fois, il se demandait s'il y croyait.

La mort de son dabe l'avait mis dans un état bizarre. Plus qu'il ne l'avait prévu. La mort de son père… La belle affaire ! Le vieux, même borduré des cadres, aura continué de le faire chier, c'était sûr. En allant le voir, en allant voir Sarah, il avait peut-être voulu régler ce qui ne pouvait plus être réglé, mettre un point final à une histoire qu'il avait laissée en suspens vingt ans auparavant, se prouver que cette fois il serait plus malin et plus fort. Putain de merde !

Revoir la propriétaire du Lounge au bout de tant d'années, ça aussi l'avait ébranlé. Il avait changé, il en était persuadé, il le savait, bon Dieu ! Il aurait dû se douter que Sarah, elle, n'aurait pas changé. Qu'elle allait tenter encore, avec ses sourires, avec ses allusions foireuses – et le tout devant Andreotti – de le faire retomber dans ses filets. Bon, c'était vrai, le genre de crâne sur lequel ils s'étaient mis – et il n'était d'ailleurs pas certain des raisons qui l'y avaient poussé – était tout à fait dans les cordes de la grosse. Elle avait, malgré le carat affiché, toujours les connexions et la pratique pour ce genre de turbin. Sarah… Sarah l'ambitieuse, avec ses visions mégalomaniaques à la gomme. Sarah et son entreprise. Sarah et son programme spécial de réhabilitation volontaire… Le programme « Illumination », s'il se souvenait bien et si le nom avait pas changé entre-temps. Sarah et sa perception de la société des hommes. Sarah qui, bien qu'étant femme et opérant dans une partie totalement différente de la sienne, lui ressemblait trop. Sarah qui, en lui serrant la louche, l'avait solidement agrafé.

Il avisa un petit pédé, foulard rouge dans la poche droite, qui rentrait en titubant sur le bord de la route, en lisière du bois.

Il ralentit et s'arrêta à sa hauteur.

La folle, supputant la passe rapide de fin de nuit, se pencha par la vitre.

– Hey, baby, baby… Salut.

Nazutti ne lui rendit pas son hommage. Si la tante avait été plus éclairée, elle aurait peut-être perçu dans le regard du clille une lueur qui lui aurait fait mettre les bouts fissa. Ce ne fut pas le cas.

– Quinze avec la main, trente avec la bouche et quarante-cinq si tu veux m'escalader le cocotier, baby, baby. C'est un prix. Solde de fin de journée, fit la tapette avec un sourire de faux derche.

– C'est la première fois. Tu dois me croire. Je suis pas pédé.

– Ben voyons, baby, baby. Je sais bien. Moi aussi,

je suis vierge et pas pédé. Je te propose juste une virile bourrade, entre amis.

Nazutti réfléchit un moment puis se décida brusquement.

– Va pour la main, décréta brusquement le major.

La folle monta.

– Juste une chose, espèce de sale pedzouille, persifla Nazutti... Je suis flic. Si tu m'appelles encore une fois « baby, baby » et si tu me touches autre chose que la queue, si tu tentes quoi que ce soit en dehors du périmètre qui s'étend de ta main à mon bas-ventre, je te tue. D'abord, je te démolis la tronche à coups de talon, ensuite je te tue.

La tantouze sursauta, réalisant soudain sur quel genre de spécimen elle avait eu la malchance de tomber. Elle aurait bien tenté d'ouvrir la portière et de piquer un sprint, mais défoncée comme elle était, poppers sur poppers toute la nuit, plein les naseaux, droits jusqu'au bulbe, des milliards de neurones qui pètent dans un gigantesque feu d'artifice, et retour de vase à l'anus, dilaté comme il faut, elle donnait pas cher de sa peau dans un cent mètres haies à travers les allées du bois.

– Tout ce que tu veux, parvint-elle à articuler d'une voix tremblante.

Nazutti ferma les yeux et la laissa faire.

Aujourd'hui, son père était mort.

Ça y était. Le jour se pointait et il avait réussi à passer ce cap délicat de la fin de la nuit où, abruti, hébété, il ressentait une sorte de panique à regagner son domicile : deux pièces froides, moites de sa propre sueur et de son propre enfermement où rien, plus rien d'autre que lui-même ne l'attendait.

Une boule à l'estomac… Une sorte de décharge électrique qui lui secouait les tripes. Quelque chose qu'il fallait absolument faire cesser… Le pédé avait fait ce qu'il fallait. Et en silence, ce qui lui avait évité la dérouillée de sa vie. Terrifié, les yeux emplis de came et de larmes, quasiment sur le point d'éclater en sanglots alors que Nazutti n'avait même pas levé la main sur lui, il avait même proposé, quand tout fut terminé, d'offrir la prestation au représentant de la loi. Avec une moue de dédain, l'homophobe avait refusé. Il avait payé. Et lui avait même offert un pourliche royal. La tantouze avait d'abord fait mine de décliner, mais Nazutti lui avait expliqué calmement, doucement, que cet argent était le prix qu'il payait pour ne pas lui démonter la gueule, le piétiner, le transformer en tas de chair sanguinolente là, tout de suite, par pur plaisir. Alors, le pédé avait accepté, puis il s'était enfui.

Maintenant, il était là, Nazutti, dans son deux-pièces pourri. Des murs nus où se dessinaient des motifs de salpêtre chaque jour plus étendus. Un robinet qui gouttait dans la cuisine et qu'il se refusait à réparer, prétextant toujours une urgence ou une autre, un truc impératif. Le frigo, à bout de souffle, qui ronronnait, quand il marchait, un jour sur deux, de manière spasmodique. De toute façon, il y avait longtemps qu'il était vide et que Nazutti se démerdait pour prendre ses repas dehors.

À côté, les voisins, un jeune couple de ses deux, se levaient. Il les entendait sortir les bols, mettre la radio, faire couler la douche. Les entendre, savoir qu'ils existaient, là, juste à côté de lui, et que peut-être même ils jouissaient d'une certaine forme de bonheur, c'était déjà presque trop. Au moins, ceux-là travaillaient.

Il savait que s'il restait pendant la journée, par les vitres ouvertes au plomb fondu du soleil, il entendrait la tuberculeuse du troisième cracher ses poumons, il entendrait le voisin du dessous cogner sa femme, il entendrait le jeune du bout de la rue foutre son putain de rap à fond, la voisine de l'autre côté pousser des hurlements d'animal à l'agonie dix fois par jour en mimant l'amour, les cinq chiens dans le studio en face aboyer sans discontinuer, il entendrait les aspirateurs des femmes au foyer, les coups de marteau et les vrombissements des scies sauteuses appartenant aux bricoleurs désœuvrés, il entendrait les chômeurs, les dépressifs, les invalides, les RMistes, les assurés sociaux, les cas désespérés, les pensionnés, les cinglés, les glandeurs, les accidentés, les inaptes, les gosses déscolarisés avec leurs putains de ballons et leurs mobs débridées, les parasites, foutus assistés, les handicapés, les indigents, les retraités vomir leur chienne de vie, tenter de prouver leur existence au microcosme du quartier en faisant le plus de bruit possible. Et encore, il vivait pas dans une portion touristique. Il entendrait les postes de télévision dégueuler les uns sur les autres leurs programmes indigents, leurs rires préenregistrés et leurs applaudissements hystériques, les présentateurs gominés obligés de crier par-dessus... Il entendrait la grande cacophonie de la misère, de la stupidité, et de la vulgarité l'assiéger. Un enfer sonore que, la plupart du temps, il parvenait à éviter.

Il se massait les tempes. S'il pouvait, il faudrait qu'il dorme une petite demi-heure. Rien qu'une demi-heure, bon Dieu… Il se leva pesamment et se dirigea vers la chambre. Une pièce qu'il n'utilisait plus depuis longtemps, s'étant résolu à dormir — quand il dormait — sur le canapé. Il aurait aimé être ailleurs. Désespérément. Mais il savait qu'il n'avait aucun endroit où aller.

Avant, il avait son bureau, à la brigade, et le lieutenant était pas chiant pour ça : il le laissait dormir, bouffer, camper là-bas. Mais maintenant il était au commissariat principal, et la seule fois où il s'était risqué à suggérer la chose, la commissaire avait été assez claire : passer la nuit dans les locaux était formellement interdit depuis l'affaire Mendez. Voilà où il en était réduit, Nazutti : à être obligé de rentrer chez lui pour pioncer. Il ouvrit la porte de la chambre. Là s'étendait son domaine. Son territoire.

Les meubles, les étagères étaient recouverts de jouets. Des vieux jouets d'enfants usés, cassés, poussiéreux qu'il avait récupérés au gré des différentes affaires qu'il avait traitées. Des tas de babioles, des peluches, des doudous, des chiffons, entassés en équilibre instable ou alignés sur les étagères.

Lapin blanc borgne, Sylvia, six ans.

Sac en forme de tortue, Benjamin, quatre ans…

Il ne savait pas si c'était bien ou mal. Il ne savait pas si c'était l'œuvre d'un fou ou pas, ni pourquoi il le faisait exactement. Il ne savait même pas si c'était prévu quelque part dans le code pénal. À vrai dire, il s'en moquait. Il ressentait, ici, dans cette pièce, une paix, une douceur, qu'il ne ressentait nulle part ailleurs. Il y trouvait aussi, par un chemin mystérieux, la justification pleine et entière de toute une vie foutue aux ordures.

Sa vie.

Il s'assit par terre et fit courir son regard sur les trophées.

Ourson en peluche marron. Charles, huit ans. Dossier clos.

Poupée en plastique avec une brûlure sur la joue gauche. Artémisse. Cinq ans. Prescription.

Singe bleu avec scratch sur les mains. Magdalena. Neuf ans. En attente.

Dormir… Juste un peu.

Souris grise avec billes de polystyrène à l'intérieur. Importation chinoise. Thomas, onze ans. Affaire classée.

Tous ces jouets, si dérisoires, si importants, abandonnés, voués à l'oubli. Mais lui, il n'oubliait pas. Jamais. Il ferma les yeux. Il pouvait continuer à les voir les yeux fermés, ces jouets.

Sac à motif écossais. Bastien, quatre ans. Enquête close.

Épée Ninja en plastique. Amadou, sept ans…

Il pouvait compter comme ça à l'infini, et recommencer jusqu'à ce qu'il soit temps de rouvrir les yeux, de se lever et de repartir au boulot.

Prendre une grande inspiration.

Plonger à nouveau…

Des jouets…

Inutiles…

Des fantômes.

Deuxième jour. 7 heures.

Une musique douce la berçait. Le radio-réveil. Le laisser marcher. Se laisser porter. Elle ouvrit un œil, puis deux, prête, une nouvelle fois, à reprendre le cours de son existence lorsqu'elle se souvint de ce qu'elle avait fait hier soir. Ou cru faire.

Tout à fait éveillée maintenant, Rose resta un long moment assise, prostrée, explorant mentalement les replis de son corps, de son vagin, de sa bouche, à la recherche de preuves, de confirmations. L'avait-elle vraiment fait ou n'était-ce qu'un cauchemar ? Il n'était pas possible qu'elle ait… Elle fouilla le sac au pied de son lit et y trouva les lettres.

Elle n'allait pas perdre pied à nouveau, non. Elle n'allait pas devenir folle.

Une personne pouvait l'aider. Si absurde que cela puisse paraître, un seul individu au monde pourrait, malgré tout le mal qu'il avait fait, la sauver une fois encore.

Féline vint se frotter contre ses jambes en ronronnant. Elle l'ignora et se leva pour gagner le petit secrétaire — un vieux meuble en bois verni et à l'équilibre précaire qu'elle conservait sans vraiment savoir pourquoi — faisant face à son lit.

Elle sortit le papier, toujours le même, celui qu'elle utilisait exclusivement pour lui.

Elle prit son stylo, le vieux Montblanc qui ne servait plus, depuis quinze ans, qu'à écrire sur ce papier qu'elle commandait tout spécialement à la papeterie en bas de chez elle. Une manière de séparer cet acte salvateur et en même temps destructeur du reste de sa vie. Un rite, une incantation : comme chaque fois, elle commença la lettre en écrivant, en haut à droite, le nom et le numéro d'écrou.

*

Andreotti se pointa au commissariat principal dans un état presque second. L'impression de pas avoir dormi — ce qui était à peu près le cas — et une sorte d'excitation électrique qui lui parcourait l'échine, qui le faisait tenir debout et affûtait son esprit comme une meule bien aiguisée. Un truc totalement artificiel.

Il avait ouvert les yeux ce matin bien avant l'alarme du réveil. Nathalie était déjà levée et se préparait en silence, félin bien dressé, à aller travailler. Elle glissait dans l'appartement, esquissant ces gestes mécaniques et discrets qu'elle avait répétés mille fois. Ne pas le réveiller… Surtout ne pas le réveiller. Tourné vers le mur, il n'avait pas bougé d'un poil, stabilisant sa respiration ainsi qu'il avait appris à le faire lors des cours de self-control de l'ENP. Et il l'avait écoutée aller et venir sans bruit.

Avant de partir, il l'avait entendue s'arrêter un instant sur le seuil de la chambre. Elle avait attendu. Attendu quoi, bon Dieu ? Hein, t'attends quoi, Nat' ?

Qu'est-ce que tu me veux, putain ? C'était ça, ces questions-là qui lui trottaient dans la tête tandis qu'il restait absolument inerte dans son page.

Il avait entendu sa respiration à elle marquer une pause. Subtile. Presque imperceptible, comme si elle se préparait à dire un truc, comme si elle n'était pas dupe de son cinéma. Il s'était forcé à fixer le mur, dos tourné. Parce qu'il avait la conviction que, s'il avait fait un mouvement, les choses auraient dégénéré. En un clin d'œil, ils en seraient revenus, avant même de comprendre pourquoi, au point de départ, celui avec lequel ils renouaient sans cesse comme s'il s'était agi d'une drogue, d'un mode de vie dont on ne peut plus se défaire : ils se disputeraient. Et puis il ressentirait à nouveau la rancœur, la frustration. Cette envie presque de la cogner, de marteler à coups de poing sa face d'ange pour effacer les traits de ce visage qui disaient sa supériorité. Son inébranlable, son indéfectible supériorité.

Brusquement, elle avait renoncé, avait fait volte-face et avait quitté l'appartement en fermant la porte derrière elle doucement, si doucement. Cette douceur insupportable. Ce ne fut que lorsqu'elle fut partie que, un à un, ses muscles tétanisés se relâchèrent, tels des ressorts qui cèdent l'un après l'autre, sous la tension.

Il fendit l'incroyable rassemblement d'uniformes bleus, cette foule bruyante, turbulente, vulgaire. Cette ambiance si particulière propre aux heures de prise de service, ils l'appelaient entre eux la « ruche ». Pas lui.

Des cris, des rires gras.

Des dents cariées.

Des gueulantes en forme d'ulcères purulents…

Fuyant les regards de ses collègues allumés par la fatigue ou cette fièvre inextinguible que l'on ne rencontre nulle part ailleurs, il marmonna quelques saluts inaudibles çà et là. Respirer par la bouche pour se préserver des odeurs, relents de bière tiède, de tabac froid, mélange de transpiration et de phéromones testostéronées qui faisaient les matinées du commissariat. Avoir l'air normal. Est-ce qu'il faisait vraiment partie d'eux ? Les gardiens, le mur bleu… Est-ce qu'il avait vraiment envie de retourner dans la nasse ? Il était juste fatigué, ça devait être ça. Et puis Sarah l'avait… Il n'eut pas le temps de se pencher plus avant sur ces réflexions, Nazutti arriva à sa rencontre, plein front. Il avait toujours sa cigarette au coin du pavillon.

– Où t'étais ? Ça fait dix minutes que je t'attends !

Andreotti consulta sa montre. Effectivement, il avait dix minutes de retard. Mais merde, il avait dormi trois heures à tout casser dans la noye. Il marchait à quoi, Nazutti, bon Dieu ?

– J'ai besoin de toi, embraya aussitôt le bouledogue. Je veux que t'ailles faire un tour chez les branques, là-haut, au quatrième…

Il leva les yeux vers le plaftard, l'air de dire : ce genre de merde, je te la laisse.

– … Joyeux et Chaplin ont dû recevoir le rapport d'autopsie. Je veux que t'ailles leur secouer un peu les puces. Et essaye de pas te faire mener par le bout du nez, s'il te plaît.

– Tu… Tu viens pas avec moi ?

— Nan, aboya Nazutti. Si je monte chez eux, je vais m'en emplâtrer un, c'est couru. Je peux pas encadrer ces connards et ils peuvent pas m'encadrer. Je suis pas sûr que ça sera très productif. Et puis, j'ai autre chose à faire, ce matin. Une tête de nœud du commissariat de quartier de la Venciane m'a appelé. Faut que j'aille voir, ça pourra payer un jour et puis ça devrait pas me prendre des plombes. Une nénette qu'un petit malin s'amuse à harceler, enfin, c'était pas clair. Mohamed, il s'appelle, le commissaire. J'te jure... D'abord, on a eu les externes de Saint-Cyr-au-Mont-d'Or tout juste sortis des jupes de leur mère, ensuite on a eu les bonnes femmes, maintenant, ils vont même jusqu'à nous nommer des bougnoules responsables... Pour leur faire infiltrer les mosquées ou les dealers de hash, d'accord, mais là, commissaire... Enfin, heureusement que c'est qu'un commissariat de quartier, faut pas exagérer quand même. Ce connard de Momo... Il était avec moi à l'école, tu te rends compte ? Maintenant, il est commissaire et moi... Et moi... Putain, je suis certain que si j'avais été un peu plus bronzé...

— Il a passé le concours, c'est tout, protesta faiblement Andreotti. C'est quand même soixante places pour deux mille cinq cents postulants. Tu peux pas...

— Oh, arrête, tu sais comment ça marche en interne, non ? Ils se trouvent des... sympathisants à leur cause. Les femmes, les Arabes, les pédés, tous ces enfoirés de groupuscules qui prennent leur pied dans le lobbying. Des gradés croient... à ce genre de choses : la mixité, la parité, la discrimination positive... Merde, si la discrimination positive pouvait apporter quelque chose, on le saurait. Enfin bon, c'est comme ça, j'invente pas. Bref, ils se trouvent des partisans, Principaux, Divisionnaires, Contrôleurs généraux ou Directeurs de Services actifs... Parfois même des huiles de la préfecture, chefs de cabinet ou adjoints qui les inscrivent sur des concours hors circonscription. Le jour de l'examen, en compagnie de leurs petits mécènes, ils se payent un voyage express à l'autre bout de la France, histoire qu'un mec du syndicat ou qu'un frustré de la brigade vienne pas leur chier dans les bottes et ils vont passer le concours précisément dans les endroits où leurs protecteurs sont membres du jury. Ni vu ni connu je t'embrouille, comme des voleurs, ces chiens hypocrites. Quand le passage de grade prend effet, un mois ou deux plus tard, tandis qu'ils sont de retour à leurs bureaux d'affectation, il est trop tard pour gueuler. Et si c'est le cas, si un zigue un peu marle ose mettre les pieds dans le plat, ils mutent leurs protégés une nouvelle fois. Voilà, c'est comme ça que ces connards montent, pas autrement. L'ancienneté, le mérite, les états de service et les notations de fin de semestre, de nos jours, ça vaut plus tripette. J'espère que t'avais pas d'illusions à ce sujet...

Andreotti savait plus comment arrêter la litanie de son partenaire. Sainte Vierge, il était huit heures et demie et Nazutti était déjà parti sur les chapeaux de roue. Andreotti laissa rouler. Trop tôt pour argumenter avec un excité pareil.

– On se voit à midi. Fais-moi plaisir, te fais pas trimbaler et reviens pas les mains vides, sinon, ça va chier. Allez, ciao.

Nazutti s'évacua de la salle de soutien. Les autres s'écartèrent fissa de son passage. Il fallait croire qu'aucun d'eux n'était chaud pour s'appuyer l'ire du major à cette heure indue. Ils avaient entendu Nazutti. Ce dernier avait parlé assez fort. Il y avait de la peur, dans leur attitude. Et pour ceux qui n'avaient pas peur, de la haine. Une haine pleine et entière.

Andreotti gravit sans enthousiasme excessif les quatre-vingt-huit marches qui le menaient de l'enfer de la brigade des mineurs au paradis très convoité de la Crim'. Lorsqu'il arriva devant le bureau 102 affecté au groupe 28, il hésita un moment. Derrière la porte, de violents éclats de voix se faisaient entendre et Andreotti était pas partant pour débarquer au milieu d'une algarade ou d'un règlement de comptes. Il frappa une fois. Deux fois. Aucune réponse. Là derrière, ça continuait de gueuler. Il décida finalement d'entrer. Les cris cessèrent net. Les six inspecteurs de la brigade assis autour d'une table, cartes en mains et bouteilles de Coca et whisky à portée de bouches se retournèrent vers lui. Verres remplis sur les sous-main kaki avec tampons de la préfecture. Auréoles noirâtres. Cendars pleins, clopes au bec. Une fumaga ! Un truc presque palpable. À travers le fog, le visage de Chaplin s'éclaira :

— Regardez-nous ça, qui voilà !

Joyeux fit une énorme bulle rose avec son chewing-gum, tout sourire aussi.

— Salut, mec, t'as pas perdu de temps.

— Je me couche, dit Chaplin en écrasant son clope. Continuez sans moi.

— Mitou, s'exclama Joyeux.

Un des autres gars du groupe râla :

— Oh ! Vous pouvez pas faire ça. Pas maintenant.

Il fut aussitôt suivi par les trois compagnons qui enchaînèrent dans le registre concert de protestations véhémentes.

Chaplin les doucha immédiatement.

— Hé, les gars, c'est qui le chef de groupe ici ?

— Rien du tout, continua le premier contestataire. Chef de groupe ou pas, vous pouvez pas partir maintenant. Pas juste quand ça commençait à devenir intéressant.

— Bon, Mickey, t'as gagné. T'es de corvée de bouffe. C'est toi qui iras chercher les casse-dalle à midi. Quelqu'un d'autre a quelque chose à dire ?

Le reste de l'équipe replongea illico le tarin dans les brêmes.

Sans plus attendre, les deux marlous indiquèrent une porte au fond de la salle.

— Viens par là, mon pote, fit le vieux, on sera plus tranquilles, étant donné que ces abrutis, de toute manière, savent pas jouer plus de cinq minutes en silence.

Sitôt qu'ils eurent fermé la porte derrière lui, les cris, insultes et invectives reprirent dans la carrée du groupe 28.

Chaplin vira d'une chaise un tas de dossiers d'un mètre cinquante de haut par terre, le tout faisant s'envoler dans l'air un nuage de poussière approchant celui du réacteur quatre de Tchernobyl.

— Excuse le bordel, mais les enquêtes, tu sais ce que c'est, plus rapide à mettre sur la pile qu'à fermer. Allez, assieds-toi, petit, et dis-nous ce qui t'amène.

Andreotti pensa qu'effectivement les flèches du groupe avaient pas l'air d'être portées sur l'urgence et la gestion rationnelle, mais il s'abstint de tout commentaire. Il commençait à comprendre pourquoi le bouillant Nazutti n'avait pas voulu monter.

— Je viens pour les rapports d'autopsie, murmura Andreotti en prenant place sur le siège libéré.

Chaplin était assis en face de lui et, étant donné que toutes les autres chaises étaient occupées par des montagnes de dossiers identiques à la précédente, Joyeux restait debout, à côté de la porte, à faire des bulles.

Chaplin plissa le front d'une manière douloureuse. Andreotti se demanda s'il avait des problèmes gastriques ou bien une crise d'hémorroïdes inavouable.

— Les... rapports d'autopsie ?

— Oui, celui du premier type et celui du second... s'il est arrivé.

— Les rapports d'autopsie ? répéta le vieux en accentuant sa mimique de souffrance, prononçant ces mots comme s'il s'était agi, brusquement, d'une obscénité.

Andreotti se rendit soudain compte que ce n'était ni l'expression d'une affliction, ni une surdité éventuelle qui déclenchait chez le briscard cet inconfort, mais bien un superbe élan de réflexion dont il devait être peu coutumier. Il se tourna vers son camarade.

— Les rapports d'autopsie, ils sont où ?

Joyeux sursauta. Il devait pas s'attendre à être pris à partie et comptait bien rester là, à mastiquer paisiblement pendant tout l'entretien.

— Les rapports d'autopsie ?

Andreotti renifla. Combien de temps ça pouvait durer, ce petit jeu-là ? Et est-ce qu'ils s'y livraient à longueur de journée ? Bonjour l'angoisse. La certitude d'avoir affaire à deux spécimens des plus redoutables en matière de « qui peut le moins peut pas le plus » se faisait plus forte dans l'esprit de l'inspecteur chaque seconde. Que ces deux prodiges se soient retrouvés complètement dépassés à l'apparition du second macchabée, et tout joyce de pouvoir leur shooter l'affaire, l'étonnait de moins en moins. Il n'y avait pas d'entourloupe, c'était un appel au secours, un dérisoire, un pathétique appel pour se dépatouiller d'un crâne que, de toute manière, ils n'avaient pas prévu de mener à son terme. Avec deux cadavres sur la soie, un modus operandi similaire, et un tueur dans la nature, probablement prêt à récidiver sous peu, ce genre d'attitude désinvolte tenait désormais de l'acrobatie de haute voltige. Ils semblaient bien déterminés, coûte que coûte, à continuer leurs parties de cartes et à écluser entre potes le plus de whisky-Coca possible sans qu'on vienne les faire trop chier.

— Ouais, les rapports d'autopsie, t'es sourd ou quoi ? rugit Chaplin, qu'on devinait champion de l'escamotage de galure.

Joyeux lui opposa un regard bovin. Sa mastication accéléra soudain sous l'effet du stress intense. Une question ? À moi ? Mon Dieu !

— Bon, j'ai compris, s'exclama Chaplin.

Il décrocha d'un geste rageur le téléphone.

— Ouais, Bebel, ici Chaplin, au groupe 28 de la Criminelle… Passe-moi l'IML, s'il te plaît, j'ai la nette impression qu'ils ont encore fait des leurs… Ouais, j'attends.

Chaplin boucha le combiné avec sa main droite et regarda alternativement Andreotti et son collègue.

On pouvait lire dans ses yeux un vif courroux. Envers Andreotti qui venait les déranger avec des requêtes farfelues auxquelles il n'était nullement préparé. Envers Joyeux dont l'incompétence n'égalait que la mollesse. Dans des parties de poker ouvert, ça n'était pas un problème, mais pour retrouver un dossier dont il n'avait pas le moindre souvenir, c'était une autre histoire.

— Allô ? Ouais, ici l'inspecteur principal Chaplin, du commissariat principal... Il est là, le contrôleur ? C'est vous ? Putain, ça tombe bien ! Bon, on a un petit souci. Deux cadavres... A priori morts par balles... Orifice d'entrée visible au niveau du front... Le premier il y a trois jours et le second aujourd'hui... Arrivés couplés avec des cadavres de gosses... Vous voyez de quoi je parle ? Tant mieux. Les rapports d'autopsie, vous les avez envoyés ? Ouais, parce qu'ici on a rien reçu, c'est normal ? Vous vérifiez ? C'est ça, mon bon, vérifiez, vérifiez... Mais rapidos, hein, parce qu'on a pas que ça à faire, chez nous... Merci.

Il reboucha le combiné.

— Ils vérifient, précisa-t-il à ses interlocuteurs. J'te jure. Ces connards, pour les agiter, faut se lever tôt.

Il se raidit soudain. Le contrôleur devait être revenu au bout du fil et nul doute que Chaplin devait espérer, prier pour que ce soit eux qui se soient plantés.

— Ouais... Ouais... Ouais... Mais le problème, c'est qu'on a rien ici. Comment ça, le premier avant-hier et le second ce matin dans la sacoche ? Vous avez aussi envoyé une copie par Intranet, donc il n'y a pas d'erreur possible ? Dites donc, je vous conseille de le prendre sur un autre ton : insinuez tout de suite qu'on a paumé les dossiers et que je sais pas me servir d'un ordi'…

Andreotti jeta un œil discret à travers la pièce. Il y avait effectivement un ordinateur qu'on distinguait vaguement, noyé sous une masse de documents divers où la rancissure avait fait son nid depuis des lustres.

— … Que je vérifie chez moi ? Oh hé, faudrait voir à pas abuser, qu'est-ce que vous croyez que je fais, depuis une heure ? Et puis, on est débordés, j'ai pas de temps à perdre avec ce genre de… Comment ? J'ai mal entendu ! C'est quoi, votre nom au juste, rappelez-moi ?

Andreotti entendit distinctement la tonalité au bout du fil. Chaplin venait de se faire raccrocher au nez. À l'institut, ils devaient commencer à les connaître… Mais le vieux continua, imperturbable. Il fit semblant d'écrire quelque chose sur un bout de papier.

— D'accord. Ben je note ça, mon vieux, et croyez-moi, votre blaze sera pas oublié quand j'en toucherai deux mots à qui de droit… J'espère que vous avez fait des économies, parce que vous pouvez compter sur moi pour demander à ce qu'on vous file des vacances… De longues vacances…

Il raccrocha si brusquement qu'Andreotti crut qu'il allait pulvériser le combiné.

— Connard, va !

Sans ajouter un mot, il se leva et gagna la porte d'un pas alerte. Joyeux s'esquiva. Dans la pièce voisine, la partie avait l'air de s'emballer et ça gueulait à qui mieux mieux.

— Putain, fermez-la, on s'entend plus ! hurla Chaplin.

Instantanément, le silence se fit de l'autre côté. Les gars devaient sentir la scoumoune arriver, et Chaplin, on devait le connaître fort prompt à passer ses nerfs sur le premier venu.

— Est-ce que quelqu'un a reçu un rapport d'autopsie, ce matin ? Ouais, pour le macchabée d'hier.

Un des types marmonna quelque chose.

— Sur la chaise ? Une chaise, d'accord, mais quelle chaise ?

Nouvelle réponse inaudible.

— T'as tiré le gros lot, Simplet. Tu seras de permanence toute la semaine prochaine.

Rires gras des autres joueurs. Protestations véhémentes dudit Simplet.

— Non, tu me l'as pas dit. Je m'en souviendrais, quand même, faut pas me prendre pour une truffe. Tu me prends pour une truffe ? J'aime mieux ça, parce que t'as pas été loin de gagner la deuxième semaine en prime.

Chaplin referma la porte et se précipita vers la pile qui s'étalait à terre. Celle-là même que, quelques instants plus tôt, il avait virée.

Joyeux, lui, ne bougeait pas d'un pouce, hormis ses maxillaires qui, avec une vigueur décuplée, accomplissaient leur besogne.

— Putain, c'est pas vrai ! Vivement la retraite, je te dis que ça..., bougonna le vieux.

Il retira finalement un dossier et le jeta à Andreotti.

— Tiens, c'est pas la peine que je te trouve l'autre dossier, c'est du quès. Il y a rien de plus... Déjà que celui-là est pas épais.

Andreotti se garda d'insister. Il se doutait que Chaplin aurait été totalement incapable de remettre la main sur quelque chose de plus… ou au bout de plusieurs heures alors. De toute façon, il devait pas en avoir lu la moindre phrase, du rapport. Il était plutôt du genre à appeler directement le légiste pour avoir un compte rendu oral au lieu de se faire suer les méninges à compulser la paperasse.

Andreotti ouvrit le dossier et le parcourut en diagonale. Les rapports d'autopsie étaient ce qu'on apprenait le plus rapidement à lire et à décoder, dans sa branche. Quatre ou cinq pages, avec une police de 10 sans interlignes, il valait mieux.

Il passa rapidement le chapitre des informations générales : nom, sexe, race, âge, lieu et date du décès… Il fit de même avec l'examen externe, les preuves de traitement, l'examen interne et la description microscopique.

Les diagnostics anatomiques retenus étaient en revanche toujours instructifs et avaient l'avantage de la synthèse. Cause directe du décès : hémorragie interne.

Les preuves de blessures de même. Extrémités : neutres. Décodage : pas de lésions défensives.

Tronc et abdomen : neutres. Systèmes cardiovasculaire, respiratoire, nerveux, génital : neutres. Lividité réduite au dos. Décodage : pas de déplacement post mortem, pas de traces de blessure sur le reste du corps. À croire que le mec n'avait été touché par rien d'autre que l'Immaculé Anéantissement.

La partie « Tête et Cou » était cependant édifiante : orifice d'entrée circulaire et régulier au niveau de l'os frontal. Formation de l'entonnoir nette.

Estimation de la plaie : 12 (douze) à 13 (treize) millimètres. Décodage : le client a essuyé sans broncher un tir de fort calibre parfaitement perpendiculaire.

Présence d'une collerette d'essuyage. Zones de tatouage et d'estompage importantes indiquant une absence d'écran primaire… Décodage : bout touchant, charge massive. Le baiser froid du canon sur le front.

Destruction partielle de la suture coronale et du foramen supra-orbital. Dislocation de la voûte orbitaire et de la face médiale. Déplacement de l'ethmoïde. Méats inférieurs apparents. Absence de *crista galli* et de segments extra-crâniens due à impact… Ouais, décodage : sacré impact. L'intérieur du crâne en bouillie. Souffle chaud, ébouriffage intensif.

Ensuite, il était indiqué : Abrasion de l'épiderme allant de la *stratum corneum* à la *stratum germinativum*, brûlure étendue au niveau de l'hypoderme…

Il était indiqué : Résidus de Téflon, traces de liquide d'Alox, ainsi que de nitrocellulose et de nitroglycérine imbrûlée retrouvés au tamponnage. Décodage : Téflon et liquide d'Alox pour renforcer la pénétration. Poudre à double base. Un bon petit travail d'artificier.

Et encore indiqué : Correspondance possible avec projectile retrouvé à proximité : type .454 Casull JHP chemisé cuivre recalibrée à l'évaseur. Marque Magtech… Transmission du dossier au service balistique lésionnelle pour confirmation… Décodage : JHP pour tête creuse. Calibrée à l'évaseur pour signifier que, si l'anatomo avait vu juste, on s'orientait vers un Taurus chambré en .44. Une périlleuse tambouille pour suicidaire.

— .454 tête creuse chemisé cuivre, c'est pas banal, constata Andreotti.

— Mouais… Je dirais que notre oiseau s'y connaît en armes. Ce genre de charge, ça laisse pas beaucoup de place au hasard, pour buter un gonze. Mais à part ça…

— Vous avez quand même les extraits de casier des deux victimes adultes.

Chaplin regarda son collègue avec une lueur d'inquiétude au fond des yeux.

Lentement, très lentement, Joyeux expulsa une bulle énorme d'entre ses lèvres et attendit qu'elle claque avant de répondre. Ce genre de suspens, ça devait le faire bicher, surtout quand son camarade était en plein désarroi.

— Ouais…

Soupir de soulagement de Chaplin qui ne chercha même pas à être discret.

— Alors ?

— Alors, rien…

Andreotti sentit une sorte de lassitude l'envahir. Le contrecoup, peut-être. À moins que ce ne fût le fait de devoir s'appuyer ces deux décérébrés, le genre de mollusque qu'il n'avait déjà que trop subi par le passé.

— Sauf, peut-être…

Andreotti se redressa, aux aguets. Chaplin itou. Une idée chez le ruminant, ça tenait du miracle et elle devait être grosse comme une autoroute à cinq voies pour que ça l'effleure.

Joyeux fit une nouvelle bulle. Elle s'étira, s'étira, s'étira sur le bas de son visage. Il semblait atteint d'une crise de catalepsie fulgurante. Chaplin le réveilla.

— Oh, Joyeux, tu crois que c'est vraiment le moment de nous faire jouer aux devinettes ?

— Un truc bizarre… Pas bizarre au point qu'on se tape le cul par terre et qu'on se rue chez le juge, mais bizarre quand même. Du genre bizarre mineur… C'est peut-être rien, remarque…

— Putain, Joyeux ! s'exclama l'aîné.

— Il y a quelques années, les deux mecs ont fréquenté le même établissement. Pas au même moment… Mais c'est le seul point commun que j'aie trouvé… hormis leur singulière passion. Le premier au début des années 90, et le second entre juin 95 et juillet 96. Mais ils sont passés par le même endroit. Un truc qui s'appelle… ou plutôt s'appelait : « Chambres secrètes ».

— Le même établissement, d'accord. Mais ce genre d'asticot fréquentait obligatoirement les mêmes endroits, les mêmes réseaux. C'est souvent le cas quand on habite une même ville, non ?

— Peut-être… Mais il se trouve, d'après la petite enquête que j'ai menée, que le public de « Chambres secrètes » était plutôt du genre restreint. Du genre… confidentiel, trié sur le volet, si tu vois ce que je veux dire…

— Pas tout à fait…

— Il s'agissait d'un établissement clandestin… Spécialisé dans les pratiques déviantes…

— Okay. Les deux pointeurs s'astiquaient le manche au même endroit… Peut-être qu'on y vendait des cassettes avec des petites filles et des petits garçons, ou qu'on leur offrait des représentations théâtrales grandeur nature mais pas du genre Shakespeare, c'est ça ?

Nouvelle bulle. Interminable.

— Je pense pas… Enfin, je pense que c'était pas

que ça. L'établissement s'est retrouvé, à partir de 1992, sur la liste parlementaire des sectes classées dangereuses. Ils étaient branchés sur la psychologie comportementaliste, la narco-analyse, les programmes de « rééducation pour adultes »...

— Putain, c'est quoi tout ça ? Un truc New Age ?

— J'ai pas pu en savoir beaucoup plus. C'est resté flou. J'ai appelé la DDRG[1] pour essayer d'avoir quelques éclaircissements... Le problème, c'est que « Chambres secrètes » a fermé quatre ans plus tard, en juillet 96. Mais le plus marrant, c'est que c'est l'inspection du travail et puis les polyvalents qui ont foutu les pieds dans le plat. Sur dénonciation anonyme, faut-il le préciser. Fausses déclarations, fraude fiscale, malversations et abus de confiance... Mouvement dissous... Clientèle éparpillée... Loups lâchés... Depuis, plus de nouvelles. Silence radio.

— Jusqu'à aujourd'hui... Jusqu'à ces deux mecs que vous avez retrouvés en train de sucer les asticots.

— Hé, j'ai pas dit que c'était lié. J'ai juste dit qu'ils avaient ça en commun dans leur CV.

— Alors quoi ? Un ancien de « Chambres secrètes » qui décide, mais un peu tard, de régler certains comptes ?

— Peut-être. Peut-être pas.

— Vous avez retrouvé d'autres membres ?

— Putain, tu nous prends pour Interpol ? On a ni le temps ni le personnel pour ça... Et puis, c'est peut-être juste une coïncidence... Merde, ces deux macchab' étaient des ordures notoires... On va quand même pas les pleurer et remuer ciel et terre

1. Direction départementale des Renseignements généraux.

pour retrouver un mec qui, après tout, a peut-être eu une idée pas si mauvaise que ça… T'es un rigolo, toi. Un vrai petit Sancho Pança.

— Et Nazutti, c'est Don Quichotte, hein ?

— Écoute, cette affaire, maintenant, elle vous regarde autant que nous. Les deux gosses qu'on a retrouvés empaquetés avec les spécimens adultes, c'est pas du pipi de chat. Et c'est chez vous que c'est tombé. Alors, viens pas m'emmerder.

Chaplin leva la main pour marquer une pause dans cet échange qui était en train de virer à la cata.

— On te demande pas de nous mâcher le travail ni de mener l'enquête à notre place, petit. Mais les deux ordures ont un casier commak. Nazutti, lui, navigue dans ce genre de milieu depuis une vingtaine d'années. On te demande juste de lui en toucher deux mots, de mentionner « Chambres secrètes » et d'observer sa réaction, voir s'il y a une clochette qui tinte dans sa caboche…

— Et ensuite de revenir vous faire un petit compte rendu, c'est ça ?

— Laisse tomber, Chaplin, dit Joyeux, ce type est un connard. On s'est trompés sur son compte. Qu'il aille se faire mettre.

Andreotti se leva, posément, et fit face à Joyeux qui continuait à mâcher son Malabar sans s'affoler.

Chaplin frappa la table du plat de la main. Une mandale, tudieu. Sur la physionomie de quelqu'un, ça devait faire du rangement.

— Ça suffit, tous les deux. Joyeux, tu fermes ta gueule, et Andreotti, tu te rassois, s'il te plaît. Je pense qu'il y a un malentendu.

— C'est sûr, un putain de malentendu, murmura Andreotti.

Il n'osait pas imaginer le carnage, si Nazutti était venu avec lui.

— Je t'aime bien, petit. Et Joyeux aussi, même s'il n'est pas très démonstratif. Pas vrai, Joyeux ?

— …

— Pas vrai, Joyeux ?

— Ouais.

— Alors, écoute ce que je te propose. Ce bâton, malgré ce que tu peux penser ou ce que Nazutti a pu te dire — parce que je me doute qu'il a dû te briefer à sa manière —, c'est pas une sorte de piège ou un traquenard. Si tu savais combien d'autres choses on a à faire plutôt que de te planter ou de planter Nazutti.

— Comme jouer aux cartes et écluser sur le lieu de travail, par exemple.

Joyeux se raidit, piqué au vif, mais Chaplin eut un sourire apaisant.

— Par exemple. Mais, le truc, c'est que tu dois plutôt considérer ce jus comme une opportunité, un cadeau, presque.

— Ben voyons. Faudrait voir à pas exagérer, quand même.

— Mais j'exagère pas, petit. Cette affaire… ces deux affaires, je te propose de les mener à bien… ensemble. Merde à la guerre interservices. J'avais vingt ans à l'époque de Woodstock et j'ai de beaux restes question *peace and love*…

Andreotti sourit in petto à l'idée que Chaplin, en 68, était plutôt dans les rangs des Compagnies républicaines à casser du gaucho que dans une ferme du Jura à fabriquer du fromage de chèvre.

— Ces affaires, tu peux me croire, elles seront résolues. Avec ou sans vous, c'est une question de temps... Mais ce qu'on te demande, justement, c'est de nous en faire gagner, du temps. Et je te promets, petit, que si tu marches avec nous, on t'oubliera pas au moment de l'attribution de la médaille du mérite... Ah, ah, je plaisante, c'est pour détendre... Mais si tu choisis bien ton camp et que t'as un bon timing, ce genre de coup d'éclat, ça peut te valoir une rentrée en fanfare, un blason tellement redoré que je te jure que la commissaire mouillera sa culotte chaque fois qu'on évoquera ton nom... Et tout ce que t'as pu faire avant, les petites erreurs de jeunesse, ça sera oublié aussi vite que c'est apparu. Tu peux pas savoir à quel point les huiles ont la mémoire courte quand les bilans de fin d'année sont bons. Un double... Un quadruple homicide, c'est l'amnésie à coup sûr... Presque l'amnistie, on pourrait dire. Choisis ton camp, petit, choisis-le bien, parce que Nazutti, il a pas la réputation de s'embarrasser avec des notions de reconnaissance ou de soutien. Nazutti te traînera avec lui tant que tu seras disponible, efficace et surtout malléable. Si un jour tu décides qu'un de ces trois critères te convient plus, compte pas sur lui pour se rappeler combien tu lui as été utile.

— Nous, c'est pas notre genre, ajouta Joyeux. Nous, on se souvient toujours de tout et de tout le monde. En bien ou en mal.

Avec une fureur contenue, Andreotti s'aperçut qu'une nouvelle fois il s'était laissé manœuvrer, que les deux branques étaient pas si branques que ça. Les dossiers égarés, cette fausse désinvolture, la colère de Chaplin et cette apparente incompétence, la tension qui monte entre lui et Joyeux... Tout cela avait été soigneusement planifié, calibré avant qu'il arrive. Mais il pensait qu'ils ne lui avaient pas totalement menti. Effectivement, ils avaient l'air d'être dans un cul-de-sac. Effectivement, il était peut-être préférable qu'il serve d'intermédiaire entre eux et le sanglant Nazutti... Effectivement, il était peut-être préférable de choisir son camp et de choyer les moins ingrats... Il s'ébroua. Qu'est-ce qu'il faisait ? À quoi il pensait ? Ces deux abrutis étaient en train de le retourner comme une crêpe. Il sourit faiblement.

– Je vais voir ce que je peux faire.

– À la bonne heure, s'exclama Chaplin.

Joyeux poussa même le vice jusqu'à venir lui filer l'accolade.

– Super, mec. On t'en demande pas plus. Hé...

– Quoi ?

Andreotti savait plus si ça tenait de la farce ou de la tragédie.

– Tu sais jouer au poker ?

*

– C'est quoi, ce machin ? J'espère que tu m'as pas fait déplacer pour une connerie pareille, demanda Nazutti, peu amène, à l'Arabe qui lui faisait face.

Une fois encore, il se répéta qu'il n'aimait pas les Arabes, qu'il n'aimait pas les types qui portaient des trois-pièces pour turbiner, qu'il n'aimait pas les officiers en général et Mohamed en particulier.

Le commissaire de quartier se marra. Il ne semblait pas le moins du monde intimidé par le flic du BDJ. À moins que son rire, un peu trop exubérant et un peu trop long, ne masquât un profond malaise.

Nazutti était en ébullition. Lui et son interlocuteur avaient sensiblement le même âge et la même corpulence et Nazutti le connaissait bien, il l'avait vu se battre lors des stages de formation qu'ils avaient suivis ensemble. Dans une baston, il n'était pas sûr d'avoir l'avantage, mais il avait un coup d'avance : sa réputation le précédait. Seulement, si Mohamed continuait à se gondoler comme ça…

— C'est une amie… Enfin, l'amie d'un ami qui m'a demandé…, expliqua le commissaire.

— Abrège ! Je vois le topo. Si c'est une journaliste… Eux et toi, vous êtes comme cul et chemise.

— Du halouf, j'en mange pas, s'esclaffa Mohamed.

Nazutti faillit bondir. Il savait que Djibré maîtrisait parfaitement son Grevisse. Et il était convaincu que, chez ce dernier, l'emploi de cette espèce de vernaculaire n'avait pas d'autre dessein que de le tester, le mettre en boule. Jouer avec ses nerfs. Un petit jeu pour suicidaires.

— Dis-moi un peu, fulmina le major, je préférerais que tu jactes français, si ça te gêne pas. Et puis, tu comptes te bidonner comme ça tout le temps ou tu vas laisser reposer un peu entre deux quintes ? Parce que, si t'es atteint par des bouffées délirantes, je peux aussi bien rentrer…

— Nardine bebec, Nazutti, tu vas quand même pas commencer déjà à faire ton himar. Ça fait cinq ans qu'on s'est pas vus. Je t'appelle pour te brancher sur un truc, je suis content de te voir et tu m'aboies dessus au bout de cinq minutes. Y a de l'abus.

Et Mohamed de partir à nouveau d'un rire tonitruant.

— Bon, soupira le major qui décida de passer outre la provocation manifeste de son ami. J'espère quand même que tu comptes pas avoir mes remerciements alors que c'est moi qui te rends service.

— Je sais pas qui rend service à qui..., susurra Djibré sans cesser de sourire.

— Putain ! Ça veut dire quoi ? Tu crois que j'ai que ça à glander, me déplacer pour une gonzesse qui reçoit des bafouilles de timbrés... Ce genre de taf, c'est pas mon rayon, tu le sais. Pourquoi tu mets pas un type de chez toi là-dessus, hein ? Les chiens écrasés, les bitures du samedi soir et les voies de faits, c'est plutôt chez vous, non ?

Mohamed se pinça la lèvre supérieure. Détendre l'atmosphère, changer un peu de sujet. Peut-être pensait-il que cette tactique payait avec Nazutti.

— Au fait, déclara-t-il tout à trac, tu sais pas qui j'ai vu l'autre jour dans le quartier ? Gyzmo. Le petit Gyzmo, tu te souviens, ce hibn qui faisait équipe avec toi il y a vingt ans et qui avait démissionné sans qu'on sache pourquoi. Ce cambut. Il a changé, le mec. On aurait dit même qu'avec l'âge il était devenu plus grand, plus fort. Une sorte d'assurance que je lui connaissais pas à l'époque. Mais je l'ai bien reconnu, je suis sûr que c'était lui. Et tu sais pas le plus beau ? Il a fait semblant de pas me retapisser. Probable qu'il a viré enculé de raciste comme toi. Je l'ai appelé, de l'autre côté de la rue, et il a disparu dans la foule de touristes. Une rapidité, une fluidité... En tout cas, on dirait que ça lui a réussi, de quitter la taule.

– Me faire déplacer pour une histoire de lettres anonymes, putain, je le crois pas !

Mohamed marqua un instant de silence. La brute n'avait pas écouté un traître mot de ce qu'il venait de dire, sa diversion était tombée à plat. Il se reprit :

– Attends, Nazutti. Attends d'avoir vu les lettres…

Et il rit à nouveau.

Nazutti n'eut pas à se forcer : non, décidément, il n'aimait pas les Arabes, il n'aimait pas les types qui portaient des trois-pièces pour turbiner, il n'aimait pas les officiers en général et Mohamed en particulier. Il n'aimait pas les gars qui continuaient à parler leur langue natale.

Il n'aimait pas les types qui riaient.

Mohamed, sans cesser de pouffer, fila une grande claque dans le dos de Nazutti.

Il n'aimait pas, il n'aimait pas…

*

– Vous avez rien de plus ?

– Nan, dit le mec au bout du fil. Vos collègues m'ont déjà posé la question.

Auparavant, Andreotti avait contacté les impôts, et, comme l'avait mentionné Joyeux, la boîte avait été mise en cessation à la suite du redressement, courant 96. Il avait ensuite joint l'inspection du travail et, d'après eux, la gérante, une certaine Sarah Gorgowsky, avait plus fait parler d'elle depuis. Maintenant, il était en train de se battre avec l'adjudant des RG qui comprenait pas pourquoi on le rappelait pour solliciter exactement les mêmes renseignements que la veille.

— Le listing des anciens clients fichés, vous me le faxez ?

— Hé, mon vieux, ce listing, je l'ai faxé hier. Vous pouvez pas demander à vos collègues ? Ça sera plus simple et plus rapide.

Andreotti frissonna. Ces têtes de nœud avaient déjà le listing et avaient prétendu le contraire. Ils avaient laissé croire à Andreotti qu'ils prenaient l'affaire par-dessous la jambe alors qu'ils avaient déjà abattu du boulot, beaucoup plus de boulot que ce qu'ils avaient laissé entendre. Andreotti sentait venir la patate, le truc pas clair où il fait pas bon s'embarquer sans biscuits. Et il avait quoi, lui ? Même pas des miettes. Pourquoi ces connards avaient passé sous silence ces infos ? Quel lièvre pouvaient-ils bien avoir soulevé qui nécessitait que lui, Andreotti, découvre par lui-même.

Il aurait dû raccrocher.

Il aurait dû laisser couler avant qu'il soit trop tard.

Attendre que Nazutti revienne. Le laisser prendre les choses en main. Mais il ne pouvait s'y résoudre. Il avait foutu le doigt dans une mécanique trop bien huilée et plus question de retirer la paluche maintenant. Il n'arrivait pas à cesser de se dire : « tu fais les mêmes conneries, tu fais toujours les mêmes conneries... », tout en pensant que c'était justement là-dessus que comptaient les types du bureau 28 qui l'avaient approché. Il décida finalement qu'il n'était plus temps de tergiverser. Le bluff, ça marchait souvent dans ces grosses machines où on sortait jamais sans son parapluie et son imper.

— Vous allez quand même pas m'obliger à aller voir le divisionnaire ? Je pense pas qu'il appréciera d'être dérangé pour une broutille de ce genre. Je pense pas que le juge non plus sera vraiment ravi qu'on l'oblige à rédiger une commission...

– C'est la marche à suivre...

– Mais c'est pas comme ça que vous avez envie qu'on fasse, je me trompe ?

– OK, coupa son interlocuteur. Je vous faxe ça. Mais c'est la dernière fois. S'il y a encore quelqu'un de chez vous qui appelle pour ce putain de listing, je l'envoie se faire dorer chez les Grecs, c'est compris ? Je compte sur vous pour faire passer le message.

– Ça sera fait. Et merci encore.

Andreotti raccrocha et appela ensuite la chambre de commerce et d'industrie.

Sarah Gorgowsky... Sarah Gorgowsky... Oui, ça lui disait quelque chose, à la bonne femme au bout du fil. Est-ce que quelqu'un lui avait pas déjà demandé ça hier ?

Andreotti soupira. Quel bordel. Chaplin et Joyeux étaient déjà passés partout avant lui. Ils avaient combien de longueurs d'avance, ces salopards ? Et surtout combien de temps il lui faudrait sprinter pour les rattraper ? Raccroche, Andreotti. Raccroche et laisse tomber, s'il te plaît.

– Ah, voilà, fit la femme, cette personne est inscrite sous le numéro IBSN 93548. Référencée comme gérante d'un établissement de... Je lis : raison sociale : « Massages, relaxation et remise en forme ». « Le Lounge », c'est le nom de l'établissement.

Andreotti sentit son sang refluer de son visage. « Le Lounge », Sarah Gorgowsky. Bien sûr. Pas plus tard qu'hier. Qu'est-ce que c'était que cette merde ? Arrête-toi, Andreotti. Arrête-toi maintenant.

Le fax crépita. Il remercia l'employée et se dirigea vers la machine.

Une liste. Une liste de noms, vieille de vingt ans. Avec des dates, des pseudos, des horaires et, parfois, des identités.

Il la parcourut une première fois.

« Chambres secrètes » avait fait l'objet de deux surveillances de la part des RG.

Une première en avril 1991, un peu avant de se retrouver sur la liste des mouvements sectaires.

Une seconde en 1996, juste avant que l'administration fiscale ne coule le navire.

Des noms, des fonctions, des dates, des horaires, des ombres qui passent et qui repassent, des corps, des vices.

Charles Grossmann. Industriel. 20 avril 1991. Adresse…

B. Identité inconnue. Profession inconnue. 20 avril 1991. Adresse inconnue.

N. Juge. Identité masquée. 20 avril 1991. Pas d'adresse.

Robert Niemann. Postier. 21 avril 1991. Adresse…

Andrea Chinasky. Serveuse. 21 avril 1991. Adresse…

X. Policier. Identité masquée. 21 avril 1991. Pas d'adresse.

Gilles Sevran. Agent d'entretien. 22 avril 1991. Adresse…

Marcus Plith. Sans profession. 22 avril 1991. Adresse…

Et cetera, et cetera…

Gilles Sevran, le premier type retrouvé mort. X. Policier. Identité masquée…

Putain, il y avait de tout, dans cette liste.

Il avait dit quoi, Nazutti, à la taulière du Lounge ? Un mec qui a accès aux casiers judiciaires… Un flic. Un magistrat. Un juge.

Andreotti se focalisa sur les professions évoquées.

N. Juge. Identité masquée. 20 avril 1991.

X. Policier. Identité masquée. 21 avril 1991.

Q. Magistrat. Identité masquée. 23 avril 1991.

Pour tout licencieux qu'il soit, l'établissement drainait du beau monde. Mais, comme il s'en doutait, toutes les identités des personnes occupant des professions à risque avaient été dissimulées. Andreotti fulmina. Ce connard des RG lui avait refilé une liste incomplète, tronquée. Et nul doute que pour obtenir — si jamais il arrivait à l'obtenir un jour — la liste originale, il lui faudrait passer par le divisionnaire et le juge, ce qui, dans ce milieu où le corporatisme faisait loi, relevait de la pure utopie. Il fut tenté, un moment, de rappeler l'adjudant pour se plaindre, histoire de se défouler, mais il renonça aussitôt. À quoi bon ?

Andreotti se rassit. Puis, armé d'un Stabilo pour souligner tout ce qui pourrait paraître redondant, suspect, il lut la seconde liste, celle de 1996.

X. Policier. Identité masquée. 14 juin 1996. Pas d'adresse.

Q. Magistrat. Identité masquée. 14 juin 1996. Pas d'adresse.

Carlo Vitali. Employé. 14 juin 1996. Adresse…

Carlo Vitali, le deuxième macchabée.

Il soupira. Oui, il y avait des clients qui revenaient, des pseudos et professions identiques… Mais on pourrait rien tirer de cette liste. Chaplin et Joyeux avaient dû, fatalement, s'y casser les dents tout comme lui.

Il revint à la première feuille.

Incomplète, d'accord. Mais il devait bien y avoir une faille… Une indication. Sur des pseudos, des dates…

Non, revenir au point de départ.

Hier, chez la grosse Sarah. Elle avait dit : « Tu n'es pas reparu depuis l'époque de… Comment il s'appelait, ton collègue, déjà ? »

Nazutti. « Chambres secrètes » et « Le Lounge » : Sarah Gorgowsky en trait d'union. X. Policier. Identité masquée. Gilles Sevran, Carlo Vitali. La merde, c'est la merde.

Les mains d'Andreotti se mirent à trembler. Il tenta de mettre de l'ordre dans ses idées.

X. Policier. Identité masquée, est-ce que c'était lui ?

Bon, d'accord, Nazutti avait fréquenté l'établissement… Un de ses collègues aussi. Et Sevran qui était inscrit en 1991 mais pouvait être un client depuis plus longtemps. Une coïncidence ? Joyeux avait raison, dans ce milieu, ils devaient tous se connaître, se fréquenter indirectement. Une coïncidence… Coïncidence mon cul. Un flic, deux flics. Nazutti. Un établissement aux pratiques peu orthodoxes qui change de nom. Accès aux casiers judiciaires. Prédilection pour le travail souterrain et les méthodes expéditives. Tendance facho. Non, non, non, c'est un truc de malade.

Andreotti se prit la tête dans les mains. Pense ! Réfléchis, merde ! Ces trois ans d'inactivité t'ont rendu carpette, ou quoi ? L'idée que Chaplin et Joyeux étaient éventuellement parvenus à la même conclusion que lui et l'aiguillaient, sciemment, sur une piste foireuse le taraudait. Et si... Et si ces deux têtes de lard avaient finalement un seul et unique objectif ? Pas résoudre l'affaire, non, mais lui monter le burnous, dessouder Nazutti par son intermédiaire, sans risque. Un coup monté ? De l'intox ?

Ou alors Nazutti, au contraire... Nazutti qui l'utilisait lui, justement, pour infiltrer et écarter un duo de baltringues en travers de son chemin ? À moins que tout ça ne soit juste une suite de hasards merdeux, et lui, en train de devenir fou, lentement.

Nazutti, qu'est-ce que tu glandes ? Reviens, bon Dieu... Quand je te verrai, tout sera plus clair... tout sera plus clair...

*

Le major triturait distraitement la cigarette posée sur son oreille. Il leva les yeux des deux feuilles de papier qui s'étalaient devant lui sur le desk.

— Vous vous foutez de ma gueule ? Où vous avez eu ça ?

Momo, lui, n'en menait pas large. Pas plus d'ailleurs que le chef d'agence qui se tenait derrière son employée. L'entretien ne se déroulait pas du tout comme prévu. Mohamed Djibré aurait dû s'en douter et il devait maintenant se mordre les salsifis d'avoir amené cette espèce de pachyderme enragé dans la ménagerie de verre que constituait l'environnement immédiat de son commissariat.

La femme soutint le regard de l'inspecteur. Elle n'avait pas peur. Peut-être le haïssait-elle. C'est du moins l'impression que cela fit à Nazutti.

Le chef d'agence se tortilla et poussa un couinement qui pouvait fort bien ressembler à celui d'un rongeur qui demande pitié.

— C'est un envoi anonyme, monsieur. Nous vous l'avons déjà dit, comme au commissaire Djibré, d'ailleurs. C'est pour cela que nous avons demandé de l'aide, pas pour...

— Anonyme... Vous m'avez bien regardé ? Vous pensez que je vais gober un truc pareil ? Un envoi anonyme à une sinistre localière dans une agence paumée ? Vous croyez que je connais pas vos magouilles à vous, les journaleux, les gratte-papier ? Toujours prêts à manipuler pour avoir vos foutus scoops, pour monter en grade ou rentrer à *Libé*. Vous me prenez vraiment pour une truffe. Vous croyez que c'est un flic qui va s'y coller, aller à la pêche, vous refiler un morceau de bidoche ? C'est ça que vous espérez ? Alors, il y a gourance. J'ignore où et comment vous avez obtenu...

— Un envoi anonyme, nous sommes formels..., gémit le chef d'agence.

— Si j'étais toi, la flanelle, je la mettrais en veilleuse. T'es pas loin de commencer à m'irriter les tympans et j'aime pas trop qu'on me bourre le mou. Est-ce que vous savez que ce genre de petite plaisanterie..., je parle des papiers que vous venez de me montrer, peut vous conduire directement en garde à vue ?

Momo s'étouffa.

— Oh, Nazutti... Je... Je me porte garant de Mme Rose Berthelin et...

— Garant d'une putain de journaliste ?

— Oui, major. Et je suis de surcroît une femme, mais j'espère que cela ne constituera pas les principaux motifs de mon incarcération...

Nazutti fut surpris. Un peu désarçonné par cette saillie humoristique, ce qui chez lui n'était pas bon signe. Il avait souvent déclenché chez ses interlocuteurs de la crainte, de la peur, peut-être parfois un certain respect, mais de repartie ironique qui le perçait à jour avec autant de rapidité point. Il avait subitement l'impression que cette femme le jaugeait à son tour, qu'ils étaient comme deux animaux qui se flairent.

Le chef d'agence était en train de faire une crise d'asthme.

— Mohamed, fais quelque chose… Tu… Tu es témoin de ce que vient de dire ce type… Cet individu que tu nous as ramené sans en mesurer, j'en suis sûr, les conséquences… Oui, monsieur, nous sommes des journalistes, pas des petits sauvageons de banlieue avec lesquels vous traitez…

— Premièrement, flanelle, je ne traite pas. Avec personne. Deuxièmement, je ne m'occupe pas des petits sauvageons de banlieue, comme tu dis, mais simplement de mecs, de femmes aussi qui abusent, violent, torturent et tuent parfois ces mêmes enfants qui jouent sur la place devant chez vous. Que tu sois journaliste ou cardinal, je m'en tape. Continue comme ça et je vais faire de toi la star de Reporters Sans Frontières…

— Be… be… be…, brisons là, monsieur. Nous connaissons nos droits et nous ne sommes pas disposés à entendre un mot de plus…

Momo, lui, s'il avait pu disparaître à cet instant précis sous une table ou retourner au bled illico, il s'en serait pas privé.

Lorsque la femme parla, sa voix était si claire, si calme, que tous reportèrent leur attention sur elle.

— Laisse, Pierre. Il n'y a pas de mal. Je pense en fait que M. Nazutti est la personne la plus compétente pour prendre en charge… mon petit problème. Je vous remercie, monsieur Djibré, de l'avoir contacté. Et je suis sûre, d'ailleurs, que M. Nazutti ne pense pas réellement ce qu'il dit, n'est-ce pas, major ?

— Si.

— Nardine mouk, Nazutti !

— Je crois qu'il est préférable que toi et M. Djibré nous laissiez en tête à tête…

— Hors de question ! s'égosilla le chef d'agence.

— Je pense effectivement que ce n'est pas une très bonne idée, madame Berthelin, gémit Mohamed.

— Je crois que je ne risque absolument rien et que mes droits républicains seront scrupuleusement respectés, ne vous inquiétez pas. Monsieur Nazutti, rassurez ces messieurs ou nous n'en sortirons pas.

— C'est bon, laissez-nous.

— Mieux que ça, major. Je crains que vous n'ayez pas été assez convaincant.

Nazutti se rendit compte à cet instant que ses provocations, l'intimidation, la terreur instillée seraient totalement inutiles. Ça ne marcherait pas. Pas sur elle, en tout cas. Simplement parce que cette femme n'avait plus rien à perdre. Elle semblait avoir tout laissé de son amour-propre, de sa dignité, de son confort, du monde entier, de sa vie il y a longtemps déjà. Elle agissait comme Nazutti l'avait parfois vu par le passé… Mais il y avait chez elle quelque chose en plus. Quelque chose qu'il ne cernait pas, qui l'intriguait. Il était mal à l'aise. Pas à cause de la personnalité de la femme, qu'il jugeait en fait franche et dénuée de perversité, ni à cause de son détachement ultime, mais parce que, pour la première fois, il n'était pas en situation de supériorité et qu'il sentait que rien de ce qu'il pourrait faire ou dire ne changerait la donne.

– C'est bon, les gars. Je vais pas vous lécher les bottes, quand même…

– …

Il soupira. Maintenant qu'il les avait bien testés, légèrement secoués pour faire remonter la pulpe, il était à peu près sûr de savoir où il mettait les pieds. Il n'y avait plus d'utilité à prolonger l'algarade.

– D'accord. Je vous promets que je toucherai rien, que je ferai rien qui puisse nuire ou offenser de quelque manière que ce soit Mme Berthelin ci-présente. Pas encore.

Momo et Pierre attendaient toujours. Indécis.

– Vous voulez une confirmation écrite, peut-être ? aboya le mastard.

Mohamed poussa délicatement Pierre vers l'accueil. Ce dernier se laissa faire à contrecœur.

– Rose… Nous sommes à côté… S'il y a quelque chose, la moindre chose, tu nous appelles…

– Ça ira. Merci, Pierre.

Une fois les importuns évacués, Nazutti se pencha vers la femme.

– Qui a touché à ces lettres, madame Berthelin ?

– Moi… Pierre… Peut-être Aline, la secrétaire que vous avez vue à l'accueil… personne d'autre à ma connaissance.

– Nous allons avoir besoin de vos empreintes, ainsi que de celles des personnes que vous avez mentionnées…

— Major ?

— Oui.

— Il ne s'agit pas d'une simple enquête sur un cas de harcèlement anonyme, n'est-ce pas ?

— Effectivement, madame Berthelin. Il ne s'agit pas d'un banal cas de harcèlement anonyme… Je pense que vous le savez déjà.

— Je…

— Il faut que vous me racontiez, madame Berthelin. Même si c'est pénible…

Elle le fixa. Longuement.

— Vous m'avez reconnue, n'est-ce pas ?

Elle était belle. Bien plus belle que ce que Nazutti avait pensé au premier abord.

Un peu plus jeune que lui, elle avait dû être séduisante et radieuse, au sens académique du terme…

Elle avait dû avoir une vie, des projets, de l'amour…

Elle avait dû être riche de choses qui ne s'achètent pas, comme disent les chanteurs de variété à la con.

Elle avait dû rire, sentir son cœur battre dans sa poitrine, éprouver des émotions agréables.

Elle avait dû se promener dans les rues, insouciante, admirer l'éclat du soleil et savourer la brise du vent sur son cou.

Elle avait dû dire « je t'aime » souvent. Et le penser.

Elle avait dû croire des choses. Un tas de choses.

Elle avait dû se coucher le soir en étant heureuse à la perspective du lendemain.

Elle avait dû avoir des raisons solides, propres et

douces, pour se lever le matin, prendre son petit déjeuner, aller à son travail, aimer encore, respirer, manger, rentrer le soir… Un tas de raisons.

Oui, elle avait dû faire tout cela. Il y a longtemps.

Désormais, ses yeux, son regard disaient autre chose.

Ils disaient la vieillesse avant l'âge et la décrépitude.

Ils disaient cette fêlure…

Ils disaient une plaie qui ne se refermait jamais et ouvrait sur des gouffres que les profanes ne pouvaient même pas appréhender.

Il en avait vu, sur les bancs des assises, dans les rangs des témoins ou des parties civiles, des visages. Des tonnes de visages fermés, silencieux, cadenassés à l'intérieur, avec ce hurlement muet qui s'inscrivait sur le moindre de leurs traits.

Ces hurlements, il lui semblait parfois encore les entendre.

Il en avait vu des regards.

Des regards par dizaines avec rien derrière. Plus rien qu'une terre carbonisée et stérile. Des yeux rougis où ne fleurissait plus que la haine, l'incompréhension, l'abattement… le sourire en plein du démon qui vous bouffe. Quelque chose qu'il connaissait bien.

Il avait vu des gens debout qui pourrissaient sur pied.

Il avait vu la mort lente au travail.

Il avait entendu les cris, les pleurs… Il avait vu la douleur. Celle qui taille, celle qui coupe dans la viande, au vif. Celle qui charcute et mutile, qui hache et découpe, celle qui ensanglante tout et pourtant ne montre rien.

Ces visages, il n'en avait oublié aucun. Parfois, le soir, lorsqu'il était seul, ils lui tenaient chaud.

Rose Berthelin avait été l'un d'eux.

Cependant, cette femme ne laissait pas de l'intriguer. On devinait chez elle, comme chez les autres, ces braises qui jamais ne s'éteindront, ce feu qui menacera sans cesse de reprendre... Elle possédait cet air de funambule un peu perdu, toujours sur la corde raide, entre deux abîmes... Il y avait la partie tangible, concrète. Celle sur laquelle on pouvait appuyer, comme sur un bouton, en cas de doute, de récidive ou pour investigation.

Ces sentiments, toujours là, sur lesquels il était possible de jouer et qui entraînaient souvent des réactions similaires et prévisibles.

Et puis il y avait une autre face... Quelque chose qui ressemblait à de la paix. De la sérénité... Quelque chose d'inédit et d'incompréhensible. Un petit plus qui, il le pressentait, la mettait de quelques millimètres, presque rien, hors de portée.

Nazutti baissa les yeux.

– Oui, je vous ai reconnue.

Alors, elle lui raconta, longuement, patiemment, ce qu'il connaissait déjà. Il avait été au procès, il avait témoigné. Il y avait vingt ans.

Et puis elle lui raconta l'après. Le dédale qui menait à la survivance.

Lorsqu'elle eut fini, elle regarda l'inspecteur. Ses yeux brillaient. Ça aurait aussi bien pu être des larmes.

Il était fasciné. Subjugué. Il savait que ça existait. Il en avait entendu parler. Mais il avait cru à une légende… Une parabole que l'on répète pour se donner bonne conscience, pour continuer à mettre un pied devant l'autre… Et garder le sourire. Toujours garder le sourire.

Il avait cru à une mascarade que l'on monte de toutes pièces, un Graal improbable. Juste pour ne pas que tout s'écroule.

Un bref instant, l'espace d'une larme, il l'envia.

– Vous, vous comprenez, major ? N'est-ce pas, que vous comprenez ? Je le sais, je le sens. C'est… inévitable.

– Pourquoi ça ?

Elle eut l'air étonnée. L'air de savoir quelque chose d'évident que Nazutti ignorait.

– Parce qu'on ne peut pas vivre avec ça, cette haine à l'intérieur de soi.

– Je ne me pose pas ce genre de question. Je fais mon boulot, c'est tout.

– Oh, non, major. Je ne vous crois pas une seconde. Parce que je vois en vous, juste là derrière, à peine dissimulé…

– La haine… Lorsqu'elle est bien utilisée, la haine, madame Berthelin, peut être une arme redoutable.

– Vous n'y êtes pas, major. La haine d'abord vous ronge. Elle contamine tout comme un virus, une pandémie. Et puis, pour finir, elle vous tue ou vous rend fou. C'est tout ce qu'elle fait et c'est là son seul mérite.

– Je dois donc comprendre que je suis fou puisque je vous parle en ce moment. C'est possible.

Rose Berthelin sourit. Un sourire à vous fendre le cœur. Si on en avait un.

– Vous êtes le premier à qui je raconte ça qui ne me prend pas pour un monstre.

Nazutti contourna l'obstacle :

– Je ne suis pas là pour juger, je suis là parce que… Quelque chose de grave, d'important est en train de se passer et, pour une raison que j'ignore, vous êtes juste au milieu. Est-ce que vous voyez quelqu'un de votre entourage qui pourrait avoir quelque grief ? Quelqu'un qui, d'une manière ou d'une autre, pourrait connaître les détails que vous venez d'évoquer et qui serait susceptible de…

Rose sourit de nouveau. Un sourire faible, arachnéen.

– À part mon entourage immédiat, à part ceux qui ont désapprouvé ma démarche, je ne vois pas.

– Bien. J'aurais besoin de leurs noms et adresses. C'est juste la routine. Et Marcus Plith est toujours incarcéré, vous dites ? Vous entretenez une correspondance régulière avec lui, donc…

– Plith m'a sauvé la vie, monsieur Nazutti.

– Non. Marcus Plith a fait tout ce qui était en son pouvoir pour vous la prendre, votre vie. La vôtre et d'autres. Ces vies-là, il les a piétinées. Il les a chiffonnées entre ses doigts et s'en est fait du papier cul. Ensuite, une fois bien essuyé, il a jeté le tout dans un caniveau et s'en est allé en sifflotant. C'est ça, qu'il a fait. Et quelle que soit la route que vous avez choisie pour vous sauver, vous ne devez jamais vous tromper là-dessus.

– Vous ne… Il a changé, monsieur Nazutti. Il a beaucoup changé.

– Les gens comme Plith ne changent pas. On peut les éloigner un moment, on peut les mettre en veille. Ils peuvent sourire, parler, s'amender, pleurer, être aimables, croire en Dieu, pourquoi pas, jouer à l'être humain un moment, mais ils ne changent pas. Jamais.

– Allez lui rendre visite. Vous verrez…

– C'est bien ce que je compte faire, madame Berthelin, vous pouvez en être sûre…

– Ces lettres, major… Il y a quoi dedans, exactement ? Que renferment-elles ?

– Je ne sais pas, madame Berthelin. Mais je pense que vous ne devriez pas les avoir. Je vais d'ailleurs les prendre avec moi, si vous le permettez, pour expertise.

– C'est si important que ça ?

– Peut-être, oui. Mais il faut essayer de ne pas vous inquiéter.

– Parce que vous êtes là ?

– Parce que je fais toujours ce qu'il faut pour trouver ce que je cherche.

– Je vous crois.

Un moment de pause. Un souffle léger entre ses lèvres. Elle respirait toujours. Elle secoua faiblement la tête.

– Major ?

– Oui.

– Il est impossible de vivre comme vous le faites. Vous savez… la haine.

– Je me contente de travailler. Je ne sais pas opérer autrement, madame Berthelin.

Nouveau souffle. Nouvelle hésitation.

– Voudriez-vous… Voudriez-vous venir dîner avec moi ? Ce soir ou un autre soir, quand vous aurez le temps…

— Vous voulez dire, hum… dans un restaurant ?

— Oui, ne prenez pas cet air dégoûté. Je n'ai rien dit de grossier.

— C'est que je n'ai pas trop l'habitude des restaurants… J'ai entendu pas mal de choses à ce sujet. Des garçons de salle qui se masturbent dans la sauce, des chefs de rang qui mollardent dans les plats… Sans compter la nourriture avariée, constellée de bactéries et de conservateurs… Et puis c'est bien les seuls endroits où le prix des plats est inversement proportionnel à la quantité servie… Des charognards, c'est tout ce que…

— Ça veut dire oui ?

Nazutti réprima un rire. Il y avait combien de temps que quelqu'un ne lui avait pas donné envie de rire comme ça ? Il y avait combien de temps que quelqu'un ne l'avait pas haï et qu'il ne l'avait pas haï en retour ? Combien de temps qu'on avait plus eu peur de lui ? Combien de temps qu'il n'avait pas trouvé quelqu'un beau ?

Il tendit la main.

— Je pense. D'accord. Enchanté de faire votre connaissance, madame Berthelin, je suis le major Paul Nazutti, de la brigade de protection des mineurs du commissariat central.

*

Il regagna le commissariat en passant par la Grande Corniche du bord de mer. Il y avait un chemin plus court par le centre-ville, mais, curieusement, Nazutti n'était pas pressé de rentrer. Cette femme-là, Rose Berthelin, il avait envie d'en garder encore un peu le souvenir dans sa tête. Un truc chantant, cristallin… Une musique.

Après, il retrouverait la grisaille du bureau, les mains et les sourires moites des collègues, les papiers nimbés de poussière, la hiérarchie, et la mort, toujours la mort.

Des cadavres à tous les étages, c'était tout ce qu'il y avait, au commissariat central.

Il le présageait, ensuite il serait trop tard. Trop tard pour tout. Il serait happé à nouveau… Alors, autant garder encore un peu cette musique délicieuse dans la tête.

Le bien-être de Nazutti ne dura pas longtemps. D'abord parce que, en prenant la corniche, il s'était imaginé qu'il y aurait moins de monde : il s'était lourdement trompé. La baie pullulait de touristes. Des langues exotiques, une sorte de sabir incompréhensible, des charabias venus de loin… pas un mot de français… nulle part. Il devait être le dernier autochtone à se risquer ici.

Évitant de justesse une Porsche 911 qui tentait un créneau en avant, il passa au ralenti, fixant les yeux de l'imprudent dans le rétroviseur. Ce dernier dut lire dans le regard du major un tas de choses désagréables et dangereuses parce qu'il esquissa un bref geste d'excuse avant de faire semblant de chercher quelque chose dans sa boîte à gants. La Porsche était immatriculée en Angleterre. Putain d'Albion !

Voilà, c'était fini. La magie était brisée. Il n'y avait plus aucune musique. Juste cette pulsation sourde et entêtante dans son crâne qu'il connaissait bien et par laquelle, une fois encore, docilement, il se laissa envahir.

Il regardait, roulant au pas, ces sourires, tous ces sourires. Ces corps bronzés, tendance mélanomes cutanés, ces muscles avachis, maltraités par une année de labeur sous d'autres cieux, qui tressautaient lamentablement sous le coup de contractions inhabituelles… Ces pieds trop pâles aux ongles mal coupés qui donnent une démarche étrangement traînante tant ils sont sensibles… Ces estomacs tendus, repus, gavés à vomir et qu'on rentre désespérément sous les maillots de bain délavés. Ces bites, ces queues, ces chattes fatiguées qu'on prend tout juste la peine de dissimuler. Ces dents, blanches, à l'émail quasi inexistant à force d'être récurées… Mais la merde, la merde à l'intérieur, on la récurait pas avec un tube de dentifrice… Des lunettes de soleil à la con que la mode faisait varier chaque année, juste là pour masquer la faiblesse, la vulgarité sans fin de ces regards mous. Des corps, des corps partout. Léchés, enduits, abrasés. Des corps mélangés. Une grande partouze à ciel ouvert. En toute innocence.

De l'huile, de la pommade… Une odeur écœurante qui s'étendait loin au-delà du rivage et donnait à la mer une couleur de vidange sauvage. Les égouts, qui tombaient pas loin. Et les gens, qui s'ébattaient dans cette putréfaction, piaillant, heureux…

Sur la plage, c'était encore pire. Allongés en rangs d'oignons, échoués, ventre à terre, des morceaux de viande à l'étal… Impropres à la consommation, c'était sûr. Et puis cet air sérieux affecté par certains… Comme si c'était sérieux, cette affaire-là. Putain, il leur souhaitait à tous un bon cancer.

S'il avait pu, Nazutti, effacer tout ce bonheur obscène, cette décontraction factice à coups de tatanes, leur gommer le faciès, leur vider les tripes pour voir ce qu'il y avait dedans, ouais, regarder dedans, désosser ces charognes sur pattes, il se serait pas privé.

Dehors, dans la cohue, grande distribution de mandales chez les péquenots… Livraison gratuite. Enculés ! Enculés de merde !

Il pensa à Magdalena, neuf ans. Singe bleu avec scratch sur les mains. En attente. 1991.

Je vous saigne à blanc, moi, bande d'outres pleines de…

Thomas, onze ans. Souris grise avec des billes de polystyrène à l'intérieur. Importation chinoise. Affaire classée. 1990.

Vous croyez au bonheur ? Je vais vous montrer, moi, le vrai visage de la vie…

Bastien, quatre ans. Sac à motif écossais. Enquête close. 1998.

Et après ça, vous ne sourirez plus. Non, vous ne sourirez plus…

Charles, huit ans. Ourson en peluche marron. Dossier clos. 2001…

Morts. Tous morts.

Et puis les autres, tous les autres.

Vous croyez que vous êtes mieux ? Vous croyez que vous êtes au-dessus de tout ça ? Vous vous croyez à l'abri ? Cognez-vous la bêtise ! Cognez-vous la stupidité sans bornes ! Cognez-vous la saleté, la crasse ! Cognez-vous la pourriture dans vos sales tronches ! Cognez ! Cognez ! Cognez !

Il essaya de ne pas se rappeler ce qu'on pouvait faire avec un nourrisson de six mois et un réfrigérateur.

Avec un four à micro-ondes.

Vous croyez que vous êtes… en sécurité ?

De ne pas se rappeler ce qu'on pouvait donner à téter à un bébé de six mois.

Mais un jour, vous saurez… Oh, oui, un jour vous saurez, et ce jour-là, j'espère être là, pour vous regarder pleurer, gémir, hurler… Je serai là, et, calmement, je regarderai vos habitudes, vos rituels rassurants, vos espoirs tus, vos existences, vos certitudes, vos misérables petites certitudes s'écrouler une à une.

Ne pas se rappeler ce gosse, dans cette cave de HLM, ne pas se rappeler ce qu'ils avaient fait à ses yeux, à sa langue pour qu'il ne voie pas, pour qu'il ne parle pas…

Vous pensez que votre bonheur m'importe ? Mais je vous souhaite à tous de crever comme des chiens, de connaître enfin la vraie signification de la souffrance… La souffrance.

Artémisse, cinq ans. Poupée en plastique avec une brûlure sur la joue gauche. Prescription. 2000.

La plage. Le soleil. Le goût du sel. L'indolence. L'oubli. L'argent. L'industrie. Le commerce. Les promotions. Des ardoises. Des enseignes. De l'eau. Des bulles. Des parfums. Toutes sortes de parfums. Des couleurs. De la joie. Les sandwichs pas frais. La légionellose. Les larves de mites alimentaires. Le H5N1 et Creutzfeld-Jacob. L'argent encore. Ce qui rentre et ce qui sort. Un roupillon. Un roupillon sous les parasols.

Elle dormait avec des godes dans son lit. Elle avait douze ans, et ils trouvaient ça normal. Le samedi soir, en famille sur le divan, ils regardaient des films pornos en mangeant du pop-corn.

Arrêtez de… rire. Arrêtez de… jouir… Arrêtez

de… profiter. Arrêtez d'être… heureux, bon Dieu. C'est vous, les monstres. C'est vous !

Des connes, en groupe, sur la plage, le regardèrent passer comme s'il était fou. Elles l'auraient oublié dans une minute. Sales putes.

Peut-être que Rose Berthelin avait raison : s'il n'était pas mort, c'est qu'il était fou.

Lui, il préférait le terme lucide.

Les parents de la petite Angelina… Ses parents l'obligeaient à manger à poil et puis après ils prenaient l'huile d'olive, la moutarde ou le Ketchup et…

Nazutti avait envie d'appuyer sur l'accélérateur.

De tourner le volant.

De foncer dans le tas.

Feu rouge.

S'arrêter.

Rester calme.

Les mains sur le volant.

Au moins jusqu'au commissariat.

Après, il penserait à autre chose.

Après, il aurait un but.

Il ferma les yeux.

Ce type, ce grand gaillard basané qui avait balancé, lors du PV de chique, la première audition :

– Bon, d'accord ! J'y ai mis un doigt par inadvertance, sans faire exprès… Vous allez pas me condamner pour ça, quand même ?

Et ce regard écarquillé, des yeux presque innocents.

Il y avait une époque où ce genre d'évocations le réveillait, le stimulait…

Une époque où ces souvenirs, toutes ces images pas belles, ces idées qui faisaient un mal de chien lui permettaient d'avancer. Avancer encore un peu.

Une époque où il était encore possible de maintenir une érection.

Il se rendait compte qu'avec l'âge, ce rituel, l'effet que lui produisaient ces pensées marchaient moins bien. Peut-être qu'il s'habituait. Que, lentement, lui aussi il rentrait dans le rang. Que, sans s'en apercevoir, il devenait une de ces horreurs décérébrées qu'il haïssait tant. Oui, c'est ça : peut-être qu'il était en train de devenir ce qu'il haïssait. Il était en train de se rendre, d'abandonner. Ou de virer dingo. Il ne savait pas. Il n'avait d'ailleurs jamais eu aucune certitude. Juste cette rage, radicale, intégrale, chaleureuse, qui, petit à petit, avait grignoté tout l'espace autour de lui.

Peut-être était-ce à cause de son père. Celui qui était mort hier ou il y a une vingtaine d'années, ça faisait pas grande différence. Ce type qui avait réussi à se sauver, à fuir l'échéance de leur face-à-face une ultime fois.

Ou bien à cause de Rose Berthelin… Cette rencontre l'avait troublé plus qu'il ne l'aurait souhaité. Il ne devait pas laisser faire la journaliste. Il ne devait pas laisser s'insinuer en lui ces choses qu'elle avait éveillées. Parce que, sinon, il allait mourir. Il en était persuadé.

Il avait rendez-vous avec elle pour dîner demain soir.

Il ne bandait plus.

De nouveau, il regarda les touristes insouciants.

Cédant à cette habitude si vieille qu'elle agissait comme une seconde nature, il chercha des visages éclairés, lumineux, des touches de couleur à travers la grisaille de la foule.

Des détails, des fragments de bonheur.

La courbe élancée d'une jeune fille rousse en pleine santé.

Le sourire intérieur d'un quinquagénaire — lunettes, chemise ouverte, trop de poils — qui se dépêchait d'aller retrouver un être cher quelque part.

Ce couple plus si jeune que ça, vigoureux malgré tout, qui déambulait sur la berge, qui se chuchotait des idioties à l'oreille. Promesses friponnes mille fois répétées auxquelles on croyait encore.

Ce type aux cheveux gras et T-shirt sale, avec un bouquet de fleurs, au coin de la rue.

Celle-là, en train de s'esclaffer au téléphone. Belles dents blanches.

Plus loin, ces ados en maillot de bain qui chahutaient. La fille disait un truc. Le garçon lui envoya une bourrade dans l'épaule. Elle l'attrapa, plaqua sa main sur sa bouche pour qu'il ne réponde pas. Il lui prit le poignet et le tordit gentiment. Ils luttèrent en riant. Ils dansèrent un moment sur le trottoir. Ils avaient droit à un tas de choses.

Chercher, pointer, observer ces éclats brillants, ces diamants bruts dans la fange.

Pour mieux détester.

Brûler.

Nier en bloc.

Et il compta.

Marjorie, six ans. Crayon Disney mâchouillé. Dossier en attente. 2002.

Stéphane, cinq ans. Chiffon blanc. Traces de chocolat sur les bords. Dossier classé. 2000.

Svetlana, quatre ans. Montre waterproof Nemo. Bracelet cassé. Enquête en cours. 1999.

Guilain…

— T'as pas l'air dans ton assiette, murmura Nazutti sitôt entré dans le bureau.

— Toi non plus, rétorqua Andreotti.

— Bon, alors, qu'est-ce qu'ils t'ont raconté, ces abrutis d'en haut ?

— Rien… Rien de vraiment probant. Rien qu'on ne sache déjà. Ils ont reçu le rapport préliminaire. Tir à bout touchant. Abrasion et brûlures anormalement étendues, résultant probablement d'un excès de poudre. Ils ont également trouvé une .454 modifiée à deux mètres sous terre. Deux mètres, tu te rends compte ? Je te parie que les rayures correspondront à une arme de type Taurus Raging Bull .44. Monzo, le balisticien, avait raison.

— .454 recalibrée et positionnée sur .44 Magnum, hein ? Pas très habituel.

— Nan.

— Quoi, comme .454 ? Casull JHP ?

— Ouais, tout juste. Une Magtech 300 grains.

— …

— Qu'est-ce que t'as ? Tu penses à quelque chose ?

— Non, rien… C'est juste que ce genre de munitions sur ce genre d'arme, ça se trouve pas dans n'importe quelles pognes. Quoi d'autre ?

— Rien de plus.

— Tu te fous de ma gueule ?

— Non, pourquoi ?

— Je connais Chaplin et Joyeux. Sous leurs airs bas du plafond, ils savent bouger les meubles quand il faut. Ça m'étonne quand même qu'ils aient rien soulevé de plus. Me dis pas que tu t'es laissé embobiner par ces crétins. Je t'avais prévenu, pourtant.

— Mais non, je me suis pas laissé embobiner.

— Sur les deux adultes... Leur casier, ils ont rien trouvé ? Des points communs... Est-ce qu'ils se connaissaient ? Ils ont fait de la taule ensemble ? Ils sont passés au même moment au même endroit ? Fréquenté le même club de philatélie, je sais pas moi...

— Non, chou blanc de ce côté-là.

Pourquoi Andreotti mentait-il ? Pourquoi omettait-il de mentionner « Chambres secrètes » et « Le Lounge », et Sevran, et Vitali, et Sarah Gorgowsky, et X. ? Il ne le savait pas lui-même. Avant que Nazutti n'arrive, il était pourtant résolu à tout lui raconter, à jouer franc-jeu. Mais dès que le mastiff était apparu sur le seuil, ses belles résolutions s'étaient envolées comme des petits papillons dans l'air printanier. De quoi il avait peur, merde ? Que Nazutti le soupçonne de mener une enquête sur lui ? Qu'il se braque ? Ou bien était-ce simplement cette intuition qui lui disait d'attendre ? Parler à Nazutti, c'était faire exactement ce qu'espéraient Chaplin et Joyeux. Pour l'instant, c'était hors de question.

À la réflexion, c'était peut-être aussi quelque chose de plus obscur. De vieux restes.

Des choses qu'il croyait avoir appris à ne plus faire...

Nazutti grimaça.

— Bon, j'ai un peu de mal à gober ça, mais c'est pas grave. On a du pain sur la planche. Qu'est-ce que tu dirais d'aller faire un tour à la centrale de Girarland ?

— On… On mange pas ? Je t'ai attendu…

— Tu mangeras un autre jour, fais pas ta chochotte ou je vais finir par croire que t'as des tendances. Un de ces quatre, on ira faire un pique-nique au bord de l'eau, promis.

— Nazutti ?

— Ouais ?

— T'es qu'un sale con.

— Je sais, on me le dit sans arrêt.

*

Un peu après midi, Rose se rendit chez ses parents pour déjeuner. Il lui avait fallu cinq ans pour retourner là-bas. Et c'était grâce à sa mère. Son père, lui…

Elle franchit le petit jardin qui devançait le pavillon et entra dans la maison sans frapper. Elle posa son sac et se rendit immédiatement dans la cuisine pour embrasser sa mère.

— Il n'est toujours pas là ?

— Non. Il est au garage. Il bricole. Comme d'habitude. Cette fois, il construit une nouvelle chaise.

— Encore ?

— Encore.

— Il viendra manger ?

Sa mère fit la moue. Les questions de sa fille ne changeaient pas. Elle n'abandonnerait jamais. C'était une tête de mule, tout comme son père. Elle répondit, comme chaque fois.

– Non, je ne crois pas. Il viendra… plus tard. Il m'a dit de te dire qu'il était désolé, qu'il était trop occupé. Mais il t'embrasse. On n'a qu'à manger sans lui, c'est presque prêt. Aujourd'hui, c'est salade.

Rose savait que sa mère racontait des histoires. Son père ne lui avait jamais « dit de dire qu'il l'embrassait ».

– Je suppose que ce n'est pas la peine que j'aille le voir.

– Tu sais comment il est, quand il bricole… Il préfère… être tranquille. Mais un jour…

Oui, Rose savait : un jour, ça passerait, peut-être. Tout passe, un jour. Mais elle en avait assez, ça faisait cinq ans que cette comédie durait et son père… Il lui manquait. Tout simplement.

– Il me manque, dit Rose à sa mère.

Cette dernière la regarda avec un air navré. Le regard d'une mère pour un enfant qu'elle ne comprend plus, mais qui a toujours eu conscience que ça en arriverait là. Un enfant qu'elle continuerait à chérir quand même. Indéfectiblement.

– Je sais… Laisse-lui le temps, Rose. Laisse-lui le temps… Il reviendra. Il… C'est dur pour lui aussi, tu sais.

– Non, je ne sais pas. Maman, je n'ai pourtant rien fait de mal, si ?

– Il ne s'agit pas de ça, Rose. Il t'aime, si tu savais comme il t'aime. Mais il était très attaché à… à…

– Samantha. Tu peux dire son nom, c'était ainsi qu'elle s'appelait.

– Oui, Samantha. Il a… Il a encore du mal à comprendre, c'est tout.

— C'était il y a vingt ans, maman…

— Non, ma fille. Pas vingt ans. C'est… plus récent que cela, tu le sais. Ça n'est pas quand tu… quand nous l'avons perdue qu'il est devenu ainsi. C'est… après. Quand tu t'es mise à…

— Quoi ? Dis-le.

— Je ne veux pas en parler. Il ne veut pas…

— Mais toi. Toi, maman, qu'en penses-tu ?

Nouveau regard navré.

— Tu es ma fille. Ma toute petite fille. Et ceci ne changera jamais.

— Alors, qu'il vienne. Qu'on en parle. Ce silence, tout ce silence, je n'en…

— On ne peut pas commander ces choses-là, Rose. Ton père a toujours été… têtu, sur certains points. Il ne faut pas que tu lui en veuilles.

— Je ne lui en veux pas, maman, mais le temps passe et…

Sa mère tourna vivement le visage et se concentra sur les patates qu'elle était en train d'éplucher. Elle savait à quoi sa fille faisait allusion. Son mari, Georges, avait fait… Le mois passé, il avait ressenti une vive douleur au côté gauche. Ils l'avaient hospitalisé et avaient trouvé une faiblesse ventriculaire. On lui avait prescrit du repos. C'était encore tout ce qui pouvait être fait en l'état. Mais Georges, chaque jour, était plus faible, plus fatigué… Il ne disait rien mais la mère de Rose le voyait, elle connaissait son mari dans les moindres détails. Elle préférait ne pas s'étendre là-dessus. Ç'avait été toujours une manière pour eux, dans cette famille, ou ce qui avait été jadis une famille, de réagir aux coups durs, de conjurer le sort. Sa fille allait lui porter malheur, leur porter malheur, si elle insistait. Et des malheurs, Dieu sait qu'ils en avaient déjà vécu assez pour plusieurs vies.

– Maman ?

– Arrête, Rose. Je préfère ne pas en parler. Ce n'est… pas bien.

– Je ne vais pas attendre qu'il meure, tu sais.

– Stop.

– Je… J'ai encore des choses à lui dire, des choses à lui donner, à… partager.

– J'ai dit stop.

Rose s'obstinait. *Petite effrontée.* Elle ignorait dans quel but. Et pourquoi aujourd'hui ? Ce matin, elle avait rencontré cet étrange policier, cet être bouffi, boursouflé par la haine, quelque chose qu'elle avait senti instinctivement parce qu'elle était passée par là. En discutant avec le major, elle s'était rendu compte soudain de ce qu'on pouvait devenir, si on abandonnait. Elle avait vu aussi qu'il était possible de vivre, de survivre très longtemps ainsi. Elle avait réalisé, réalisé vraiment à quoi elle avait échappé, et elle ne voulait pas que son père termine sa vie de cette manière.

Rose sentait qu'elle pouvait faire quelque chose contre ça. Merde à la fatalité.

Elle pouvait le faire pour son père. Peut-être même pour Nazutti. Ça serait ce qui lui permettrait de reprendre pied une nouvelle fois. La seconde partie du chemin ne dépendait pas d'elle.

– Je vais le voir, affirma Rose en tournant les talons.

– Non, ma fille, non.

Sa mère porta la main à sa bouche pour étouffer un cri.

Était-il possible que ce fût si dur, si long de vivre ? Juste vivre.

Rose descendit d'un pas ferme les escaliers menant au garage.

Sa mère non plus ne lui avait pas vraiment pardonné, elle en avait l'intime conviction. Pas plus qu'elle n'avait compris, d'ailleurs. Mais la vieille dame avait accepté la force salvatrice de l'amour. Au fond de son corps, là, bien profond dans son ventre qui avait su donner la vie… Elle avait accepté parce qu'elle était une femme, justement. Sa mère n'avait pas besoin d'être sauvée.

Rose se planta à l'entrée du garage.

Son père était penché sur une longue planche que, patiemment, avec une sorte de rage calme, il ponçait avec du papier de verre.

Il marqua une légère pause, au fait de la présence dans son dos, puis se remit à l'ouvrage. Avec un peu plus de détermination, peut-être.

Rose resta un moment pétrifiée.

Les paroles de son père, la dernière fois qu'ils s'étaient parlé, lorsqu'il avait su qu'elle correspondait avec l'Animal, comme il le nommait, lui revenaient.

Elle habitait à l'époque encore avec eux, ne pouvant se résoudre vraiment à repartir, à recommencer à voler de ses propres ailes…

Ils avaient accepté.

Accepté sa douleur.

Accepté ses cris, ses gémissements, étouffés à travers les murs trop fins, tous les soirs, toutes les nuits. Elle, enfermée dans son ancienne chambre.

Ils avaient accepté ses yeux, les grands yeux vides qu'elle leur offrait et qui ne cillaient pas, les grands yeux ouverts sur leurs propres cauchemars durant les repas. Interminables.

Accepté le mutisme quand il n'y avait plus rien à dire.

Accepté la solitude quand il n'y avait plus personne vers qui se tourner.

Et la déchéance quand le corps de leur fille, leur propre fille, n'existait plus.

Ils avaient tout accepté parce qu'ils croyaient toujours qu'elle était comme eux, qu'elle ressentait les mêmes choses, qu'elle était dans le même camp et qu'il était impossible qu'il en soit autrement.

Il n'avait pas levé la tête de son journal, le vieil homme, bien caché derrière les feuilles de papier, sûrement pour ne pas se lever et la frapper. Il avait juste dit, avec une voix qui tremblait un peu :

— Il est temps que tu partes, Rose. Ta mère et moi, on en a discuté et ton travail te permet de vivre correctement. Prépare tes affaires et rends-nous les clefs. Tu as jusqu'à ce soir.

Rose n'avait pas compris immédiatement. Le regard de sa mère l'édifia. Un regard terrifié, crucifié entre la peine, la déception, l'amour et la compassion. Rose savait que sa mère avait dû plaider sa cause. Mais, si le choix était inévitable, eh bien, c'était ainsi.

Rose n'avait rien dit. Elle n'avait pas essayé de se défendre. Elle n'avait rien tenté d'expliquer. Trop lasse. Se taire, toujours se taire, dans cette famille.

Elle avait fait ce qu'ils voulaient.

Plus tard, bien plus tard, après que Rose eut entamé une correspondance patiente, douloureuse, ponctuée de longs entractes et de trop nombreux silences avec sa mère, elle avait compris que cette dernière avait réussi, à force de douceur, à force de compréhension, de diplomatie, à faire admettre à son mari qu'elle puisse revenir manger. Au moins une fois par mois, au début, pour voir... Si Georges avait cédé, il avait néanmoins refusé de manger en sa présence, refusé même d'être dans la même pièce. Depuis, les jours où elle venait, il descendait ici.

Et, lentement, il s'usait à réparer, à construire des choses inutiles dont personne ne voulait.

Il était comme ça, son papa.

Il s'étiolait.

Dans le calme le plus absolu. Rongé.

Rose lutta. Elle lutta désespérément pour franchir cet obstacle qui la paralysait entièrement. Un mot, juste un mot et le plus dur serait fait.

— Papa ?

Le vieux continua à poncer.

— Je t'aime, papa.

Puis elle fit demi-tour et remonta. Elle l'avait fait. Elle avait fait une partie de la route. Le reste serait pour son père.

Elle était persuadée qu'il trouverait la force, les ressources suffisantes pour l'accomplir. Son père avait toujours été quelqu'un de très fort.

Le vieux, de son côté, était resté dans la cave. Vieille carcasse brisée. Fatigué. Tellement fatigué. Il avait continué son ouvrage durant tout le temps où sa fille était remontée à la cuisine. Et puis, doucement, il avait posé le papier de verre, épaules voûtées, tassé, écrasé et, en silence, toujours en silence, il s'était mis à sangloter.

Le repas touchait à sa fin et Rose aidait sa mère à débarrasser. Elles avaient parlé de choses et d'autres. Du temps qui, chaque jour, s'affolait un peu plus. Des fleurs, dans le jardin, qu'il faudrait repiquer, du travail, guère passionnant mais à la routine rassurante, de quelques sujets d'actualité préoccupants : les lycées et les universités manifestaient contre une nouvelle réforme dont la mère de Rose avait du mal à appréhender les subtilités... D'un peu tout, en fait, sauf du seul et unique sujet qu'elles avaient toutes les deux en tête et qui les occupait tout entières depuis que Rose avait rompu l'accord tacite qui existait depuis plusieurs années en descendant dans le garage.

Finalement, la fille dit qu'elle allait retourner travailler, il était presque l'heure.

Soudain, tandis qu'elle était occupée à ranger les assiettes dans le lave-vaisselle, elle entendit sa mère pousser un petit cri. Un hoquet de surprise. Rose leva les yeux.

Il était là, le vieil homme, sur le seuil de la cuisine.

Son buste vacillait un peu, porté par un ressac invisible.

Il avait l'air de ne pas trop savoir quoi faire de ses bras et les tenait, un peu absurdement, plaqués le long de son corps bancal.

Il semblait essoufflé, mais Rose savait que ce n'était pas les quelques marches qu'il avait montées qui l'avaient mis dans cet état.

C'était l'effort. L'effort surhumain, quasiment inouï

qu'il lui avait fallu accomplir pour venir jusqu'ici et lever les yeux… juste lever les yeux sur sa propre fille.

Le vieil homme, avec peine, reprit son souffle.

— J'avais… J'avais peur que tu sois déjà partie.

*

— Putain, mais où tu nous emmènes ?

— Je te l'ai dit : à la centrale de Girarland… On a quelqu'un à visiter là-bas, tu vas voir, ça peut être intéressant.

— La tête de la principale quand tu lui as demandé d'obtenir une CR[1].

— T'inquiète pas pour ça. Elle a l'air de penser que je te malmène. Je te malmène ?

— J'irais pas jusque-là.

— Elle veut… Elle veut que je te chouchoute. Que je touche pas à tes petits cheveux soyeux. Faut croire que tes exploits ont laissé des traces.

— C'est… C'est fini tout ça.

— Vraiment ?

Nazutti lorgnait son comparse avec un sourire en coin. Un sourire de loup. Andreotti se tortilla sur le siège de la 309. Il savait quoi, au juste, Nazutti ? Et si, depuis le début… Andreotti détourna le visage pour observer le paysage, mornes plaines faites de garrigue desséchée et de buissons épars. Ils allaient pas tarder à arriver. Cette centrale était, à dessein, loin de tout. Plus paumée, c'était difficilement faisable. De toute façon, avant la construction, les responsables du projet s'étaient fait jeter de partout. Les par-

1. Commission rogatoire.

tisans du *Not In My Backyard* étaient des gens virulents et très bien informés.

Nazutti négocia une dernière courbe et, soudain, elle était là, surgissant tel un Léviathan sorti des entrailles de la terre, la centrale. Plantée au milieu de nulle part, en plein centre de l'étendue réglementaire des quatre hectares où l'on avait pris soin d'éradiquer toute forme de végétation. Andreotti reporta son regard sur son supérieur. Non, il ne savait rien. Rien de rien. Sinon, il lui aurait déjà pété la gueule, c'était sûr. Il se reprit :

– T'as pas besoin de me chouchouter, je suis pas là pour ça.

Andreotti évita de préciser qu'il avait pratiquement pas dormi depuis quarante-huit heures, pas bouffé, pas vu sa femme, que le major l'avait embarqué dans plus d'entourloupes en deux jours qu'il n'en avait vu en cinq ans de carrière… Putain, si Nazutti le chouchoutait maintenant, qu'est-ce que ça devait être quand il décidait de secouer quelqu'un, celui-là ?

– De toute façon, c'est dans le cadre de l'enquête, non ? C'est ce que je lui ai dit et c'est ce que je te dis, affirma le canidé.

Ils arrivèrent devant l'établissement. Une sorte d'étoile high-tech sur deux niveaux qui contrastait étrangement avec le dénuement environnant.

Ils s'extirpèrent du véhicule et Nazutti alla foutre sa CR sous le nez du gardien, derrière sa guérite certifiée antiballes, antiroquettes, antitout. Les vérins hydrauliques jouèrent et les portes triple blindage s'entrouvrirent pour les laisser pénétrer dans ce qui se faisait de mieux en matière de répression criminelle sur le territoire. Du fer. Du fer partout. Alliage malléable à base de carbone trempé à divers degrés de dureté. Antioxydation. Impossible d'en détacher le plus petit morceau pour s'en faire une arme.

On leur refila les badges roses réservés aux avocats et à la judiciaire.

Une cour, à peine plus vaste qu'un terrain de basket, avec des filets antiévasion au-dessus. La Grande Cour d'Honneur, précisa Nazutti qui salua ensuite le gardien chargé de les accompagner. Andreotti le reconnut immédiatement. Ce n'était pas tant son apparence ni son visage qui frappaient, mais cette manière un peu incurvée qu'il avait de se tenir. Comme s'il souffrait de crampes à l'estomac ou de diarrhée. Mais Andreotti savait que ce n'était pas son transit ou la consistance de ses selles. « Chirurgie sauvage », « minimalisme organique », « prostatectomie périnéale »… « Un passe-temps qui coûte cher… », c'était ça qu'avait dit Nazutti, quand ils l'avaient croisé le premier soir, en se rendant au Lounge. Andreotti resta impassible. Le gardien et le mastard se filèrent une accolade virile. Ensuite, peut-être gênés par la présence d'Andreotti, ils ne parlèrent plus et, après avoir descendu une volée de marches, entrèrent dans un bâtiment à droite. Nazutti connaissait beaucoup de gens, partout, et il détestait tout le monde. Mais les mecs semblaient tout disposés à lui passer la main dans le dos et à se comporter avec lui comme avec un ami de longue date. Comment c'était possible, ce paradoxe ? Est-ce qu'il les tenait tous avec une saloperie ou une autre, ou bien s'agissait-il d'un lien plus fort, d'une proximité plus profonde ?

Tandis qu'ils marchaient, Andreotti nota sur l'épaule du gardien-chef le double écusson à tête de lion des forces spéciales de l'ERIS. De savoir que ce gars faisait partie des sinistres Équipes régionales d'Intervention et de Sécurité ne l'étonnait qu'à moitié. La réputation de ces bataillons, à la limite du paramilitaire, n'était plus à faire. Il imaginait bien ce petit bonhomme tout sec s'entraîner avec les fondus des PI[1] et tourner, une semaine sur quatre, dans les différentes prisons de la région pour mater les éléments les plus récalcitrants, susceptibles tôt ou tard, de semer le trouble dans la belle ordonnance de l'administration pénitentiaire… Décarcasser, c'était l'expression consacrée.

Quand la porte de la cellule s'ouvrait en silence, au milieu de la nuit, et que des hommes cagoulés déboulaient, une serviette et une balle de tennis dans une main, savonnette, barre de fer ou billes d'acier empaquetées dans l'autre, le type savait qu'il avait fait le con. Que quelqu'un, quelque part, l'avait mis sur une liste noire, celle dévolue aux électrons assoiffés de liberté. Il savait que l'ERIS lui rendait une petite visite tout ce qu'il y avait d'officieuse. Et il savait qu'il allait passer un sale quart d'heure.

Éris, déesse de la discorde, fille de la nuit et mère de la douleur, les lettrés de la Place Beauvau avaient décidément un sens de l'humour très spécial.

Andreotti n'eut pas le temps de pousser plus loin la réflexion : Nazutti lui indiqua, par la vitre grillagée, un autre bâtiment, plus petit, au fond de la cour.

1. Pelotons d'intervention (groupes mobiles de la gendarmerie).

— Là-bas, t'as le quartier des Spéciaux. Les trans et les homos. On sait pas où les foutre — chez les hommes, chez les femmes... — alors on les rassemble là, histoire d'éviter les méprises de la population locale. Si ça tenait qu'à moi... En haut, au dernier, t'as les DSP[1], les vrais vilains ou ceux qui sont trop cons pour se tenir tranquilles. Ils ont des pyjamas en papier. L'administration pénitentiaire a laissé tombé le costume Droguet depuis une paye. De toute façon, même les œuvres caritatives en voulaient pas. Et là, au fond, derrière le Camembert, autrement dit la cour de promenade, on va vers le quartier des pointeurs. Les pédophiles, les pervers, les violeurs... Un vrai monde à part et une population très particulière, tu verras.

— On visite qui ?

— Une vieille connaissance.

Le gardien leur jeta un regard en biais. Nazutti et lui s'échangèrent un message mystérieux, presque imperceptible, puis ils continuèrent.

Ils passèrent un sas. Puis un second. Des caméras avec agrandisseurs et arrêts sur image. Des caméras partout. Ça lui rappelait, à Andreotti, un peu le Lounge.

Ils entrèrent finalement dans un long couloir bordé de cellules. Sept centimètres d'épaisseur. Serrures. Œilletons. Et les inévitables formulaires cartonnés P30 insérés dans la rainure externe. Ceux avec les matricules, noms et religions des occupants inscrits dessus. Ceux qui précisaient les dates : incarcération, durée, expiration, remises. Ceux qui portaient les cases jours, mois, ans.

1. Détenus particulièrement surveillés.

Pour les perpétuités, ces grilles n'étaient pas remplies.

Elles étaient toutes vierges, ici.

Ils allèrent jusqu'au bout.

Tout au bout du couloir, dans les trous, dans l'ombre, quelqu'un…

Nazutti entra en souriant, Andreotti à sa suite. Le molosse prit place en face de la table scellée avec, en vis-à-vis, Marcus Plith, pédophile, nécrophile, tueur.

Andreotti resta debout. Près de la porte que le maton avait pris soin de refermer derrière eux. Le jeune inspecteur l'avait distinctement vu glisser quelque chose dans la main de Nazutti, mais il n'avait pas pu voir quoi.

Le mastard observa l'homme. Longuement. Se laisser pénétrer de ce sentiment de révulsion dont il s'était maintes fois servi par le passé, laisser monter la colère et trouver les ressources suffisantes.

L'homme avait changé. D'apparence du moins. Il semblait s'être redressé. Son allure était soignée, presque précieuse. Il posa ses mains bien à plat sur la table. Des mains fines, manucurées… Tout sauf des mains de tueur.

Il portait maintenant une petite moustache impeccablement taillée et des cheveux plaqués en arrière masquant à peine un début de calvitie.

Svelte, dans son petit veston à rayures, il tenait du voisin de palier. Cet homme discret et très poli que tout le monde connaît dans le quartier.

Il sourit en retour à Nazutti. Un sourire effilé. Une plaie blanche. Son regard était étrangement fixe.

— Inspecteur Nazutti… Ça me fait plaisir de vous voir, vraiment. Depuis le temps.

— Major.

— Oh, major, excusez du peu. Que me vaut le plaisir ?

Nazutti lui aussi souriait. Mais ses yeux, comme il y a vingt ans, disaient le contraire.

— Alors, Marcus, dit-il finalement, il paraît que tu t'amuses avec la petite Berthelin ?

Le sourire du serpent s'accentua.

— Laquelle ?

Nazutti laissa passer un moment de silence. Son regard, il le savait, personne le soutenait très longtemps, y compris Marcus qui baissa les yeux et retrouva, en un éclair, son air chafouin, craintif… Celui qu'il avait à l'époque où… Il ne lui avait pas fallu longtemps pour retourner vingt ans en arrière, au tueur…

— C'est pour ça que vous êtes là ? Je fais rien de mal, vous savez. Au contraire. Je… J'ai… C'est elle qui a commencé à m'écrire.

— Je suis au parfum.

— Et je lui ai répondu. J'ai saisi ma chance, major.

— Ta chance ?

— Oui. Celle de réparer ce que j'avais fait. Celle de m'amender sans rien effacer. Celle de changer moi aussi.

— J'ai jamais entendu un baratin pareil. Vas-y, continue…

— Elle m'a demandé… Elle m'a supplié d'accepter son pardon…

— Je te crois pas, espèce d'ordure.

— Pour changer. Renaître elle aussi. Elle m'a considéré comme un être humain… Enfin…

— Non, Marcus. Elle s'est servie de toi pour survivre, c'est différent, pauvre con. Elle t'a utilisé comme tu as utilisé sa fille jadis pour décharger ton foutre, tu comprends bien ça, Marcus ?

— Vous ne croyez pas qu'on peut changer, major ?

— Pas toi, non.

— J'en ai vu, pourtant, des types changer, quand j'étais dehors. Des types qui, lentement, se transformaient en autre chose. En quelque chose de plus fort, de plus cruel, de plus performant…

— Ferme ta gueule maintenant et écoute-moi.

— « Il » va bien ? Je ne l'ai pas vu depuis si longtemps…

— Moi je crois que tu sais parfaitement comment il va.

— Vous vous trompez, major. Je n'ai plus entendu parler de lui depuis deux décennies. Exactement le même temps que pour vous. Troublant, non ? Aujourd'hui, vous revenez, major… Vous revenez pour solder les comptes en espérant, en priant pour qu'il ne soit pas trop tard.

— Ferme-la.

— Et mon petit doigt me dit que vous n'êtes pas le seul à revenir. C'est ce qui me coûte votre visite, je me trompe ?

— J'ai l'impression que la taule t'a rendu marteau. Complètement.

— Oh, ça a bien failli, major. Il faut dire qu'après le petit traitement que vous m'avez réservé…

— T'as eu ce que tu méritais. T'as semé tes graines de mort. Je me suis pointé avec la faux.

— Mais je vous remercie, major. Grâce à vous, j'ai touché du doigt l'essence même des choses. Même si ça a été douloureux. Vous pouvez pas savoir comme ça a été douloureux. Cette blessure, à l'épaule, elle vous fait toujours mal ?

— Parfois. Quand le temps se gâte.

— Le temps, oui… Sale temps.

— Tu t'y es pris comme un manche, c'est tout.

— Vous êtes vraiment persuadé que c'est moi, n'est-ce pas ? Le temps… C'est toujours ce sale temps qui vous a rendu ainsi, major.

— Tu m'accuses de mentir ? Bien sûr que c'est toi qui m'as fait ça. Et tu te prépares à remettre le couvert, salope. Cette fois, je vais pas te louper.

— Oh non, major. Vous n'allez pas remettre ça. Vous n'avez toujours pas compris, hein ? J'ai changé. J'ai… vu la lumière. Et plus rien, désormais, ne peut me détourner de mon destin. Je ne vis que pour ça depuis… vingt ans. Je l'ai vue et elle m'attend, je le sais.

— T'as pas peur, connard. C'est bien.

Nazutti chercha dans sa poche et en extirpa une sorte de petit stylet. Ce que lui avait donné le gardien avant de s'en aller. Andreotti se pencha légèrement. Une arme ! Une putain de cuillère taillée en pointe ou quelque chose comme ça ! Il porta la main à son holster.

— Ne bouge pas, Andreotti ! intima Nazutti.

Sa voix était forte et claire. Sans ambiguïté.

— Pas maintenant…, pas encore, ajouta-t-il plus doucement.

Marcus Plith restait immobile. Totalement. Il souriait toujours.

— Tu vas prendre ça, Marcus.

— C'est ce que vous voulez ? Vraiment ?

Sans plus attendre, il s'empara du stylet. La main d'Andreotti se crispa sur la crosse. Nazutti l'arrêta une nouvelle fois d'un geste de la main.

Marcus posa le stylet délicatement sur sa propre gorge, au niveau de la carotide.

— Effectivement, vous n'allez pas me louper, major. Vous allez me saigner comme un porc, cette fois, hein ? Vous allez me faire ce plaisir…

Nazutti restait impassible.

— Vous ne faites rien ? Peut-être n'était-ce pas la réaction que vous aviez prévue ?

Nazutti attendait.

— Vous comprenez, maintenant ? Vous comprenez que rien de ce que vous pouvez faire ne m'affaiblira plus. Appuyez, s'il vous plaît, que je la revoie juste une fois.

Nazutti se pencha et, doucement, tout doucement, reprit le stylet des mains de Plith. Il l'essuya soigneusement et le rangea dans sa poche.

— Putain, chuchota Andreotti.

Ses jambes flageolaient. Tout son corps flageolait. C'était quoi, ce truc de timbré ?

Nazutti ressortit des feuilles de sa poche.

— Lis ça.

Marcus s'inclina, examina les feuilles, puis il se radossa.

— C'est bien tourné. Il y a du style.

— Tu sais ce que c'est ?

— Des poèmes ?

— Mais encore.

— Rien de plus.

— J'ai besoin de savoir si tu es mêlé à ça, Marcus. Derrière ces lettres, il y a déjà quatre morts, dont deux de tes congénères. Si tu veux avoir une chance de mourir, si tu sais quelque chose, dis-le-moi.

— Oui, oui, major, je sais que vous voudriez me faire plaisir et j'aimerais vraiment pouvoir vous aider afin que vous m'aidiez à votre tour mais... vous devez me croire, je ne sais rien. Ces lettres... Rose m'en a parlé. Et si j'avais su quelque chose, si j'avais été en mesure de faire quoi que ce soit pour elle, même donner ma vie pour qu'elle obtienne une réponse, je l'aurais fait. Vous devez me croire, elle m'a changé autant que je l'ai changée. Mais j'ai été impuissant. Je n'ai su que la calmer. La réconforter. Et lui redonner un peu de force. Aujourd'hui vous êtes là, ça va aller mieux, alors ?

— T'es vraiment une raclure. Tu me débectes. Je crois bien que je vais encore parler de toi aux gardiens. Je pense même qu'on pourra te trouver une place avec les autres détenus. T'es content ?

— Je ne suis au courant de rien, je vous le répète, major, et de toute manière, je suis ici. Que voulez-vous que j'aie pu faire ?

— Peut-être que t'avais encore envie de jouer ? Tu dois avoir ton petit fan-club, dehors, je me trompe ?

— Non, major. Depuis que je suis entré, depuis cette pitoyable mascarade qu'ils ont cru bon de m'infliger et qu'ils ont appelée procès, j'ai eu droit à des lettres d'admiration. J'ai eu droit à la compassion, à la curiosité, à la générosité. J'ai eu droit à la reconnaissance et à la notoriété. J'ai eu des mains tendues, des propositions indécentes, des demandes en mariage, des donations, chèques ou espèces, je prends. J'ai eu des producteurs de télé, de cinéma, j'ai eu des écrivains, des journalistes et des éditeurs. Et vous, qu'avez-vous eu, major ?

— ...

— Oui, c'est bien ce que je pensais.

— ...

— Il n'y a pas si longtemps, un informaticien allemand a passé une annonce via le Net : « Cherche homme prêt à se faire manger. Pas sérieux s'abstenir. » C'est un ingénieur berlinois qui a tiré le gros lot. Son dépeçage et sa dégustation ont été mis en ligne. Quand la police a procédé à l'arrestation, le cannibale avait conservé dans sa boîte aux lettres plus de deux cents candidatures valables. Vous voyez : le bonheur à portée de tous, aussi simple qu'un clic de souris. Tout, tout de suite, sans raison particulière : ainsi va la vie. Il n'y en aura pas d'autres. Malgré les efforts des autorités, le fichier vidéo du meurtre est toujours en circulation, quelque part sur la Toile...

— ...

— Un site Internet m'est exclusivement consacré. Il comptabilise plusieurs milliers de connexions...

— ...

— À une époque, une de vos collègues a même entamé une très instructive correspondance avec moi... jusqu'à ce que l'administration ne modère ses élans.

— Donne-moi son nom.

— Ça n'est pas dans mes habitudes. Que penseraient mes fans, si je faisais ça ?

— Tu m'en laisseras juge.

— Et bourreau, c'est ça ?

— Écoute-moi bien : quelqu'un, là-dehors, s'est pris de passion pour les tâches ménagères. Dans le genre nettoyage par le vide. En temps normal, je serais plutôt pour. Mais une certaine Rose Berthelin est juste au milieu de tout ça. Et si ce que tu dis est vrai, je crois que tu ne voudrais pas qu'il lui arrive d'autres malheurs, non ?

— Faites-moi une faveur, major. Trouvez celui qui fait ça. Trouvez-le et montrez-lui ce que vous m'avez montré. Celui qui fait du mal à Rose ne mérite que ça. Pour cette femme flic, là, oubliez. Elle s'est suicidée l'année dernière avec son arme de service. De bonnes âmes m'ont rapporté quelques détails croustillants. On a retrouvé chez elle des cahiers, des tas de cahiers Petit Écolier remplis jusqu'à la dernière page de dessins d'enfants, de photos d'étals de bouchers et d'insultes incompréhensibles. Une étagère entière. Et lorsque la balle qu'elle s'est tirée dans la bouche a perforé son palais mou, le contrechoc a fait ressortir son cerveau par le nez, les oreilles et même les yeux. Je crois que ça la met hors de cause.

— Tu veux que je retrouve celui qui a fait du mal à Rose Berthelin ? Mais celui qui lui a fait du mal, jusqu'à nouvel ordre, c'est toi.

— Vous savez ce que je crois, major ?

— Fais-moi rire.

— Je crois que vous n'êtes pas venu me voir pour réellement trouver qui a écrit ces bafouilles… Je crois par ailleurs que vous avez déjà votre petite idée sur la question.

— Tu te goures. D'ailleurs, pourquoi je me serais déplacé, sinon ? Juste pour voir ta tronche ?

— Vous est-il jamais venu à l'esprit que j'aurais

pu être innocent ? Ou en tout cas pas aussi coupable que vous le pensiez ?

— S'il te plaît, ne me ressers pas les craques que toi et tes putains d'avocats avez données aux jurés. Je te l'ai déjà dit il y a vingt ans, Marcus, et je te le répète aujourd'hui : que tu sois innocent ou pas, je m'en fous. Ton degré de responsabilité m'importe peu. Ce qui m'importe, c'est... c'est...

— Qu'est-ce qui se passe, major ? Du mal à trouver vos mots ?

— Je t'ai dit de la fermer.

— La fermer, parler, vous n'avez pas été explicite là-dessus.

— ...

— Ce fut un plaisir de vous revoir, major.

Nazutti se leva, furieux.

— On passera ces lettres au crible, Marcus. Et les tiennes aussi, par la même occasion. T'as entretenu assez de correspondances pour ça. Et si on trouve la moindre similitude, s'il y a le moindre doute, tu peux compter sur moi pour rester en vie encore longtemps, très longtemps. Entre grisaille et obscurité, si tu me comprends bien. Allez, Andreotti, on se casse.

Les deux fonctionnaires se préparaient à quitter la pièce lorsque Plith rappela Nazutti.

— Hé, major ?

— Tu veux ?

— Si j'avais dirigé le stylet sur vous, vous m'auriez laissé vous tuer ? Vous aussi, vous y pensez, n'est-ce pas ? Vous pensez à elle, tout le temps, depuis... vingt ans ? Vous la cherchez ?

Nazutti cogna à la porte. Le gardien vint lui

ouvrir, dissimulant mal sa surprise de trouver Marcus intact. Ils partirent sans plus un mot.

Ce ne fut qu'une fois sur le parking qu'Andreotti s'autorisa à interroger le major. Il n'y tenait plus.

– C'était quoi, ça, hein ? Tu peux me dire : c'était quoi ?

– Rien... Rien qu'une petite entrevue amicale. De toute manière, ça valait nib. On en est quitte pour un aller-retour aux frais de la princesse.

– Je... Bordel, Nazutti, pourquoi tu me dis jamais rien ? C'est ta tactique ? C'était qui pour toi, ce mec ?

– Une vieille connaissance. Un type que j'ai serré il y a une vingtaine d'années et qui, pour une raison que j'ignore, revient sur le devant de la scène.

– Mais... pourquoi lui ?

– Parce qu'il correspond assidûment depuis une dizaine d'années avec une certaine Rose Berthelin, journaliste de son état. Parce que ladite Rose Berthelin a reçu des lettres en tout point identiques à celles qu'on a retrouvées dans les tombes. Parvenues un jour ou deux après chaque découverte, j'ai vérifié. Et parce que, enfin, dans ces lettres, il y a des détails connus uniquement de Rose Berthelin et de lui... Les détails d'une affaire qui remonte à vingt ans, quand leurs routes se sont croisées indirectement. Ça te suffit ou il te faut un développement ?

– Des détails connus de toi aussi ?

– Dis donc, Andreotti, t'as quand même pas l'intention de me chier dans les bottes, non ? On est dans le même camp, je te signale. Celui des gentils, tu te rappelles ? se rebiffa Nazutti.

Ce qui ne signifiait rien étant donné que Nazutti se rebiffait constamment.

— Je sais pas… Attends, laisse-moi parler : si je comprends bien, le trait d'union entre lui et elle, c'est toi. Et si…

— Si quoi ?

— Et si c'était toi qui étais visé, là-dedans ? Et si, il y a vingt ans, il s'était passé quelque chose de…

— Continue, va au bout de ta pensée.

— Je veux dire : s'il y avait autre chose ?

— Non. Il n'y a rien. Rien, c'est clair ?

— Nazutti…

— Quoi ?

— Qu'est-ce qu'il s'est passé entre ce mec et toi, exactement ?

— Je l'ai topé en flag. Ç'a été légèrement mouvementé. L'IGPN est venue jeter un coup d'œil rapidos mais rien de plus et c'était il y a longtemps…

— …

— Qu'est-ce qu'il y a ? Tu me crois pas ?

— Si… si… Mais, comment dire… En réfléchissant bien, à l'origine, c'est Chaplin et Joyeux qui nous ont refilé ce bâton merdeux, non ? C'est pas vraiment des saints.

— Nous si, bien sûr…

— Je…

— Hé, joue pas les vierges effarouchées. Pourquoi tu crois que t'es venu travailler ici, dans ce commissariat, avec moi ? Tu crois que ça s'est bousculé au portillon pour avoir ta gueule dans le service ?

— Mais Chaplin et Joyeux…

— Chaplin et Joyeux sont des crétins, des flemmards et des faux culs. Monter sciemment un truc pareil, c'est pas dans leurs cordes : il y a quand même quatre zigs sur la soie, et c'est pas du millefeuille. Crois-moi, en vingt ans, il y en a un paquet qui ont essayé de le faire tomber, le Nazutti. Et des bien plus coriaces que ces deux empaffés...

— C'est juste des suppositions... Je pense tout haut.

— Je sais pas ce que t'essayes de me dire, petit inspecteur, mais je vais me laisser croire que c'est pour ménager ma susceptibilité que tu bourdonnes autour du pot sans goûter. Cela dit : suppose, Andreotti, suppose... C'est parfois productif.

— Je... Putain, qu'est-ce que tu bricoles, Nazutti ?

— Et toi, tu bricoles quoi ? Fais gaffe, Andreotti, la parano te guette... C'est pas un mal, mais utilise-la bien, sinon, le retour de tribart est sévère.

— Le... Le stylet, Nazutti... Celui que t'a donné le gardien...

— Le gardien m'a rien donné et il y a pas de stylet.

— C'est... Ça a un rapport avec ce qui s'est passé il y a vingt ans ? Marcus Plith avait l'air de...

— Laisse tomber. C'était un petit jeu. Juste un petit jeu sans grandes conséquences entre lui et moi. Un léger coup de nostalgie, si tu préfères...

— Un truc de malade, oui ! T'as failli me faire faire une crise cardiaque.

— Tu t'habitueras.

— Nazutti ?

— Quoi encore ?

— Il... Il avait raison, quand il a dit que s'il l'avait pointé sur toi, cette fois tu te serais laissé ouvrir ? C'était ça, tu te serais vraiment laissé tuer ? Tu voulais...

Le major partit d'un rire brusque. Suintant. Infecté. Un grand rire de salopard dans le soleil couchant catégorie carte postale, avec la mégapole en point de mire, bouffée par le dioxyde et les fumées d'usines de la périphérie.

Immense.

Grandiose.

Fragile et menaçante.

Ils étaient dans la Peugeot et traçaient vers la cité. Il semblait, comme chaque fois en cette période de l'année, que plus jamais elle ne se rendormirait.

Nazutti au volant, clope à l'oreille. Andreotti à côté. Place du mort.

– Si je devais me faire déquiller, continua le marlou, c'est sûrement pas un margoulin pareil qui s'en chargerait ! Je comprends même pas comment tu peux l'envisager. Tu n'es pas raisonnable, Andreotti, pas raisonnable, mais j'aime ça.

– ...

Andreotti se taisait. Il réfléchissait. Marcus Plith. Il avait déjà vu ce nom récemment quelque part, il en était certain.

– Écoute, c'est un dingue, continua l'officier. Je l'ai peut-être un peu trop chahuté il y a une vingtaine d'années et, apparemment, il s'en est jamais totalement remis. Il déconnait. Il déconnait en plein.

Andreotti persévéra. Il savait que c'était inutile, mais il ne voulait pas lâcher l'affaire.

– Et ce troisième type, dont il parlait ? Quand il t'a demandé si « il » allait bien ?

– Rien. Il parlait d'une connaissance commune, un truc sans intérêt. Mais tu sais comment ça peut être, quand on est enfermé depuis vingt ans : tout prend de l'importance, les priorités sont plus les mêmes. Je te l'ai dit : Marcus Plith est un grand malade. Un pédo, un tueur d'enfants... J'ai simplement surestimé son degré de lucidité.

— ...

— Merde, Andreotti. Tu me fais chier.

— Tu me répondras pas, c'est ça ?

— Te répondre ? Mais c'est ce que je fais depuis un quart d'heure.

— Non. C'est pas des réponses. C'est du noyage de poisson, de l'enculage de mouches, c'est tout sauf des réponses claires.

— En matière de trucs pas clairs, je peux te retourner le compliment.

Andreotti essaya de rester calme. Pourquoi la conversation avait dévié ainsi, sur cette pente glissante que manifestement ni lui ni Nazutti ne souhaitaient aborder ? Il ne savait pas. Il essaya de reprendre la main.

— Cette histoire de « lumière » à la con ? C'est aussi un délire de dément ?

— Ah, la lumière... Ça, c'est... C'est autre chose...

Nazutti baissa le pare-soleil. Il plissait les yeux. Putain de soleil. Et la nuit, qui arrivait. Sourde et moite. Portant avec elle son cortège de fantômes et de morts vivants qui allaient, les poches pleines, déferler par cars entiers sous les néons sales. Des vilaines nuées de mouches à la putréfaction...

Il eut un sourire énigmatique. Il sembla à Andreotti que c'était aussi un sourire de regret. Comme quelqu'un qui s'apprête à faire quelque chose de désagréable mais nécessaire...

— La lumière..., répéta Nazutti.

Sa voix avait pris un ton rêveur. Loin, très loin.

— ... Tu verras ça ce soir.

ILLUMINATION

Ils étaient une petite dizaine, alignés et nus, dans l'ombre.

Ils attendaient, en silence.

Au plafond, on pouvait voir briller les objectifs des caméras.

Quelque part, la grosse Sarah et son équipe de fondus observaient tout.

Lorsque le type arriva, nu lui aussi et tenu en laisse par deux des plus imposants mastards que le monde ait créés, Andreotti eut un haut-le-cœur. Si seulement il avait pu emmener son flingue, il aurait été plus rassuré. Mais Nazutti l'avait obligé, une fois encore, à se désaper. Andreotti avait eu beau protester, arguer qu'il s'était déjà fait avoir une fois et qu'il était hors de question de s'y faire reprendre, Nazutti avait été inflexible. Cette fois, c'était réellement obligatoire. Justement dans le but d'éviter les dérapages. Un tas de mecs ou de femmes cachaient souvent des trucs pas croyables sous leurs vêtements, et ce à quoi ils se préparaient à assister ne souffrait pas le moindre imprévu.

Maintenant, ils étaient là, dans le noir, à poil. Il y avait cinq ou six mecs et quatre femmes. Sereins. Trop sereins. Nazutti, qui se tenait juste à côté d'Andreotti, ne bronchait pas. Il avait gardé sa cigarette. Ce détail avait quelque chose de cocasse au cœur de cette solennité vaguement oppressante.

Le jeune inspecteur, au bout d'un moment, l'attente inconfortable se prolongeant, avait essayé de demander à Nazutti quelques précisions, mais ce dernier lui avait fait signe de la boucler.

Ils y étaient et ils y étaient bien. Le Lounge. Cet établissement qu'Andreotti, depuis ce qu'il avait appris auprès des RG puis des services financiers, regardait d'un tout autre œil.

Ils n'étaient pas au même endroit que précédemment. Ils étaient dans une autre salle, plus petite, plus éloignée, plus bas. Il faisait froid, les murs, faits de pierre de taille, étaient totalement dépourvus du moindre apparat. On aurait dit un ancien caveau ou des catacombes. Difficile d'être catégorique, pour Andreotti. Le chemin qu'ils avaient emprunté pour s'y rendre avait été tortueux, culs-de-sac, embranchements, coudes. Un vrai labyrinthe. Le piège parfait. S'il fallait décarrer en urgence, bonjour. En tout cas, il s'agissait d'un lieu où, manifestement, un nombre très restreint de personnes était autorisé à aller.

Le type attaché avec la laisse était un grand échalas d'une maigreur effrayante. Il bavait et ahanait, en tirant sur son lien comme un dément. Les deux body-builders derrière le tenaient solidement. Son corps était constellé de traces de coups, morsures, brûlures, Andreotti n'aurait pas su le préciser dans la pénombre. Il était néanmoins persuadé que l'individu avait subi quelque torture. Volontaire ou non.

Un des hommes à poil s'avança au centre de la pièce. Il était petit, bedonnant, et une masse impressionnante de poils blancs envahissait le haut de son torse et son dos. Curieusement, son sexe était glabre. Totalement épilé…

— Bienvenue. Bienvenue à la dixième étape du programme « Illumination ». Je suis Loup. J'officie aujourd'hui devant vous en tant que maître de cérémonie. Je vous rappelle les consignes qui devront être respectées durant l'intégralité de la séance : vous ne parlerez pas.

— Nous ne parlerons pas, s'exclama d'une même voix l'assemblée, Nazutti compris.

— Vous resterez en tout point détachés, respectueux et impénétrables.

— Nous resterons…

Andreotti était le seul à ne pas répéter les scansions de Loup. Cela semblait ne déranger personne. Où il était, là ? Dans une messe noire ? Un truc vaudou ? Il ne voyait pourtant ici ni patte de poulet ni pentacle. Rien qu'eux et les caméras au-dessus. Une manifestation, d'après ce qu'il supposait, beaucoup plus sophistiquée que le connard en soutane blanche qui s'amusait à filmer au Caméscope ses petits copains en train de s'exciter autour d'un autel improvisé. Il en avait la conviction, les caméras n'étaient pas là pour servir d'album souvenir ou pour exacerber les tendances exhibos de certains, mais bien pour observer de manière presque clinique le déroulement des opérations.

— Vous fermerez vos cœurs, votre esprit et votre âme…

— Nous fermerons…

Nazutti… Il faisait quoi, Nazutti, avec cette bande d'allumés ? Et lui ? Comment il avait pu se laisser embarquer…

Au dernier instant, comme pris d'un tardif remords, Nazutti avait essayé de le faire renoncer. Et c'était lui qui avait argumenté, tel un gosse à qui on menace de confisquer un jouet, pour aller jusqu'au bout. Peut-être qu'il se sentait irrémédiablement happé par quelque chose qu'il ne comprenait pas ? Peut-être simplement qu'il n'avait pas envie… qu'il avait peur de rester chez lui ce soir ?

Avant de se rendre au Lounge, Andreotti avait insisté pour que Nazutti passe manger un morceau chez lui. Le jeune inspecteur aurait ainsi l'occasion de voir Nathalie et il tenait de surcroît à ce qu'elle rencontre son binôme… Qu'elle sache avec qui il travaillait… Qu'elle ne se sente pas exclue… Ça pourrait apaiser la tension, s'était-il dit. C'était sans compter la personnalité limite sociopathe de Nazutti. Ça, il n'y avait songé avec appréhension qu'une fois l'invitation lancée — et acceptée par Nathalie après un coup de fil éclair —, quand il était trop tard pour revenir en arrière.

Contre toute attente, le bouledogue s'était révélé d'une exquise finesse. Il avait ri, raconté des blagues. S'était montré tour à tour truculent, sensible, attentionné, subtil, c'était un hallucinant feu d'artifice, qu'il avait offert. Il avait fait mine de vraiment s'intéresser à sa vie… à leur vie. Posant mille questions, rebondissant, se taisant quand c'était nécessaire et relançant la conversation d'une simple phrase, d'une suggestion habilement distillée. En un mot, il avait littéralement fait un numéro de charme. Andreotti en était resté estomaqué. Comment ce gus, boule de haine en guerre permanente, pouvait en quelques secondes se fabriquer un tel masque, ça tenait du prodige. Mais il s'agissait bien d'un masque, Andreotti n'avait été dupe à aucun moment.

Est-ce que Nazutti était rentré, brusquement, dans une période euphorique ?

Est-ce qu'il avait, par une volonté perverse, décidé de séduire sa femme ?

Il semblait avoir deviné, sous les dehors courtois que le couple avait affichés, les difficultés qu'ils traversaient, ce fossé entre eux qui était en train de se transformer lentement en bourbier et qu'ils regardaient s'élargir, s'approfondir jour après jour, perplexes, incrédules. Son regard, discret et aiguisé à la fois, n'avait pas trompé Andreotti. Il avait connu suffisamment de flics pour savoir quand quelqu'un était évalué.

Nazutti avait-il voulu profiter de la situation ?

Rien de tout ça. Andreotti en aurait mis sa main à couper.

Tout ce manège, les efforts pour le moins convaincants que Nazutti avait déployés pour se montrer agréable tenaient en un mot, curieux et presque obscène concernant cette brute : bienveillance.

Nathalie avait été subjuguée. Elle avait voulu les pousser à rester encore un peu, mais, sur le coup de onze heures, Nazutti avait poliment décliné l'offre. Il était désolé, tellement désolé, mais il avait déjà pris d'autres engagements. Cependant, il avait été enchanté, ravi, conquis même et, s'ils voulaient, la prochaine fois, ce serait pour lui.

Une fois qu'ils eurent refermé la porte de l'appartement derrière eux, une fois qu'ils furent redescendus et installés dans le véhicule, Nazutti ne démarra pas. Instantanément, il retrouva ses vieux instincts, sa véritable nature.

— Viens pas avec moi. Reste chez toi, ce soir, tu me feras plaisir.

Andreotti s'était braqué. Il ne voulait pas... Il ne voulait à aucun prix retourner là-bas, avec elle, seul.

— Rien du tout, avait-il rétorqué. On est ensemble, sur ce coup-là. Et tu m'en as trop dit pour me laisser tomber maintenant.

— Tu crois que je sais pas où ça mène, tout ça ? Tu crois que je me suis aperçu de rien ? Des histoires pareilles, j'en ai vu des dizaines.

— C'est... passager.

— J'en ai trop côtoyé, Andreotti, des types qui fuient, des types qui prennent peur, petit à petit, simplement parce qu'ils ne savent plus quoi faire d'autre. Et chaque fois, ça se termine de la même manière : scotch à huit heures du matin et bars à putes le soir. Parce que personne peut vivre avec quelqu'un de cette façon. Personne. Je sais de quoi je parle, mon ex-femme, si tu veux, pourra t'en toucher deux mots. Et les femmes des autres, aussi. Celles qui vont sucer d'autres queues ou celles qui se barrent simplement. C'est kif-kif.

— Hé, c'est mes oignons.

— Écoute-moi bien, tête de pioche. Si tu plonges trop profond, ta femme, c'est tout ce qui va te rester. Compte pas sur moi, ni sur ta hiérarchie, ni sur personne parmi les flics pour te sortir la tête des vagues. Ta femme, c'est ta planche de salut, et il y en aura pas d'autre.

— Ah, ta gueule, Nazutti.

— Il est pas trop tard. Bien sûr, il faut un peu de couilles. T'es pas une fiotte, Andreotti ? Tu peux conserver ça. Tu peux. Ta femme... est quelqu'un de bien. Ce soir, je veux pas que tu viennes.

Andreotti n'en avait pas démordu, il avait rien lâché. Il était accro. Et putain, c'était bon !

Nazutti avait cédé.

— Je suis pas ton père, après tout. Tiens-toi bien, on y va.

Le type cadavérique s'étouffait avec le collier d'étranglement. Il était en train de virer écarlate.

Andreotti maudissait son obstination. Ses doigts, il commençait à se les mordre façon naufragé du désespoir. Il aurait dû faire ce qu'avait recommandé Nazutti. Pas d'arme. Aucune sortie visible. Des caméras partout. Bouffe tes morts, Andreotti.

— En aucune manière, nous n'entraverons la lumière ! répétèrent les participants dans un crescendo terrifiant.

Loup s'inclina et regagna, à reculons, le cercle.

Le type continuait à ahaner. Vers quoi il voulait aller, ce con ? Andreotti plissa les yeux et, au fond de la salle, il aperçut, ses yeux s'accoutumant à l'obscurité, une silhouette. Lentement, un courant froid remonta le long de son échine, redressant les poils de son cul jusqu'aux cheveux. C'était quoi ? C'était... une femme. Une femme dénudée attachée les bras en croix, jambes écartées. Ses pupilles tournaient dans les orbites blanches. Elle avait l'air... elle était complètement défoncée. Corps musclé. Jambes interminables. Attaches fines. Ventre plat. Et un visage...

Un visage de poupée. Elle était belle. Incroyablement belle. C'était vers elle que le type tentait désespérément d'aller.

– Elle est à toi, Archange, dit Loup. Toute à toi. Nous l'avons préparée et tu peux être sûr qu'elle est encore assez consciente pour refuser ce que tu vas lui faire.

Les culturistes laissèrent un peu de mou à la longe et le squelette avança de quelques pas. Une érection impressionnante se dressait entre ses jambes.

– Elle va crier. Elle va supplier. Elle va pleurer.

Encore quelques pas. Laisse tendue. Queue tendue.

Andreotti, instinctivement, esquissa un geste. Nazutti posa sa main sur son avant-bras. Poigne d'acier. Le jeune inspecteur le lut dans ses yeux, en cas de pugilat ou d'esclandre, seul contre douze, il était un homme mort.

– Tu vas pouvoir lui faire ce que tu veux, continua Loup. Tout ce que tu veux. Tout ce que tu as fait... aux autres. Elle est entièrement à ta disposition, Archange.

Nouvelle progression. Quelques dizaines de centimètres. L'homme, qui tenait plus de l'animal que de l'être humain, n'était plus qu'à quelques pas d'elle.

Andreotti avait la tête qui tournait. Et Nazutti, qui ne le lâchait pas. Cela ne pouvait pas être réel. Cela ne pouvait pas !

– Il y avait un temps où elle s'appelait Sidonie. Il y avait un temps où elle était actrice...

Ces phrases... Leur tournure... Ça lui rappelait quelque chose, mais il ne savait pas quoi. Il ne savait plus rien.

— Mais ces temps-là sont révolus. Elle fut inscrite, après un dépistage de routine, sur la liste rouge des actrices infectées. Bannie de tous les tournages officiels. Une chute longue. Interminable. Aujourd'hui est sa dernière prestation. Sida est le nom de l'infection.

L'érection se fit plus molle, d'un coup.

Archange refusa d'avancer plus loin, mais les deux Musclors le poussèrent violemment pour qu'il continue.

— Tu dois faire ce qui est dans ta nature, Archange. Il n'y a pas d'alternative.

L'homme ne bandait plus du tout. Il tomba à genoux.

— Baise-la ! Viole-la, Archange ! Regarde-la ! Elle a peur de toi ! Elle te craint ! Tu es la puissance ! Avance !

L'homme se traînait à quatre pattes.

— Je ne... Je ne peux pas.

— Si, tu peux ! Regarde sa chatte ! Regarde, c'est la porte ouverte ! L'unique issue vers la libération, Archange ! Libère-toi !

— Libère-toi ! scandèrent les spectateurs.

— Redresse-toi !

— Redresse-toi !

« Il y avait un temps », « Réjouissez-vous », « Redressez-vous », « Ces temps-là sont révolus... », c'était les termes utilisés dans la première lettre qu'ils avaient trouvée sur les corps.

Andreotti était paralysé. Il ne pouvait plus bouger d'un pouce... Les voix bourdonnaient dans sa tête et il ne pouvait détacher son regard du type à terre.

— Redresse-toi ! Redresse-toi ! Redresse-toi.

Il commença à pleurer. Puis se roula à terre.

— Je ne veux pas. Laissez-moi… Je vous en prie, laissez-moi partir… Je… J'ai vu la lumière, oui, je l'ai vue, laissez-moi partir maintenant.

— Fais ce que tu dois !

— S'il vous plaîîît…

— Il n'y a pas d'autre issue. Réjouis-toi. Le temps est venu.

— Je ne peux pas.

Il se mit à vomir de la bile. Son estomac, tout son corps était secoué par des soubresauts… Nausée ou sanglots, on ne savait pas.

— Ce ne sont pas les mots. Ce ne sont pas les actes.

À présent, il ne parlait plus. Il se contentait de rester sur le sol, recroquevillé en position fœtale, frissonnant.

Une femme s'avança alors et déposa, juste devant l'homme, un large bol en terre.

— Il faut passer par le sang. Il n'y a pas d'autre issue.

— Pas d'autre issue ! firent-ils tous écho.

L'homme ne répondait plus.

Les deux gardiens l'attrapèrent sous les aisselles et le soulevèrent. Cela sembla le réveiller et il se mit à se débattre. En vain. Sa queue, son immense queue, battait ses flancs. Un des body-builders, avec une main qui tenait plus du porte-avions que de l'organe humain, lui attrapa la mâchoire et le força à ouvrir la bouche.

— C'est son sang, Archange. Sidonie a eu ses menstruations la semaine dernière et nous avons conservé ce breuvage pour toi. La contamination, Archange. Le sang du vice. Juste pour toi.

— Pas chaaaa…, réussit à articuler la loque.

Loup s'approcha et, doucement, prit le bol.

Ça commença comme une pulsation sourde… un murmure…

— Le sang ! Le sang ! Le sang !

C'était ça qu'ils disaient.

Puis ça prit de l'ampleur, lentement.

— Le sang ! Le sang ! Le sang !

Cela monta en puissance pour atteindre une sorte de paroxysme au moment où le bol effleurait les lèvres du pauvre hère.

— Le sang ! Le sang ! Le sang !

C'est à ce moment-là qu'Andreotti se rendit compte qu'il hurlait ces mots en même temps que les autres…

Andreotti resta planté là, in naturalibus au milieu de la salle, pantelant. Il ne savait même plus ce qui s'était passé ensuite. Il avait vu le type, éructant, crachant le sang, pissant sous lui, fermement évacué par les gardiens. Et puis il avait vu les spectateurs recommencer à bouger. Parler simplement. De manière courtoise. Lui était demeuré immobile. Hébété. Perdu.

Nazutti posa la main sur son épaule. Il sursauta. On lui aurait filé une décharge de vingt mille volts, il aurait pas mieux fait.

— Hé, c'est que moi, t'affole pas.

— Que… je m'affole pas ? répéta stupidement le novice.

Loup s'approcha d'eux, tandis que les autres discutaient par petits groupes.

— Alors, messieurs, qu'en dites-vous ? Tranchant… Ça me fait plaisir de te revoir. Ça faisait si longtemps…

— J'ai déjà entendu ça, Loup, répondit Nazutti. « Tranchant » ? C'était quoi ce pseudo ? Celui qu'il portait déjà il y a vingt ans ?

— Et le jeune homme…

Andreotti sursauta une nouvelle fois, les nerfs à fleur de peau.

— … il n'a pas l'air dans son assiette ?

— C'est rien, Loup. Tu sais comment c'est, la première fois.

— Oui, oui, rigola ce dernier. Je me souviens effectivement. Alors, jeune homme, qu'en avez-vous pensé ?

— C'est… c'est de la torture, de la barbarie… Peut-être même… Je vais tous vous faire tomber, bande de…

Les mots sortaient sans qu'il les contrôle. Ils jaillissaient automatiquement. Andreotti n'arrivait pas à articuler. L'impression d'avoir une tonne de sable dans la bouche.

Le petit homme se marra encore.

— Que… Qu'est-ce qu'il y a de drôle, putain !

Nazutti lui tapa dans le dos.

— T'excite pas, Andreotti. Regarde.

Il montra le fond de la salle.

D'autres molosses détachaient Sidonie de la croix. Elle retomba sur ses pieds avec une surprenante agilité. Elle n'avait plus l'air défoncée du tout. Au contraire. Elle fit jouer les muscles de son cou et exécuta quelques exercices d'assouplissement.

— J'a crrru qu'ça en f'nirait jamais, boudiou.

Elle avait un accent du terroir à couper au couteau. En se frottant les poignets, elle s'adressa sans ambages aux gardiens.

— La prochaine fois, serrez un peu moins. J'ai les poignets en compote, fan de con.

Andreotti balbutia :

— Mais… Mais…

— Tu comprends toujours pas ? demanda Nazutti.

— Je croyais que…

— Sidonie… enfin, elle s'appelle Titia. C'est une « performeuse », comme on dit. Une sorte d'artiste. Elle travaille de temps en temps pour nous, quand les cas l'exigent, précisa Loup.

— Le sang, tout ça…

— Du sang de poulet, j'en ai bien peur, déclara Loup avec une expression attristée.

— Et le type, je veux dire… l'homme qu'on a vu ?

— Un volontaire. Quelqu'un qui veut guérir…

— Guérir de quoi ?

— De son vice. Nous avons de tout, ici. Des zoophiles, des nécrophiles, des scatos… Ceux qui le désirent et en ont les moyens peuvent participer au programme.

— Ils… payent pour ça ?

— Bien entendu, et cher, je dois dire. Que croyez-vous ? Nous ne sommes ni une œuvre caritative ni une association loi 1901.

— Mais… Il avait l'air vraiment…

— Un conditionnement, jeune homme. Un simple conditionnement. C'est là-dessus qu'est basé notre programme. C'est de là qu'il tient son efficacité.

— Conditionnement ?

— Oui. Il n'y a pas besoin que tout cela soit réel. Il suffit de croire que c'est réel. Suggestion. Analyse. Mise en scène… tout est là.

— Et s'il avait voulu… je ne sais pas… arrêter ?

— Il existe un mot de passe. Un mot de passe unique pour chaque séance, seul connu du client et de l'organisatrice, là-haut, derrière les caméras. Archange aurait pu abréger n'importe quand. Mais il fait partie des clients vraiment motivés. Nous fondons de grands espoirs en lui. Tant que ce mot n'est pas prononcé, la séance continue. Coûte que coûte.

— C'est dément.

— Non, c'est empiriquement élaboré… De longue date. Bien sûr nous avons parfois eu quelques déboires, mais ça n'arrive plus trop de nos jours. Nos méthodes se sont affinées et nous avons de bonnes assurances.

— C'est… une sorte de comédie, alors ? Un simulacre ?

— Je ne dirais pas ça. Nous préférons le terme de « programme de réhabilitation volontaire ». Vous devez comprendre que la persuasion est une pierre angulaire de l'édifice… C'est d'ailleurs pour cela que, parfois et exclusivement sur recommandation des psychiatres et psychologues qui travaillent avec nous, nous autorisons des spectateurs et nous amenons des éléments… disons… extérieurs. Des gens qui, en quelque sorte, renforcent la crédibilité de la situation si besoin est.

Furieux, Andreotti se tourna vers Nazutti.

— Et tu m'as rien dit ? Pas prévenu ? Je… Je… La première fois que je suis venu ici, que tu m'as amené, toutes ces questions, tout ce baratin sur la contamination, les virus, les morts… C'était une évaluation ? Un test d'aptitude ?

— En quelque sorte, oui. Tes réponses, tes réactions ont été scrupuleusement étudiées, décortiquées, validées dans les moindres détails par des gens très compétents, tu peux faire confiance à Sarah pour ça. Ensuite, ils ont émis un avis. Ils ont fait des suggestions sur les démarches à adopter. Un rapport de synthèse très complet. Tout cela est bien rodé. Parfaitement codifié. Les protocoles sont suivis à la lettre.

— Par qui ? Par toi ?

— Parfois.

— Depuis combien de temps tu... Depuis le début ? Tu fais quoi ? Tu suis des recommandations ? Tu te conformes à des diagnostics ? Tu respectes des procédures ? Avec moi, putain... Et avec qui encore, hein ?

— Loup vient de te l'expliquer... Il faut rester crédible... Et les premières séances sont souvent éprouvantes. Un novice peut tout faire basculer s'il est au courant ou s'il n'est pas assez fiable.

— Je vais te péter la gueule, Nazutti.

— Je te conseille pas d'essayer.

— Calmez-vous, jeune homme, intervint Loup fort diplomatiquement. Je comprends votre désarroi mais vous devez savoir que toutes les étapes ne sont pas aussi... délicates que celle à laquelle vous venez d'assister. Le traitement peut parfois revêtir une apparence un peu violente, je vous le concède. Mais c'est comme cela qu'il fonctionne... Il est vrai que pour une première séance, il fut peut-être prématuré de...

— Pas d'inquiétude, Loup. Tout ceci a été savamment estimé, tu le sais, intervint Nazutti. En tout cas, je suis fier de toi, Andreotti. Même si t'es un peu furax pour l'instant, tu t'es bien démerdé. Je savais que je m'étais pas trompé.

— Tout à fait. Nous sommes tous fiers de vous, précisa Loup.

— Putain. Il y a combien d'étapes en tout ? interrogea Andreotti sans parvenir tout à fait à raccrocher à la réalité.

Ce fut Loup qui répondit.

— Douze, comme aux alcooliques anonymes... Amusant, n'est-ce pas ?

— Et la douzième, c'est quoi ?

— Mais la Lumière, jeune homme... Tout simplement la Lumière.

*

Raoul Bernard s'arrêta de creuser. Pour se donner du courage, il avait récité, tout le long de l'opération, le Hannya Shingyô : le sûtra du Cœur.

« Han-nya ha-ra-mi-ta shin-gyô... » Il était essoufflé. L'odeur était tout bonnement épouvantable. Il pouvait pas se laver, l'autre, ou faire quelque chose ? C'était une infection ambulante, ce type.

Raoul secoua la tête. Des mouches, un tas de mouches étaient arrivées et semblaient avoir une prédilection pour les personnes alentour, qui, comme lui, prenaient grand soin de leur hygiène corporelle. Le bourdonnement s'accentua. Raoul sut que l'autre venait de s'approcher de la tombe, dans son dos. Merde, il y voyait pratiquement plus rien. C'était l'autre qui avait la lampe torche et la braquait droit sur sa tronche.

— Bon sang de Bouddha ! Tu pourrais pas... Je sais pas, moi... Rester loin. Et baisser cette saloperie.

— Non, répondit l'autre.

Une voix douce, onctueuse, avec ce qu'il fallait de fermeté lorsque, à l'occasion, elle se durcissait.

— Nous avons presque fini, poursuivit l'autre. Pour me mettre au diapason, on pourrait dire qu'il est temps de laver ton bol.

Raoul jeta la pelle d'un geste rageur.

— Merde, Limpide. Je connais l'adage de Nansen : « T'as bouffé ta soupe de riz ? Alors lave ton bol… » Tu… Tu vas finir par me faire perdre ma zen attitude, avec tes allusions. Et pourtant, bodhisattva sait que je respecte chacun de ses sûtras et les dix actes du seigneur-de-la-contemplation énoncés dans « Le Cœur de l'Immense Sagesse Parfaite ». Mon corps est paré des trente-deux marques majeures de l'Éveillé, c'est un fait. Mais à force de trop…

— La défécation est un acte vital, Raoul. Des organes tels que le cortex, les voies de conduction de la moelle épinière, les nerfs périphériques du rectum, la musculature abdominale et le gros intestin. Le réflexe de défécation est provoqué par l'irritation du rectum par la merde… Tu sais ce que ça veut dire, Raoul ?

— Je… Putain, pourquoi tu me parles de ça ?

— Ça veut dire que le rectum n'est pas seulement une voie de passage mais un lieu d'accumulation de la merde.

— Tu vas finir par me faire perdre ma zen attitude… Me fais pas perdre ma zen attitude et mes huit trigrammes, Limpide, ou je…

— Il existe deux types de défécation. Le premier type est la défécation simple : le contenu du rectum et du côlon sigmoïde est expulsé rapidement en quelques contractions de la musculature abdominale…

— Ah, laisse tomber, pitié. Il est tard… Moi, à cette heure-ci, après avoir pratiqué les quatre accès de la Voie authentique de maître Brahma, je suis couché et je dors comme un bébé.

— Tu dors, Raoul… Tu en as de la chance.

— Ce genre d'expédition nocturne, ça réussit pas à mon teint. Je te signale quand même qu'on est en été et j'ai pas envie d'avoir l'air d'un cachet d'aspirine quand je me trimbale sur le bord de mer…

— Oui, c'est vrai. J'avais oublié que c'était là que tu allais les chercher… Le bord de mer… Du monde… Des touristes imprudents… Des étrangers… Des surveillants débordés… L'anonymat de la foule… Technique risquée mais lucrative.

— Bon, allez, on y va. Moi, la campagne la nuit, ça me fout les jetons et ça flingue ma détermination réitérée.

— Tu ne voudrais quand même pas que nous fassions ça en plein jour au centre-ville ?

— On le tue. On le tue maintenant, j'en ai marre et je vais pas réciter mon sûtra du Cœur jusqu'à l'aube.

— Le second type, appelé défécation plurielle, laisse une partie des excréments stagner dans le rectum. Quelques minutes après la première expulsion, c'est une nouvelle vague de mouvements péristaltiques qui pousse la merde du côlon sigmoïde vers le rectum où se produit alors, en théorie, le second appel…

— T'es fou, hein ?

— Non, je me contente de t'expliquer des choses qui ne sont pas dans les textes canoniques et de te répéter de mémoire ce que les spécialistes m'ont dit.

Je t'explique pourquoi je pue. Ils ont diagnostiqué une paralysie péristaltique qui empêche la merde de sortir de mon cul lors des défécations de second type. D'après eux, c'est psychologique. Un traumatisme… On t'a déjà fait une coloscopie, Raoul ?

– Arrête, j'ai envie de vomir…

– Tiens donc.

– On peut pas… juste finir ce boulot et y aller ?

– Non. Ce que je t'ai promis, je vais te l'offrir ici, maintenant. Rien que pour toi. Approche.

– Ah, non. Je… Je suis désolé, mais l'odeur…

– Tu devrais appliquer le Shâriputra, Raoul : il n'y a ni œil, ni oreille, ni nez, ni langue, ni mental, ni forme, ni tangible, ni élément, ni saveur, ni son, ni odeur… Il n'y a que le vide. Le vide et la lumière. Avec la lumière, tu ne sentiras plus l'odeur, Raoul. Tu ne sentiras plus rien. Tu te souviens, comme c'était ?

– Oh oui… LA lumière ?

– Oui, cette lumière-ci, Raoul.

– J'ai longtemps pensé que seul Bouddha pouvait m'aider à la retrouver.

– Non, Raoul. La tradition du zen sôtô active les aires pariétales et augmente de façon significative les rythmes gamma de ton cortex. Au-dessus de trente hertz, ils dénotent une concentration intense : création ou résolution de problèmes. L'art du Poing interne, quand il est bien exécuté, accroît aussi les ondes de basses fréquences : ondes alpha de relaxation légère et ondes thêta de relaxation profonde. La technique de compassion universelle et d'amour inconditionnel peut faire tout ça. Mais elle ne peut pas t'aider à LA retrouver telle que tu l'as connue. Comme je te l'ai dit, la lumière est au bout d'un unique chemin. Il suffit d'avoir le courage de l'emprunter.

— « Au moment où nous sommes illuminés en nous-mêmes, nous dépassons le vide du monde qui s'oppose à nous… »

— *Hsin Hsin Ming*… C'est un bon texte théorique. La pratique, à présent…

— Bouddha ! La lumière…

La déflagration emporta la moitié de la dure-mère crânienne.

Raoul s'écroula doucement dans la tombe qu'il avait lui-même creusée. Comme une poupée de chiffons.

Limpide rengaina son arme. Il sortit la feuille de papier et la mit à sa place sur le corps de Raoul Bernard.

Il se tourna ensuite vers le gosse dépenaillé qui se tenait debout au bord de la tombe. Muet. Immobile. En état de choc, probablement.

Limpide tendit la main vers lui, et, d'autorité, déposa la douille dans la petite pogne.

— Va-t'en, petit, murmura-t-il.

Les mouches bourdonnaient plus fort. La détonation ainsi que l'odeur de la cordite brûlée les avaient excitées au plus haut point. Limpide ne leur prêta aucune attention. Il s'était habitué à elles comme elles s'étaient habituées à lui. Ils vivaient en symbiose depuis si longtemps.

— Va-t'en, répéta doucement Limpide.

Puis, après un instant de réflexion, il chuchota pour lui-même :

— Ah, oui, c'est vrai. Tu ne parles pas français.

Il cria alors :

– Lazco ! Lazco !

Immédiatement, le gosse détala.

En quelques secondes, il fut mangé par la nuit.

*

Ils roulèrent sans prononcer un mot. Le jour se levait, ce qui voulait dire qu'il était approximativement six heures, ce qui voulait dire qu'il allait encore passer une nuit blanche… Cet enchaînement infernal, Andreotti avait de plus en plus de mal à en voir la fin. Et il n'ignorait pas, Nazutti le lui avait rappelé, où ça menait. Le tout était de savoir combien de temps ça allait prendre… Combien de temps il tiendrait. Il était fait de quel métal, Nazutti ?

La brute conduisait vite et sûrement. Ce qui ne l'empêchait pas, à l'occasion, de griller un feu rouge ou deux.

– Aujourd'hui, je te laisse jusqu'à neuf heures. Faut que tu te reposes.

Jésus ! Il avait quoi, s'il se démerdait bien ? Deux heures de sommeil à tout casser ?

– Nazutti ?

– Ouais.

– Tu t'arrêtes jamais, hein ?

Le mastard sourit faiblement.

– S'arrêter, c'est mourir un peu, non ? Et les journées durent que vingt-quatre heures.

– Je…

– Écoute, trancha le major, aujourd'hui, on va avoir une journée chargée. Je veux d'abord, quand tu arriveras, que tu me fasses un environnement. Liste les contacts. Va te rencarder à l'espace informatique sur le site de cette salope de Marcus. Je préviendrai le responsable de ton arrivée. La belle brochette d'enculés qui lui rend visite nous offrira un panorama assez complet.

— Mais…

— Va voir, c'est tout. Ça peut donner quelque chose. Regarde surtout les mecs qui sont branchés poésie, ceux qui mentionnent le programme de manière trop précise, ce genre de connerie… Tu me feras un topo à midi. Ensuite, on ira ensemble à la fac. T'es allé à la fac, Andreotti ?

— Oui… Il y a une paye.

— Bon, ça te rappellera des souvenirs. On va aller voir un prof de ma connaissance. Graphologue et linguiste qui bosse à l'occasion pour nous quand il y a besoin d'expertises. Je veux savoir s'il existe un lien entre ces papelards qu'on a trouvés dans les tombes et les lettres qu'il a envoyées à Rose Berthelin.

— Le mec est en taule. Quel est le rapport entre…

— Ne pense pas. Ce mec, c'est tout ce qu'on a pour l'instant.

Nouveau silence.

Ils passèrent à côté d'un groupe d'éboueurs, et Nazutti les regarda avec toute la haine dont il était capable.

— C'est à cause de types comme ça que rien ne pète. Ils sont dociles, consciencieux et discrets… Ils gardent tout propre… La merde, dans cette ville, si on la laissait ressortir un peu, peut-être que ça bougerait enfin, crois-moi.

— Et nous ?

— Nous, c'est pas pareil. Nous on chasse les cœurs noirs… On prend notre pied.

— Je crois que je comprends.
— Bien sûr que tu comprends.

Nazutti s'arrêta au frein à main, au milieu de la rue où Andreotti habitait. Dérapage impeccablement contrôlé. Sûr que sa réputation allait pas s'améliorer si le voisinage, plutôt frileux à cette heure matinale et très sur son quant-à-soi, voyait avec quel genre d'énergumène il rallégeait.

— Et voilà.
— Nazutti ? Pourquoi tu m'as emmené là-bas ? Je veux dire, pourquoi tu me montres tout ça ?
— Parce que tu me l'as demandé, tête de pioche.
— C'est pas une réponse.
— Alors on pourrait dire que c'est parce que je t'aime bien et que je te sens tout disposé à apprendre. À moins peut-être que ce ne soit mon flair qui me pousse dans cette direction… Choisis celle qui te convient. Mais le genre de sale nettoyeur qu'on se coltine se trouve pas tous les jours au bar-tabac du coin, et tout ce qui se trouve pas tous les jours au bar-tabac du coin passe, à un moment ou à un autre, sous les caméras de la grosse Sarah, dans les sous-sols du Lounge ou sur des sites comme celui tenu par les tordus accros à Marcus.
— On pourrait aussi visionner les jolies productions qu'elle a en stock ? Ses fichiers clients pourraient nous édifier, non ?
— Non. Le travail en sous-marin demande un minimum de doigté. C'est sûrement pas avec une commission rogatoire qu'on trouvera quelque chose. Sarah est, de toute manière, trop maligne et trop aguerrie pour tomber dans ce genre de panneau. Et puis, tu te vois aller faire la mendicité chez le juge ? Sur

quels critères tu vas l'obtenir, la commission ? Ton intime conviction ? À moins que tu te sentes de lui raconter par le menu ce que tu foutais là-bas, en dehors de tes heures de service, à poil, en compagnie de gens qui se font surblazer « Loup », « Archange » ou « Tranchant » ?

— « Tranchant »... Nazutti, il y a quoi, entre toi et Sarah ?

— C'est de l'histoire ancienne... Et puis, comme tu as pu le voir, les habitués aiment bien se donner des surnoms... Ça les rassure. Comment on va t'appeler, toi ? « Fleur de Cactus » ?

— Très drôle.

— Alors, on va faire ça à ma manière... Pour l'instant, ça reste notre petit secret, d'accord ?

« Notre petit secret »... Il avait un de ces sens de la formule, Nazutti. Andreotti essaya de réfléchir. Il y avait Nazutti/Sarah, Nazutti/Marcus, Nazutti/Berthelin, Nazutti/Policier X... Lui et Nazutti. Le Lounge. Le programme « Illumination ». Tout un tas de connexions qui menaient irrémédiablement au même point nodal. Mais quel point ? Il n'était même pas sûr que... Bordel, c'était Nazutti qui les aiguillait là-dessus, qui les faisait tourner autour d'une piste qui, en pratique, était peut-être totalement fausse. La technique des cercles concentriques. Une technique fortement prisée des équipes d'investigation mais que l'on utilisait quand on n'avait rien d'autre... Rien d'autre... Nazutti, avec son air de savoir trop de choses et de ne donner aucune réponse... De la merde, tout ça. Il était trop fatigué. Il avait vu trop de trucs... Les pièces ne se mettaient plus correctement en place dans sa caboche. « Notre petit secret »... De toute façon, il ne connaissait personne à qui il aurait bien pu raconter un truc pareil. Personne... Il se sentait isolé... De plus en plus isolé, dans cet imbroglio qui menaçait à chaque instant de le broyer. Un pion aveugle sur un échiquier tordu. Une pauvre marionnette manipulée, retournée et retournée encore. Par Nazutti ? Par Sarah ? Chaplin et Joyeux ? Qui baisait qui ? Il avait peut-être présumé de ses forces, il était encore trop fragile. Il fallait qu'il dorme... Qu'il dorme.

– Oh, Andreotti ! Tu rêves ?

– Notre petit secret, d'accord...

Ils se serrèrent la main, scellant un pacte tacite, puis Andreotti sortit de la voiture.

L'air frais lui fit du bien.

Nazutti démarra en brûlant la gomme et la voisine du troisième, celle qui sortait son clébard tous les matins, sursauta sur le trottoir opposé. Elle regarda Andreotti comme si c'était lui le responsable. Jésus !

Il gravit une à une les marches menant à l'appartement.

Il se sentait lourd.

Il se sentait lent.

Il avait l'impression d'avoir cent ans.

Ce ne fut que lorsqu'il ouvrit la porte de chez lui qu'il se rappela Nathalie. Putain, il avait découché pour la seconde nuit...

Il se déshabilla en silence dans la chambre puis s'assit sur le lit. Il était trop crevé pour prendre une douche.

Ayant senti sa présence, Nathalie se tourna et, dans un demi-sommeil, effleura sa cuisse.

Une érection se manifesta. Rapide. Brutale.

Il se pencha vers elle et déposa un baiser sur sa joue, dans son cou… Elle gémit doucement.

Maintenant, il bandait comme un âne… Qu'est-ce qui lui arrivait, bon Dieu ?

Ses mains cherchèrent les aréoles. Sous le T-shirt. Nathalie ondula. Il l'embrassa de nouveau… Sur la bouche, cette fois, et les lèvres de Nathalie s'ouvrirent sans effort pour laisser passer sa langue…

Sa queue lui faisait mal. Il était surexcité. Il tenta de se maîtriser… Ça lui était plus arrivé depuis quand, ce genre d'élan ? La main de Nathalie se posa sur son sexe et il ressentit comme une décharge électrique, montant de ses reins jusqu'au thalamus.

Il l'embrassa, encore et encore. Ses doigts s'attardèrent sur l'intimité de sa femme. Elle enroula ses bras sur ses épaules. Dans un mouvement souple, elle glissa sa jambe droite sous lui pour venir le ceinturer. Il s'enfonça en elle sans difficulté. Sa queue était dure comme du béton. Il commença à bouger. Elle l'accompagna… Les images… Les images lui revinrent… L'homme, en laisse… qui bandait… La fille… Sidonie… Écartelée… Offerte… Soumise… L'homme en rut qui tirait sur sa laisse et bavait…

Il accéléra. Nathalie haletait. Ses dents se plantèrent dans son épaule tandis qu'il continuait… Il continuait…

« Loup » s'avançait. Et puis il y avait les phrases, les imprécations… « Il fut un temps où nous étions seuls / démunis… » Non, ça n'était pas ça… « Il fut temps où elle s'appelait Sidonie… » Les mots se mélangeaient dans sa tête, ils se chevauchaient… Il n'était d'ailleurs plus très sûr de leur provenance... Les avait-il seulement entendus ?

Nathalie se tordait de plaisir sous lui. Son corps se cabrait, pris de convulsions puis reprenait sa course sur son membre, sur son pieu...

« Le sang... Le sang... »

À sa sollicitation, il accéléra le mouvement. Leurs corps, couverts de sueur, produisaient des bruits de succion à chaque heurt...

Les lèvres craquelées d'Archange sur le bol... « Le sang, le sang... »

Il allait et venait au rythme de cette antienne... Plus envahissante, plus puissante à mesure... « Il n'y a pas les mots. Il n'y a pas les actes ! » « Ces temps-là sont révolus. » « Redresse-toi ! », « Redresse-toi ! », « Le sang, le sang... » Tout se confondait. Il faisait l'amour sous les caméras de Sarah. Nathalie criait de plaisir, quelque part. Des femmes, des femmes de l'autre côté de la cloison, jambes ouvertes, pénétration après pénétration après pénétration... Des femmes mortes. Des trous, des tunnels... D'autres morts, dans l'ombre. Et lui qui s'enfonce dedans. Kontamination. « Le sang ! » Avait-il vraiment hurlé avec les autres ?

Il eut une sorte de flash, au moment de leur orgasme respectif... Comme une image en surimpression. Ce n'était plus lui qui faisait l'amour à sa femme... Nathalie faisait l'amour à... Nazutti. C'était Nazutti qui déchargeait en elle. Son membre, énorme, rigide, qui crachait un venin noir comme du sang coagulé... Le sang des morts...

Elle avait dit, elle avait crié « Paul ! » au moment ultime ou il l'avait rêvé ?

Il s'effondra sur le lit, épuisé.

Nathalie vint enrouler ses bras autour de sa poitrine, se blottir contre lui.

– C'était… C'était formidable…, chuchota-t-elle. C'était tellement… puissant. Je n'ai jamais…

Puis elle se mit à pleurer, tout doucement, le visage enfoui dans sa grande chevelure qui s'étalait sur son torse.

Andreotti ne disait rien. Il lui caressait délicatement la tête, les épaules. Il ignorait ce qui s'était passé. Il n'était même plus persuadé que cela ait réellement eu lieu… Et si on lui avait demandé s'il s'agissait d'un rêve ou d'un cauchemar, il aurait bien été en peine de répondre.

Son épaule lui faisait mal. Il baissa les yeux et vit la marque de morsure que Nathalie, au comble de l'extase, lui avait faite.

Alors, c'était vrai.

Alors, il ne s'agissait ni d'un rêve ni d'un cauchemar.

Sans bouger, Nathalie demanda :

– C'était tellement… Je crois que je n'ai jamais rien vécu de tel… mais ça n'était pas… normal, non ?

Si sa voix avait retrouvé un peu de son assurance, on la sentait près de se rompre à tout moment.

– Chéri, tu m'entends ?

Tout était si calme, soudain.

– Oui.

– Qu'est-ce… Qu'est-ce qui t'arrive ?

– Je ne sais pas, Nathalie.

– Qu'est-ce qui nous arrive ?

Soudain, Andreotti sentit monter en lui une peur.

Une peur horrible, monstrueuse. Aussi terrifiante que son motif restait ignoré.

Il enlaça sa femme. Il l'enlaça du plus fort qu'il put… Un naufragé à sa planche de salut…

INTERMÈDE

Des deux seuls êtres vivants à voir le gosse au petit matin, sur le bord de la RD 5007, le premier était un basset artésien qui ressemblait, de profil, à Robert Mitchum. D'abord, Robert Mitchum fut saisi d'une allégresse toute frétillante. C'était le premier bipède qu'il apercevait depuis des heures. Et en plus, ce bipède lui rappelait, de par sa taille modeste, son petit maître, celui qui avait disparu de sa vue, de son existence depuis... Il ne se souvenait plus précisément. Il avait toujours eu des problèmes de mémoire à long terme, mais le petit maître s'était éclipsé sans explication cohérente. Tout à sa joie, le cabot se mit d'abord à aboyer et à gambader follement autour du gosse. Le bipède avait quelque chose de pas normal, Robert Mitchum s'en rendait compte maintenant qu'il se tenait plus près de lui. Était-ce cette tenue qu'il arborait ? Ses vêtements étaient sales et en lambeaux, si bien qu'il semblait presque nu, là, en bordure de la route. Était-ce cette expression d'hébétude qu'il avait rarement vue – sauf les fois où Rodolphe, le papa du petit maître, rentrait tard le soir et qu'il sentait un parfum enivrant de fruits macérés. Il s'asseyait alors dans son fauteuil, celui en face de la cheminée, celui sur lequel Robert Mitchum pissait à intervalles réguliers, et il le regardait. Un regard mort, vide, à l'instar de celui du petit bipède qui marchait maintenant sans lui prêter attention.

Robert Mitchum aboya de plus belle. Il se mit à sautiller autour du mioche, dans l'espoir d'attirer son attention, mais le gamin continua sa progression lente et hésitante, comme s'il ne le voyait pas, comme s'il était endormi et éveillé en même temps. Robert Mitchum n'aurait pas pu expliquer ça autrement.

Il fit un nouveau bond, plus haut que les autres. L'ignorance qu'affectait le petit bipède l'énervait. Et il avait l'impression que plus il s'énervait, plus le petit bipède l'ignorait. C'était un cercle vicieux : un peu comme quand il essayait d'attraper ce truc ridicule qui lui pendait au-dessus du trou du cul.

Avec l'intention de revenir en fonçant entre les jambes du garçon, ainsi qu'il le faisait parfois avec son petit maître pour jouer, Robert Mitchum fit un écart au milieu de la route, sans cesser d'aboyer. C'est alors qu'il entendit le sifflement. Un sifflement qui semblait venir de très loin et se rapprocher vite. Trop vite.

Robert Mitchum n'eut pas le temps de tourner la tête. Lorsque le 36 tonnes GMC à double pont le percuta, son corps se désintégra en une pluie de fines gouttelettes rouges et de minuscules débris d'os qui s'éparpillèrent sur toute la chaussée.

Les freins bloqués, le GMC mit une trentaine de mètres à s'arrêter, tremblant comme une grand-mère atteinte de Parkinson et oscillant dangereusement sur toute la largeur de la route. Les palettes qu'il transportait, arrimées à la va-comme-je-te-pousse sur le pont inférieur, glissèrent et s'écroulèrent les unes après les autres sur l'asphalte avec un bruit terrifiant.

Jean Riva jura entre ses dents. Il avait eu la frousse de sa vie. Qu'est-ce qu'il foutait, ce clébard, au milieu de la route ? Il pesta contre cette épave de GMC qu'il était contraint de conduire au mépris des règles les plus élémentaires de sécurité. Il pesta contre ce boulot de merde qu'il avait dû garder pour échapper aux foudres du contrôleur judiciaire. Ces trois mois, il les avait eus avec sursis en grande partie grâce au job. Enculé de contrôleur ! Il pesta enfin contre la malchance qui avait planté ses dents dans le gras de son postérieur et semblait pas décidée à lâcher prise.

Il poussa un cri d'horreur en voyant les palettes étalées sur la route. Il en avait pour des heures, à ramasser tout ça.

Il regarda à droite, à gauche... Il ne savait pas où il était exactement... quelque part sur la RD 5007. Autant dire paumé.

C'est alors qu'il vit le gosse qui marchait en bordure de la route. Il avait pas l'air normal. Démarche hésitante, mécanique. Sale comme un pou. Peut-être qu'il était sourd ? Le barouf qu'avait fait le GMC, c'était pas possible de l'ignorer. Peut-être que c'était un dingue échappé d'un asile ? L'autre jour, à la télé, il avait vu un documentaire sur les autistes et celui-là ressemblait franchement à un autiste... Il foutait quoi, là ? La mouise, la mouise !

Il se mordit les lèvres. Qu'est-ce qu'il devait faire, bon Dieu ? Il appela :

– Petit ! Hep, petit !

Pas de réaction. Il embrassa la route et la forêt du regard. Personne. C'était bien son fion ! À la hâte, il rangea son gros cul sur le côté et poussa les palettes dans le fossé. Avec la dégoulinante qu'il se payait, manquerait plus qu'un de ces connards d'automobilistes vienne se faire tailler une décapotable par le GMC ou bien percute une palette.

Ils étaient comme ça, ces putains de conducteurs de voiture. Quand t'en voulais pas, que t'étais peinard, ils s'agglutinaient autour de toi comme des putains de tiques et quand t'avais besoin de témoins, quand les choses se déglinguaient, il y en avait pas un à des kilomètres à la ronde. Jean Riva se faisait pas d'illusion, avec le bol qu'il avait, suffirait qu'il tourne le dos pour qu'une catastrophe se produise.

Il se mit ensuite à trottiner pour rejoindre le môme. Il le devança et appela de nouveau en faisant de petits signes.

– Oh, oh, petit, ça va ?

Le gosse continuait à marcher comme s'il le voyait pas.

Jean passa sa main devant ses yeux qui ne clignèrent pas.

Il avait quoi, ce marmot ?

Jean se mordit de nouveau les lèvres.

Il pouvait quand même pas le laisser tout seul, comme ça, sur la route, ce mioche. Il avait des gosses. Il savait ce que c'était. Avec tout ce qu'on voyait à la téloche, c'était impossible.

Mais il se voyait mal le ceinturer et le prendre sur son épaule pour l'emmener dans son bahut. Pour le coup, c'est là qu'il sortirait de sa torpeur et se mettrait à gueuler. La scoumoune aidant, il était sûr que ça serait le moment que choisirait une bagnole pour passer. Une bagnole remplie de bons Samaritains qui iraient immédiatement porter le deuil à la gendarmerie du prochain village. Il le voyait gros comme une maison, ce plan. Et avec le papelard qu'il se trimbalait en correctionnelle, aucun doute que le juge, cette fois, croirait pas à la coïncidence.

Déjà, cette histoire avec cette pute rencontrée dans un restau de routiers, il la trouvait un peu fort de Roquefort. Est-ce que c'était de sa faute à lui si elle avait quinze ans au lieu de dix-huit ? Est-ce que c'était de sa faute si les lardus, en train de faire une ronde, étaient tombés sur eux dans le poids lourd ? Naturellement, la pute avait nié l'avoir sucé en échange d'espèces sonnantes et trébuchantes. Pas de pot, il s'était farci une dilettante encore scolarisée. Comment il aurait pu être au courant ? Il était tombé. Détournement de mineure… Heureusement, la gamine avait déjà sa petite réputation dans le restau et à la brigade… Heureusement, Carmella, sa femme, était venue témoigner en sa faveur. Il était certes pas très malin, mais c'était justement en vertu de ce défaut de fabrication qu'on devait lui laisser le bénéfice du doute. C'était un bon père — un bon mari, c'était une autre histoire —, et si on le faisait pas pour lui, il fallait le faire pour les enfants… Ils y étaient pour rien. Heureusement, il avait ce boulot de chauffeur-livreur chez Constanzo… Il était intégré, merde ! Heureusement ?

Depuis cette histoire, Carmella n'en avait pas reparlé, cependant il se rendait bien compte qu'elle le regardait d'un autre œil.

Et s'il se faisait encore pincer aujourd'hui pour une péripétie de ce genre, il pourrait toujours invoquer la guigne, son compte était bon.

Jean Riva résolut de marcher un peu en arrière du gosse, histoire qu'il y ait pas d'équivoque, mais assez près quand même pour surveiller. Au moins jusqu'à ce que quelqu'un se pointe.

Pour la première fois depuis 1976, date à laquelle la route avait été construite, personne ne passa pendant les quatre heures que dura leur périple jusqu'aux premières habitations.

C'est totalement épuisé et à bout de nerfs que Jean Riva fit irruption dans la pharmacie du village. Il parla si vite que la patronne éberluée mit un moment à reconstituer son discours :

— Ilyaungosselàdehorstoutseul... Jecroisquilfaudrait-appelerlesflics...

Puis il prit ses jambes à son cou et disparut. Aller expliquer aux dècs comment il était tombé sur le mioche, non merci.

La pharmacienne sortit sur le seuil. Le gosse s'arrêta devant elle, clignant des yeux pour la première fois.

— Ça va, mon enfant ? Tu t'appelles comment ?

Pour toute réponse, le mouflet tendit la main vers elle et l'ouvrit. Il tenait à l'intérieur un petit objet.

Tout en ayant conscience de l'incongruité de sa réflexion, la pharmacienne se dit que ça ressemblait vraiment à ces nouveaux tampons hygiéniques lancés le mois dernier.

Troisième jour. 7 heures 46.

Andreotti arriva au commissariat dans un état second. Même le planton, pourtant là depuis le début de la semaine, eut du mal à le reconnaître. Quelle tronche il pouvait avoir ? Il voulait même pas vérifier.

Dans le parking souterrain, il faillit se faire écraser par une GTI estampillée PN qui fonçait à toute blinde. Chaplin et Joyeux à l'intérieur, qui ne lui accordèrent même pas un regard. Où est-ce qu'ils allaient comme ça, ces dangers publics ?

Il marmonna et emprunta l'ascenseur.

Dans le commissariat, c'était l'effervescence. Des mecs criaient, s'invectivaient. D'autres tournaient en rond au milieu de la ruche, désorientés par cette activité soudaine et matinale.

Nazutti vint à sa rencontre. Un boulet de canon.

– Changement de programme. La gendarmerie de Milineaux nous a contactés. Ils ont trouvé un gosse… Les propos sont pas très compréhensibles et ils auront peut-être besoin d'un interprète. Mais tiens-toi bien : ils ont trouvé sur lui une douille Magtech .454 C. chemisée cuivre. Une douille usagée.

Andreotti resta coi. Nazutti avait débité sa tirade de manière si inattendue qu'il était en train de faire le tri.

– Oh, réveille-toi, putain. Magtech, une douille .454 Casull. 300 grains JHP : faut te faire un dessin ? Bouge ! T'as cinq minutes de retard et Chaplin et Joyeux sont partis depuis deux minutes, direction l'hôpital central. Si on se fait griller à cause de toi, je te passe à la Moulinex spéciale dix doigts…

Nazutti courut vers le parking, Andreotti sur ses talons, tentant éperdument de s'extraire de la vape.

Sans se retourner, la brute cria :

– Je sais pas comment ils ont eu vent si vite de l'appel… Ces connards ont des fouines partout… Si c'est cette tête de nœud de Dubois, au dispatch, il va entendre parler du pays. Allez, magne, on a encore une chance…

La boîte de vitesses craqua. Toute sirène hurlante, Nazutti sortit comme un bolide du parking, manquant de s'emplafonner une Mercedes 750. Fort opportunément, les termes approximatifs de la circulaire du 25 mai 1999 revinrent en mémoire à Andreotti : « En cas de poursuite de véhicules en fuite, aucune situation ne peut justifier la blessure de tiers ou pire, le décès de ceux-ci ou de fonctionnaires du fait d'actions trop risquées de la part des intervenants… » Est-ce que Nazutti avait lu la circulaire ?

– On va passer par le boulevard intérieur. Si ces cons ont pris la voie rapide, on peut les baiser.

Andreotti se taisait. Il était vert. Il avait envie de vomir. Il se cramponnait à sa ceinture. De toute manière, à l'allure où ils roulaient, s'ils tapaient, ils étaient morts.

À l'époque où il était pas encore titulaire, il avait bossé un moment chez les Lustucrus affectés à la sécurité routière. Il se mit à penser aux cours de prévention dispensés par l'ENP, puis au stage de perfectionnement auquel il s'était inscrit peu après, là où on leur avait projeté les crashs tests Eurocap effectués sur les Peugeot 309 Essence.

Le pole test, ou test du poteau, s'effectuait à vingt-neuf kilomètres par heure contre un poteau de diamètre homologué à vingt-cinq centimètres. Le compteur indiquait cent dix.

Des interventions, il en avait effectué. C'était presque le quotidien, au temps où il était encore stagiaire.

... Le corps du nouveau-né avait roulé sur l'autoroute à près de cent vingt. Ses parents... Une gentille petite famille comme tu en croises parfois sur les aires de repos ou en excursion le dimanche... Ses parents avaient attaché le couffin, le petit dernier dedans, directement sur le toit de la Peugeot 116 avec des Sandow. Ils leur avaient expliqué qu'il y avait trop de bagages à l'intérieur du véhicule...

Le moteur hurlait. Nazutti embraya pour passer à quatre-vingt-dix le premier rond-point du boulevard. Il ne s'emmerda d'ailleurs pas à tourner le volant et coupa directement à travers les fougères, traçant dans les plantations municipales un sillon parfait.

Quelque chose sentait le brûlé dans la bagnole et Andreotti se demanda combien de temps le moteur allait tenir.

Ils débouchèrent à l'échangeur pile au moment où Chaplin et Joyeux, dans leur Golf, arrivaient par la gauche, sortant de la voie rapide. Leurs yeux s'écarquillèrent et, instantanément, leurs visages pratiquement plaqués au pare-brise se transformèrent en une grimace de haine pure. Chaplin, au volant, écrasa l'accélérateur pour forcer le passage. Nazutti fit de même. Aussi fondus l'un que l'autre.

La GTI passa comme une fusée à cinq centimètres environ du pare-chocs avant de la Peugeot. Cent vingt kilomètres par heure de part et d'autre. Deux cent quarante en cumulé.

Le choc latéral du crash test s'effectuait avec un bélier de cinq mètres lancé par des accumulateurs de pression d'air. Il pouvait atteindre vingt mètres par seconde côté conducteur. La barre de pression ou barre Hopkinson venait frapper le véhicule avec une force entrante de quatre mètres.

… Une autre fois, choc latéral à un carrefour du centre-ville, quand ils avaient arraché la portière conducteur, la jambe du mec était venue avec. Il avait crié… Crié.

— Fils de pute ! hurla Nazutti en maintenant l'accélération.

Andreotti ne voulait pas mourir maintenant. C'était trop tôt. Il était trop jeune.

À cent trente, sur le boulevard intérieur — boulevard qui n'allait pas tarder à se prolonger en avenue — Nazutti, collé au cul de Chaplin, klaxonnait et faisait des appels de phares. Et Chaplin zigzaguait pour les empêcher de doubler. Un coup de patins et bonjour la valdingue.

Une directive européenne préconisait le choc frontal du crash test à cinquante-six kilomètres par heure contre une barrière métallique déformable. Quarante pour cent de la voiture côté conducteur heurtait le mur. On mesurait les contraintes, déformations et chocs sur les principaux organes grâce à deux mannequins bardés de capteurs. Des dummies. Pour eux, il n'y aurait pas besoin de capteurs.

… Le motard s'était relevé. Il paraissait indemne. Son casque avait bien tenu. Il avait marché vers les premiers témoins. C'est là que, sans attendre, il avait ôté son heaume. Sa tête s'était alors fendue en deux, comme dans les films d'horreur. Sa cervelle avait roulé à terre avant qu'il la suive, quelques secondes plus tard…

– Enculés ! Enculés ! explosait Nazutti, serrant le volant de toutes ses forces.

Par la lunette arrière de la Golf, on pouvait voir Joyeux qui se retournait. Cet imbécile se marrait.

Nazutti leva le pied. Il avait anticipé le feu rouge qui, constamment, bouchait la fin du boulevard. Andreotti souffla… pas longtemps.

La GTI tangua devant eux. Chaplin, lui aussi, venait de voir le feu, mais, contre toute attente, les stops ne s'éclairèrent qu'une fraction de seconde : la Golf accéléra de nouveau, virant à droite pour emprunter la voie des bus à contresens.

– Les bâtards ! fulmina Nazutti.

Et aussi sec, il monta sur le trottoir, heureusement peu fréquenté dans cette portion désertée de tout commerce.

Les automobilistes immobilisés, entendant arriver les sirènes à toute allure, avaient déjà commencé à serrer les fesses et s'étaient rangés à qui mieux mieux sur les côtés pour libérer la voie du milieu. Quelle ne fut pas leur surprise lorsqu'ils entrevirent les deux véhicules passer de chaque côté à tombeau ouvert : le premier à contresens, le second sur la chaussée piétonne.

Andreotti voyait les titres des journaux s'étaler devant ses yeux :

« Un rodéo sauvage tourne au carnage : quatre agents impliqués. »

« Course-poursuite dramatique sur le boulevard Torres : les policiers poursuivaient… d'autres policiers. »

Pendant une fraction de seconde qui sembla durer une éternité, les deux conducteurs, fonçant parallèlement, se toisèrent.

Soudain, Nazutti se mit à rire. Un rire de dément.

Un bus arrivait dans le sens opposé, droit sur Chaplin et Joyeux. Et pas question, vu les embouteillages, de se rabattre. Ni d'un côté ni de l'autre.

Juste à temps, Chaplin reporta ses yeux sur la route. La voiture pila, roues bloquées, pour venir s'encastrer sous le pare-chocs du bus, d'après ce qu'avait pu en voir Andreotti par la vitre arrière.

Andreotti pensa aux longerons destinés à dissiper l'énergie cinétique. Il savait qu'on en trouvait dans toute la structure déformable du véhicule. À soixante kilomètres par heure pour une tonne cinq, le HIC — Head Injury Criterion — était équivalent à deux cents kilojoules.

... Le type... Le type n'avait pas tourné. Il était simplement allé tout droit pour s'encastrer dans un platane. Il n'y avait aucune trace de freinage. Ils avaient réussi à pénétrer dans l'habitacle au bout de deux heures de désincarcération à l'écarteur-cisaille hydraulique. Lorsqu'ils avaient basculé son corps en arrière, son visage était pratiquement intact, mais il n'avait plus de cou. Plus de nuque, plus de gorge, plus de trachée, plus de glotte, plus rien. Les vertèbres cervicales avaient été compressées par le choc... Littéralement pulvérisées à l'intérieur des tissus. Il y avait juste ce visage, doux, apaisé, rentré directement à l'intérieur des épaules...

Avant, les longerons étaient en tôle d'acier, mais aujourd'hui, on optait plutôt pour de l'aluminium à haute limite élastique. Lorsque l'onde de choc les compressait, le reste des pièces fixes se déboîtaient. Un smog pas possible émanait de l'intérieur du capot et des ailes démis. Le chauffeur de bus gesticulait par la vitre ouverte. Il avait pas l'air jouasse. Coup de bol, Chaplin et Joyeux n'avaient pas oublié la ceinture. Ils semblaient indemnes puisqu'ils ne se privaient pas de gesticuler et de crier en retour. De fait, c'était à qui gesticulait et criait le plus fort.

– Nom de Dieu, s'égosilla brusquement Nazutti.

Cela fit un barouf du tonnerre. Grosse secousse.

Le choc contre piéton se mesurait à quarante à l'heure sur un mannequin adulte, puis enfant. Les quatre points d'impact étudiés étaient : jambe/pare-chocs, bassin/capot, tête d'enfant/capot, tête d'adulte/pare-brise.

… La femme avait percuté l'enfant à la sortie de l'école avec son Hummer à pare-buffles. Elle s'agitait face à eux. Derrière, il y avait le corps inerte de l'enfant sur lequel on avait posé un drap qui s'imbibait lentement. Elle leur demandait si c'était possible d'abréger la procédure parce qu'elle avait un rendez-vous de travail important…

Andreotti pensa qu'ils étaient morts ou qu'ils avaient tué quelqu'un. C'est alors qu'il vit, par la lunette arrière, une mobylette tomber du ciel pour s'écraser avec fracas sur le trottoir. Nuage de poussière et pièces détachées.

Ils roulaient toujours.

Un jeune, casque sous le bras, jaillit d'une entrée, juste à temps pour voir la 309 redescendre du trottoir et tourner.

– C'est interdit de se garer là, putain de Dieu ! postillonna Nazutti. Petit con ! Si j'avais le temps, je reviendrais aligner ce morveux, je te dis que ça.

Le pare-chocs de la Peugeot raclait le sol, à moitié explosé.

– Et ces connards qui savent pas manœuvrer dans les parkings d'hôpitaux. Regarde ce qu'ils ont fait au pare-chocs de cette pauvre Peugeot ! Dégradation et délit de fuite… Les assurances vont encore tirer la tronche. Mais avec ce qu'on leur file tous les ans, manquerait plus qu'ils viennent se plaindre.

Andreotti recommença à respirer en se radossant. Il était tout à fait réveillé, maintenant.

Et vivant.

Il ne savait pas si c'était préférable.

Le major entra dans l'hôpital au pas de charge. Il le connaissait par cœur. Tous ceux qui survivaient aux faits divers de la mégapole atterrissaient ici. Pour un temps du moins.

Il y avait les viols, les plaies par balles, les blessures par arme blanche, les coups de poing dans la gueule, les coups de tête, les passages à la batte de base-ball.

Il y avait les tentatives de suicide, veines fendues et médocs plein la tronche. Les coups de fusil, les morsures animales et humaines, accidentelles et volontaires.

Il y avait la stupidité absolue des imprudents.

Il y avait de la médiocrité, de la crasse et des larmes.

Des accidents de la route, des fractures ouvertes, des côtes broyées, des traumatismes crâniens et des hémorragies internes.

Il y avait du blanc, du noir, du rouge, du jaune, du bleu et du violet : toutes les couleurs du sang sous la peau.

Il y avait de la salive, des sécrétions vaginales, du pus, de la pisse et des restes d'os pulvérisés. De la vermine dans les plaies.

Il y avait des pleurs, de l'abattement, de la confusion et de la colère.

Il y avait la mort, partout, en filigrane.

Mais de salut point.

Ça n'était pas un endroit où l'on soignait les gens.

Ça n'était pas un endroit où l'on s'occuperait de toi, où tu pouvais te dire que tu serais considéré comme un être humain.

C'était une usine. Un lieu de passage d'où, si tu n'y mourais pas, on te rejetait au plus vite, là-bas, dans le grand bordel du monde extérieur, celui-là même qui t'avait amené ici.

Pour libérer des lits.

Du temps et de l'espace.

Pour les pré-consultations, les consultations, les admissions, les évaluations, les tests…

Faire entrer de l'argent. Faire entrer des gens. Avaler, digérer, évacuer par le rectum du sas de sortie. Mâcher, ingurgiter, recracher, vingt-quatre heures sur vingt-quatre, trois cent soixante-cinq jours par an, laisser la place à d'autres comme toi et d'autres comme toi et d'autres comme toi… Amochés. Du sang qui gicle sur les tables d'opération, des spasmes, des convulsions, des corps qui se contractent, des cœurs qui fibrillent, des organes qui lâchent et d'autres qui tiennent bon. Tu croyais être soulagé ?

Stakhanovistes de l'incision, furieux du bistouri… Pansements, épanchements, sutures, drains. Tu croyais être en sécurité ?

Et l'odeur. Cette odeur de clou de girofle qui retournait l'estomac, comme pour inciter à fuir. Loin, vite. De la morphine, du Dilaudil 4, des pompes Hickman, de la vinblastine, de la cortisone, du laudanum, des analgésiques, des antalgiques, des anti-inflammatoires, anti-douleurs, anti-symptômes, anti-envies… Tu croyais qu'on allait te sauver ?

L'hôpital public central, c'était tout ça et même plus, pensait Nazutti.

Alors, pourquoi s'étonner que deux flics en civil rentrent sans rien demander à personne, longent des couloirs aux portes closes sur l'agonie, empruntent des escaliers direction le service pédiatrique, croisent des aides-soignants fatigués, un toubib sentant le tabac, et des infirmières avec des restes de plateau-repas aux coins de la bouche ?

Pourquoi s'étonner quand un membre de gang s'introduisait dans une chambre et étranglait un rival ?

Pourquoi s'étonner quand un fêlé se promenait dans les couloirs armé d'une machette, tournait pendant deux heures, décapitait deux infirmières et repartait sans que personne le remarque ?

Pourquoi s'étonner qu'une femme stérile et « émotionnellement instable » puisse sortir avec un bébé qui ne lui appartenait pas dans les bras ?

Pourquoi s'étonner que tous les camés de la ville viennent avec fidélité s'approvisionner dans les armoires à pharmacie dont plus personne ne possédait la clef depuis longtemps ?

Pourquoi s'étonner que les cloches du coin, amenés par les pompiers ou le SAMU, puissent se lever de leur brancard, s'enfiler une bouteille d'alcool à quatre-vingt-dix, et se recoucher tranquillement en attendant qu'on note leur présence ?

Pourquoi s'étonner qu'un type armé d'un .38 Spécial patiente trois heures dans une salle d'attente sans secrétaire ? Pourquoi s'étonner que sa femme ressorte de la consultation prénatale et le trouve là, le flingue sur ses genoux ?

Pourquoi s'étonner ? Respirer calmement. Prendre une grande, une ample inspiration avant l'apnée. Bienvenue à l'hôpital public central.

Nazutti ricana :

– Putain, si tu sors d'ici vivant, c'est pas les toubibs que tu dois remercier, c'est Dieu.

– T'abuses, Nazutti. Ils en sauvent quand même quelques-uns de temps en temps, non ?

— Ouais, vraiment quelques-uns, alors, s'amusa de nouveau le major.

Ils arrivèrent jusqu'au local mis à la disposition de la police, obligatoire dans tous les hôpitaux, avant d'être stoppés par une femme — ou ce qui semblait l'être — qui se présenta comme la pédiatre d'affectation. Elle dépassait Nazutti d'une tête et paraissait beaucoup plus forte que lui. Un reste de moustache hérissait le coin de sa lèvre supérieure. Elle les arrêta d'un geste sec et dit d'une voix de stentor :

— Je suis la vacataire. Où allez-vous, messieurs ? J'espère que vous n'avez pas l'intention d'entrer dans cette pièce ?

Nazutti se pencha pour voir à travers la vitre un gosse en blouse blanche, le regard vide, les jambes ballantes, perché sur un brancard.

— Police nationale, énonça l'enquêteur. Major Nazutti et inspecteur Andreotti. Groupe opérationnel Est de la brigade de protection des mineurs.

La mastodonte ne sembla pas s'émouvoir outre mesure.

— Vous arrivez trop tard, messieurs.

— Hein, comment ça, trop tard ?

— Les gendarmes sont déjà passés.

— Les gendarmes ? C'est quoi, cette histoire ?

— C'est comme je vous le dis. Ils ont emporté avec eux la douille que l'enfant possédait. Ils ont essayé de l'interroger, aussi, contre mon avis, mais l'enfant est manifestement en état de choc. Il ne parlera pas pour l'instant. Nous lui avons fait prendre un calmant léger.

— Il faut qu'on le voie.

— Pas pour l'instant.

— Dis donc, morue, t'as l'intention de faire obstruction à une affaire en cours ? Si c'est le cas, dis-le-moi tout de suite, je t'offre le voyage gratuit.

— Dois-je contacter le commissariat pour tirer l'histoire au clair ? répondit la monstruosité sans se démonter. Les gendarmes sont déjà passés. Ils ont assisté aux premières constatations, ont appelé le juge et ont pris l'affaire en charge. Il semblerait que vous ayez un petit problème de communication, ou je me trompe ?

— Laissez tomber, conseilla Nazutti.

Qu'est-ce qu'une bonne femme, pédiatre de surcroît, pouvait comprendre, hein ?

— Votre cuisine interne ne me regarde pas, en effet. Par contre, je suis responsable de l'intérêt de l'enfant. Et je vous dis que vous ne l'interrogerez pas maintenant, quelles que soient vos prérogatives.

— Pourquoi on a toujours affaire à des espèces de connes dans ton genre ? Je te jure, si on avait besoin de vous pour travailler, ça se saurait. Tu me parles de l'intérêt de l'enfant et moi je te parle de l'intérêt d'une enquête criminelle. Fais le calcul…

— Il est tout fait, monsieur.

— Je sais pas ce qui me retient de…

— Vous voulez régler ça entre hommes, monsieur ?

Nazutti eut un mouvement de recul. Il mit un moment à replacer la phrase dans son contexte.

— Oui, je suis transsexuel et j'en suis fier. Je n'aurais pas le droit d'exercer une profession à cause de cette particularité ? Je vous rassure, j'ai toutes les qualifications requises. Le droit à la différence, vous connaissez ? L'article 99-3 contre la discrimination… Ça vous dit rien non plus ? À moins que vous ne fassiez partie de ces fascistes qui pensent qu'une femme prenant des hormones n'est pas en mesure de faire son travail correctement ?

– C'est pas ce que...

– Nous pouvons sortir sur le parking, si vous avez besoin de clarifier la situation. C'est souvent le seul langage que les hommes dans votre genre comprennent. Alors, laissez votre arme de service à votre collègue, ainsi que votre carte, je laisserai quant à moi mon uniforme et nous ferons comme si personne n'était au courant de rien. Nous allons sortir et je vais vous expliquer. Je vais vous expliquer avec vos propres mots où est l'intérêt de l'enfant qui se tient dans la salle derrière nous.

– Mais... Putain, c'est pas vrai...

– Je juge équitable de vous prévenir que je suis championne interrégionale de kick-boxing et que j'ai pratiqué durant de nombreuses années la boxe thaïe. Allons-y, je n'ai pas toute la journée.

Elle se mit en garde.

Nazutti fulminait.

Subitement, il tourna les talons et rebroussa chemin, entraînant avec lui un Andreotti stupéfait.

– Je rêve..., murmura Nazutti. Pincez-moi, c'est un cauchemar.

– Qu'est-ce qu'on fait ? On appelle le juge ?

– Je crois que c'est pas la peine. Ce con... ou cette conne, en l'occurrence, est un monstre de foire. Elle est bornée comme pas deux et elle est complètement cintrée, mais elle connaît les droits du gosse et la procédure. Si elle a dit que les gendarmes sont déjà passés et qu'ils ont le consentement du juge, c'est que c'est vrai. Si elle dit que le gosse peut pas parler, c'est probablement vrai aussi. C'est râpé de ce côté-là. Mais c'est quoi, ce monde, hein ?

Devant l'ascenseur, ils se préparaient à quitter le service de pédiatrie. Lorsque les portes coulissèrent, un couple déboula, manquant de les piétiner.

Individu de petite taille, forte corpulence, type caucasien. Bermuda et espadrilles, chemise à fleurs, portable dans la main, avec une tronche de fou furieux accompagné d'une femme du même calibre, toute tremblante, les larmes aux yeux. Le type criait : « Où lui est ? Où lui est ? » Des touristes. Des putains de touristes avec un accent d'Europe de l'Est. Pas besoin d'un formulaire en trois exemplaires pour comprendre après qui ils demandaient.

Regardant par-dessus son épaule pour s'assurer que le cerbère transgénique ne les avait pas suivis, Nazutti prit l'homme par le coude et l'emmena à l'écart.

– Police nationale, chuchota Nazutti. C'est nous qui avons trouvé votre fils, monsieur.

Le major parla d'une voix calme et profonde. Longtemps. Ils avaient trouvé une salle déserte, seulement meublée de quelques chaises en plastique dont l'utilité restait mystérieuse. Les hôpitaux étaient comme ça : remplis d'espaces vides derrière des portes closes, de couloirs où personne ne passait plus, d'ailes désaffectées, de corridors désertés, d'allées douteuses, comme un gruyère moisi, tandis qu'ailleurs, pas loin, juste à côté, c'était l'affluence, la surcharge, les gémissements et les cris, l'urgence et le précaire.

Ils s'étaient assis et Nazutti avait essayé de soutirer le plus d'informations possible. Andreotti était paniqué mais il la fermait. Ce qu'ils étaient en train de faire n'avait plus rien à voir avec un travail de flic, il le savait, mais la curiosité – voir jusqu'où irait Nazutti et comment il y parviendrait – était plus forte.

Lorsqu'il eut fini, que l'homme eut répondu à toutes ses questions par monosyllabes, que Nazutti l'eut édifié autant que faire se pouvait, que la femme eut étanché ses larmes, le touriste regarda Nazutti fixement.

– Je un flingue, vous savez, avec moi, à l'hôtel ? Nous encore là jusqu'à la fin du mois… Hilton hôtel, nous descendus… Chambre 712. Flingue là-bas.

– Oui.

– Je vais tuer. Même si moi finis ma vie en prison, je vais tuer pour ce qu'il a fait.

Dans ces cas-là, un flic normal est censé prévenir avec tact et fermeté l'âme vengeresse de ce à quoi elle s'expose. Des conséquences pour lui et sa famille. Il est censé le recadrer, lui rappeler les sanctions prévues par la loi. Oui, c'est ce qu'un flic normal ferait. Nazutti, lui, répondit :

– Je comprends.

Oui, Nazutti comprenait d'une certaine manière. Il était au-delà de la compassion, au-delà de l'approbation, au-delà de l'empathie. Il n'y avait que de la haine, dans son assertion. Une haine totale. Chauffée à blanc et définitive. Il n'avait pas plus de sympathie pour l'ordure qui avait enlevé le gosse que pour ce père aveuglé. Andreotti ne moufta pas.

– Vous… Vous aiderez moi ?

Un flic normal aurait répondu : « Je n'ai pas le droit. » Nazutti répondit simplement :

– Oui.

Nazutti, filant en direction du village où le gosse avait été trouvé. Andreotti à côté.

– T'es fou ? T'es en train de devenir fou, c'est ça ?

– Non.

– Je… Je veux descendre, maintenant.

– C'est pas possible. On roule trop vite, là. Tu risquerais de te casser quelque chose en descendant.

– Je parlais pas de ça… Je parlais de l'enquête… Ou de l'absence d'enquête. Les choses qu'on fait… Tout ça.

– J'avais compris.

– Oh, bon Dieu, qu'est-ce que c'est que cette horreur ?

– Un chien. Écrasé, le chien.

– Putain, j'en ai marre, Nazutti. Pourquoi tu veux pas écouter, hein ? Ça fait des heures qu'on longe cette route au pas. Il fait une chaleur à crever. On… Jésus, on est même pas censé être là. On est même pas censé faire ce qu'on est en train de faire. Tu peux me dire ce qu'on cherche exactement ?

– Regarde ça. Des traces de freinage… Je pencherais pour un trente-six tonnes… Type GMC, peut-être. Le mec devait pas rouler doucement.

– Trente-six tonnes… GMC… Quel rapport ?

Le major se dirigea vers le bas-côté. Il s'y pencha, ramassa quelque chose qu'il jeta au loin. Un bout de bois.

– Des palettes. Le camion qui a freiné transportait des palettes. En bois recyclé.

– Oui, mais quel rapport ?

Nazutti avança encore un peu sur le bas-côté.

— Si tu regardes bien, à partir d'ici, on a deux traces de pas. Une alternance. Comme si on avait tourné et hésité autour de la seconde : rectiligne et régulière. Plus petite aussi. La rosée du matin nous porte chance. Ils ont longé la route dans la boue. Des petits pas. Des tout petits pas.

— Hein ?

— La pharmacienne. Tu te souviens de ce qu'elle a dit ? Un type est entré. Un costaud dans un état de fatigue intense, d'après son diagnostic. Il lui a hurlé quelque chose d'incompréhensible avant de prendre ses jambes à son cou. Faut croire qu'il faisait pas partie des cotisants aux bonnes œuvres de la police. Et quand elle est sortie de son officine, il y avait le gosse. Et cette outre pleine de gros rouge, le paysan qu'on a interrogé à la sortie du village, il a expliqué qu'il avait vu passer de son champ un gamin suivi d'un mec louche mais plutôt passif, sur le bord de la route…

— Ouais. Mais qui nous dit…

— Le type avait l'air exténué… Ça fait quoi ? Six, huit kilomètres qu'on longe cette départementale ? Pour peu qu'il soit pas fan de randonnée…

— Tu crois que c'est lui qui a fait le coup ? Le camionneur qui transportait les palettes ?

— Je vois les choses comme ça : pour une raison que je m'explique pas, le camion a percuté le chien au milieu de la route et il a stoppé en catastrophe, semant une partie de sa cargaison au milieu de la chaussée. C'est là qu'il a vu le mouflet. Et qu'il a décidé de le suivre… par mesure de protection, peut-être, jusqu'au village.

— Et alors ?

— Et alors le gosse venait de là-bas. Il marchait déjà quand le camion s'est arrêté. On va continuer à longer cette putain de route.

Ils remontèrent dans leur véhicule. Pour plus de commodité, Nazutti avait carrément arraché le pare-chocs et l'avait foutu dans le coffre. L'habitacle était une véritable étuve. Ils roulèrent encore au pas. Nazutti descendait de temps à autre pour jeter un œil sur le bas-côté.

Finalement, deux kilomètres plus loin, il fit signe à Andreotti de se garer.

— Les traces s'arrêtent ici. Le gosse a pas été déposé, à mon avis. Il a enquillé à pied sur la route directement à partir d'ici. On va couper à travers champs.

— Putain… Pourquoi on laisse pas les gendarmes…

Nazutti rigola.

— C'est l'heure de l'apéro. Si on attend que ces connards aient fini de cuver leur pastis pour bouger, on a pas fini. T'en vois un, par ici ? Tu crois qu'ils vont se presser ? Ce qu'on vient de faire, un demeuré pourrait le faire. Et ces crétins de militaires ont même pas le QI d'un demeuré. Non, laisse tomber ces abrutis. On va aller voir nous-mêmes et basta !

Andreotti s'inclina. Il était crevé. Si foutrement crevé. Ils marchèrent encore sur cinq cents mètres, Nazutti fouillant régulièrement les herbes.

C'est alors qu'ils le virent.

Un beau trou dans la terre, bien propre et régulier.

Un trou avec un cadavre dedans.

— Bon Dieu de merde ! s'exclama Andreotti avec une emphase qui le surprit lui-même.

Il avait qu'une envie, pioncer une heure ou deux, recharger les accus un minimum.

Nazutti descendit dans l'excavation.

— Hé, on peut savoir ce que tu fous ?

— Je regarde.

— C'est un macchabée, Nazutti. Et c'est une chose acquise qu'on est pas censé tomber dessus.

— Le trou est même pas rebouché, regarde ça.

— Tu... Tu vas tout saloper. C'est pas réglementaire. Rien n'est réglementaire, d'ailleurs, dans cette affaire. Il faut appeler...

— Tu bouges pas, j'en ai pour deux minutes.

— Touche à rien, putain.

— Qu'est-ce qui se passe, Andreotti ? Tu vas pas remettre ça avec ton histoire de tout arrêter. Pas maintenant. On est dedans et on y est bien. Toi et moi, on va aller au bout, et que ça te plaise ou non, tu vas me suivre. T'entends ça ? Tu vas me suivre ! T'as peur ? T'as pas assez dormi ?

— J'ai pas envie de me retrouver avec un juge dans les reins qui va piquer une crise parce qu'on l'a pas appelé. J'ai pas envie de me coltiner la gendarmerie nationale. Et j'ai pas envie qu'on foire tout en rendant les indices inexploitables. Tu crois que les mecs vont pas voir que t'as fouillé ? On est... Putain, tu sais très bien que ça a plus rien d'officiel, ce qu'on est en train de faire.

Nazutti soupira.

— Okay, va prévenir qui tu veux. Moi, je reste ici... Je le surveille, des fois qu'il lui vienne l'envie de se barrer.

Ce trait d'humour ne fit pas du tout rire le jeune inspecteur. Une seule phrase tournait dans sa tête, un seul ordre qu'il se donnait à lui-même : « Pense, Ducon. Atterris, pense correctement. »

Il s'éloigna.

Nazutti était déjà retourné à ses activités borderline.

Ce fut le juge qui débarqua d'abord, furax. Mais il n'eut pas le temps de parler. Déjà, un fourgon et deux estafettes de gendarmerie stoppèrent derrière sa CX. Puis Chaplin et Joyeux, d'une humeur identique. Arriva ensuite le véhicule de l'IML. Puis les agents du SRPJ, mis au parfum sans qu'on sache comment. En moins de quelques minutes, il y avait pas moins de trois brigades différentes : la criminelle, le lieutenant de gendarmerie et son escouade de mannequins avinés et des inspecteurs de la 6e DPJ des SR[1]. Tous bien résolus à en découdre et à remporter le morceau de barbaque. Chacun avait une bonne raison pour cela… Un vrai troupeau de nécrophages. Quelle foire !

Une engueulade monstrueuse s'ensuivit. Le lieutenant vilipendait le juge qui morigénait Chaplin et Joyeux qui eux-mêmes tapaient sur tout le monde, SRPJ compris. Au milieu de cette cacophonie, les techniciens savaient plus s'ils devaient commencer à quadriller le secteur ou non. Le procédurier savait plus ce qu'il devait noter et pour le compte de qui. Les ambulanciers de la médico-légale se marraient.

Alignés sur le bord de la route, rangés en file indienne, la vingtaine de véhicules faisait les choux gras

1. Sections de Recherche.

des touristes qui passaient en bagnoles et ralentissaient pour voir. C'était ça, la police française ?

Nazutti et Andreotti, eux, furent simplement oubliés. L'inspecteur avait voulu s'en mêler et prendre part aux légitimes revendications de chacun, mais le major lui fit signe de la mettre en veilleuse. Discrètement, ils s'esbignèrent.

Ce ne fut qu'une fois dans le véhicule, une fois que Nazutti eut discrètement manœuvré, qu'Andreotti parla :

— Putain, le bordel.

— Hé, c'est pas moi qui ai appelé.

— Elle est à qui, cette enquête, à la fin ?

— Les gendarmes prétendent que c'est eux parce qu'ils ont découvert une viande froide qui correspond au modus operandi du mois dernier… Il semblerait que le premier cadavre nous soit passé sous le nez. Les mecs du SRPJ vont dire que, vu la tournure que prennent les choses, c'est à eux qu'il faut refiler le bâton. Quant à Chaplin et Joyeux, ils bossent là-dessus depuis trois semaines, et ça m'étonnerait qu'ils soient disposés à refiler le dossier aux militaires. Apparemment, le juge est dans la merde. C'est lui qui tranchera…

— Et nous ?

— Nous, on va se contenter d'attraper le mec.

— Mais, il faut…

— Tu tiens vraiment à attendre que le préfet fasse le ménage ? Parce que laisse-moi te dire que d'ici là, notre client se sera payé une ou deux têtes supplémentaires… Le temps qu'ils arrêtent tous de se tirer dans les pattes, notre homme sera loin. De plus, je serais fort étonné que le préfet parle en notre faveur.

– C'était ce que tu voulais, hein ? Depuis le début, tu savais. Et tu t'es démerdé pour déclencher une jolie petite guerre...

– C'était le meilleur moyen d'avoir les coudées franches. Tant qu'ils se battent entre eux, ils s'occupent pas de nous.

– Nazutti...

Le major tapota sa poche.

– Maintenant, on a du solide. Une troisième... Ou quatrième lettre, si on compte la bafouille que les militaires ont cru bon de passer sous silence...

– Tu... Tu veux dire que tu as embarqué la lettre ? Oh, là, on est bons comme la romaine. Rétention d'informations, détérioration d'indices et dissimulation de preuves... Je veux pas être mêlé à ça.

– Tu veux toujours pas piger, hein ? Tu y es déjà mêlé, Ducul, et jusqu'au cou. Tu comptes faire marche arrière maintenant ? Bon courage. Par contre, si tu vas avec moi, si on coince le gus, ils seront bien en mal de faire la fine bouche. Et c'est exactement ce qui va se passer.

Nazutti avait raison, Andreotti s'en rendait compte. Il était allé trop loin, il avait tu trop de choses pour revirer soudainement vertueux. Il n'avait plus qu'une seule option.

– Nazutti ?

– Ouais ?

– Quand tout cela sera fini, je te ferai plonger.

– Je sais.

Un temps pour réfléchir. Un temps pour se laisser pénétrer de l'idée. Un temps pour prendre son souffle. Et sauter.

– Alors, on fait quoi, major ?

— Toi, tu vas aller te rancarder comme on a dit à l'Unité Informatique et Délits. Tu vas m'éplucher le site consacré à Marcus Plith. Remonte la source. Épluche les mails… Après, t'iras te reposer, retrouver ta femme, t'en as besoin…

— Et toi ?

— Moi, ce soir, j'ai un rendez-vous. Si on a trouvé une nouvelle lettre et si notre assassin change pas de tactique, j'en connais une qui devrait pas tarder à recevoir un petit courrier sous la porte de son agence.

— Putain. Il cherche quoi, ce mec ?

— On devrait pas tarder à le savoir.

— S'il te plaît, major, dis-moi que tu protèges personne. Dis-le-moi.

— Personne.

— Et cette histoire de lumière, là… Ce truc auquel tu m'as fait participer… C'est lié, pas vrai ? Tout est li…

— Qu'est-ce que tu veux dire ? Tu me parles des sept degrés de différence ? Tu m'expliques que si on prend n'importe quel gars et qu'on lui demande de faire parvenir un message à un inconnu par l'intermédiaire de ses connaissances, en sept transitions, il arrivera à son destinataire ? Alors, si tu fais allusion à ça, oui, c'est lié… Tout, dans cette putain de ville, est de toute façon lié, tu comprends ?

— Et si… Et si je participais au programme, moi ? Je veux dire, comme Sarah l'a suggéré…

— Hein ?

— Le programme « Illumination ».

Nazutti le choppa par le colback.

— Écoute-moi bien, Andreotti : ceux qui ont participé à ce programme s'en sont jamais remis. La Lumière… Une fois qu'ils l'ont aperçue, ils ont plus qu'une idée en tête, la retrouver. Et on raconte qu'Elle n'apparaît qu'une deuxième fois pour chaque personne : à l'heure de sa mort. La Lumière, c'est une sorte d'expérience ultime, proche de la NDE[1]. Elle n'arrive qu'à la toute fin du programme, à la dernière limite, lorsqu'il ne peut plus être prolongé, tu comprends ?

— Non.

— Ne va pas voir Sarah en mon absence. Pas pour l'instant.

— Pourquoi ? C'est contre l'avis des psys ? railla le jeune inspecteur.

— Sarah est prête à tout pour s'annexer les personnes appropriées. Les flics, les avocats, les juges, elle en fait son miel. Et si elle te laisse effectuer le programme, si tu fous un doigt dedans, c'est ta tronche entière qui va y passer. Le programme est destiné… Il est destiné à des gens qui n'ont pas d'autre recours. Et ils passent le reste de leur vie en débiteur. À moins, plus simplement, qu'ils ne deviennent fous.

— Comment tu sais ça, hein ?

— Je le sais, c'est tout.

— Tu as participé au programme, hein ? Tu vas le dire, à la fin. Toi aussi, tu es allé au bout des douze étapes ?

— Non. Je n'y ai pas participé en tant que client…

— Je te crois pas.

— J'y ai pris part en tant qu'employé.

1. *Near Death Experience.*

L'après-midi touchait à sa fin, apportant à la journée d'enfer une petite respiration. Entre six et sept heures, une respiration lente, dyspnéique... une légère trêve avant la fiesta nocturne.

Andreotti entra dans le bureau informatique. Nazutti l'avait laissé au commissariat avec une seule consigne : obtenir des informations sur les opérations menées au sein du site consacré à Marcus. Il n'avait pas précisé comment ni à quel prix.

Une seule personne était présente dans le bureau, les yeux rivés à un écran, une expression d'urgence focalisée au centre des rétines, pianotant furieusement sur le clavier, à l'égal d'un junky en train de chercher sa veine. Si on n'avait pas été en plein cœur du commissariat central, dans un service très officiel de la très officielle police judiciaire, Andreotti aurait pu le prendre pour un de ces gamins qu'on voit parfois dans les reportages télévisés, consacrés aux méfaits de l'addiction informatique et des jeux en réseau.

Moustache éternellement naissante sur des lèvres trop minces. Front constellé de boutons et de points noirs. Frêle : bras squelettiques, poitrine en creux, étisie caractéristique de ceux qui restent trop longtemps assis sans rien manger. Seuls ses doigts, d'une taille et d'une rapidité impressionnantes, semblaient rompus à quelque forme d'exercice physique. Sans quitter les yeux de son écran, il dit :

– Salut, papy. Tu dois être Andreotti ? Nazutti m'a prévenu que tu devais passer.

Papy... Jésus, ce gamin avait quoi ? Cinq ans de moins que lui et il passait déjà pour pouvoir être son grand-père.

– Il t'a dit pourquoi ? demanda Andreotti, refrénant à grand-peine son désir de regarder sur l'écran ce que le gosse pouvait bien magouiller.

– Nan. Je t'écoute, papy.

– Dis donc, ça te gênerait d'arrêter de m'appeler papy et de quitter ton clavier deux secondes ?

– Peux pas. Important, marmonna le gosse en accélérant la cadence.

Tacatacatac…

Voulait-il dire par là qu'il avait franchement autre chose à faire que de s'occuper de son cas ? Andreotti n'approfondit pas la question.

– J'ai besoin que tu ailles jeter un coup d'œil sur deux sites. Voilà le nom du type à qui, en théorie, le premier devrait être dévolu. Le deuxième concerne un établissement… ou une entreprise. T'as le nom aussi, à côté.

– Dis donc, papy, tu sais combien on est, ici ? Les gendarmes, eux, ils ont leurs cent soixante-dix Ntechs dûment formés et diplômés de l'université. Ils ont des bécanes dernière génération. Ils ont la DLC, l'INL, et la BEFTI… Je te passe les noms complets, ça va m'énerver. Ils ont le STRJD pour la documentation, ils ont SimAnalyst, pour localiser les zones géographiques d'un portable. Ils ont Thémis couplé avec le central de surveillance Midi System qui peut opérer jusqu'à deux millions d'interceptions. Ils ont le Meffot sous Access pour la gestion des facturations, ils ont CB Reset, pour le décryptage puce et le contrôle des transactions…

– Hé…

– Attends, laisse-moi finir : ils ont MARINA, pour la recherche automatique d'images non autorisées. Ils ont la base de données CNAIP. Ils ont le

CCC France. Ils ont… Enfin, merde ! Nous, on est six. Six SECI[1] formés à la va-comme-je-te-pousse avec un parc de sept PC antédiluviens. Et on est censé prendre en charge la contrefaçon, l'apologie du suicide, du meurtre et de la haine raciale, le négationnisme, la vente de stups ou d'objets interdits, les jeux d'argent, le racolage, et le cyberproxénétisme, les recettes d'explosifs, les réseaux extrémistes… Et tout le monde, chaque division, chaque service, chaque putain de chef de groupe, chaque putain de brigadier vient nous voir avec sa petite réquisition, son petit service… Rien que pour la pédophilie, est-ce que tu sais combien Interpol nous envoie de notices rouges[2] ? Dis rien, je sais que tu sais pas. Quatre mille, papy. Quatre mille par an…

– Oh…

– Quoi ?

– N'en fais pas trop quand même. Ce refrain, il est connu, c'est le même partout. Tu savais que je devais passer, pas vrai ?

Le gosse soupira.

– Je suppose que tu veux des noms, des adresses…

– Ça se pourrait bien.

– T'as l'autorisation d'un juge ? Parce que ce type de demande, ça doit d'abord passer par le Parquet, et on doit en référer à l'OCLCTIC…

– À quoi ?

– L'Office central de Lutte contre la Criminalité liée aux Techniques de l'Informatique et de la Communication… Tu débarques d'où ? Remarque, je t'en

1. SÈCI ou ESCI : Enquêteur spécialisé en Criminalité informatique.

2. Notices Interpol de signalement de personnes recherchées.

veux pas, ce truc-là est récent. C'est leur dernière trouvaille pour dilapider le budget. Tu sais avec quoi on travaille, papy ? Avec des freewares lambda. L'administration veut rien payer… Et aujourd'hui, pour la moindre requête, faut suivre un parcours qui tient plus de celui du combattant que de celui de santé.

– Tu vas pas recommencer ?

– Non, je m'en voudrais. Bon alors, t'as la réquisition ?

Andreotti fut déstabilisé. Nazutti n'avait pas évoqué cet écueil pourtant aisément prévisible.

– Heu… Non.

– Je peux rien faire sans une réquisition.

Il regarda Andreotti et Andreotti le regarda. Pour un bref instant, ils étaient l'un comme l'autre à court d'arguments. Retrouvant l'inspiration, le jeunot se mit à agiter ses doigts, ses longs doigts fins dans l'air.

– Est-ce que tu sais que les fournisseurs d'accès surfacturent leurs réponses aux réquisitions judiciaires ? Accroche-toi aux branches, ça descend : pour une simple demande d'identification d'adresse IP, ça va jusqu'à soixante-neuf euros de frais de recherche. Et quand tu sais que certaines affaires ont parfois cinquante mille IP, fais le compte. Après, c'est sûr que quand on demande une nouvelle souris, un stylo ou un logiciel… Enfin, heureusement que j'ai mes petits trucs à moi.

Andreotti était incapable de bouger, étourdi, sonné. Il comprenait pourquoi ce gamin, ils l'avaient collé devant un clavier. Là au moins, sa logorrhée infernale ferait pas trop de dégâts. Ce genre de spécimen, ça devait vous flinguer une équipe plus sûrement qu'une coupe de budget. Le gosse reporta les yeux sur son écran. Andreotti aurait voulu le saisir par le col et l'obliger à le regarder. Mais il sentait que cela ne le mènerait à rien. Après un moment de silence, uniquement rythmé par le claquement staccato des touches du clavier, il lança :

— Qu'est-ce que tu proposes ?

— Moi ? Rien.

Tacatacatac...

— Nazutti t'a prévenu de mon arrivée, non ? Il a bien dû se mettre d'accord avec toi sur... disons les modalités.

— Peut-être...

— Alors ?

— Alors, le seul moyen que je vois est de monter une surveillance taxi.

— Une surveillance taxi ? T'as rien de mieux à suggérer ?

— Non. Note qu'en plus la facturation sera à la charge du ministère... Bonnard, non ?

Andreotti connaissait parfaitement le fonctionnement des surveillances taxi. Du temps où il était à la DPJ, il avait vu assez de flics arrondir les fins de mois en fournissant des relevés à des boîtes d'audit. On glissait dans un dossier, n'importe lequel, les adresses ou les identifiants qu'on voulait. Le juge, qui n'avait de toute manière pas le temps de vérifier les vingt-sept mille surveillances ordonnées chaque année, signait à la chaîne. On obtenait ainsi des autorisations exogènes, réquisitions d'identification comprises dans le package. Il suffisait ensuite de les faxer au fournisseur. Mais pour cela, il fallait le nom d'un OPJ requéreur. Et au final, c'était un blaze, un honneur, une probité qui se retrouvaient en face d'une demande bidon. Andreotti s'était toujours refusé à cautionner ce dévoiement.

Il s'entendit répondre :

– Okay. Tu devrais avoir l'autorisation demain.

Il glisserait les identifiants dans le dossier du petit Théo Martois, le premier gosse qu'ils avaient trouvé. Il obtiendrait l'autorisation. Avec son nom. Pourquoi ? Pour Nazutti ? Pour lui ? Pour ces enfants morts ? Il ne savait pas pourquoi. Il était fatigué... C'était comme s'il n'avait plus aucune volonté propre. Il ne pouvait plus que faire ce qu'on lui disait, aller là où on l'emmenait... Nazutti lui avait ordonné d'obtenir des infos, il les obtiendrait, point.

– À demain, alors, papy, fredonna l'informaticien.

Tacatacatac...

*

Le restaurant était calme et spacieux, avec juste ce qu'il fallait de fausse convivialité pour qu'on casque un max avec le sourire. C'est ce que s'imagina Nazutti tandis qu'ils pénétraient et qu'il refusait en grognant de se laisser délester, malgré la chaleur ambiante, de sa veste. Pas moyen en plus de lui faire payer ce genre d'extravagance.

Ils prirent place au sous-sol, dans une espèce de vieille cave à vins aménagée. Il y avait là déjà quelques couples ainsi qu'un groupe bruyant et enjoué de huit ou dix convives à une table du fond. Soirée calme.

Rose commanda un Perrier et, comme d'habitude, Nazutti s'en tint à l'eau, arguant que c'était sur les boissons que les restaurateurs faisaient leur marge et qu'il était hors de question de participer à cette gigantesque escroquerie qu'était devenue la restauration sur la Côte en cette saison.

Le serveur le regarda un peu de travers mais ne broncha pas. Nazutti, d'ailleurs, n'attendait que ça. Il lui rendit son regard, dans l'expectative, mais rien n'advint.

— Qu'allez-vous prendre, monsieur Nazutti ? demanda Rose d'un ton amusé et sans relever les commentaires du major.

— Vous pouvez m'appeler Paul, marmonna le bouledogue.

— Vous pouvez me tutoyer, alors.

Puis elle se mit à rire. Un rire clair, aérien. Nazutti s'en voulut à nouveau de trouver ce rire si clair et aérien. Il s'en voulut de la regarder trop, de la trouver séduisante et fraîche.

— Tu n'aimes pas beaucoup entendre les gens rire, je me trompe ? dit-elle, passant sans ambages du « vous » au « tu » et en excluant de se départir de sa bonne humeur.

— Tu serais surprise de savoir ce que peut cacher un rire.

Elle s'essuya délicatement le coin des lèvres et son visage se ferma. Bravo, Nazutti, pour plomber l'ambiance, champion ! Elle ne redevint pas totalement sérieuse, toutefois. Son discours, même s'il se mettait au diapason morose de celui du major, possédait deux niveaux de lecture. Le premier, qui ressemblait à un cri de détresse, portait en lui le désenchantement et le second, plus distancié, était teinté d'une ironie subtile.

— Oh, non, Paul. Je ne le sais que trop bien. Ça m'a pris des années, avant de pouvoir rire à nouveau ainsi.

— Je ne parlais pas de ça.

— Je sais de quoi tu veux parler. Mais ce que j'essaye de t'expliquer, c'est que c'est possible. Un jour.

— Si on en crève pas avant, grinça le major en se maudissant.

Elle l'observait. Une lueur pétillante dans les yeux. Une lueur qui se refusait à disparaître. Lui, il se sentait comme une bête traquée, dans ce genre de lieu où il n'avait plus l'habitude d'aller. Déformation professionnelle, son regard allait et venait, constamment sur le qui-vive. Il picorait çà et là des indices, des preuves, des informations, tout un tas d'informations totalement inutiles en cet endroit paisible, mais qui suffisaient à le rasséréner un peu, à lui confirmer son bon droit. Des raisons de refuser. Des raisons de haïr.

Ici, un couple dont les silences se prolongeaient trop. Des non-dit. Un secret trop lourd à partager.

Là, une femme trop maquillée, comme pour masquer quelque chose d'inavouable.

Derrière, dans le groupe, un type bedonnant qui avait trop bu, parlait trop fort et faisait de trop grands gestes, l'air d'occulter, derrière ses manières ostentatoires... occulter quoi ?

Oui, Nazutti n'avait vraiment plus l'habitude de ces terrains d'où le danger était absent. Ces terrains faits pour se relaxer, se détendre, prendre du bon temps... Du bon temps... Comme si c'était possible... Un barbillon hors de la flotte.

Le loufiat repointa sa fraise. Stylo et carnet de

commande à la main. Prêt à les faire cracher. Nazutti commanda d'instinct ce qu'il y avait de moins cher. S'il avait pu passer directement au dessert, il se serait d'ailleurs pas privé.

Rose commanda des pâtes à la carbonara. Un appétit…

Lorsque le serveur fut reparti, elle se pencha :

– Tu n'es pas à l'aise ?

– Non.

– Trop d'agitation ? Trop de vie ?

– Trop de morts ajournées.

Elle sourit de nouveau.

– Tu sais ce que je pense ?

– Non.

– Je pense que tu es un grand optimiste qui s'ignore, Paul. Tu devrais dévoiler ce côté de ta personnalité, ça pourrait être intéressant.

Nazutti sourit à son tour. Bon Dieu, cette bonne femme arrivait à le faire sourire.

– Je crois que j'ai oublié. J'ai oublié comment c'était… Je sais même pas si je l'ai su un jour. J'ai parfois l'impression d'avoir toujours été ainsi. Même tout gosse. Ce poids, cette lourdeur insidieuse… Un gosse, pourtant, ça devrait être léger, non ?

– Peut-être simplement que ton enfance n'a pas été tout à fait ce qu'on pouvait espérer.

– Peut-être, murmura Nazutti, songeur.

Il aurait voulu dire : « Mon père est décédé aujourd'hui des suites d'un cancer généralisé. » Il aurait voulu dire : « Il m'a pas prévenu, cet enfoiré. » Il aurait voulu dire : « Je l'ai laissé là. Je suis parti. Je me suis enfui parce que je ne pouvais plus rien contre lui. » Il aurait voulu parler du soulagement et de l'incertitude, de la culpabilité et de l'absence de culpabilité, de la libération et du poids des chaînes, de la vengeance et de la purification, de l'héritage et de la négation, du feu et de l'enfer qui sont pour les victimes, non pour les bourreaux, de ce qui était vrai et de ce qu'on spéculait, tout ça en même temps, en vrac dans sa caboche. Mais il sentait qu'il était déjà bien assez sinistre.

— Tu as des enfants ?

Nazutti haussa les sourcils, surpris. Puis, brusquement, il reprit son attitude renfrognée, décidé, néanmoins, à faire bonne figure et à se laisser approcher.

— Ouais. Une fille. Il y a une paye.

— Qu'est-elle devenue ?

— Je ne l'ai pas vue. Depuis très longtemps.

— Si j'aimais les platitudes, je pourrais te dire que c'est dommage. Mais ça n'est pas ce que tu désires entendre. Tu ne te demandes jamais ce qu'elle fait en ce moment ? Si elle est heureuse ?

— Non.

— Elle ne te manque pas ?

— Je ne sais pas. J'ai fait une croix sur tout ça. Je... C'était mieux. Pour moi et pour elle.

— J'ignore pourquoi, mais j'ai du mal à te croire. Et sa mère ?

— Sa mère et moi, on arrivait plus à s'entendre. Elle était, disons, trop insouciante.

— Ou toi pas assez ?

— Peut-être.

— Tu as été marié, alors ?

— Je le suis toujours. Mais on est séparé depuis vingt ans, pratiquement.

— Et tu n'as pas divorcé ?

Chassez le naturel…

– C'est une plaisanterie ? Même pour un divorce à l'amiable, ces putains de bavards te pompent la moelle des os. Expertise des biens, conciliation… J'ai jamais eu les moyens… Ma femme non plus.

Bien entendu, il mentait. Géraldine, son ex-femme, lui avait maintes fois enjoint de signer les papiers. Elle avait même été jusqu'à proposer de prendre en charge l'intégralité des frais. Mais, par principe, Nazutti avait toujours refusé. Donner ne serait-ce qu'un centime pour déchirer un bout de papelard qu'on avait eu gratuitement, c'était inadmissible. Il préférait encore rester marié, même si son ex revenait régulièrement à la charge. Dans la tête de Nazutti, avec le temps, ça n'était plus devenu qu'une question de moyens financiers et d'aversion commune envers les tribunaux.

Le regard de Rose s'était fait étrangement fixe. Insistant.

Nazutti se tortilla sur sa chaise. Est-ce qu'elle avait deviné qu'il racontait des bobards ? Il n'aimait pas du tout ce que cette gonzesse était en train de lui faire. Il n'aimait pas ses réactions, étrangement passives. Il n'aimait pas ce qu'il ressentait lorsqu'il plongeait son regard dans le sien.

– Et si on partait maintenant ? chuchota-t-elle. Allons dîner chez moi. Je te ferai un truc sans chichis qui te calera l'estomac… Je crois d'ailleurs que c'est la seule chose que tu attends d'un repas, il me semble. Minimum vital, promis.

– Quoi ? Comme ça ? Et la commande ?

– Allons… Ça pourrait être amusant. Et puis, tu sais, je suis plutôt bonne au sprint.

Nazutti n'aimait pas ça, pourtant il jubilait intérieurement à la simple idée de faire marron ces arnaqueurs professionnels, ces champions de la comptabilité parallèle. Mais merde, à quoi il pensait ? Il était flic, putain de Dieu.

Cette Rose Berthelin était folle. Délicieusement folle.

Sans avoir besoin de se concerter, ils se levèrent, calmement.

Puis foncèrent.

Ce ne fut que lorsqu'ils eurent tourné le coin de la troisième rue qu'ils s'arrêtèrent de courir, se marrant comme des bossus, à s'en faire péter les côtes. Il n'avait pas ri comme ça depuis combien de temps ? C'était jouissif et déroutant. Terriblement terrifiant.

Ils étaient encore en train de se gondoler, les larmes aux yeux que, sans savoir comment ni pourquoi, Nazutti enlaça Rose, la prenant au creux de ses bras. Un oisillon dans le nid protecteur. Contact doux, chaud.

L'espace d'un instant qu'il savait éphémère, un tas de choses l'avait brusquement quitté, laissant son esprit libre, délesté, à la limite de l'envol.

Il riait.

Il avait mal.

Ils gagnèrent le domicile de Rose d'un pas lent, indolent. Pourquoi, soudain, rien ne pressait plus ?

Gommée, l'urgence.

Rayés, ces instants nerveux et tendus vers nulle part.

Tombée, la fièvre.

Ne pas céder… Ne pas…

Se reposer, juste un peu ?

Ils ne s'étaient pas embrassés. En revanche, Rose avait glissé sa main dans la sienne et Nazutti l'avait acceptée. Qu'accepterait-il, encore ?

L'idée que Rose jouât la comédie, que tout ceci ne fût qu'une mascarade destinée à lui faire rendre les armes l'effleura, mais il était bien.

Si bien.

Un paraplégique qui retrouvait soudainement l'usage de ses guiboles devait ressentir ça.

Il avait tout d'un coup la sensation palpable d'avoir été un handicapé pendant longtemps, en toute inconscience. Et cette sensation était immédiatement supplantée par celle, singulièrement proche, d'être handicapé maintenant alors qu'il était en pleine possession de ses moyens avant. Et s'il la laissait faire…

Les deux faces d'un même miroir, tourné encore et encore sans qu'on puisse savoir quelle réflexion était conforme.

Nazutti décida, pour le moment, de laisser aller. Il était possible qu'avec le temps, sa combativité se soit émoussée. Ça pourrait être bon, de se rendre un peu, baisser les bras, quelque temps, se reposer, parce qu'on était fatigué, tellement fatigué. Il n'avait pas ressenti une telle fatigue, un tel bien-être depuis si longtemps.

Attends, attends… Est-ce que les salauds étaient fatigués ? Est-ce qu'ils s'arrêtaient un instant de massacrer, piétiner, nier et s'esclaffer ? Est-ce qu'ils se laissaient couler, eux, dans le bain d'une bouche sensuelle, dans le soyeux de bras qui vous enlacent, dans la vape inconnue et indolore de l'altérité ? Non. Non. Non.

Elle lui avait fait des « pâtes à l'eau », comme elle disait, avouant d'elle-même que c'était bien la seule chose qu'elle fût capable de cuisiner. Ils avaient bu du mauvais vin acheté chez l'épicier du coin. Le corps, les muscles de Nazutti s'étaient relâchés. Ils avaient encore pouffé à l'évocation de la mine déconfite du serveur en train de les regarder partir, stupéfait. Le chat de Rose était venu se frotter en ronronnant à la jambe du policier. Celui-ci avait tendu la main pour lui grattouiller le dos. S'il y avait une chose qu'il détestait, en plus des chiens, des lapins, des hamsters et des animaux de compagnie en général, c'était bien les chats. De gros hypocrites, toujours prêts à vous réclamer un câlin à l'heure du repas ou en cas de grand froid, et les premiers à vous balancer une patte hérissée de griffes si par malheur vous preniez l'initiative. En plus, ces putains de greffiers puaient comme pas permis.

— Tu aimes les chats ? demanda Rose.

Nazutti eut un sourire éloquent.

— Je vois, s'amusa la journaliste en éloignant l'imprudent. Est-ce que tu sais qu'en France, quatre-vingt-dix pour cent des personnes qui possèdent un chat sont infectées à leur insu par un parasite qui se fixe sur certains récepteurs du cerveau ? Inoffensif, en apparence. Toxoplasmose de type *gondii*. C'est son nom.

— Je dois me méfier ?

— Je pense que tu n'as pas besoin d'une quelconque toxoplasmose pour te méfier.

— Très drôle. Touché.

— Lorsque les félins transmettent ce parasite aux rats, l'effet est saisissant : le parasite lui-même annihile chez les rongeurs la peur naturelle des chats. Amusant, non ? Pour l'être humain, c'est un peu différent.

— Oui ?

— La toxoplasmose modifie le comportement de manière très discrète. La sociabilité des femmes, par exemple, est exacerbée, le sex-appeal accru. Les sujets infectés sont, de fait et sans même s'en rendre compte, plus désirables.

— Quelque chose que je peux concevoir sans peine. Même si tu n'es pas infectée.

Elle rit à nouveau. Lumineuse. Virevoltante.

— Flatteur, va. Je vais prendre ça comme un compliment. Mais attends, ce n'est pas fini. En ce qui concerne les hommes, ce parasite rend agressif, antisocial, violent parfois… Tu n'aurais pas eu un chat, dans ta jeunesse ?

Au tour de Nazutti de rire.

— Moi aussi, je vais prendre ça comme un compliment. Ou peut-être bien que je suis déjà immunisé contre les effets pervers des chats domestiques, va savoir. Tu t'intéresses beaucoup à ces questions, n'est-ce pas ?

— Quelles questions ?

— Les trucs scientifiques, la recherche… Trouver la signification du monde par une accumulation de détails, pointus ou triviaux, qui ne peuvent qu'être reliés logiquement entre eux au sein d'un tout organisé et porteur de sens. Ce genre de choses…

— Hé, pas mal, docteur Nazutti…

— Pas mal pour un flic, tu veux dire ?

— Exactement. Cette somme de faits, de causes et de conséquences, leur interdépendance, la théorie du chaos qui les sous-tend, tu sais : « un battement d'aile de papillon à Tokyo… »

— « … un tremblement de terre chez nous », ou quelque chose de similaire.

— Re-bravo, docteur.

— Merci, madame la journaliste.

— Eh bien, si cette volonté de compréhension, cette connectique générale peut te rapprocher d'une quelconque signification globale du monde, elle peut aussi t'en éloigner. Les faits ne sont pas que douleur, ils sont aussi protection. Les faits bruts, les détails peuvent bâtir un mur entre toi et la réalité. Les deux faces d'une même médaille ou un jeu à somme non nulle…

— Je comprends pas tout, mais c'est beau.

— Le jeu à somme non nulle de type Bayes : l'hypothèse privilégiée ne rend pas les alternatives moins vraies et l'on peut assigner à ces propositions autant d'informations supplémentaires que désiré, tu connais ?

— Bayes ? Celui de…

— Exactement. C'est le Bayes du modèle bayesien dont certains experts de chez vous se servent dans les procédures pour évaluer la fiabilité de dépositions contradictoires. Tu le sais peut-être pas, mais le révérend Thomas Bayes fut le premier à avoir ajouté aux quatre lois fondamentales de la probabilité un théorème permettant un nombre infini d'informations nouvelles. Il était alors possible de voir le monde entier à travers ce prisme. C'est du moins ce qu'il a fait toute sa vie. En incluant même dans cette perspective l'éventualité qu'il existât une infinité de prismes…

– Continue, je suis sous le charme.

Qu'est-ce qu'il lui prenait, au major, de jouer les jolis cœurs et de faire des réflexions à la con ? Elle avait foutu de la drogue dans son vin ou quoi ? Il s'était jamais vu dans cet état-là. Et de se contempler ainsi qu'un parfait étranger à deux pas de ce qu'il détestait lui fit froid dans le dos. Rose continua sa démonstration sans se rendre compte de rien.

– Était-il plus proche de la réalité que quiconque ne l'a jamais été ? S'en était-il au contraire définitivement coupé, comme certains de ses confrères l'ont prétendu ? Nul ne le sait. Ce que l'on sait, en revanche, c'est que depuis la nuit des temps, l'homme cherche une réponse. Et si la quête est vitale, le but, en revanche, peut causer la perte. Combien sont-ils à s'être éteints faute de n'avoir pu toucher Dieu du doigt ? Ou simplement parce qu'ils l'avaient approché de trop près, brûlés à Son contact, aveuglés par Sa lumière, suffoqués par le poids de la révélation ? Bettelheim, qui toute sa vie a étudié les comportements humains en situations extrêmes et qui n'a pas survécu à sa propre condition. Debord, qui n'a pas supporté l'horreur de la société du spectacle qu'il décrivait. Deleuze, mort la bouche ouverte, à bout de souffle, après avoir mis en lumière les corps sans organes des schizophrènes...

– Je pense que j'ai compris le principe.

Rose s'emballait. Nazutti n'était plus très sûr de la rationalité de ses arguments. La douleur. Trop de douleur pouvait vous rendre ainsi. Malade à vie. Et même si les plaies étaient pansées, même si la vie reprenait une apparence normale, un rien pouvait faire rechuter. C'était ce qui était en train d'arriver.

– … Primo Levi, le corps disloqué en bas d'un grand escalier. Sénèque, qui craqua sous la pression de Néron et s'ouvrit les veines en silence. Diane Arbus, qui croyait trouver quelque vérité en photographiant les pensionnaires d'asiles…

Elle, exaltée, subjuguée. Ressemblant à une demi-folle.

– Je crois que c'est bon, j'ai dit.

– … Et qui d'autre ? Virginia Woolf, ses longs cheveux bruns flottant dans l'onde de l'Ouse, les poches bourrées de pierres, Dylan Thomas, ivre mort à l'hôpital Saint-Vincent, Basquiat, Van Gogh, Zweig ou Nerval. Hitler, Goebbels ou Hess, Hendrix ou Morrison. Cobain ou Hemingway, la mâchoire emportée par une décharge de calibre douze. Brautigan, une bouteille d'alcool dans la main et une balle de .44 dans le cœur…

Dépassée par ses propres remèdes.

– Stop, s'il te plaît…

La douleur qui revient. Rapide. Brève. Affûtée comme un éclat de bouteille. Toujours être sur ses gardes. Ne jamais…

– … Fassbinder, Mishima, Loiseau…

– S'il te plaît.

Nazutti lui prit les mains pour essayer de la calmer. Doucement. Presser ses doigts. Lui faire sentir la réalité. Finalement, elle sembla reprendre pied. Secoua la tête.

– Tu n'es pas mauvais, Paul. Pas mauvais. C'est ça que je veux te dire.

– Ça ne change rien, Rose. Dans l'existence de Nazutti, il se passe des choses pas belles, tu peux me croire.

— Mais ça n'est pas cela qui rend les gens mauvais.

— Non. Ce ne sont pas les mots. Ce ne sont pas les actes.

— Ce que tu fais… Ces choses pas belles que tu fais pour vivre, tu vas les faire pour moi aussi ?

— Oui.

— Pourquoi ?

— Parce que je ne sais rien faire d'autre.

— Et si je ne veux pas ? Si je te supplie de ne pas les faire, est-ce que tu…

Nazutti caressait ses mains jointes.

Il la regardait.

Il explorait ses yeux immenses avec toute la douceur dont il était capable.

Avec ce reflet qu'il entrevoyait.

Avec ce qu'il était en train d'apprendre sur lui-même et qui le terrorisait, comme un gosse apprenant à marcher.

Il ne put que répéter :

— Je ne sais rien faire d'autre…

Les aiguilles avaient tourné. Le cadran était resté immobile. Il l'avait rassurée, fait tomber sa fièvre.

— Avant, j'étais journaliste de vulgarisation pour le supplément scientifique du journal. Ça me passionnait. C'était excitant. Es-tu encore excité, Paul ?

— Tu veux dire autrement que sexuellement ?

— Tout à fait.

Brièvement, il pensa à la haine. Il pensa à la traque. Au nettoyage. Il pensa à l'inévitable corruption de tout ce qu'il touchait. Il pensa à ces gosses. Martine, six ans, trousse Princesse jaune. Fermeture cassée, dossier classé. Jean, Kevin, David, Svetlana et les autres… À ceux qui lui tenaient chaud.

– Je ne sais pas. Il me semble qu'il y avait une époque où je croyais en ce que je faisais. Je pensais que j'allais contribuer un peu à changer le monde…

– Et aujourd'hui ?

– Aujourd'hui, je fais juste partie du monde…

Il aurait voulu dire : « cette saloperie de monde ».

– … et je continue de m'acquitter de ma tâche, sans bien savoir pourquoi. Je veux dire, je suppose qu'il y a une raison, mais il me devient chaque jour plus difficile de discerner laquelle.

– On ne perd pas comme ça ses réflexes.

– Ce sont plus que des réflexes.

– Bien entendu.

Une pause. Les aiguilles tournaient. Le cadran immobile. Rose :

– Maintenant, je suis dans une agence locale. Je traite les conseils municipaux, les votes de budgets primitifs, secondaires, les kermesses, les fêtes d'écoles, les associations, les mariages, les décès, les petits faits divers que le siège ne veut pas passer en régionale… C'est autre chose. Certains tiennent toute une vie ainsi et ils n'en sont pas plus malheureux. Moi, je suis arrivée là presque par la force des choses. J'ai trouvé un refuge. Le dernier. Pour me protéger. Je me suis retirée, en quelque sorte. J'ai refusé d'apprendre plus. Sophophobique, c'est le terme qu'on emploie. J'ai arrêté de chercher à comprendre… Parce qu'il n'y a rien à comprendre, pas de pourquoi. Rien à trouver, sinon la misère et sa vacuité. C'était compter sans ma nature profonde ; ces choses que l'on ne peut s'empêcher de continuer à faire, même si ça fait mal. Un peu comme pour toi…

— N'essaye pas, Rose. Ceux qui ont voulu regarder dans ma tronche s'en sont pas encore remis.

— Tout ça pour te dire qu'en fait, je n'ai jamais pu me résoudre à abandonner complètement mes vieilles habitudes. On peut considérer ça comme des dommages collatéraux.

Rose avait approché son visage de celui du flic. Les yeux de ce dernier accommodaient mal cette proximité, ce qui la rendait plus belle encore. Malgré les fantômes qui la taraudaient, Nazutti ne pouvait s'empêcher de penser qu'elle était un souffle, une respiration. Dans son cœur à lui, il y avait les flammes et la tourmente. Elle était la légèreté et la fraîcheur… Était-ce possible ?

— Pourquoi as-tu accepté ce dîner ? demanda-t-elle.

— Parce que j'étais curieux. Intrigué. Parce que tu es une victime et que j'ai vu tant de fois les mêmes visages. Déformés, détruits, ravagés… Et sur le tien, de visage, je vois la clarté… Je vois la réconciliation possible…

— Tu sais, il y a mille manières de se détruire, de détruire ce qui est en soi.

Un klaxon retentit au loin. Un coup de freins. Des insultes. Nazutti trouvait que l'effet Doppler des véhicules lancés à travers le maillage inextricable formé par les rues, artères, boulevards de la ville, était à chaque fois plus intense. Les accrochages plus sérieux, les invectives plus fréquentes… Il trouvait que les voitures, la nuit, passaient toujours plus rapidement. Vers où ? Nulle part, probablement. Un sentiment d'urgence totalement vain et pourtant irrépressible. Peut-être que ce n'était qu'une illusion.

TYPOLOGIE DU SUICIDE

Par Rose Berthelin. 21 janvier 1987.
[Interligne]
Deux mille personnes par jour se suicident, soit une moyenne de quatre-vingt-dix par heure. Il existe six catégories de suicides : le para-suicide qui découle d'un désir de changement, le suicide conjoint, le suicide étendu ou complexe, le suicide focalisé qui regroupe les cas de mutilations, le suicide organique, qui se caractérise par le non-traitement volontaire d'infections ou de maladies, et le suicide chronique, qui regroupe la mort à petit feu à laquelle s'adonnent par exemple les alcooliques ou les toxicomanes...

Il pensait à cette ville. À ce qu'elle avait été et à ce qu'elle devenait. À cette chaleur qui, chaque été, gagnait quelques degrés.

— J'ai d'abord pensé au poison...

URGENCES AU CENTRE ANTIPOISONS

Par Rose Berthelin. 29 janvier 1988.
[Interligne]
Le phénobarbitone, la quinine, la carbamazépine, le dapsone et la théophylline peuvent être traités, une heure après ingestion, par cinquante grammes par kilogramme de Charcoal. Deux mille millilitres par heure de glycol de polyéthylène peuvent enrayer les cas les plus graves de surdose de lithium, cocaïne ou vérapamil...

Il avait parfois l'impression d'être le seul à la voir telle qu'elle était, cette ville, sa ville : un énorme cul-de-sac où venaient échouer, saison après saison, tous les tordus, les obsédés, les frustrés de cette putain de planète, se jetant dans le stupre coloré à la recherche d'une amnésie qui ne viendrait jamais. En l'espace de deux décennies, elle s'était transformée en une sorte de Moloch urbain. Un monstre insatiable qui offrait la possibilité de tous les sacrifices, une opportunité à chaque rêve, pulsion, fantasme, déviance, aberration de se réaliser mais ne cédant rien pour rien.

— J'ai ensuite été tentée par une technique bien spécifique qui se situe entre le suicide organique et le suicide chronique : j'ai mangé.

L'HYGIÈNE ALIMENTAIRE EN QUESTION

Par Rose Berthelin. 2 février 1988.
[Interligne]
Crèmes renversées au fromage et à la sauce tomate, crêpes à la solognote, omelettes à la catalane, épaules de mouton à l'andorrane, jarrets de veau braisés, côtes de porc à la charcutière, saucisses en gratin, foies de canard aux raisins de Smyrne, coqs en pâte, dindes farcies, satiété, sauces hollandaises, gribiches, nantuas, ravigote...

— Nausée, sueur, encore...

[Interligne]

Risottos à la milanaise, pommes de terre à la duchesse, gratins dauphinois, crampes, macaronis frais au gratin...

— Prendre, tout prendre, malade...

[Interligne]

Coupes martiniquaises, croûtes à la rhubarbe...

— Ne rien laisser...

… financiers aux amandes, kougelhofs, marquises, gaufres, flans, génoises…

Sa ville : une grosse pute au ventre distendu, pompant sans fin les milliers et milliers de pénitents à bout de souffle. Tenus par l'espoir dérisoire d'un orgasme dévastateur. Quelque chose qui changerait leur vie. Une lap-dancer lui avait dit, un jour :

« Tu sais ce que viennent chercher la plupart des gogos que je vois défiler chaque soir, leurs biftons chiffonnés, tendus entre leurs doigts moites vers la scène, vers ma fente ? Du spectacle ? De l'évasion ? Un numéro privé dans une cabine privée ? Rien de tout ça. Ils viennent chercher une épouse. »

Et c'était ainsi toutes les nuits. La sueur, les cris avinés, la dépravation et le chaos surlignés par une certaine idée du romantisme. Pour rendre tout ça moins douloureux. Moins pathétique.

LA DIGESTION : PATHOLOGIES ET MÉCANISMES

Par Rose Berthelin. 10 février 1988.
[Interligne]
Le processus de digestion qui s'effectue de la bouche à l'anus est un cheminement long, complexe et dangereux. Tout commence lorsque la mastication initie la dégradation de l'amidon des aliments en glucose ou en maltose. Une mauvaise mastication peut gravement léser le tube digestif ou l'estomac…

Un gros bordel fiévreux, enfumé, bruyant et parfaitement organisé. Si cette ville était une pute boursouflée, son mac était la municipalité. Un mac implacable. Un gestionnaire studieux. Finis, les temps où la portion du quartier chaud se réduisait à un trian-

gle ingérable confiné derrière l'église Saint-Arn
entre les rues Colbert et Californie. C'était ma
nant l'ère froide de la planification, des bilans,
commerce et de l'industrie. Et on faisait comme
pour se sauver au milieu de tout ça ? On coopéra
On se fondait dans la masse et on jouait pas au pl
malin. C'était de cette façon que le monde marcha
désormais. Il ne cadrait plus dans le tableau. Bientôt, les types comme lui disparaîtraient. Très bientôt. Parce que la pute, elle exigeait même plus de préservatifs, elle augmentait ses marges, elle engrangeait. Elle voulait des comptées nettes, régulières et précises.

[Entrefilet]
Édition du 26 juin 1988.
Chers lecteurs, vous retrouverez désormais, en lieu et place de la chronique scientifique de Rose Berthelin, notre nouvelle rubrique : les Sorties de la Semaine.
Cette chronique qui a connu, au fil des années, un succès grandissant et a su rallier sans cesse de nouveaux lecteurs, est momentanément suspendue. Nous nous en excusons. Elle reprendra cependant sous une nouvelle forme très prochainement.

— Oui, mille manières de détruire ce qui est en soi. Alors, je me suis goinfrée de chaque bouchée, bien grasse, sirupeuse, lourde et pesante. Suintante. Baveuse. Sinueuse dans ton œsophage. Chaque bouchée, dans la gorge, qui écorche, dans ton estomac, qui frappe comme un coup de poing, une mortification ultime. Chaque bouchée. Frappe. Encore. Et encore. Oui, manger — mais est-ce encore manger ? —, se gaver, ingurgiter jusqu'à la nausée, jusqu'aux crampes, jusqu'aux brûlures… Le duodénum en attente d'occlusion. Se reposer et écouter son corps gémir. Et puis se lever et manger encore. Le cœur au bord des lèvres. La panse en attente de rupture. Mais cela n'est jamais arrivé. Je me suis contentée de prendre quarante kilos en sept mois... Et puis il y a eu le sexe. Mais il s'agit de la même chose, n'est-ce pas ?

Nazutti raccrocha rétrospectivement au discours de Rose. Cette fois, il l'avait laissée terminer. Parce qu'il savait que c'était sa manière à elle de se protéger. Oui. Se détruire ou se protéger. Il réfléchit un moment, puis répondit :

– J'ai vu... J'ai vu des femmes qui se donnent aux objectifs des caméras comme des putes à l'abattage. J'ai vu journalistes et entrepreneurs de pompes funèbres arrivant à l'appel de la putréfaction. Une mise en scène éprouvée. J'ai vu des êtres broyés, terrassés, qui étaient prêts à débourser des fortunes pour entendre la voix du disparu dans une boule de cristal ou recueillir ses dernières volontés dans un jeu de cartes. J'ai vu des associations de victimes se frotter les mains et sourire à la perspective d'un adhérent médiatique. J'ai vu des gens se lancer dans des combats absurdes et perdus d'avance simplement pour éviter de trop penser, se donnant bonne conscience en prétendant que c'était pour que ça n'arrive pas à d'autres. J'ai vu des gens s'armer, j'en ai vu d'autres se tourner vers Jésus, Bouddha ou Mahomet. J'en ai vu se faire sauter le caisson ou se venger, j'en ai vu prier. J'ai vu des familles éclatées, des couples emmurés. J'ai vu le silence et la parole ininterrompue. Et je continue de les voir jour après jour nourrir les journalistes, les animateurs de talkshows, les politologues, les juristes, les sociologues, les écrivains, les chroniqueurs, les experts, les chiromanciens, les astrologues, les cartomanciens, les marabouts, les oracles, les médiums de tout poil, les associations loi 1901 : association « Plus jamais », association « Ensemble pour Lydie », associations d'aides aux victimes, association « Libération maternelle », association « Sauvez l'enfance », association « SOS disparus 78 », association « Nous aussi », les groupes de parole : « L'angle bleu », « La fleur de mai », « Espoir et renaissance », « Savoir aimer », « Don de soi »... J'ai vu des slogans, criés, martelés, scandés. J'ai vu l'accrochage publicitaire et la notoriété. J'ai vu l'oubli... Il y a eu des mouvements religieux, des sectes, des Églises, « L'Appel de l'Angélus », « L'Évangile sanctifié », « Église de la Renaissance », « Sanctuaire de la Vertu retrouvée »... Pour mille deux cents euros, les « Missionnaires volontaires de l'Enseignement sépulcral » offrent de ressusciter un enfant. Pour six cent quinze euros avec dépôt de garantie de deux cent quinze, des sociétés Internet proposent des certificats de deuil en bonne et due forme. Les armuriers, les sociétés de sécurité, les groupes d'autodéfense, les vigilants, les flics, les avocats et les juges. Oui, c'est ce malheur-là qui les nourrit. Et il n'y a aucune raison que ça s'arrête. Tu vois, c'est facile de se protéger derrière les faits, les détails, l'accumulation... Mais que reste-t-il, après ? Le vide. L'absence. Cette panique fébrile qui saisit ceux qui tentent d'y survivre.

— Elle me parle encore, tu sais. Je... J'entends encore sa voix, parfois... Et son rire, aussi, quand d'autres enfants jouent à proximité. Souvent, je sens même son parfum, comme ça, sans raison. Les psys appellent ça des traces mnésiques.

– Ça fait mal, hein ?

Elle porta son index à sa tempe.

– Tout le temps. Bien sûr, je sais que ça se passe là, quelque part entre mes lobes temporaux, dans l'aire de Wernicke. Je sais que mon cerveau subit des phases de suractivation des systèmes dopaminergiques et corticotropes. Je sais que la fréquence exacte de la voix d'un enfant, n'importe quel enfant, se situe à deux cent soixante hertz, et je sais que mon cerveau va chercher à recréer des liens, des symboles en rapport avec le vécu personnel. Je sais qu'il va tenter de trouver un sens là où il n'y a qu'une vague ressemblance, un brouhaha, une métonymie. Je sais comment fonctionne l'illusion. Je connais – rationnellement et physiquement – le processus de création des hallucinations auditives et des mots fantômes. Mais cela ne m'aide pas. Rien de tout cela ne m'aide.

– Oui.

– Est-ce que… Est-ce que je peux toucher ton visage ?

– Oui.

Sa main effleura sa joue, dessina délicatement le contour de ses maxillaires, puis plus bas, au niveau du cou. Nazutti posa sa main sur la sienne et accompagna son mouvement. Cette douceur… Pourquoi elle ? Pourquoi maintenant ?

– Est-ce que je peux t'embrasser ?

– Oui.

Elle ferma les yeux et ses lèvres vinrent éclore sur les siennes.

Lui garda les yeux ouverts, démesurés sur le gouffre qu'elle mettait au jour… C'était tellement délicieux.

Sa langue effleura délicatement la sienne et elles s'enlacèrent, jouèrent un moment. Il caressa ses cheveux avec toute la prévenance qu'il avait en lui. Sa main descendit, sur sa nuque, puis sur son dos…

Dans sa bouche, elle gémit de plaisir.

Il avait déjà fait ça, il y avait une éternité, avec quelqu'un d'autre qui aurait aussi bien pu être elle. Il savait dès à présent comment cela se terminerait. Comment cela se terminait invariablement.

D'une douce pression, elle l'incita à s'allonger sur le divan. Sa bouche descendit. Sur sa clavicule, son torse, ses côtes, dégrafant les boutons de sa chemise à mesure. Mais tout cela était si lent… presque irréel.

Il prit son visage entre ses mains et l'obligea à le regarder.

– Je… Je n'ai pas véritablement fait l'amour à une femme depuis une vingtaine d'années.

– Ça n'est pas important.

– Oui.

– Et il n'y a aucune obligation.

– Ne pas penser, hein ? Ne plus réfléchir…

Elle rit.

– C'est tout à fait ça.

Alors, seulement, il décida de fermer les yeux et d'ignorer les images, toutes ses sales images. Il choisit d'abandonner.

Ça avait été maladroit, rapide… Elle n'avait pas pris la peine de simuler et il lui en savait gré. Ils n'étaient pas allés jusqu'au lit et avaient fait ça directement sur le divan. Il était venu presque tout de suite en poussant une espèce de gargarisme totalement pathétique… À quoi il pouvait s'attendre, au bout de vingt ans, hein ? Elle l'avait encore embrassé tendrement. Elle lui avait dit que ce serait mieux, bien mieux la prochaine fois, qu'il n'y avait rien à réapprendre.

La prochaine fois ? Oui… Ensuqué, complètement dans les choux, voilà comment il se sentait. Il n'avait même plus la force de répliquer. Il ne pouvait plus qu'acquiescer à tout ce qu'elle suggérait, comme un putain d'automate. La volonté, la détermination ? C'était si bon de les laisser partir.

Elle avait caressé sa poitrine. Ses doigts, sur son corps, parcouraient ses cicatrices, lignes de mort. Sa bouche, contre son oreille, son souffle chaud ici, et ici encore. Elle avait dit :

— Ta chair, elle a souffert.

— Ce n'est rien. Cette souffrance-là n'est rien…, avait-il précisé, répétant mécaniquement un discours maintes fois rabâché.

Rabâché à ses supérieurs, rabâché devant les enquêteurs de l'IGPN.

Rabâché à ses collègues, à sa femme lorsqu'il était encore avec elle.

Rabâché jusqu'à l'autopersuasion.

— Des blessures offensives sans gravité. Le reste… Il a fallu, parfois, que je me défende. Le reste n'était pas de ma faute.

— Pas de ta faute, oui, avait-elle repris.

Sa voix était douce, sans heurt, mais Nazutti avait senti cette sorte de perplexité, cette réserve non formulée, ce doute qu'il avait déjà vu, entendu, soupçonné en de nombreuses occasions.

— Je me suis défendu, c'est tout, avait-il réaffirmé.

Et il le réaffirmerait autant que nécessaire.

Elle lova son visage au creux de son épaule. Malgré l'engourdissement qui le saisissait, Nazutti avait encore l'esprit assez aiguisé pour se rendre compte que, s'il la laissait mener la barque, s'il la laissait se rapprocher trop longtemps, trop près, elle acquerrait le pouvoir de lui faire croire qu'il était quelqu'un d'autre.

Quelqu'un d'autre… Quelqu'un de bien, quelqu'un d'intègre, quelqu'un de tranquille et de serein, un mec sans peur et sans reproche, un putain de preux chevalier, va savoir. Merde.

Elle ferait de lui une victime. Victime des circonstances, victime professionnelle, victime de son histoire familiale, victime de son environnement, victime de son putain d'encéphale qui déconnait, victime des apparences…

Des victimes, il en avait vu toute sa vie et il ne voulait pas en être.

Peut-être arriverait-elle même à lui faire croire qu'il était quelqu'un qui ne faisait que se défendre.

Il ferma les yeux. L'odeur de leurs transpirations respectives se mélangeait dans l'air confiné du petit deux-pièces. Il fut surpris de constater que, pour la première fois, il trouvait sa propre odeur agréable. Qu'est-ce qu'elle était en train de lui faire ? Bon Dieu, il savait parfaitement ce qu'elle était en train de lui faire.

Enfouie dans ses bras, elle s'endormit.

Il ne tarda pas à la suivre et sombra rapidement dans un sommeil exempt de cauchemars.

Quatrième jour. 8 heures.

Il sursauta. Réprima de justesse son élan. Il avait senti le poids sur sa poitrine. Sa tête… Elle avait posé sa tête sur lui.

Il regarda discrètement sa montre. Huit heures ? Il avait pioncé huit heures d'affilée… Un exploit. Les tueurs d'enfants, les assassins, les désaxés dorment-ils huit heures sans s'en apercevoir ?

Une deux-tons miaula au loin. Des collègues. Pressés. Urgence. Guerre épuisante contre la bêtise spectaculaire du quotidien.

Une affaire de cul qui tourne mal ou un macchabée quelque part : le sexe et la mort, c'était à peu près tout ce qu'il y avait chez eux. À moins qu'ils n'aient simplement mis le gyro pour rentrer plus vite au bercail, boire un dernier coup. Le « coup de gourmi », ils appelaient ça. La J-3, brigade de nuit, devait terminer son service maintenant et il était de coutume, pour certains, de s'assommer avant de rentrer chez eux.

Une vraie vie de vrais flics ordinaires.

Il fixa la cigarette sur son oreille. Celle qu'il avait laissée sur la table pour la nuit. Rose émergea lentement.

Il regarda ses mains. Elles se mirent à trembler. Un peu, d'abord, puis plus fort. Une certitude : elle allait le faire crever… Avec sa douceur, avec ses rires, avec ce qu'elle avait retrouvé et qu'il avait perdu, avec les possibilités qu'elle dévoilait, avec cette équanimité qu'elle appelait. Elle allait le flinguer plus sûrement que tous les enfoirés de cette putain de ville qui espéraient qu'il calanche salement. C'était son pouvoir.

Il ne voulait pas mourir maintenant, pas de cette manière.

— Tu vas me tuer ? demanda-t-il doucement.

Elle était tout à fait réveillée à présent.

— De quoi tu parles ?

— Il faut que j'y aille.

Elle s'effaça pour le laisser se lever.

Il commença à se rhabiller.

L'urgence. Ardente.

— Il est possible que tu reçoives une nouvelle lettre… Aujourd'hui ou demain. Ne t'inquiète pas, je serai pas loin.

— Tu me surveillais ? Je veux dire, tout le temps qu'on était ensemble ? C'est à cause de ça que tu as accepté de…

— Non.

— Tu travaillais toujours ?

— Laisse tomber.

— Tu ne t'arrêteras jamais, n'est-ce pas ?

— Non.

— Tu n'as pas compris…

— Compris quoi, hein ?

— Je…

La haine. Retrouver la haine.

— Comment tu crois qu'on les arrête ? Comment tu

crois qu'on les pourchasse ? Tu crois que c'est en batifolant ? Tu crois qu'en dormant huit heures par jour on a une chance de les coincer ? Tu crois que pendant qu'on est au restaurant, que l'on rit et papote, ils attendent ?

– Mais...

Tout détruire.

– Tu crois que tu es mieux que moi ? Tu crois que tu es supérieure, simplement parce que tu es capable d'amour, de compassion ? Simplement parce que tu pardonnes ?

– Je ne suis pas...

Cracher. Frapper.

– T'es rien qu'une mère pondeuse. Une putain de mère pondeuse. Et il y en a des milliers comme toi, chaque jour, avec leurs chattes, avec leurs ventres, qui demandent et demandent... Mais qui va réparer les dégâts ? Qui va essuyer les plâtres, hein ? Vous faites des gosses, vous les élevez, vous leur donnez tout l'amour dont vous êtes capables, et lorsque ça arrive, vous pleurez, vous criez à l'injustice, vous allez en face des caméras, dans les journaux, aux tribunaux, et vous suppliez... Mais c'est vous les criminelles ! C'est vous ! On vous a jamais dit dans quel monde ils allaient grandir, vos mioches ? Vous ignoriez les dangers ? Non. Mille fois non ! Et pourtant, vous les avez pondus quand même. Et tous les jours, tous les jours, il y en a de nouveaux qui naissent, qui arrivent sur le marché. C'est un véritable centre commercial, que vous leur offrez, à ces ordures. Et je devrais me sentir en paix ? Je devrais être indulgent, compréhensif ? Je devrais me taire ? Mais regarde-toi dans une glace, regarde-toi bien en face, avant de me poser la question, petite maman !

Les yeux de Rose étaient secs. Il n'y avait ni haine ni peine, dans son regard. Elle n'était même pas déçue. Elle avait juste la confirmation de ce qu'elle savait peut-être depuis le début : il n'y avait rien de personnel dans sa verve assassine. Elle n'était adressée à nul en particulier, excepté à lui-même. Il n'y aurait pas de rachat. Ni pour les bourreaux ni pour les victimes…

[Interligne]
Intérieur / extérieur, dessus / dessous, avec / contre. C'est en exagérant les différences, en liant la forme et le contenu qu'on impose une unité à son expérience personnelle, un semblant d'ordre…

Elle le rappela avant qu'il ne passe la porte :

— Paul…

Main sur la poignée, il suspendit son élan. Elle ne demanderait pas d'excuse. Elle ne se jetterait pas à ses pieds, elle ne l'insulterait pas. Elle ne sangloterait pas. Cette source s'était tarie il y a longtemps. Tout juste dit-elle :

— Va la voir.

— Hein ?

— Ta fille, va la voir.

Sa main tourna la poignée. Il baissa la tête.

— Oublie pas. Je serai pas loin…

Et il acheva son geste…

*

Andreotti était rentré chez lui le plus tard possible. Il n'avait qu'une idée en tête : dormir au moins un millier d'années. Le pire était qu'il savait qu'il n'y parviendrait pas.

S'il existait une issue, il avait de plus en plus de mal à la distinguer.

Nazutti, où il était, qu'est-ce qu'il faisait ? Putain : soixante-douze heures, Nazutti passait la soirée sans lui et il se sentait déjà abandonné comme un chiot par sa mère.

Lorsqu'il ouvrit la porte de chez lui, il sut immédiatement que quelque chose clochait. C'était calme. Trop calme. Il fit le tour du salon, de la cuisine, des toilettes, puis de la chambre. Personne. Il consulta son répondeur. Vide. Regarda sur le plan de travail, sur la table de chevet, tâta le lit froid, rien. Pas de mot, aucune indication... Il fouilla le placard, mais toutes ses affaires semblaient être à leur place.

Tout cela ne ressemblait pas à Nathalie. Si elle avait eu un empêchement, si elle avait décidé, pour une raison inconnue, de découcher, elle l'aurait prévenu, d'une manière ou d'une autre. C'était en tout cas ce que la Nathalie qu'il connaissait aurait fait. Mais connaissait-il toujours sa femme ? Et elle, est-ce qu'elle le connaissait encore ?

Ils étaient liés : le poids des souvenirs, le cliché dissous d'un bonheur possible, l'espoir mis en commun, tout cela subsistait, mais comme dans une vie, dans un monde parallèle.

Il s'assit sur le lit et se prit la tête entre les mains. Il aurait tant voulu se reposer.

S'il avait été sensé, il se serait inquiété, il aurait appelé son portable, il aurait ensuite téléphoné à

Gislaine, sa meilleure amie, puis il aurait contacté ses beaux-parents avant de commencer à prendre les choses au sérieux. Peut-être aurait-il alors fait la tournée des hôpitaux, des morgues… Oui, il aurait pu faire tout cela.

Il resta totalement immobile, au bord du lit, enserrant son visage bouffi de fatigue entre ses doigts. Il essaya de se rappeler comment c'était avant, il y a longtemps, quand elle souriait… Il n'avait plus assez d'énergie, de motivation pour se souvenir.

Il se bornait à respirer. Respirer encore, calmement, se persuadant que tout cela était réel, qu'il était bien vivant et que des événements inquiétants étaient en train de se dérouler.

Il voulait se sentir concerné. Au lieu de ça, il se contentait d'attendre paisiblement dans le silence de mort qui régnait chez lui.

Attendre l'heure de retourner au bureau. C'était la seule échéance qu'il arrivait à convoiter.

Attendre que sept heures sonnent au radio-réveil préréglé. Se remettre debout, haleine de rat crevé. Pisser un peu, vacillant légèrement au-dessus de la cuvette en émail blanc.

Avait-il dormi à un moment ? Oui, dormir, il se souvenait, c'était ça qu'il aurait dû faire. Il était plus probable qu'il était resté prostré dans une sorte de catatonie toute la nuit. Impossible de dire s'il avait pensé à quelque chose ou pas.

Aujourd'hui. Tenir encore aujourd'hui.

Il reverrait Nazutti, c'était l'unique objectif.

Tenir.

Et ce soir ? Il retrouverait quoi ? Le même désert, la même fatigue inextinguible, cette même incapacité à réagir, à bouger le moindre muscle, ces mêmes raisons d'attendre le lendemain, et le lendemain, et le lendemain ?

Un cri silencieux, c'était ça qu'elle était en train de devenir, sa vie. Un cri à la recherche d'une bouche.

Il ne savait plus où il allait. « Je sais plus où je vais… Je sais plus où je vais… » Est-ce qu'il avait dit ça à voix haute ?

Tout ce qu'il savait, c'était qu'il devait se lever, déplier son grand corps anguleux, courbaturé, perclus de crampes, avaler un, deux, trois cafés bouillis au plus vite, ne pas vomir, longer le couloir, ouvrir, refermer la porte de chez lui, descendre les escaliers, éviter le regard de la voisine qui sortait son chien, entrer dans sa voiture, mettre le contact, continuer à respirer, passer une vitesse, appuyer un peu, très légèrement, sur la pédale d'accélérateur et avancer.

Comme par magie, il se retrouva sur le parking du commissariat. Il gravit les marches du perron. Quelqu'un l'appela, lui dit quelque chose, mais il ne comprit pas quoi. Il monta directement au troisième étage, à l'espace Informatique. Le jeune hacker le regarda arriver avec une lueur amusée dans les yeux.

— Alors ? T'as reçu la confirmation du juge ? demanda Andreotti.

Putain, même sa propre voix, il la reconnaissait plus.

— Ouais. Y a du bon, papy, fit le hacker. Le Keystroke Logger que j'ai greffé à l'aide d'un Ethereal a pris.

— L'éthéré ? Le key… ?

— Vous êtes tous les mêmes, papy. Passé vingt-cinq piges, vous êtes complètement hors du coup.

Qu'est-ce que ça va être dans dix ans ? Laisse-moi t'expliquer : l'Ethereal est un software qui permet de décoder les informations. Le Keystroke Logger, quant à lui, est un programme de localisation qui mémorise tout ce qui est passé par un ordinateur distant : mails, textes, lettres, chiffres, numéros de comptes ou de cartes de crédit… Il suffit ensuite d'introduire un sniffer qui va intercepter toutes les frappes, tous les logiciels, les dossiers ouverts et même les actions effectuées par la souris.

Andreotti avait la tête qui tournait. Il n'était pas sûr de comprendre ce que lui expliquait le jeunot, mais la rapidité et l'apparente facilité avec laquelle il était parvenu à obtenir ces informations lui fit froid dans le dos.

– J'ai collé au cul de ces abrutis une « veuve noire », un véritable petit bijou d'origine russe. Ils vont même pas s'apercevoir que je me suis introduit. Inutile de te préciser que si la Commission nationale Informatique et Liberté avait vent de ce qui se bricole dans nos petites officines… « L'information ne doit porter atteinte ni à l'identité humaine, ni aux droits de l'homme, ni à sa vie privée, ni aux libertés individuelles et publiques. » Quelle rigolade ! Au fait, tu savais que le mois dernier, les fichiers de la CNIL ont été piratés ? Les espions d'espions espionnés. Poilant, non ?

Le SECI eut une espèce de sourire ambigu qui fit frissonner Andreotti. Effectivement, il valait peut-être mieux que personne sache ce qu'ils traficotaient par ici.

– Bon, reprit le hacker, si tu me disais ce que tu cherches, papy ?

— Tu dis que tu as pu obtenir des numéros de comptes passés via le site ? Si vite ?

— Tout juste, Auguste. Les transactions bancaires sont le seul moment où il est possible de localiser les intervenants. C'est d'ailleurs comme ça qu'ils se font pincer, la plupart du temps. Un numéro de compte, une banque. Si c'est en France, je dis « bingo » !

— Une liste nominative, c'est possible, alors ?

Le pirate se marra.

— C'est déjà fait, papy. Je me doutais que t'allais me demander un truc de ce genre.

— Tu te doutais que…

Le jeune soupira.

— T'es un naïf, toi. À ton âge, si c'est pas malheureux.

— C'est censé vouloir dire quoi ?

— Ça fait deux jours que la liste est tirée. Ton nom en bas de la surveillance taxi, c'était une idée de Nazutti. Bien entendu, il y avait pas besoin…

— Nazutti était au courant qu'elle était prête depuis deux jours ?

— Je sais pas. Je suis pas dans ses petits papiers, hein. Mais j'en doute. Si je te fournis les résultats maintenant, c'est que j'avais besoin de m'assurer qu'on veuille bien te les donner. Tu comprends toujours pas ?

— …

— Deux gars d'ici sont venus la semaine dernière pour demander exactement la même chose que toi. Tu désires savoir qui ?

Andreotti se sentait chanceler. Il ignorait si c'était la fatigue ou ce putain de puzzle dont il semblait être le seul à pas avoir l'image d'origine.

— Putain. Chaplin et Joyeux, du sixième bureau de la Crim' ?

— Bien. Je vois que t'es pas aussi demeuré que t'en as l'air.

— Et si tu confirmes, je suppose que c'est avec leur assentiment.

— De mieux en mieux.

Il lui tendit un listing d'une dizaine de pages. Un instant d'hésitation.

— Si tu veux mon conseil, papy, fais gaffe où tu fous les mains.

— Un conseil gentiment transmis lui aussi ?

— Nan. Je t'aime bien, papy, c'est tout.

— Carre-toi ton conseil dans le cul.

Sans relever l'insulte, le pirate acheva son geste et les papiers changèrent de mains.

— Ici, t'as le listing concernant les correspondances du Lounge. Je te donne aussi un compte rendu des mails échangés le mois dernier sur le site de Marcus Plith. Tu noteras qu'ils sont accompagnés des attributions IP : destinataires et émetteurs. Si c'est pas un Cyber Café ou une médiathèque, la localisation des propriétaires officiels est dans une colonne séparée. Pour la liste des transactions bancaires, elle est pas exhaustive, tu m'excuseras. Certains comptes sont anonymes parce que basés dans des paradis fiscaux. Mais ceux qui sont répertoriés à la Banque de France sont indiqués. Noms et adresses des détenteurs.

— Des numéros de comptes ? Des numéros de cartes ? Putain, tu pourrais être milliardaire.

Le jeune rigola.

— Comme dirait Douglas Rushkoff : « Il n'y a rien au tournant. Pas de limite à atteindre, pas d'horizon événementiel à franchir ou de moment d'innovation à espérer. Le changement s'est déjà produit... »

— Douglas Rushkoff ?

— Putain, tu connais pas ? Mais Rushkoff, c'est LE théoricien de l'ère cyber. C'est le Marshall McLuhan de la posthumanité, c'est...

— Qui est Marshall McLuhan ?

— Oh, bon Dieu. Laisse tomber. Pour répondre à ta question, oui, bien entendu, je pourrais être riche. Je pourrais être un de ces hackers célèbres : Vladimir Levin, Edward Cummings, Kevin Poulsen ou Ed Tenebaum, mais il y a un problème, papy : ils sont tous passés par la case prison.

— Comme toi ?

— Ah, ah, t'es un sacré mariole. Ça, c'est un fichier que même si tu t'appelais Robert Tappan Morris, tu pourrais pas craquer. Ouais, j'aurais peut-être pu être une star de la télévision, une icône underground, une légende même, c'est possible, mais j'ai choisi la Police nationale. Je suis du bon côté de la loi, maintenant. Et toi ?

Andreotti ne dit rien. Jusqu'à la semaine précédente, il aurait pu fournir une réponse sans hésiter, mais maintenant...

— T'excite pas, continua le jeune, de toute façon ces numéros me sont d'aucune utilité. Si c'est l'argent qui te motive, ça se termine toujours de la même manière : tu te retrouves avec des mecs comme moi au cul... Et m'avoir au cul, papy, c'est pas une sinécure. Non, moi, ce que je cherche, c'est le challenge. Et si je peux faire ça avec la bénédiction du ministère de l'Intérieur, c'est encore mieux. C'est ça, ma came, ce qui me tient éveillé, ce qui me fait bander.

– Je te crois.

– Et ta pomme, papy, elle marche à quoi ?

Il aurait pu dire : « Moi, je bande pour Nazutti, le plus gros salopard que la terre ait porté », « je m'éveille à ce qu'il me montre et ne me montre pas », « je marche au fin mot d'une histoire dont tout le monde se fout », ou : « je raffole des enquêtes foireuses sur lesquelles je vais me péter les reins ».

Il aurait pu aussi dire : « Je me shoote à l'adrénaline pure, petit », ou : « mon fix, c'est la chasse… La grande chasse à l'homme dans les rues de cette ville pourrie », ou : « ma dope, elle est là, coincée derrière mes sphincters, dans mes tripes, dans mes couilles »…

Il resta muet.

– Tu sais pas à quoi tu marches ? l'interrogea de nouveau le SECI.

Il éclata d'un grand rire. Le rire juvénile d'un éternel ado, joueur et extrêmement dangereux.

– J'vais te dire, ça se voit !

Andreotti ressortit du bureau le nez plongé dans les listings que venait de lui fournir le virtuose du clavier. Sa fureur, il la gardait pour tout à l'heure, quand il verrait les deux congelés du groupe 28. Maintenant, faire abstraction de tout ça. Se concentrer. Se concentrer sur les listings. Mettre le doigt sur ce qu'il voulait et non pas là où on voulait qu'il mette le doigt, telle était la gageure. Ses yeux parcoururent la liste à la recherche des noms des deux victimes : les seuls qu'il possédât. Gilles Sevran et Carlo Vitali. Étaient-ils passés par là avant de se faire dessouder ?

Chercher, chercher. Renifler. Pister.

Et soudain, bingo. Cinq mille euros débités en date

du 14 mai pour Sevran… Et cinq mille euros débités sur le compte de Vitali une semaine plus tard. Même somme pour chacun une semaine environ avant qu'on ne retrouve leur cadavre accompagné de celui d'un gosse au fond d'un trou. C'était quoi, ce bordel ? Débiteurs. Ils avaient payé pour se faire exploser le caisson ? C'était pas des meurtres, mais des sortes de suicides déguisés ? À moins qu'ils n'aient acheté autre chose… Un appât ? Qu'est-ce qu'il y avait dans ces putains de listings que Chaplin et Joyeux attendaient qu'il trouve ? Andreotti, tout en continuant à marcher vers leur bureau, en vue d'un entretien qu'il prédisait houleux, se focalisa sur la liste des comptes créditeurs auxquels les sommes étaient parvenues. Avaient-elles alimenté le même numéro ? Ses mains jouaient *Le Vol du bourdon*. Il en avait des sueurs froides. La chasse… La chasse.

Il ne se cogna pas dans la commissaire principale, mais peu s'en fallut.

– Andreotti ! Vous étiez convoqué dans mon bureau dès votre arrivée, ça fait une heure que je vous attends. Giscard, à l'accueil, ne vous a pas prévenu ?

Le jeune inspecteur se souvenait vaguement qu'on lui avait adressé la parole quand il avait pris son service ce matin. Le siècle dernier.

– Oui, si… Peut-être, balbutia-t-il.

– Suivez-moi, ordonna la gradée.

À regret, le jeune inspecteur plia ses papelards en forme de cône et obtempéra.

Une fois qu'ils furent entrés dans le burlingue de la galonnée et que la porte se fut refermée derrière eux, elle l'invita à prendre place.

– Vous avez mauvaise mine, Andreotti. Quelque chose ne va pas ?

— C'est juste… Un petit problème d'insomnie passagère. Pas d'inquiétude à avoir.

Qu'aurait-il pu raconter ? Qu'il n'avait pratiquement pas dormi ni mangé depuis trois jours ? Que sa femme l'avait probablement quitté — à moins qu'il lui soit arrivé quelque chose de grave — et qu'il n'en avait rien à foutre ? Qu'il s'était laissé entraîner dans un putain de nid de guêpes, comme au bon vieux temps ? Embringué dans une espèce de Cluedo pour malade mental, avec des flics ripoux et manipulateurs d'un côté, une secte de frapadingues de l'autre et, au milieu, lui et Nazutti, dont il ignorait encore s'il allait le tuer ou le sauver ? Que s'il ne crevait pas avant, il allait le faire tomber quand tout cela serait fini ? Qu'ils allaient tomber ensemble ? Que tout était déjà fini avant d'avoir commencé ?

Andreotti essaya de sourire. D'après la tronche de la commissaire, il n'était pas très crédible.

— Un petit problème d'insomnie, vous êtes sûr ? Étant donné votre allure, ça n'a pas l'air d'être un « petit » problème d'insomnie… Si vous avez des soucis avec Nazutti, il faut m'en parler, parce que je l'ai déjà briefé et…

— Il n'y a aucun problème avec le major Nazutti. Tout se passe bien.

— Vous savez que vous pouvez me parler franchement.

— Oui, madame la commissaire.

— Alors ?

— Alors, rien de plus. Tout va bien.

— Vous vous en tiendrez à cette version, n'est-ce pas ?

— Oui, mais vous devez me croire…

— Passons ! Vous couvrez votre binôme, c'est légitime. Encore que ce genre de méthode n'ait plus lieu d'être dans la police d'aujourd'hui. La hiérarchie a changé. Nous sommes… plus humains. Compréhensifs. Nous avons des modules spéciaux, en formation. Et nous aimons aussi la transparence. Je me fais bien comprendre ?

— Oui, madame la commissaire.

— Je sais vos démêlés avec vos supérieurs précédents, Andreotti. Mais vous ne devez en garder ni rancune ni méfiance. Si quelque chose vous tracasse, vous devez m'en parler.

Non, ni rancune ni méfiance.

Ni rancune ni méfiance quand un commissaire principal pointait son gros index sur votre poitrine et martelait : « Les policiers municipaux ne jettent pas les sans-domicile-fixe du haut des ponts ! Les policiers municipaux ne jettent personne, d'accord ? »

Ni rancune ni méfiance quand vos collègues, tous vos collègues baissaient les yeux et secouaient la tête d'un air résigné.

Ni rancune ni méfiance quand les gars de l'IGPN débarquaient et que vous entendiez des mots tels que : « Enquête à charge », « Subornation de témoins », « Vices de procédure », « Sanctions disciplinaires »…

Ni rancune ni méfiance quand ces mêmes termes se retrouvaient relayés dans les journaux et que des pigistes au téléphone vous demandaient de confirmer.

Ni rancune ni méfiance quand le procureur ne répondait plus à vos coups de fil.

Ni rancune ni méfiance quand vos collègues sortaient de la salle de repos aux moments où vous y étiez.

Ni rancune ni méfiance quand votre femme vous questionnait, quand elle disait : « Il faut faire quelque chose, je suis avec toi », quand elle disait : « Tu es sûr ? », quand elle disait : « Il faut que tu t'arrêtes maintenant », puis quand, enfin, elle ne disait plus rien.

Ni rancune ni méfiance quand le commissaire vous annonçait : « Vous êtes affecté au plan Anjou. Jusqu'à nouvel ordre. »

Quand le semainier déclamait toujours la même chose à l'attribution :

– Patrick Sardina.

– Présent.

– Accompagnateur PS.

Et vous pensiez : « Police Secours, oui, c'est bien. »

– Guy Serget.

– Présent.

– Formation CI.

Vous pensiez : « Formation Stagiaire, ça aussi, c'est bien. »

– Andreotti Sicero.

– Présent.

– Tango / Sierra.

… Pensiez : « Tango / Sierra, nom de code du plan Anjou. Pour moi. »

Et ainsi de suite.

Toujours la même chose.

Jusqu'à la fin. Le traditionnel : « À vos services ! »

Jusqu'à la fin et on recommençait.

Jours. Semaines. Mois.

Jusqu'à la fin où vous pensiez encore :

« Ni rancune ni méfiance. »

Qu'est-ce qu'elle essayait de lui faire dire, cette

connasse ? C'était elle qui avait l'air tracassée, pas lui. Cette petite pute croyait qu'en l'amadouant, avec les cours de « psychologie et gestion humaines » qu'elle avait suivis dans sa putain d'école, elle pourrait... Jésus, voilà qu'il se mettait à raisonner comme Nazutti, maintenant.

— Où est le major ? J'ai essayé son portable. Ça ne répond pas. J'aurais bien aimé le voir aussi.

— Je ne sais pas où il est.

Andreotti présumait fortement l'endroit où se trouvait son partenaire. Ce dernier avait mentionné Rose Berthelin. Il avait parlé des lettres... Il devait être chez elle, à son agence, ou pas loin.

Il n'avait pas la moindre idée de la raison qui le poussait à mentir. Ou peut-être que si, mais c'était tellement ancien.

Les lettres, bon Dieu. Il l'avait laissé subtiliser un indice capital sur une scène de crime, au nez et à la barbe de la gendarmerie, du juge d'instruction et de tout un tas de lardus prêts à les bouffer tout crus.

— Vous ne savez pas ?

— On s'est quittés hier soir. Il m'a dit qu'il avait certaines informations à recouper, mais qu'il serait là dans le courant de la journée.

— Des informations à propos de quoi ?

— À propos du petit Théo Martois.

Elle réfléchit un instant. Le pour, le contre.

Sale pute ! C'est un bon coup dans le cul, qu'il te faudrait...

— Dès que vous verrez Nazutti, dites-lui qu'il est convoqué dans mon bureau. Sans délai.

— Oui, madame la commissaire, mais je vous répète que je ne sais pas où...

— Vous vous moquez de moi, avec vos « oui, madame la commissaire » ?

— Non, madame la commissaire.

— J'ai la nette impression que le major Nazutti exerce une influence néfaste sur vous. Sachez garder la tête froide, Andreotti. Une troisième chance ne se présentera pas, vous me comprenez ?

Ni rancune ni méfiance…

— Je ne sais pas ce que vous mijotez avec l'inspecteur Nazutti, mais si vous me cachez quelque chose, si vous dissimulez quoi que ce soit à votre hiérarchie, je vous fais passer au tourniquet : conseil de discipline et mise à pied discrétionnaire sans salaire. Vous pouvez compter sur moi. Nazutti a pris de trop mauvaises habitudes depuis trop longtemps, mais je compte sur vous et votre bon sens pour lui faire entendre raison et savoir où se situe votre intérêt. Une entière et complète collaboration, c'est ce que j'exige. Est-ce trop demander ?

Sale pute ! Arriviste pompeuse de dards ! Il virait parano, ou quoi ? Il était maintenant clair dans l'esprit d'Andreotti que le seul but de cette emmerdeuse était de surveiller les affaires délicates en attendant la faute et de faire remonter les « points sensibles des données sécurité et tranquillité publique » en haut lieu, chez les connards de l'Observatoire national de la Délinquance.

— Non. Une entière et complète collaboration, c'est entendu, madame… C'est entendu.

— Bien, vous pouvez disposer.

*

Nazutti laissa la coulée de sueur dégouliner dans son cou, sur son torse et dans son dos. Oublier ce qu'il venait d'entendre. Oublier ce qu'il venait de faire. Oublier ce qu'il venait de voir. Dans quelques heures, le véhicule dans lequel il se tenait, sa voiture perso, une vieille R5 cabossée jusqu'au bout des ailes, allait se transformer en véritable étuve. Dehors, au soleil, ça serait encore pire. Mais est-ce que ça découragerait quiconque ? Penses-tu ! Ils allaient rappliquer, tous ces veaux à la triste mine et à la peau laiteuse, en quête de chaleur et d'éclat, se gaver, en bermudas et débardeurs, en maillots de bain, deux-pièces effet pigeonnant motif papillon, slips nœuds latéraux noir, turquoise, parme, slips brésiliens, taille basse shorty, slips midi uni coquelicot, curl-up, des couleurs, des formes, des apprêts, soutiens-gorge paddés, à armature triangulaire avec fleurs prune sur fond lavande, cache-cœurs fleurs pailletées, paréos, ceinturés, polyamide, élasthanne, en tongs imprimées semelles caoutchouc, en modèle plat élastomère, en espadrilles compensées.

Il y a quelques années, la municipalité avait bien tenté d'interdire le port des maillots en ville, ainsi que les « tenues inconvenantes », mais on ne lutte pas impunément contre le pouvoir d'achat. Aujourd'hui, même les gosses, sous les regards énamourés, bienveillants et fiers de leurs crétins de parents, s'y mettaient : petites culottes roses ou bleues chloro-résistantes, strings petite taille avec jupette intégrée pour mieux regarder dessous, deux-pièces haut-brassière avec slip échancré, minijupes, tangas dentelle transparents pour bien voir, taille basse c'est encore mieux et nombrils saillants, petits culs dedans, serrés, qui bougent, boxers polyester, des collections « Rêveuse », « Coquine », « Charmeuse » pour des gamines de cinq, six ans... Des gamins et des gamines, des mini-miss, des modèles enfants, des enfants modèles, tout sourire en quatre par trois, des petits singes qu'on exhibe, de bons chiots propres... La pub, des logos, des marques... Esclaves. Juste des mioches...

Oui, tout ça pourrait lui faire oublier.

Des mioches et leurs parents. Leurs parents. Ils n'avaient pas conscience... Ils n'avaient pas conscience et lorsque, enfin, ils réalisaient, c'était trop tard pour réagir, il y avait des mecs comme lui qui venaient, avec leur flingue, avec leurs kits de recherche, avec leurs questions, avec leurs gueules cassées et leur esprit en miettes, des raclures, des fonctionnaires, pour tenter de réparer ce qui pouvait l'être. Rattraper leur connerie, leur imbécillité presque heureuse, faire le ménage, retrouver les morts, réchauffer les corps...

Il observa encore un moment le ballet dérisoire des touristes arrivant lentement.

Ces pensées l'avaient apaisé. Il se sentait mieux. Dans son élément.

Il continua.

Y en avait-il un — plusieurs —, en ce moment même, qui se coucherait ce soir la peur au ventre parce que papa allait encore lui rendre visite ? Y en avait-il un, dans le tas, qui mourrait demain, dans un an, à cause de l'inconscience, de la bêtise, de la sauvagerie de ses aînés ?

Puis il se mit à compter.

Marie — neuf ans. T-shirt marron à rayures rouges. Prescription. 1996.

Michel – sept ans. Voiture Dinky Toys Chevrolet Impala noire. Affaire classée. 2001…

Rose Berthelin entra dans l'agence à huit heures trente. Une demi-heure après la secrétaire.

Elle monta à l'étage et, d'après ce que pouvait en voir le major depuis l'endroit où il se trouvait, se mit au travail devant son écran.

Est-ce qu'elle pensait à lui, à ce qu'il lui avait dit ? Est-ce qu'elle lui en voulait ? Avait-elle au moins compris les choses qu'il lui avait dites ? Merde ! On s'en fout, de tout ça !

Nazutti s'ébroua. Qu'est-ce qui lui prenait ? On aurait dit un putain d'amoureux transi qui se demande encore comment interpréter les signes cabalistiques que sa future dulcinée ignore… S'il laissait ce genre de pensées s'immiscer à l'intérieur de son crâne, il deviendrait moins rapide. Son temps de réaction augmenterait. Pour ce qu'il avait à faire, une simple hésitation pouvait signifier la mort.

Sylva – onze ans. Peluche bleue en forme de cheval. En cours d'instruction. 2003…

À dix heures quarante-cinq, la pression augmentait au diapason de la température intérieure de la voiture. Et les vitres ouvertes n'y changeaient rien. Souffle d'air anémique. Il n'y avait que les estivants, maintenant assemblés en une indescriptible cohue, se mouvant au gré de courants mystérieux, pour apprécier. Et parmi eux, dans ce tas de viande avariée, un bourreau, peut-être, des enfants, insouciants et des parents, monstrueux.

Une fois de plus, il eut la tentation de dégainer

son arme de service, de la pointer sur un bob ou une paire de lunettes de soleil…

Il ignorait s'ils étaient réellement ainsi ou si ce n'était qu'une question de représentation. Il ignorait si cette menace était palpable simplement parce qu'il l'appelait de ses vœux. Corollaire indispensable d'une humanité pourrie jusqu'à la moelle. Mais le résultat était là : sous l'azur comme ailleurs, l'ombre de la bête était présente… Tout juste un peu mieux dissimulée.

Un homme en short et chemise hawaïenne tirait un gamin par le bras. Le gamin pleurait et traînait des pieds. Lentement, Nazutti porta la main à la crosse de son Sig Sauer. SP 2022, le tout nouveau calibre de la Police nationale.

La grande époque des Manhurin F1 était révolue. Désormais, il fallait faire avec le constructeur suisse-allemand. Avec six heures de formation pour le tout et soixante cartouches par an, c'était pas comme ça qu'ils allaient devenir des tireurs d'élite. Putain, avec cette nouvelle mode de la sous-traitance, ils en étaient réduits à aller s'entraîner au stand de la Brink's, comme de vulgaires convoyeurs. Et encore, les convoyeurs avaient plus de soixante cartouches. Néanmoins, même avec un Sig Sauer, Nazutti savait qu'il avait ses chances. Oui, crevure, viens…

Le gosse chialait, le mec tirait et pas une des personnes présentes, pas un de ces connards de promeneurs ne bougeait… Des veaux n'auraient pas été plus lymphatiques.

Le major posa la main sur la poignée de sa portière. Le type se rapprochait d'une rangée de véhicules garés le long du trottoir. Encore quelques pas et, s'il ne prenait pas un bon élan, il serait trop tard. Fils de pute. Et tous agissaient comme s'il ne se passait rien. Fils de putes, tous !

Le flic compta les pas qu'il restait à franchir avant le point de non-retour. Un… Deux… Malgré son manque de pratique, d'où il était, il pouvait encore lui flinguer une épaule à la volée — voire la tronche. Pan ! Au ras des sourcils. Trois… Le gamin criait…

C'est alors qu'une grosse femme arriva, l'air pressée. Robe bleue délavée et chemise à l'identique. Elle tenait, dans chaque main, un cornet de glace réduit à l'état de viscosité multicolore. Elle discuta un moment avec l'homme. Sembla sermonner le gamin. Puis le gosse arrêta de chialer et prit un des cornets. Le mec aussi et ils se dirigèrent vers une Simca grise immatriculée en Grande-Bretagne.

Nazutti relâcha ses muscles un à un. Il était en train de perdre la boule. Avait-il toujours été comme ça, ou les choses changeaient-elles à la perspective d'événements microclimatiques qui le dépassaient ? Il était de toute manière persuadé qu'il ne devait pas, à aucun prix, prendre ce genre de paramètres en considération.

Samira — huit ans. 1997…

À midi pile, Rose Berthelin sortit de l'agence accompagnée de la secrétaire. Le chef d'agence n'avait pas pointé son nez de tapette enfiévrée. Elles se rendirent ensemble jusqu'au bout du trottoir en discutant… Un échange qui avait l'air agréable, simple et dépourvu d'artifices. La secrétaire riait. Il n'aimait pas son rire.

Elles parlèrent encore un moment puis la collègue

de Rose s'engouffra dans un restaurant de la place tandis que la journaliste, elle, plus belle, plus rayonnante que jamais, remonta la rue perpendiculaire.

Nazutti reposa les mains sur le volant brûlant.

Midi quarante-cinq. Il commençait à croire que le type se montrerait pas aujourd'hui et qu'il serait bon pour planquer jusqu'à demain. La possibilité d'avoir à contempler une journée encore cette masse grouillante, vulgaire, pas française pour deux sous que composaient les touristes lui souleva l'estomac et déclencha chez lui un accès de fureur supplémentaire.

Allait-il s'acheter un sandwich maintenant ou allait-il attendre treize heures ?

Il en était à ce point de ses réflexions lorsqu'il avisa le petit homme chauve devant la porte de l'agence. D'où il sortait, celui-là ? C'était David Copperfield ou quoi ? Il l'avait pas vu arriver. Pourtant, de là où il était… L'homme portait des lunettes de soleil et un costume d'un blanc fatigué. Il se pencha et, d'un geste souple, glissa quelque chose sous la porte close de l'agence. La foule sur le trottoir, cependant compacte, semblait mystérieusement éviter la proximité de l'individu, creusant alentour un périmètre désertique.

Nazutti bondit de son véhicule et se dirigea à grandes enjambées vers le type. Rose lui avait précisé qu'il arrivait parfois qu'un responsable d'association ou un stagiaire vienne déposer en leur absence un compte rendu, un dépliant quelconque en vue d'un article. Il s'agissait de pas commettre d'impair.

— Hé, vous, là ! cria Nazutti.

L'homme se redressa, s'immobilisa un bref instant

sans se retourner. On aurait pu croire qu'il cherchait à qui l'interjection s'adressait, mais Nazutti vit distinctement qu'en réalité il regardait derrière lui par l'intermédiaire du reflet de la porte.

Soudain, avec une vivacité surprenante, il se mit à courir.

Nazutti pesta.

– Et merde…

Il bondit.

*

Andreotti lança les listings sur la table.

– Vous pouvez me dire ce que c'est ?

– Des papiers ? demanda Chaplin en levant les yeux.

Joyeux, debout à côté, se mit à ricaner.

– Si vous aviez déjà ces putains de listings au bureau informatique, pourquoi vous me les avez pas fournis ?

– On préférait… Que tu les trouves par toi-même. Le plaisir de l'autonomie, la stimulation, tu sais…

Hors du bureau, dans le local du groupe 28, la turbulente troupe chapeautée par Chaplin était lancée en pleine partie de 421. Ça braillait pire que dans un tripot. À croire que ces mecs travaillaient jamais et que ça les dérangeait pas plus que ça que tout l'étage soit au courant.

– Vous me faites perdre du temps… Vous nous faites perdre du temps à tous. J'ignore à quoi vous jouez, mais…

– T'as parlé à Nazutti ? interrompit le chef de groupe.

— À Nazu... Mais c'est pas le problème !

— Moi, je pense que si. T'as lu les listings en entier ? Non. Je vois bien, à ta bobine, que non. Alors, reprends ces papelards qui encombrent mon bureau, et jettes-y un œil.

Andreotti, surpris par la verve autoritaire de Chaplin, s'exécuta.

— Pas la liste des débits. La liste des comptes créditeurs, précisa l'ancien.

Andreotti tourna la page et parcourut la première colonne. Une fois, deux fois. Ses yeux s'arrêtèrent, à chaque examen, exactement aux mêmes endroits. Seconde colonne. Une fois, deux fois. Puis tout à coup, c'était là, comme une putain de bombe à retardement dont il aurait tranquillement regardé défiler les chiffres. Jusqu'à l'explosion.

— Oui..., murmura Chaplin.

— Ouais, mon pote, tu lis bien, jubila Joyeux en mâchant son éternel chewing-gum.

Andreotti reprit la première page, celle des comptes débiteurs, et compara les sommes et les noms correspondants.

— Oh, tu peux vérifier autant de fois que tu veux, tout y est, petit, chuchota Chaplin. Gilles Sevran, Carlo Vitali... cinq mille euros. Tu noteras au passage deux autres débits identiques : Alfred Mignard et Siegfried Thomann... Je pense que j'ai pas besoin de te préciser le cursus de ces joyeux drilles, tu dois en avoir une idée assez fidèle. Alfred Mignard est le premier gus, celui qu'ont trouvé ces enculés de la maréchaussée, et Siegfried Thomann est le nom du taré que Nazutti a « trouvé », et je précise les guillemets, hier. Si l'on excepte le dernier gosse qui a survécu pour une raison qui reste à déterminer, les expertises médico-légales et les échantillons envoyés au labo ont montré, pour les trois enfants tués, qu'ils avaient tous été victimes d'abus ante mortem. Des traces de sperme appartenant à Gilles Sevran ont été retrouvées sur le corps du second, du sperme appartenant à Carlo Vitali sur le troisième et des cellules épithéliales appartenant à Alfred Mignard – celui trouvé par les gendarmes le mois dernier – ont été retrouvées sur le corps du premier gosse. Je pense que tu veux pas savoir où. On dirait que notre tueur offre à ses victimes un dernier trip dans leur nirvana tout personnel avant de les effacer de la surface de la terre.

– À bout touchant.

– De face, à bout touchant. T'en as vu beaucoup, toi, qui se laissent approcher comme ça par un gus armé qu'ils connaissent pas ? Conclusion ?

– Le tueur connaît les victimes et leurs habitudes. Les victimes connaissent le tueur. C'est quoi ? Un consentement mutuel ? Un échange de bons procédés : je t'autorise à planer une dernière fois et tu joues à un petit jeu avec moi ?

Andreotti reprit la liste des comptes créditeurs. Il la relut. Et il la relirait encore tant qu'il ne pourrait pas croire ce qui y était inscrit. Il ouvrait la bouche. Il la fermait. Aucun son ne sortait.

Il réussit finalement à articuler :

– Mais... il y a une embrouille quelque part. Ils ont dû se planter dans la liste... C'est impossible.

– Et nous, au contraire, on pense que c'est très possible, pas vrai, Joyeux ?

– Vrai, patron.

— Qu'est-ce que tu vas faire, petit ? Qu'est-ce que tu vas faire avec cette liste, hein ?

— Vous êtes au courant depuis quand ? Depuis le début, n'est-ce pas ? Depuis le début, vous vous êtes débrouillés pour que je…

— Non, pas depuis le début. Tu dois nous croire, on était sincères, quand on t'a mis dans le coup…

— Ouais, sincères…

— Mais maintenant, ce genre de merde, nous, on touche pas.

— Putain, vous êtes flics, quand même.

— Ouais, on est flics et on compte bien que ça dure jusqu'à la retraite. Mais toi…

— Quoi, moi ?

— Toi, tu peux. T'es l'idéaliste de la taule. Le Monsieur Propre de la maison poulaga. Notre ami le vertueux, tu l'as déjà prouvé par le passé… Toi, ils oseront pas te toucher… Pas une deuxième fois…

— Vous êtes complètement malades.

— Écoute : maintenant, tu es informé de ce qu'il y a dans cette liste, t'en fais ce que tu veux, petit. Nous, on est là, comme qui dirait, pour t'aiguiller, t'épauler…

— Si t'as besoin d'un coup de main, on s'est mis d'accord avec Chaplin, on t'appuiera. On confirmera tout. Mais hors de question de faire plus.

— Me prenez pas pour un con. Vous confirmerez nibe !

— Pas la peine de te préciser que nos compétences sont pas vraiment appréciées à leur juste valeur en haut lieu. Si c'est nous qui ramenons ce genre de poisson avarié, possible que ça soit purement et simplement étouffé… C'est ce que tu veux, mon pote ?

– C'est de la folie.

– Tu vas faire quoi ?

Andreotti releva les yeux sur l'incroyable duo. Ils avaient brassé la vase, ils avaient fait remonter la moutarde et ils savaient désormais qu'il n'aurait plus d'autre choix que de se la chopper à pleines mains. Parce que c'était sa nature. C'était sa raison d'être.

– Vous l'avez dit : parler à Nazutti.

*

Le major pénétra dans la foule tel un plongeur qui effectue un plat dans la boue. Ces connards étaient plus mous qu'une colonie de limaces. Il s'emplafonna un groupe de Chinois ou de Japonais, appareils photo en bandoulière, les contourna. Une bonne femme avec un joli teint d'écrevisse valdingua le cul sur le trottoir en criant quelque insulte toute teutonne.

– Poussez-vous, merde ! Bande de ploucs ! hurla Nazutti qui se rendait bien compte que pas un de ces abrutis ne comprenait ce qu'il disait.

Il opta pour le langage international : il sortit son flingue en criant : « Police ! »

À la vue du calibre, effet magique anti-dépoussiérant du Super Pro 2022, la populace s'éparpilla, courant dans tous les sens, criant, se planquant sous les tables, se jetant à terre, se dissimulant derrière son voisin… Nazutti sauta au-dessus de quelques corps et continua à courir. Ce salopard s'était fondu dans la masse plus rapidement qu'une anguille. Le flic, sans cesser de courir, cherchait du blanc, un crâne d'œuf, quelque chose d'approchant parmi les rares badauds encore debout. Là-bas ! Au bout de la rue !

Nazutti accéléra. Une Testarossa immatriculée en Andorre pila juste au moment où il traversait la rue. Au volant, un mec jeune, beau, probablement très riche et pétant la santé. Le mastard glissa sur le capot, prenant bien soin de rayer toute la carrosserie avec son flingue, se réceptionna impeccablement, et accéléra. Il aurait pu essayer de plomber le fuyard, d'où il était, mais la perspective d'ébouser un globe-trotter ou que le mec soit juste un stagiaire frileux le dissuada.

Il arriva dans la vieille ville, où la cohue était encore plus dense. Le crâne d'œuf en tenue blanche, en bas des escaliers. Il filait à travers le populo qui s'écartait de lui comme si, quelques microsecondes avant qu'il n'arrive, un sixième sens les prévenait d'un inconfort certain. Quatre à quatre, les marches. Bombarde, Nazutti ! Plus vite, vieux con ! Un couple d'Américains venu exhiber ses rondeurs outre-Atlantique se jeta sur le côté en criant des « Motherfuck » outrés. Derrière Crâne d'œuf, la foule s'était reformée telle une plaie cautérisée, compacte, impénétrable, obscène. Nazutti s'engouffra dans cette grande dégueulasserie de corps entremêlés.

– Bougez, connards ! Bougez !

Même le flingue, ici, ne servait plus à rien. Il aurait pu circuler en rouleau compresseur mixte qu'aucun de ces ovins n'aurait consenti à déplacer son cul… Peau contre peau, transpiration malsaine et eczéma suraigu… Il était persuadé qu'ils ne savaient même pas où ils se dirigeaient. Chierie. Se dressant sur la pointe des paturons, il entrevit, au loin, Crâne d'œuf obliquer vers une rue transversale moins fréquentée. S'il avait de la chance… Une chance sur deux. L'artère empruntée par le fugitif se terminait en fourche : une ruelle qui récupérait le cours Poquelin et une autre qui revenait en arrière, en bas des escaliers. Si Crâne d'œuf optait pour le cours, c'était perdu, par contre, s'il empruntait la ruelle, il y avait moyen de le baiser.

Nazutti rebroussa donc chemin avant que la gangue humaine ne se referme et fit irruption dans la petite ruelle, pas plus large qu'une chatte de nonne, qui partait à droite des escaliers.

C'était sombre, c'était froid.

La pisse de greffier n'avait pas été nettoyée depuis longtemps.

Les immeubles vétustes, de part et d'autre, s'élevaient dans le ciel, écrasant toute velléité de rêverie.

Des fils électriques à moitié dénudés, commutateurs de téléphonie ouverts sur les façades rongées, zébraient le ciel format timbre-poste.

Ce ciel qui semblait si loin, vu d'ici.

De part et d'autre, on devinait des enseignes crasseuses. Une lettre sur deux. Vitrines aveugles peintes en noir. Derrière, collés par la moisissure, des panneaux « Bail à céder » accrochés par des proprios sans illusions. La meilleure de l'année. Ils avaient d'ailleurs dû, pour la plupart, oublier qu'ils les avaient posés.

À quelques mètres de là, les prix flambaient.

À quelques mètres de là, tout était neuf et fonctionnel.

À quelques mètres de là, c'était l'orgie des corps, la grande fiesta mercantile, le flot incessant de milliers de pieds meurtris qui polissaient l'asphalte, vers la prochaine échoppe, la prochaine boutique souvenirs, la prochaine buvette… Encore un, encore un… En riant, s'ébaudissant, furetant. Vacarme stérile.

Nazutti pointa le flingue, lentement, vers le centre de la traverse déserte qui faisait un coude. À hauteur d'homme. Il se donna trois secondes avant que Crâne d'œuf n'apparaisse. Passé ce délai, c'était râpé. Une… Deux…

La silhouette déboucha au beau milieu de la chaussée défoncée. Il marchait vite mais ne courait pas. Une manière étrange de se déplacer. On aurait dit un putain de reptile.

La brute avait du mal à reprendre son souffle, à stabiliser sa ligne de mire. Sig Sauer de merde. Ces connards de Suisses avaient remporté le marché avec leur modèle hybride en incluant en dépit du bon sens tous les points du cahier des charges. Pour quatre-vingts millions de budget, le compte était vite fait et le bon sens pesait pas lourd.

Il tentait de réguler ses pulsations cardiaques. Quand tout ça serait fini, il retournerait au stand et se remettrait au sport, promis juré.

« Calme-toi, calme-toi… », disait une petite voix dans sa tête.

Une autre voix dans sa gorge disait :

— Bouge… hhh plus, hhh connard. Bouge hhh plus. Il n'y a que toi hhh et moi, désormais. C'est hhh fini.

Pour Nazutti, le Sig Sauer était définitivement une arme de tantouzes. La course de la détente était trop longue et la poignée trop petite. Pour les gonzesses, oui. Pour les écoliers aussi, d'accord. Mais pour ceux qui, comme lui, avaient de vraies mains larges et puissantes, des mains de mec, il valait mieux prendre l'arme du bout des salsifis si tu voulais pas coincer ta peau entre la culasse et le chargeur.

Les technocrates de la capitale avaient des mains de tantouzes, sûr.

Ils avaient de surcroît avancé que le Sig, avec ses quinze balles dans le chargeur plus une dans la chambre – si t'étais assez jobard pour charger la chambre –, était l'option la plus rationnelle. C'était évident, le 357 Manhurin, avec ses airs d'antiquité historique, ses six coups et son barillet, était moins télégénique. Mais six coups, pour descendre un mec, n'importe qui te dira que c'est largement assez.

Il ne distinguait pas les traits du type. Il savait que c'était Crâne d'œuf parce que sa silhouette dessinait, au sommet, une belle forme oblongue. Il se tenait statique à quoi... dix mètres ? Nazutti jugea cette immobilité suspecte. Ou le mec avait des nerfs en acier, ou il lui préparait un sale coup. Le major hésitait à aller vers lui.

– Avance... Hhhh. Que je voie ta tronche...

Manhurin, c'était la solidité, la fiabilité. Manhurin, c'était l'histoire de la police, sa conscience. Une époque révolue. Et l'arrivée en masse du SigPro n'en était qu'un des signes les plus visibles.

Il commença à entendre un bourdonnement. Lointain, d'abord, puis plus proche. Il crut dans un premier temps être victime d'un acouphène. Il avait couru trop vite, trop longtemps. Ce genre de petite gymnastique, il supportait de moins en moins.

Il se rendit brusquement compte que ce bourdonnement était bien réel. Des mouches. Des centaines de mouches venaient lui vrombir autour des yeux, dans ses narines, aux coins de sa bouche… Et une odeur. Une odeur qui l'enveloppa dans un linceul plus vomitif que s'il avait été aspergé d'acide prussique. Il remua la tête dans l'espoir de se débarrasser des diptères. Cette odeur, qu'il connaissait bien… Il y avait quoi, dans le coin ? Une charogne en train de pourrir ?

Pourtant, elle dégageait quelque chose de légèrement différent. De plus… organique. Comme s'il s'était agi d'une charogne… vivante. Ça n'était pas l'odeur de la mort, mais celle de la maladie et de l'agonie qui la précèdent. On aurait dit l'odeur de son père qui… L'odeur de son père… C'était Crâne d'œuf qui refoulait de cette manière. Et pourquoi il bougeait pas, ce connard ? Sa tête dansait la farandole. Il avait envie de vomir. Il arma le chien.

Avec le Sig, pas de visibilité de la cartouche engagée. Ça avait déjà coûté la vie à un ADS[1] dans le nord de la France. On disait les chargeurs si fragiles que lorsqu'ils tombaient à terre, ils se brisaient comme des coques de noix. On racontait que les tiges en plastique cassaient après de trop nombreux tirs. On constatait des accidents récurrents avec les gauchers simplement parce que la firme n'avait pas adapté le levier de culasse et de désarmement. La crosse, à l'usage, se déboîtait de son logement et empêchait le marteau de se rabattre. On signalait, çà et là, des culasses bloquées en avant en fin de chargeur. On disait qu'à la première ondée, les glissières mobiles se mettaient à gripper. Lors d'un entraînement, à cause d'une cassure au niveau de la

1. Adjoint de sécurité.

chambre d'éjection, un collègue s'était pris la culasse en pleine poire. On fustigeait l'absence de dragonne qui, si on oubliait de ramener l'arceau de l'étui en rengainant… Oui, on disait tout ça. Avec le Manhurin, c'était autre chose, pas de doute… Chasser ces pensées. Focaliser… Putain, ce que ça tanguait, là-dedans… C'était quoi, ces vertiges ?

– M'oblige pas à venir te chercher…

Ces mots jaillirent de sa bouche comme un flot de bile. Il se demandait à chaque syllabe s'il n'allait pas tout rendre sur ses pompes. Une infection pareille, ça dépassait l'entendement. Et ces putains de mouches qui voulaient pas s'arrêter.

Sa vue se brouilla. La silhouette ondula devant lui. Nazutti n'aurait su dire si elle s'éloignait ou si elle venait vers lui.

– Qu'est-ce que tu fais, hein ? Qu'est-ce que tu fais ?

L'écho de son propre cri répercuté par les murs décrépis renvoya aux oreilles du major un appel inarticulé.

L'ombre tressauta.

Crâne d'œuf était en train de rigoler.

Son bras se tendit sur le côté. À la perpendiculaire. Au bout, un flingue. Du maousse. Nazutti reconnut le profil léonin d'un Taurus Raging Bull en contre-jour. Six pouces et demi de canon à bande ventilée. Un kilo soixante-quinze d'inox patiné. Il fallait une sacrée force pour griffer un tel engin à bout d'allonge. Le barbare en avait eu un en pogne, une fois, quand un gars de l'anti-gang qu'il connaissait avait insisté pour qu'il vienne voir l'arsenal saisi dans la valise d'un « touriste » brésilien. Le « touriste » en question effectuait une visite de courtoisie pour le compte d'un cartel implanté. Il avait jamais oublié cette sensation. Un mélange de puissance et de folie tentatrice.

Le cow-boy avait pouffé :

— Tu veux l'essayer ?

Nazutti ne l'avait pas suivi dans son élan primesautier. Ce connard essayait d'être sympa. Il croyait qu'il pouvait commencer à payer sa dette aussi facilement…

Le doigt de l'officier se crispa. Pourquoi il ne tirait pas ? Pourquoi il ne tirait pas maintenant ? Putain de hausse impossible à stabiliser. Mouches. Puanteur. Tournis.

Une balle perdue pouvait parcourir plus d'un kilomètre avant d'aller se ficher Dieu sait où. À moins que ce soit autre chose…

La déflagration le surprit.

Il crut que c'était lui qui avait fait feu.

Mais le bruit d'une devanture explosée et l'éclair furtif au bout de l'allée lui indiquèrent que non. Un boucan. Le policier savait que le recul secondaire d'un .454 équivalait à celui d'un fusil calibre 12 chargé avec des cartouches Magnum. Une facétie à briser net le poignet si on tenait pas le flingue à deux mains. Et le bras de Crâne d'œuf avait à peine bougé. Il avait quoi, dans les veines ? Du titane renforcé ? Ce fondu avait dû se bricoler un joli petit compensateur. Nazutti connaissait la technique : cinquante orifices groupés directement sur l'embouchure à deux heures et cinq heures. Il avait vu le résultat chez des mecs sans doigts, sans yeux, sans nez, sans visages… Des mecs qui avaient mal calculé l'angle et la répartition. Des mecs qui s'étaient fait exploser l'artillerie en pleine face. Ici, Crâne d'œuf avait accompli un travail d'orfèvre.

La vitrine à droite s'écroula. Quand un truc pareil arrivait — détonation, bris de verre — les groupes humains avaient deux réactions opposées. Il y avait les cons qui se planquaient et les cons qui venaient voir.

À l'extrémité de la ruelle, ce fut la bousculade, l'affluence. Crâne d'œuf, immédiatement noyé dans la masse, avalé par une foule d'ombres identiques.

Et Nazutti, toujours comme un crétin, bras tendus, doigt sur la détente. Tétanisé.

C'est alors qu'il entendit les voix derrière lui. Des voix hystériques.

— Police ! Jette ton arme ! Jette ton arme et mets tes mains sur la tête.

— Police ! Bouge pas ! Bouge pas !

Nazutti leva les yeux au ciel. Jette ton arme. Bouge pas. Faudrait savoir. Mais cette manière de s'exprimer — tenant à la fois du surréalisme dadaïste et de l'injonction pragmatique — ne pouvait provenir que de vrais flics. Des touristes choqués avaient probablement appelé le commissariat de quartier. Ces fonctionnaires, plus habitués à dresser des contredanses pour stationnement gênant qu'à braquer un mec enfouraillé, devaient faire dans leur froc.

Le bourdonnement avait disparu instantanément. Les bronches de Nazutti, comme par miracle, s'étaient remises à fonctionner. Il cligna des yeux. Crâne d'œuf avait disparu. Il esquissa un geste en avant, mais le bruit des calibres qu'on armait dans son dos et les cris qui redoublèrent, montant dans les aigus, le dissuadèrent. Il fit vite le compte : six heures de formation, soixante cartouches, plus la panique, ces connards étaient bien capables de louper leur coup et de le paralyser à vie avant qu'il n'ait décliné son identité.

*

Rose actionna le carillon du portail.

Elle n'avait pas peur.

Elle se sentait forte, sûre de son bon droit. Elle attendit.

Romain apparut, contournant le gros olivier planté dans l'allée. Il portait une chemise bleu ciel, un pantalon de toile légère, et des mocassins sans chaussettes. Il marchait d'un pas franc.

Avant de la reconnaître, il avait l'air en forme.

Cela faisait cinq ans qu'il ne l'avait pas vue et les derniers mots qu'il avait trouvés quand il lui avait parlé au téléphone étaient :

– T'es qu'une sale pute. Tu vaux pas mieux que lui…

En la voyant, il ralentit sensiblement son allure. Rose attendit encore.

Son ex-mari s'arrêta de l'autre côté de la grille. Il ne fit pas mine de lui ouvrir.

Son visage s'était fermé et c'est d'une voix glaciale qu'il lui demanda :

– Qu'est-ce que tu viens faire ici ?

Jadis, elle aurait balbutié, perdu ses moyens. Elle aurait été instantanément aveuglée par la haine. La haine qu'elle éprouvait à son égard et à l'égard de la gent masculine en général. Mais pas aujourd'hui. Plus aujourd'hui.

Était-ce ce qu'elle venait de vivre avec le major ? Était-ce le fait que son père, après tant d'années, lui ait montré qu'on pouvait changer un peu, lentement ? Était-ce ces lettres, qui la ramenaient vingt ans en arrière, le poids du vécu en plus ? Ou était-ce simplement une échéance ? Une sorte de dead-line imminente, un signal ? Un peu de tout ça, sûrement.

– Je suppose que tu ne me feras pas rentrer. J'aurais aimé te parler.

– Tu supposes bien et la réponse est non. Parler, j'ai fait que ça pendant cinq ans. Ça a failli me rendre fou.

– Très bien, je parlerai pour deux alors. J'aurais voulu savoir… Dis-moi que tu y es allé une fois. Dis-moi juste ça et je m'en vais sur-le-champ.

– Pourquoi tu veux savoir ça maintenant ? Qu'est-ce qui te prend ?

– Dis-le.

– Pourquoi tu es venue, hein ? Tu t'es dit : « Oh, tiens, et si j'allais bousiller de nouveau la vie de Romain, cet après-midi ? » Est-ce que tu as une idée du temps, des efforts qu'il m'a fallus pour en arriver où je suis aujourd'hui ? Pour rebâtir un semblant d'existence ? Pour ne pas sombrer ? Pour ne pas me flinguer ou te tuer ? Est-ce que tu as une idée du nombre de fois où j'ai rêvé que c'était toi qui mourais et pas elle ? Est-ce que tu as une idée d'à quel point j'ai trouvé mes songes… équitables ? Est-ce que tu as une idée de la ténacité nécessaire pour ne plus penser à ce qu'elle a pu endurer ?

– Alors, tu as probablement fait le plus dur.

— Tu veux piétiner ma vie une nouvelle fois ? Tout bousiller, écraser, détruire ? C'est ça qui t'intéresse ? C'est dans ce but que tu es venue ? T'as quoi dans la tête, Rose, hein ? T'as quoi ? Tu veux que j'ouvre ce portail ? Tu veux que je te laisse entrer ? Mais ce portail est la seule, la dernière chose à ce moment précis qui m'empêche de…

— Dis-le. Le reste sera facile.

Une femme apparut au bout de l'allée. De loin, elle semblait belle, saine, équilibrée. De près, ce serait aussi sans doute le cas.

— Romain ? De quoi s'agit-il ? Tu ne viens pas manger ?

— Rentre, Ludivine. J'arrive dans deux minutes.

— Qui est-ce ? demanda la femme d'une voix douce.

— Rentre, Ludivine !

Vaguement surprise, peut-être un instant interloquée par cette inflexion peu coutumière de l'homme qu'elle pensait connaître, la nouvelle femme de Romain resta un moment interdite avant de tourner les talons.

— Tu vois ce que tu me fais faire, salope ? Je n'ai jamais élevé la voix sur elle en sept ans. Jamais eu un geste inconsidéré. Je me lève, tous les matins, sept jours sur sept, à six heures trente. Pas six heures vingt-neuf ou trente et une. Je prends mon petit déjeuner avec elle. Je ne dis rien. Elle me laisse. Une tartine beurrée à la confiture de framboise. Ni plus ni moins. Je vais travailler à huit heures quinze. Je passe ma journée avec mes collègues. Je ne dis rien. Ils me laissent. À midi, je vais manger au self. Seul. Lundi : poulet, purée ; mardi : œuf, riz ; mercredi : pâtes, fromage ; jeudi : steak, frites ; vendredi : poisson, haricots verts. À sept heures vingt-six, je suis rentré. Je mange avec Ludivine. Je ne dis rien. Elle me laisse. À neuf heures, je me couche. Nous faisons l'amour le jeudi soir et le samedi soir de huit heures trente à neuf heures. Elle semble prendre du plaisir et je n'essaye jamais rien de nouveau. Le week-end, je reste ici. Lever six heures trente. Pas six heures vingt-neuf ou trente et une. Je prends mon petit déjeuner avec elle. Je ne dis rien. Elle me laisse. Une tartine beurrée à la confiture de framboise. Ni plus, ni moins. Je ne dis rien. Aucun mouvement vif. Et puis le lundi suivant : départ pour le travail à huit heures quinze... Tout cela bâti, élaboré, construit presque scientifiquement, au millimètre pendant sept ans. Et il suffit que tu reviennes deux minutes pour que...

— C'est ça qu'elle est devenue, ta vie, Romain ? Un grand lac. Des efforts désespérés, vingt-quatre heures sur vingt-quatre pour ne plus hausser le ton, ne rien dire de blessant ni de personnel, ne plus faire le moindre geste brusque, ne rien troubler ? Toujours garder le contrôle dans les moindres détails ? Faire semblant.

— Je suis heureux, merde !

— Je sais.

— Et la tienne, de vie, Rose ? Qu'est devenue la prometteuse journaliste scientifique, la petite ambitieuse qui rêvait de tous les bouffer, fût-ce au détriment de... au détriment de...

— Oui.

— Tu végètes toujours dans ta petite agence locale ? Remarque, ça doit te laisser du temps pour tes petites correspondances...

— Je suis désolée. Ne te trompe pas de cible, Romain. Il suffit simplement que tu me dises ces quatre mots : « Oui, j'y suis allé », et je disparais. À tout jamais.

— Non. Je n'y suis pas allé ! Et je n'irai jamais. Je ne… peux pas. Je ne peux que faire… semblant qu'elle n'ait jamais existé. Voilà ! C'est ça que tu voulais entendre ? Ça te fait plaisir de me faire crier à nouveau ? De me faire… perdre les pédales ?

— Non.

— C'est pourtant la vérité. Maintenant, je vais ouvrir le portail. Et si tu ne pars pas…

— Je ne suis pas venue pour moi, Romain. Ni pour elle. Je suis venue pour toi.

— J'ai pas besoin de l'aide d'une déséquilibrée, d'une… Je veux que tu restes loin de moi. Tu portes en toi le mal. Je ne veux pas que tu me contamines. Tes idées sont sales, dangereuses, détraquées…

— Je ne te demande pas d'y adhérer, ni même de me comprendre, je sais que c'est impossible. Je te demande simplement de te rendre une fois, juste une fois, sur sa tombe. Cela ne te prendra que deux minutes… Une demi-heure aller-retour à tout casser. Une demi-heure dans une vie, Romain. Ta vie.

— Je vais ouvrir le portail.

Il s'exécuta. Rose resta totalement passive. La peur, la haine avaient disparu de son cœur. Dans ce cœur ne restait qu'une étrange paix, une détermination tranquille et une certaine forme de compassion. Comme une pustule, un abcès qui avait crevé et ne laissait qu'une plaie indolore. Rien de ce que pourrait lui faire Romain ne serait en mesure de l'atteindre si elle réussissait.

Il s'approcha, menaçant. Il serrait les poings. Phalanges blanches. Un rictus déformait les traits de son visage fatigué, exténué par sept années de purgatoire.

– J'ai rêvé de ce moment. J'en ai rêvé mille fois, à en crever.

– Tu peux faire ce que tu veux, Romain. Tout ce que tu veux…

– Tais-toi et pars…

– … Elle ne reviendra pas…

– Tais-toi.

– Il faut la laisser s'en aller…

– Tais-toi !

– Va la voir, Romain. Va lui dire adieu.

– Tais… toi !

Son poing partit comme une fusée pour passer à deux centimètres de son visage et s'écraser sur la tôle d'une voiture garée derrière. Rose ne bougea pas d'un poil.

Il y eut un craquement. Sec. Rude. Main broyée. Romain s'écroula à terre. Mais Rose savait que ce n'était pas la douleur des os pulvérisés qui le faisait tomber.

Il se mit à pleurer. Il pleura comme il avait oublié de le faire depuis vingt ans, réduisant à néant cette fuite interminable dont il avait oublié jusqu'à l'objectif.

Rose se pencha vers lui, prudemment. Elle l'effleura d'abord. Il se balançait doucement d'avant en arrière, recroquevillé sur sa main meurtrie, sa propre existence. Il était père à nouveau.

À nouveau, il perdait tout.

Elle l'enlaça.

Elle le berça.

Elle chuchota à son oreille des mots, des phrases que, sans doute, il attendait depuis longtemps mais que, jusqu'à présent, elle avait été incapable de formuler.

Elle sut à cet instant qu'il irait.

Elle avait gagné. Dans un jour, deux jours, une semaine, il se rendrait sur la petite tombe fleurie de sa fille.

*

« Hé, connard ! » hurla le mec en 4x4 Cherokee quand Andreotti grilla la troisième priorité.

L'inspecteur avait bien conscience de conduire d'une façon erratique, mais le manque de sommeil ajouté à ce qu'il venait d'apprendre brouillait sa vision, distordait sa perception.

14 mai : virement de cinq mille euros sur le compte numéro *** attribué à Paul Nazutti.

21 mai : cinq mille euros.

Un mois avant, coïncidant avec un débit sur le compte d'Alfred Mignard : cinq mille euros chez Nazutti.

Il y a trois jours, cinq mille euros du compte de Siegfried Thomann à celui de Nazutti.

Tous morts peu de temps après.

Et chacun d'eux, en contact plus ou moins indirect avec Nazutti par l'intermédiaire du Lounge, véritable pépinière de talents singuliers.

À ce point-là, c'était plus un faisceau de présomptions, c'était un véritable coup de projo trente mille watts sur une piste d'atterrissage. Et c'était bien ça qui chagrinait Andreotti. Tout était soudain trop clair, trop bien balisé.

Il sentait qu'une pièce importante du puzzle lui échappait : une pièce qu'il avait eue en sa possession mais qu'il avait égarée à un moment ou à un autre. Si seulement il avait pu s'arrêter un instant et dormir un peu, sans doute aurait-il été capable de penser correctement. Les idées extrémistes de Nazutti étaient connues de tous. Était-il possible qu'il se soit transformé, à force d'obsession, en ange exterminateur ? Oui. En fait, tout était possible, à ce stade. Seulement, si c'était le cas, pourquoi Andreotti n'était-il pas allé voir recta la taulière ? Pourquoi ne lui avait-il pas soumis les listings, la laissant se dépatouiller avec ce nœud de vipères ? C'était ça, qu'il aurait dû faire. Et il avait préféré se taire. Il avait l'impression que sa vie entière était marquée de ces sceaux : se taire et mentir. Il aurait fallu trouver un moyen de briser le cercle vicieux : arrêter les cachotteries, cesser de garder ses sales petits secrets pour soi… Au lieu de ça, il avait emmené les listings avec lui, pris sa voiture et était parti à la recherche de Nazutti.

Il ne pouvait se départir du sentiment que, si la piste sur laquelle Chaplin et Joyeux l'avaient judicieusement aiguillé était la bonne, Nazutti lui appartenait et que c'était à lui, à lui seul qu'il reviendrait de le faire tomber. Putain, lui aussi, il était en train de se transformer en justicier foireux… À moins que, simplement, une petite voix, là, derrière son crâne, ne murmurât qu'il existait encore une chance pour que le major soit innocent.

Une voix qui avait de plus en plus de mal à se faire entendre.

Il grilla un feu, ne s'en apercevant qu'a posteriori.

Concert de klaxons et doigts levés.

Bande de fils de putes ! Pouvez pas rester chez vous, à faire la sieste, au lieu de faire chier ceux qui bossent, ceux qui garantissent, justement, que vous puissiez sortir avec vos cylindrées de merde en toute sécurité. C'était même pas chez soi et ça se permettait de jouer de l'avertisseur. Il aurait bien aimé s'arrêter, jaillir de son véhicule et accrocher le premier connard, lui coller le canon de son flingue sur le front et lui demander s'il avait encore envie de klaxonner. Ouais, enfoiré, klaxonne encore un coup, pour me faire plaisir.

Qu'est-ce qui lui prenait, bon Dieu ? Il avait jamais pensé ainsi jusque-là. À présent, ça se produisait de plus en plus souvent.

Réfléchir. Continuer à réfléchir.

Et si ces listings étaient faux ? Peu probable. Trop de gens impliqués.

Lorsqu'il arriva à proximité de l'agence de Rose Berthelin, il s'aperçut immédiatement que quelque chose clochait. Ça grouillait de mannequins. Une grosse femme à terre s'éventait dans l'espoir de récupérer un peu de souffle. Des gens montraient du doigt une direction aux adjoints armés de calepins. Andreotti roula encore un peu vers l'endroit indiqué avant d'être stoppé par un flic en uniforme. La pensée lui vint qu'il arrivait trop tard.

Nazutti avait tué quelqu'un.

Nazutti s'était fait appréhender et ça ne serait pas lui, Andreotti, qui aurait le légitime privilège de mettre un point final à l'histoire.

À moins que Nazutti ne fût déjà mort.

Tué par un modeste flic de patrouille, tué par toute cette haine accumulée depuis trop d'années, détruit par sa propre soif de purgation.

Andreotti sortit de son véhicule en exhibant sa carte sous le nez du flic qui lui intimait de circuler. Il emprunta les escaliers menant à la vieille ville. En bas, il y avait encore plus de lardus qu'en haut. Des touristes témoignaient dans tous les coins, plongeant, avec leur débit affolé proféré dans des langues natales dont personne ne possédait le plus petit rudiment, les pauvres APJ niveau CAP dans le plus grand embarras.

Le jeune inspecteur se dirigea vers la petite ruelle où semblait s'être amassé le plus gros de la troupe des poulets.

Il vit tout de suite Nazutti, au milieu des uniformes, fixant le sol avec intensité tandis qu'à côté de lui, un grand beur en costard s'agitait. Inexplicablement, Andreotti fut soulagé de voir le mastard encore vivant.

– J'aurais jamais dû te contacter… Je le savais… Je le savais…, se lamentait le colossal Arabe.

Nazutti ne disait rien, yeux baissés. Sa mâchoire se contractait en cadence avec la pulsation du sang dans son cou.

– Shouf ce que t'as foutu ! Tu viens chez moi, dans mon quartier… Mon raja', Nazutti, mon raja', tu plantes un bordel de l'autre monde et tu crois qu'on va laisser pisser ? Mais ça va remonter, ça ! Je suis désolé, mais un truc pareil, ça peut pas… Haram Allah, tu m'as mis la moitié du quartier en état de choc ! continua celui qui semblait être, d'après la manière dont il s'adressait à Nazutti, le commissaire de quartier.

– Vous avez permis à un suspect de prendre la fuite, marmonna Nazutti sans lever les yeux.

– Un suspect ? Azma min azmati, un suspect ! Est-ce que t'es bien sûr, au moins, d'avoir prévenu qui de droit à l'Évêché, de tes petites magouilles ? Non, bien entendu.

– C'est toi qui m'as contacté.

– Bien sûr, mais pas pour que tu me mettes le quartier à feu et à sang, espèce de hibn. Par Mahomet, c'était calme, ici. On avait des bons chiffres avant que tu te pointes. Tu pouvais pas y aller mollo ? Tu pouvais pas me prévenir ? Je vais avoir le maire sur le dos. Est-ce que tu sais ce que c'est, d'avoir le maire sur le dos ? Non, bien sûr. Je te jure que si ça fait trop d'étincelles, si on me demande quoi que ce soit, je dirai que je t'ai jamais parlé. Toi et moi, avant aujourd'hui, on s'est jamais vus.

– Je comprends, Djibré.

Le profil bas adopté par Nazutti sembla tempérer quelque peu la fureur du commissaire. Il soupira.

– Écoute, je vais voir ce que je peux faire... Essayer de calmer les choses autant que faire se peut. Mais je te promets rien. Si ça devient tafil, je ferai comme je t'ai dit.

– Fais ton boulot. Je ferai le mien.

– Biraz, t'en as de bonnes ! Allez, récupère ton attirail et casse-toi. Je veux plus te voir avant que tout ça soit tassé, suspect ou pas suspect, je me fais bien comprendre ?

Un OPJ refila un sachet à Nazutti. Celui-ci releva la tête et vit Andreotti, en train d'attendre.

Son visage s'éclaira.

Un sourire désarmant.

Andreotti fit ce qu'il put pour ne rien montrer.

*

Au moment où Rose Berthelin regagna l'agence, il y avait encore quelques policiers alentour. Pas assez pour qu'elle s'inquiète franchement, mais trop pour que ce soit habituel. Quelque chose s'était passé en son absence et elle fit ce que toute localière aurait fait : elle alla à la pêche aux informations. Interrogea le premier flic venu. Un deuxième flic. Quelques passants encore bouleversés. Puis se rendit à l'agence pour contacter le commissariat de quartier. Malgré les réticences évidentes du commissaire Djibré, Rose ne fut pas longue à rassembler les éléments. Un homme armé d'un revolver avait bousculé quelques touristes, menacé, prétendaient certains. S'en était ensuivi une courte poursuite entre ledit individu et une patrouille de quartier. Échanges de coups de feu. Circonstances à préciser. Mais il s'agissait, suite à l'examen des faits, d'une méprise. Le contrevenant aurait été un agent de police en mission à la poursuite d'un suspect. Il y avait simplement eu un problème de coordination entre les différents services. C'était la version du commissariat.

La description donnée par les passants était suffisamment éloquente. Nazutti.

Le major Nazutti, après avoir fait mine de partir, avait dû continuer à la surveiller. Et s'il avait poursuivi quelqu'un, qui d'autre que son persécuteur éventuel ? L'homme – puisqu'on parlait d'un homme – avait réussi à s'enfuir dans une belle cacophonie.

Rose n'avait pas peur.

Elle savait ce qu'elle allait faire : elle allait écrire son article.

Avec un peu de chance, il passerait en Régional au lieu de Local.

Elle ne mentionnerait ni le nom de Nazutti ni les détails d'une affaire qu'elle ne connaissait que trop bien...

Et puis elle demanderait à récupérer son ancien poste au service scientifique du siège.

Elle se rendit compte qu'elle retrouvait brusquement la volonté nécessaire pour tourner la page, reprendre les rênes de sa propre vie, celle qu'elle avait bradée il y avait longtemps... Une forme d'ambition. La volonté d'être gratifiée à nouveau. Une certaine estime de soi.

Lorsque Pierre arriva, elle lui parla de ce qui venait de se passer en évitant d'entrer dans les détails. Lui fit lire l'article.

Sans avoir l'air de faire le rapprochement, il fit son travail : modifia deux ou trois termes, raccourcit un passage et lui confirma qu'il contactait immédiatement le siège pour obtenir au moins la Régionale. Le chef d'agence faisait aussi office de SR[1] et de maquettiste. Trois postes pour un seul salaire. C'était le même refrain partout.

Une fois qu'il eut passé son coup de fil, il revint la voir. Il fallait attendre la réponse du rédac' chef. Vu l'actualité chargée, ça allait être coton.

Elle lui lança tout de go :

— Je veux réintégrer le service scientifique.

1. Secrétaire de rédaction.

Rose était au fait que Pierre avait toujours éprouvé pour elle une grande affection. Après un instant de stupéfaction qui se mua en franche déception, il demanda :

— Mais... Pourquoi ? Tu n'es pas bien, ici ? Je pensais... Je pensais qu'on faisait du bon boulot, toi et moi.

— Ça n'est pas la question. Je veux juste... enfin, tu sais. Passer à autre chose. Retrouver le sel.

— Le sel ? Il n'y a pas de sel, ici ?

— Allez, Pierre. Tu comprends de quoi je veux parler. Je suis là depuis quinze ans. Tu te doutais que ça ne durerait pas toujours.

— Oui, mais... pourquoi maintenant ?

— Je ne sais pas, mentit-elle.

Pierre avait l'air sincèrement embêté.

— C'est que... J'ignore si je suis en position de t'aider à...

— Je suis persuadée que tu pourras faire un effort. Pour moi.

— Les places sont déjà toutes prises et il sera difficile de...

Elle le regarda droit dans les yeux. Un regard dont, il y a ne serait-ce qu'une semaine, elle aurait été incapable.

— Je suis prête à me battre, si c'est ce qui te chagrine.

*

Nazutti, dans la voiture, écouta Andreotti jusqu'à la fin. Ce dernier n'exigea aucune explication. Il ne voulait pas d'excuse, aucune justification. Il était pas partant pour se faire de nouveau balader. Il se contenta de lui exposer les données, uniquement les données. Quand il eut terminé, quand il lui eut montré les listings, celui concernant le Lounge et ceux du site consacré à Marcus Plith, avec son nom dessus, quatre fois. Juste à côté de ceux qu'il ne fallait pas, il déclara :

— Je vais faire ce que m'ont conseillé Joyeux et Chaplin. Si c'est toi, si c'est vraiment toi, je vais te faire plonger. Moi tout seul.

Le Brutus riva son regard au sien.

— T'as vraiment les couilles, pour me jouer cette musique. On est seuls, ici, tous les deux. Il peut se passer un tas de trucs dans la vie d'un jeune flic intrépide. Des trucs rapides et définitifs.

— C'est une menace ?

— Une éventualité... disons virtuelle. Mais si tu penses que t'es de taille... Si t'as pas peur...

— Non. Je n'ai pas peur. Parce que je sais que si ça doit s'arrêter un jour, si quelqu'un doit le faire, je suis le seul et que tu ne laisseras personne d'autre s'en occuper. Et puis je peux me défendre.

— Tu crois ça ?

— Oui.

— Quelqu'un d'autre est au parfum ?

— Moi, Chaplin et Joyeux. Peut-être le type du service informatique...

— Bien. Alors, écoute-moi, tête de pioche, et écoute-moi bien parce que je le répéterai pas une deuxième fois : j'ignore tout de ces virements. Si tu veux savoir, je regarde jamais mon compte en banque. On peut pas dire que j'aie de gros besoins et tant que la banque me contacte pas, je contrôle pas. Alors, oui, c'est possible que j'aie reçu cet argent. Il y aura rien de plus facile que de vérifier. Et si c'est le cas, j'ignore ce qui me vaut cet honneur. Peut-être une vive inimitié de la part de quelqu'un qui compte sur la crédulité de gens comme toi, Chaplin ou Joyeux.

– Je suis pas comme Chaplin et Joyeux. Chaplin et Joyeux ont les flubes.

– Ou alors on essaye de me faire comprendre quelque chose.

– Qui ?

– Un tueur ?

– Arrête de me bourrer le mou.

– Ou alors un mécène apprécie mes méthodes.

– Arrête de me bourrer le mou, je t'ai dit.

– Voilà ce que je te propose : toi et moi, on va aller voir ces deux branquignols. Parce qu'il me semble que tu t'es un peu laissé mener en bateau. C'est de ma faute, remarque, j'aurais dû mieux te briefer sur leurs méthodes de squales. On va tirer ça au clair. Les dates et heures du décès doivent être estimées dans les rapports de l'institut. Il suffira de recouper avec mon emploi du temps pour te tranquilliser. Ne serait-ce qu'avec le dernier macchabée, ça devrait pas être trop dur. T'étais avec moi la plupart du temps… Tu te souviens de nos petites virées, j'espère ?

– Je m'en souviens parfaitement. T'aurais pas l'intention de me faire chanter, par hasard ?

– Nan. Je veux juste lever toute ambiguïté dans ta petite tronche. Et baiser Joyeux et Chaplin. Tu crois que c'est une coïncidence, s'ils t'ont aiguillé là-dessus ? Me dis pas que t'es naïf à ce point…

– Tu sais comment ça marche, quand, disons par

exemple, les réseaux veulent faire le ménage : ils dénoncent leurs concurrents aux flics. Ça veut pas dire pour autant que ceux qui sont dénoncés sont blancs comme neige.

— Tu penses que je fais de l'ombre à ces deux abrutis ? Tu penses que c'est ce qu'ils pensent ? Mais t'es loin de la vérité, mon pote. Ou bien en dessous, ça dépend d'où on se place.

— Affranchis-moi, alors.

— On verra ça en temps voulu. Pour l'heure, on va aller s'entretenir avec ces joyeux drilles, histoire de remettre un peu tout ça en perspective.

— Okay. En route.

— Attends. Pas maintenant.

— Bon Dieu… pourquoi encore ?

— D'abord parce qu'il est trop tard. À cette heure-ci, Joyeux et Chaplin sont déjà au PMU pour les nocturnes. On fera ça demain, frais et dispos. Ensuite parce que, pour ce soir, j'ai un autre programme. Ta femme t'attend ?

— Elle est pas rentrée la nuit dernière. Je pense pas qu'elle rentrera cette nuit non plus.

— Ah…

— Me dis surtout pas que t'es désolé.

— J'ai rien dit.

— Alors ?

— Tu voulais participer au programme « Illumination » ? Voir de quoi il retourne ?

— Oui.

— Alors, c'est le moment.

— Qu'est-ce qui me vaut ce revirement ?

— Je crois que t'es prêt. Je crois qu'il est temps pour toi d'en apprendre plus. Je crois aussi, à la réflexion, que t'avais pas totalement tort. Il existe un lien et la grosse Sarah sait quelque chose.

— Putain, bien sûr qu'il y a un lien. Bien sûr qu'elle sait quelque chose. Tu vas quand même pas...

— Jette un coup d'œil au troisième listing, celui qui concerne le Lounge. Certains détails pourraient te frapper. Quelque chose en rapport avec ses activités présentes et passées...

— Activités auxquelles tu as participé, merde.

— Vrai. Cependant, il y a un truc qu'il faut que tu saches.

— Quoi ?

— Elle ne nous donnera rien gratuitement.

— Mais c'est pas la question. Tu...

— Payer le prix. Avec sa sueur, avec son sang. Connaître enfin. C'est maintenant ou jamais.

Un instant pour réfléchir. Noyer le poisson, Nazutti savait faire. Champion.

Un instant pour hésiter.

Et un instant pour se faire baiser.

— D'accord.

Un instant pour se taire.

Un instant pour réaliser.

— Au fait, Nazutti...

— Quoi ?

L'inspecteur désigna l'oreille de son supérieur.

— C'est quoi, cette clope que tu trimbales partout ? Je t'ai jamais vu fumer.

— Vrai, avoua la brute avec un petit sourire. J'ai arrêté voilà plusieurs années. Celle-là, je la garde en souvenir. C'est toujours utile, les souvenirs. Leur usage peut parfois être dévoyé, mais à l'occasion, ça peut servir.

— Tu comptes la fumer un jour ?

Nouveau sourire. Un truc qu'Andreotti n'aimait pas.

— Le jour où je me déciderai à l'allumer, peut-être bien qu'elle me tuera, déclara-t-il avec une intonation étrange.

Puis il embraya :

— Cette précision étant faite, avant qu'on y aille, je veux que ce soit bien clair entre nous : t'as été franc. J'apprécie et je vais être franc à mon tour. Pas d'entourloupe. Je prends personne en traître, c'est pas ma manière d'opérer. À partir de maintenant, fais bien gaffe à toi. Tu parles de me faire plonger, et peut-être que ça arrivera à un moment ou à un autre. Mais il se pourrait bien que t'aies déjà la tronche sous l'eau au moment où je mouille le premier orteil.

— T'es un salopard.

— Je t'aime bien, Andreotti.

*

Le Lounge.

Sa façade grise et anonyme.

Son couloir, dans lequel on se glisse. En apnée.

Son vestiaire, tapissé de casiers à codes.

Ce court que l'on longe, la surface gluante du parquet. Yeux baissés. Pour ne pas glisser. Et pour ne pas voir. Zones d'ombre.

Cette porte qui s'ouvre comme par magie et que l'on franchit pour aller derrière.

De l'autre côté du miroir.

Tout au fond du trou.

C'est ici que l'on écoute.

Des cris, des gémissements étouffés, au-delà de la cloison.

Des ahanements, des clapotis, le claquement de la chair sur la chair.

C'est ici qu'œuvre la mécanique. Humide et froide.

C'est ici que disparaissent la joie et les rires.

C'est ici que disparaît le plaisir.

Ici, l'obscurité s'étend.

Ici, l'on vit mille morts.

Ici, la communication n'est plus qu'une suite de sas chuintants, de va-et-vient stériles et d'écrans où viennent exploser, l'espace de quelques millisecondes, les photons silencieux…

— Ils n'en ont jamais assez. Ils veulent toujours plus et tu sais pourquoi ? questionna Nazutti tandis qu'ils attendaient, dans le couloir derrière la porte du Glory Hole, que Sarah veuille bien les recevoir. Parce qu'ils sont anesthésiés. Ça n'est pas que l'acte les dégoûte, ça n'est pas qu'ils aient vraiment envie d'aller toujours plus loin, plus fort, plus vite, ça n'est même pas qu'ils pensent être en droit de le faire ni qu'ils pensent ne jamais se faire attraper. C'est qu'ils savent, dans leur cœur, qu'ils ne retrouveront pas, jamais, l'éclat de la première fois. Ça les met en transe, leur corps est pris d'une sorte de frénésie. Il faut qu'ils retrouvent cette grâce. Il le faut, et ils savent qu'ils n'y parviendront pas. Sors. Va voir, dans les rues, n'importe lesquelles, l'étalage qui est fait de leur impuissance. C'est partout, lorsque tu lèves la tête : dans les campagnes d'affichage, dans les spots télé, sur les boîtes de conserve, quand on veut te vendre une voiture ou un fournisseur d'accès haut débit. C'est dans les glaces que tu achètes, les paires de lunettes dont tu as besoin, le chat qui vient manger sa pâtée ou les surgelés que tu te feras à midi. C'est en énorme sur les colonnes Morris, sur les bus. Des nibards, du fard et des bouches pulpeuses. C'est dans les magazines que tu feuillettes, les gosses de cinq ans qu'on fait poser avec des airs aguicheurs, la moue enfantine d'une fillette de dix ans qui présente la dernière collection printemps-été. C'est un appel, une promesse qui ne sera jamais tenue. Et tu ne peux rien faire. Rien faire d'autre que fourrer ta bite dans un trou, et puis un autre et encore un autre, pour oublier que tu ne ressens plus rien. Qu'ils t'ont tué il y a longtemps et qu'ils veulent te faire croire le contraire. Qu'ils veulent te faire croire que c'est encore possible, d'être vivant, de désirer, d'éprouver quelque chose…

— Pourquoi tu me parles de ça ?

— J'essaye de t'expliquer ce qui pousse certains à aller plus loin, aux confins. De t'expliquer comment ils repoussent leurs propres limites, pourquoi ils bavent, pourquoi ils se trimbalent avec leurs grosses queues sous un imper à la sortie des écoles… Pourquoi ils violent, pourquoi ils tuent, pourquoi personne n'existe plus.

— On dirait… que t'essayes de les excuser.

— Non. Je te dis simplement pourquoi, parfois, il est nécessaire de recadrer, remettre certains éléments déviants et réceptifs dans le droit chemin.

— Ça n'est pas ça que tu essayes de me dire, Nazutti. Tu le sais et je le sais. Alors, va au bout de ta pensée.

Le malabar se préparait à répondre quand un cerbère, collier d'étranglement clouté et tétons percés, vint les chercher.

— Si vous voulez bien, messieurs. Après vous..., dit-il d'une voix éteinte en s'inclinant légèrement pour les laisser passer.

Andreotti vit, sous le collier, une large cicatrice, résultat probable d'une trachéotomie, et cause indéniable de son timbre sourd.

La grosse Sarah les accueillit avec le sourire.

Un sourire qui paraissait minuscule, perdu dans cet énorme tas de graisse engoncé derrière le bureau spartiate.

De part et d'autre se tenaient, debout, deux femmes âgées d'une soixantaine d'années, peut-être plus. Visages fermés, hiératiques.

Elles étaient solidement campées, vieilles plantes chenues, à droite et à gauche du bureau, jambes écartées, légèrement fléchies, mains dans le dos, position martiale du parfait petit soldat. Elles portaient toutes les deux un kimono noir qui masquait à peine leur poitrine tombante constellée de taches de son et regardaient droit devant elles. Loin.

Sarah se trémoussa sur sa chaise :

— Enfin, te voilà, Paul. Je savais que tu viendrais. Et tu as amené le petit avec toi... C'est bien. C'est bien.

« Le petit »... Andreotti se demandait ce qui le retenait de repartir, là, maintenant, et de tout laisser tomber. Ce qui le retenait depuis le début. Trop de choses, bien trop, il en avait conscience.

— Il veut voir, Sarah.

— Voir ?

— Le reste.

— Ah. Bien.

— Mais il faudra que tu lui donnes quelque chose, en échange.

— Quoi ?

— Tu répondras à ses questions. À toutes les questions qu'il pourra te poser.

— Toutes, tu es sûr ? Vraiment ?

— Oui.

— Bien. Si c'est ce que tu souhaites. Et ce qu'il souhaite. Est-ce vraiment ce que vous souhaitez, monsieur… Andreotti ?

— Je ne sais pas.

— Cette réponse n'est pas suffisante, jeune homme. Il faudra répondre par oui ou par non. Clairement.

Il avait l'impression, soudain, d'être redevenu un petit enfant, un tout petit enfant qu'on prend par la main, à qui l'on va montrer des choses qu'il ne devrait pas voir, qui ne sont pas de son âge.

Il se laissa faire.

— Oui.

Andreotti entra dans la pièce sombre.

Une cave.

Un tombeau.

En aucun cas une salle de soins.

L'humidité suintait des murs.

D'abord, il ne vit rien.

Les paroles de Sarah trottaient toujours dans sa tête :

— Paraphilie est le mot, avait dit la grosse. Amours parallèles, vous pouvez l'appeler comme vous voulez. La déviance est ce qui fait exister la norme et non l'inverse. La perversion n'est qu'une facette.

— Il y a ce qui est autorisé par la loi et ce qui est interdit. C'est simple, avait répondu Andreotti.

— Faux. Il y a ce que les gens sont et ce qu'ils veulent être, c'est encore plus simple. L'homme que vous allez voir correspond à ce qu'il est commun d'appeler un masochiste. Il pense qu'il devrait être autrement, différent. Il pense qu'il doit être soigné. Et il a décidé d'entreprendre le long chemin qui mène à l'illumination. Il paye cher pour ça. Toutefois, ce n'est pas très important pour lui : cet homme, dans la vraie vie, est plusieurs fois millionnaire. La seule chose qui lui importe ici est d'aller au bout du traitement.

— Vous en avez beaucoup ?

— Des millionnaires ou des masochistes ? S'il s'agit de masochistes, alors oui, ils sont légion. Ce qui est plus difficile à trouver, en revanche, ce sont les sadiques. J'entends par là les vrais sadiques : ceux qui savent garder leur sang-froid, ceux qui contrôlent la situation et sont doués d'un sens aigu de la psychologie qui évite de les faire basculer dans la sociopathie ou la psychopathie. Ceux qui savent exactement jusqu'où aller dans le jeu de la domination sans briser le lien qui les unit au soumis. Le véritable sadique n'est qu'un masochiste qui s'ignore.

— Je ne comprends pas où vous voulez en venir. Je ne suis pas un sadique et je ne l'ai jamais été.

— Sarah ne se trompe jamais, monsieur Andreotti.

— Vous êtes folle.

— Pour ceux qui veulent voir, pour ceux qui veulent sentir, ceux qui veulent s'éveiller, il n'existe qu'un seul chemin. Un chemin aveugle et sombre.

Un chemin que l'on a franchi, un chemin que vous avez franchi il y a longtemps. Simplement, vous ne vous en souvenez pas. Un chemin par lequel il faut accepter de se laisser guider à nouveau en oubliant tout ce que l'on a appris entre-temps. Êtes-vous prêt à oublier ce que vous avez appris, monsieur Andreotti ?

— Je ne sais pas.

— Répondez par oui ou par non.

— Oui.

— Bien, alors, il va falloir faire le vide dans votre tête, faire le vide dans votre âme. La purifier de toutes les scories qui vous ont été imposées depuis votre plus jeune âge. Décontractez-vous. Respirez. Intégrez l'idée que rien de ce que vous pourrez faire ici n'est faux, injuste ou interdit. Quoi que vous fassiez, vous avez toujours raison parce que, à l'instant où vous le faites, vous n'avez pas d'autre choix. Avez-vous le choix, monsieur Andreotti ?

— Non.

— Bien. Notre technique repose sur une pratique éprouvée par le temps et les âges. Elle est adaptée à chacun… Personnalisée. Elle emprunte avec un dosage précis ce qu'il y a de plus efficace, de plus rapide, à des disciplines aussi variées que la satiation par thérapie comportementale, la cure par injection de L-Dopa utilisée dans la narco-analyse, les techniques d'insensibilisation répétitive, leucotomie électrique dans certains cas, le lavage, le retour à l'état primaire par instinctothérapie, la métapsychanalyse et les techniques de « rebirth »…

Il aurait voulu dire : « Assez. » Dire : « Stop. » Connaître le mot de passe magique qui pouvait faire cesser ça. Qui pouvait tout faire cesser. Sarah était de nouveau en train de le tester, de le conditionner, il le savait. Sarah continuait.

— Théâtralisation, psychodramaturgie, mise en condition, techniques aversives, cure de dégoût, surcharge cognitive, répétitions, fatigue, privation, déconnexion, coupure, repos, satisfaction, obtention, rejet, répétition, surcharge cognitive, conditionnement, purge, fatigue, privation, rejet, déconnexion, satisfaction, répétition… Et aux deux extrêmes du spectre, vous et vous-même. Ces termes vous font-ils peur, monsieur Andreotti ? Chassez de votre esprit vos préjugés, les valeurs morales qui les ont fondés. Je répète : est-ce que ces termes vous font peur ?

Surcharge cognitive, privation, répétition… Il avait lu des trucs là-dessus. Des procédures réputées dans le milieu des renseignements, celui des régimes totalitaires et celui des sectes.

— Non. Ce ne sont que des mots.

— Des actes, monsieur Andreotti. Des actes thérapeutiques.

— Non, ils ne me font pas peur. Ce ne sont pas les mots. Ce ne sont pas les actes.

— Excellent. Je vois que vous apprenez vite. Bon : vous allez entrer dans cette pièce. Vous allez trouver ce patient. Et alors, vous ferez ce que vous dicte votre corps. Uniquement et totalement ce que vous dicte votre corps. Laissez ressurgir sa nature profonde. Votre nature. Tuez l'esprit. L'esprit est faible. L'esprit est une barrière. Il n'y a pas de choix. Répétez après moi : il n'y a pas de choix.

— Je suis fatigué.

— Bien. Votre esprit est fatigué, oui. C'est une réaction de défense normale. Répétez après moi : il n'y a pas de choix.

— Il n'y a pas de choix.

— Vous avez raison.

— J'ai raison.

— Il n'y a pas de peur. La peur appartient à l'esprit.

— Il n'y a pas de peur.

— Bien. Vous allez entrer dans cette pièce et vous allez faire ce que votre corps vous dicte. Vous allez vous y soumettre sans questionnement. Les questions appartiennent à l'esprit. Il n'y a pas de question.

— Oui.

— Répétez.

— Il n'y a pas de question.

— Une chose encore, monsieur Andreotti : le mot de passe est « Fleur bleue ». Si le patient le prononce ou si vous l'entendez dans les haut-parleurs qui entourent la salle, il faudra arrêter, tout arrêter. C'est bien compris ?

« Fleur bleue » : le mot de passe magique. Celui qui pouvait faire cesser ça. Qui pouvait tout faire cesser.

— Je ne suis pas un sadique.

— Nous ne savons pas. Personne ne sait. C'est votre corps qui vous dira ce que vous êtes. Ce que vous êtes en réalité. Pas votre esprit. Votre esprit refuse. Votre esprit a peur. Votre esprit questionne. Il interfère. C'est sa manière de survivre. Laissez faire votre corps. Répétez après moi : Fleur bleue.

— Fleur bleue…

— À cette évocation, la séance est terminée. Quelles que soient les circonstances, quoi que vous voyiez ou ressentiez, quelle que soit l'intensité de la lumière aperçue par vous ou le patient. Répétez encore.

— Fleur bleue.

— C'est cela : Fleur bleue. Fleur bleue vous fera retrouver votre esprit. Il réenclenchera en vous tous les mécanismes de préservation, les blocages de la conscience. Fleur bleue réactivera la déraison, la contre-nature, l'apparence du choix. Fleur bleue rétablira le socle de la véritable perversion que vous a imposée la société. Gigi va vous accompagner.

Comme par miracle, le colosse à la gorge tranchée et au collier de chien avait réapparu.

Nazutti, qui n'avait pas prononcé un mot jusque-là, se contenta de dire :

— N'aie pas peur. Tue la peur et l'esprit. Je ne serai pas loin.

Il avait indiqué du doigt un des écrans plasma qui filmait en permanence les salles du sous-sol.

Une cave.

Un tombeau.

En aucun cas une salle de soins.

Andreotti avançait à petits pas dans l'obscurité. Tout petits pas de gosse.

Inexplicablement, il sentait sa volonté diminuer. Les contractions de son muscle cardiaque, dans le silence total, semblèrent prendre une ampleur disproportionnée. Elles s'accéléraient. Poussée d'adrénaline.

Soudain, il perçut un mouvement furtif sur la gauche. Tel un somnambule, il se dirigea vers lui.

Un homme, ou ce qui semblait être un homme, se tenait là, dans un coin, en boule, nu.

La pièce sentait l'urine et les fèces.

Cette créature était vraiment millionnaire, à l'extérieur ? Qu'est-ce qui pouvait pousser un être humain à qui aucun des plaisirs monnayables n'était interdit à s'avilir de la sorte ? Tuer l'esprit. Tuer le questionnement. C'était ça qu'avait dit Sarah.

Andreotti avança.

Il leva les yeux. Là-haut, les haut-parleurs, et dans le coin opposé, la petite lumière pourpre qui brillait dans le noir. La veilleuse de la caméra infrarouge qui l'observait. Tel un œil de Caïn bienveillant.

— Ça y est ? bredouilla l'homme. Je vais La voir, enfin ? C'est la dernière étape ? C'est si dur, pourtant, si dur… Et tellement bon.

— Taisez-vous ! ordonna Andreotti.

Sa voix, il ne la reconnaissait pas. C'était une voix remplie de fiel, infectée de pus nauséabond. Il n'était pas comme ça… Il n'était pas comme ça… Tuer l'esprit.

— J'ai fait des choses, tant de choses.

Andreotti continua d'avancer. Ses poings se serraient, mus d'une volonté propre.

— J'ai payé… J'ai payé des gosses… Des enfants… Des petits garçons… Je les ai payés pour qu'ils me… Écoutez-moi, je vous en prie.

— Non.

— Pour qu'ils me frappent fort, avec des bâtons, avec des badines… Partout. Sur le dos, le cul, dans les couilles… J'ai payé pour qu'ils m'enfilent des fils électriques dans l'anus et le méat. Et lorsqu'ils ont frappé, lorsqu'ils ont branché l'électricité, j'ai vu dans leur regard…

— Ferme ta gueule.

La haine… La haine… Ne pas questionner. Avoir raison.

— J'ai vu dans leur regard le plaisir. Un vrai plaisir qui n'avait rien à voir avec l'argent. Vous me croyez ?

— Je crois que tu as besoin… d'une bonne… correction. C'est ça : il faut te corriger…

— Je ne veux pas renoncer à ça…

— Te corriger…

Le premier coup était parti sans qu'il s'en aperçoive lui-même.

Obéir au corps…

L'homme s'écroula avec un grognement de bête.

Andreotti l'attrapa par les cheveux.

— Oui…

Deuxième coup. Pommette qui éclate. Une étrange chaleur se diffusait maintenant dans son corps, le long de sa moelle épinière, à l'intérieur de ses muscles, dans ses veines.

— Oui… montrez-moi…

Troisième coup. Ça n'était plus cet homme qu'il frappait. C'était Nazutti. Nazutti qui disait…

— Oui… montrez-moi qu'avec un adulte aussi…

Quatrième coup. Cinquième. La cadence s'accélérait et il n'y pouvait rien.

Nazutti ou l'homme sous ses poings parlait. Il dévoilait des secrets. Il racontait une histoire. Mais loin, si loin qu'Andreotti n'arrivait pas à écouter. Pour la première fois, il n'écoutait plus. Il agissait.

Cogne.

Maintenant, c'était Nathalie qu'il frappait. Elle disait :

— Il faut me corriger… Je La vois… Elle est là, au bout… Encore.

Des coups. Coups de poing, coups de pied. Un tabassage en règle. Nazutti, Nathalie, la commissaire, Prof... Tous ceux qui avaient essayé de l'aimer, de l'aider, de le conseiller. Tous ceux qu'il avait trahis. Puis plus loin encore. À rebours de sa propre vie. Plus de mensonge. Le mensonge appartenait à l'esprit. Il n'existait pas. Cogner. S'enfoncer. Ensuite il y eut Chaplin et Joyeux, puis un tueur, quelque part, quelqu'un qui pourrait être lui-même... Frapper... Frapper...

Il y avait cette lumière, au loin. Douce, apaisante. Elle ressemblait un peu à de la neige, des flocons. Mais c'était une lumière chaude, blanche, éclatante... Elle s'approchait, lentement. Il sentait vaguement son corps s'agiter sous la puissance des impacts, ailleurs. Il était totalement anesthésié... Extérieur à lui-même.

Cette lumière, qu'elle était belle. La haine... C'était la lumière de la haine ?

« Fleur bleue... »

Tout était calme et si agréable à présent. Il n'avait plus peur.

« Fleur bleue, Fleur bleue... »

C'était quoi, qui bougeait sous ses poings ?

« Fleur bleue ! »

Il sentit alors une masse gluante sous lui. Une masse qu'il continuait à marteler et marteler encore. Du sang. Des éclats d'os.

« Fleur bleue !!! »

Il frappait ? Il frappait toujours ?

Il devina plus qu'il n'entendit un mouvement derrière lui.

Une porte, des pas précipités...

On vint le ceinturer.

« Fleur b… »

Une prise puissante. Un véritable étau.

Gigi. Gigi se tenait derrière lui, enserrant sa poitrine et ses bras…

Il chuchotait en même temps que les haut-parleurs au plafond, tout contre son oreille…

Fleur bleue… Fleur bleue…

Deux autres types du même gabarit apparurent sur le seuil et se précipitèrent pour prêter main-forte à leur camarade.

Il était où là ? Il était où…

Et c'était quoi, cette chose à ses pieds, immobile ? Cet amas de chairs sanguinolentes, cette purée d'esquilles broyées ? C'était qui ?

*

Dehors, le jour tombait, enflammant le ciel au-dessus des tours crasseuses, tentaculaires.

Nazutti entra dans l'hôpital central et personne ne lui demanda rien.

Il descendit au service de pédiatrie et se dirigea d'un pas ferme vers la salle de soins à disposition de la brigade des mineurs. Il s'attendait à tout moment à tomber sur la transsexuelle vindicative et ne savait pas ce qu'il ferait lorsque cela se produirait, mais il ne rencontra pas âme qui vive. Vingt et une heures. L'heure où les toubibs ont fini leur vacation postopératoire et où les infirmières sont en train de bouffer.

Il jeta un œil dans la salle. Elle était vide.

Il attrapa la première personne qu'il vit passer.

Une externe tellement jeune que Nazutti la soupçonna de ne même pas encore avoir passé le bac.

Il se présenta en déballant sa carte :

— Major Paul Nazutti. Il y avait un enfant, là, ce matin. Où est-il ?

L'étudiante lui donna un numéro de chambre puis continua sa route sans se retourner.

Nazutti arriva devant la porte indiquée. Il soupira. Personne devant. Putain. Le gosse était témoin d'un meurtre, et ces cons de gendarmes étaient même pas foutus de faire garder sa chambre. À moins que le planton se soit barré manger lui aussi.

Il entra.

Le petit dormait. On l'avait lavé, habillé d'une blouse bleue et on lui avait redonné des couleurs. Étrangement paisible. Sûrement gavé de calmants.

Il se dirigea vers l'armoire qui prenait le mur jouxtant la salle d'eau, à l'entrée. Il l'ouvrit.

Il trouva tout de suite ce qu'il était venu chercher. Un sac plastique avec des affaires dedans. Les mannequins avaient probablement embarqué les autres vêtements, mais les parents avaient dû rapporter de nouvelles affaires.

Il fouilla en silence. Froissements. Plastique. Étoffe. Chaussettes. Chaussures. T-shirt bleu uni. Avec un accroc à la manche droite. C'était bien, ça irait.

Georg Überth — c'était le nom de l'enfant, celui qu'on leur avait fourni —, huit ans. T-shirt bleu. Instruction en cours. 2008.

Un bruit imperceptible dans son dos. Une respiration qui marque une pause, l'espace d'un instant. Nazutti se retourna et empêcha son cœur de faire un bond.

Le mioche était là, allongé dans le lit, les yeux grands ouverts. Il le regardait fixement.

Le major prononça son prénom :

– Georg ?

L'enfant ne bougeait pas. Sa respiration était redevenue régulière.

Nazutti enfourna le T-shirt sous son veston et s'approcha doucement. Il cala avec légèreté son imposante carcasse au bord du sommier.

Le gosse, les yeux écarquillés. Droit sur le monde réel qui le cernait à nouveau. Un regard terrible où plus aucune innocence n'était perceptible.

– Je suis de la police, Georg. Tu n'as rien à craindre.

Son regard papillota de droite à gauche. Merde, c'était vrai, il ne parlait pas français.

Nazutti lui montra sa carte. Peut-être qu'il comprendrait. Sa respiration recommençait à s'emballer. Le major posa sa main sur son sternum. Une pression tranquille, mais ferme. Quelque chose de tangible, de rassurant.

Les yeux du marmot cillèrent.

Alors, Nazutti parla.

Il savait que l'enfant ne comprenait pas les mots qu'il prononçait, mais sa voix était monocorde, apaisante. Un murmure. Une berceuse.

Il parla longtemps.

Quand il eut fini, il était en sueur.

Il voulut retirer sa main, mais le gamin, avec une vivacité surprenante, s'en empara.

La brute réprima de justesse un mouvement de recul. Cette pression minuscule, ces petits doigts enroulés autour de son index, c'était comme un tison ardent enfoncé sous la peau. Il se maîtrisa. Le gosse n'avait pas peur. Il n'avait pas peur de lui. Il lui faisait confiance.

— Tu veux que je reste jusqu'à ce que tu te rendormes ? demanda stupidement l'officier.

L'enfant cligna une fois des yeux et accentua sa pression. Il continuait à le regarder fixement, semblant lire en Nazutti des sentiments inconnus. Le major était paniqué. Il aurait voulu s'enfuir sur-le-champ, s'enfuir une fois encore. Mais il ne pouvait pas. Qu'est-ce qu'il regardait, ce mioche ? Est-ce qu'il voyait comment il était réellement, à l'intérieur ? Est-ce qu'il percevait ce qui le rongeait chaque heure un peu plus ou est-ce qu'il voyait un être humain ? Juste un être humain qui allait faire ce qu'il fallait. Quelqu'un de pas si mauvais... Pas si mauvais.

Nazutti fit un effort.

Il se dit que c'était pour cette raison qu'il haïssait les gosses.

Parce qu'ils avaient le pouvoir, rien qu'en vous regardant, de vous faire croire que vous étiez quelqu'un de bon.

Et qu'il n'y avait rien de plus dangereux que de croire à la bonté.

*

Sarah :

— Vous n'avez pas entendu le signal, monsieur Andreotti ? Vous n'avez pas entendu les haut-parleurs ?

Le brigadier se tenait prostré sur sa chaise. On lui avait apporté une couverture et un café chaud. Il frissonnait. Il n'arrivait pas à s'arrêter de frissonner. Les deux vieilles étaient toujours là. Elles ne le regardaient pas.

– Je ne sais pas… Je n'étais… plus là. Il va bien ? Je veux dire…

– Il est mal en point. J'attendais un peu plus de clairvoyance de votre part, monsieur Andreotti. Mais ce sont les aléas du métier. Et lorsqu'il a passé un contrat avec nous, il connaissait les risques.

– Cette… chose que j'ai vue, ce que j'ai ressenti quand j'étais là-bas, c'était quoi ?

– La Lumière, monsieur Andreotti, quoi d'autre ?

– Je n'ai pas pu… Je n'ai pas pu la toucher. J'étais si près, pourtant. Tellement près…

– Oh non, vous en étiez encore loin, monsieur Andreotti. Il existe en audioanalgésie une pratique appelée le « soleil blanc ». On introduit dans l'oreille du patient une prothèse qui va induire une telle gamme de stimuli auditifs que tous les récepteurs du cerveau vont être submergés. Ces stimuli vont agir directement sur le système parasympathique autonome en passant par les canaux cérébro-spinaux. Certains patients vont décrire ça comme la pire torture que l'on puisse infliger à un être humain, d'autres comme la plus grande expérience qu'ils aient jamais vécue. Ce que vous avez cru voir s'en rapproche un peu, en bien plus atténué. Vous avez presque eu l'impression de pouvoir la toucher, mais ça n'était qu'une illusion. Imaginez donc un millier de « soleils blancs » et vous aurez une idée, une toute petite idée de Son pouvoir… Ceux qui L'ont touchée, plutôt effleurée, sont rares, monsieur Andreotti. Et le chemin qu'ils ont suivi est autrement plus long et tortueux que celui que vous avez tout juste foulé. Il ne s'agissait que d'un avant-goût.

L'inspecteur se sentait parfaitement réveillé, à présent. Il reprenait pied dans le monde réel, bien planté dans la merde où il était fourré. Ça faisait mal. Tellement mal.

— La douleur que vous ressentez n'est rien, monsieur Andreotti, précisa la grosse Sarah, comme si elle avait lu dans ses pensées. Elle n'est qu'une vue de l'esprit. Et l'esprit n'existe pas. Cependant, si un jour vous le décidez et avec le traitement approprié, elle se transformera en autre chose : quelque chose de grandiose, de parfait.

— J'étais vraiment comme ça ? C'était vraiment moi, là-bas ?

— Assurément.

— Où est Nazutti ?

— Il a dû partir… avant la fin de la séance. Une urgence. Il me fait dire qu'il vous retrouvera demain comme convenu.

— Allez-vous répondre à mes questions, alors ?

— C'est ce qui était convenu, même si vous n'avez… pas donné entière satisfaction.

— Nazutti a travaillé pour vous, n'est-ce pas ?

— Oui. Il y a longtemps.

— Que faisait-il ?

— Êtes-vous sûr que vous ne le savez pas déjà ?

— Dites-moi, bordel.

— Il s'occupait des cas… disons spéciaux.

— Quels cas ?

— Des pédophiles.

— Il… Que faisait-il exactement ?

— Il les réhabilitait.

— Réhabilitait ?

— Selon les méthodes en vigueur à cette époque. Bien sûr, nous avons eu quelques déboires, de petits incidents qui nous ont obligés à abandonner, il y a plusieurs années, cette partie spécifique du programme. Et puis le cadre de la loi est devenu beaucoup plus restrictif.

— Quels déboires ?

— Des rechutes. Ou ce qu'on appelle des « translations de paraphilies ». Des déviants qui passent, par un phénomène de compensation que nous connaissons bien aujourd'hui, d'une perversion à une autre. Ce phénomène de compensation est appelé « effraction émotive ». L'effraction émotive consiste à reproduire des pratiques précises de plus en plus intensément pour retrouver le plaisir associé à un schéma fondateur. Après un choc émotionnel violent, les pervers établissent un lien indissoluble et définitif entre les événements à l'origine du choc, et l'émotion ressentie. Ils entrent alors dans une phase d'effraction émotive en enrichissant leur scénario. Cet enrichissement peut parfois conduire, malgré ou à cause de la thérapie, à la translation, voire à l'échec.

— Qui a suivi le traitement ?

— Marcus Plith ? C'est le nom que vous voulez entendre ?

Marcus Plith… C'était ça. Il avait eu son nom depuis le début, sur la première liste des RG. Il l'avait eu et n'avait pas fait le rapprochement.

— Oui, confirma Sarah. Il a suivi le programme. Avant de retourner en prison pour une autre affaire.

— Plith, d'accord. Qui d'autre ?

— Que cherchez-vous ?

— Vous savez ce que je cherche et je crois que Nazutti le sait aussi…

— Au XIVe siècle, dans cette même région, à l'époque où les agglomérations n'étaient pas encore ce qu'elles sont, le fils d'un des plus puissants seigneurs de guerre locaux, Isandrin de Malembert, fut convaincu, lors d'un procès à huis clos conduit par les dominicains Antonin de Florence et Philippe d'Escobar, ainsi que le franciscain Ange de Sienne, de *clamentia in coleum* : fautes contre le ciel, les plus révoltantes. Toucher impur, positions inconvenantes, relations sexuelles contre nature et sodomie, telles furent les accusations retenues en référence aux sept péchés capitaux, aux dix commandements, aux cinq sens, aux douze articles du Credo, aux huit Béatitudes, aux quatre vertus cardinales, au septénaire du Compost et aux trois vertus théologales. Il fut interrogé et jugé selon les usages stricts de la *Summa diabolica*, du *Tractatum praesentem* et du *Manipulus curatorum*. Pour éviter le scandale et grâce à ses appuis politiques, le père d'Isandrin évita de justesse le bûcher pour son enfant. Ce dernier fut emmené de nuit et sous sévère escorte dans les montagnes, au sein d'une confrérie ecclésiastique recluse.

« Le premier jour, on l'enferma dans une cellule de moine avec des textes saints. Chaque heure, on venait vérifier qu'il ne dormait pas et si c'était le cas, on le réveillait sans ménagement. Il ne mangea rien.

Surcharge cognitive. Déplacement. Ne plus se laisser avoir par… Pas assez d'énergie pour lutter.

— Le second jour, il fut descendu dans les sous-sols de l'abbaye. On le déshabilla et il fut attaché à un banc de torture. On lui présenta des documents impies qu'on lui lut à voix haute : l'« Arbre du Mal », de saint Grégoire. Puis on le flagella avec des badines imbibées de vinaigre. *De septenariis*, d'Hugues de Saint-Victor. Et on le flagella. L'*Horpus deliciarum*, de Herrade de Landsberg. Et on le flagella. *Dieta salutis*. Et on le flagella... Jusqu'à ce que, dit-on, « son sang se répandît à terre en abondance ».

« Le troisième jour, il fut de retour dans sa cellule. Pendant que l'on pansait ses plaies, un moine à son chevet lisait et lisait encore les Saintes Écritures. Il ne mangea pas et ne dormit pas plus.

Répétitions. Procédures. Des mots. Des actes.

– Le quatrième jour, il retourna au cachot. On le dépouilla, entrava ses chevilles et poignets et l'on amena devant lui un jeune garçon nu. On frotta le ventre et la poitrine d'Isandrin avec des peaux de phoque et l'on versa ensuite de l'*Aqua vitæ* dessus. On lui lut de nouveau des textes hérétiques. Isandrin s'évanouit, mais on le réveilla avec des cendres de forge.

Rester fort.

– Le cinquième jour, on pansa ses plaies. Un moine à ses côtés continuait de lui lire, d'une voix très douce, les Saintes Écritures. Au bout de la première semaine de jeûne, de veille et de rééducation, Isandrin n'était plus que l'ombre de lui-même. Squelettique, hagard, il fut emmené une nouvelle fois dans les sous-sols. Un grand foyer était allumé. Deux jeunes paysans, nus, se tenaient de l'autre côté de l'âtre. On approcha Isandrin du feu. On l'exhorta à réciter les Saintes Écritures. Il refusa... ou peut-être était-il trop faible pour le faire. On l'approcha encore du feu et sa peau se mit à se boursoufler. Les deux garçons, de l'autre côté, et sous les indications d'un moine, prenaient des poses, s'enlaçaient et pratiquaient des baisers et attouchements impurs. On l'écarta du feu et on l'exhorta une nouvelle fois à réciter son pensum. Ce qu'il ne fit pas. On répéta l'opération. Sans plus de succès. On l'arrosa avec un mélange d'eau forte et d'eau d'alun. Il s'évanouit à nouveau.

Faible. Trop faible pour le faire…

– Le dixième jour, il était si amoindri qu'on craignit un moment pour sa vie. Le moine récitait encore et encore les passages de la Bible. On l'amena une dernière fois dans les sous-sols. Cette fois-ci, il ne fut entravé d'aucune manière, il n'y avait aucun banc de torture ni instrument. On le laissa un moment au milieu de la geôle, affaibli, recroquevillé sur lui-même. Grelottant d'une fièvre glacée. Puis un jeune homme entra. Nu. Il s'approcha. Un de ses tortionnaires se mit à lire les ignobles *haereticatio* du *consolamentum* cathare. Isandrin fut pris de convulsions et tenta de fuir en rampant. L'éphèbe avait une érection. Il fit encore un pas en avant. Et c'est alors que cela se produisit. Isandrin, comme dégorgeant, récita les Évangiles répétés maintes et maintes fois. On raconte qu'à cet instant, « une lumière fort belle enleva son cœur au-dessus de son corps fragile et tourmenté ». Il psalmodia les Écritures jusqu'à ce que le jouvenceau s'en aille et que les moines viennent le couvrir, le réchauffer, l'aider à marcher, jusqu'à une cuisine où de l'eau et un peu de pain l'attendaient.

Une lumière fort belle…

— Le quinzième jour, Isandrin connaissait les passages des Écritures par cœur. Il éprouvait une joie ineffable chaque fois qu'il les récitait, de jour comme de nuit. Il refusait d'ingurgiter autre chose que du pain et de l'eau et ne dormait que deux heures par nuit, ne trouvant satiété, transport et repos que dans la prière. On vint alors le chercher et on le conduisit dans un autre endroit de l'abbaye. Un endroit où il n'était encore jamais allé. Dans une aile inconnue, on l'introduisit dans une grande salle. Il y avait là une immense table, sur laquelle un banquet fastueux s'étalait. On le déshabilla une nouvelle fois et l'invita à s'asseoir. Les agapes et libations mises à sa portée ne déclenchèrent qu'indifférence et vague dégoût. On lui expliqua qu'il devait reprendre des forces car un long chemin l'attendait encore. Il goûta du bout des lèvres. Méfiant d'abord. Puis le plaisir revint, lentement, puissamment. Le plaisir du bien manger et du bien boire, le plaisir de la chair aussi, peut-être, pourquoi pas ? Isandrin s'enivrait, dévorait goulûment toutes ces choses, ces choses extraordinaires qu'il redécouvrait. Il plaisantait avec les deux moines qui se tenaient de part et d'autre de lui, sur le même banc. Et les moines, affables, plaisantaient en retour. Il ne vit pas le premier se saisir d'un grand clapet en bois disposé parmi les ustensiles de table. Il était en train de savourer une calembredaine très spirituelle de l'autre. Quand le plaisantin eut fini son histoire, Isandrin éclata de rire. L'astuce était vraiment très bonne et il se sentait bien. Et c'est au plus fort de ce rire que le second moine le castra d'un coup de clapet bien ajusté. Isandrin ne rit plus jamais à aucun tour d'homme d'Église. Il ne rit plus jamais, d'ailleurs. Il devint un des serviteurs les plus zélés et les plus indéfectibles de la cause de la confrérie. Et il le resta jusqu'à la fin de sa vie. La confrérie… Nous en sommes ses dignes héritiers…

— Pourquoi me racontez-vous ça ? Ça n'est pas ce que je vous ai demandé.

— Cet endroit fut ensuite reconverti, au XIXe, à l'époque où il n'était encore qu'à la lisière de la cité, en maison de tolérance. Maquerelles, maîtresses, sous-maîtresses… Il y avait ici des boudoirs meublés de chaises longues, les couloirs étaient ornés de tapis épais et de tentures voluptueuses. Pouvez-vous croire cela ? Des splendides agencements de fleurs naturelles, des tableaux, des lustres. Des pièces entièrement recouvertes de miroirs, jusqu'aux plafonds en glaces biseautées. Des divans à l'ottomane, des baignoires en forme de conque marine, des huttes d'Esquimaux pour les réchauffements rapides, des dioramas derrière les miroirs sans tain, des meubles Louis XVI avec médaillons imités de Boucher, d'autres chambres reconstituant à la perfection les dernières sensations de l'Exposition universelle : chambre japonaise, fausse grotte munie de praticables, effets de lumière contrastifs avec rideaux et draps noirs violemment éclairés pour donner aux filles une apparence marmoréenne… Dépaysement, conditionnement. Et puis, dans les sous-sols, ceux-là mêmes que vous avez eu l'occasion de visiter, d'autres espaces, jadis entièrement dévolus aux plaisirs interdits. Là où les « piqués », comme on disait à l'époque, venaient satisfaire leurs petites manies.

Stop. Fleur bleue, merde. Fleur bleue.

— Flagellation, scatophagie, voyeurisme, épingles

d'argent destinées à être introduites dans les bourses, couteaux spéciaux pour les inciser, cuisine attenante où l'on préparait les omelettes brûlantes dont certains s'enduisaient le corps, stercoraires platoniques ou actifs, épongeurs, renifleurs, suspensoirs savamment élaborés pour les précurseurs du gasping... Des fouets, des cordes, des tables transparentes ou phalliques... Vierges, hermaphrodites, chiens, enfants... Oui, vous entendez bien. Tout cela dans une légalité parfaite monnayée auprès du Consulat, de la préfecture, des commissaires, des agents du deuxième bureau de la première division en charge de la délivrance des livres-carnets et des propriétaires fonciers. Qu'est-ce qui a changé aujourd'hui, me direz-vous ? Rien véritablement, si ce n'est le raffinement de l'illusion, le réalisme accru de la simulation, l'amélioration des techniques d'immersion...

Rester focalisé sur...

— Plus près de nous, à la fin des années cinquante, Karl Freund, un des pionniers du comportementalisme, a commencé ses recherches en Tchécoslovaquie. Le gouvernement lui avait demandé d'éradiquer le fléau homosexuel qui sévissait dans l'armée. Freund en est rapidement venu à montrer aux soldats des diapositives de garçonnets afin, non seulement d'établir des préférences sexuelles, mais aussi des préférences d'âge. Gene Abel, de l'université de Géorgie, a repris les techniques mises au point par Freund pour les appliquer à toutes les déviances sexuelles. Vous voyez donc que le point de départ est le même. L'homosexualité, aujourd'hui assumée en tant que pratique marginale mais autorisée, voire officiellement protégée, fut longtemps considérée comme une base de la déviance, avec son lot de cures et d'expérimentations, formant le socle de ce qui deviendrait par la suite un traitement normatif massif. Le glissement d'une perversion à une autre, d'une pratique jugée socialement inoffensive à une pratique jugée socialement dangereuse, du légal au proscrit est subtil... et très aisé à opérer. On assiste alors, pour ainsi dire, à une perversion de la technique pour soigner les pervers. La confusion est grande et elle amène nombre de gens à désirer plus ou moins consciemment une modification de leur comportement.

– Vous ne répondez pas à ma question.

– Moi, je pense que si.

– Je vais vous faire tomber. Tous. Démanteler votre petit réseau de gais lurons.

Sarah eut un sourire. Un minuscule sourire. Un filet de bave au centre de sa bouille toute ronde.

– Vraiment ?

Andreotti se préparait à argumenter quand la porte du bureau s'ouvrit. Gigi fit irruption. Visage décomposé. Larmes aux yeux. Pédé ! Il parla d'une voix atone :

– Il est mort.

*

Le major Nazutti scruta la fenêtre du domicile de Rose Berthelin. C'était allumé. Elle était réveillée.

La nuit avait tout enveloppé et, dans cette petite ville de banlieue, on pouvait croire que la fureur du monde s'était un instant tarie. Ce n'était qu'une illusion, bien sûr.

Il avait attendu longtemps que le petit Georg

Überth s'endorme, craignant à chaque bruissement de voir un de ces connards en blouse blanche rappliquer avec sa gueule enfarinée. Finalement, le garçon s'était assoupi. Un sommeil agité, peuplé des cauchemars que Nazutti avait probablement fait ressurgir. Le pandore avait gardé sa main sur le ventre de l'enfant. Appuyant harmonieusement sur les points névralgiques jusqu'à ce qu'il se calme. Puis il avait retiré sa main, le plus doucement possible et refermé en silence la porte derrière lui. Il savait que c'était la dernière fois qu'il voyait le gosse.

Et voilà qu'il était ici, dans sa voiture, planté en bas de l'immeuble. Il se faisait l'effet d'un putain de chien battu qui attend la caresse de son maître. Il attendait quoi ? Que Rose Berthelin le sauve comme elle s'était sauvée ? Il espérait comprendre quelque chose de plus alors qu'il savait pertinemment qu'il n'y avait plus rien à comprendre ? Ou est-ce que le petit Georg avait révélé en lui cette terreur, cette fatigue immense qui menaçaient à chaque instant de le faire dévier ? Lui faire effectuer une marche arrière. Le faire reculer.

Il lui vint à l'esprit que si Rose regardait par la fenêtre à cet instant et si elle apercevait sa voiture, si elle descendait pour ouvrir la porte, il n'aurait plus la force de se soustraire. Il sentait que tout cela était parfaitement impossible. Ça n'arrivait que dans les films ou les romans. Rose qui le voit et court vers lui, quelle connerie !

Son portable sonna dans sa poche. Il le sortit, empli d'un espoir irraisonné. Examina le nom inscrit sur le cadran. Fit une grimace. Soupira. Attendit que la sonnerie cesse. Puis l'éteignit avant de le ranger.

Ce faisant, il toucha le T-shirt de Georg subtilisé à l'hôpital. Sous son veston. Sur sa peau. Ça lui tenait chaud.

Au bout d'un moment, il sortit de sa voiture et se rendit jusqu'à l'entrée. L'interphone brillait dans le noir. Son doigt effleura la touche « Berthelin ». Encore quelques millimètres, rien que quelques millimètres…

Qu'il appuie, et ça serait le renoncement.

Le soulagement, le bien-être.

Peut-être même une certaine forme de bonheur qui pourrait s'offrir à lui.

C'était sûrement sa dernière chance d'infléchir la course effrénée, interminable et chaotique dans laquelle il était lancé. Sa croisade.

Jésus. Il avait l'air d'un putain d'amoureux transi qui espère que sa belle va lui accorder une faveur. Pathétique, merde !

Il replia le poing.

Et s'enfuit.

*

Rose Berthelin écrivait. Et elle y passerait la nuit si nécessaire. Ses doigts volaient sur le clavier et les mots fusaient.

Elle écrivait pour ne pas penser à son père.

Pour ne pas penser à Romain.

Pour ne pas penser à Nazutti.

À tous ces hommes qu'elle croisait et qui, drapés dans leur fierté, choisissaient les routes les plus difficiles, les chemins les plus tortueux, pour atteindre ce but fragile, si fragile.

Vivre.

Plus pragmatiquement, elle écrivait aussi car son chef d'agence lui avait obtenu deux feuillets pour le lendemain dans la rubrique « Sciences et Technique ».

Pour la première fois depuis une éternité, on comptait sur elle, et rien au monde ne la ferait renoncer à cette échéance qu'elle avait elle-même réclamée.

Le téléphone carillonna.

— Allô !

— Rose ? C'est... C'est Romain.

— Romain ? Tu as une idée de l'heure qu'il est ? Tout va bien ?

— Oui... Oui... Excuse-moi, pour l'heure. Je... n'arrivais pas à dormir. Je suis désolé.

— Que se passe-t-il ?

— Je... J'y suis allé aujourd'hui, en sortant du travail. J'ai... acheté un bouquet... Un petit bouquet, tu sais, de ces fleurs en plastique qu'ils font maintenant et je... Enfin, j'y suis allé.

— C'est bien.

— Ensuite, je suis rentré et j'ai... C'est-à-dire que j'ai mis toutes les photos... Celles que je gardais dans sa chambre... Sa chambre. Et je les ai posées dans un carton. Je... Tu te souviens ? Tu me reprochais d'avoir fait de cette chambre un mausolée... J'ai enlevé les photos. Rose ?

— Je suis toujours là.

— Merci.

— ...

— Une chose encore.

— Oui.

— Ne reviens pas. Jamais.

Et il raccrocha.

Cinquième jour. 8 heures 25.

Le crématorium de Saint-Colmar était à perpette, situé à flanc de colline aux confins d'une commune de la troisième couronne.

Ce qu'il fallait comprendre, c'est que cette putain de ville était ce qu'on appelait aujourd'hui avec affection une conurbation. Au début du siècle, il n'y avait que le chef-lieu et d'autres hameaux ou villages disparates tout autour. Avec l'essor immobilier des années soixante, les lotissements à rallonge, avec les villas jumelées, les préfabriqués, avec le redéploiement des logements sociaux, les POS toujours revus à la baisse, les bourgades s'étaient rattachées les unes aux autres pour ne former, au bout du compte, qu'une espèce d'amalgame monstrueux qui, lorsqu'on montait sur les hauteurs, ressemblait un peu à une tumeur cancéreuse. Il y avait la ville principale, et les localités les plus proches, celles de la première couronne, si bien assimilées que plus personne ne faisait la différence. Elles étaient devenues des quartiers à part entière. Dans les années quatre-vingt, les agglomérations de la seconde couronne vinrent se greffer là-dessus, tels des molluscums, pour profiter de l'essor touristique du centre. Par le jeu des communautés de communes et de la décentralisation sauvage, on développa les transports, on élargit les routes, on aménagea le paysage en fonction d'un flux toujours plus intense. Enfin, dans les années quatre-vingt-dix, les bleds les plus pauvres — ceux qui jadis appartenaient à l'arrière-pays — furent rattrapés par l'urbanisation et eux-mêmes agrégés à la conurbation. Tout ce dont la ville — entendez par là les gens normaux, sains et riches — ne voulait pas atterrissait dans ces endroits.

C'était le cas des usines de traitement des déchets, des établissements pénitentiaires, des communautés dites « défavorisées », des aires de repos, des asiles, des maisons de retraite, des refuges pour SDF et des usines chimiques. C'était aussi le cas des crématoriums.

La maladie.

La pauvreté.

La bêtise et la crasse.

L'ignorance.

L'exclusion, la folie, la vieillesse, l'indigence et la mort.

Tout échouait ici, rejeté comme la merde par le ressac.

Le crématorium de Saint-Colmar avait été construit dans les années quatre-vingt-dix, et pour cela, on avait choisi le lieu le plus désolé de la commune la plus pauvre de la couronne la plus éloignée : une colline avait été à moitié dynamitée, et on avait encaissé l'édifice pratiquement à l'intérieur de la roche. Là où il y avait de la place.

Pour s'y rendre, il fallait prendre une route sinueuse

et craquelée que seuls les employés et les familles endeuillées empruntaient. Cette route se terminait en cul-de-sac.

Le cul-de-sac, c'était le crématorium.

Comme la plupart des établissements dévolus aux aspects les plus abjects de la condition humaine, celui-ci marchait à cent pour cent de ses capacités, trois cent soixante-cinq jours sur trois cent soixante-cinq. Une industrie dont le carnet de commande jamais ne désemplissait. Pas de temps de crise.

Après avoir tourné un moment sur le parking de quarante places réservé aux visiteurs et affichant complet, Nazutti choisit de ressortir, déjà furax, et alla se garer un peu en contrebas, à flanc de falaise, en empiétant sur la route. Manquerait plus qu'il se fasse aligner, et ce serait complet.

Planquant tout ce qui était susceptible d'attiser les convoitises, il ferma sa voiture.

Maisons de retraite, asiles, refuges, prisons, commissariats, cimetières et crématoriums : c'était dingue le nombre de vols à la roulotte qu'on enregistrait dans ces lieux pourtant propices à d'autres formes de divertissement.

Il remonta la route à pied, et d'un pas énergique franchit la cour de service déserte puis le parvis.

Saint-Colmar ressemblait un peu à un bâtiment qu'on aurait oublié de terminer. Dans un style s'approchant vaguement du Colisée de Rome après un bombardement thermonucléaire, il était composé d'un grand rempart circulaire en pierres de grès qui s'élevait à une hauteur d'environ trente mètres, soutenu par des colonnes couleur terre parfois complètes, parfois à moitié esquissées. Nazutti se doutait que cet « effet catacombe » était probablement volontaire, mais s'il avait tenu entre ses mains l'architecte responsable d'une telle horreur, il l'aurait immédiatement enchristé pour atteinte aux bonnes mœurs.

Le hall central n'était guère mieux. Froideur clinique dans le droit-fil de la désolation extérieure, entièrement peint en blanc crémeux. Au centre, un immense desk : si grand qu'en comparaison, le réceptionniste avait l'air minuscule, perdu derrière son guichet.

Nazutti s'approcha et donna les renseignements souhaités. Après avoir consulté son planning informatique, l'employé lui précisa que la crémation avait commencé mais que, s'il le désirait, il pouvait se rendre dans le salon d'attente où une femme patientait déjà.

Une femme... Nazutti n'eut pas besoin de plus amples précisions.

Les salles de cérémonie et d'attente étaient disposées à cent quatre-vingts degrés tout autour du grand hall, un peu comme des satellites, et le rustre fut dirigé vers celle qui le concernait.

En passant devant les différentes salles d'adieu, le major imaginait tous ces morts, dans leurs cercueils sur tréteaux, livrés par ascenseurs intérieurs.

Il les imaginait en train de commencer à pourrir en face de murs aux briques rouges vernissées. Tous semblables.

Il les imaginait devant les portes aveugles en fonte doublées acier de trente-cinq centimètres donnant sur les brûleurs à fioul lourd. Toutes identiques.

Il imaginait, pendant la prière ou une lecture de poème à la con, les techniciens en train de dévisser discrètement les poignées en cuivre pour les réutiliser.

Il imaginait les musiques, souvent les mêmes, qui passaient : Bach, Mozart, Schubert, le trio imparable, et puis la BO de *Titanic*, Elvis Presley ou Cloclo… Putain. Les crématoriums aussi avaient leur Top 50. Toute une série de merdes qui vous poursuivait jusqu'à la tombe. Dans l'unique dessein de couvrir le bruit de la combustion et celui de la tête du mort qui venait parfois heurter le couvercle avec une force stupéfiante.

Il avait vu assez de macchabées, assisté à suffisamment d'enterrements pour savoir ça : lorsque la chaleur montait d'un coup, toute l'eau contenue dans les tissus s'évaporait et les muscles se contractaient brusquement. Cela pouvait parfois prendre l'allure d'un spasme. Le corps se mettait en position fœtale. Il arrivait ainsi qu'on voie, si le couvercle n'avait pas été correctement scellé, le défunt revenir subitement à la vie et s'asseoir au milieu des flammes. Le crâne qui frappait le bois… Il paraissait qu'on s'habituait jamais à ce bruit…

Ces pensées le réconfortèrent.

Ses pas résonnaient dans le long corridor. Est-ce que tous les veufs, les veuves, les orphelins qui défilaient ici à longueur de journée savaient que quatre-vingt-dix pour cent des cendres qu'ils récupéraient étaient celles de la caisse ? Que la graisse de celui qu'ils avaient tant aimé ou tant haï fondait et que les os, trop résistants, étaient concassés bien après ? Est-ce qu'ils auraient payé autant ? Est-ce qu'ils seraient même venus, s'ils avaient su ça ?

Elle était là, debout. Elle semblait si seule, si isolée dans cette loge à haut plafond un brin oppressante.

Elle se tenait de dos et observait, par la baie vitrée verrouillée, l'espace intérieur de la bâtisse donnant sur le Jardin du Souvenir, là où étaient dispersées anonymement les cendres. Passionnant.

Il s'approcha à pas de loup, glissant sur le carrelage marbré le plus discrètement possible. Il ignorait pourquoi il faisait cela, mais il avait toujours aimé la terroriser un petit peu. Sans doute les vieilles habitudes revenaient-elles.

Il se pencha à son oreille et chuchota :

— Est-ce que tu sais pourquoi les ornementations florales du Jardin du Souvenir sont plus resplendissantes que partout ailleurs ? Parce qu'ils se servent comme engrais des cendres de chair et d'os qui restent après qu'on a rempli les urnes plastifiées... Le meilleur fertilisant qu'on ait jamais connu...

Elle ne répondit pas. Il était un peu déçu. Il persista :

— Derrière, ils ont ce qu'ils appellent une « piscine » : une fosse cimentée et couverte équipée de quatre brûleurs à jet croisé. Ils y entassent, une fois par semaine, tous les ossements et débris qui leur restent pour les réduire en compost...

Géraldine se décida à faire volte-face. Elle n'avait l'air ni surprise ni effrayée. Ou si c'était le cas, elle ne le montrait pas. En fait, elle avait l'air plutôt en colère. Nazutti fut de nouveau contrarié.

— Tu étais censé être là à huit heures. Je t'ai appelé hier toute la soirée.

Son haleine sentait l'alcool et son regard était embué. Mais ça n'était pas des larmes. Elle avait encore picolé. Merde. Quand est-ce qu'elle arrêterait ses conneries ? La brute se demanda un moment si c'était lui qui l'avait détruite à ce point. Il décida immédiatement que non. Foutre non ! Ils étaient adultes, bon sang, et chacun prenait ses responsabilités.

— Je suis au courant, plaida le bouledogue. Hier soir, j'étais occupé. Et aujourd'hui, impossible de trouver une place… Cette saloperie de parking est plus petit que…

— Si tu étais venu à huit heures, tu aurais trouvé de la place ! le coupa-t-elle. Et qu'est-ce qui t'a pris, à l'hôpital, de partir comme ça, sans rien dire ? Ils m'ont appelée, moi, pour que je vienne…

— On est toujours marié.

— Ils ont autre chose à faire, figure-toi, que de chercher… Et moi aussi, j'ai autre chose à faire ! Je sais même pas…

— Ouais, ouais. Autre chose à faire…

— Tu t'es enfui, hein ? Une fois de plus, tu…

Elle chuchotait. Jusqu'au comble de l'hystérie, elle avait toujours peur de se faire remarquer. Elle était comme ça, sa femme.

Nazutti éprouvait une sorte de contentement — il avait réussi à l'énerver pour de bon —, mais il sentait la colère monter. Cette vieille colère qui surgissait chaque fois qu'il était en sa présence. Il ne devait pas y céder. Ça n'était pas pour elle qu'il s'était déplacé, ni pour son père, cette ordure.

— Allons-y, déclara-t-il. Cet endroit me fout les boules.

— On ne peut pas. La crémation n'est pas terminée. Il faut qu'on récupère les cendres…

— Chierie. L'agent des pompes funèbres est là, non ?

— Oui.

— Il s'en occupera, alors. Il prendra l'urne, il ira disperser le fraisil au Jardin et basta. Combien ils t'ont pris ?

— Deux mille neuf cents.

— Salopards.

— C'était le minimum. Tout ce qui restait sur son Livret A de toute manière.

— Deux mille neuf cents ? Il restait que ça ?

— Il est passé par l'hôpital. Tu as oublié ?

— Non, Géraldine. Je n'ai rien oublié. Rien. Bon Dieu… Deux mille neuf cents… Avec ça, je m'achète une demi-voiture. Comment tu t'es débrouillée ? Ils t'ont arnaquée…

— Tu n'avais qu'à être là ! Il fallait t'en occuper toi, puisque tu es si malin ! Où t'étais, hein ?

Et voilà qu'elle remettait ça. Persiflage, sarcasmes, venin… Peut-être était-ce ce qu'il réclamait, en fin de compte. Les vieilles habitudes, toujours. Il se força à répondre sur un ton impassible.

— Je suis là.

— Tu es là ? Jésus… C'est… pathétique.

Elle partit d'un petit rire éthylique qui imitait bien le sanglot.

— Oui, je suis là. Je vois pas ce qu'il y a de drôle. T'as décidé de me faire sortir de mes gonds ? Deux mille neuf cents euros… Faut vraiment avoir aucun scrupule…

Elle savait où tout cela menait. Elle voulut sans conviction le ramener à la raison.

— Je t'en prie, Paul. Pas ici.

— Quoi ? Tu crois que je vais laisser faire ces connards parce que c'est un lieu de recueillement ? Parce qu'il faut faire silence ? Parce qu'il faut respecter ?

Il avait haussé la voix.

Celle de Géraldine, de voix, était faible, blasée. Empâtée par le whisky qu'elle venait d'ingurgiter. Elle aussi, à présent, elle laissait les habitudes revenir et il y avait longtemps que les frasques de son mari ne l'impressionnaient plus. Même s'il parvenait, en un temps record, à lui faire perdre son sang-froid, sans doute était-elle la dernière sur cette terre à ignorer ostensiblement la menace qu'il représentait pour lui-même comme pour autrui...

Elle avait si peu à perdre.

— Tu ne respectes rien ni personne, de toute façon, lâcha-t-elle d'un ton las.

— Vrai, et surtout pas le salaud qui est en train de cramer en ce moment.

— On ne peut pas partir maintenant.

— Il faut que je te parle.

— Plus tard.

Elle lui tenait tête et Nazutti avait de plus en plus de mal à se contenir. Son cou de taureau gonflait et, sur son front, les veines commençaient à saillir. Il ne serrait pas encore les poings, mais ça allait venir.

— Qu'est-ce que tu vas faire, Paul ? Tu vas me frapper, comme au bon vieux temps ?

— Arrête, ne dis pas ça.

— Tu vas cogner sur les employés, sur tout ce qui bouge, hein ?

— Non...

Les épaules du brontosaure s'affaissaient imperceptiblement. La tension retombait. Elle l'avait désarmé et il choisissait de la laisser gagner. Pour l'instant.

— Alors, on attend, décréta Géraldine.

Tête basse, en silence, Nazutti obtempéra et posa — laissa s'écrouler, plutôt — sa grande carcasse dans un fauteuil pas vraiment taillé pour. Craquement déchirant.

Lui et Géraldine étaient restés dans la salle d'attente, en silence. L'employé des pompes funèbres : une grande tête de nœud avec un ventre mou, un regard bas et une idée plutôt expéditive de son métier, s'était dépêché d'aller disperser les résidus dans le Jardin du Souvenir. Il dépassait Nazutti de trente centimètres et quarante kilos, mais ça n'aurait pas dérangé le mastard de se frotter à lui. Ça lui aurait même fait plaisir, à vrai dire. Il se serait défoulé. Avec un peu de chance, l'employé pratiquait lui-même les arts martiaux, ce qui aurait un peu corsé l'affaire. Cependant, le bibendum, pris d'une frénésie mystérieuse, avait entrepris de ne laisser aucune chance au major de concrétiser ce genre d'idée. Il revint en quatrième vitesse, les scories du pater plein les cheveux et les sourcils, et les escorta jusqu'au parking en exprimant une fois encore ses plus vives et sincères condoléances, mais sans cesser de consulter sa montre. Nazutti projetait, dès que le monstre de foire laisserait un interstice de quelques millisecondes au sein de cette logorrhée très protocolaire, d'en placer une et de demander certaines précisions sur la manière dont ils planifiaient leur tarification. Il n'en eut pas le temps. À peine le préposé avait-il fini de parler, et Nazutti ouvert la bouche pour prendre le relais, qu'il était déjà en train de courir à l'autre bout du parking, nuage de cendre et cravate au vent.

Géraldine resta un instant perplexe.

— Je n'ai jamais vu quelqu'un d'aussi pressé.

— Il a dû prendre du retard sur son planning, répondit Nazutti, songeur.

— Hein ?

— Me dis pas que t'as cru une seconde qu'il était sincèrement affecté. Me dis surtout pas que t'as pensé qu'il pourrait, l'espace d'un instant, te considérer comme un être humain, une personne sensible, quelqu'un dont il se souviendra dans un quart d'heure.

— Mais de quoi tu…

Nazutti était de nouveau en train de s'enflammer. Il voulait refréner cette pulsion mais sentait qu'il en était incapable. Il était ainsi depuis tellement longtemps…

— Réveille-toi, Géraldine ! Il est à la fois croque-mort, convoyeur, porteur et maître de cérémonie. Il a une demi-heure pour traiter chaque client, office compris. Comme chez le toubib. Et s'il dépasse, c'est pour sa gueule. Le type que tu viens de voir a dû prendre du retard avec les précédentes livraisons et il essaye de combler, c'est tout. Et tu veux savoir ? C'est comme ça du jour où tu nais, jusqu'à celui où tu crèves. Chronométré, tout le temps, partout. Deux jours pour une naissance, deux minutes quand tu franchis la caisse pour faire tes courses, sept quand tu passes au guichet pour chercher du boulot ou poster tes putains de lettres, trois jours pour un deuil, une demi-heure pour retourner poussière… L'œil sur l'aiguille, en permanence. Une usine, toute ta vie…

— Je vais rentrer, argua Géraldine qui, visiblement, ne tenait pas à relancer la réflexion de son ex d'une réplique maladroite.

— Je t'accompagne. On aura qu'à se suivre.

Son épouse se braquait déjà lorsque Nazutti sortit l'argument imparable :

— On aura qu'à acheter une bouteille au supermarché du coin. C'est moi qui paye. J'en ai besoin aussi.

Ils roulèrent l'un derrière l'autre. Elle dans son 306 Break, lui dans sa R 5 cabossée.

En redescendant à travers les lacets de la route défoncée qui menait du crématorium à la nationale, Nazutti ne pouvait s'empêcher de penser à quel point elle était corruptible. Si forte et pourtant tellement prévisible. Elle aurait fait n'importe quoi pour une bouteille. C'était peut-être son unique point faible.

Il se demanda si elle avait toujours été comme ça ou si c'était lui qui l'avait rendue ainsi. Il n'avait pas la solution mais une chose était sûre : ça ne s'était pas arrangé depuis leur séparation. Il était probable que ça ne s'arrangerait jamais. Il en connaissait combien, des femmes de flic qui avaient viré alcoolos, pharmaco-dépendantes ou dépressives. Un paquet, en fait. Alors, c'était quoi ? Une prédisposition ? Les aléas du métier ? Ou bien plus simplement le fait que tous ceux qui étaient chargés, jour après jour, de plonger dans ce que la vie a de plus dégueulasse, de réparer, de punir, menaient eux-mêmes une vie dégueulasse ? Elle avait duré combien, leur histoire d'amour ? Trois années ? Le temps de faire une petite fille, le temps de la voir pousser un peu, et puis tout s'était déglingué. Si lentement que le temps qu'on s'en aperçoive, il était trop tard. En deux ans, tout était fini. Ils n'étaient ni les premiers ni les derniers à tomber dans ce genre de piège, mais un sentiment d'amertume le saisissait chaque fois qu'il était confronté à ce qu'il était devenu... À ce qu'ils étaient devenus tous les deux.

Il pensa qu'au final, ce n'était peut-être qu'une question d'hormones. Il savait qu'un tas de substances chimiques agissaient et modifiaient votre perception quand on tombait amoureux – parce que pour avoir été con, aveugle et borné à ce point, il avait été amoureux, il en était sûr, et sans doute Géraldine avait-elle aussi éprouvé ce sentiment, cette alchimie, il y a un bail. Rose Berthelin aurait pu l'éclairer là-dessus. Comme avec toutes les drogues, le corps s'habituait. Les effets devenaient moins prégnants... Cela durait soi-disant trois ans... La durée exacte de leur état de félicité. Ensuite...

Les pontes du ministère et ceux de la sécu devraient faire passer la misère conjugale des flics en maladie professionnelle, la résolution du problème serait obtenue, ah, ah.

Il sentait que, parfois, à trop penser, on allait où on ne voulait pas.

À trop penser, parfois, on devenait fou.

Mais ça n'est pas ce qui allait lui arriver.

Géraldine avait toujours été ainsi. C'était lui qui n'avait pas voulu voir. Et il était possible qu'après la naissance de leur fille, un machin se soit détraqué dans leur système neurobiologique.

Soudain, ils s'étaient réveillés.

Soudain, ils s'étaient contemplés tels qu'ils étaient depuis toujours.

Soudain, la catastrophe était inéluctable.

Ce sentiment de cécité, il avait la désagréable impression de le voir ressurgir aujourd'hui. Rose… Rose Berthelin avait extirpé tout ça du bourbier.

Rose Berthelin et son corps élancé, svelte et ferme.

Rose Berthelin et son visage lumineux, béni par la mort.

Rose Berthelin, la survivante. Rose Berthelin, la purifiée. Rose Berthelin, la ressuscitée.

Rose Berthelin et son odeur enivrante, légèrement acide, comme du citron, un peu…

Rose, Rose, Rose… Ça sonnait bien, comme nom. Quelque chose de délicieux.

Sa voix, son rire : une ode qui par la seule force de ses évocations vous aurait porté loin des vicissitudes et de l'horreur…

Tous les signaux qu'elle lui envoyait. Ceux qu'il recevait sans s'en rendre compte. Rose Berthelin… Mais pourquoi il pensait encore à elle ? Putain, il était en train de virer détraqué. La tronche à l'envers. Elle n'était qu'une passade… Un accident. C'est ce qu'il se força à se dire.

Cependant, aujourd'hui, il était là. Il était venu à la crémation. Il avait revu Géraldine. Et il avait décidé de lui demander…

Il avait la conviction que Rose était pour quelque chose dans ces changements.

Seulement, cette fois, il était bien résolu à ne plus

laisser faire le métabolisme, les gènes, les messagers, les récepteurs de son cerveau défait. Les stimuli biologiques et toutes ces merdes à tout faire foirer.

Tout à coup, il était devant l'immeuble de Géraldine… Son ancien appartement, au sixième et dernier étage, celui qu'il lui avait laissé quand il était parti.

Il se gara sur un bateau, claqua la portière et lui fit un signe de la main, à elle qui attendait déjà sur le trottoir. Genre : « Ne m'attends pas. Monte, je te rejoindrai en sortant du supermarché. Je connais le chemin. »

La grande surface était située à deux pas de là. Un de ces mondes. Il était environ dix heures et Nazutti pesta : en plus de polluer l'air ambiant, ces putains de touristes travaillaient pas – et pour cause. À croire que quand ils n'étaient pas installés en rangs d'oignons sur le bord de mer ou à déambuler comme des zombies, ils étaient tout le temps fourrés au supermarché.

En entrant, il avait pris un papier qu'un Contrat Emploi Solidarité lui tendait. La chaîne était en bisbille avec le tribunal administratif depuis une paye. Ils voulaient abroger le dimanche fermé. Le papier stipulait qu'ils resteraient ouverts malgré l'amende fixée, au nom de la « liberté de consommer »… Une amende qu'ils rembourseraient en une heure. Ils publiaient un sondage effectué par leurs soins auprès des clients. Nazutti plissa les yeux. Soixante-quinze pour cent d'entre eux se prononçaient pour l'ouverture le dimanche parce qu'ils n'avaient nulle part ailleurs où se promener. Putain de monde.

Au rayon des boissons, il décida d'acheter deux

bouteilles de J&B à quarante-cinq pour cent. Il aurait besoin de décompresser en retournant chez Géraldine et il pressentait qu'il lui faudrait au moins ça pour lui demander ce qu'il avait à lui demander.

Il choisit la queue qui lui semblait la moins longue — au bas mot une vingtaine de mètres et autant de clients —, queue qui se révéla, comme de juste, être celle qui avançait le moins vite.

Un froid polaire, dans ce supermarché. Ils avaient poussé la climatisation à fond et il aurait de la chance s'il se chopait pas la crève.

Nazutti connaissait un peu les techniques employées pour vendre leur came : crémerie et boissons tout au fond, petits prix tout en bas, sol légèrement en pente, Escalator en sens unique, musique pseudoclassique de merde, chariots alourdis et roulements à billes jamais huilés, climatisation et chauffage à fond. Tout nouveau : des sacs recyclables pour faire semblant d'être concerné par la survie de la planète. Écologie, culture bio, commerce équitable, tous ces trucs de pédés : le credo porteur. Prêts à tout, vraiment. Et les gens voulaient ça. Ils le désiraient de tout leur cœur. Ils en rêvaient peut-être la nuit. Ils se sentaient en sécurité.

Entrée du magasin à droite, ventes flash, valorisation du chaland, prolongement du temps de présence, capsules odoriférantes de synthèse, machines Trafic, fruits pourris mis tout au fond des cageots... Tu te sens en sécurité, ici ?

Déclenchement de la pulsion d'achat, facings, codes chromatiques, marketing expérientiel, marketing de pénurie, neuro-marketing... C'est vraiment là que tu te sens en sécurité ?

Merde. Il était flic. C'est les gens comme lui qui auraient dû les faire se sentir en sécurité, pas les supermarchés. Va comprendre pourquoi, c'était exactement l'inverse qui se produisait.

Avec ses deux bouteilles dans les mains, trépignant d'impatience, il examina d'un œil circonspect les files d'attente qui s'étiraient le long des caisses ouvertes.

Visages fermés, tendus. Mains crispées sur le chariot ou agrippées aux portables.

Caddies remplis à ras la gueule de trucs dont ils n'avaient pas besoin.

Vingt millions de clients, dix pour cent d'augmentation annuelle...

Il avait réellement besoin de ces deux bouteilles de J&B. Avaler, déglutir, pour faire passer toutes ces saloperies. Sentir la chaleur, dans sa gorge, dans son estomac, son corps. La douce chaleur bienfaitrice des molécules éthyliques qui monteraient, presque immédiatement, jusqu'à son cerveau et l'aideraient à supporter. À tout supporter.

Il remarqua un nombre incroyable de mioches parmi ces poireaux.

Des gosses qui pleuraient. Des gosses avec la morve au nez. Des gosses qui mangeaient des barres chocolatées, le regard vide. Toute gaieté enfuie.

Des enfants gros, gras. Des petits tas de merde. De futures fiottes.

Leurs petites bouches barbouillées jusqu'à la saturation de sucres rapides et de colorants, leurs petits corps gavés comme des oies d'une bouffe, d'une culture, d'un mode de vie...

Des enfants capricieux et inutiles. Impatients. Geignards. Presque aussi horribles que leurs parents.

C'était là qu'on allait, aujourd'hui, pour les éduquer. On ne les éveillait plus au monde en leur offrant des balades à la campagne, ou des sorties au musée, non, on les emmenait dans les libres-services saliver devant une PS2 ou un écran plasma, le dernier manga à la mode ou les Nike nouvelle génération… Au centre des galeries, des animations. Thèmes porteurs : le Far West, les pirates des Caraïbes, Papa Noël et Peter Pan, des « ateliers créatifs »… Cible privilégiée et critère de fidélisation optimale : les gosses.

Et puis un jour, quelqu'un viendrait s'immiscer dans leur joli monde et leur montrerait de quoi l'avenir était fait. Quelqu'un qu'ils connaîtraient ou pas. Quelqu'un qui leur ferait croire au rêve ou demanderait de l'aide. Quelqu'un de grand, de compatissant, d'avenant. Quelqu'un de normal dont le visage ne tarderait pas à se lézarder sous le coup de la colère ou de la frustration. Alors, oui, ils apprendraient ce que la colère et la frustration peuvent faire à des gens normaux. Quelqu'un qui démolirait leur mignonne petite gueule à coups de poing, quelqu'un qui les emmènerait dans une cave ou un terrain vague… Quelqu'un dont l'imagination était sans limites.

Quelqu'un qui les violerait, qui les torturerait et qui les laisserait pour morts.

À ce moment-là, ils sauraient.

Nazutti aurait voulu crier… Leur crier à tous de s'arrêter. Ils étaient aveugles, sourds et muets. Et il fallait qu'ils s'arrêtent. Et qu'ils regardent bien leur progéniture dans les yeux, la chair de leur chair, et lui expliquent ce qu'elle allait devenir…

Il avait vraiment besoin de ces larmes brûlantes dans son gosier, cet alcool dans son sang.

Il était remonté. Il avait sonné et Géraldine avait ouvert, mue par une habitude sérieuse. Quelque chose qui datait.

Il s'était affalé sur le divan, leur divan, celui qu'ils avaient acheté il y avait longtemps, dans une autre vie.

En silence, il avait débouché la première bouteille et elle avait apporté les verres.

Cet alcool, s'il ne la rendait pas folle, allait la tuer à coup sûr.

Il n'avait aucun scrupule à participer de ce désastre.

Crever la gueule remplie de son propre vomi, la tête fracassée au sol par une chute qu'elle ne sentirait même pas, c'était peut-être ce qu'il y avait de mieux.

Ils entamèrent consciencieusement leur ration.

Ils burent.

Vite.

Plusieurs fois, Nazutti avait ouvert la bouche et pris son inspiration, mais il avait toujours renoncé au dernier moment. Bon Dieu, c'était pourtant pas difficile à formuler.

Elle, probablement trop accaparée par sa lente entreprise de destruction, se contentait de téter et de l'ignorer. Déglutir était sans doute tout ce qui lui importait au moment présent.

Il était certain qu'elle continuerait bien après qu'il serait parti.

Laisse-la, bon Dieu. Lâche l'affaire… Ce que tu veux faire ne peut aider personne. Cela ne fera du bien ni à elle ni à toi, tu le sais…

Nazutti but encore.

Il se souvenait précisément du jour où la peur était apparue.

Il était rentré tard. Comme d'habitude, bien après que la petite avait été couchée.

Il cumulait deux boulots, à l'époque.

Le jour, il était flic, il agissait plus ou moins dans le cadre de la loi.

Et la nuit, il travaillait pour Chambres secrètes.

La nuit, il faisait ce que la loi ne permettait pas.

Il opérait la jonction. Il n'avait pas l'impression, alors, que ces deux parties de sa vie étaient distinctes, qu'il existait entre elles un interstice qui, si l'on se penchait un peu, pouvait foutre le vertige. Il pensait, en fait, faire le même métier, mais d'une manière un peu différente.

Ce soir-là, il était revenu aux alentours de deux heures du matin, et, aidée par l'alcool qu'elle ne prenait même plus la peine de dissimuler, elle l'avait attendu.

Pas pour lui souhaiter la bienvenue.

Pas pour essayer de comprendre.

Pas pour le réconforter ni s'occuper de lui mais pour l'abreuver de sarcasmes, de réflexions ambiguës et de sous-entendus à la con.

Pour l'espionner.

Il avait vu qu'une fois de plus elle avait trop bu. Il jugeait que ce n'était pas sain. Mais c'était déjà comme s'il savait que rien de ce qu'il pourrait dire ou faire ne changerait la donne. La routine, cette sale routine dans laquelle ils avaient ancré leur relation était déjà bien installée. Il avait filé recta dans la salle de bains pour se nettoyer.

Nettoyer ces mains du sang, de la crasse, de la fange dans laquelle il les avait plongées.

Frotter. Faire partir. Frotter encore.

De l'eau.

De l'eau claire sur ses mains.

De l'eau rouge dans la bonde.

Frotter. Savonner.

Est-ce qu'il y prenait du plaisir ? Est-ce qu'il y croyait un tant soit peu ? Il n'en était même pas persuadé. Il avait juste l'impression de ne pas avoir le choix. D'être simplement et pour la première fois en accord avec lui-même.

– C'est bien, lui avait dit Sarah lorsqu'il avait commencé à travailler pour elle.

– Qu'est-ce qui est bien ? avait-il demandé, regardant ses mains, ses jointures, ses phalanges incrustées de raisiné et de chair.

– Que ressens-tu ?

– Rien.

– C'est ça qui est bien.

Géraldine avait attaqué bille en tête, sur le seuil de la salle de bains, ne voyant ou ne voulant pas voir la couleur de l'eau s'écoulant dans l'évier. Lui non plus ne prenait pas la peine de dissimuler quoi que ce soit.

– Il est deux heures, avait-elle argué, la voix pâteuse.

– Je sais. J'ai été retenu.

Il ne ressentait rien.

– Ton travail de… Comment appelles-tu ça ? Ton travail de réhabilitation ?

Dans sa voix, du poison.

Et lui qui ne ressentait rien.

— Oui.

Il se tenait dos à elle et, de temps à autre, la regardait à travers la glace constellée de taches de rouille.

Rien. Pas de culpabilité.

Leur appartement était devenu un véritable dépotoir.

Pas de peur.

Les sacs-poubelle, il y avait une paye que plus personne les descendait.

Pas de regrets.

Les cendriers étaient pleins, et nul ne songeait à les vider.

Ni remords.

Il y avait des papiers d'emballage par terre et de la vaisselle moisie dans l'évier.

Aucun symptôme.

Il savait que ce n'était pas un environnement pour une gosse de trois ans. Il savait que si les services sociaux débarquaient, ils auraient quelques problèmes. Mais il avait d'autres intérêts. Des intérêts supérieurs. Les journées ne duraient que vingt-quatre heures. C'était elle qui aurait dû s'occuper de ces trucs… Et au lieu de s'y mettre…

Dans ces moments-là, il n'était que lui-même. Plus maintenant.

Elle avait pouffé. Il avait senti son souffle empesté et humide sur sa nuque.

— Ton… travail de réhabilitation… À deux heures du matin.

Réhabiliter les salauds, les ordures…

— Je t'ai déjà expliqué comment ça marche, Géraldine. C'est… Du bénévolat, en quelque sorte. Et je peux le faire qu'en sortant du boulot. Certains cas sont… difficiles.

Les déviants, ceux qui ne rentrent pas dans les cases…

– Des cas difficiles, avait-elle répété, les yeux dans le vague.

– C'est un travail de longue haleine.

Réhabiliter les monstres. Leur faire comprendre…

Il frottait et frottait encore ses mains sous l'eau. Les lambeaux de peau étaient partis, mais les cruors sous ses ongles étaient récalcitrants.

– Tu… Tu ne travailles pas réellement, n'est-ce pas ? Je veux dire, la nuit…

Réhabiliter les pervers, les marginaux, les tordus, les cinglés, leur montrer… Non, il ne travaillait pas réellement. Il faisait plus.

– Si. On a déjà eu ce genre de conversation, il me semble.

Réhabiliter un flic.

Lui.

– Tu fais des choses, bredouilla sa femme. Des choses pas belles, des choses interdites, voilà ce que je crois. Ton travail de réhabilitation, c'est…

Elle s'était tue parce qu'elle avait vu son coup d'œil dans la glace, le coup d'œil qu'il lui avait adressé.

Il ne s'était pas rendu compte de ce que contenait ce bref examen jusqu'à ce que, terrifiée, elle fît un pas en arrière.

Il s'était retourné, les mains dégoulinantes, et avait voulu les tendre vers elle, mais elle avait encore reculé. Les yeux fixés sur ses paumes. Il avait baissé le regard et il avait vu. Il avait vu les ecchymoses, les jointures rougies et crevassées et puis le sang. Ce sang qui ne partirait jamais totalement.

Il avait ouvert la bouche. Aucun son n'était sorti.

Peut-être qu'en ne prenant pas la peine de se nettoyer avant de rentrer, peut-être qu'en laissant ce rituel s'installer, c'était ça qu'il voulait : qu'elle sache vraiment.

Il avait tenté de biaiser.

— Je… Je vais aller embrasser la petite.

— Non, avait soufflé Géraldine.

L'alcool embrumait son esprit. Il lui donnait aussi le courage nécessaire.

— Je ne fais rien qui puisse… Ce que je fais, je le fais pour nous, pour vous…

Lui, lui et encore lui. Frapper. Torturer. Laver. Réhabiliter. Ne rien ressentir.

— J'ai dit non !

Maintenant, elle ne reculait plus et semblait bien décidée à faire barrage.

Elle, saoule, vacillante, avec ses cinquante kilos toute mouillée et ses petits bras squelettiques, elle voulait réellement l'empêcher de passer. Et elle pouvait le faire.

Nazutti serra les poings. Ses articulations craquèrent. Il avança encore. Ce n'était plus Géraldine qu'il avait en face de lui, mais le sale type, la raclure, le déchet qu'il venait de dérouiller deux heures auparavant dans une des salles souterraines de Chambres secrètes.

Il avait fait un pas.

Elle n'avait pas bougé.

Le coup était parti avant qu'il comprenne.

Pas bien fort. Mais suffisant.

Elle avait titubé puis s'était écroulée devant lui, sur son postérieur inutile.

Il avait encore fait mine de marcher sur elle mais

elle avait feulé, entre ses lèvres bousillées d'où le sang commençait à pisser :

– Tu aimes ça, hein ?

Il avait hésité.

– Frapper… Ça te plaît.

Ses poings étaient toujours serrés, mais ils ne lui servaient plus à rien. Il voulut se pencher vers elle, la prendre dans ses bras, lui dire qu'il n'avait pas fait exprès, qu'il avait juste été victime d'une seconde de distraction, que ça allait s'arranger, que tout allait s'arranger.

Elle avait poursuivi :

– Frappe-moi, Paul. Frappe-moi encore, vas-y.

Et lui, sa carcasse encombrante, ne sachant pas quoi faire.

– Tu peux y aller tant que tu veux, mais je te jure, je te jure qu'il faudra que tu me tues avant de lui faire du mal…

Alors, c'était ça qu'elle croyait ? Qu'il ferait du mal à la petite ? C'était ça qu'elle voyait en lui ? Un monstre… à l'image même de…

Il resta au milieu du salon, groggy.

Elle, elle le dévisageait par en dessous, un filet d'hémoglobine gouttant sur son menton, sa chemise de nuit. Butée. Obstinée. Si fragile. Tellement forte.

Sa tête tournait. Il observa autour de lui.

Il vit les ordures qui s'entassaient à côté de l'entrée.

La poussière. L'inanité.

Les cendres partout.

Champ de mines. Dévasté.

Plus âme qui vive. Depuis longtemps.

Il la vit, elle, son corps fatigué que même la chemise de nuit ne cachait plus. Il essaya de se rappeler depuis combien de temps ils n'avaient plus fait l'amour. Il songea vaguement à ses tentatives pathétiques et sans cesse plus éloignées pour ranimer la flamme, pour rattraper ce qui ne pouvait plus l'être. Le désespoir. Le cloisonnement réciproque. Cette odeur de renfermé qui imprégnait jusqu'à leurs vêtements.

Il vit les bouteilles vides.

Et la saleté.

Les taches de moisissure.

Il vit le désordre et la désolation de son propre foyer. L'abandon.

Il vit à quel point sa vie était devenue merdique.

Il vit aussi que c'était perdu. Irrémédiablement.

Il ne pensa pas à sa fille.

Il pensa juste à sa colère. À sa haine. Et il laissa faire.

Il serra encore les poings et approcha.

Il frappa.

Une fois, deux fois.

Ça n'était pas elle qu'il frappait. C'était lui, et encore lui.

Réhabilitation.

Elle n'avait pas crié. Pas gémi.

Elle avait encaissé. On aurait dit qu'elle attendait ces coups depuis toujours. Qu'il se montre tel qu'il était. Qu'il se réveille enfin, fût-ce à ce prix-là.

Il aurait pu la tuer, à cet instant. Et il l'aurait fait si la petite n'avait pas débarqué.

Pyjama Mickey froissé, cheveux en bataille et petits yeux embués.

– Qu'est-ce qui se passe, maman, papa ?

Une peur. Une peur indescriptible l'avait saisi. Des tenailles chauffées à blanc qui fouillaient dans ses viscères. Il n'avait même pas eu le temps de comprendre ni de réfléchir. Il avait fait volte-face et était parti en courant.

Il avait couru longtemps, dans la nuit.

Ça n'était pas lui. C'était elle qui l'avait poussé à bout. C'était ce qu'elle voulait depuis le début. Il n'y était pour rien.

Jamais lui.

Seul.

Hurlant comme un fou dans les rues désertes.

Pourquoi Géraldine n'avait jamais porté plainte ? Pourquoi elle n'avait jamais coupé totalement les ponts avec lui ? Pourquoi elle ne s'était pas réfugiée dans un de ces putains de centres pour gonzesses maltraitées ? Mystère.

C'était ce soir-là qu'il avait compris.

Il n'y avait aucune excuse à chercher, aucune réponse, pas de pourquoi.

Rien à trouver. Rien à ajouter ni soustraire.

Il avait déménagé.

Mais désormais, la peur était en lui et elle ressurgirait chaque fois qu'il verrait sa fille.

Il avait quitté Chambres secrètes et rompu avec Sarah, la propriétaire et instigatrice du programme auquel il collaborait.

Il s'était concentré sur son travail.

Comme l'avaient fait tant d'autres flics avant lui.

— Je suis fatiguée, Paul, avait-elle marmonné à la fin de la première bouteille.

Oui, il s'était enfui. Et il le ferait autant que nécessaire. Sans avoir aucun moyen de se cacher.

— Je ne veux plus faire partie de ta vie. Je n'ai plus grand-chose, maintenant, tu sais. Mais si tu pars… Je veux dire, si tu pars réellement et définitivement, il me restera au moins ça.

Il lui avait fallu un moment avant de se rendre compte qu'elle avait rompu le silence et était en train de lui parler.

Alors, malgré sa peur, malgré la conviction qu'il faisait une énorme bourde, il lâcha :

— Je veux la revoir…

— Hein ?

— Ma fille. Notre fille. Je veux la revoir.

Elle avait ri. Un truc qui aurait pu lui faire mal s'il avait ressenti quelque chose. Il resta calme. Parfaitement calme. Il était hors de question qu'il entre de nouveau dans son jeu.

— Tu n'es pas sérieux ? s'était-elle étranglée.

— Si.

— Tu ne l'as pas vue depuis… Depuis quand ? Quatre ans… Depuis qu'elle est partie d'ici, en fait. Tu n'as jamais demandé de ses nouvelles, tu n'as jamais voulu savoir comment elle allait ni ce qu'elle était devenue, tu ne t'en es jamais préoccupé et aujourd'hui, tu viens…

— Où est-elle ?

Il ne fallait pas qu'il cède à son manège. Cette manière qu'elle avait de le culpabiliser pour le moindre de ses gestes, à la première parole. La culpabilité : la tuer. C'était ça que lui avait appris Sarah, il y avait longtemps.

L'imposante directrice avait demandé, tassée derrière son bureau, au premier étage de Chambres secrètes :

— Que ressens-tu ?

Lui, il avait répondu en détaillant ses mains, celles avec lesquelles il venait de... Il avait répondu :

— Rien.

— C'est bien, avait rétorqué la grosse Sarah. Tu as compris, Paul. Tu as compris qui tu étais vraiment. Tu as tué la culpabilité. Tu as tué les regrets, les remords. Tu as tué l'esprit. Et tu t'es aperçu que rien de tout cela n'était mal.

Il avait levé les yeux vers elle.

L'espace d'un instant, il s'était revu, deux heures avant, avec Gyzmo, dans la voiture. Le procès de Marcus Plith avait été un fiasco. Les clefs récupérées ne portaient aucune empreinte exploitable. Pas plus que le corps de la fille. Samantha Berthelin. Huit ans. Robe rouge à fleurs jaunes. 1989. Affaire classée.

En outre, le tueur avait eu le culot de porter plainte. « Coups et blessures avec intention de donner la mort. » Avocats, délégués syndicaux, commissaire, commission... Un grand carnaval. Pendant un moment, Nazutti s'était même retrouvé avec les gars de l'IGPN sur les endosses. Mais, dans un sens comme dans l'autre, impossible de prouver quoi que ce soit. Et sa blessure, celle que lui avait infligée Marcus, c'était pas du pipeau. Il s'en était sorti à moindres frais, avec une simple injonction. Et puis Gyzmo avait corroboré sa version.

Il avait bien changé, en un an, le petit pédé. Au contact du mastard, il s'était endurci, affûté. Sa silhouette semblait avoir pris en force. Son visage aussi. Ses paupières trop ouvertes étaient tombées, voilant ce regard jadis si doux, le transformant en une sorte de mur opaque. Ses iris marron clair avaient pris une teinte de brique. Ses mains, ses mains fines étaient devenues une paire de poings plombés et vicieux.

Ils étaient là, dans la voiture, devant l'appartement de Marcus.

Ils attendaient.

À la radio, on parlait encore du non-lieu. Mais Nazutti savait que ce n'était qu'une question de temps. Marcus plongerait. Ils plongeaient tous, tôt ou tard. Fallait-il la mort d'autres gosses pour ça ? Le flic ne pouvait se résoudre à cette perspective. Alors, quand Sarah lui avait parlé du programme, il avait accepté. Et puis il avait emmené le pédé avec lui. À eux deux, ils avaient commencé à turbiner sec.

Et voilà que présentement, Marcus était élargi.

Ils l'avaient vu se radiner à l'autre bout du trottoir. Isolé. Avec sa sale gueule.

Nazutti et Gyzmo avaient déhotté.

Le tueur avait eu un mouvement de recul. Il avait regardé autour de lui, à la recherche d'un témoin potentiel. Personne. En un éclair, Nazutti et Gyzmo l'encadraient solidement.

– T'as une injonction, Nazutti. M'approche pas. Je vais crier, avait menacé Marcus.

– Oh oui, avait rugi la brute. Tu vas crier, c'est sûr, mais pas maintenant. Allez, tu me remercieras plus tard.

Coup de tête. Compression jugulaire. Seringue. Promazine. Vingt-cinq milligrammes. Relâchement. Atonie massive. Chiffe molle. Bâillon. Coffre.

Emballé, pesé. Une affaire rondement menée.

Un enlèvement. Un kidnapping. Rien de moins.

En ce temps-là, il existait bien des moyens de convaincre les postulants de participer au programme « Illumination ».

Gyzmo avait été impec.

Le trajet se fit en silence. Gyzmo et lui opéraient en telle symbiose, désormais, qu'il y avait plus besoin de jacter. Le policier se concentrait afin de garder toute la haine qu'il éprouvait envers Marcus Plith pour plus tard, lorsqu'elle serait vraiment utile.

Sarah lui avait aussi appris ça.

En regardant défiler le ruban d'asphalte sous la carlingue, Nazutti se rappela le jour où sa mère était morte. Il avait douze ans. Elle en avait trente-deux.

En rentrant du supermarché du coin, un soir, un mec bourré l'avait fauchée au volant de son coupé Mercedes. Un fils d'ambassadeur qui devait discrètement se faire rapatrier une semaine après, mais le petit Paul Nazutti ne le savait pas encore.

La tête de sa mère avait littéralement éclaté sur le pare-brise et les thanatopracteurs avaient vraiment fait du bon boulot pour lui redonner une apparence présentable. C'était lui qui avait choisi, avec son père, les photos dont ils s'étaient servis.

Elle était là, dans ce cercueil sur tréteaux, le drap découvert pour qu'on puisse voir son visage. Son père avait oublié d'amener aux types des pompes funèbres de quoi la vêtir. Un visage paisible mais pas heureux. Il ne se souvenait presque plus de ce visage aujourd'hui.

Son père se tenait à côté de lui. Tous les deux debout.

Le petit Paul Nazutti pleurait. Ses reniflements résonnaient dans l'église déserte.

Le prêtre était parti. Paul ne savait pas pourquoi. Son père – un homme perpétuellement en colère – avait encore dû faire des siennes et l'homme d'Église avait sans doute préféré s'esquiver.

– Arrête de pleurer, Paul.

Le petit avait reniflé encore une fois.

– Arrête de pleurer, avait ordonné son père en se retournant vers lui.

Il le surplombait. Ses yeux étaient secs. Les yeux les plus secs qu'il ait jamais vus, ça, il s'en souvenait bien.

– Et toi, papa, tu ne pleures pas ? avait naïvement demandé le gosse.

L'homme s'était penché vers lui. Haleine de fauve aviné.

– Tu veux savoir ? Ta mère, je l'ai jamais aimée, tu comprends, Paul ? Tu comprends bien ce que je dis ? Je l'ai jamais aimée. C'est pour ça que je n'ai pas mal en ce moment.

Le petit Nazutti l'avait observé. Non, il ne comprenait pas. Tout ceci viendrait plus tard.

Son père avait répété :

– Si tu ne veux pas avoir mal, c'est ce que tu dois faire, Paul. Il ne faut pas aimer, jamais, tu comprends ?

Il avait posé une main sur son épaule, montré le cercueil du doigt.

– Regarde-la bien. Regarde ses traits, sa bouche, ses yeux fermés, ses cheveux, son cou flasque. Pénètre-toi de chacune des parcelles de sa peau, sens le cadavre, la pourriture... Elle n'était pas si bien, quand elle était vivante. Pas si bien. C'était une salope. Une pute. Une timbrée. Une alcoolo. Ce que tu veux. Dis-toi ça. Et tu verras que tu n'auras plus mal. Arrête de pleurer, maintenant.

Alors, il s'était redressé. Il avait ri, comme s'il avait sorti une bonne blague. Un rire étouffé. À deux doigts du sanglot ou de la folie.

Paul avait arrêté de gémir. Il savait que s'il continuait, alors son père sortirait de ses gonds, alors, il... L'enfant se focalisa sur ce qu'avait dit son vieux. Il y réfléchit bien. Il scruta sa daronne dans le cercueil. Il détailla ses yeux clos, sa bouche légèrement lippue, cette rigidité qui la caractérisait vivante comme morte, les veines, en dessous, où plus rien ne circulait. Il se força à lui trouver un tas de qualificatifs, des insultes, des gros mots de mioche...

D'abord, ce fut difficile. Puis, insensiblement, la douleur disparut pour laisser place à une autre sensation. À sa grande surprise, cela fonctionna. Exactement comme son père avait expliqué. C'était bon.

Ce jour-là, Nazutti l'avait haïe comme jamais.

Puis il avait commencé à le haïr lui, son dabe.

Ce seraient les premiers.

Et ça ne s'arrêterait plus.

Ce jour-là, il avait appris à ne plus avoir mal.

Quand la brute et Gyzmo s'étaient garés sur le parking derrière Chambres secrètes à la nuit tombée, Marcus Plith devait probablement avoir déjà pissé et chié dans le coffre.

Nazutti coupa le contact, sortit. Son partenaire le suivit.

– Allez, on y va, murmura Gyzmo en contournant le véhicule.

Il ne manifestait pas la moindre émotion.

Un employé de l'établissement avait entrebâillé la porte de service. Dedans, tout était noir.

Juste avant d'ouvrir le coffre, le major chopa Gyzmo par la nuque.

— T'as été super, tu sais, ça ?

— Ouais, gronda le pédé. Sarah va être ravie.

Nazutti se marra.

— On va faire de grandes choses, toi et moi. De grandes choses.

Géraldine était bourrée. Elle voulait absolument le pousser à bout. C'était ce qu'elle désirait : l'obliger une fois encore à…

S'il cédait, il le savait, ça le soulagerait mais il n'obtiendrait rien.

— Tu ne sauras pas où est ta fille, s'entêta-t-elle.

— S'il te plaît, Géraldine.

— Qu'est-ce que tu vas faire ? Tu vas me tabasser encore une fois, hein ?

— C'était il y a longtemps. J'étais… J'étais différent.

— Conneries ! Tu es toujours le même. Le monde entier a évolué. J'ai évolué. Léa a évolué. Elle a grandi. Elle est partie. Elle a choisi sa vie. Et s'il y a bien quelqu'un qui n'a pas bougé, quelqu'un qui est resté tel quel sans changer d'un iota, c'est bien toi, Paul.

— Laisse-moi une chance.

— Ta chance, tu l'as eue il y a vingt ans. Tu l'as réduite en charpie.

Elle criait. La colère la dessoûlait plus efficacement qu'une bonne cellule de dégrisement. Lui, il restait posé, raisonnable, presque normal.

— Faux. Tu ne m'as jamais laissé le choix. Personne ne me l'a laissé. Donne-moi juste une adresse. Je me débrouillerai pour le reste.

— Comme d'habitude.

— Tu sais que je ne repartirai pas les mains vides.

— Et après ?

— Après quoi ?

— Si je te le dis… Si je te dis où la trouver, est-ce que tu me laisseras ? Est-ce que tu sortiras enfin de ma vie ? Complètement.

— C'est ce que tu veux ?

— Bon Dieu, oui ! J'en rêve tous les jours. Je pense qu'à ça. Je veux… être tranquille, enfin. Me reposer. T'oublier.

— Pourquoi tu n'as jamais demandé avant ?

— Pourquoi ? Mais parce que tu n'écoutes pas, Paul ! Tu n'écoutes personne hormis toi-même ! Je te l'ai demandé une fois, deux fois, mille fois, mais tu n'entends rien. Tu n'as jamais rien entendu.

— Je t'écoute maintenant.

— Sors de ma vie. Signe ces putains de papiers de divorce et disparais.

— D'accord.

— D'accord ?

Sa voix. Toute timide, soudain. Stupéfaite. On aurait dit qu'elle n'avait jamais rien entendu d'aussi beau.

Il ne put se retenir d'ajouter :

— Tu vois toujours ton intérêt, pas vrai ? Tu es prête à me dire où elle se trouve, à me laisser la revoir si ça peut asseoir un peu ton petit confort.

Elle balbutia :

— Tu… Tu es une ordure…

Ça y était. Il avait gagné et avait réussi encore une fois à la foutre en rogne. Il aurait dû se taire. Les mots… les mots peuvent parfois être plus cuisants qu'une bonne branlée. Il aurait dû la laisser continuer. Pourquoi il avait fallu qu'il la ramène une fois encore ? Peut-être que c'était sa manière, leur manière à eux d'être en relation : une relation qui devait passer par le conflit, la vindicte. Il avait bien conscience que c'était devenu, avec le temps, leur seule façon de vivre. Bien sûr que non, il ne la lâcherait pas. Et bien entendu, elle ne l'abandonnerait pas non plus. Elle disait cela maintenant, parce qu'elle était sur les nerfs, parce qu'il l'avait obligée à s'occuper des funérailles, pauvres funérailles, parce qu'il avait fait le con encore une fois et aussi parce qu'elle avait trop bu, mais ça lui passerait. Elle réfléchirait et reviendrait – ou bien il la ferait revenir – sur sa décision. Elle ne pouvait pas se passer de lui. Même si ça faisait un mal de chien, même si elle en crèverait tôt ou tard.

Simplement, c'était ainsi qu'ils vivaient.

Elle plissa les yeux. Si elle avait pu le tuer, avec ce regard… Le tuer. C'est peut-être ce qu'elle ferait, un de ces jours.

– Tu crois que tu es fort ? Tu crois que tu sais tout ? Mais je vois ce que tu es au fond de toi, Paul. Oh oui, je vois parfaitement ce que tu es.

– Oui ?

– Tu as peur. Tu crèves de trouille. Et c'est ça qui t'a guidé toute ta vie.

– Docteur Géraldine a parlé.

Il aurait dû lui claquer le beignet. Refuser d'en

entendre davantage, quel qu'en fût l'écot. Au prix d'un effort surhumain, il se maîtrisa.

– Bon. L'adresse...

Elle eut un hoquet. Des larmes au coin des yeux. Ça aurait pu être un gloussement ou l'envie de dégueuler. Il aurait dû se douter que ça cachait quelque chose.

– Tout ce que tu veux, Paul...

Il s'approcha d'elle par-derrière. Elle avait le visage tourné vers l'autre bout de la rue.

Regard vide, nonchalant. Visage impénétrable. Plus maigre, les traits émaciés. Elle avait l'air d'avoir pris soixante ans.

Il avait eu tout le temps de l'épier, planqué dans sa voiture.

C'était quoi ? Héro, cocaïne, amphèt, crack... Quelle importance ? Mêmes trips, mêmes spoliations, mêmes viols. Léa, petite Léa.

Jupe ultracourte, maquillage outrancier dissimulant à peine de vilains bubons au coin de ses lèvres. Dope, alcool et jeûne. Rien de tel.

Elle tourna le visage vers lui. Pupille tête d'épingle. Il ne put s'empêcher de scruter ses bras nus, à la saignée du coude. Piquouzes. Intraveineuses. Donne-moi un peu de ciel, loin de tout ça. Merde.

Elle ne l'identifia pas immédiatement. Merde, merde. Sa fille. Une pute. Une pute sur un trottoir. Une pute camée qui attend son client, un client, n'importe lequel, celui qui payera, celui qui lui donnera de quoi tenir vingt-quatre heures de plus.

Il voulut tourner les talons et s'enfuir. S'enfuir une fois de plus pour ne pas en voir davantage. Il était trop tard. Il s'en aperçut instantanément quand ses traits se durcirent.

Le regard qui s'aiguise. Les lèvres qui se serrent. Ça y est, elle l'avait reconnu.

— Salut, Léa.

— Qu'est-ce que tu fous là ? Casse-toi.

— C'est moi, c'est papa.

— Casse-toi, je te dis. Ou je crie.

Nazutti aurait dû renoncer. Il avait vu tout ce qu'il y avait à voir. Sa fille était devenue une pute. Sa fille était devenue une camée. Et toutes les histoires de putes camées se ressemblaient. Seulement, la différence, c'est qu'aujourd'hui, il y était lié. Ça lui arrivait à lui, Nazutti, flic à la brigade des mineurs.

Cinquante piges pour en arriver là.

Et toute sa vie paraissait avoir été orientée vers ce moment précis.

Il savait désormais qu'il ne pourrait plus se dérober.

— Ne t'inquiète pas, Léa, j'en ai pas pour longtemps. Je veux juste…

— Je me fous de ce que tu veux. Si tu ne pars pas maintenant, je crie. Et il ne faudra pas plus de quelques secondes pour…

— Quelques secondes, c'est parfois trop.

Elle se prépara à mettre sa menace à exécution, ouvrit la bouche, mais Nazutti la coupa. Il savait comment la faire plier. Ce qu'il fallait pour qu'elle diffère son acte. Parce que les putes camées étaient toutes les mêmes et que sa fille était une pute camée. Elle céderait comme l'aurait fait n'importe laquelle de ses congénères.

— Je paye pour ton temps. Un dix minutes, pas

plus. C'est ce que tu accordes pour une prestation minimale, non ? Je paye le double. Dis-moi que tu refuses.

– Je… Je…

Une hésitation infime. Ne réfléchis pas, ma fille. Allez, trop tard.

Elle se décida brusquement. Parce que l'appel qu'elle ressentait, les perspectives qu'elle entrevoyait étaient puissants.

Plus puissants que la haine ou l'amour.

Plus puissants que l'estime de soi, plus puissants même que l'instinct de survie…

Une bonne dose de mort dans les veines. Il n'y a qu'après ça que tu cours, hein ? C'est ta seule issue.

– Le triple.

Nazutti réprima un sourire. C'était sa fille, après tout.

– Disons le quadruple et on n'en parle plus.

Elle se retint de pleurer, d'exploser. La promesse était trop précieuse. Mais elle le pensa très fort, Nazutti put lire dans son esprit comme dans un livre ouvert. « Pourquoi tu fais ça ? Pourquoi tu m'humilies ainsi ? C'est pour ça que tu es venu ? Simplement pour t'offrir ce plaisir ? »

Elle tourna les talons et s'engouffra dans le hall de l'hôtel miteux sans regarder derrière elle.

Il lui emboîta le pas. Il paya un supplément exorbitant de vingt euros au taulier véreux, un gros tas d'au moins cent cinquante kilos avec un costume trop juste, qui faisait office de réceptionniste. Il monta derrière elle dans cet escalier sombre et branlant. Il baissa les yeux pour ne pas regarder son cul. Son petit cul squelettique qui grimpait les marches.

Lui épargner au moins cet outrage, même si elle n'en saurait jamais rien.

Un couloir éclairé par des ampoules nues clignotantes.

Des cris, des soupirs vite étouffés derrière les portes closes.

Du temps qui passe.

Un peu de temps.

Tellement rare…

Tic. Tac.

Le bruit de ses talons usés sur le lino.

Des gonds qui grincent.

Sa carrée.

Son petit espace privatif.

Neuf mètres carrés. Un lit en métal. Des volets éternellement fermés. Une table de chevet avec un petit Jésus en plastique qui brillait faiblement quand on éteignait la lampe. Un petit Jésus qu'elle n'hésitait pas à enfermer dans le tiroir, juste à côté de la seringue hypodermique, quand on le lui demandait. Un petit Jésus qui n'écoutait plus aucune prière depuis une éternité.

Un évier dans le fond. Un évier qui avait vu passer plus de queues que les vaches de trains.

Tout son univers.

Il s'assit sur le lit. Couinement.

Elle se tourna vers lui. Sa fureur, elle la calmait. Sa terreur, elle l'étouffait… Du moins tant qu'elle n'aurait pas eu le fric.

— Bon, tu veux quoi ?

Nazutti extirpa péniblement son portefeuille.

— Je paye d'avance. C'est comme ça qu'on fait, hein ? Et puis, on sera à égalité, ainsi. On pourra discuter plus calmement.

— Tu veux que je te pompe, papa ? Pour le prix, je peux.

Elle essayait de le provoquer. Tentative pathétique. Ils avaient tous les deux perdu, Nazutti le savait déjà. Et elle aussi.

— C'est là que tu vis ? questionna le père en glissant les billets sous le petit Jésus en plastique qui brillait quand on éteignait la lumière.

Rire amer. Rire cassé. Rire désespéré. Coupé net et cautérisé par le manque. Sa voix, ses mains, tout son corps qui commençaient à trembler. Ce rire, le même que sa génitrice.

— Tu sais bien que non.

— Ton mac, il est gentil avec toi ? Il te donne ce dont tu as besoin ?

— Continue et tu vas pas tarder à le savoir.

— Oh, oui, j'en doute pas.

— Il s'appelle Farid. Et ce n'est pas mon mac, c'est mon fiancé.

Farid… Nazutti serra les mâchoires. Il garda les pognes bien à plat sur ses guiboles pour ne rien faire d'intempestif. Il se força à répondre d'une voix égale.

— Tu n'as pas de fiancé. Tu le sais bien. Tu es déjà mariée.

Pas besoin de désigner ses bras décharnés et exsangues pour lui préciser avec qui.

Un mari jaloux, possessif, exclusif.

Un mari violent et légèrement schizo.

Docteur Jekyll et Mister Dope.

— Depuis combien de temps ? questionna encore Nazutti.

Il se foutait de sa réponse. Un an, dix ans… L'engrenage était identique. Mêmes trips, mêmes spoliations, mêmes viols.

Combien il en avait vu, des gosses comme ça, à qui on coupait les jambes et les bras avant même qu'ils commencent à se déplacer, des gosses de junkies, des gosses en manque dès la naissance, le cerveau déjà à moitié cramé et qui, quoi qu'ils fassent, seraient à jamais poursuivis par cette malédiction ? Des dizaines peut-être.

Il aurait pu lui mentir.

Lui dire qu'il suffisait de rentrer en cure, que c'était facile, que des gens l'aideraient, la comprendraient, la soutiendraient.

Lui dire que certains traitements de substitution marchaient très bien.

Prétendre que sa vie serait bien meilleure sans came.

Qu'elle pourrait même, si elle laissait passer suffisamment de temps, redevenir belle.

Lui assurer qu'elle était intelligente, qu'elle avait du potentiel, des ressources insoupçonnées qui ne demandaient qu'à s'exprimer.

Arguer que l'amour, le salut et la paix existaient quelque part. Qu'elle allait s'en sortir si elle le voulait. Qu'on avait tous droit, dans ce monde-ci, à une seconde chance. Qu'on pouvait changer. Qu'on vivait plusieurs vies. Qu'il était possible de rebâtir de solides fondations sur un parterre de cendres.

Mais ça aurait été lui faire plus d'affront que nécessaire.

Il s'attendait à quoi, en venant ici ? À ce que sa progéniture soit devenue un prix Nobel de littérature, à ce qu'elle soit une mère comblée, stable, avec un tas de petits mioches qui lui souriraient en l'appelant instantanément « pépé » ? À ce qu'elle soit juste heureuse ? Il se mordit les lèvres. Il voulait éviter de lui sortir des conneries du genre : « Je suis venu pour t'aider. » « Je suis venu pour réparer. » « Je suis venu pour t'aimer… » Des conneries qu'elle devait entendre plusieurs fois par semaine de la part de clients psychotiques ou d'assistantes sociales hors du coup. Il la regarda fixement.

Il n'avait pas envie de l'aider, ni de réparer, ni de l'aimer.

Il avait envie de vomir.

Il avait envie de crier.

Il avait envie de la frapper.

Il avait envie de disparaître.

Elle croisa les bras dans une posture bravache. Menton en avant, petite frimousse, ma fille, ma chérie…

– Eh bien ? J'attends. Dépêche-toi, papa, plus que cinq minutes…

Il avait envie qu'elle arrête de l'appeler « papa ».

– … ensuite, Charlie, le réceptionniste, ou Farid vont monter pour savoir si tout va bien.

– Mais tout va bien, n'est-ce pas ? Qu'est-ce qu'il y a ? Tu t'impatientes ? Ça te gratte au creux des bras ? Tu commences à transpirer ? Tu frissonnes ? Le froid… Le froid commence à revenir ? Tu attends que je parte pour t'offrir ta dose, hein ? Une minute, deux minutes. Tu comptes. Et ça ne passe pas vite. Ça s'éternise, c'est incroyable comme c'est long.

– Il te reste une minute.

Deux mots. Deux mots simples auraient pu tout changer… Ou peut-être pas. Il ne saurait jamais parce que ces deux mots refusaient de sortir. Ils n'étaient que mensonge.

« Je t'aime. »

C'était si simple pourtant.

C'était peut-être ce qu'elle attendait depuis vingt ans.

Deux mots. Deux mots qui ne franchissaient pas ses lèvres.

Elle cracha finalement :

– T'es encore plus tordu qu'il y a… L'âge t'a pas arrangé.

– Toi non plus.

Il n'était pas venu pour ça. Il était venu en paix, Dieu lui en était témoin. Mais elle était comme sa mère, tout à fait comme sa putain de mère. Le conflit, la hargne, le venin…

– Pars. Pars maintenant.

La porte s'ouvrit, sans frapper.

Un Maghrébin de stature imposante s'encadra.

– Dix minutes, mon pote. C'est fini.

Le père effleura brièvement la cigarette au coin de son oreille, reposa calmement la paluche sur sa cuisse, et baissa la tête. Il attendit.

L'Arabe répéta :

– Les dix minutes sont terminées. Oh, t'entends ce que je dis ?

Les muscles, un à un, se tendaient sous la chemise froissée du père. Prêts.

– Il y a un problème avec ce monsieur, Léa ? Il est…

– Vire-le, Farid. Il a eu ce qu'il voulait. Tout est en règle.

Farid s'avança vers Nazutti.

– Putain de maniaque, soupira-t-il.

En un éclair, Nazutti se détendit. Balayage et crochet du gauche à la tempe, pour accompagner le mouvement du mac vers le sol. Avant qu'il ait pu comprendre, sa tête avait déjà rebondi deux fois sur le plancher et le père avait sorti son arme de service pour la pointer sur son visage. Tout s'était passé très vite et dans un silence presque total, hormis le bruit sourd du crâne vide de Farid contre terre.

Mauvais réflexe, l'Arabe avait glissé sa main sous son veston. Son geste s'arrêta à mi-chemin. Sa vision accommoda la gueule monstrueuse du flingue.

– Putain, t'es qui, toi ?

Lentement, le père sortit sa carte professionnelle du portefeuille et la planta devant le visage du mac.

– Un flic ? Mais putain, ton nom c'est…, gémit Farid.

Le père posa un doigt sur sa bouche. Chut.

D'une main experte, il soulagea l'Arabe de son outil. Couteau papillon en acier inoxydable. Belle bête. Nul doute qu'il savait parfaitement le faire voleter, cette ordure.

Léa voulut s'approcher. Le père lui fit non de la tête. Peut-être lut-elle dans son regard que les conséquences de ses actes lui importaient peu. Quelque chose qui lui rappela des peurs enfouies depuis l'enfance, la petite, toute petite enfance. Elle resta immobile.

Farid essaya de parler à nouveau. Nazutti l'assomma à moitié d'un autre coup de poing, appuyé cette fois par la saccagne qu'il tenait entre ses doigts.

Sa tronche rebondit encore.

Éclats de sang. Belles éclaboussures.

Ce fut le signal.

Nazutti crossa la gueule du mac. Méthodiquement.

Front, nez, arcades, yeux, pommettes, mâchoires, cou, épaules, clavicules.

Chocs.

Métal et os.

Explosions. Chairs déchiquetées.

Farid tenta de se protéger avec ses mains. Elles y passèrent aussi.

Doigts, jointures, épiphyses, phalanges, phalanges, phalanges.

Bouillie.

Léa tremblait telle une épileptique.

Le mac se retourna pour ramper, échapper au sinistre.

Arrière du crâne, nuque.

Cervicale, cervicale, cervicale.

Nazutti s'arrêta, essoufflé, en sueur. Palpitant en grande forme.

Il regarda sa fille. Immenses yeux clairs injectés de sang. Posés sur elle.

– Ton grand-père est mort hier.

Sa fille n'arrivait pas à répondre ni à réagir. Elle se contentait de tressauter. Électrocution.

Le mac produisit un grognement plaintif et le père frappa. Oreille, cartilage, joue…

– Tu entends ce que je dis ?

Elle hocha la tête. C'était tout ce qu'elle pouvait faire.

Soudain, la porte claqua et le gros réceptionniste, Charlie, apparut.

– Qu'est-ce que c'est que ce bordel ? vociféra-t-il.

Pas le temps d'ajouter quoi que ce soit. Le père

l'attrapa par le col et d'un élan redoutable envoya son faciès de pas beau s'écraser contre le mur. Empreinte sanguinolente. Il entreprit alors de le crosser aussi à la nuque.

Cervicale, cervicale, cervicale.

La couche de graisse le protégeait.

Nazutti insista.

Cervicale, cervicale, cervicale…

Jusqu'à ce que Charlie accepte de s'écrouler. Chiffe molle.

— Arrête, souffla enfin la gamine.

— Ton grand-père est mort… C'est ça que je suis venu te dire, insista le père.

Elle avait un peu récupéré et se grattait compulsivement les bras. Sales traînées sur ses veines blanches.

— S'il te plaît…, chuchota-t-elle.

Nazutti toisa le mac. Il ne bougeait plus, ne gémissait plus. Peut-être avait-il même cessé de respirer. Cette enflure, ce saligaud…

Il admira ce beau couteau juste à côté, sur le sol, de belles empreintes dessus, un truc parfait avec lequel on aurait pu tenter de tuer le représentant de l'ordre, comme ils avaient tous cherché à le faire par le passé. Il aurait dû se défendre. C'était légitime. Merde, il aurait été frappé où ? La jambe, oui, c'était bien, la jambe. Et lui, le père, le flic, il aurait été obligé, oui, bien obligé de riposter, pour sauver sa peau…

Léa avança d'un pas, bouche ouverte.

Le père vit ses dents qui pourrissaient à même les gencives. Sans qu'elle s'en rende compte.

La came tuait la douleur.

La came tuait toutes les douleurs.

— Laisse-le… S'il te plaît.

Il hésita. Le tuer ? La tuer ? Se tuer ? Aucune de ces options ne résoudrait quoi que ce soit.

Elle approcha son visage ravagé du sien.

Il se contenta de dire :

— Pourquoi tu es devenue comme ça, hein ? Pourquoi ?

Il leva la main. Hésita encore. Frapper, oui… Ou la caresser pour la première fois.

— Pourquoi ? J'ai besoin de savoir. Est-ce que c'est lui ? Est-ce que c'est ton grand-père qui t'a rendue ainsi ? Est-ce que c'est de sa faute ?

Sa voix n'était plus qu'un chuchotement.

Léa cligna des yeux, semblant l'entendre pour la première fois.

— Et toi, murmura-t-elle. Pourquoi tu es comme ça, papa ?

Elle aurait pu éclater, en disant ça. Elle aurait pu se jeter à terre. Mais il n'y avait plus rien en elle, le père le voyait bien.

Plus rien d'autre que la came et le mensonge.

La peur et le mensonge.

L'absence et le mensonge.

Nazutti essuya le Sig incrusté de matières organiques et d'humeurs purpurines, le rengaina et sortit en silence de la pièce.

Tandis qu'il dévalait les escaliers quatre à quatre, les mots revenaient en lui.

Des mots qui taillaient dans la viande.

La peur, l'absence et le mensonge…

Une salope. Une pute. Une timbrée. Une alcoolo. Ce que tu veux… Dis-toi ça et tu n'auras plus mal…

Des mots intolérables.

« Je t'aime… »

Sixième jour. 6 heures 5.

Petit matin, devant le commissariat principal. Tout est blême. Le bitume. Les feux tricolores qui clignotent dans le vide. Le ciel. L'horizon. Jusqu'aux tronches de Nazutti et d'Andreotti, assis côte à côte dans la voiture à l'arrêt.

Quatre jours sans dormir.

— Il t'a dit quelque chose ?

— Quoi ?

— Avant de crever, il t'a raconté quelque chose ?

— Je... Je ne sais plus. C'est confus... Je... Il aurait dû me dire quoi ?

— J'en sais foutre rien ! C'est pour ça que je te demande. Et c'est pour ça que tu as participé en dernière instance, tête de nœud. Sarah prétendait qu'il savait des trucs... Des trucs importants. Que savait-il ?

— Je ne me souviens pas. Peut-être qu'il a dit... Oui, il a dû parler à un moment mais je n'ai pas écouté. Je n'ai rien entendu.

— Bon, laisse tomber.

— Ils m'ont fait sortir par une issue dérobée. Personne ne m'a vu. Oh, Jésus, je suis dans la merde, Nazutti. Qu'est-ce que je vais faire, bon Dieu ?

— Rien. N'aie aucune crainte. Ils ne te laisseront pas tomber. Je ne te laisserai pas tomber.

— Tu m'as… C'est toi qui m'as piégé.

— Faux. Tu voulais voir de quoi il retournait. Je t'en ai offert la possibilité.

— Tu m'as embringué là-dedans. Je ne voulais pas…

— Mais tu l'as fait quand même.

— Je suis salement crevé. Je crois que je…

— Tu vas pouvoir te reposer, t'inquiète pas.

— Quand ?

— Bientôt. C'est bientôt fini.

— Ça ne finit pas. Jamais. Putain, j'ai fait quoi, depuis que je te connais ? J'ai foutu mon blaze en bas de CR bidons, je t'ai aidé à dissimuler des preuves et des indices, j'ai menti au commissaire, j'ai participé à des putains de messes noires appelées thérapies avec une bande d'hallucinés et hier, j'ai battu à mort un mec que je connaissais pas… Je l'ai tué, t'entends ? Je l'ai tué avec mes poings !

— C'était un accident. Ce genre de pépin arrive.

— Combien t'en as accroché de cette manière ? Tous tes anciens partenaires, quand ça a commencé à trop chauffer, tu les as…

— Faux, encore. J'ai emmené avec moi ceux qui le voulaient bien. Si parfois j'ai préjugé de leur capacité de résistance, le reste ne m'incombe pas. Mais je peux te dire que ceux qui sont allés jusqu'au bout…

— Mais jusqu'au bout de quoi, putain ?

— Jusqu'au bout des enquêtes ?

— C'est pas une enquête qu'on mène ! C'est une saloperie de chemin de croix qui se termine pas. Peut-être que c'est ça qui te plaît, après tout…

— Écoute-moi : t'es fatigué. T'es pas dans ton état

normal. Je vais juste te demander une dernière chose, après je te laisse…

— Tu me laisses, mon cul ! T'attends que ça, hein ? Que je baisse les bras, que je laisse tout tomber ! Des nèfles ! Maintenant que je suis baisé, je vais aller jusqu'au bout. Toi et moi, c'est ce qu'on va faire. Aller jusqu'au bout… Parce que c'est ce qui était prévu depuis le début, pas vrai ?

— Jusqu'au bout, oui…

*

— Ça va ?

— Oh, Sainte Vierge, ce que j'ai mal. Je suis où ?

— Dans une de nos salles de soins. Vous avez trois côtes enfoncées. Fêlées, peut-être brisées. Votre épaule droite a été déboîtée. On l'a remise en place. Vos cervicales ont sûrement subi un déplacement. On vous a posé une minerve. Vous avez probablement un traumatisme crânien. Nous avons fait ce que nous pouvions mais il faudra aller à l'hôpital… Et chez le dentiste aussi. Il faudra de surcroît vous faire à l'idée que vous ne pourrez plus « consulter » pendant plusieurs mois.

— Il n'y a pas été de main morte. Vous m'aviez prévenu, Sarah, mais quand même… J'ai vraiment cru qu'il allait me tuer à mains nues…

— Tranchant me fait dire qu'il est très satisfait de vous. Vous aurez les dix mille euros qu'il a promis dès que vous serez en état de sortir d'ici.

— Me faites pas rire, j'ai tellement mal. Dix mille, c'est de la broutille. Il peut les garder, s'il veut. C'était la meilleure séance que j'aie jamais vécue.

*

Commissariat central. Quatrième étage. Bureau 102. Groupe 28. Volutes de tabac. Cris. Injures. Rires. Une partie de poker qui enflamme les passions des six cognes présents dans la pièce. De grands ados. Armés et dangereux.

Nazutti pénétra dans la pièce enfumée.

Avant de s'y rendre, il avait dit à Andreotti :

— Va m'attendre dans notre bureau. Dans dix minutes, t'appelles le poste 102, tu demandes Chaplin et, sans te présenter, tu lui dis qu'il est attendu à l'accueil.

— Putain, j'en peux plus ! Qu'est-ce que c'est encore que cette magouille ? Tu comptes quand même pas me mettre sur la touche ? Je veux venir. Il faut éclaircir…

— Tu vas pas argumenter avec moi ? Pas après la nuit dernière ?

Coincé, Andreotti. Fait comme un rat.

— Non.

— Alors, fais ce que je te dis, c'est tout. Le reste, c'est mon affaire. Te bile pas : tu sauras. Tu sauras bien assez tôt.

Maintenant, Nazutti, dans le bureau 102.

Silence. Du plomb dans l'atmosphère.

Chaplin s'exclama, tout sourire :

— Le voilà enfin ! Depuis le temps que tu te fais désirer, Nazutti. On a failli croire qu'il fallait t'envoyer une lettre avec AR[1], pour que tu consentes à

1. Accusé de réception.

te pointer. Mais Joyeux et moi, on savait que t'allais venir. Tôt ou tard.

Joyeux se leva et, en mâchant, se dirigea vers le bureau adjacent, Chaplin sur ses talons, Nazutti sur les talons de Chaplin. Un vrai cortège funèbre.

— Alors, connard ? Tu fais moins le fier ? fanfaronna Chaplin en se plaquant contre son fauteuil.

— Vous entravez pourquoi je suis là ? Vous entravez ce qu'il y a dans les listings que vous avez refilés à Andreotti ?

— Un peu, mon neveu.

— Nibe. Que dalle ! C'est tout ce qu'il y a dans vos putains de papelards. Vous savez aussi bien que moi qu'il y aura rien de plus facile que de confronter mon emploi du temps avec les heures de décès.

— Mouais... Mais d'ici à ce que ça se fasse...

— Vous voulez quoi ?

— Nous ? Rien. Disons juste que... On aurait aimé s'assurer, sur ce coup-là, de ton entière coopération. Le fait est que t'es dans la merde, Nazutti. Qu'il y ait une entourloupe ou non.

— Alors, la question est : qu'est-ce que tu vas bien pouvoir faire pour nous ?

— Vous savez à qui vous avez affaire ?

— Bien sûr, répondit Chaplin enjoué. À un type qui est dans la mouise la plus totale et qui a pas lerche de solutions pour s'en sortir.

— Cette histoire, on en a encore parlé à personne..., précisa Joyeux.

— Excepté Andreotti.

— Andreotti a trouvé tout seul, c'est un gars débrouillard, tu sais...

— Tout seul ? Me faites pas rire, j'ai des gerçures.

— Allons, tu le tiens bien, non ? Tu contrôles, pas vrai ?

— Vrai.

— Alors, disons qu'on pourrait éviter le zèle et faire ceux qui ont rien vu. Mais c'est le genre de dette qui se paye, je crois que t'en as conscience…

— Ouais. Par les couilles, on te tient, enfoiré. On pourrait te demander de nous lécher les pompes, maintenant. Ouais, te mettre à quatre pattes et venir nous les faire briller… Tu pourrais pas nous refuser cette faveur.

— Mais rassure-toi, Nazutti, on va pas te demander ça. On est pas des tortionnaires speakologiques, comme dirait l'autre. Non, cette histoire, on va la garder pour nous, au frais et toi, tes faveurs, tu vas les garder au frais aussi. Pour plus tard.

— Et ça pourrait être bientôt.

— Vous savez que vous êtes pas les premiers à essayer de jouer à ce petit jeu avec le major Nazutti ? Il y en a d'autres qui s'y sont essayés avant vous, ça leur a pas porté bonheur.

— Ouais, on sait. Mais t'inquiète pas, Joyeux et moi, on est très optimistes. La dépression, les demandes de mutation, les TS[1], c'est pas pour nous. Et puis aussi, on conduit toujours très prudemment, si tu vois ce qu'on veut dire.

— Bien, trancha le major. On a qu'à dire qu'on a un accord, comme qui dirait tacite, alors. Pour célébrer ça, je prendrais bien un petit café.

— Un café ? Tu préfères pas un Coca ou du whisky ? Il y en a à côté, demanda Joyeux qui sentait le regard de son boss se porter sur lui.

1. Tentatives de suicide.

— Non. Un café. Court et sans sucre, insista Nazutti.

— Fais chier.

— Joyeux..., gronda Chaplin.

— Hé, pourquoi moi ? On a qu'à demander à Mickey ou Siphon, ils se feront un plaisir...

— Joyeux ! Fais un effort. Tu vois bien que l'inspecteur Nazutti ici présent est dans de bonnes dispositions. Ne va pas lui faire regretter ça.

— Putain. Ça devrait être lui qui va nous les chercher, les...

— Descends à la machine, il y en a pour deux minutes. C'est moi qui paye, tiens. Pour moi, ce sera un crème extra sucre.

— Fais chier.

Joyeux empocha la monnaie d'un geste rageur et partit en claquant la porte.

— Maintenant qu'on est seuls, demanda Nazutti, si tu me disais ce que t'as en tête exactement.

— Il y avait pas besoin d'envoyer Joyeux à la machine, il est au courant...

— C'est toi le responsable, non ? C'est avec toi que j'ai un accord et c'est à toi que je demande.

Chaplin se sentit pousser des ailes. Nazutti savait que son service, il ne pourrait pas résister à l'envie de le réclamer tout de suite. Sa vengeance, il voulait la savourer chaude, brûlante.

— Tu vas trouver le mec. Et tu vas te mettre en quatre pour ça. Ensuite, on s'occupera nous-mêmes de l'arrestation. Avant les militaires, avant le SRPJ, avant tous ces connards. T'inquiète pas, les détails, les indices, les faisceaux de présomptions, on se démerdera — avec ton aide — pour les faire cadrer.

Nécessité fait loi. On va les faire blécher et je peux te pronostiquer que la commissaire, après ça, pourra plus rien nous refuser. C'est pas demain la veille qu'elle viendra ici pour interrompre une partie de belote parlante…

Nazutti faillit s'étouffer de rire.

– C'est tout ce qui t'intéresse, hein ? Tu joues petit, Chaplin.

– Je joue ce que je veux, exulta le chef de groupe. À partir de dorénavant, t'es plus qu'une petite merde. Un pédé qui suce des bites dans le noir. Une carpette sur laquelle on s'essuie les pieds. Un rouleau de PQ dans des toilettes publiques. Une petite pute qui fait tout ce qu'on lui dit et qui va le faire pour rien. Un enculé de première qui se fait enfiler par tout le monde. Et tu vas dire merci quand on t'encule, t'entends ? Tu vas dire merci avec le sourire. Tu réagis pas ? T'as raison. Ouais, t'es plus qu'une petite merde et t'es certainement pas en position de porter un jugement sur…

Le téléphone se mit à sonner. Dix minutes pile. Andreotti était quelqu'un de très ponctuel.

– … de porter un jugement sur…

Et sonner.

– … un jugement sur… heu…

Et sonner encore.

– Et merde, je trouve pas mes mots… Ce putain de téléphone…

Furieux d'être interrompu dans ce qu'il augurait être sa plus belle tirade, le point d'orgue de sa victoire, Chaplin décrocha violemment.

– Ouais, c'est pourquoi ? aboya-t-il. Hein ? Qui le demande ? Comment ça, il veut pas donner son nom ? Putain, mais c'est pas vrai, une histoire pareille. Vous croyez que j'ai que ça à foutre ? Vous êtes pas capable de faire votre boulot correctement ? C'est pas foulant, pourtant… Ouais… Bon, d'accord, j'arrive.

Il raccrocha, claquant le combiné sur l'ébonite.

— Attends-moi là, j'en ai pour deux minutes. De toute façon, Joyeux devrait pas tarder à revenir, précisa-t-il à Nazutti.

Puis il sortit.

Nazutti resta un instant immobile, dans le bureau désert, voûté sur sa chaise. Il regarda le téléphone. Il regarda la veste de Chaplin posée sur le dossier… Nul doute qu'il y trouverait son portable. Il se souvenait parfaitement du numéro qu'il devait composer. Il l'avait appris par cœur juste avant de venir.

Il ferma les yeux. Il inspira profondément.

Sous sa veste, sous sa chemise, le T-shirt plié du petit Georg Überth était doux.

Et chercha à l'intérieur de lui la haine et la colère qui lui donneraient la motivation nécessaire pour faire ce qu'il allait faire.

Il n'eut aucun mal à les trouver.

— Hôtel Hilton ? Inspecteur Roger Chaplin, section criminelle du commissariat central. Passez-moi la chambre 712. Oui, monsieur Überth, c'est ça…

*

Andreotti, dans le bureau encombré de cartons que personne n'avait pu ou voulu déballer, raccrocha le combiné. Voilà, c'était fait. Il venait de s'enfoncer un peu plus dans l'inextricable machinerie mise en place par Nazutti. Il y était bien, suspendu par les couilles, et il sentait qu'il pouvait bêler comme un mouton en plein désert, personne, plus personne ne lui viendrait en aide. Bizarrement, cela ne l'affecta pas. Il se sentait fiévreux, à la limite du malaise. Ce qu'il faisait, ce qu'il disait ne lui appartenait plus. Il était un autre.

Peut-être, pour la première fois de sa vie, réellement lui-même.

Il n'aimait pas du tout ça. Néanmoins, la résignation, l'abattement étaient plus forts.

Des cartons pourris, de la poussière et un tas de paperasse enfermée qui ne servirait probablement jamais à rien. Des archives. Des gosses tués, abusés, torturés, mutilés, brisés, violés, battus, séquestrés, anéantis, niés, jetés aux ordures, meurtris, abandonnés, brûlés, pillés de l'intérieur, cramés, saccagés, vies foutues, détournées, dévoyées, corrompues, dévastées, à ramasser à la petite cuiller, des gosses tremblants de peur, dans le coma, en état de choc, mutiques, transis, encore vivants et déjà morts, maltraités tout simplement ou juste éliminés. Des gosses enterrés, des gosses dans des caves, dans des containers à poubelles, dans des coffres de voitures ou devant des tombes en rase campagne, des gosses devant la télé, phototaxie des rétines et pupilles : zéro réaction, filet de bave sur le menton, dans des appartements sordides ou luxueux, des gosses dans des institutions, des gosses en colo ou au cathé, des gosses dans les jardins, au coin d'une rue, à l'école, genoux écorchés et cartable en bandoulière, abandonnés, le regard triste, des gosses avec des friandises plein les poches… Des gosses qui attendaient. Qui attendaient en vous fixant, sans rien dire ni demander. Ne pas penser. Ne pas penser comme Nazutti.

Et puis le monde des adultes derrière… Des bourreaux ordinaires. De bons travailleurs, des gars avec une voiture, une maison, un chien, des types souriants, inscrits aux APE des écoles maternelles, des types qui se fondaient dans la masse, des amis, des tuteurs, des oncles, des cousins, des frères, des pères, des mères, des voisins, des relations de travail, des responsables d'association, des gens d'Église, des cas sociaux, des désaxés, des junkies, l'imbécillité, la saleté, l'hypocrisie, le tout-venant de la sauvagerie ordinaire. Était-ce si simple ? Est-ce que ça pouvait rendre fou de l'évoquer, de s'impliquer, jour après jour, gosse après gosse, échec après échec ? Nazutti avait-il sombré lentement, happé par ses propres abîmes, empêtré dans ses contradictions ? Nazutti, dévoré, consumé par ses obsessions… Et lui, putain, qu'est-ce qui l'attendait, lui ? Est-ce que quelqu'un viendrait le chercher, un jour, le prendrait par la main et lui montrerait ?

Arrêter de penser comme lui. Tuer l'esprit.

Il scruta le mur en face de lui et songea à Frédérico Mendez, l'ancien archiviste. C'était comme s'il pouvait le voir, mort là derrière, dans l'ancienne galerie, le ventre gonflé, repu jusqu'à la lie de junk food avariée, ses grandes orbites vides, lorsque les techniciens l'avaient trouvé, assis le cul sur cette montagne de détritus en voie de décomposition. Est-ce qu'il était encore là ? Les regardait-il ? Son esprit planait-il toujours dans le premier sous-sol du commissariat central ou n'était-ce qu'une impression ?

La fatigue… L'épuisement… La faim… L'oubli… Est-ce que c'était ça qui les attendait eux aussi : l'oubli ? L'oubli et la mort ? Il se prit la tête entre les mains et ferma les yeux quelques secondes.

Le juge avait ordonné une détention provisoire. Prof était SDF. Autant dire que si l'opportunité d'un procès se présentait, ils voulaient l'avoir sous la main. Ils le voulaient à tout prix.

Andreotti était allé le voir à la pénitentiaire.

Lui aussi était dans le collimateur, mais il était libre. En plein dans l'œil du cyclone. On bougeait une oreille, et hop !

Lorsque le gardien l'avait fait entrer, tout d'abord, il n'avait pas reconnu son ancien camarade de galère.

« Quand j'étais petit… »

Prof s'était tassé, recroquevillé. Il était rentré en lui-même. Andreotti savait que, petit à petit, il se laisserait dépérir.

« Quand j'étais petit… »

Il s'était assis en vis-à-vis et Prof avait fait comme s'il ne le remarquait pas. Impossible de lui en vouloir.

— Prof ?

Le vieil homme triturait la manche de son costume pénitentiaire trop grand pour lui. Tête baissée.

— Prof ? C'est moi.

Et puis, sans le regarder, Prof avait murmuré.

— Tu m'as menti.

— Ça va s'arranger… Je vais faire tout mon possible pour… Tu dois comprendre… Il faut être patient… Tiens bon…

Les formules sonnaient creux. Pire, au fur et à mesure qu'il les prononçait, Andreotti s'aperçut qu'il mentait, et chaque mot, chaque syllabe ajoutait au mensonge originel. Il renonça à aller plus loin.

— Tu m'as menti, avait répété Prof.

Alors, Andreotti se lança.

« Quand j'étais petit… »

Il ne savait pas pourquoi il lui racontait cette histoire, ni d'où venaient ces souvenirs. De très loin, assurément. Il n'avait pas repensé à ces événements depuis si longtemps. Mais la vision de Prof, ce mec inoffensif, innocent, établissait dans sa mémoire un lien mystérieux qu'il ne tenta pas d'expliquer.

« Quand j'étais petit, il y avait les caves… »

— Tu m'as menti.

« Quand j'étais petit, sous les immeubles, il y avait les caves. Un alignement de vieilles portes éventrées, aucune lumière… Un endroit où plus personne ne descendait. Je devais avoir huit ou neuf ans et on se retrouvait, chaque week-end et le soir, pour déconner dans ces lieux vaguement anxiogènes… On ne s'inquiétait pas, à l'époque. Rien ne nous inquiétait.

« Il y avait moi et une dizaine d'autres gamins comme moi. On lapidait les chats, on cassait les chaises et autres pièces de mobilier que les gens laissaient à l'entrée… On passait le temps.

« Nos parents, pour la plupart, étaient des ouvriers travaillant sur la zone industrielle pas loin ou alors des cas sociaux plantés toute la journée devant leur téloche en attendant la pension. Ils étaient trop occupés ou trop fatigués pour s'occuper de nous. Nous étions, pour ainsi dire, livrés à nous-mêmes. Mais ça nous convenait. Nous ne connaissions rien d'autre.

« Un jour, Petit Gibus, un de mes meilleurs amis, ou en tout cas un de ceux qui jouaient le plus souvent avec nous, avait fait courir la nouvelle : son grand frère, Louis, et peut-être un ou deux de ses copains, allait sauter une fille dans les caves samedi soir. Nous étions tous conviés. Le sexe, pour nous, à cette époque, était encore quelque chose d'exaltant, de magique et d'effrayant. Nous avions passé le reste de la semaine dans un état de fébrilité intense. Le sexe, samedi, nous allions voir enfin comment c'était. La consigne était claire : si nous ne voulions pas être bannis de cette réunion occulte, personne ne devait dire aux grands — parents, professeurs, assistants — ce qui allait se passer.

« Arriva le week-end. Louis, on le connaissait comme ça. C'était juste un grand frère parmi d'autres. Un de ceux qui passaient parfois dans le quartier avec leur clope à la bouche et nous ébouriffaient les cheveux en ayant l'air de penser à des tas de trucs. Des trucs plus importants que nous. Pas méchants, non, mais avec cette aura mystérieuse qui caractérisait tous ceux qui avaient dépassé dix ans. Leurs occupations, leurs aspirations, leurs motivations dégageaient un parfum de soufre et de feu. Ils étaient gigantesques, ils étaient forts et, à coup sûr, ils connaissaient un tas de choses interdites et bléchardes.

« Ledit samedi, je m'étais échappé par la fenêtre. Nous habitions au rez-de-chaussée de l'immeuble et c'était un jeu d'enfant de s'éclipser. De toute façon, papa n'était pas là — il n'était jamais là — et maman dormait devant la télévision, dans sa robe de chambre rose délavée, celle qu'elle ne quittait jamais. Elle ronflait, une bouteille à portée de main et le son à fond.

« J'avais rejoint Petit Gibus tout au bout du parking, devant l'entrée où ça devait se passer. La nuit était tombée. Nous étions cinq. Les autres, pour des raisons x ou y, n'avaient pas pu venir. Louis était arrivé. Il avait pompé sa cibiche et nous avait proposé de tirer dessus. Ce que nous avions tous fait en étouffant, comme il se devait, les quintes de toux qui menaçaient de nous cisailler les côtes. Nous avions attendu un moment, en silence. La clope passait de main en main, menottes sales aux ongles mal coupés. Louis regardait à droite, à gauche, calmement. Peut-être voulait-il s'assurer qu'aucun de nous n'avait éventé le secret.

« Lorsque le mégot fut consumé, Louis l'avait jeté au loin, gerbe d'étincelles, avait regardé sa montre et avait simplement dit :

« – C'est l'heure.

« Nous l'avions suivi. Nous avions peur. Nous étions excités. Nous étions si jeunes.

« Pour gagner les caves, il fallait descendre une volée de marches à moitié détruites, bouffées par la moisissure, et puis passer un coude qui se terminait en cul-de-sac. Tout au fond.

« Un grand trou noir. Un trou qui, pendant la journée, ne nous effrayait pas, mais qui, en cet instant capital, au cœur de la noye, semblait plus sombre, plus insondable, plus dangereux que jamais. Nous nous y engouffrâmes.

« Nous étions avec Petit Gibus, Louis était son grand frère. Il ne pouvait pas nous faire de mal, non ?

« Il y avait des lampes torches posées à même le sol. Quatre ou cinq, je ne me souviens plus. Deux autres mecs étaient déjà là, encadrant une fille à la tête baissée, le visage caché par une abondante chevelure noire, portant une robe blanche qui ressemblait un peu à une blouse. Elle semblait avoir l'âge des grands — quinze ans, dix-sept, par là — et son corps était celui d'une femme. Les seins, nus sous la robe, pointaient à travers l'étoffe. Et puis, plus bas, juste au-dessus de ses cuisses nues, il y avait son sexe, sa chatte, son con. J'avais entendu dire que si on voulait mettre un doigt dedans, il fallait porter des gants spéciaux, genre volcanologue, tellement c'était chaud.

« Louis avait dit :

« — Restez ici. Ne bougez pas. Et pas un mot, surtout.

« Nous nous étions assis sur des caisses de bois défoncées. Il y avait moi, Petit Gibus, Momo, le fils de la concierge, Jacques le rouquin, avec sa peau trop claire qui supportait pas le soleil, et Gégé gros cul, la bouche toujours constellée de restes de chocolat. Les yeux de mes camarades, dans l'obscurité, étaient ceux de fugitifs pris dans le faisceau des miradors. Les miens aussi, probablement.

« Ils étaient tous fixés sur la silhouette de la fille qui avait maintenant été rejointe par Louis. Derrière, il y avait un matelas défoncé.

« Les deux types avaient effectué un ou deux pas de retraite et le frère de Petit Gibus avait fait glisser la robe.

« À y regarder de plus près, dès lors que nos pupilles s'étaient accoutumées à la semi-pénombre, cette fille avait l'air bizarre. Elle était pieds nus. Ses jambes, ses bras étaient dégueulasses, couverts de taches sombres qui auraient pu être des croûtes de sang…

« Le vêtement était tombé. Elle ne portait rien en dessous. Son pubis était extrêmement velu. Nous ne pouvions plus détacher notre regard de ce triangle noir, cette jungle aventureuse. Ça y était, nous étions pris, hypnotisés, prisonniers de notre propre naïveté. Nous n'osions même plus respirer.

« L'adolescente avait relevé la tête et Louis avait chassé les mèches de son visage. Elle avait un joli visage. Un peu rond, paupières lourdes, grands cernes et bouche bien dessinée, un peu à la Betty Boop. Bouche qui ne souriait pas. Là encore, quelque chose clochait. Je suis certain que nous nous en étions tous les cinq rendu compte.

« La fille avait dit à Louis ou à quelqu'un d'autre dans son esprit :

« – C'est toi, les yeux ?

« Et Louis avait répondu oui en dégrafant son pantalon. Il bandait fort.

« Que voulait dire cette phrase ? Était-ce un sésame qu'il fallait obligatoirement prononcer avant de baiser ?

« Louis, sa grosse queue tendue, s'était mis à se frotter contre la brunette qui restait debout sans rien faire, sans rien dire, les bras le long du corps.

« Oui, quelque chose n'était pas normal, mais nous ne savions pas, tu entends ? Nous ne savions pas.

« Il était passé devant, derrière. Il se frottait plus fort.

« – Écarte les jambes, merde, il avait soufflé.

« – Les yeux, avait-elle répété.

« Était-ce comme ça qu'on faisait l'amour ?

« Les deux copains de Louis se tenaient dans l'ombre. Eux non plus ne bougeaient pas, ne disaient rien.

« Louis s'excitait.

« Nous regardions sa verge, puis les jambes de la fille fermées sur son pubis, puis la verge, puis le pubis.

« Finalement, un des deux grands est sorti de l'obscurité. Lui aussi avait ôté son pantalon et son caleçon.

« Il avait posé doucement les mains sur les épaules de la frangine et avait chuchoté à son oreille :

« – Oui, c'est lui, les yeux. Regarde-le. Regarde ses yeux.

« Et puis il avait dû appuyer légèrement parce que la fille s'était étendue là, dans la poussière, sur ce matelas éventré, parmi les gravats et les éclats de verre.

« Louis s'était couché sur elle.

« Il régnait un silence total. Personne ne parlait, personne ne faisait le moindre geste, personne ne respirait.

« Sauf Louis, qui bougeait les fesses en cadence, allongé sur la poule. Nous ne voyions pas grand-chose. Uniquement la plante des pieds de la fille, noirs de crasse, qui remuait de manière synchrone. Une morte.

« Finalement, Louis a poussé un petit gémissement puis a roulé sur le côté.

« L'autre gonze, son copain, a pris sa place. Toujours sans rien dire. Comme si tout cela avait été chorégraphié.

« Lorsqu'il a eu fini, le troisième est apparu dans la lumière blafarde et a pris la suite.

« Les pieds de la fille continuaient à tressauter. Elle ne disait rien, ne gémissait pas, ne criait pas, comme j'avais entendu que ça se passait. Pour tout dire, nous étions sinon perplexes, du moins un peu déçus.

« Le troisième gars avait roulé à son tour. La poupée tenait toujours les jambes jointes. C'était tout.

« Louis était revenu vers nous. Il s'était rhabillé.

« – Allez, on rentre.

« Il avait l'air lui aussi désappointé.

« Sur le chemin du retour, nul n'avait pipé. Ni Louis, qui tirait sur sa clope mais cette fois ne nous avait pas proposé de partager, ni aucun d'entre nous.

« Je crois que nous nous étions séparés en oubliant de nous dire au revoir.

« Et puis l'existence avait repris son cours. Les préaux, l'école, les matches de foot, les devoirs, les chaises et autres pièces de mobilier que les gens laissaient à l'entrée.

« L'insouciance.

« Seulement, c'était plus pareil. Personne n'était revenu là-dessus, mais entre nous cinq, quelque chose avait changé. Parfois, en plein match, je surprenais un regard de Gégé gros cul un peu appuyé. D'autres fois, Momo, en cours, secouait la tête sans que personne sache pourquoi, excepté les quatre autres.

« Il y avait désormais ce non-dit, ce silence, cette omission. Et nous faisions inconsciemment tout notre possible pour ne pas nous retrouver en tête à tête ou tous les cinq ensemble.

« Six mois après, la nouvelle était tombée. Viol

qualifié. Viol en réunion. Abus de faiblesse par personne ayant autorité.

« Nous ne savions pas tout à fait ce que cela signifiait, mais nous avions compris en un instant que ce qu'avait commis Louis était mal, que c'était interdit, et qu'il allait être puni.

« Il avait été inculpé ainsi que deux infirmiers qui travaillaient à Sainte-Anne, l'hôpital des fous. On racontait des histoires. Comme quoi les infirmiers emmenaient des patientes dehors, la nuit. Comme quoi ils recevaient des sous pour ça. Comme quoi ils... À l'époque, le terme de tournante n'existait pas.

« Personne n'a jamais su ce que nous avions vu. Personne n'a jamais su ce que nous avions dit ou fait ce soir-là. Ce secret, nous l'avions gardé, chacun pour soi.

« Ensuite, ma mère est morte, trop d'alcool, trop de soucis, et j'ai déménagé avec mon père dans le centre-ville.

« Je ne devais pas revoir Petit Gibus, Momo, Gégé gros cul, ni Jacques le rouquin avant plusieurs années.

« J'avais étudié, j'avais ri, j'avais travaillé, je m'étais amusé, j'avais appris, j'avais essayé d'être un bon fils, j'avais passé le concours, je l'avais réussi, je m'étais marié.

« J'avais vécu. J'avais oublié.

« Jusqu'à ce jour de décembre 1992 où, stagiaire, j'avais pris la déposition d'un junky qu'une patrouille avait ramassé en train de fracturer une voiture.

« Ce junky, c'était Jacques le rouquin.

« Avant de prendre sa déposition, dans un bureau désert entre midi et deux, j'avais discuté un peu avec lui. Ou plutôt, il avait parlé et j'avais écouté.

« Maintenant, j'étais flic, j'étais marié, je menais une vie normale. J'étais de l'autre côté de la barrière. Jacques le rouquin l'avait entravé immédiatement et n'avait pas essayé de jouer sur les sentiments, l'amitié ou la compassion. Il ne m'avait pas serré la main ni salué. Sa voix tremblait. Tout son corps tremblait. Il bavait. Il transpirait. Le manque. Il m'avait demandé, supplié de lui filer quelques cachets de Subutex pour tenir et j'avais chopé des comprimés de Tranxène dans un tiroir. C'était le plus que je pouvais faire. Ensuite, il m'avait donné des nouvelles : raconté comment Momo était mort dans un accident de scooter, percuté de plein fouet à un croisement par une voiture de police. La voiture avait la priorité et le scooter était volé. L'épisode avait pas fait grand bruit. Il m'avait raconté comment Gégé gros cul avait perdu la plupart de ses dents, ses cheveux et vingt kilos après son cinquième internement et expliqué avec un petit sourire même pas drôle – un sourire de camé – comment, maintenant, il portait des chemises deux tailles en dessous parce qu'il avait trop l'habitude des camisoles et qu'il fallait que ça soit serré, très serré. Il m'avait parlé de Petit Gibus qui tirait quinze ans en centrale pour avoir tapé trop fort sur la tête d'une vieille qui refusait de donner son sac.

« Oui, il y avait une époque où nous étions cinq. Nous étions petits. Nous avions peur et nous ne savions pas.

« Et sur ces cinq-là, avec ce secret entre nous, ce grand secret qui nous relierait à jamais, j'étais celui qui n'était pas mort, celui qui avait échappé à la came, à l'asile, à la taule. J'étais celui qui avait survécu. J'étais celui qui n'avait pas payé. Est-ce que tu crois que j'aurais dû payer moi aussi, Prof ? Est-ce que tu crois à une forme de justice ? »

Prof avait fixé la table devant lui durant toute l'histoire. Il demanda, en évitant de le regarder :

— Qui tu es, hein ? Qui tu es réellement ?

Andreotti avait ouvert la bouche. Aucun son n'était sorti.

Il se fit l'impression rétrospectivement d'être un Candide qui avait vu trop tôt la face cachée du monde. Un Candide pervers qui voulait continuer à croire en l'absence de ses illusions. Un Candide d'envers du décor qui ne pleurait pas. Ne rêvait pas plus. Et pourtant...

Il était encore ce vilain petit garçon qui fait des choses pas belles et qui ne s'en rend même pas compte.

Il était encore ce vilain petit garçon qui savait et qui mentait.

Parce que la vérité était toujours dangereuse.

Il était encore ce vilain petit garçon qu'on manipule, qu'on guide et qui suit. Un falot, un lâche et un ignorant.

Ce vilain petit garçon qui refuse de payer et qui s'enfuit, qui s'enfuit et qui oublie.

Oui, il était ce vilain petit garçon qui avait appris à avoir peur du noir.

Mais se taisait.

Parce que la vérité était toujours dangereuse.

Soudain, on le secoua par l'épaule.

— Andreotti ! Oh, Andreotti, réveille-toi !

Il ouvrit péniblement les yeux.

— Je... J'ai dormi ?

— Ouais, une heure. Allez, magne-toi, on a encore du taf, maugréa Nazutti en embrayant déjà vers la sortie.

— Une heure ? Je... Je peux plus, Nazutti. Faut que tu me laisses, maintenant. Je peux plus.

Le major s'arrêta.

— Bouge-toi !

Il avait l'air furax.

— Je peux plus...

Andreotti entendit sa propre voix, de loin. Elle était geignarde. Elle ressemblait à celle d'un petit garçon. Un vilain petit garçon. Un falot, un lâche et un ignorant. Nazutti revint sur ses pas.

— Lève-toi ! Lève-toi, et avance, pédé ! Bats-toi !

— Je peux plus...

Le major dégaina.

— Lève-toi ou je te bute !

— Tu... t'es fou ? Ça va pas ? Tu braques ton arme sur moi ? En plein commissariat ?

— Lève-toi, pédé !

— Tu peux pas... Tu peux pas me demander ça... Je peux plus... Il faut que je dorme. Juste dormir. Un peu. Quelques minutes.

— Tu dormiras plus tard. Si tu te lèves pas tout de suite, c'est une grande sieste prolongée que je vais t'offrir.

Le major arma le chien du parabellum en simple action. Culasse en arrière.

Andreotti regarda la carcasse en polymère haute résistance avec rail intégré. Il détailla la ligne fine du canon quatre-vingt-dix-huit millimètres, six rayures.

Il entendit le bruit du ressort de chargeur pousser

vers le haut la cartouche supérieure en position d'alimentation.

Il vit Nazutti relâcher la culasse. Il entendit le claquement sec d'armement du ressort récupérateur qui la faisait revenir en position initiale.

Andreotti entendit le cliquetis de la cartouche introduite dans le canon.

Le 9 mm était prêt au tir. Seul le levier de désarmement permettrait désormais de neutraliser l'arme.

— Tue-moi, alors. Vas-y, fume-moi ici. Parce que je peux plus avancer. Je suis déjà mort, Nazutti.

L'OPJ dirigea son arme vers sa tête.

Andreotti savait ce qui allait arriver.

Le chien serait libéré par une pression sur la détente comprise entre 1,8 et 2,6 kilogrammes. Le gros doigt de Nazutti blanchi sur la gâchette.

La tige de percussion pousserait le chien vers le haut sous l'action du ressort de percussion.

Peut-être aurait-il alors le temps de voir le chien frapper sur le percuteur et le percuteur frapper sur la capsule d'amorce de la cartouche.

— Je te jure que je vais le faire si tu restes une seconde de plus le cul vissé sur cette chaise. M'oblige pas.

— Finis-moi...

— T'es un meurtrier. En fuite, sale con. Tu croyais que t'étais protégé parce que t'avais une carte tricolore et tes entrées au commissariat ? Non. Moi, je t'ai retrouvé. J'ai des témoins, des preuves : un joli petit film avec toi dans le rôle principal, en train de t'acharner sur un homme à terre. J'ai même le macchabée qui va avec. Plein de lambeaux de peau à l'intérieur des plaies... Ta peau, tes coups... T'es devenu fou, c'est ça ? Et maintenant, tu résistes ? Tu résistes, Andreotti ? Tu m'obliges ?

L'inspecteur savait qu'il aurait dû réagir. Au moins se lever pour reculer l'échéance. Mais il ne pouvait détacher son regard du fumon braqué sur lui.

Il ne pensait pas que Nazutti était devenu marteau.

Il ne pensait pas qu'il l'avait baisé depuis le début.

Il pensait juste qu'il serait déjà mort lorsque le ressort repousserait en arrière la gâchette et le levier de sûreté dans leur position d'origine.

Il pensait à la balle qui dépasserait instantanément la vitesse du son.

Il pensait au coup de feu qu'il n'entendrait pas. Les seuls qui l'entendaient étaient les vivants. Une minuscule fraction de seconde après.

Il pensait qu'il ne verrait pas l'extracteur retirer la douille éjectée.

Il ne percevrait pas la culasse se déplacer vers l'arrière, jusqu'à la butée.

Il ne verrait pas à nouveau le chien armé et retenu par la gâchette dans l'encoche de détente.

Il ne saurait rien de la pression du ressort récupérateur armé, ni de la cartouche suivante, ni du canon de nouveau verrouillé à la culasse.

Parce qu'il serait mort.

Le repos éternel.

– C'est pas moi, murmura Andreotti en sachant que ce n'était pas cela qu'il fallait dire.

– Lève-toi, salope ! hurlait Nazutti, le canon sur son front.

Hausse et mire bien alignées.

À bout touchant.

Et lui, immobile, ne faisant pas un geste pour se défendre.

Comme les autres.

Peut-être que la douille resterait bloquée dans la fenêtre d'éjection ? Peut-être que le percuteur se coincerait dans son logement ? Ça n'était pas ce qu'il fallait dire. Ça n'était pas ce qu'il fallait faire.

– C'est pas moi…

– Andreotti ! Oh, Andreotti, réveille-toi !

On le secouait par l'épaule.

– Je… J'ai dormi ?

– Ouais, une heure.

– Une heure ? Je… Je peux plus, Nazutti. Faut que tu me laisses, maintenant. Je peux plus.

– Nazutti ? Oh, Andreotti, atterris. C'est Nono, pas Nazutti. D'ailleurs, on sait pas où il est. Évaporé, le connard.

– Qu'est-ce qu'il y a ?

– Tiens, il y a ce pacson qui est arrivé pour toi. C'est urgent, il paraît.

Nono lui tendit un colis. Papier bulle. Format A4. Épais.

– Qui ? demanda l'inspecteur.

– J'en sais foutre rien. Un coursier.

– Bon, soupira Andreotti.

Il déplia ses jambes, redressa son dos. Il était courbaturé comme s'il avait disputé une finale de Roland-Garros la veille. Cette heure d'assoupissement lui avait fait plus de mal que de bien.

Il tourna l'emballage. Anonyme, bien sûr.

Son nom dessus.

– J'ai dit bon, grogna Andreotti à l'intention de Nono qui s'obstinait à rester planté là.

Après un instant de réflexion considérable, ce dernier consentit enfin à recevoir le message et se retira.

L'inspecteur ouvrit le paquet.

À l'intérieur, une cassette.

Un mot. Anonyme aussi. Pas besoin de se demander de qui il venait.

« Monsieur l'inspecteur, si ce que nous a spécifié Tranchant est exact et si le coursier a respecté l'horaire, il devrait être treize heures trente exactement au moment même où vous lisez ces lignes.

Il est temps, désormais.

Nous vous avions promis des réponses : les voici.

Regardez vite et écoutez bien.

Vous êtes très télégénique, mais nous savons d'expérience que, dans le feu de l'action, il arrive que l'on ne saisisse pas l'entière portée d'un discours.

La dernière étape du programme est désormais terminée.

Toutes nos félicitations. »

À l'intérieur, une cassette.

Une réponse.

Une cassette de surveillance.

*

Nazutti se gara au numéro 16 de la rue Danfert. Il arrêta le moteur et se mit à observer le trottoir d'en face. Elle était là. Toujours au même endroit. Cette même démarche nonchalante, aller et retour devant la porte de l'hôtel. Ce même regard vide, ces mêmes bras desséchés à force d'être sollicités. Il voulait... Il voulait juste la voir une dernière fois avant de finir ce qui devait l'être. Ma petite, ma toute petite Léa.

Peut-être était-ce un pressentiment ? Cette sensation que c'était sa dernière chance... Une chance minuscule et dérisoire sinon d'inverser, du moins d'infléchir le cours de son histoire. Qu'espérait-il, en revenant ici ? Qu'elle se soit arrêtée ? Qu'elle ait changé ? Qu'ils aient changé tous les deux ? Ou bien le contraire, justement ? La confirmation que celui qui prévoit le pire a toujours raison ? Toujours. Oui, qu'avait-il jamais espéré ?

Elle était là. Dans cette rue, on tapinait vingt-quatre heures sur vingt-quatre. Elle se tenait de l'autre côté de la chaussée, son sac en bandoulière, sa bouille de... De loin, elle avait encore le même visage. Elle avait encore cinq ans.

Elle arborait cette jupe ultracourte de couleur verte, criarde, celle de la dernière fois, des bas résilles, et faisait claquer ses talons sur l'asphalte. Elle mâchait un chewing-gum... Comme elle aimait mâcher les chewing-gums, quand elle était gamine. Il se souvint que, tous les vendredis, en fin de semaine, il l'emmenait à la boulangerie, à la sortie de l'école, pour acheter une friandise. C'était un petit rituel entre eux. La récompense d'une semaine de labeur. Sa mère... Sa mère râlait à chaque fois parce qu'elle prétendait qu'il allait lui gâter les dents. Oui, ils allaient à la boulangerie ensemble et c'était lui qui la portait au-dessus du comptoir pour qu'elle puisse payer. Ce souvenir lui fit mal. Tuer l'esprit. La pensée lui vint que, aujourd'hui, elle les mâchait pour dissiper le goût des spermes qui se mélangeaient dans sa bouche, pour retarder le manque qui la taraudait jour et nuit, pas un instant de répit. Il aurait voulu arrêter de se la représenter de cette manière. Il aurait voulu continuer à la voir comme la petite fille qu'elle avait été un jour, quand il croyait encore que l'on pouvait être bon, qu'il était possible d'être différent. Il aurait voulu éviter de l'envisager comme une pute, une camée. Mais c'était impossible. Au moins, l'autre ordure devait se payer en ce moment même un sacré mal de tronche.

Elle était toujours là, son enfant, sur son bout de trottoir, s'accrochant à sa minuscule parcelle de bitume... Une pute parmi d'autres. Une pute incapable de décrocher. Une pute au maquillage contrefait, à la mise vulgaire et aguicheuse, qui taillait des pipes et se faisait enculer pour payer ses doses. Ça, c'était sa petite fille. Et il se répéta qu'il n'était pour rien dans le destin qu'elle s'était choisi. C'était sa mère, la responsable. Sa salope, son irresponsable, son alcoolique de mère. Lui, il était déjà parti. Il n'y était pour rien. Pour rien, vous entendez ?

Il ne la quittait pas des yeux. De nouveau, il fit un pari stupide, dans sa tête. Si elle le regardait, oui, si elle le regardait maintenant, si elle le voyait et qu'elle lui souriait ou lui faisait un signe de la main, il descendrait de la voiture et irait vers elle. Peut-être qu'ils pourraient parler. Était-ce trop demander ? Il n'aspirait qu'à un regard. Un regard qui s'attarderait quelques secondes, un sourire, et il lâcherait tout. Il s'amenderait... Il réparerait. Il s'était trompé, toute sa vie, il s'était trompé. En fait, c'était possible. Tout est possible, tu entends, ma chérie... Un regard, c'était tout.

Elle fit une dizaine de pas dans le sens opposé puis tourna sur elle-même et revint.

Il la fixait, totalement immobile. Tendu vers son visage. Sa petite, sa toute petite fille. Comment une si petite et merveilleuse chose avait pu l'effrayer à ce point ? Il se rendait compte maintenant que ce n'était pas d'elle qu'il avait eu peur, ni de sa mère... Il la fixait avec intensité. Son visage mutin, ses boucles blondes qui jouaient dans la lumière. Il n'aurait pas le loisir de l'attendre longtemps, ce regard.

Soudain, ses yeux accrochèrent les siens. Son cœur se mit à battre plus vite. Ma petite... Mon amour... Je t'ai aimée, tu dois me croire, ça existe... Ce fut très bref mais ça lui parut une éternité. Ce regard, celui qu'il avait espéré, ne s'arrêta pas sur lui. Il le traversa de part en part pour aller faire le point loin derrière. Transparent, disparu, Nazutti. Enfin, les yeux de sa fille papillotèrent puis se détournèrent sans rien avoir dévoilé. Si elle l'avait reconnu – mais oui, elle l'avait reconnu, bien sûr –, elle n'en avait rien montré.

En un éclair, il était redevenu l'étranger qu'il n'avait jamais cessé d'être. Un étranger en perpétuel retour.

Elle venait peut-être de lui offrir la seule chose qu'elle pouvait : son mépris. Son mépris et son indifférence.

Elle le fit retourner au néant, disparaître du monde des vivants.

Elle tourna le dos et refit le parcours inverse, sans rien changer à sa fausse indolence.

Elle avait choisi de le tuer.

Quelques pas. Jambes trop maigres. Attaches fines. Adieu.

Une voiture s'arrêta à sa hauteur et elle se pencha

pour discuter les tarifs. Juste avant de monter, elle releva le visage et Nazutti crut qu'elle avait changé d'avis, qu'elle le cherchait. Il leva timidement la main, pour lui faire signe, mais elle se détourna et monta dans le véhicule. C'était fini.

Il n'en fit pas tout un plat.

Sale pute. Camée de merde. Oui, c'était mieux comme ça.

Maintenant, il pourrait aller jusqu'au bout.

FISSION

Sixième jour. 14 heures 11.

Nazutti arrêta la Clio derrière la Laguna, en lui laissant franchir les derniers mètres contact coupé, point mort. Le quartier avait pas vraiment changé.

Banlieue Est. Là où ceux qui y résidaient resteraient jusqu'à ce qu'ils crèvent. Tu t'échappais pas d'un endroit pareil. Des immeubles, au loin. Juste un peu plus décrépis qu'avant. Le même désert, sous le soleil. Ce putain de soleil.

Les malades de la cité étaient allés panser leurs plaies à l'ombre. Cages à lapins. Volets clos. Ils ne ressortiraient qu'à la nuit tombée, pour vendre leur résine de merde ou pour incendier une ou deux voitures. Les voitures qui crament, ici, c'était le sport national. Il faut dire que depuis la disparition des dernières enseignes, la condamnation des structures d'éducation sportive par la municipalité, plus chaude du tout pour s'appuyer des procès parce que Mohamed s'était éraflé la main sur une cage de foot rouillée, depuis la fermeture de l'antenne de justice, de celle de la CAF et du centre médical de proximité, il y avait plus beaucoup de distractions, dans le coin. Les pompiers refusaient d'intervenir sans escorte. Même le curé avait déclaré forfait. Restaient les imams qui montaient des salles de prières dans les caves.

Putain de quartier.

Nazutti savait de toute manière qu'à cette heure-ci, on risquait pas grand-chose. C'était le moment de la sieste. Et, comme dans tous ces lieux pétrifiés dans la poussière et l'inanité, elle se prolongeait souvent au-delà de la limite du raisonnable. Dormir, c'était ce qu'il y avait de mieux à faire, ici, pendant la journée. Dormir trop. Dormir toujours.

Le coffre de la Laguna était ouvert. Fallait croire que celui qui l'avait occupée comptait pas s'attarder. Il comptait faire ça vite et bien.

Nazutti contourna le véhicule et posa sa main sur le capot. Moteur chaud.

Il dégaina son flingue.

L'entrée du garage souterrain, sous la plate-forme où plus aucun véhicule ne venait se garer, avait été murée. Encore une brillante idée de la municipalité qui préférait fermer que de se lancer dans une réhabilitation longue, coûteuse et inutile. De la confiture aux cochons.

Le major enjamba le talus sur le côté. La végétation avait déjà commencé à tout bouffer. Elle était la seule à reprendre ses droits, par là. Il la piétina soigneusement, cassa plusieurs branches.

Il longea le mur jusqu'à tomber sur une ouverture à hauteur de chien. Mur défoncé. Herbe foulée devant. Épis pliés en direction de la brèche. Traces récentes.

Nazutti ôta la cigarette coincée derrière son oreille. Il l'alluma et la posa bien en vue sur un parpaing arraché.

Huit minutes exactement avant qu'elle ne s'éteigne.

Il ne se faisait guère d'illusion.

Il trouverait un cadavre. Peut-être deux s'il avait de la chance.

Lui aussi, il devait aller vite.

Sixième jour. 14 heures 04.

La définition n'était pas excellente. Noir et blanc. Parasites intermittents. Déformations sur le haut de l'écran.

Elle était néanmoins suffisante pour que l'on reconnaisse l'homme qui était au centre de la pièce, nu.

Une cave.

Un tombeau.

En aucun cas une salle de soins.

L'homme qui s'approchait de la larve roulée en boule par terre, dans un coin.

L'homme qui commençait à cogner.

La prise de son, en revanche, était très bonne.

« J'ai fait des choses. Tant de choses… »

Et cogner.

« J'ai payé des gosses, des enfants, des petits garçons… »

Et cogner encore.

« Il faut me corriger. Je La vois. Encore… »

Ce passage-là, il s'en souvenait très bien.

Mais à mesure qu'il frappait plus fort, plus vite, plus vicieusement, la larve s'était mise à parler. Elle racontait une histoire. Une histoire qu'il n'avait pas écoutée.

« Il est venu me voir il y a un an. Il m'a expliqué. Sa voix était douce. Son regard transparent. Il puait. Il m'a expliqué ce que je devrais faire si je voulais rester en vie. »

Et lui, l'autre Andreotti qui demandait en tapant :

« Qui ? »

La cassette défilait. Un time-code, en haut à droite, défilait prestissimo.

« Il m'a expliqué ce que je devrais faire si je voulais La voir. »

L'autre Andreotti qui haussait la voix :

« Qui ? »

« Il m'a expliqué qu'un jour, quelqu'un comme vous viendrait. Qu'il poserait des questions et qu'en réalité, il ne demanderait rien. »

L'autre Andreotti qui criait, sans cesser de marteler la face de la larve :

« Qui ? »

« Il m'a expliqué que quelqu'un viendrait à la dernière étape et qu'il me montrerait. Qu'il ferait ce que vous êtes en train de faire. »

Time-code. L'autre Andreotti, le vrai, qui hurlait :

« Qui ? »

« Il m'a expliqué alors ce que je devrais lui dire… »

Time-code. L'autre Andreotti qui molestait, qui pleurait :

« Qui ? »

« Il m'a expliqué quel était le message… »

L'autre Andreotti qui dérouillait la larve. Qui posait des questions et ne demandait rien.

La bande avait défilé encore quelques instants. Time-code. Le temps de quelques mots encore, quelques coups.

Un nom. Un nom qu'il connaissait déjà.

Un lieu.

Une date.

Andreotti n'entendit pas le haut-parleur ni la larve crier :

« Fleur bleue ! Fleur bleue ! »

Andreotti ne vit pas Gigi le ceinturer. Puis les deux autres arriver à la rescousse.

Il ne vit pas, quelques instants après, alors qu'on l'avait évacué, les infirmiers venir chercher le corps de la larve. Ce corps qui bougeait encore.

Il ne vit pas l'écran s'éteindre.

Il était déjà parti.

L'inspecteur fit craquer la boîte à vitesses. La voiture, en jaillissant du parking, fit une gerbe d'étincelles.

Nazutti, enculé ! Jusqu'à quand tu vas me baiser, hein ? Jusqu'à quand ?

Un nom.

Une date.

Un lieu.

Depuis quand c'était programmé, tout ça ? Depuis quand faisait-il exactement ce qui était prévu à l'instant où c'était prévu ? Depuis quand était-ce planifié ?

Un nom.

Une date.

Un lieu : ancien parking souterrain de la plate-forme des Bosquets, quartier Est, juste derrière l'avenue Jean-Juin.

Nazutti, enfoiré ! Espèce de tapette à la con ! Sale fiote de merde ! Pédzouille ! Putain de bouffeur de terre jaune ! Enfileur de bagouzes ! Tu crois que je vais me laisser faire, tata Yoyo ? Tu crois que j'ai peur de toi ? Peur de ce que tu pourrais faire ? Mais je t'emmerde ! Je t'emmerde bien profond. On va aller au bout, et que ça te plaise ou non, je vais te suivre. T'entends ça, pédé ? Je vais te suivre !

Sixième jour. 14 heures 29.

Nazutti avançait dans le parking souterrain. Rien ne semblait avoir changé depuis la dernière fois… il y a une vingtaine d'années. Ça y était. Il était revenu au point de départ et il aurait dû savoir, depuis le début, que ça se terminerait là.

La lampe torche éclairait le chemin. Tas de détritus identiques. Restes d'une substance d'origine inconnue carbonisée identique. Merde identique… humaine, la merde. Et puis du dégueulis, peut-être. Plus loin, encore, ce qui semblait être les mêmes sacs d'ordures éventrés par on ne sait quel prédateur nocturne. Mêmes portes de box éventrées. Mêmes pièces détachées figées dans la crasse. Mêmes débris de verre. Mêmes foyers éteints. Depuis longtemps. La nuit.

Il faisait froid. La température semblait avoir chuté d'une dizaine de degrés et Nazutti remonta le col de sa chemise comme il l'avait fait vingt ans plus tôt.

Le rai de lumière balaya ce paysage de dévastation post-nucléaire, canon de 9 mm en synchronisation parfaite. Il eut le sentiment que quelqu'un guettait là, tapi dans l'obscurité. Espérant le faux pas, la petite seconde d'inattention qui ne pardonnait pas. Un être effrayant, carnassier, terrible. Un fantôme. Une partie de lui-même, pourquoi pas ?

Il se garda bien d'appeler. Cette lumière qui le trahissait et derrière laquelle il se dissimulait en même temps était sa seule chance. La bête, cachée quelque part, attendait peut-être de savoir à qui elle avait affaire.

Soudain, il buta contre quelque chose et faillit chuter. La lampe torche tomba. Le flingue avec. Quel con ! Une erreur. Mais son diagnostic était bon. La bête voulait en savoir plus, sinon, il serait déjà mort.

Il se pencha et ramassa sa lampe qui, coup de chance, n'était pas brisée.

Elle éclaira un corps, puis un visage.

Par terre, dans la poussière.

Un visage calme, paisible.

Un visage avec un bel orifice d'entrée au milieu du front.

La dernière fois qu'il avait vu ce visage, ses traits étaient déformés par la haine, une haine pure, inentamée. Il le reconnaissait bien. Le père de Georg Überth. Il tâtonna à l'aveuglette. Ne pas bouger la lampe. Faire mine de continuer à observer la trogne. Si le métal d'une arme quelconque brillait dans le faisceau, il était mort.

Demeurer immobile en cherchant de l'autre main. Il avait quelques secondes pour remettre la main sur le parabellum. La bête n'attendrait pas éternellement.

Au lieu du flingue, ses doigts effleurèrent ce qui ressemblait à un canon, mince, effilé. Un fusil. Cet abruti s'était pointé avec un putain de fusil de chasse. D'après les dimensions, il s'agissait d'un .22, probablement. Un .22. C'était pour la chasse aux moineaux, pas pour la chasse aux tueurs.

Pas pour la vengeance.

Pas pour l'assouvissement.

La plénitude et le soulagement.

C'était mieux que rien. Restait à espérer que ce crétin l'ait chargé avant de venir.

Brusquement, un mouvement. Droit devant lui.

Il braqua la torche, juste le temps de voir une silhouette glisser hors champ. Sans réfléchir, il tira. Au jugé. Avec la torche dans une main et la carabine dans l'autre, en mouvement désynchronisé il n'avait que peu de chances. Mais peu de chances, c'était déjà ça.

Il entendit un rire. Un rire frêle, malade, qui se déplaçait en tournant sur sa gauche. À l'aide du faisceau, le major tenta de le rattraper, en vain.

Il pivota, mais il était déjà trop tard.

Quelque chose de lourd et de massif vint le heurter en haut de son crâne, puis encore une fois, au niveau du nez qui éclata comme une pastèque. Il leva le bras pour se protéger, mais un nouveau coup sur la pommette lui fit voir un beau ciel étoilé sous l'asphalte. La pensée qu'il était en train, proprement, méthodiquement, de se faire crosser la gueule, lui effleura l'esprit. Il n'eut pas le loisir de s'y attarder.

Un joli coup sur l'avant-bras lui brisa le poignet en plusieurs morceaux. Le métal de la carabine tinta au sol.

Le rire, encore.

Ce salaud était en train de s'amuser. Il prenait son pied en faisant durer le plaisir.

Nouveau coup de crosse à la tempe. Rien vu venir. Ne pas s'évanouir maintenant. Bouge-toi, pédé ! Réagis ! Un choc qui ressemblait à un coup de pied chassé le déséquilibra. Il tomba en arrière. Son crâne explosa sur le béton armé.

Si d'autres coups suivirent, il ne les sentit pas.

*

Andreotti stoppa son véhicule juste derrière la Clio de Nazutti, elle-même garée juste derrière une Laguna au coffre béant. Il avait perdu du temps. Il s'était paumé et avait tourné un quart d'heure dans ce quartier à la con avant de trouver quelqu'un de vivant ou ce qui y ressemblait.

Un gosse… pas loin d'une douzaine d'années, perché sur une carcasse de voiture calcinée.

Il l'avait apostrophé en le traitant de « sale Blanc ».

Andreotti s'était arrêté à sa hauteur et avait résisté à l'envie de le choper pour lui flanquer une bonne rouste. À l'ancienne. Dans la grande tradition des habitudes qui auraient jamais dû se perdre. Il n'ignorait pas de toute manière qu'au moindre geste, une armée de frangins surgirait d'on ne sait où et qu'il ne pourrait se sortir de ce traquenard qu'avec son calibre. C'était d'ailleurs peut-être ce qu'attendait le gamin, perché sur le capot noirci. Il était isolé, mais Andreotti savait qu'il y avait des dizaines d'yeux, sombres, aiguisés, qui épiaient en ce moment même.

Il savait aussi que ce n'était sûrement pas un conflit ouvert qui l'aiderait à trouver son chemin.

Il s'était forcé à sourire.

Le Sig Sauer sur sa hanche le démangeait. Il le démangeait salement.

— Je cherche une plate-forme avec un parking souterrain... À l'avenue des Bosquets...

— Connais pas. T'es flic ? T'as une tête de flic, sale Blanc.

Le Sig Sauer, là, tout contre sa peau.

— Nan. Je cherche un Noir.

— Un Noir ? Y a personne, là-bas. Y a plus personne depuis longtemps... Le quartier est malsain. Tu veux quoi ? Cristal, savon, médocs ?

— Savon.

— La savonnette, je te la fais à trois cents. Parce que t'es un sale Blanc et que t'es pas chez toi.

Andreotti avait trié les billets en frottant ses doigts à l'intérieur de sa poche. Encore heureux qu'on ait été en début de semaine et qu'il ait pris l'habitude — fort judicieuse, parfois — de se trimballer avec son modique ordinaire. Putain, trois cents, c'était pour le moins prohibitif. Mais il était pressé. Lui et ce petit trou-du-cul, ils se retrouveraient... Un autre jour.

Il avait tendu la main vers le garçon. Billets empalmés.

Au moment où celui-ci s'était penché, Andreotti avait refermé le poing.

— Il y a cent de plus, là-dedans. Mais j'ai besoin de voir le Noir de toute façon.

— Y a personne qui deale, là-bas, je t'ai dit.

Andreotti avait attendu. Main fermée.

Le gosse avait soupiré.

— Va au bout de la rue. Tu tournes à droite et tu vas jusqu'au bâtiment B12 entrée 15. Tu le contournes et tu vas arriver sur une sorte de grande place.

C'est la plate-forme. Si tu veux aller au garage souterrain, il faut que tu prennes une petite allée sur la droite qui descend en épingle à cheveux. Mais il y a plus rien, là-bas. C'est condamné. Et puis, plus personne y fout les pieds. On raconte de drôles d'histoires.

— Drôles comment ?

— Drôles comme « il arrive du néfaste à ceux qui y vont ». Drôles comme « il y a des putains de fantômes dans le coin », des trucs qu'on voit pas, là-dessous, à l'intérieur. Drôles comme « des clodos, des junkies qui ont disparu »…

— Ouais. Drôles, effectivement.

— Si tu veux mon conseil…

— Tiens. Quatre cents.

Le gosse était descendu de son perchoir.

— Comme tu veux. C'est ton cul de sale Blanc, après tout… Attends-moi là-bas, devant l'entrée de l'Auchan fermé. Sors pas de ta voiture et coupe pas le contact. J'en ai pour dix minutes.

Il était parti d'un pas faussement nonchalant dans le sens opposé.

Andreotti avait lu une étude, un jour. Un mec s'était amusé à comparer les revenus cumulés des choufs dealers de base et celui des employés de McDonald's. Structure pyramidale semblable. En comptant la part de risque, la pénibilité, les accidents, le stress et la pression, il était infiniment plus lucratif d'aller faire bouillir des frites.

L'inspecteur avait démarré sur les chapeaux de roue. Il n'ignorait pas que le gamin ne reviendrait pas, de toute façon.

Sixième jour. 14 heures 41.

Nazutti grogna, émergeant à grand-peine de la vape. Il sentait qu'on le traînait par terre, sa tête ballottait contre le ciment et devait laisser une jolie traînée vermeille derrière elle. Il espérait que son cerveau ne suivait pas.

Une odeur de poussière et d'urine sourdait, loin derrière une autre odeur, plus puissante. Celle qu'il connaissait si bien. La mort en marche. C'était le type… Celui qui était en train de le tirer, qui refoulait comme ça. Le salopard était en train de crever sur pied. Mais pour un mec en train de calencher, il avait une sacrée force.

Le major entendait des mouches, un tas de mouches bourdonner autour de lui. *Caliphora Vomitora*, ou mouches à viande. C'était ça. Ils n'étaient plus que deux tas de viande, ahanant dans l'obscurité, crachant, baignant dans leur sang et dans leur merde… Lui, plutôt genre steak haché, et l'autre, barbaque faisandée.

– Je suis… Je suis content de te voir, hulula le type. Depuis le temps…

Il s'arrêta et le frappa encore au visage plusieurs

fois. Diverses pièces anatomiques explosèrent. Trou noir récurrent.

Andreotti, arme au poing, enjamba les touffes de plantes desséchées. Il laissa la cigarette en place. Il lui suffisait de suivre le chemin. Celui balisé par Nazutti. Depuis le début.

« Le jour où je me déciderai à l'allumer, peut-être bien qu'elle me tuera... »

Il n'avait appelé les renforts qu'une fois rendu sur place. S'ils étaient assez rapides... et futés... Il baissa la tête et s'engouffra dans l'orifice juste assez large pour laisser passer un homme. Deux hommes. Trois hommes. Quatre hommes...

Sixième jour. 14 heures 46.

Une terrible douleur sur le côté droit obligea Nazutti à ouvrir les paupières. Sa vision était trouble. Il eut du mal à faire le point sur la face blafarde éclairée en contre-plongée qui lui souriait.

— Ça y est, tu émerges ? Cette douleur que tu sens, c'est une pointe de tôle que je t'enfonce entre les côtes. Tu m'excuseras, j'ai trouvé que ce moyen pour te faire revenir. Tu dormais comme un bébé. Ah, ah, comme un bébé. Oh, je sais, pour l'hygiène, c'est pas génial. Mais il faut faire avec les moyens du bord. Tu me reconnais, au moins ?

Nazutti ouvrit la bouche. À sa grande surprise, il était encore capable de parler.

— Bien sûr, Gyzmo.

Andreotti progressait à petits pas. La peur de servir de cible l'avait dissuadé de se servir de la lampe. Il avait attendu une ou deux minutes que ses yeux s'habituent à l'obscurité. Une éternité.

Maintenant, il avançait, lentement, voûté, les mains en avant. L'oreille attentive au moindre bruissement. Mais il n'y avait aucun bruit, ici. Excepté sa propre respiration.

Aucun mouvement. Juste la désolation et la crasse.

Ainsi que l'avait fait Nazutti quelques instants auparavant, il trébucha sur le corps inerte de Überth, faillit chuter et se maudit intérieurement.

Il palpa le visage de l'homme. La masse poisseuse qu'était devenu son front l'édifia. Il n'y avait même pas besoin de prendre le pouls.

Corps chaud. Sang non coagulé. Merde, merde, merde. Dans sa main moite, la crosse du pistolet avait pris la consistance d'un tas de sable. Il se redressa. Il devait aller où ? Il devait faire quoi, bon Dieu ?

— On a pas eu le temps de bien parler quand tu es passé me voir avant-hier, mais je suis content que tu sois revenu comme tu me l'as assuré. J'avais comme un doute, je dois dire. Tu espérais encore pouvoir faire autrement, pas vrai ? C'est d'ailleurs en partie pour ça que tu m'as envoyé ce pantin avec sa carabine ridicule. Tu as espéré jusqu'au dernier moment. C'est bien. Si tu savais depuis quand j'attends ce moment…

— Vingt ans, c'est ça ?

Nazutti pouvait causer, mais il s'était rapidement rendu compte qu'il était tout à fait incapable de bouger. Et s'il lui avait touché la moelle, ce con de Gyzmo ?

— Presque. Entre-temps, j'ai voyagé. J'ai vu, j'ai fait… certaines choses. Je me suis aguerri et j'ai appris à L'apprivoiser. Tu entends ça, Paul ? J'ai appris à La dompter.

— Dompter quoi ?

— Mais la Lumière. La Lumière, Paul. Celle que tu m'as montrée.

— Je… ne t'ai rien montré.

— Oh si. C'est toi qui m'as emmené là-bas. C'est toi qui m'as présenté à Sarah, notre maîtresse à tous. C'est toi. Tu te souviens, quand on a emmené Plith, quand on l'a gentiment convaincu de suivre le programme. J'ai appris. J'ai beaucoup appris à cette occasion. Et aujourd'hui, je suis venu te remercier. Je suis venu te montrer ce que j'ai acquis.

— C'était… une autre époque. Je ne t'ai jamais… dit de participer… au programme de Sarah.

— Oh, non, bien entendu. Tu ne dis jamais rien, tu n'ordonnes pas plus, et tout vient des autres, mais je l'ai fait quand même. Parce que j'étais un homosexuel, un inverti. Et que c'était mal. Tu te souviens ? Je voulais changer. Je voulais être comme toi.

— Tu n'es pas… comme moi.

— C'est une chose certaine. Il m'a fallu beaucoup de temps pour ne plus avoir cette prétention. Mais j'ai suivi le programme de Sarah. Je l'ai suivi jusqu'à la dernière étape. Alors, je L'ai vue. Et plus rien n'a jamais été pareil. Je me sens fort. Je me sens plein. Oh, si tu savais comme c'est. Je n'ai jamais plus touché un homme depuis. Excepté pour lui montrer la Lumière. Pour La lui faire retrouver et lui montrer ce qui était mal. Lui montrer qu'il n'avait pas appliqué le programme correctement. Je suis pur, désormais.

— Tu es fou, oui. Cinglé. Givré. C'est… le programme qui t'a rendu comme ça. Je t'avais… prévenu. C'est toi qui ne l'appliques pas correctement.

— Oh, si. Je fais exactement ce que tu ferais si tu l'avais suivi. Je soigne ceux qui rechutent, ceux qu'on avait l'habitude de chasser et de guérir. Je leur montre la Lumière une dernière fois.

— Tu les as contactés par le site de Plith... pas vrai ?

— Oui... Marcus Plith, c'est là que tout a commencé.

— Tu les as piégés, hein ? Les gosses...

— Oui. Et ils payaient, pour ça. Ils étaient volontaires, ah, ah. Cinq mille euros. Mais j'ai viré l'argent sur ton compte. Je n'en ai pas touché un centime. J'ai rendu à César... Il suffisait ensuite de faire référence à la Lumière.

— Ils avaient suivi le programme... C'est par là que tu les as logés...

— Par là et aussi par d'autres biais. Sarah a toujours des clients bien informés.

— Tu les as appâtés. Et tu les as laissés... Tu les as laissés jouer...

— La fin justifie les moyens. Et puis, on sait tous les deux qu'ils aiment sympathiser avec des malades qui leur ressemblent. C'est la seule relation sociale valable qu'ils réussissent à construire. Et ça n'est pas un fantasme de journalistes. Alors, ils avaient droit à un suprême assouvissement... Un peu à l'instar des alcooliques qu'on envoie se saouler à mort avant d'entrer en clinique. Ça faisait partie du deal. Dis-moi que tu as fait autre chose. Dis-le-moi.

— Ensuite, tu les as... supprimés.

— Pas supprimés. Je leur ai permis de revoir la Lumière. Celle qu'ils cherchaient à retrouver depuis la toute première fois. Et... est-ce que tu sais ce qui va se passer ? Est-ce que tu sais pourquoi je t'ai laissé ces pistes… Rose Berthelin, le petit Überth, les douilles… Tu as mis le temps, entre parenthèses, ah, ah. Ça fait deux ans que je moisis dans ce putain de garage. Est-ce que tu sais pourquoi tu es là ?

— Pour… t'arrêter.

— Ah, ah. Tu gardes le sens de l'humour, c'est bien. Néanmoins, s'il y avait quelqu'un que tu venais arrêter, ça ne pourrait être que toi-même, Paul. Je ne vois personne d'autre.

— … fou…

— Non, non, non, ne tombe pas dans les pommes maintenant, j'ai encore des choses à te dire. Ça fait mal, là, entre les côtes ? Oh, il faut que je fasse attention, un peu plus loin, et je touchais le poumon. Quel malheur !

— Arrête… Arrête ça…

— Alors, dis-moi ce que je veux entendre.

— Que veux-tu entendre ?

— J'apporte la Lumière, j'accomplis le sale boulot… Celui que tu devrais accomplir si tu avais les couilles…

— Non.

— Alors, c'est ton tour aujourd'hui, c'est ce que tu m'as promis…

— Quoi ?

— C'est toi qui vas m'indiquer le chemin. Me La montrer une ultime fois.

Nazutti voulut rire, mais la pointe de métal l'en empêcha.

— Je peux plus bouger, connard. Tu m'as… paralysé.

— Menteur ! Menteur ! Tu vas te lever et tu vas… Je suis en train de crever, merde !

— Mais quelqu'un d'autre va venir. Bientôt. Un homme à moi. Et... lui, il te montrera. Il te montrera parce qu'il est des nôtres...

— Ah oui ?

— Maintenant, écoute-moi, pédé. Approche ton oreille de ma bouche et écoute la fin de l'histoire.

Gyzmo fit ce que lui réclamait Nazutti. Il se pencha. L'odeur était révulsante, cependant le major avait trop mal pour s'en préoccuper. Peut-être que Gyzmo avait raison. Peut-être qu'après toutes ces années, c'était lui-même qu'il était venu arrêter. Il se doutait qu'au mieux, il resterait paralysé pour le reste de sa vie. Il avait l'intuition que Gyzmo ne voulait pas sa mort. Gyzmo voulait la vérité. Alors, Nazutti, doucement, lentement, avec le peu de souffle qui lui restait, lui raconta. Il lui rappela ce qu'il savait déjà.

Le programme de Sarah. Les pédophiles qu'ils persuadaient de manière musclée d'effectuer le traitement. Les moyens qu'ils avaient employés. Les gosses qu'ils avaient engagés... Ce qu'ils avaient fait, ce qu'ils leur avaient fait faire, pour éliminer, éradiquer le mal, en se persuadant d'être dans le droit chemin.

Jusqu'au jour où ils s'étaient aperçus que cela ne fonctionnait pas. Les rechutes, ceux qui devenaient fous, ceux qui récidivaient... Et tout ça, toutes ces choses en pure perte. Toutes ces choses qui les avaient rapprochés bien plus que ce qu'ils auraient voulu, presque sans le remarquer, de ceux qu'ils chassaient. De ceux qu'ils soignaient. Sur la fin, lui et eux, ils étaient devenus si proches... tellement proches.

Il lui rappela comment il était parti. Comment il avait laissé Sarah s'entêter dans sa voie et comment lui avait continué la sienne, celle qui ne menait nulle part.

— Tu entends, Gyzmo ? Ça ne mène nulle part. La Lumière ne mène nulle part.

Sixième jour. 14 heures 59.

Andreotti entendit des vociférations, sur la gauche, au fond du parking. « Menteur ! Menteur ! Tu vas te lever et tu vas... »

La suite était inaudible.

Ça n'était pas le timbre de Nazutti.

Andreotti se précipita. Plus question de discrétion. Plus question d'obstacles éventuels.

Nazutti avait dit à Gyzmo, ressentant toute l'horreur de sa déclaration en même temps qu'il parlait :

— Ces actes horribles... C'était un programme... scientifique. Une cure. Et les gosses étaient consentants...

Il avait dit, parce qu'il savait que c'était la seule chose qui pourrait pousser Gyzmo à aller jusqu'au bout :

— Je suis comme eux...

Il avait dit :

— Et ça ne marche pas. Rien ne marche...

Il avait dit :

— J'ai voulu bien agir. J'ai toujours voulu bien agir... J'ai essayé de... Tu me crois, Gyzmo ? Tu me crois ?

— Oui, je te crois.

Et puis Nazutti avait dit :

— Je suis crevé.

Gyzmo avait relevé la tête. Il l'avait regardé bizarrement.

— Alors, toi aussi, il faut que tu voies la Lumière.

Nazutti avait ouvert la bouche, mais un flot de sang l'envahit. Un véritable geyser.

Poumon perforé.

Soudain, il vit un éclair lumineux.

La Lumière, c'est ça ? Non. Nazutti commençait à délirer. Il ne savait pas jusqu'où il tiendrait.

Il perçut une voix, là-bas, très loin.

— Nazutti ! C'est moi, Andreotti. Je suis venu te tuer.

Andreotti... Andreotti qui les éclairait avec une lampe torche.

— Hé, vous, lâchez votre arme !

Gyzmo plissa les yeux. La lueur de la torche devait le mettre à la torture. Mais il restait calme, très calme.

— C'est lui ? C'est lui qui va me l'apporter ? demanda-t-il d'une voix très douce.

Nazutti cilla, en guise d'assentiment. Il ne pouvait plus prononcer une syllabe.

Alors, lentement, Gyzmo dirigea le canon de son antique .44 sur le front de Nazutti.

— Jette ton arme, hurla Andreotti, derrière sa loupiote.

Des sirènes se firent entendre, au loin. Andreotti avait appelé des renforts.

Gyzmo arma le chien. Son regard. Son regard était empli de bonté et de compréhension.

Nazutti ferma les yeux.

Deux coups de feu claquèrent simultanément.

La Lumière… La Lumière… Belle et rassurante. Si rassurante. Mais quelque chose n'allait pas. Elle n'était pas aussi claire qu'elle aurait dû. Elle était troublée. Des secousses… Quelqu'un était en train de le secouer… Non. Un massage cardiaque. De l'air dans le seul poumon qui lui restait. Et puis il redescendit. Une descente vertigineuse. Et il eut mal à nouveau. Une douleur abominable. Alors, il sut que Gyzmo l'avait loupé. Probable qu'il n'avait pas eu le temps, que son tir avait été dévié au dernier moment. Un abruti, vraiment. Ses yeux papillotèrent, mais il ne vit rien. Il entendait Andreotti. Andreotti, qui criait, qui pleurait :

– Crève pas, pédé ! Crève pas maintenant ! T'es à moi, t'entends, à moi !

Un… Deux… trois…

Souffle.

Reprends.

Un… deux… trois…

Massage cardiaque.

Andreotti, connard.

Maintenant, il le discernait, penché au-dessus de lui, en train de suer, de frapper, d'insuffler, la gueule pleine de sang, son sang à lui à chaque fois qu'il l'embrassait pour le faire revenir d'entre les morts.

– T'as pas le droit de crever maintenant, salopard !

Il y eut un bruit de cavalcade, d'autres torches…

– Par ici, vite ! hurla l'inspecteur sans interrompre les pressions.

Arrête… d'appuyer, connard… ça fait… un mal de chien…

– Homme à terre ! Appelez une ambulance ! Une ambulance, putain de merde.

Nazutti pencha le visage sur le côté. Il vit Gyzmo, face contre terre. Un joli tir groupé au-dessus des yeux. Beau palmarès, Andreotti. Ces grands yeux qui n'avaient plus l'air ni fous ni malades. Juste indifférents. Avait-il revu la Lumière ?

Quelqu'un s'exclama :

– Oh, c'est Nazutti…

L'air de dire : « Pourquoi on va s'emmerder. Il y a qu'à le laisser crever et basta ! »

Puis il perdit connaissance.

Il tenait encore à côté de lui, dans son poing serré, un petit T-shirt bleu présentant un accroc à la manche droite.

Le major ouvrit les chasses. Ça n'avait pas de fin. Sa souffrance n'avait pas de fin.

– Monsieur, est-ce que vous m'entendez ? Si vous m'entendez, clignez des yeux. Monsieur ! Monsieur !

Une infirmière le surplombait. Elle le secouait. Probablement avait-il les calots ouverts puisqu'elle lui parlait et qu'il la distinguait. Il ne savait pas.

Un moniteur, pas loin, sifflait.

– Monsieur ! Vous êtes à l'hôpital. Vous avez eu… un accident. Vous souvenez-vous de…

Il ne comprit pas la suite. Il vit d'autres blouses blanches arriver et il fallait croire qu'il n'était plus en état de faire deux choses à la fois. Branle-bas de combat. Il devait se passer quelque chose d'important. Il ignorait quoi.

Un médecin était en train d'injecter un produit quelconque dans un cathéter.

Nazutti sourit intérieurement. Ou peut-être que ça se voyait sur son visage.

Tas d'enculés. Salopards. Vous me donnez envie de vomir, vous entendez ?

Non, ils ne semblaient pas entendre… Si c'était le cas, ils étaient trop affairés…

Vous m'entendez, bande de connards ? Vous me donnez envie de gerber. Vous puez. Tous. Vous croyez que vous êtes mieux que moi ? Vous croyez que vous allez sauver quelqu'un ? Mais, je vous crache dessus, moi ! Je vous dégueule à la face ! La merde, je vous la fourre dans la ganache, vous m'entendez ? Pourquoi personne ne m'entend ? Vous la sentez, ma merde ? Vous voulez des clichés ? Des stéréotypes ? Des amalgames ? Les femmes sont des salopes… Les hommes sont des lâches… Les pédés sont des ordures… Les chômeurs sont des fainéants, les immigrés des profiteurs… Les Juifs ont de l'argent, les Arabes une grosse queue, les Noirs touchent nos allocations, les ex des pays de l'Est sont des ivrognes… Les restaurateurs sont des voleurs, les journalistes des fouines, les médecins des incapables, les syndicalistes des arrivistes, les présentateurs télé des camés, les flics tous ripoux, les politiques des corrompus, les philosophes des enculeurs de mouches, il n'y a aucune beauté, aucune. L'amour n'existe pas, les sourires sont assassins, le pire est à venir, il n'y a pas de lois. Les parents sont des meurtriers et les enfants sont des proies. C'est ça, mon monde…

C'est ça que je vois quand je vous regarde. Ce sont les seules choses qui existent. Bienvenue… Les juges sont des parties, il n'y a d'avocats que du diable… La souffrance ne se termine jamais. Vous en voulez encore ? Ah, putain, ce que j'ai du mal à respirer… Qu'est-ce qu'ils ont foutu, dans leur produit à la con ?

Il faut ranger… Hiérarchiser… Si tu ne classes pas tout, c'est foutu. Les fonctionnaires sont des frustrés, les chefs sont petits, les exploitants des exploiteurs, les bouchers des bouchers, les toréadors des tortionnaires, les écolos des durs rêveurs, les industriels des irresponsables, les pauvres des demeurés, les hommes d'Église des pervers, scouts toujours, touche pas à mon pote, ni putes ni soumises, la force tranquille, un tigre dans mon putain de moteur, du béton, parce que c'est ce que je vaux, choisissez bien, aux armes, on se lève tous… Des slogans… Du classement… Nivellement. Aliénation, suffocation… La chaleur, partout, qui brûle… Un four… Un bon sang de four crématoire pour vous tous… Je vous vois, là, dans les flammes, en train de vous époumoner, en train d'exsuder votre bêtise, vos instincts, vos mensonges. Un grand festival pyrotechnique dans votre gueule. Les fabricants sont des arnaqueurs, les publicitaires des crétins qui travaillent à la crétinisation du monde, les écrivains des indigents, et puis les optimistes, les bienheureux, les apaisés, les doux, les pacifistes, les prudents, les tièdes, les sceptiques, les diplomates, des hypocrites, tous… Les vieux sentent mauvais, les jeunes sont des délinquants, la mort, tu la sens venir vers toi, elle est là, ni Dieu ni maître, esclave de personne… Les animaux sont de la viande, les dictateurs des impuissants, les technocrates des techniciens, les maillons de la chaîne… Et moi… Ça n'est pas moi. Je n'y suis pour rien. Pour personne. Dites, vous m'entendez ? Il y a quelqu'un ? Je vous hais ! C'est vous que je hais…

À deux heures trente-six du matin, trois jours après son admission en urgence au service de réanimation de l'hôpital central, Paul Nazutti, quarante-six ans, profession : major de police à la brigade de protection des mineurs du commissariat central, fut déclaré décédé des suites de ses blessures.

Il ne vit aucune lumière.

Il fut mis en terre deux jours plus tard, au cimetière communal.

Personne ne vint à son enterrement.

Une source anonyme régla les frais d'inhumation.

INTERMÈDE

Ces rêves moites, là où il tombait, le poursuivirent longtemps.

On racontait que des songes qui semblaient durer des heures se déroulaient en quelques fractions de seconde à l'intérieur du cortex principal. L'effet Glapion.

Ça se résumait à ça.

Quelques fractions de seconde.

Presque rien.

Pour tout changer.

Dans ses rêves moites…

Andreotti se gara juste derrière la Laguna couleur grise. Coffre ouvert. Moteur chaud. Pas de trace de Nazutti. Et s'il s'était trompé ? Si Nazutti, depuis le début, suivait une autre piste ? Penser. Penser correctement. Putain, ce qu'il était fatigué.

Il regarda autour de lui. Pas âme qui vive sur le petit terre-plein qui faisait office d'entrée en face du garage souterrain désaffecté. À midi, par cette chaleur, tous les rats, les cancrelats de cette cité de merde s'étaient carapatés chez les dabes et les maters pour béqueter puis faire la sieste… Jusqu'à la nuit, jusqu'à l'ombre, garanties d'impunité. Putain de quartier. Banlieue Est. Du béton, de la poussière et de la pourriture à perte de vue. Et des êtres vivants, terrés, là, quelque part. La seule trace de civilisation évoluée qu'on pouvait apercevoir se situait en surplomb, au-dessus de la plate-forme. Sommets de HLM finissant de pourrir sur pied. Édifices en plan libre inspirés de l'ensemble Karl-Marx-Hof. Barres de grès cérame revêtues de granito ocre, orientées à quarante-cinq degrés. Surface standard : dix-huit mètres carrés pour une chambre et une cuisine. Cinquante-quatre pour quatre chambres. Nivelés. Empilés. Alignés. Non négociable. Qu'est-ce que tu pouvais négocier, par ici, de toute façon ? Il essuya la sueur de son front et cligna des yeux. Putain de quartier ! Putain de soleil !

Il eut l'étrange sentiment d'être dans le rêve de quelqu'un d'autre. Mais c'était un sentiment absurde. Totalement irrationnel.

Il empoigna fermement son Sig Sauer et inspecta l'entrée condamnée du garage. S'il y avait une issue, elle n'était pas ici. Peut-être plus à droite, en longeant le mur dans les broussailles ? Soudain, un coup de feu retentit, là, à l'intérieur.

D'instinct, il s'élança.

Il trouva rapidement l'entrée, dissimulée derrière les bosquets secs comme de la paille. Il avait dû faire un barouf d'enfer en se précipitant, mais il pensait que ça n'avait plus aucune importance. Il baissa la tête et s'engouffra dans l'orifice juste assez large pour laisser passer un homme. Deux hommes. Trois hommes. Quatre hommes…

Opacité complète. Quel con : il avait oublié la lampe. Trop tard pour rebrousser chemin.

Il marcha avec précaution, avançant à tâtons. Il écouta. Aucun bruit. Aucune lueur.

Un trou. Un grand trou noir. Toute sa vie.

Des trous dans le sol, des trous dans les murs.

Des trous sous les immeubles, des trous dans les caves.

Des trous dans les cloisons, des trous dans les corps, dans les visages et plus bas.

Des trous qui tuaient.

Des trous qu'on baisait.

Des trous morts.

Des tombes qu'on piétinait, des caveaux dans lesquels on pénétrait, des pièges où on chutait, des couloirs qu'on arpentait.

Et quelqu'un aux confins.

D'un coup, c'était comme si la température avait chuté de plusieurs degrés. Il referma le col de sa chemise qui, quelques instants auparavant, dehors, lui avait paru trop serré.

À mesure qu'il s'enfonçait dans les ténèbres, il huma le fumet caractéristique de la cordite brûlée et de la poudre Ba dispersée. Celui qui avait tiré n'était pas loin. Pas loin du tout. Et puis, une autre fragrance. Plus subtile. Un délicat mélange de méthane — « gaz des marais » —, de dioxyde de soufre ou gaz acide, de dioxyde de carbone et d'azote... « Gaz des marais », « gaz acide ».

Dans ses rêves moites. Dans la tourmente et le vertige.

Ses rêves. Ou ceux d'un autre.

Flairer : c'était tout ce qu'il pouvait faire.

Une odeur vorace, exclusive, prit rapidement toute son ampleur. Charogne ou bête blessée qui fait sous elle.

L'odeur du gibier.

Il assura sa prise sur la crosse émaillée du parabellum.

Brusquement et avec une intensité décuplée par le silence ambiant, il entendit un bruit devant lui, sur sa gauche. Le cliquetis d'un chien qu'on arme.

Jambes fléchies et bras tendus, cran de sécurité levé, il braqua...

Quelques fractions de seconde. Effet Glapion.

Oh, Andreotti, tu rêves encore ?

— Bouge pas, petit flic. J'ai un .44 avec une jolie petite cartouche JHP chargée à la main juste pour toi.

Il pointa le canon à gauche, puis à droite. Il avait du mal à localiser la provenance de la voix. Une petite voix fluette et étrangement douce qui ne masquait point l'assurance, la détermination de son possesseur. Sa ligne de mire, invisible au bout de son poing, continuait à aller et venir, mais il savait déjà ce qu'il ferait. Il allait lâcher son flingue. Le poser délicatement à terre puisque c'est ce qu'on lui ordonnerait.

Le gibier, dissimulé dans la pénombre, se mit à rire. Un petit rire.

Dans ce qui était son rêve, son trac, sa démence, il crut à un rire d'enfant.

— Arrête de t'agiter comme ça, petit flic. Un accident est si vite arrivé. Tu sais ce que je vais t'enjoindre de faire ?

— Oui.

— Alors fais-le. Je n'ai pas besoin de te préciser d'utiliser ta main gauche, n'est-ce pas ?

— Non.

Andreotti se baissa et doucement, tout doucement, laissa glisser le 9 mm sur le sol.

— Bien, petit flic. Tu te demandes probablement comment je sais que tu es un petit flic, petit flic. Tu bouges comme un flic, tu agis comme un flic. Mais tu ne réfléchis pas. Tu es donc un petit flic. Ne t'en fais pas. Si tu ne me vois pas, moi, je te vois parfaitement. Ma vision a eu tout le temps de s'habituer à l'obscurité, depuis le temps. Je suis devenu ce qu'on appelle un nyctalope. Je pense donc qu'il est inutile de décrire plus avant les avantages dont je dispose sur toi. Il va falloir maintenant te préparer à mourir, petit flic. En d'autres circonstances, j'aurais pu te montrer un passage d'une beauté exceptionnelle, une manière de mourir qui n'est pas mourir réellement mais s'éveiller. Cependant, je crains que tu ne sois pas préparé à ce genre de choses et nous allons manquer de délai.

Andreotti sentit une sueur glacée monter le long de son échine.

Il dit la première phrase qui lui passait par la tête. Parce qu'il fallait parler.

Parler pour ne pas mourir tout de suite. Dans son sommeil.

— Tu te trompes, Gyzmo. Gyzmo, c'est comme ça qu'on t'appelait, non ? Tu te trompes... Je... J'ai vu la Lumière, moi aussi. Et les ténèbres qui la précèdent.

La respiration de son interlocuteur s'interrompit brièvement. Cette puanteur. Cette puanteur infernale. Il lui semblait entendre des mouches bourdonner, aussi. Innombrables. Affamées. De belles grosses mouches à viande en train de tourbillonner dans le noir, à la recherche d'un endroit où pondre... Lui, peut-être, dans pas longtemps.

Pour l'instant, Gyzmo hésitait.

Silence.

— Gyzmo ? Tu es toujours là ?

— Tu es qui, petit flic ?

— Le binôme de Nazutti.

— Le binôme de cet enculé de Nazutti, hein ?

— Il est là ? Tu l'as tué ? C'était ça le coup de feu ?

— Non. C'était pas lui. Il s'agissait d'un autre type. Jamais vu. Un type armé d'un fusil. Une bonne âme a dû lui dire où me trouver. Tout en ayant prévu, bien entendu, qu'il n'avait pas une chance. Une bonne âme qui s'appelle sans doute Paul Nazutti. Est-ce que tu étais au courant qu'il était venu me trouver, il y a deux jours ? Est-ce que tu étais au courant que, depuis tout ce temps, il savait exactement où, quand et comment me loger ? Et qu'il n'a rien fait ?

Dans sa somnolence trop lourde, la turbulence de ses repos, la diatribe de Gyzmo puait le mensonge. Il espérait, il priait avec force pour que ce soit le cas.

Gyzmo continua :

— Tu sais pourquoi ?

Andreotti resta muet.

— Parce qu'il pensait encore pouvoir faire autrement. Il espérait, jusqu'au dernier moment, trouver une porte de sortie. Une chance de s'échapper. Une lueur d'espoir. Et il a dû essayer. Oh, il a dû essayer de tout son être, je le connais. Mais est-ce que tu as jamais vu une lueur, chez lui, hein, petit flic ?

Silence. Opacité totale…

— Tu te demandes pourquoi je ne l'ai pas tué, il y a deux jours ? Parce qu'il m'a promis de revenir aujourd'hui, à cette heure précise, à cet endroit précis. Et qu'il m'a promis…

En dedans, front brûlant, dans ses rêves…

— C'est lui qui m'a envoyé cet abruti avec son arme, en espérant une ultime fois trouver une échappatoire. Mais si tu es là et que l'autre est mort, c'est que sa dernière porte de sortie s'est fermée. Il ne reste plus que toi, maintenant. Toi, moi et une promesse, qu'est-ce que tu en penses, petit flic ?

— Je m'appelle Andreotti. Inspecteur premier échelon Andreotti.

— Ça n'est pas toi que j'attends.

— Je sais.

— Où est-il ?

— Je l'ignore. Mais je suppose qu'il ne va pas tarder. C'est inévitable désormais.

— Alors, on va attendre, petit flic. Ne bouge pas. Reste calme. Ça n'est pas tous les jours que l'on retrouve la Lumière.

Nazutti se rangea derrière la Laguna, et la Peugeot 106, laissant la Clio franchir les derniers mètres en silence. Contact coupé, point mort.

Le quartier n'avait pas vraiment changé. Banlieue Est. Et tous ceux qui y résidaient resteraient là jusqu'à ce qu'ils crèvent. Tu t'échappais pas d'un endroit pareil. Des immeubles, au loin. Juste un peu plus décrépis qu'avant. Le même désert, sous le soleil. Ce putain de soleil…

Le coffre de la Laguna était ouvert. Fallait croire que celui qui l'avait occupée comptait pas s'attarder. Il comptait faire ça vite et bien. Nazutti contourna le véhicule et posa sa main sur le capot. Oui. Moteur chaud. Quant à la Peugeot, il la connaissait bien : c'était un véhicule de chez eux. Il se maudit pour avoir tant tardé.

Qu'est-ce qui lui avait pris, bon Dieu ? Quelle perte de temps !

Laisser les impératifs de la traque reprendre leurs droits. Finies, les bluettes, finie, la parenthèse enchantée avec Rose, finie, cette espèce d'engourdissement nostalgique à la con qui l'avait chopé… Il ne se souvenait même plus pourquoi… Oui, c'était Rose… C'était elle qui lui avait mis ces idées stupides dans la tête : renouer avec le passé, rattraper les temps enfuis, pardonner… Fini, tout ça. Nazutti était de retour. Il avait eu un petit coup de mou, mais il avait récupéré ses moyens, à présent. L'hallali était donné et il était donné maintenant.

Telles étaient les pensées du major Nazutti. Du moins au sein des délires nocturnes d'Andreotti.

Le mastard sortit son semi-automatique et le fit briller sous le soleil. Dix-huit centimètres, neuf cent quatre-vingt-sept grammes chargé, canon six rayures à quatre-vingt-dix-huit millimètres.

— Me lâche pas maintenant, fils de pute…

Il soupira. Voilà qu'il parlait à son flingue, maintenant.

L'entrée du garage souterrain, sous la plate-forme où plus aucun véhicule ne venait se garer, avait été murée…

Nazutti enjamba le talus sur le côté. La végétation avait déjà commencé à tout bouffer…

Il longea le mur jusqu'à tomber sur une ouverture à hauteur de chien…

Rien ne semblait avoir été modifié depuis la dernière fois… il y a une vingtaine d'années. Voilà. Il était revenu au point de départ et il aurait dû se gaffer, depuis le début, que ça se terminerait là...

Le rai de lumière balaya ce paysage de dévastation post-nucléaire, canon de 9 mm en synchronisation parfaite. Il eut le sentiment que quelqu'un l'attendait là, tapi dans l'obscurité...

Soudain, il se cogna et manqua de chuter...

Un corps, puis un visage.

Par terre, dans la poussière.

Un visage calme, paisible.

Un visage avec un bel orifice d'entrée au milieu du front. Le père de Georg Überth...

Ses doigts effleurèrent ce qui ressemblait à un canon, mince, effilé. Un fusil...

Restait à espérer que cet abruti l'avait chargé avant de venir...

Brusquement, un mouvement. Droit devant lui.

Il braqua vivement la torche et le fusil avec : Andreotti apparut dans le halo lumineux, paumes en avant, pâle, le visage défait.

— Tire pas, putain ! Tire pas, c'est moi !

Nazutti relâcha la pression sur la gâchette et se redressa.

— Andreotti ! Bon Dieu, tu pouvais pas te signaler, tête de nœud ? J'ai bien failli...

Il ne finit pas sa phrase. Il venait de se rendre compte qu'Andreotti se tenait immobile, légèrement voûté et qu'il ne répliquait pas. Quelque chose clochait.

Un bourdonnement. Il devait y avoir des mouches quelque part. Vu l'odeur, il penchait pour...

Il n'eut pas le temps de penser à autre chose. Le contact froid du cylindre de métal vint rafraîchir sa nuque, l'effleurant délicatement.

— Coucou, Paul, entendit-il dans son dos.

Nazutti ne bougeait plus d'un poil et n'avait plus un poil de sec. Il restait incliné, poussé par le canon du .44 sous l'occiput et cette station commençait à être inconfortable. Il aurait voulu se stabiliser, faire un pas, histoire d'apaiser les crampes qui tétanisaient son dos et ses jambes. Mais il savait qu'au moindre mouvement, le coup partirait.

Les mouches vrombissaient plus fort, furieuses, autour de son visage, sur ses yeux, tentant de s'engouffrer dans ses narines. Respirer le minimum. C'était comme s'il était déjà mort. Les mouches prenaient simplement un peu d'avance.

Il ne bougeait toujours pas.

— Enfin, major. On peut dire que tu nous as fait languir.

— J'avais… des choses à finir.

— Bien entendu. Comme toujours. Ton collègue petit flic et moi on a eu le temps de parler un peu. Un échange très instructif.

— Laisse-le partir, Gyzmo. Il se taira. Il est comme toi… comme nous.

— Non, pas comme nous. Comme toi, peut-être…

Lui, Andreotti ou un autre, aurait voulu intervenir. Non. Il n'était pas comme Nazutti. Pas encore. Mais il ne dit rien.

L'inspecteur sentit Gyzmo glisser vers son supérieur. Un reptile dans sa tanière.

Le mastard éclairait ses pieds. Et derrière, dans la

pénombre, l'ombre d'un passé effroyable. Une ombre qui l'avait suivi et enfin rejoint.

Andreotti ou un autre ignorait si l'arme était pointée dans le dos de l'officier ou vers lui.

Ce dont il avait la certitude, en revanche, c'est que Gyzmo ne les laisserait pas partir. Ni lui ni Nazutti.

Andreotti ne distinguait rien. Il voyait juste une sorte d'immense toile de Malevitch, genre « Carré noir sur fond noir ».

Mais il pouvait supposer que le tueur était juste derrière Nazutti, à quatre ou cinq pas en face de lui, uniquement au bourdonnement des mouches. Les diptères ne couraient pas après un cadavre, de la viande ou des excréments ; ils étaient autour de Gyzmo. Jésus, ce gars était en train de pourrir sur place. Un mort vivant. Andreotti pensa un moment aux vieux longs métrages de George Romero, Zombies, La Nuit des morts vivants, *ces films-là. Cette idée n'eut rien de réconfortant. Même en rêve.*

Même en rêve…

— Au fait, tu ne m'as pas dit comment tu es arrivé là, petit flic.

Ne pas répliquer. Gagner du temps. Répondre à sa question par une autre question.

— Tu es malade, Gyzmo ?

À l'instant même où il s'essayerait à cette diversion, il devina que ce n'était pas la bonne tactique. Pas avec un individu tel que Gyzmo.

Vouloir jouer au plus malin n'allait faire que le mettre en colère. La charogne avait bossé pour la maison poulaga, elle aussi.

— Comment tu es arrivé là, petit flic ?

La voix de Gyzmo était toujours flegmatique et un peu précieuse. La voix d'un gars qui possédait du sang-froid et avait l'habitude de tuer des gens.

— J'ai suivi... J'ai suivi la route. Celle tracée par Nazutti. La tienne. Et celle d'autres encore, je présume. Maintenant, je suis là.

— Tu L'as vue ?

— Qui ?

— La Lumière, tu prétends que tu L'as vue ?

— Oui. Je pense. Je te l'ai expliqué : j'ai également rencontré Sarah Gorgowsky. Je... J'ai suivi le programme.

— Ah... Tu sais qui tu es, alors ?

— Je crois. J'ai tué un homme à poings nus la nuit dernière.

— Oh, oh... Bien joué, petit flic. Est-ce que tu es au courant que c'est pendant le programme, il y a un certain nombre d'années, que j'ai tué mon premier pervers ? Avant, j'étais un pédé. Juste un petit pédé en manque d'affection et toujours en train de pleurnicher. Sarah m'a montré. Elle m'a montré comment sublimer mes pulsions — parce que c'était des pulsions, rien d'autre — et comment les utiliser. Elle m'a montré comment être un homme. Comment s'agenouiller et prêter allégeance. Comment boire le sang et servir. Comment suivre la voie dans la grande tradition du « mushotoku » : sans but ni profit.

— C'est Nazutti qui t'a emmené là-bas ? Qui t'a... introduit ?

Gyzmo piaffa :

— Oui. C'est Nazutti le premier qui m'a indiqué la direction. Il l'a fait avant. Il l'a fait après. Et il conti-

nuera. Tu sais ce que je pense ? Je pense qu'il est fier de ce que j'ai accompli…

— Conneries, s'exclama Andreotti, surpris par sa propre témérité.

La colère prenait le dessus. Une colère gigantesque, dévastatrice. Il se moquait des conséquences. Il continua :

— Nazutti t'a piégé ! Comme il a piégé les autres. Comme il m'a piégé moi. Tu ne comprends pas, Gyzmo ? Il… Il est fou. Il fait… Il continue parce qu'il ne sait rien faire d'autre. Parce que le programme a échoué pour lui aussi.

Il y eut un silence. Épais. Interminable. Seules les mouches et l'odeur indiquaient que Gyzmo était toujours là. En face.

Andreotti pensa à sa propre mort. Gyzmo allait lui faire sauter le caisson et ce serait la fin.

Pour quelqu'un tel que lui, tirer une balle dans le visage d'un autre ne signifiait rien.

Il le ferait comme on se mouche après un éternuement.

Comme on se lave après avoir uriné.

Comme on nettoie sa voiture.

Comme on s'essuie les pieds en rentrant chez soi.

Comme on vide sa boîte aux lettres.

Comme on fait ses courses.

Comme on se cure le nez.

Comme on respire…

Mais rien de tout cela ne se produisit. Gyzmo recommença à discuter. Sa voix était toujours pénétrante. Onctueuse. Sirupeuse, presque.

— Tu te trompes, petit flic. Nazutti ne m'a pas piégé puisque je suis là aujourd'hui. Et il ne t'a pas piégé non plus. Il a simplement tenté de La dévoiler.

— De la merde, tout ça. C'est une mise en scène. Une comédie pour enfants avides de sensations fortes. Pour crédules. Une mascarade… Un putain de carnaval le jour des fous… Nazutti n'a jamais cru ni en Sarah, ni au programme, ni à la mission qu'il s'est fixée. Il n'a jamais cru en rien, en personne. Ni toi ni moi. On est que des esclaves, des putains de rats de laboratoire pour…

— Si tu savais… Si tu savais ce qu'a accompli Nazutti, par où il est passé, tu ne dirais pas ça.

— Et qu'est-ce qu'il a accompli, Nazutti, hein ?

Une pause. Andreotti ferma les yeux et attendit le coup fatal.

Rien. Gyzmo poursuivit. Vas-y, connard. Vas-y, dis-moi ce que je veux entendre maintenant !

— Nazutti a participé à l'élaboration du programme. C'en est même un des pionniers.

— Mensonges. Il t'a menti.

Petit rire dans le noir. Espiègle.

Oui, espiègle. Drôle de rêve.

— Non. J'étais là.

— Alors toi aussi, tu mens.

— J'étais là, lorsqu'il a commencé à monter, en compagnie de Sarah, le programme de réhabilitation pour pédophiles…

— Non.

— J'étais là, quand il allait chercher les gosses derrière l'ancienne gare désaffectée. J'étais là quand il les payait et leur assurait qu'ils n'auraient rien à faire de plus que ce qu'ils faisaient déjà.

— Mensonge.

— J'étais là quand Marcus Plith a été remis en liberté la première fois. Nazutti et moi sommes allés le chercher jusque devant chez lui.

— Putain.

— J'étais là quand il l'a convaincu de s'inscrire et quand il lui a montré, jour après jour, implacablement, en dépit de ses supplications et de ses larmes, le cheminement vers la Lumière.

— Putain de merde.

— Et j'étais là quand Marcus, deux ans plus tard, a récidivé et que les traits, les traits du grand, du très grand Nazutti se sont décomposés un à un. Quand il a compris soudain où tout cela menait.

— Ça n'est pas…

— Moi aussi, je m'étais inscrit au programme.

— C'est ça, alors… C'est ça qui vous liait, toi, Marcus et lui…

— Oui. Liés par une expérience fondatrice, démesurée… et tellement illusoire. Alors, j'ai acheté ce flingue. J'ai réfléchi, médité beaucoup sur l'issue de tout cela. Et j'ai décidé de suivre la Lumière. J'ai quitté la police et je suis allé à l'étranger, longtemps. J'ai peaufiné là-bas mes techniques d'investigation, j'ai élaboré empiriquement mes propres méthodes de réhabilitation… Et puis je suis revenu.

— Ça n'était pas eux que tu voulais tuer… Gilles Sevran, Carlo Vitali, Alfred Mignard, Siegfried Thomann… Ça n'était pas eux qui étaient visés… Tous ces morts… Ils avaient participé au programme eux aussi, n'est-ce pas ? Il y a vingt ans… Et ces gosses que tu as laissés… Juste pour…

— Le prix à payer. Il est dérisoire.

— Nazutti… depuis le début, il savait, n'est-ce pas ? Depuis le début, il savait que c'était toi, que tu étais de retour. Et, pour une raison qui n'existe que dans son esprit, il a laissé faire. Ensuite, quand il n'y avait plus

d'autre solution, il a choisi de reproduire le parcours qu'il avait effectué avec toi. De retourner sur les traces de son propre passé. De se servir de moi pour…

— Bien sûr qu'il savait. Peut-être pas depuis le début, mais assez tôt, puisqu'il est venu me trouver il y a deux jours. Il se souvenait parfaitement de ce qu'il avait réalisé vingt ans auparavant. Et aujourd'hui, la Lumière m'a ramené ici. Là où tout a commencé. Et c'est Elle qui le ramène aussi.

— Gyzmo…

— Il a fui pendant vingt ans. Mais c'est terminé.

— Oh, Gyzmo…

— Et il va m'apporter ce que je suis venu chercher. Ce qu'il m'a obligé à chercher pendant toutes ces années. Lui seul sait comment…

Il n'acheva pas sa phrase. Nouveau silence.

Puis il reprit. La voix plus sourde. L'intonation légèrement pâteuse.

— Je crève depuis si longtemps, petit flic…

Alors seulement, il s'arrêta de parler.

Andreotti ou un autre se sentait vidé de toute substance. Il ne savait plus si ce qu'il vivait, ce qu'on lui disait, était réel ou non. Il voulait se réveiller, tout de suite. Se réveiller à n'importe quel prix. Mais c'était impossible, là où il tombait. Draps trempés. Effet Glapion.

— Tout ce que tu m'as dit, Gyzmo…

Pas de réponse. Les mouches.

— Tu le répéterais devant un jury ?

— Il est temps pour toi de retrouver la Lumière, petit flic. Sois reconnaissant, je t'épargne une quête interminable. Ouvre les mirettes, petit flic. Et regarde. Tu vas La voir.

Andreotti écarquilla les yeux. Du plus fort qu'il put.

Les ténèbres.

Rien d'autre que les ténèbres et la puanteur.

Dans sa poitrine, son cœur battait. Il battait tellement fort, comme si, doué d'une conscience propre, il avait su qu'il allait s'arrêter d'une seconde à l'autre.

Il n'avait pas peur.

Ici, tout s'arrêtait.

Durant tout ce temps, Nazutti n'avait pas prononcé un mot.

Immobile, discret. Il s'était fait oublier.

Andreotti hurla. Il se jeta vers la lumière. Celle de la lampe torche qui éclairait les pieds de Nazutti.

La brute pivota pour atténuer les effets de la détonation à côté de son visage.

Il sembla un court instant à Andreotti que c'était l'esquive de Nazutti qui avait déclenché sa réaction et non l'inverse.

La déflagration suivit de quelques microsecondes l'explosion qui illumina le garage.

Nazutti n'entendait plus qu'un sifflement aigu à gauche et rien à droite. L'onde de choc, en passant par le conduit auditif externe, avait dû lui perforer un tympan. De même, elle avait probablement lésé l'autre au niveau du rameau auriculaire interne. Acouphène strident.

Dans un mouvement de rotation, adoptant la technique du « gyakutai », il attrapa le poignet de Gyzmo et, d'un « age-uke », cassa net l'olécrane, déchiquetant au passage les muscles supinateur et rond pronateur, au niveau du coude.

Les mouches s'excitaient. L'odeur du stress. Celle de la peur. Et de la mort à venir.

Les jambes d'Andreotti se dérobèrent sous lui et il dégringola. Il n'eut pas le temps d'avoir mal. Pas tout de suite.

À l'aveuglette, Nazutti donna un « hadaka ». Le coup de tête mit dans le mille.

Sur son front, il sentit exploser le visage de Gyzmo.

Il se servit ensuite d'un « ashi-barai » au niveau des chevilles pour le déséquilibrer et, juste après le basculement du corps, il opéra un « heiko-tsuki », coup de poing double à droite du plexus, visant les nœuds lymphatiques pectoraux.

Ensuite il se releva, puis, dominant Gyzmo de toute sa hauteur, il rauqua :

— Tu es fou, Gyzmo. C'est ça, tu es fou.

Gyzmo le voyait, il le voyait parfaitement bien. Ce fils de pute avait un peu vieilli. Il s'était empâté et ses actions étaient plus lentes. Mais il n'avait pas changé.

Il essaya de bouger. Nazutti lui envoya un « chi-kama-geri » au foie.

Si Nazutti avait su… S'il avait su comme la douleur lui importait peu.

— Oui, vas-y. Je t'attendais, souffla Gyzmo.

Nazutti s'ébroua. Du sang gicla de son oreille pour se répandre sur son cou.

— Pas la peine de parler, Gyzmo. Je t'entends pas. Tu m'as… Tu m'as niqué les oreilles, avec ton petit joujou.

Il se baissa et ramassa la torche puis, avec un mouchoir, le revolver de son ancien partenaire. Il éclaira d'abord Andreotti, dans les vapes, et ensuite le visage de Gyzmo. Pâleur cadavérique. Il s'était rasé les cheveux et les sourcils. Sa peau était marbrée de veinules scrofuleuses.

Les mouches. Des dizaines, des milliers de mouches bourdonnaient autour de lui, se gorgeaient du sang sur son nez et sur sa bouche. Ses pupilles étaient immenses, presque blanches. La torche, malgré tout, ne semblait pas l'incommoder.

— Tu pues toujours autant, ânonna Nazutti sans être sûr que les mots franchissaient sa bouche.

Les lèvres de Gyzmo bougèrent. Il déclara quelque chose que Nazutti ne comprit pas.

Ce dernier répondit :

— J'ai fait les sommations d'usage. J'aurai un témoin. Tu n'as pas voulu écouter, hein ? Tu as viré amok.

Gyzmo parla encore. Aucun son.

— Tu as tué mon collègue. Et tu m'as tiré dessus. À bout portant. Heureusement que je suis alerte, comme qui dirait. J'ai anticipé. Mais tu m'as quand même touché, salopard. J'ai bien été obligé de riposter…

Alors, Gyzmo se tut. Il venait peut-être de comprendre de quoi Nazutti allait s'acquitter.

Le major allait se trouver une raison. Comme au bon vieux temps. Quelque chose qui l'absoudrait par avance.

Une raison pour haïr.

Une raison pour tuer.

Une raison pour vivre.

Il allait fixer sa propre pénitence, déterminer lui-même le prix du courage, celui de la colère…

Le policier pointa le canon du flingue en bas, sur son propre pied.

Il n'entendit pas la détonation lorsque celui-ci explosa, ni le hurlement de Gyzmo qui se prolongea comme s'il avait été question de son membre à lui.

La balle avait pénétré au niveau du second métatarsien, pulvérisant le ligament glénoïdien et le court fléchisseur, avant de se ficher dans le sol, arrachant la moitié inférieure de la voûte plantaire.

Sans prêter attention à sa blessure, le visage contracté, sueur et sang mêlés, Nazutti pointa le .44 sur le tueur.

— J'ai dû me défendre. Tu comprends ?

Gyzmo écarta les mâchoires. Ça ressemblait à un cri, et en regardant bien les lèvres on pouvait lire :

— Non ! Pas comme ça !

Avec la vivacité d'un éclair, il roula sur lui-même et sortit du rayon de la torche.

Nazutti sursauta à peine.

Gyzmo n'était déjà plus là.

Trop lent, Nazutti. Tu vieillis.

Le major se rendit compte que le tueur était passé sous lui lorsque les doigts s'enfoncèrent avec sauvagerie à travers le trou de sa chaussure, bien profond dans la plaie, poussant ce qui restait des tendons fléchisseurs, fouillant avec avidité la chair brûlée à la recherche des nerfs.

Avant que l'officier, tétanisé par la douleur, ait pu ajuster son tir, Gyzmo avait imprimé une torsion à sa jambe. Craquement sec du condyle fémoral. Patella démise. Épanchement de synovie immédiat.

Puis l'avait soulevé pour l'envoyer valdinguer en arrière.

Le flic s'écroula dans ce qui avait l'apparence du plus parfait silence.

Le temps de lever la tête et Gyzmo était déjà sur lui. L'officier sentit ses pattes griffues l'agripper, déchirer ses vêtements tandis qu'il rampait sur lui.

Une fraction de seconde, Nazutti vit briller ses yeux laiteux. Et puis ses dents. Sa bouche grande ouverte sur lui. L'haleine de la mort sous son nez.

Ils roulèrent hors du rayon d'action de la lampe.

Dans les oreilles de Nazutti, juste ce sifflement ininterrompu. Une censure, ce sifflement.

Au cœur de l'obscurité, au plus profond des songes, la bestialité.

Andreotti émergea avec l'impression terrifiante de ne plus pouvoir respirer. Il gisait à terre, sur le ventre. Dents cassées sur le béton. Quelque chose coulait de sa bouche et de son nez. Fibrine et glaires mélangées.

À moins qu'il ne soit dans son lit, bavant sur son coussin, gémissant dans la torpeur fiévreuse.

Au prix d'un effort incroyable, il se tourna sur le dos. Prendre un peu d'air.

Il ne rencontra pas plus de succès dans cette position. D'après le point névralgique, la balle l'avait peut-être touché à droite, au niveau du poumon.

Il se traîna pour s'adosser au mur. Juste s'asseoir, trouver une meilleure position pour laisser passer l'oxygène.

Dans la lumière, il vit son flingue, à quelques centimètres seulement de sa main.

Il fit bouger ses doigts. Les ongles grattèrent la poussière. Il concentra toutes ses forces, tentant de se rapprocher, millimètre par millimètre.

Il devina qu'on bougeait là-devant, dans le noir. Des grognements.

Encore une dizaine de centimètres. S'il te plaît. Une dizaine de centimètres, c'est rien.

Puis il entendit des bruits de pas. Incertains. Malhabiles.

Cinq centimètres.

L'ombre portée de sa main, soudain, se mit à bouger. Quelqu'un était en train de s'emparer de la torche. La nitescence progressait. Il n'osait pas lever les yeux. Rester concentré. Rester concentré sur sa paluche et le flingue.

Trois centimètres.

L'ombre rapetissa sous sa paume. L'inclinaison du rayon lumineux gagnait en verticalité à mesure qu'on approchait. Sa respiration s'accéléra. Peur. Trépas imminent. Se réveiller. Juste continuer à avancer la main.

Se réveiller…

Un centimètre.

Quelqu'un était là, tout près. Lentement, il venait.

Enfin, Andreotti sentit la crosse.

Il saisit le pistolet. Putain qu'il était lourd.

L'autre se rapprochait encore. Andreotti pouvait l'entendre haleter.

Lever… Lever le calibre. Armer le chien… Double action de merde. Aligner les hausses vers la lumière. Les aligner. Pourquoi elle arrête pas de bouger, cette ligne de mire ? Viser la lumière, l'autre est derrière. Arrête de m'aveugler, sale con. Viser…

Il appuyait sur la détente, mais rien ne venait. Pression insuffisante. À moins que le flingue n'existe pas.

On saisit le canon de l'arme pour le dévier doucement. Puis on le soulagea en écartant sans effort apparent, un à un, ses doigts crispés sur la crosse.

Andreotti se mit à bredouiller. Entre deux quintes de toux qui lui déchiquetaient les côtes, il tenta d'articuler :

– Gyzmo… Putain, Gyzmo, me tue pas… Tu comprends pas ? Il n'y a… aucune Lumière…

C'était là que parfois, dans son rêve, il se réveillait en sursaut, le souffle court, la bave aux lèvres. Trempé de sueur, le cœur battant la chamade. Boum. Boum. D'autres fois, il n'émergeait pas.

– Qu'est-ce que tu dis ? Je t'entends pas. J'ai les oreilles bousillées.

S'il n'avait pas eu aussi mal, Andreotti aurait été réconforté. Mais devait-il vraiment être réconforté de voir Nazutti victorieux ?

Le brigadier major se pencha en grimaçant. Lui aussi, il avait l'air mal en point. Il remit le flingo, après l'avoir basculé en simple action, dans la main de son partenaire.

Andreotti branlait du chef, voulait parler, mais seul un flot de liquide tiède émergeait d'entre ses lèvres. Entre un qui entendait pas et l'autre qui pouvait plus s'exprimer, ils étaient bien partis, question communication.

Nazutti pointa l'arme et la lampe torche devant eux, là où se tenait le corps de Gyzmo. Andreotti s'aperçut avec effroi que Gérard Gyzmotin n'était pas mort. Sa poitrine se soulevait à intervalles rapprochés et il les regardait avec intensité. Son cou était tordu à un angle improbable.

— J'ai dû lui casser la nuque entre la C5 et la C6 pour provoquer la tétraplégie. Il n'arrêtait pas de bouger.

Andreotti fut pris d'une nouvelle quinte sanguinolente et crut qu'elle n'allait jamais s'arrêter.

— Mais ça n'est pas moi qui l'ai tué, ajouta la brute…

Andreotti secoua la tête en signe de négation.

— C'est toi, continua Nazutti.

Il mit Gyzmo en joue. Le tueur restait coi. Peut-être savait-il que c'était désormais inutile ? Peut-être n'attendait-il plus que ça ? Il les regardait, tout simplement, se contentant de papilloter de temps à autre. Son visage n'exprimait rien. La paralysie devait tout anesthésier en dessous du rachis. Il avait l'air paisible, à vrai dire.

— Toi et moi, Andreotti, on est ensemble, sur ce coup-là… Et on va être ensemble jusqu'au bout. Je doute que tu puisses ou que tu veuilles me faire un long discours. Mais sache que je te soutiendrai à fond lorsque tu plaideras la légitime défense. Tu as fait ce que tu devais. Nous l'avons fait tous les deux.

Andreotti essaya de se soustraire à l'étreinte de son supérieur. Il n'avait plus aucune force.

C'était Nazutti qui soutenait son bras.

C'était lui qui guidait sa main.

C'était son doigt qui était posé sur le sien. Sur la détente du Sig Sauer dont la puce, à la base du canon, portait son nom et son numéro de carte.

Le premier coup de feu partit. Andreotti avait fermé les yeux.

Quand il les rouvrit, Gyzmo était encore vivant.

— Raté, murmura Nazutti. Il faut dire que, de cet angle, c'est pas facile.

À quoi il jouait, dans le rêve ? Est-ce qu'il jouait, d'ailleurs ?

Andreotti aurait voulu que la souffrance le rende inconscient. Ça aurait été plus commode.

Nazutti ajusta de nouveau le tir.

Le jeune brigadier se mit à pleurer. À geindre.

Dans son sommeil ou ailleurs.

Il ne pouvait rien faire d'autre. Chaque mot qu'il prononcerait, non seulement ne serait pas saisi, mais conduirait à la suffocation.

Une douce sensation envahit le bas de son corps.

Nazutti le considéra. Impassible.

— Tu viens juste de pisser et de chier dans ton froc. Chiale pas, mon vieux. C'est facile, pourtant.

Gyzmo continuait de les fixer.

Il n'y avait aucune peur dans son regard.

Aucun reproche.

La première balle lui avait arraché l'hélix, la partie supérieure de l'oreille. Ça devait faire un mal de chien, néanmoins il restait stoïque. Il mourrait sans rien montrer.

Andreotti, par l'intermédiaire de Nazutti, fit feu une seconde fois et, après avoir été perforé juste entre les deux yeux, l'arrière du crâne de Gyzmo explosa, son corps tressauta brièvement puis s'immobilisa. Nuage de poussière.

Le mastard laissa retomber la main de son partenaire avec le flingue. Il tinta lourdement au sol.

Suffoquant, crachant, Andreotti parvint à balbutier :

— Appelle… Appelle une ambulance…

Nazutti le toisait de toute sa hauteur. Traits vides. Sans expression.

— Qu'est-ce que tu dis ? Je t'entends pas… Articule et je pourrai lire sur tes lèvres.

— … Une ambulance, enculé…

— J'ai bien saisi le dernier mot. Pour le reste…

Il se tut un instant avant de reprendre :

— Je vais pas te mentir, Andreotti, c'est pas beau. Pas beau du tout. Tu perds beaucoup de sang. La balle a dû rompre l'aorte thoracique. À l'intérieur, le projectile est passé tout droit à travers les ligaments et les intercostaux internes pour finir par le fascia endothoracique, la plèvre, puis le poumon. Que la balle soit ressortie ou pas ne change rien. Je pourrais aller jusqu'au bout du parking, là-bas. Je pourrais lancer un appel en urgence… Mais je crois pas que ça modifierait grand-chose. La blessure que tu as… Si tu ne te vides pas de ton sang, l'hémorragie va simplement t'étouffer. Avec ma jambe folle et mon pied en charpie, je mettrai bien cinq minutes à parvenir à la voiture. Et l'ambulance mettra au moins un quart d'heure de plus pour arriver. Au jugé, je te donne quatre, cinq minutes peut-être, pas plus.

— Une am…

Nazutti souleva sa chemise souillée. Il sortit un T-shirt bleu de petite taille avec un accroc à la manche droite.

— Tiens, prends ça.

Andreotti demeura inerte.

Dans ses yeux, une vague interrogation.

Sur ses lèvres, rien.

— Tu comprends pas ? T'as pas besoin de comprendre, rassure-toi. Plus besoin, fredonna le mastard.

Il laissa choir le vêtement sur les jambes d'Andreotti. Instantanément, l'étoffe s'imbiba de sang.

Alors le major s'assit péniblement à ses côtés. Grimace. Il posa son visage sur son épaule. Au creux du cou.

— Je te l'ai dit, je ne te laisserai pas tomber. Toi et moi, jusqu'au bout. Je t'aime, petit pédé.

Il s'agissait d'un rêve, pas d'un cauchemar, Andreotti l'affirmerait jusque longtemps après.

Nazutti l'enlaçait. Il parlait et son souffle avait quelque chose de chaud, d'apaisant.

— D'abord, ton cœur cessera de battre. Il entrera en fibrillation un instant — ne t'inquiète pas, c'est très court —, les systoles auriculaires et ventriculaires, les diastoles vont se désynchroniser, puis ton sang ne circulera plus. Quelques instants plus tard, les cellules de ton cerveau manqueront d'oxygène et arrêteront de fonctionner. Les informations portées par les micro-impulsions de ton cortex ne seront plus véhiculées. Alors, ta respiration s'interrompra. Tu sauras que tu es mort…

Andreotti ne fit pas d'objection.

Son corps fut parcouru d'un bref frisson.

Nazutti le serra plus fort.

Le sang, d'entre les lèvres du jeune brigadier, s'arrêta de couler.

Son regard, soudain, perdit tout éclat. Un instantané qui se fixe. Une surexposition.

À quatorze heures cinquante-six minutes et quarante secondes, il cessa cliniquement de vivre.

Tel un vieil amant, Nazutti avait toujours ses bras autour de lui, la tête à l'encolure.

À quelques mètres d'eux, mystérieusement, les mouches s'étaient tues. Elles avaient disparu. Gyzmo, éteint, paraissait avoir perdu tout intérêt.

Aucun renfort n'était arrivé.

Dans ses rêves moites, là où il tombait, tout était vrai. Mais dans ses rêves uniquement. Et ils le poursuivirent longtemps.

Parfois, il se réveillait en sursaut, le souffle court, la bave aux lèvres. Trempé de sueur, le cœur battant la chamade. Boum. Boum. D'autres fois, il n'émergeait pas.

Le reste n'était plus que sa vie.

ÉPILOGUE

En 2010, le père de Rose Berthelin mourut d'un infarctus dans son garage. Il était en train de débarrasser « un tas de vieilleries qui encombraient depuis trop longtemps ». Ce furent en tout cas les derniers mots que sa femme, la mère de Rose, l'entendit prononcer avant qu'il n'y descende.

Elle survécut à son mari une demi-douzaine d'années.

Le temps d'assister, en 2011, au mariage de sa fille avec un certain Pierre Jardin, qui avait été son chef d'agence plusieurs années auparavant.

Rose et Pierre Jardin adoptèrent trois enfants et firent de leur mieux pour leur permettre de grandir et s'épanouir.

Lorsque le petit dernier partit, ils revendirent leur maison et commencèrent à voyager.

Au terme d'une carrière honnête mais sans lustre à la rédaction de la rubrique « Sciences et Techniques » de son journal, Rose prit sa retraite. Son mari fit de même trois ans plus tard.

Ce fut dur. Ce fut incroyablement long. Ce fut difficile.

Il y eut des éclats de rire, quelques fulgurances et un peu de calme.

Ils vécurent.

L'histoire ne dit pas s'ils furent vraiment heureux ni de quelle manière Rose Berthelin termina sa vie.

Sa dernière pensée fut pour une petite fille en robe rouge à fleurs jaunes qui, un bref instant, quelques secondes dans toute une vie, s'arrêta de jouer et lui sourit, un jour de beau temps dans un jardin public.

Sans doute.

Marcus Plith mourut en prison. On parla de suicide, encore que cette hypothèse parût à ses fans peu romanesque, ou d'un règlement de comptes. Les circonstances exactes de son décès ne furent jamais élucidées et personne ne fit d'ailleurs preuve de zèle à ce sujet.

Le site qui lui est consacré est toujours actif.

Sarah Gorgowsky poursuivit ses activités. Elle se retrouva, en quelques années, à la tête d'une dizaine d'entreprises cotées en Bourse. Avec sous ses ordres plus de trente mille employés de par le monde, sa gestion exemplaire de toute une gamme de produits dérivés et la possession de plusieurs franchises aux ramifications occultes, elle eut son quart d'heure de gloire en faisant les couvertures de *Time* et de *Fortune*. Elle fut présentée comme étant à l'origine du premier *mall* du sexe ouvert en Europe.

Andreotti remit à son supérieur les listings incriminant Nazutti et Gérard Gyzmotin, alias Limpide.

Il confessa par écrit avoir établi une fausse demande de commission rogatoire, laissé Nazutti dissimuler des exhibits et mené des investigations sans le consentement du juge ou du N+1, supérieur direct. Il s'accusa en outre du meurtre d'un pervers sadomasochiste dans un établissement à caractère sectaire.

Il fut mis à pied, auditionné plusieurs fois par les inspecteurs de l'IGPN.

Deux instructions furent ouvertes par le Parquet.

La première, concernant la mort de l'ex-brigadier Gyzmotin, conclut rapidement à la légitime défense.

La seconde, ayant trait au meurtre dont Andreotti s'accusait, fut plus longue et délicate. Les perquisitions dans les bureaux de la dénommée Sarah Gorgowsky ne donnèrent rien. On ne trouva ni cassette, ni papiers, ni documents d'aucune sorte prouvant le passage d'Andreotti dans les locaux du Lounge. Lui-même fut incapable de recouvrer un envoi anonyme prétendument reçu peu de temps après le drame. Sarah ainsi que l'ensemble de ses employés nièrent l'avoir jamais rencontré. On alla jusqu'à interroger certains clients, parmi lesquels un certain Georg Gross, hospitalisé au moment des faits. Si ce dernier avoua s'être adonné de son plein gré à une petite séance de massage énergique, il contesta en revanche toute implication d'Andreotti dans l'affaire. Il était un « performer ». On le payait pour ce genre d'exhibition. Les inspecteurs de l'IGPN avisèrent un virement de dix mille euros du compte de Nazutti sur le sien, mais furent incapables d'aller plus loin.

On attendait que le major émerge du coma pour pouvoir l'interroger.

Ce ne fut pas le cas.

Nazutti mourut. Connement. En silence. Dans la blancheur antiseptique d'une salle de réanimation comme il en existe des centaines partout en France. Les recensements de l'hôpital central affichaient, pour le bâtiment B4, celui dévolu aux phases terminales et aux comas cliniques Glasgow 5, deux décès par jour. Ce fut tout ce qui resta de Nazutti : un chiffre dans les statistiques.

Les poursuites à l'encontre d'Andreotti furent abandonnées. Mais il insista. Il voulait payer. Il voulait payer en totalité. Et faire plonger avec lui un mort : Nazutti.

Les psychiatres diagnostiquèrent des bouffées délirantes de type schizophrénique attribuées au surmenage et au stress. En outre, une tendance à la mythomanie n'était pas à écarter. Andreotti se plaignit plusieurs fois de rêves récurrents. Des rêves, pas des cauchemars, il était formel. Il fut instamment prié d'aller se faire soigner.

Les rêves persistèrent. Jusque longtemps après.

Il préféra démissionner.

Les listings remis à la commissaire principale firent encore quelques vagues. Les inspecteurs Chaplin et Joyeux passèrent en conseil, accompagnés de leurs délégués syndicaux, pour motif de « faux et usage de faux », « dissimulation de preuves » et « dégradation volontaire de matériel administratif ».

Personne, malgré les relevés téléphoniques ainsi que le témoignage du réceptionniste de l'hôtel Hilton et celui de la veuve Überth, ne fut en mesure de prouver de manière irréfutable que Chaplin fût l'auteur de l'appel malveillant.

Le doute subsista néanmoins.

Après avoir trouvé un arrangement, le chef de groupe Roger Chaplin fut mis à la retraite anticipée.

L'inspecteur Joyeux fut muté sans préavis dans le Nord-Pas-de-Calais. Au sein d'un commissariat de banlieue. Là où l'on espérait qu'il ferait preuve d'un peu plus de conscience professionnelle.

Deux mois après, la commissaire principale obtint une promotion et passa divisionnaire.

La prochaine étape était sans doute la préfecture.

Un autre commissaire, copie conforme, vint la remplacer.

Tout doucement, dans le calme, tout redevint comme avant. Avec les méchants, les bons, les arrivistes, les attentistes, les velléitaires, les manipulateurs, les manipulés, les grandes gueules, les sournois, les victimes et leurs bourreaux, ceux qui étaient parfois les mêmes, parfois différents, les fatigués et ceux qui ne rendaient jamais les armes, ceux qui cherchaient une lueur dans les ténèbres et ceux qui sombraient dans l'abîme, les routiniers, les accros de l'adrénaline, les chasseurs, les gardiens de l'ordre, les alcoolos, les sadiques, les flingueurs professionnels, les dépressifs, les tueurs passionnels, les assassins occasionnels, les crétins, les débiles, les violeurs en série, les mangeurs d'enfants, les monstres ordinaires, les héros et les autres…

Tous les autres.

Ceux qui étaient ailleurs, nulle part et qui disparaîtraient sans laisser ni souvenir ni trace.

Andreotti descendit du train. Les rêves avaient cessé petit à petit. Ils s'étaient planqués dans une partie reculée de son cerveau et ne surgissaient plus que par bribes de temps en temps, lorsqu'il avait cette impression bizarre et fugace de ne toujours pas en être sorti.

Il y avait un monde du diable sur le quai. Un tas d'enculés trimbalant un barda pas possible. Ils travaillaient pas, tous ces connards ? Ils avaient rien d'autre à foutre que de venir le faire chier, lui, avec leurs gueules enfarinées, leurs tronches mal rasées, mal réveillées, mal peignées, mal maquillées, avec leurs chemises qui puaient la sueur rance de leur labeur mesquin, leurs petits bras, leur queue, leur chatte, portant des valises encombrées, remplies de choses inutiles, avec leurs petits soucis, leurs petites joies étriquées, leurs petites vies de pauvres cons qui venaient lui pourrir la sienne ? Il aurait volontiers sorti son flingue. Caltez, volaille ! Dispersez-vous, locquedus ! De l'espace, bordel ! Il aurait voulu en attraper un à la volée et lui apprendre… Lui crosser la gueule, faire disparaître ses traits grossiers sous la puissance des coups. Lui apprendre qui il était réellement pour que ça serve d'exemple. Qu'ils aient peur de lui, tous, désormais. Qu'il leur inspire de la crainte ou du dégoût. Tout sauf la tiédeur face à cette monstruosité ambiante. Tout sauf l'indifférence. Frapper. Frapper encore… Jusqu'à voir… Jusqu'à voir… Mais il n'était plus flic.

Il la vit, là-bas, au bout du quai. Sage. Sérieuse.

Il sourit avec peine. À ne pas montrer son malaise, sa fureur rentrée bien en dedans.

Il s'arrêta juste devant elle.

— J'ai appris… Par les journaux, je veux dire, murmura-t-elle.

Il accentua son sourire.

— Alors, tu sais.

— Oui. Tu as changé.

Il était difficile de dire si c'était un compliment ou non. Mais il n'avait pas le choix.

Elle était tout ce qui lui restait.

Lorsqu'il avait appris le décès de Nazutti, le sentiment de libération avait été soudain. Un violent appel d'air.

Sans réellement savoir pourquoi, il avait appelé le soir même les parents de Nathalie. Oui, elle était là-bas. Oui, elle se reposait. Non, elle ne souhaitait pas lui parler pour l'instant.

Malgré ses démêlés judiciaires, il avait tenu bon. Il avait rappelé et rappelé encore. Il avait écrit… Jusqu'à ce qu'elle consente à communiquer. C'était elle qui l'avait fait tenir.

Elle était tout ce qui lui restait.

Ensuite, ça s'était fait lentement. Comme la première fois, quand ils s'étaient rencontrés à la fac. Il avait refait tout le chemin. Patiemment. Obstinément. Il s'était de nouveau approché d'elle.

Et aujourd'hui, il la revoyait enfin. C'était comme si elle n'était jamais partie.

Elle était tout ce qui lui restait.

Cette phrase revenait sans cesse dans son esprit.

Il se tenait ainsi, planté face à elle, encombré par ses propres bras, son propre corps, ses propres pensées.

— Est-ce que je peux…

— Oui ?

– Est-ce que je peux te prendre dans mes bras ? Pas trop fort. Juste pour… te toucher, tu vois… Savoir que tu es réellement là.

Elle baissa les yeux. Sourire timide.

– Si tu veux.

Il l'enlaça. Délicatement, tendrement. Puis avec un peu plus d'intensité.

Priant pour que les psys se soient trompés.

Priant pour qu'elle ne recule pas à cet instant et voie la lueur dans ses yeux.

Priant pour que jamais, jamais elle ne rencontre celui qu'il y avait à l'intérieur de lui.

Ils en étaient là. Sur le quai de gare.

Délicatement.

Tendrement.

Elle était tout ce qui lui restait.

Elle était tout ce qui lui restait…

L'enfant était assis dans sa chambre.

Clarté rasante de l'aube par les rideaux tirés. Un nouveau nycthémère. Il se balançait légèrement d'avant en arrière. Il y avait longtemps qu'il était rentré à la maison, maintenant. Son papa était parti, loin, très loin, quelque part dans le ciel lui avait-on dit.

L'enfant avait les yeux dans le vague. Il chantait une chanson. Une petite chanson idiote qu'il avait entendue l'autre jour à la télévision. Maman dormait encore.

Il fredonnait cette ritournelle, revoyait les images qui allaient avec. Un dessin animé avec des personnages stylisés : de grands yeux qui louchaient, au centre de grosses têtes dressées sur des corps longilignes.

Les images d'un monde lisse et propre où le héros gagnait toujours à la fin.

Il ne pensait plus à cet homme méchant qui l'avait touché où c'était interdit et qui parlait une drôle de langue.

Il ne pensait plus à son complice, celui qui sentait très mauvais… l'ami des mouches qui avait tapé l'homme méchant avec un revolver.

Il ne pensait plus à cette fosse devant laquelle ils étaient restés une partie de la nuit.

Il ne pensait plus à cet étrange policier, celui avec les yeux bizarres… De grands yeux de la même couleur que le ciel, au centre d'une grosse tête dressée sur un gros corps… Un peu comme dans le dessin animé, sauf qu'on ne savait pas s'il était gentil ou méchant.

Il avait juste peur. Tout comme lui. Du moins à l'intérieur.

Il ne pensait plus au moment où l'agent avait posé la main sur son cœur pour le rassurer.

Il ne pensait plus à sa voix, douce et chaude… Un peu comme la voix de son papa quand il était encore avec eux.

Il ne pensait plus aux mots mystérieux qu'il avait employés.

Ni à l'expression de son visage quand ses doigts à lui s'étaient enroulés autour de son index. Une expression d'enfant perdu. Tout comme lui. Du moins à l'intérieur.

Il l'avait oublié.

Il avait entendu, l'autre jour, un des docteurs qu'il allait voir à l'hôpital dire à sa maman qu'il était très intelligent, lui expliquer ce qu'elle devait lui expliquer à lui. Il n'avait pas tout compris mais le docteur avait ajouté qu'elle avait de la chance, que les enfants cicatrisaient vite. Parfois.

Sa maman avait pleuré, de nouveau.

Sans cesser de chanter – pas trop fort quand même pour ne pas la réveiller – il se saisit d'un dinosaure en plastique. Un mégalosaure, lui avait dit sa maman. On ne savait pas si le mégalosaure faisait partie des gentils ou des méchants. Peut-être était-il méchant puisqu'il dévorait les autres animaux, mais c'était sa nature, sa manière de survivre, lui avait expliqué sa maman. Parce que les dinosaures n'existaient plus. Et si méchants, si féroces fussent-ils, ils avaient disparu il y avait longtemps… très longtemps.

Le dinosaure se mit à planer à travers un rai de lumière. Parce que c'était un dinosaure magique. Il pouvait voler, il pouvait faire un tas de choses. Il faisait partie des « prédateurs », avait indiqué sa maman. Il était « tout en haut de la chaîne alimentaire », ce qui ne l'avait pas empêché de disparaître sans qu'on en sache beaucoup sur lui. Il ouvrait la mâchoire. Une mâchoire gigantesque, démesurée. Avec de grands yeux couleur de ciel au milieu d'une grosse tête.

D'autres dinosaures apparurent en haut de ses genoux. Pyjama bleu. Sommet de volcan. Il ne se souvenait plus de leurs noms. En tout cas, le mégalosaure allait les attaquer, c'était sûr. Il vola encore un instant dans le chatoiement éclatant du lever du jour, puis fondit sur eux avec un rugissement sauvage.

Mais ça, c'était une autre histoire.

DU MÊME AUTEUR

Aux Éditions Gallimard

Dans la collection Série Noire

ANESTHÊSIA, 2009.

VERSUS, 2008, Folio Policier n° 545.

AIME-MOI, CASANOVA, 2007.

COLLECTION FOLIO POLICIER

Dernières parutions

489. Patrick Pécherot — *Belleville-Barcelone*
490. James Hadley Chase — *Méfiez-vous, fillettes !*
491. James Hadley Chase — *Miss Shumway jette un sort*
492. Joachim Sebastiano Valdez — *Celui qui sait lire le sang*
493. Joe R. Lansdale — *Un froid d'enfer*
494. Carlene Thompson — *Tu es si jolie ce soir*
495. Alessandro Perissinotto — *Train 8017*
496. James Hadley Chase — *Il fait ce qu'il peut*
497. Thierry Bourcy — *La cote 512*
498. Boston Teran — *Trois femmes*
499. Keith Ablow — *Suicidaire*
500. Caryl Férey — *Utu*
501. Thierry Maugenest — *La poudre des rois*
502. Chuck Palahniuk — *À l'estomac*
503. Olen Steinhauer — *Niet camarade*
504. Christine Adamo — *Noir austral*
505. Arkadi et Gueorgui Vaïner — *La corde et la pierre*
506. Marcus Malte — *Carnage, constellation*
507. Joe R. Lansdale — *Sur la ligne noire*
508. Matilde Asensi — *Le dernier Caton*
509. Gunnar Staalesen — *Anges déchus*
510. Yasmina Khadra — *Le quatuor algérien*
511. Hervé Claude — *Riches, cruels et fardés*
512. Lalie Walker — *La stratégie du fou*
513. Leif Davidsen — *L'ennemi dans le miroir*
514. James Hadley Chase — *Pochette surprise*
515. Ned Crabb — *La bouffe est chouette à Fatchakulla*
516. Larry Brown — *L'usine à lapins*
517. James Hadley Chase — *Une manche et la belle*
518. Graham Hurley — *Les quais de la blanche*
519. Marcus Malte — *La part des chiens*
520. Abasse Ndione — *Ramata*
521. Chantal Pelletier — *More is less*
522. Carlene Thompson — *Le crime des roses*
523. Ken Bruen — *Le martyre des Magdalènes*
524. Raymond Chandler — *The long good-bye*
525. James Hadley Chase — *Vipère au sein*
526. James Hadley Chase — *Alerte aux croque-morts*

527. Jo Nesbø *L'étoile du diable*
528. Thierry Bourcy *L'arme secrète de Louis Renault*
529. Béatrice Joyaud *Plaisir en bouche*
530. William Lashner *Rage de dents*
531. Patrick Pécherot *Boulevard des Branques*
532. Larry Brown *Fay*
533. Thomas H. Cook *Les rues de feu*
534. Carlene Thompson *Six de Cœur*
535. Carlene Thompson *Noir comme le souvenir*
536. Olen Steinhauer *36, boulevard Yalta*
537. Raymond Chandler *Un tueur sous la pluie*
538. Charlie Williams *Les allongés*
539. DOA *Citoyens clandestins*
540. Thierry Bourcy *Le château d'Amberville*
541. Jonathan Trigell *Jeux d'enfants*
542. Bernhard Schlink *La fin de Selb*
543. Jean-Bernard Pouy *La clef des mensonges*
544. A. D. G. *Kangouroad Movie*
545. Chris Petit *Le Tueur aux Psaumes*
546. Keith Ablow *L'Architecte*
547. Antoine Chainas *Versus*
548. Joe R. Lansdale *Le mambo des deux ours*
549. Bernard Mathieu *Carmelita*
550. Joe Gores *Hammett*
551. Marcus Malte *Le doigt d'Horace*
552. Jo Nesbø *Le sauveur*
553. Patrick Pécherot *Soleil noir*
554. Carlene Thompson *Perdues de vue*
555. Harry Crews *Le Chanteur de Gospel*
556. Georges Simenon *La maison du juge*
557. Georges Simenon *Cécile est morte*
558. Georges Simenon *Le clan des Ostendais*
559. Georges Simenon *Monsieur La Souris*
560. Joe R. Lansdale *Tape-cul*
561. William Lashner *L'homme marqué*
562. Adrian McKinty *Le Fils de la Mort*
563. Ken Bruen *Le Dramaturge*
564. Marcus Malte *Le lac des singes*
565. Chuck Palahniuk *Journal intime*
566. Leif Davidsen *La photo de Lime*
567. James Sallis *Bois mort*